Über dieses Buch In ihrem Roman ›Schatten über dem Mond‹ erzählt die Bestseller-Autorin M. M. Kaye eine Geschichte von Liebe und Tod vor dem märchenhaft-exotischen Hintergrund Britisch-Indiens.
Winter de Ballesteros, die junge Heldin, wird von ihrem Verlobten Conway Barton hinterlistig in eine Ehefalle gelockt; gerissen nutzt er Winters Jugend und Unerfahrenheit aus. Niemand ahnt, daß Conway Barton das junge Mädchen eigentlich nur als Zugabe zu ihrem riesigen Vermögen in Kauf nimmt. Ausgerechnet der Brautwerber aber, ein junger Offizier, der Winter aus England nach Indien heimholen soll, wird für die jugendliche Braut zum Schicksal. Als beide in Kalkutta an Land gehen, wirft schon der Aufstand der einheimischen Truppen, der Königin Victorias Kolonialreich erschüttern wird, seine Schatten voraus.
»Es ist ein Kolossalgemälde, das die Engländerin M. M. Kaye in ihrem Roman ›Schatten über dem Mond‹ vor dem Leser ausbreitet . . . Sie kennt nicht nur Klima, Gerüche, Töne und Zwischentöne des gewaltigen Landes, sie hat sich auch eingehend mit der Politik und Geschichte befaßt und ihre Romanhandlung eingebunden in authentische Fakten.« *Welt am Sonntag*

Die Autorin M. M. Kaye wurde in Simla, einer indischen Stadt im Vorhimalaya, geboren. Ihre Familie ist seit Generationen fest mit dem Land verbunden: Großvater, Vater, Bruder und Ehemann dienten indischen Herrschern. Die Autorin verbrachte den größten Teil ihrer Jugend in Indien und lebte später mit ihrem Mann in Kaschmir. Heute wohnt sie in Sussex, England. Sie hat eine Reihe spannender Detektivgeschichten verfaßt. Ihre größten internationalen Erfolge errang sie jedoch mit ihren historischen Romanen.
Im Fischer Taschenbuch Verlag erschienen außerdem: ›Palast der Winde‹ (Bd. 8119), ›Insel im Sturm‹ (Bd. 8032).

M. M. Kaye

Schatten über dem Mond

Roman

Deutsch von Ilka Paradis

Fischer Taschenbuch Verlag

64.–73. Tausend: Mai 1988

Ungekürzte Ausgabe
Veröffentlicht im Fischer Taschenbuch Verlag GmbH,
Frankfurt am Main, Mai 1985

Lizenzausgabe mit freundlicher Genehmigung des
Marion von Schröder Verlags GmbH, Düsseldorf

Die Originalausgabe erschien 1979 bei
Allen Lane Penguin Books Ltd., London,
unter dem Titel ›Shadow of the Moon‹

Umschlaggestaltung: Rambow, Lienemeyer, van de Sand
Illustration: Tom Breuer
Gesamtherstellung: Clausen & Bosse, Leck
Printed in Germany
ISBN 3-596-28149-0

Sir John William Kaye,
der die Geschichte des Aufstands in Indien
geschrieben hat;
Generalmajor Edward Kaye,
der bei der Belagerung von Delhi
ein Fort kommandierte;
meinem Großvater, William Kaye, Beamter der
Zivilverwaltung in Indien;
meinem Vater, Sir Cecil Kaye;
meinem Bruder, Oberst William Kaye,
und
jenem herrlichen Land
und all seinen Völkerschaften
in Bewunderung, Zuneigung und Dankbarkeit
gewidmet

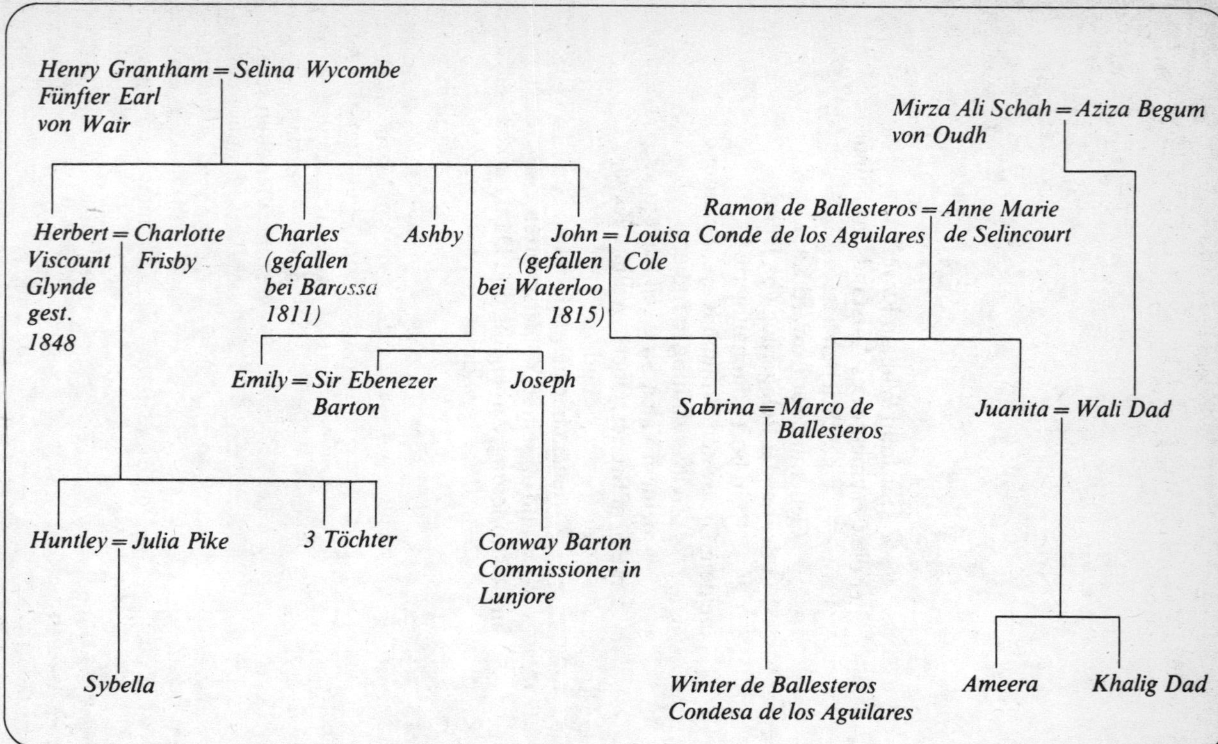
Henry Grantham = Selina Wycombe
Fünfter Earl
von Wair
Mirza Ali Schah = Aziza Begum
von Oudh
Ramon de Ballesteros = Anne Marie
Conde de los Aguilares
de Selincourt
Herbert = Charlotte
Viscount
Frisby
Glynde
gest.
1848
Charles
(gefallen
bei Barossa
1811)
Ashby
John = Louisa
(gefallen
Cole
bei Waterloo
1815)
Emily = Sir Ebenezer
Barton
Joseph
Sabrina = Marco de
Ballesteros
Juanita = Wali Dad
Huntley = Julia Pike
3 Töchter
Conway Barton
Commissioner in
Lunjore
Sybella
Winter de Ballesteros
Condesa de los Aguilares
Ameera
Khalig Dad

Buch 1
Die Schatten des Anfangs

1

»Winter! Wer hat je von so einem Namen gehört? Das ist überhaupt kein Name! Bitte, mein lieber Marco, bitte, sei doch vernünftig. Du kannst dem armen Würmchen nicht solch einen absurden Namen geben.«

»Sie wird auf den Namen ›Winter‹ getauft.«

»Dann gib ihr doch wenigstens einen anständigen zweiten Vornamen. Es gibt so viele hübsche und unauffällige Namen, aus denen du auswählen kannst.«

»Nein. Nur Winter.«

Die sanfte Mrs. Grantham warf in einer Geste der Verzweiflung die Arme hoch. »Aber mein lieber Junge, denk doch bloß einmal daran, wie absurd sich das anhören wird! – Winter de Ballesteros de los Aguilares.«

»Sabrina hat es sich so gewünscht«, sagte der verzweifelte junge Vater störrisch.

Mrs. Grantham wußte, wann sie besiegt war. Mit Marco war in seinem augenblicklichen Seelenzustand nicht zu diskutieren. Wenn nur die Taufe verschoben werden könnte – dann wäre es vielleicht trotzdem noch möglich, ihn zur Einsicht zu bringen! Aber das Baby war ein schwächliches Kind, und seine Chancen zu überleben schienen so dünn, daß es niemand gewagt hatte, die Taufe hinauszuzögern. Und Marco, der Spanier und Katholik war, hatte sogar zugestimmt, daß ein anglikanischer Pfarrer die Zeremonie vornahm. Die Cholera hatte den einzigen katholischen Priester am Ort niedergestreckt, und die Mutter des Kindes hatte ja schließlich zur anglikanischen Kirche gehört. Marco war verstört genug gewesen, um fast allem zuzustimmen, aber in der Angelegenheit des Taufnamens seiner Tochter blieb er unbeugsam.

»Winter!« wiederholte Mrs. Grantham und betupfte in einer nutzlosen Geste ihre geschwollenen Augen. »Die arme Rina muß verrückt gewesen sein.«

Aber Sabrina – die arme, hübsche Sabrina –, die bei der Geburt ihres ersten Kindes in der gnadenlosen Hitze des indischen Mai sterben mußte, war keineswegs verrückt gewesen. Sie hatte an Wair gedacht . . .

Sabrinas Großvater väterlicherseits, Henry John Huntley William, der fünfte Earl of Wair, hatte Selina Emily, die jüngste Tochter des Baronets Sir Arthur Wycombe im Frühsommer des Jahres 1788 geheiratet. Es war das Jahr, in dem Charles von Schottland – »Bonnie Prince Charlie« – elendig im Exil starb.

Die Verbindung des fünften Earl of Wair mit Selina Emily war fruchtbar gewesen. Pünktlich jeden Frühling in fünf aufeinanderfolgenden Jahren hatte Selina pflichtbewußt ihrem Mann ein spitzenverhülltes, lächelndes, brabbelndes Bündel Mensch präsentiert. Herbert, Charles, Ashby, Emily und John waren einander in schneller Folge ans Licht der Welt gefolgt. Aber die Gesundheit ihrer Mutter, die nie robust gewesen war, hatte sich dieser Anstrengung als nicht gewachsen erwiesen, und kurz nach der Geburt des letzten Kindes war Selina schließlich gestorben.

Der Earl, ein autokratischer Mann mit heftigem Temperament, war mit Selina eng verbunden gewesen, und obwohl er zur Zeit ihres Todes noch nicht ganz dreißig war, heiratete er nicht mehr. Er gab statt dessen bekannt, daß seine Tochter Emily die Führung seines Haushalts übernehmen würde, sobald sie alt genug wäre, um die Schule zu verlassen. Da dieser Tag aber noch weit entfernt war, setzte er eine ältere, entfernte Verwandte dazu ein, sich um das Wohlergehen seiner Kinder zu kümmern und all die Ammen, Hauslehrer und Gouvernanten einzustellen, die sie für die Aufzucht der Kinder und ihre Erziehung für notwendig hielt. Kinder, so meinte der Earl, waren nicht nur ungeheuer langweilig, sondern auch außerordentlich lästig. Während seine eigenen aufwuchsen, sah er auch keinen Grund, diese Meinung zu ändern. Mit einer bemerkenswerten Ausnahme. Die betraf seinen jüngsten Sohn, John.

Der Erstgeborene, Herbert Viscount Glynde, war sowohl im Körperbau als auch im Temperament ein »gesetztes« Kind gewesen. Und er wuchs zu einem genauso stillen und gesetzten jungen Mann auf. Charles hatte schon früh einen Hang zum Kartenspiel, zu Pferden und zum Umgang mit Ballettmädchen gezeigt, und Ashby – Bücherwurm, kurzsichtig und nur an den untergegangenen Kulturen Griechenlands und Roms interessiert – langweilte und störte seinen Vater. Emily war eher nach seinem Geschmack: Sie hatte zwar die Schönheit ihrer Mutter nicht geerbt, aber daß sie mehr als nur eine Prise von des Earls eigener Härte und seinem Charakter besaß, das bewies sie damit, daß sie schon mit fünfzehn Jahren von der Schule abging. Nachdem Emily danach die ältere Verwandte von der Bildfläche entfernt und irgendwo bequem untergebracht hatte, übernahm sie die Rolle als Hausfrau von Wair. Sie war ein unscheinbares Mädchen, mit freundlichem Herzen und vielen Fähigkeiten; aber ihr fehlte der Charme, mit dem sie sich vielleicht bei ihrem Vater höheres Ansehen hätte erwerben können. Und wie ihre drei älteren Brüder hatte sie immer mehr als nur ein bißchen Angst vor ihrem Vater gehabt. Nur John fürchtete sich nicht vor ihm. Und nur John – Selinas letztes Kind, das sie das Leben gekostet hatte – hatte sowohl die Schönheit seiner Mutter als auch das Temperament seines Vaters geerbt. Der Earl liebte John, wie Jakob Benjamin liebte.

Johnnie war jedermanns Schoßkind. Ein wunderhübscher Junge. Keck, intelligent und voller Lebensfreude bis zum Rand. Außerdem hatten sich in Johnnie der Jähzorn und die tyrannische Art seines Vaters in Kraft und völlige Furchtlosigkeit verwandelt; und obwohl aller Erwartung nach die offene, unverhüllte Bevorzugung seine weniger begünstigten Brüder und seine Schwester hätte neidisch machen müssen, war Johnnie trotzdem ihrer aller Liebling.

»Der süßeste von allen, mein hübscher, liebenswürdiger Johnnie«, hatte die alte Kinderfrau immer gesungen. Und sie hatte recht. Als Johnnie fünfzehn war, konnte er besser reiten, besser schießen, besser fechten und besser ringen als jeder andere junge Mann in der Gegend, der unter zwanzig war. Und sein Vater erwischte sich wiederholt dabei, wie er mit einem verschämten Gefühl ärgerlicher Verwirrung bedauerte, daß Herbert und nicht Johnnie der Erbe war.

Hätte Johnnie selbst darüber nachgedacht, dann hätte er wahrscheinlich den jüngeren seiner beiden älteren Brüder für diese Rolle ausgewählt. Denn der schneidige Charles war immer sein Held gewesen, und als Charles das Offizierspatent für ein berühmtes Regiment erhielt – als er zum ersten Mal in der ganzen soldatischen Pracht von Scharlachrot, Goldspitze und klingendem Schwert nach Wair eintritt –, da konnte Johnnie kaum noch warten, bis auch er alt genug war, um die Bestallung des Königs zu erhalten.

Aber Charles ritt fort in den Krieg, und er fand den Tod an einem kahlen, steinigen, spanischen Hügel in der Schlacht von Barossa.

Zwei Jahre später, im Jahre 1813, heiratete Herbert – in humorloser Erfüllung seiner Pflicht als Erbe – Lady Charlotte Frisby, eine entfernte Cousine seiner Mutter. Das junge Paar baute sich keinen eigenen Haushalt auf, sondern blieb in Wair, und hier wurde im folgenden Jahr auch das erste Enkelkind des Earls geboren, ein Junge. Das Ereignis wurde etwas von der Tatsache überschattet, daß Johnnie endlich die begehrte Offiziersstelle erhalten hatte; man hatte ihn zum Kornett bei der Kavallerie ernannt.

Ein Jahr später, weniger als drei Wochen nach seinem einundzwanzigsten Geburtstag, schrieb Johnnie von Brüssel nach Hause und gab seine Heirat mit Louisa Cole bekannt:

»Ihr dürft nicht denken«, schrieb John an seinen Vater, »daß mit dieser Heirat irgend etwas nicht in Ordnung gewesen ist, nur weil die Nachricht unerwartet kommt und in dieser Weise per Brief. Aber Louisas Vater ist sehr plötzlich letzte Woche gestorben, und da ihre Mutter Brüssel augenblicklich verlassen wollte, gab es nichts anderes, als Louisa vom Fleck weg zu heiraten.«

Vom Earl konnte man nicht erwarten, daß er irgend etwas anderes fühlte als Kummer über die Nachricht. Aber sein Zorn wurde dadurch gedämpft, daß er den Ruf des Vaters der Braut kannte. Mr. William Cole war im Vorstand der Ostindien-Company, und von dieser Gesellschaft besaß der Earl Aktien. Louisa, die William Coles einziges Kind war, konnte als reiche Erbin betrachtet werden.

»Ich weiß, Du wirst sie liebhaben«, schrieb Johnnie an seine Schwester Emily, »denn sie ist der Inbegriff alles Süßen und Sanften. Du ahnst ja nicht, was ich für ein Glückspilz bin. Ich kann es kaum erwarten, mit ihr nach Hause zu kommen und sie Euch allen vorzustellen. Was für ein herrlicher Tag wird das!«

Aber das Schicksal wollte es, daß es zu einem solchen Tag nie kam.

Vielleicht liegt ein Körnchen Wahrheit in dem Spruch, der besagt, daß Menschen, die von den Göttern geliebt werden, jung sterben müssen. Johnnie Grantham hatte das Glück immer nur gelächelt. Aber jetzt war der Sand seiner Zeit verrieselt. Auf dem Ball der Herzogin von Richmond in Brüssel tanzte er zum letzten Mal. Hochgewachsen, fröhlich, lachend, unverschämt gutaussehend in seiner rotgoldenen Uniform, tanzte er mit seiner schönen jungen Braut die Quadrille. Zwei Tage später war er tot, gefallen in dem blutigen Gemetzel von Hougoumont auf dem Schlachtfeld von Waterloo.

Eine Zeitlang verlor das Leben alle Bedeutung für den Earl of Wair.

Als man ihm die Nachricht überbrachte, hatte er wild und nutzlos gegen das Schicksal getobt. Warum Johnnie? Jedes andere meiner Kinder – alle meine Kinder – aber nicht John! Er hatte sein Gesicht an die Wand gepreßt und Gott geflucht. Die Tage vergingen, und die Wochen wurden zu Monaten, und der erste, rasende Schmerz wich einem dumpfen Zorn und dann dumpfer Ergebenheit. Niemand konnte je Johnnies Platz in seinem Herzen einnehmen. Aber das Leben mußte weitergehen, und es gab Arbeit zu erledigen.

Nur für Johnnies Frau Louisa, die nach England gekommen war, um von nun an in Wair zu leben, war die Antriebsfeder ihres Lebens auf immer zerbrochen. Sie war nur noch ein Schatten der schönen jungen Frau, die mit ihrem gutaussehenden Mann auf dem Ball der Herzogin von Richmond getanzt hatte.

Johnnies Tochter Sabrina wurde am ersten Tag des neuen Jahres geboren, am ersten Januar 1816, und am Abend des gleichen Tages war Louisa ihrem Mann gefolgt. Es gab keinen besonderen Grund, warum sie hätte sterben sollen; nur den einen vielleicht, daß sie ganz einfach nicht mehr leben wollte. Und jetzt, wo sie dahingegangen war, machte sich ihre Schwägerin Emily zur Stiefmutter, zur Beschützerin und Erzieherin für die kleine Sabrina.

»Warum Sabrina?« wollten die Verwandten und Bekannten wissen. »In dieser Familie hat es nie eine Sabrina gegeben. Das ist überhaupt keiner von unseren Namen.«

Aber dafür war Ashby verantwortlich. Ashby, der Bücherwurm, der in der grünen Dämmerung eines Januarabends verlegen und linkisch neben der üppig geschmückten Wiege stand. Das winzige Wesen, das noch keine Woche alt war, hatte schon die zerknitterte Röte der Geburt verloren, und in der kalten Dämmerung sah das kleine Ding unglaublich schön aus. Milchweiße Haut und Haar in dem blassen Gold ganz früher Narzissen – das Haar ihres Vaters. Graue Augen, in der Farbe des Wassers an einem Wintertag – Johnnies Augen . . .

Ashby, dessen linkische Art zu halb anbetender Bewunderung geworden war, hatte Milton zitiert: »›Sabrina hold – hör mich, da du weilst unter der gläsern kühlen, durchscheinend klaren Welle‹. Wir sollten sie Sabrina nennen.«

Sabrina wuchs schnell. Zu schnell, bedauerte Emily. Und jeden Tag wurde sie Johnnie ähnlicher. Ihr Großvater, der sich eingebildet hatte, daß niemand je den Platz seines jüngsten Sohnes in seinem Herzen einnehmen könnte, entdeckte, daß das Kind seines Sohnes jetzt diesen Platz mit Beschlag belegte, als ob es ein Recht darauf gehabt hätte. All die Liebe, all der Stolz und all die Zärtlichkeit, die der Earl auf Sabrinas Vater verschwendet hatte, übertrug er jetzt auf Johnnies Tochter. Und Herberts Frau, Charlotte, ärgerte sich unverhüllt darüber. Sie hielt es für eine schockierende Ungerechtigkeit von seiten der Vorsehung, daß das gute Aussehen der Granthams und der Wycombes bei ihren eigenen Kindern nicht zu finden war, sondern an die Tochter des jüngsten und deshalb – in Charlottes Augen – unwichtigsten Sohnes der Familie verschwendet wurde.

Sabrina war neun Jahre alt, als sie zu einem langen Besuch bei einer Verwandten ihrer Mutter mitkommen durfte. Emily nahm sie auf die Reise mit, und es stellte sich heraus, daß dies ein Wendepunkt sowohl für Emily als auch für Sabrina werden sollte.

England veränderte sich. George III., der alte, verrückte König, der so lange als wandelnder Geist in einem entlegenen Flügel des Schlosses Windsor gelebt hatte, war endlich gestorben. Der dicke, skandalumwitterte Kronprinz, das »Prinzchen«, war König. Die Regentschaft war vorüber, und das England des Regency mit seinen Stutzern und Galanen, seinen »Griechen« und »Römern«, wurde schon jetzt zur Historie und Legende.

Emily war dreiunddreißig und – gemessen an den Maßstäben ihrer Zeit – im mittleren Alter und zu ewiger Altjüngferlichkeit verdammt. »Es ist so schade, daß die liebe Emily nie geheiratet hat«, sagten diverse Tanten, Onkel und Cousinen. »Sie wäre eine ausgezeichnete Ehefrau geworden. Natürlich wird sie jetzt nie mehr heiraten.« Aber Emily überraschte sie alle.

Louisas Vater, dessen Vater und sein Großvater vor ihm waren reiche Kaufleute gewesen, die mit dem Fernen Osten handelten – »Nabobs« wurden sie von der Presse genannt. Und im Hause von Louisas Tante Harriet Cole, lernte Emily Sir Ebenezer Barton von der ehrbaren Ostindien-Company kennen; Sir Ebenezer, der seinen riesigen Palast an den Ufern des Hugly verlassen hatte und zu Hause Urlaub machte.

Sir Ebenezer war damals fünfundvierzig. Ein rundlicher, kleiner Mann mit cholerischen, blauen Augen, einem Backenbart und einem Gesicht, das von der Sonne des Ostens zu einem dunklen Mahagoniton gegerbt war. Niemand konnte sich vorstellen, was Emily in ihm sah, oder er in ihr, aber irgend etwas fesselte die beiden aneinander. Irgend etwas, das vor fremden Augen verborgen lag. Emily, die Kühle, die Gründliche, die Verläßliche, errötete unter Sir Ebenezers Blick wie ein Schulmädchen, das gerade aus dem Klassenraum kommt, und Ebenezer, ein einsilbiger, schweigsamer Mann, ging mit ihr im Park spazieren und erwischte sich dabei, wie er ihr sehr eindringlich von Indien und von seiner Arbeit erzählte, von dem seltsamen, braunen, trügerischen Fluß, neben dem er wohnte, von Tigerjagden und Elefanten, von orientalischen Prinzen und Potentaten, die vor märchenhaften Juwelen glitzerten und die wie im Mittelalter in phantastischen Marmorpalästen wohnten.

Emily war keine Desdemona. Ihr wäre es vollkommen gleich gewesen, wenn er statt dessen von Aktien und Anteilen oder von der Installation einer Wasserleitung gesprochen hätte. Sie war an Asien nicht interessiert, nur an Ebenezer. Sie fand ihn liebenswürdig und verläßlich, und sie wußte, daß sie ihn lieben und bemuttern und sich an ihn anlehnen konnte. Sie hielt ihn sogar für gutaussehend.

Ebenezer, der zwölf Jahre älter und erst kürzlich von einem langen Aufenthalt in Indien heimgekehrt war, fand in ihr sein weibliches Ideal. Ihm kam sie jung vor, ohne »fräuleinhaft« zu sein: eine gesittete, ruhig-gelassene Engländerin. Bei Frauen war er sich immer komisch vorgekommen, aber nicht bei Emily. Bei ihr fühlte er sich zu Hause, bei ihr war ihm wohl. Er hielt sie tatsächlich für schön.

Im Herbst 1825 heirateten sie in Wair, und Emily fuhr mit ihrem Ebenezer auf die Hochzeitsreise ins englische Seengebiet und überließ Charlotte die Pflichten der Dame des Hauses in Wair. Charlotte mußte auch die Verantwortung für Sabrinas Erziehung übernehmen.

Sabrina begrüßte diese Veränderung nicht. Es stimmte zwar, daß ihr Großvater sie weiterhin verwöhnte und als seinen Liebling betrachtete, aber sie konnte nie mehr als einen kleinen Teil ihrer Zeit in der Gesellschaft ihres Großvaters verbringen, denn die meisten Stunden des Tages verflossen ja notwendigerweise im Klassenzimmer oder unter den Augen von Kinderfrauen und Gouvernanten, die jetzt von ihrer Tante Charlotte ausgewählt wurden.

Im Jahre 1830 verstarb das »Prinzchen«; sein Volk bedauerte das nicht, und niemand trauerte um den König außer seiner gewichtigen, raffgierigen Geliebten, Lady Conyngham. William IV., »Bill der Seemann«, bestieg den Thron. Und in dem zugigen Palast in Kensington spielte ein püppchenhaftes, adrettes, ernstes und beherrschtes kleines Mädchen mit seinen Puppen und ging mit seiner deutschen Gouvernante spazieren, und es wußte noch nicht, daß es die zukünftige Erbin von England war. Das kleine Mädchen konnte noch nicht ahnen, daß es England einmal zu einer fast unglaublichen Weltgeltung führen würde ...

Als Sabrina siebzehn war, gab ihr Großvater einen Ball, ihr Debüt. Augenblicklich wurde Wair zum Anziehungspunkt für junge Kavaliere aus fünf Ländern. Sabrina hätte aus einem Dutzend annehmbarer Angebote wählen können, und Charlotte war darüber nicht erfreut.

Charlotte war selten über Sabrina erfreut gewesen, und jetzt fand sie es einfach untragbar, daß ihre eigenen unscheinbaren, adretten, wohlerzogenen Töchter durch die goldene Schönheit und den fröhlichen, oberflächlichen Charme ihrer Nichte so völlig in den Schatten gestellt werden sollten. Was die Angelegenheit noch schlimmer machte, war die Tatsache, daß Sabrina im Verlauf der nächsten zwei Jahre jedes Angebot, das ihr gemacht wurde, ausschlug. Das geschah allerdings nicht, weil sie sich etwa nie verliebt hätte. Nein, sie verliebte sich nur allzuoft, aber zum Ärger ihrer Tante und zur Erleichterung ihres Großvaters war sie anscheinend unfähig, länger als höchstens eine Woche in den gleichen Mann verliebt zu bleiben.

Sabrina zu verheiraten und aus Wair zu entfernen, das wurde zu Charlottes rücksichtslos verfolgtem Ziel. Am Ende war es Emily, die ihr unbewußt dabei half, dieses Ziel zu erreichen. Emily und der Earl und ein gewisser Captain der Husaren . . .

Lady Emily Barton, die im Haus ihres Vaters zu Besuch gewesen war, stand kurz davor, wieder nach Indien zu ihrem Ebenezer zurückzukehren, der jetzt Baronet war und Mitglied des Rates beim Generalgouverneur. Emily hatte darum gebeten, Sabrina für ein Jahr mitnehmen zu dürfen. Zu jeder anderen Zeit hätte der Graf diese Bitte ohne Zweifel verweigert, aber jetzt war Emilys Anfrage mit einer wichtigen, anderen Angelegenheit zusammengefallen. Denn auf der Szene war der erste Mann erschienen, an dem Sabrina ein Interesse zeigte, das drei Wochen überdauerte.

Captain Dennis Allington von den Husaren war gutaussehend, schneidig und in Frauenangelegenheiten erfahren. Und Sabrina, die ihn gefährlich faszinierend fand, erlaubte es ihm, ihr beim Tanzen fortgesetzt Aufmerksamkeiten zu erweisen, und sie behandelte ihn mit mehr Gunst, als sie vorher jedem anderen ihrer Anbeter gezeigt hatte.

Der Earl war ernsthaft beunruhigt. Er kannte Captain Allington als Spieler und Verschwender. Außerdem besaß der Captain, was Frauen betraf, einen Ruf, der keiner Nachforschung standhielt. Solch ein Mann war kein angemessener Gemahl für seine Lieblingsenkelin. Aber als der Earl versuchte, Sabrina ins Gebet zu nehmen, da war sie schnippisch und schließlich grob geworden. Emilys Einladung war also in einem günstigen Augenblick gekommen, und der Earl griff nach dieser Gelegenheit, seine Schwierigkeiten loszuwerden. Er würde Sabrina für mindestens ein Jahr in die Fremde schikken: Emily konnte man trauen. Sie würde seinen Liebling mit der größten Sorgfalt betreuen, und wenn Captain Allington erstmal aus den Augen war, dann würde er bald auch aus dem Sinn sein.

Charlotte weihte dem Projekt ihre leidenschaftliche Unterstützung, aber Sabrina selbst hatte zwiespältige Gefühle dabei. Sie war zwar ihrer Tante Emily tief verbunden und fand die Aussicht auf eine Reise nach Indien aufregend; auf der anderen Seite aber stand Dennis Allington. Sabrina war sich überhaupt nicht sicher, ob sie Dennis nicht doch wirklich liebte, und außerdem hatte sie den Verdacht, daß die ganze Idee mit dem einjährigen Aufenthalt in Indien einzig und allein dazu ausgedacht worden war, um sie von Dennis zu trennen.

Während sie noch zögerte, entschied Captain Allington die Angelegenheit selbst und damit auch ihre Zukunft . . .

Es geschah auf einem Ball in Ormesley Court. Sabrina, die sich bei einem Ländler eine Spitzenrüsche an ihrem Kleid zerrissen hatte, war aus dem Saal gegangen, um sie reparieren zu lassen. Zurück hatte sie eine Abkürzung durch einen Seitenkorridor genommen und traf plötzlich auf Captain Dennis Allington, der gerade Mrs. Jack Ormesley küßte.

Um dem Captain Gerechtigkeit angedeihen zu lassen: Er hatte nicht vorgehabt, Mrs. Ormesley zu küssen. Er hatte die Dame zu einem Salon führen wollen, wo gerade Erfrischungen serviert wurden. Aber als die beiden durch einen kleinen Korridor kamen, der zufällig im Augenblick verlassen war, stolperte Mrs. Ormesley über das nachschleifende Ende ihres langen Spitzenschals, und sie wäre gefallen, wenn Captain Allington sie nicht aufgefangen hätte. Er war natürlich nicht der Mann, solch eine Gelegenheit auszulassen. Er küßte die Dame, und die erwiderte seine Umarmung mit allen Anzeichen der Zustimmung und Freude über den Zwischenfall. Captain Allington wäre es nicht in den Sinn gekommen, weiter darüber nachzudenken, wenn er nicht den Kopf gehoben und das eingefrorene Lächeln auf dem Gesicht von Sabrina Grantham gesehen hätte.

Von solchen Kleinigkeiten hängen Schicksal und Zukunft ab. Wenn Sabrina sich nicht zwölf Zentimeter Rüsche am Saum ihres Kleides abgerissen hätte oder wenn Mrs. Jack Ormesleys Schal zwanzig Zentimeter kürzer gewesen wäre, dann wäre Emily allein nach Indien gefahren, und nicht in Begleitung ihrer Lieblingsnichte.

Sabrina war von Indien bezaubert. Sie war von Natur aus fröhlich und unkritisch, und alles, von der langen und mühseligen Reise um das Kap der Guten Hoffnung bis zu der Ankunft im überfüllten Hafen von Kalkutta, entzückte sie. Dennis Allington und seine Untreue waren bald vergessen, und lange bevor die Reise zu Ende war, hätte sich Sabrina nur noch mit Schwierigkeiten an einzelne Züge in Dennis Allingtons Gesicht erinnert.

Sie genoß den Erfolg, den sie immer gehabt hatte, auch in der englisch-indischen Gesellschaft. Aber diesmal stellte sie nicht fest, daß sie sich in irgendeinen der Offiziere und Beamten, mit denen sie tanzte, wieder verliebte.

»Ich werde alt, Tante Emily«, sagte Sabrina einmal aufgeregt. »Ich bin seit einem Jahr nicht mehr verliebt gewesen!«

Es war 1837, und sie war einundzwanzig.

Ihr Großvater hatte schon geschrieben und verlangt, daß sie zurückkehrte. Aber da Emilys Gesundheit in letzter Zeit nicht allzu gut gewesen war, hatte Sabrina das Gefühl, daß sie ihre Tante jetzt nicht verlassen konnte. Sie hatte auch nicht den Wunsch, wieder nach Hause zu fahren, denn Indien übte noch immer einen mächtigen Bann auf sie aus. Ihr Onkel Ebenezer ging während der kühlen Jahreszeit als bedeutendes Mitglied des Rates des Generalgouverneurs mit seiner Frau und seiner Nichte auf Staatsbesuche, und bei einem offiziellen Besuch am Hof des Königs von Oudh lernte Sabrina Juanita de Ballesteros kennen.

Juanitas Vater, der Conde de los Aguilares, war ein reicher, exzentrischer spanischer Adliger, der als junger Mann viel im Osten gereist war. Als er vor einem halben Jahrhundert in Oudh ankam, war er sehr vom Land und seinen Leuten fasziniert gewesen, und einem Neffen des regierenden Königs war er besonders nahegekommen. Die beiden jungen Männer, der Spanier und der Moslem, waren schnell zu Freunden geworden. Sowohl in den Gesichtszügen als auch im Temperament ähnelten sie sich auf merkwürdige Weise. Vielleicht, weil das Blut einer dunkeläugigen Tochter des Islams aus den Tagen der maurischen Eroberung Spaniens sich durch die Jahrhunderte bis an diesen Sohn Kastiliens und Aragons weitervererbt hatte.

Ramon de Ballesteros, Conde de los Aguilares, kehrte nie mehr nach Spanien zurück. Oudh wurde sein Zuhause, und das reiche, barbarische, malerische Königreich zu seinem Heimatland. Der Herrscher von Oudh schenkte ihm Land an den Ufern des Flusses Goomti, und dort baute Ramon de Ballesteros sein Haus, ein riesiges spanisches Castello, umgeben von Orangen- und Zitronenhainen und grünen Gärten, mitten im Herzen von Indien.

Die Casa de los Pavos Reales, das ›Haus der Pfauen‹, fügte sich mit der gleichen Leichtigkeit und Anmut in die östliche Landschaft wie sein Besitzer. Die spanische Architektur mit ihren kühlen, offenen Innenhöfen und den plätschernden Springbrunnen, den hohen Räumen und den Fenstern mit den kleinen, lauschigen Balkonen war ja auch weitgehend das Erbe der Eroberer aus dem Osten.

In angemessener Zeit heiratete der Conde. Aber es war nicht, wie man vielleicht hätte voraussagen können, eine Tochter aus dem Königshaus von Oudh, sondern das einzige Kind eines französischen Emigré, der mit seiner Familie aus der blutigen Hölle der Revolution geflüchtet war und anschließend in der Armee der ostindischen Gesellschaft Dienst getan hatte.

Anne Marie de Selincourt war ein sanftes, dunkeläugiges Wesen. Sie konnte sich nicht an das Land ihrer Geburt erinnern. Sie war erst knapp ein Jahr alt gewesen, als ihre Eltern mit ihr aus Frankreich geflohen waren, und da sie seitdem ausschließlich im Orient gelebt hatte, waren ihr das Hindustani und das Hofpersisch von Oudh genauso geläufig wie das Tamili und das Telegu des Südens oder die englische Sprache oder auch ihre eigene Muttersprache, Französisch. In dem großen Haus ihres Mannes am Ufer des Goomti lebte sie sich in das farbige, polyglotte Leben ein, und nichts kam ihr seltsam vor. Ihre Freunde waren die schlanken, olivenhäutigen Ehefrauen der Prinzen und Adligen von Oudh, und ihr viertes Kind, Juanita, wurde im Haus der Begum Aziza geboren, der Frau des besten Freundes ihres Mannes, Mirza Ali Schah.

»Sie wird den Sohn eines Kaisers heiraten, sie wird Perlen an der Stirn tragen, und sie wird reiten auf einem Elefanten in einer goldenen Houdah«, sagte Aziza Begum zu Anne Marie, während sie ihren eigenen kleinen Sohn in den Armen wiegte. Und dann hatten die beiden jungen Mütter über den Köpfen ihrer schlafenden Kinder zusammen gelacht.

Nur zwei von Anne Maries sieben Kindern überlebten die Babyzeit – ihr Sohn Marco und ihre Tochter Juanita. Die anderen wurden frühzeitig zu Opfern der Cholera und des Typhus, den beiden tödlichen Seuchen des Ostens. Als Marco vierzehn Jahre alt war, schickte sein Vater ihn nach Spanien, mit dem Befehl, seine Bildung im Heimatland zu vervollkommnen. Marco kam erst neun Jahre später wieder zurück. Da war er ein schlanker junger Mann und besaß die dunkle, adlerartige Schönheit, die man so häufig in den großen Familien Aragons und Kastiliens sieht, und Juanita hatte den Gespielen ihrer Kindheit geheiratet, Wali Dad, den Sohn des Schahs und der Begum.

Diese Ehe hatte beträchtliche Opposition sowohl bei christlichen Priestern als auch bei mohammedanischen Mullahs hervorgerufen, aber am Ende war dem jungen Paar die Zustimmung beider Familien zuteil geworden. Aziza Begums schlanke Figur war mit den vorrükkenden Jahren rund und unförmig geworden, und ihr blauschwarzes Haar zeigte graue Streifen. Die erbarmungslose Hitze der indischen Sommer hatte die junge Anne Marie zu einer dünnen, kleinen Frau mit faltigem Gesicht und zu früh gebleichtem Haar zusammenschrumpfen lassen. Ihre beiden Ehemänner waren alte Graubärte geworden, ihre Kinder erwachsene Männer und Frauen, und Aziza Begum gebot schon jetzt als Großmutter über ein halbes Dutzend runde, braune Babys. Aber obwohl die Welt und sie selbst sich verändert hatten – die alte Freundschaft zwischen den beiden Familien bestand noch immer mit gleicher Herzlichkeit. Der gutaussehende junge Wali Dad, Azizas Erstgeborener, verliebte sich in Anne Maries sanfte, dunkeläugige Tochter. Wali Dads Eltern hatten ihm nie irgend etwas verweigert, und warum sollten sie ihm die Erlaubnis zur Ehe verweigern? »Es gibt keinen Gott außer Gott«, sagte Ali Schah zu den Mullahs, »aber wird nicht Hasrat Isa – Jesus – auch unter die Propheten gezählt? Sind nicht auch die Christen ›Kinder der heiligen Schrift‹?«

»Eine unserer eigenen Vorfahren war Maurin«, sagte der Conde Ramon. »Und Ali Schah ist mein ältester Freund, und Oudh ist meine Wahlheimat. Wenn die jungen Leute es wünschen, dann werde ich meine Einwilligung nicht verweigern.«

Sabrina Grantham, die Oudh mit ihrer Tante und ihrem Onkel im Frühling 1837 besuchte, lernte Juanita de Ballesteros, die Frau des Wali Dad, bei einem Bankett im Frauenhaus des Shutter Mansil Palastes in Lucknow kennen.

Es war ein seltsames Spiel des Schicksals, daß zwei Frauen von so ungleicher Herkunft und Erziehung, von so ungleichem Temperament soviel Gemeinsames entdeckten. Aber zwischen Sabrina und Juanita blühte plötzlich und unvermittelt eine tiefe Zuneigung auf. Beide waren jung und gleichaltrig; jede fand die andere neu und anregend und romantisch, und sie waren vom ersten Augenblick an Freundinnen: Sabrina, blond und grauäugig, mit milchweißer Haut, die die schmalen Schnürmieder und die riesigen Krinolinenröcke und die mit Blüten und Bändern und Federn überladenen Hüte der augenblicklichen Mode so sicher trug, als ob diese Kleidung nur dazu entworfen sei, Sabrinas Schönheit zu unterstreichen; und Juanita mit ihren großen, braunen Augen, deren samtige Magnolienblütenhaut zu den kleidsamen orientalischen Gewändern, die sie aus Gewohnheit trug, einen pikanten, europäisch-charmanten Gegensatz bildete.

Emily, die streng englisch geblieben war, hatte sich zuerst schokkiert und voller Abscheu darüber gezeigt, daß eine »weiße Frau« einen Inder geheiratet hatte und jetzt in einem muselmanischen Palast lebte, den Emily stur immer wieder als »Harem« bezeichnete. Aber auch sie konnte sich nicht gegen Juanitas Charme wehren und auch nicht gegen die Liebenswürdigkeit ihres fröhlichen, jungen Ehemannes, ihres älteren, exzentrischen Vaters und ihrer sanften, kleinen Mutter. Und als die langen warmen Tage des März zu heißen Apriltagen wurden, erlaubte sie Sabrina, mehr und mehr Zeit in der Casa de los Pavos Reales oder im Gulab Mahal zu verbringen, dem kleinen rosa Palast in einem stillen Viertel der Stadt, wo Juanita wohnte.

Als der März vorbei war und es April wurde und als die Hitze auf den Mauern und Kuppeln und Minaretts von Lucknow tanzte und flimmerte, zog sich Sir Ebenezer mit seiner Frau und seiner Nichte in die Berge zurück. Sie nahmen Juanita mit: nicht weil sie vor der Hitze Angst gehabt hätte, sondern weil Juanita ihr erstes Kind erwartete, das im Herbst geboren werden sollte. Juanitas Gesundheit war in letzter Zeit nicht allzu gut gewesen, und man hielt es für geraten, sie in die Berge zu schicken, wo die Luft kühler war. Es gab aber noch einen zweiten Grund. In der Stadt braute sich Unruhe zusammen.

Die Herrscher von Oudh hatten zu den korruptesten der östlichen Potentaten gehört – aber das hatte die Ostindische Gesellschaft nicht davon abgehalten, dem König als Gegenleistung für ein großes Maß an Handelsfreiheit Truppen zu leihen, damit er seine unzufriedenen Untertanen in einem angemessenen Zustand der Unterwerfung halten konnte. Der augenblickliche Herrscher, Nasser-Ood-Din-Hyder, war sogar der schlimmste einer langen Reihe von üblen Unterdrückern, und er war von Sir William Bentinck dazu angehalten worden, seine Methoden zu ändern. Aber weder Warnungen noch Drohungen hatten bei dem König gefruchtet, und endlich hatte der Gerichtshof des Direktoriums der Ostindischen Gesellschaft Maßnahmen ergriffen. Man hatte einen Kurier an Colonel John Low, den Beauftragten in Lucknow abgeschickt und ihn befugt, im Auftrage der Ostindischen Gesellschaft zeitweise die Regierung von Oudh zu übernehmen. Aber Colonel Low, der sich sicher war, daß man solch einen Schachzug in ganz Indien mißverstehen und bitter ablehnen würde, bat statt dessen darum, daß Nasser-Ood-Din abgesetzt und durch einen anderen Herrscher aus dem Königshaus ersetzt werden sollte. Die Angelegenheit war streng geheimgehalten worden, aber für solche Dinge gibt es im Orient einen sechsten Sinn. Verdacht und Spekulation blühten, und ganz Oudh brodelte von Gerüchten und Gegengerüchten . . .

Der Conde Ramon hatte sich in den letzten Jahren mehr und mehr von der Außenwelt hinter den hohen weißen Mauern, die seinen Besitz umgaben, zurückgezogen. Abgesehen von einer Handvoll alter Freunde, darunter nur wenige Europäer, war er allein und führte ein zurückgezogenes, abgekapseltes Leben. Aber selbst in seine friedliche Welt zogen die Furcht und die Unruhe Kreise, und als Lady Emily Barton vorgeschlagen hatte, seine Tochter mit in die Berge zu nehmen, da hatte er diese Einladung mit Dankbarkeit angenommen und seinen jungen Schwiegersohn gedrängt, Juanitas Abreise zuzustimmen.

Es war kühl in den Fichten- und Rhododendrenwäldern der Berge, und das Leben schien hier friedlicher und gemächlicher zu verlaufen als im hektischen Gedränge des flachen Landes. Hinter den Falten des Vorgebirges erhoben sich die eigentlichen Höhenzüge; Reihen über Reihen wilder, dschungelüberzogener Berge, hinter denen zeitlos und unverändert der ewige Schnee aufstieg – die weißen, luftigen Gipfel, denen die Zeit und die eilenden Füße der Geschichte nichts anhaben können. Dennoch: Gerade jetzt wurde Geschichte gemacht, und die Zeiten änderten sich.

Denn in weiter Ferne, auf einer kleinen, regnerischen Insel auf der anderen Seite der Welt starb ein König, und ein junges Mädchen, das gerade erst die Schule verlassen hatte, ein Mädchen, das einer der größten Epochen der britischen Geschichte ihren Namen verleihen und das später zur Kaiserin von Indien erklärt werden sollte, bestieg den Thron von Großbritannien. Das viktorianische Zeitalter hatte begonnen.

Wenn erst die sintflutartigen Regenfälle des Monsun sich über die brennenden Ebenen von Indien ergossen, dann wollte Juanita wieder nach Lucknow zurückkehren. Aber Wali Dad und ihre Schwiegermutter Aziza Begum verboten es. »Bleib noch eine Weile, Geliebte«, schrieb Wali Dad, »denn in dieser Stadt wird Böses geschehen, und mein Herz ist unruhig, weil es nicht weiß, was werden wird. Wenn mein Haus auch dunkel ist ohne das Licht Deiner Gegenwart, so gibt mir dennoch der Gedanke, daß Du, mein Herz und mein Leben, vor allen Gefahren geschützt bist, viel Trost und Kraft. Wenn das Üble, das geschehen wird, an uns vorübergegangen ist, dann will ich kommen und Dich zu mir holen.«

Also blieb Juanita in den Bergen, und unten, in der heißen, schwülen Hauptstadt von Oudh, bat Colonel John Low durch Kurier und Brief um die Ersetzung des Nasser-Ood-Din durch jemand anderen aus dem Königshaus, denn er hielt es nicht für ratsam, das Königreich durch die Ostindische Gesellschaft annektieren zu lassen.

Colonel Low, wie viele andere seiner Zeitgenossen in den Rängen der »John Company«, war bestürzt und beunruhigt über die Richtung, die die Ostindische Gesellschaft eingeschlagen hatte. Die ehrbare Ostindische Gesellschaft war eine Vereinigung von Kaufleuten. Die Handelsfirmen waren nach Indien gekommen, um zu kaufen und zu verkaufen, und suchten nichts als Geschäfte und Profit. Sie wollten kein Reich. Dennoch, langsam und unauffällig, so schien es wenigstens, wurde ihnen ein ganzes Imperium aufgebürdet.

In den Tagen der Großmoguln hatte ein britischer Schiffschirurg einmal erfolgreich die schlimmen Brandwunden der geliebten Tochter des Schah Jahan behandelt, und als man ihn fragte, was er sich als Belohnung wünschte, hatte er einfach um die Erlaubnis gebeten, daß die Briten in Bengalen Handel treiben dürften. Jene ersten kleinen Handelsstationen hatten geblüht und reiche Dividenden abgeworfen. Aber gerade dieser Erfolg war es gewesen, der bei anderen Händlern von jenseits der Meere Neid und Haß hervorgerufen hatte.

Die Franzosen, die Araber, die Holländer und die Portugiesen waren Rivalen, wenn es um die goldenen Reichtümer des Handels mit Indien ging, und die britischen Kaufleute sahen sich – um ihre Produktionsstätten und ihr Leben zu schützen – gezwungen, sich zu bewaffnen und Hilfstruppen anzuheuern. Nach und nach hatten sie mit Erfolg ihre Konkurrenz besiegt und ein Handelsmonopol errichtet. Aber je mehr der Handel wuchs, je mehr Lagerhäuser und Fabriken erbaut wurden, desto mehr wuchs auch die Notwendigkeit, größere Streitkräfte zu ihrem Schutz anzuwerben. Die Zeiten waren unruhig, und Indien, Indien war ein mittelalterliches Gemisch aus kleinen, kriegführenden Staaten, die von Korruption, Betrug und Intrigen zerrissen waren. Die »Gesellschaft der Kaufleute« schloß Verträge mit vielen dieser kleinen Könige, und die Gesellschaft kämpfte auch auf Seiten dieser Alliierten gegen andere Kleinstaaten. Die Bewaffnung hielt mit den Profiten Schritt, und zwar notwendigerweise. Der Geist der Gewalt war aus seiner Flasche befreit worden, und es wurde unmöglich, ihn wieder einzusperren. Anstatt eine goldene Ernte einzubringen, wie das in früheren Jahren der Fall gewesen war, mußten die Direktoren der Ostindischen Gesellschaft mehr und mehr ihrer Schätze für eine Streitmacht ausgeben, die jetzt nicht weniger als eine riesige Privatarmee war. Und um den Handel zu schützen, mußte die Ostindische Gesellschaft auf diese Weise ein riesiges, immer noch wachsendes Imperium erwerben.

Robert Clive, früher Sekretär im Dienst der Gesellschaft, war es, der dann Indien eigentlich eroberte und die revolutionäre Theorie aufstellte, daß ein Land, wenn es seinen rechtmäßigen Besitzern genommen wird, hauptsächlich zum Nutzen dieser früheren Besitzer regiert werden muß und nicht nur zum Vorteil der Eroberer. Und die Männer, die einmal als abenteuernde Kaufleute begonnen hatten, stellten zu ihrem großen Kummer immer häufiger fest, daß sie sich mehr und mehr mit Verwaltung befassen mußten und weniger und weniger mit Handel. Die Armeen der Gesellschaft spielten die Polizei im Land, die Gesellschaft setzte Gouverneure und Verwaltungsleute und Politiker ein, die diesem riesigen Land Recht und Gesetz bringen sollten – diesem gewaltigen Gebiet, in das sie gekommen waren, um zu feilschen, und in dem sie geblieben waren, um zu erobern. Gleichzeitig schwanden ihre Profite.

»Kein Mann geht so weit, wie der, der nicht weiß, wohin er geht«, sagte Oliver Cromwell. Die Männer der »John Company« hatten nicht gewußt, wohin sie gingen, und von den Tagen des siebzehnten Jahrhunderts und den ersten kleinen Handelssiedlungen an der Küste von Coromandel an hatten sie einen langen, beschwerlichen Weg zurückgelegt. Sie hatten den Sultan Tippu, den Herrscher von Mysore, besiegt und sein Gebiet geteilt und zerstückelt. Sie hatten die Mahrattas und die Gurkhas besiegt, den Peishwa abgesetzt und seine Länder dem Präsidenten von Bombay gegeben. Sollte das uralte Königreich von Oudh jetzt den gleichen Weg gehen? Sollte die Herrscherwürde aus den Händen seines Königshauses in die Hände der Gesellschaft geraten? Colonel Low jedenfalls war entschlossen, alles zu tun, was er konnte, um das zu verhindern.

Die indische Frage, so überlegte er, wuchs der Gesellschaft über den Kopf. Die »John Company« verlor nicht nur Geld, sondern war auch noch schwer verschuldet, und es kam somit gar nicht in Frage, daß die Ostindische Gesellschaft allein die Regierung in Oudh übernahm. Außerdem glaubte Colonel John Low nicht, daß die Menschen in Oudh, obwohl sie ihre schurkischen Könige wenig liebten und den Fall des Nasser-Ood-Din begrüßen würden, statt dessen die

Herrschaft einer fremden Gesellschaft anerkennen würden. Die Menschen in Oudh würden das nur als ein weiteres Beispiel westlicher Aggression betrachten und als unverschämten Landdiebstahl. Es würde Aufstände und Unruhen geben – und wieder würden die Handelsprofite durch teure Kriege geschluckt werden. Dennoch, Nasser-Ood-Din mußte abgesetzt werden.

Aber noch während Colonel Low über diese Frage brütete, wurde ein Aspekt seines Problems schon für ihn gelöst. In einer heißen Nacht im Juli starb Nasser-Ood-Din-Hyder durch Gift, und augenblicklich begann es in Oudh zu gären. Die Nachfolge war strittig, und in den Straßen von Lucknow wimmelte es von Banden gesetzloser Truppen, die bereit waren, zuzuschlagen und ihren speziellen Nachfolgekandidaten zu unterstützen. Nur die feste Haltung und die Courage Colonel Lows und einer Handvoll von britischen Helfern rettete die siedende Stadt vor einem Blutbad. Schließlich bestieg mit Zustimmung des Generalgouverneurs Lord Auckland, ein alter, verkrüppelter Onkel des verstorbenen Königs, den Thron von Oudh. Die Stadt beruhigte sich, und Juanita kehrte in den rosa Palast nach Lucknow heim.

Juanitas Bruder war aus Spanien zurück: ein hochgewachsener Fremdling, dessen fröhliches Lachen ungewohnte Echos in der Stille der Casa de los Pavos Reales erweckte.

Die warmen Regenfälle des September wuschen die Stadt sauber, und der Oktober brachte die strahlenden Tage und kühlen Nächte der kalten Jahreszeit in Indien. Die Bartons kamen auch wieder nach Lucknow, wo sie einen Monat mit dem Regierungsberater verbringen wollten, und Sabrina, die mit ihrer Tante Emily einen Besuch im Haus der Pfauen machte, lernte Marco de Ballesteros kennen.

Es war natürlich unvermeidlich, daß sie sich ineinander verliebten. Marco, dunkelhaarig und von romantischer Schönheit, und Sabrina Grantham, die überraschenderweise seit über einem Jahr nicht mehr verliebt gewesen war, Sabrina, klein und schlank und blond und wunderschön, wurden einander vorgestellt.

»Meine Nichte Sabrina . . .«

»Mein Sohn Marco . . .«

In der kühlen, weißen Halle der Casa de los Pavos Reales, wo wie in Spanien Orangenbäume in Kübeln standen und wo das Sonnenlicht durch die Zitronenbäume von draußen hereinsickerte und den Raum mit grünem, wäßrigen Licht erfüllte, standen sie sich gegenüber und staunten sich an.

Auch Marco hatte Milton gelesen, und die gleichen Zeilen, die Ashby vor so vielen Jahren an der Wiege der kleinen Sabrina zitiert hatte, kamen jetzt auch dem jungen Granden von Spanien in den Sinn.

»Sabrina!« dachte Marco und starrte sie bezaubert an. » ›Sabrina hold . . . hör mich, wo du weilst, unter der gläsernen, kühlen, schimmernden Welle.‹ Ja, sie ist wie eine Nixe. Eine Wassernymphe.«

»Er ist wie ein Ritter der Tafelrunde«, dachte Sabrina. »Er sieht aus wie Tristan in diesem Buch, das Großpapa in der Bibliothek stehen hat.«

Sie standen da und schauten einander an, und sie verliebten sich.

2

Juanitas Tochter kam zur Welt, und die uralten Wiegenlieder Spaniens, Frankreichs und Hindustans wurden an ihrer Wiege gesungen.

»Hai mai!« seufzte Aziza Begum und schaute ihre Freundin Anne Marie an. »Erinnerst du dich noch an den Tag, an dem deine Tochter geboren wurde? Auch ich erinnere mich noch daran. Jetzt bin ich eine alte Frau, sehr fett und ungelenk. Aber mir ist, als ob es gestern gewesen wäre. Die Jahre fliehen schnell, zu schnell. Aber für dich und mich, meine Freundin, werden noch viele Enkelkinder kommen, und sicherlich wird das nächste ein Sohn sein . . .«

Für Sabrina war es eine Zeit voller Zauber, wie eine Seite, die man aus einem Märchenbuch gerissen hat. Aber Emily war voller Angst und übler Vorahnungen. Emily war durch und durch britisch geblieben, und sie besaß all die angeborene Sturheit ihrer Rasse. Ihre beiden Kinder waren geboren worden, hatten ihre kurzen Tage gelebt und waren in diesem feindlichen, fremden Land gestorben. Man hatte sie in dieser fremden Erde zur Ruhe gebettet. Emily fand Indien gar nicht schön oder aufregend. Sie sah in diesem Land nur den Friedhof ihrer Kinder; für sie war es ein unzivilisiertes, barbarisches Land, dessen Moral, Hygiene und Lebensweise noch auf mittelalterlichem Stand waren. Und es war eine von Gott angewiesene, aber unangenehme Aufgabe für Männer wie Ebenezer, das Land zu regieren und zu kontrollieren und es auf den Pfad der zivilisierten, aufgeklärten westlichen Lebensart zu leiten. Deshalb war es keineswegs überraschend, daß Emily die Verbindung, die sich zwischen Sabrina und Marco de Ballesteros anspann, mit Ablehnung betrachtete.

Aber diesmal liebte Sabrina: Sie liebte zum ersten Mal in ihrem Leben. Keiner, der sie anschaute, konnte darüber auch nur einen Augenblick im Zweifel sein. Sie ging, als ob ihre kleinen Füße den Boden kaum berührten, und es war, als ob eine fast sichtbare Aura des Glücks sie umgab. Für Marco, der an die dunkelhaarigen Frauen Spaniens und Frankreichs gewöhnt war und an die Frauen der Wahlheimat seines Vaters, war Sabrinas goldene Schönheit wie etwas, das nicht von dieser Welt ist. Selten, zerbrechlich, kostbar. Wenn die beiden zusammen waren, gleichgültig in welcher Gesellschaft, dann schien es, als ob sie nur Augen für einander hätten und als ob sie keine anderen Stimmen sprechen hörten.

Emily erkannte die Gefahr zu spät – obwohl es, hätte sie es auch gewußt, schon einen Augenblick nach dem Kennenlernen der beiden zu spät gewesen wäre –, und sie drängte Ebenezer, das Datum ihrer Abreise aus Lucknow festzusetzen. Die Bartons hatten geplant, die alte Mogul-Hauptstadt Delhi zu besuchen und dann nach Kalkutta weiterzufahren, wo sie bis zum Frühling bleiben würden. Danach sollte Sabrina nach England zurückkehren. Aber Sabrina, die vorher von diesem Plan entzückt gewesen war, sah die bevorstehende Abreise jetzt mit blanker Verzweiflung und bettelte um Erlaubnis, in Lucknow bleiben zu dürfen. Emily war fest geblieben, und Sabrina hatte stürmisch geweint. Und vier Stunden später hatte Marco um eine Unterredung mit Sir Ebenezer Barton ersucht und dessen Erlaubnis erbeten, um die Hand seiner Nichte anzuhalten.

Sir Ebenezer wußte jetzt zum ersten Mal in seinem Leben nicht, was er sagen sollte. Er mochte und respektierte den Conde de los Aguilares, und er hielt dessen Sohn für einen sehr angenehmen und wohlerzogenen jungen Mann. Er wußte außerdem, daß der Graf immense Reichtümer besaß und von bestem spanischen Blut war und daß seine Frau Anne Marie von altem französischen Adel abstammte. In jeder Hinsicht mußte Marco als sehr erstrebenswerter Partner für Sabrina angesehen werden. Aber es gab auch Nachteile; der größte Nachteil in Sir Ebenezers Augen war die Tatsache, daß Marco das war, was Sir Ebenezer als »Ausländer« bezeichnete. Und er meinte damit nicht so sehr die französischen und spanischen Vorfahren des jungen Mannes, sondern seine Lebensweise, die vom englischen Standpunkt aus fremdartig war. Viele Männer wie Sir Ebenezer Barton lebten und arbeiteten und starben oft in diesem Land, das die »Londoner Kaufleute, die mit Ostindien Handel treiben«, erobert hatten. Aber sie betrachteten dieses Land nie als ihre Heimat. Für Marco allerdings und für seinen Vater, seine Mutter und seine

Schwester waren Indien und speziell das Königreich Oudh die Heimat. Marco war hierher zurückgekehrt, nachdem er neun Jahre in Spanien und Europa verbracht hatte, und für Marco war es eine Rückkehr in die Heimat gewesen. Seine Schwester hatte einen Inder geheiratet – einen Mann fremden Glaubens.

»Sie wünschen meine Erlaubnis, meine Nichte um ihre Hand zu bitten«, sagte Sir Ebenezer mit schwerer Stimme, »aber haben Sie meine Nichte denn schon ohne diese Erlaubnis gefragt?«

»Nein«, sagte Marco, der plötzlich ganz weiß um den Mund wurde. »Daran hatte ich nicht gedacht. Ich meine . . . ich hätte das nicht tun können, ohne erst mit Ihnen zu sprechen, aber mir ist es auch vorgekommen, als ob ich mit ihr gar nicht erst darüber sprechen müßte. Ich habe es vom ersten Augenblick an gewußt, als ich sie sah. Ich hatte vorgehabt, mit Ihnen zu sprechen, aber . . .«

Marco konnte die abgeschiedene und verzauberte Welt, in der er sich mit Sabrina seit dem Augenblick ihres Kennenlernens bewegt hatte, nicht beschreiben, und Sir Ebenezer gegenüber schon gar nicht. Natürlich hätten sie eines Tages geheiratet und danach glücklich bis an ihr seliges Ende gelebt. Was für eine dumme Frage! Und weil Marco seines Vaters Sohn war, würde er die förmlichen und unnötigen Worte Sabrina gegenüber nicht äußern, ehe er nicht pflichtgemäß die förmliche und notwendige Erlaubnis eingeholt hatte, sie auszusprechen. Inzwischen hatten sie beide genug an dem Gedanken, daß sie einander gefunden hatten. Nur Emilys Entscheidung, augenblicklich nach Delhi zu reisen, hatte Marco und Sabrina aus diesem traumähnlichen Zustand erweckt.

Sir Ebenezer zögerte. Er wollte Zeit gewinnen. Er sei nicht in der Lage, sagte er, die Erlaubnis zur Heirat seiner Nichte zu geben oder zu verweigern. Diese Verantwortung ruhe auf ihrem Großvater, Lord Wair. Marco müsse warten, bis die Ansichten des Earls bekanntgegeben werden könnten, und das sei notwendigerweise eine Sache von mehreren Monaten.

»Aber Sabrina ist einundzwanzig«, sagte Marco. »Sie ist volljährig. Ich habe diese Unterredung mit Ihnen nur deshalb erbeten, weil es die Korrektheit verlangt. Wenn es wahr ist, daß Sie Ihre Zustimmung weder erteilen noch verweigern können, dann kann das auch Lord Wair nicht. Nur Sabrina könnte das tun.«

»Lord Wair kann sie enterben«, sagte Sir Ebenezer trocken. »Der größte Teil seines Vermögens, der Teil, der nicht festgelegt ist, soll an Sabrina gehen.«

»Sie wird es nicht brauchen«, sagte Marco. »Sie wissen, daß mein

Vater reich ist, und ich bin sein Erbe. Sir Ebenezer, ich bitte Sie, mir die Erlaubnis zu geben, Sabrina um die Ehe zu bitten.«

»Und wenn ich mich weigere?«

Marcos fröhliches Lachen klang plötzlich auf. »Dann frage ich sie ohne Ihre Erlaubnis. Es tut mir leid, aber ich kann nicht anders. Als Sie damals den Wunsch hatten, Lady Emily zu heiraten, was hätten Sie da getan, wenn man Ihnen die Erlaubnis verweigert hätte, sie anzusprechen?«

Sir Ebenezer erinnerte sich wieder an den lange vergangenen Sommer in Hampshire, als er sich in Emily verliebt hatte, und er ließ sich zu einem Lächeln hinreißen.

»Ich hab' nie drum gebeten, mein Junge. Hab' sie einfach gefragt. Aber das war damals ganz etwas anderes, wissen Sie. Emily war kein kleines Schulmädchen mehr. Sie war volljährig.«

»Das ist Sabrina auch.«

»Aber zwischen einundzwanzig und dreiunddreißig liegt ein gewaltiger Unterschied!« gab Sir Ebenezer mit unbewußtem Mangel an Takt zurück.

»Nicht in den Augen des Gesetzes«, sagte Marco.

»Lady Emily wird nichts davon wissen wollen«, sagte Sir Ebenezer, der jetzt verzweifelt nach einer Möglichkeit suchte, das Thema zu wechseln. »Sie hat es sich in den Kopf gesetzt, augenblicklich nach Delhi zu ziehen. Damit hoffte sie, diesen Heiratsantrag zu vermeiden.«

»Bin ich denn so ein unerwünschter Kandidat?« wollte Marco bitter wissen.

»Nein, nein«, sagte Sir Ebenezer unglücklich. »Das ist es ja nicht. Aber Lady Emily hätte sich gewünscht . . . Sabrinas Großvater hätte es sich gewünscht, daß das Kind jemanden heiratet, der in England wohnt. Ihre Heimat ist hier, und wenn Sabrina Sie heiratet, dann wird sie hier leben und nicht in England. Sie ahnen ja nicht, wie groß die Zuneigung meines Schwiegervaters zu Sabrina ist. Für Lord Wair wäre es ein grausamer Schlag, wenn Sabrina in diesem Land bleiben sollte.«

»Es gibt doch keinen Grund, warum wir nicht gelegentlich zu Besuch nach England fahren könnten«, sagte Marco mit jugendlicher Überschwenglichkeit.

»Aber das ist ja nicht das gleiche. Jemanden, den man liebt, vielleicht einmal in sechs oder acht Jahren zu sehen und dann nur für ein paar kurze Monate, das ist nicht genug.«

»Aber ich liebe sie auch!« sagte Marco leidenschaftlich. »Soll ich mein Glück und Sabrinas Glück opfern, damit ein Großvater glücklich gemacht wird?«

»Nun gut«, sagte Sir Ebenezer und gab die Angelegenheit auf. »Ich habe keine Ahnung, was mein Schwiegervater zu alledem sagen wird. Was für eine Plage, was für ein Problem Frauen doch sind!«

Und Sir Ebenezer fragte sich, was er wohl Emily sagen sollte: Emily würde schwierig sein.

Emily war mehr als schwierig. Sie war entsetzt. »Du hättest ihn dazu bringen sollen, einzusehen, wie unmöglich das alles ist – wie undenkbar! Oh was wird Papa nur sagen? Wie konntest du nur zu so einer Sache deine Einwilligung geben?«

»Aber meine Liebe, ich habe meine Zustimmung ja nicht gegeben. Ich könnte es gar nicht, selbst wenn ich es wollte. Ich bin nicht Sabrinas Vormund, ich bin nur ihr angeheirateter Onkel. Außerdem ist das Mädchen volljährig, deshalb können wir nur hoffen, daß die Wünsche deines Vaters bei Sabrina etwas zählen. Sie muß wenigstens warten, bis Lord Wairs Ansichten bekannt sind.«

»Wir werden sofort nach Delhi abreisen«, sagte Lady Emily. »Und wenn Marco versucht, uns zu folgen, dann werde ich Sabrina zu Papa schicken, und wenn ich sie selbst hinbringen muß.«

»Aber ich kann nicht mit euch reisen«, sagte Sabrina, und Sterne des Glücks tanzten in ihren Augen. »Ich werde Marco heiraten.«

»Das wirst du keineswegs tun! Ich weigere mich, dir das zu erlauben.«

»Aber du kannst mich doch nicht aufhalten. Liebe, liebe, liebe Tante Emily – sei nicht böse mit mir. Ich bin so glücklich. Ich habe nie gewußt, daß man so glücklich sein kann. Willst du nicht, daß ich glücklich bin?«

Emily rang nun die Hände und weinte.

Sabrina wollte Lucknow nicht verlassen, und Emily konnte sie nicht mit Gewalt mitnehmen; denn Sabrina war – wie Marco schon gesagt hatte – volljährig und konnte deshalb heiraten, wann und wen sie wollte. Sabrina hatte allerdings versprochen, keine Pläne zu machen, bis die Wünsche ihres Großvaters bekannt waren.

Emily, Sir Ebenezer, Marco, Conde Ramon und Sabrina, alle schrieben an den Earl of Wair, und Marco schrieb nach Rom, um Dispens für seine Ehe einzuholen. Emily sagte ihre Besuche in Delhi und Kalkutta ab und blieb in Oudh. Ihr Mann fuhr, aber er fuhr allein.

Die Weihnachtspost aus England brachte die Nachricht, daß

Huntley – Herbert und Charlottes einziger Sohn – Julia Pike heiraten würde, die Tochter einer von Charlottes ältesten Freundinnen. Die Hochzeit sollte im Frühling stattfinden, und der Earl drängte in seinem Brief darauf, daß sowohl Tochter als auch Enkelin sofort nach England zurückkehrten. Denn sie sollten zur Hochzeit seines einzigen Enkels in Wair sein. Sabrina, so schrieb der Earl, sei jetzt lange genug im Osten geblieben, und es wäre höchste Zeit, daß sie nach Hause käme. Er hatte noch ein Postskriptum angefügt, welches besagte, daß Captain Dennis Allington neulich die Tochter eines reichen Baumwollfabrikanten aus Manchester geheiratet hätte.

Obwohl Emily gewußt hatte, daß diese Briefe auf keinen Fall die Antworten auf die Post sein konnten, die vor weniger als zwei Monaten nach Hause abgeschickt worden war, ein Schuldgefühl hatte sie dennoch dazu gebracht, das Päckchen mit der Handschrift ihres Vaters mit beträchtlicher Sorge und Angst anzuschauen. Aber jetzt stand sie lange Zeit da und hielt die Blätter in der Hand und schaute aus dem Fenster. Hinter einer abschirmenden Hecke aus flammenden Bougainvillea-Sträuchern begegneten in weiter Ferne die Kuppeln und Minarette und die dichtgedrängten Dächer der indischen Stadt dem intensiven Blau des indischen Himmels, und Emilys Gedanken waren viertausend Meilen weit entfernt . . .

Huntley! Das fette, ernste, stille Baby, Herberts Sohn, der ein Jahr vor Waterloo geboren worden war . . . in dem Jahr, ehe Johnnie starb . . . Und jetzt würde Huntley Julia Pike heiraten. »Na, wenn die so ist wie ihre Mutter, dann tut mir Huntley leid«, sagte Emily. »Sabrina, mein liebes Kind, könntest du denn wirklich nicht im Frühling nach Hause fahren? Nur zur Hochzeit? Es wird so komisch aussehen, wenn du nicht da bist. Und dann könntest du ja auch deine eigene Angelegenheit mit Papa diskutieren, zur gleichen Zeit. Es wäre in jeder Hinsicht so viel angemessener. Du und Marco, ihr seid doch beide jung. Ihr könnt es euch doch leisten, ein paar Monate zu warten, und deinem Großvater würde es so viel bedeuten . . . Huntley natürlich auch.«

»Huntley? Pah! Huntley hat nicht das geringste für mich übrig, und ich auch nicht für ihn. Onkel Ashby hat einmal gesagt, Huntley sei ein kalter Frosch, und er hatte recht. Nein, Tante Emily. Wenn ich nach Wair fahre, dann werde ich als Marcos Frau dorthin fahren. Ich liebe Großpapa, er ist einfach ein Schatz. Aber er ist auch ein alter Tyrann, und ich trau' ihm nicht.«

»Sabrina! So etwas Schreckliches sagt man nicht.« Emily war ehrlich schockiert.

»Aber ich habe es genau so gemeint. Sieh dir doch mal an, wie er bei Dennis Allington reagiert hat. Oh, bei Dennis hat er ja recht gehabt, das weiß ich schon. Aber siehst du denn nicht, Tante Emily, daß er mich, obwohl er mich so gern hatte, einfach nach Indien geschickt hat, nur um seinen Willen zu kriegen?«

»Das ist nicht fair, Sabrina«, sagte Emily. »Er hat es nur getan, um dich davon abzuhalten, einen riesigen Fehler zu machen. Er wollte dich vor Unglück bewahren.«

»Oh, ich weiß, Tante. Aber es war nicht nur mein Glück, an das er gedacht hat. Angenommen, ich hätte Dennis wirklich geliebt? Habe ich natürlich nicht, aber stell dir vor, es wäre so gewesen? Großvater hätte sich dann bestimmt nicht drum gekümmert. Ich sollte erst dann heiraten, wenn es ihm paßte. Und auch nur den Mann, der ihm paßte. Großpapa hätte alles getan, um seinen Willen zu kriegen. Wenn ich jetzt wieder zurück nach England führe, dann würde er versuchen, meine Heirat mit Marco zu verhindern. Er ist ein lieber, alter Tyrann aus dem Mittelalter, und ich habe Angst vor ihm.«

»Ach du liebe Güte«, seufzte Emily. »Es wird alles sehr schwierig werden. Ich hoffe, du findest nie heraus, daß du einen traurigen Fehler begangen hast. Jetzt denkst du, daß dieses Land schön und romantisch ist. Aber willst du wirklich all deine Tage hier verbringen? Hitze, Krankheiten, Kriege, Hungersnöte . . .«

»Ich habe ja Marco«, sagte Sabrina.

Emily gab auf. Sie wartete mit soviel Resignation, wie sie aufbringen konnte darauf, daß die Post aus England kam. Die Post, die die Antwort ihres Vaters auf die Bitte bringen würde, zur Heirat seiner Enkeltochter mit Marco de Ballesteros seinen Segen zu geben.

Das neue Jahr dämmerte über Oudh in einem flammenden, safrangelben Licht. Dieses neue Jahr sollte die Krönung der jungen Königin Victoria erleben, den Rückzug Österreichs aus dem Vatikanstaat; Frankreich würde Mexico den Krieg erklären, in Indien würde die Sklaverei abgeschafft werden, und der katastrophale afghanische Krieg würde beginnen.

Jenseits der Grenzen von Oudh, im Land der fünf Flüsse, hielt Ranjit Singh, der legendäre »Löwe des Panjab«, in Lahore mit eiserner Hand hof; er plünderte die hilflose Bauernschaft aus, er verhängte fürchterliche Strafen über jene, die ihn erzürnten, und häufte Reichtümer auf die, welche ihm ergeben waren. Er intrigierte mit den Briten und brachte sich durch seinen üppigen Lebenswandel, durch Essen und Trinken und Ausschweifungen, in ein frühes Grab.

Im Norden, in den kahlen Hügeln von Afghanistan, begann sich Dost Mohammed, der Amir, dessen Hoffnungen auf einen Vertrag mit den Engländern enttäuscht wurden, mehr und mehr den Russen zuzuwenden. Gleichzeitig bereitete sich der britische Botschafter, Alexander Burns, den die störrische Dummheit eines Lord Auckland daran gehindert hatte, Afghanistan zum Alliierten zu machen, darauf vor, mit leeren Händen nach Indien zurückzukehren.

In der Hauptstadt von Oudh feierte Sabrina Grantham ihren zweiundzwanzigsten Geburtstag mit einem Picknick in einem grünen Hain am Fluß und mit einem Ball in der Casa de los Pavos Reales.

Am Abend des Geburtstagsballes für Sabrina wurden in den Gärten Laternen aufgehängt, und das große Haus war voller Musik und Lachen, voller flatternder Fächer, voll vom Glitzern der Juwelen und Klingen der Galaschwerter. Sabrina trug ein Kleid aus weißem Krepp, das mit Goldstickerei verziert war, und dazu eine herrliche dreifache Perlenkette, das Geburtstagsgeschenk Anne Maries an ihre zukünftige Schwiegertochter.

»Sie haben meiner Mutter gehört«, sagte Anne Marie, während sie die leuchtenden Schnüre um Sabrinas weißen Hals befestigte. »Sie hat die Perlen an ihrem Hochzeitstag von ihrer Mutter bekommen, die sie wiederum bei der Hochzeit Ludwigs XVI. mit Marie Antoinette getragen hat. Ich hatte immer vorgehabt, die Perlen Marcos Braut als Hochzeitsgeschenk zu geben, aber jetzt hätte ich doch gerne, daß du sie schon jetzt besitzt – daß du sie auf deinem Geburtstagsball trägst. Du wirst sie auch bei deiner Hochzeit tragen, nicht?«

Aber das Jahr, das für Sabrina mit soviel Sonnenschein und Glück begonnen hatte, verdunkelte sich schnell. Anne Marie starb in der ersten Februarwoche. Vielleicht hatte eine Vorahnung sie dazu gebracht, Sabrina die Perlen am Geburtstag zu schenken, anstatt bis zur Hochzeit zu warten.

Wie das im Orient üblich ist, fand die Beerdigung wenige Stunden nach Anne Maries Tod statt; aber für den Conde war die kurze Zeitspanne zwischen dem Tod seiner Frau und ihrer Beerdigung ganz besonders entsetzlich, obwohl er diese Sitte, die Toten sofort zur Ruhe zu betten, gut kannte. In Spanien wäre Anne Maries Leiche in der Familienkapelle aufgebahrt worden, Kerzen hätten zu ihren Häupten und Füßen gebrannt, während Trauernde weinend am Sarg vorübergingen, während Weihrauch verbrannt wurde und Priester Seelenmessen sangen. Erst nach mehreren Tagen hätte man sie in langem Trauerzug zu ihrer letzten Ruhestätte in der Familiengruft getragen.

Don Ramon kam es nicht recht vor, daß Anne Marie so eilig zu Grabe gebracht wurde. Und als der Rest des Haushaltspersonals zu Bett gegangen war, nahm er Kerzen und Feuerstein und ging in der Nacht zu dem kleinen, marmornen Mausoleum, das er vor so vielen Jahren für sich selbst und seine Familie erbaut hatte. Fünf seiner Kinder lagen schon darin, und jetzt war auch Anne Marie zu ihnen gegangen.

Niemand sah ihn, außer dem Wächter, der vor dem Haus auf Posten stand. Ihm winkte der Graf, damit er ihm folgte, denn er wußte, daß er mit seiner eigenen schwindenden Kraft die schweren Tore der Gruft nicht öffnen konnte. Der Wächter, der in dieser Reverenz der Toten gegenüber nichts Schlimmes sah, dachte nicht daran, im Haus Bericht zu erstatten, und der alte Graf zündete seine Kerzen an und hielt die ganze Nacht neben dem klobigen Bleisarg, der die Leiche seiner Frau umschloß, Totenwache. Die Nachtluft war warm und sanft gewesen, aber in der marmornen Gruft herrschte noch immer die Kühle des Winters. Am Morgen zitterte der Graf vor Kälte und Müdigkeit, und er war unfähig, die kurze Strecke zu gehen, die zwischen dem Mausoleum und dem Haus lag. Man trug ihn zu Bett, und er verließ es nicht mehr. Die Erkältung hatte seine Lungen erreicht, und am dritten Tag starb er. Noch am gleichen Abend lag auch sein Leichnam neben Anne Marie in dem marmornen Mausoleum der Casa de los Pavos Reales.

»Jetzt sind sie wieder zusammen«, sagte Sabrina. Sie hatte um Anne Marie geweint, als ob es ihre eigene Mutter gewesen wäre. Aber ihr Schmerz hatte auch dem Grafen gegolten, dem einsamen, gebrochenen, gramerfüllten alten Mann. Jetzt, wo auch er tot war, konnte sie nicht mehr um ihn weinen. Sie konnte sich nur getröstet fühlen. Irgendwo waren die beiden wieder vereint; nicht in der kalten Gruft, wo die angehäuften Blumen schon braun wurden, sondern in einem fernen, glücklichen Land des Geistes.

Die strahlenden Tage und die kühlen Nächte des Spätwinters wichen den wärmeren Wochen des indischen Frühlings, und die Tage waren heiß und die Nächte herrlich mild. Es war jetzt angenehmer, während des größten Teils des Tages im Haus zu bleiben und die Schlagläden gegen die grelle Sonne zu schließen. Nur am frühen Morgen und am späten Nachmittag ging man nach draußen.

Die neue Mode mit ihren knappen, längeren Miedern, den bescheidenen Kragen und den vollen, weiten Röcken entsprach Emilys Geschmack. Aber als das heiße Wetter wieder näherrückte, bedauerte sie, daß man die kühleren, weniger förmlichen Draperien des Spätbiedermeier nicht mehr trug. Das viktorianische England, das auf die Laschheit und Freizügigkeit der vorangegangenen Regierungsperioden reagierte, bewegte sich schon rasch auf hochgeschlossene, adrette Kleidung zu, und die heiteren, hochgegürteten Gewänder und die fließenden Stoffe der frühen Jahre des Jahrhunderts wichen solideren Materialien und einem höheren Maß an nüchterner Respektabilität. Sir Ebenezer war noch immer in Kalkutta, und die Post aus England brachte, wie unregelmäßig auch immer, jedesmal einen mahnenden Brief von dem Earl of Wair, in dem er befahl, daß seine Enkeltochter augenblicklich zurückkehrte.

Der März kam mit ständig steigenden Temperaturen, Staubstürmen und dem monotonen, nervtötenden Ruf des Ko-Il, den die Briten den »Hirnfiebervogel« getauft hatten. Der März brachte auch Sir Ebenezer Barton zurück, und den Dispens, um den Marco nach Rom geschrieben hatte.

Sir Ebenezer fand, daß seine Frau nach den Sorgen und Ängsten der letzten beiden Monate eingefallen und abgearbeitet aussah und daß sie dringend eine Luftveränderung brauchte. Emily, so meinte er, schiene nicht nur müde und krank zu sein, sondern sie wirke auch, als ob sie plötzlich zehn Jahre gealtert wäre. Sir Ebenezer war beunruhigt und zornig, und er sprach harte Worte zu Sabrina, die er allein dafür verantwortlich hielt, daß ihre Tante Sorgen hatte und ihre Gesundheit labil war. Er würde sich, so sagte Sir Ebenezer, darum kümmern, daß Emily sofort in die kühle Luft der Berge abreiste, und diesmal könne er sich nicht mit Unsinn aufhalten, wie zum Beispiel Sabrinas Weigerung mitzufahren.

Sabrina, die auf solch grobe Weise aus ihrer tiefen Versenkung in Marco und seine Angelegenheiten aufgeweckt wurde, packte die Reue. Denn mit der Selbstsucht der Menschen, die jung und verliebt sind, hatte sie während der letzten Monate den Gefühlen und der Gesundheit ihrer Tante wenig Aufmerksamkeit geschenkt. Tante Emily sah wirklich nicht gut aus; die Hitze machte sie ungewöhnlich apathisch, und ein paar Monate in der fichtennadelduftenden Luft der Hügel würde ihre Gesundheit und ihre Lebensfreude ohne Zweifel heben. Aber Emily wollte auf keinen Fall erlauben, Sabrina in Lucknow zu lassen.

Wenn Anne Marie noch am Leben gewesen wäre, hätte die ganze Angelegenheit anders ausgesehen. Denn es wäre in jeder Hinsicht angebracht gewesen, daß Sabrina im Hause ihrer zukünftigen Schwiegermutter wohnte. So wie die Dinge standen, konnte sie jedoch nicht in der Casa de los Pavos Reales wohnen, und Emily weigerte sich, Juanitas Haus als einen angemessenen Ort anzusehen, in dem ein junges, unverheiratetes Mädchen mehr als höchstens ein paar Tage zu Besuch bleiben konnte: »Nein, ich habe nicht vergessen, daß Juanita Marcos Schwester ist, und wenn du ihn je heiraten solltest« – Emily bestand darauf, dies als durchaus noch fraglich zu betrachten – »dann wirst du natürlich in der Lage sein, deine eigenen Entscheidungen zu treffen. Aber im Augenblick bist du noch unter meiner Obhut und unter dem Schutz deines Onkels. Wir sind verpflichtet, dich zu leiten und für dich zu sorgen.«

Dabei hatte Juanita unerwarteterweise – und unfairerweise, dachte Sabrina – Lady Emily unterstützt.

»Du verstehst das nicht, Cariña. Bei diesen Dingen denken unsere Männer anders als eure. Nein, nein – bei mir ist das etwas anderes. Meine Mutter und die Mutter meines Mannes waren Freundinnen, und mein Mann und ich, wir haben als Kinder zusammen gespielt. Ich bin aus zwei Welten, aber du bist nur aus einer.«

»Wenn ich Marco heirate, dann werde ich auch aus zwei Welten stammen«, sagte Sabrina, »aus England und aus Spanien.«

Juanita schüttelte den Kopf. »Wenn du Marco heiratest, dann wirst du noch immer zu nur einer Welt gehören: zum Westen. Zu Europa. Ich gehöre dagegen auch zum Osten, denn ich wurde im Frauenhaus eines indischen Palastes geboren – im Haus der Aziza Begum, die die liebste Freundin meiner Mutter war und die die Mutter meines Mannes ist. Aber selbst wenn ich dafür wäre, daß du hier bei mir bleibst, die Mutter meines Mannes würde es nicht erlauben. Schon jetzt macht sie sich Sorgen, weil der Onkel meines Mannes, Dasim Ali, dich mit den Augen verfolgt und sich immerzu Entschuldigungen ausdenkt, seinen Neffen, meinen Mann, zu besuchen, wenn er weiß, daß du auf Besuch hier in Gulab Mahal bist. Fahr in die Berge, Sabrina cherie, und Marco kann dich dort besuchen. Bald wird ein Brief vom Großvater kommen, und du wirst verheiratet sein, und alles wird gut werden.«

»Aber Marco kann Lucknow nicht verlassen«, sagte Sabrina traurig. »Es gibt hier so vieles, um das er sich kümmern muß. Es ist so viel zu tun. Er könnte immer nur für ein paar Tage fort, und ich kann es nicht ertragen, ihn zu verlassen.«

»Es wird ja nur für kurze Zeit sein«, tröstete Juanita. »Die Zeit vergeht schnell.«

»Nicht, wenn man unglücklich ist«, sagte Sabrina und faßte die uralte Entdeckung in Worte, als ob sie neu wäre.

Eine Verwandte, die in Lucknow residierte, eine Mrs. Grantham, war schon nach Simla in die Kühle abgereist. Aber obwohl es in der Stadt noch mehr Britinnen gab, hatte Sabrina nie irgendein Verhältnis zu ihnen entwickelt. Die Frauen hielten Sabrina für charmant, aber bei ihrer Verbindung zu dem jungen Grafen aus der Casa de los Pavos Reales hatten sie ein ungutes Gefühl. Schließlich war er, wenn man es genau betrachtete, ein Spanier – ein Ausländer, dessen Schwester einen Inder geheiratet hatte.

Viele Beamte und Offiziere der Ostindischen Gesellschaft, die lange Jahre fern von ihrer Heimat wie im Exil lebten, hatten Inderinnen zur Braut genommen. Eine viel größere Zahl von Männern war weniger dauerhafte Verbindungen eingegangen. Aber das Gegenteil, nämlich daß eine Engländerin einen Inder heiratete, kam selten vor und erregte deshalb beträchtliches Gerede und Feindseligkeiten. Die britischen Matronen, die mit ihren Töchtern in Gesellschaft der Lady Emily Barton zu Abend aßen und tanzten und Tee tranken, würden es mit Sicherheit nicht begrüßen, Lady Emilys Nichte für eine längere Zeitspanne in ihrem Haus aufzunehmen. Sabrina hatte also anscheinend keine andere Wahl, als mit ihrer Tante in die Berge zu fahren. Aber noch während die Vorbereitungen für die Abreise getroffen wurden, entschied sich die Frage ganz anders.

An einem heißen Abend gegen Ende März, als ein trockener Wind die sterbenden Blätter von Bambus und Nem-Bäumen abriß und die Paria-Hunde der Stadt den trüben gelben Mond anbellten, der sich in der heißen Dämmerung am Himmel erhob, kam der Brief an, den sie so lange aus England erwartet hatten.

Er war kurz und deutlich. Auf keinen Fall würde der Earl of Wair der Heirat seiner Enkeltochter mit diesem aus der Heimat verschlagenen Spanier zustimmen, der sich im Osten angesiedelt hatte. Der Earl hätte nicht die Absicht, es Sabrina zu erlauben, sich an einen Mann wegzuwerfen, der nicht nur ein Ausländer war, sondern dessen Heimat auch noch in solch einem barbarischen, unzivilisierten Fleck Erde lag. Gleichgültig, wie reich oder hochgeboren dieser Mann sei. Was Emily und seinen Schwiegersohn beträfe, deren Obhut er seine Enkelin anvertraut habe, so könne der Earl nur denken, daß sie verrückt geworden wären, weil sie auch nur einen Gedanken an so eine unmögliche Ehe verschwendet hätten. Sabrina hätte augenblicklich nach Hause zurückzukehren. Sollte sie sich weigern, das zu tun, und sollte sie darauf bestehen, diese ungeheuerliche Laune durchzusetzen, dann würde sie aus seinem Testament gestrichen und von allem zukünftigen Kontakt mit ihm oder seiner Familie abgeschnitten werden. Das sei sein letztes Wort in dieser Angelegenheit.

»Nun, ich fürchte, damit ist alles erledigt«, sagte Sir Ebenezer zu seiner Frau. »Wir werden unsere Pläne für deinen Aufenthalt in den Bergen streichen müssen, und du, mein Schatz, wirst statt dessen Sabrina nach Hause bringen. Wenigstens wird diese Reise deiner Gesundheit guttun. Ich wünschte nur, daß ich dich selbst begleiten könnte, aber ich fürchte, daß dringende Aufgaben dies verbieten.«

Emily, die durch die Hitze, die Probleme des Packens und des Umzugs in die Berge, die Sorgen um Sabrina und die Furcht vor ihrem Vater erschöpft war, gab einem unerwarteten Anfall von Hysterie nach und legte sich zu Bett. Sie würde Ebenezer nicht verlassen! Sabrina mußte natürlich nach Wair zurückkehren – hatte sie das nicht gleich gesagt? Aber sie selbst, sie weigerte sich, ihren Mann zu verlassen, nur um als Eskorte für ihre Nichte zu dienen. Sowohl Mrs. Tolbooth und ihre Tochter als auch Sir Hugh und Lady Bryan fuhren demnächst nach England, und sie, Emily, war ganz sicher, daß die beiden Familien nur allzu glücklich sein würden, die Sorge für Sabrina zu übernehmen.

Aber Sabrina hatte keineswegs die Absicht, sich unter der Obhut von Mrs. Tolbooth, Sir Hugh und Lady Bryan oder irgendeines anderen nach England zurückschicken zu lassen. Sie hatte ihrer Tante und ihrem Onkel versprochen, zu warten, bis die Ansichten ihres Großvaters zu ihrer Ehe mit Marco de Ballesteros bekannt waren, aber sie hatte nicht versprochen, sich nach diesen Ansichten zu richten. Jetzt, wo der Brief ihres Großvaters angekommen war, wo ihr angeboten wurde, entweder Marco aufzugeben oder enterbt und verstoßen zu werden, jetzt bestand nicht mehr die Notwendigkeit, die Hochzeit noch zu verschieben. Sie konnte nicht bei Juanita wohnen, und da Tante Emilys Gesundheit es notwendig machte, daß sie in die kühlen Berge reiste, löste Sabrina das Problem einfach dadurch, daß sie Marco auf der Stelle heiratete.

Sie hätte es gern gesehen, wenn Tante Emily zu ihrer Hochzeit hätte kommen können und auch der liebe Onkel Ebenezer. Aber da sie Tante und Onkel nicht in irgendwelche Unstimmigkeiten mit ihrem Großvater verwickeln wollte, ließ sie nach traditioneller Art – auf ihrem Nadelkissen festgesteckt – einen Zettel zurück. Sie schlüpfte aus dem Haus, ließ sich ihr Pferd satteln und ritt zu Marco.

Die beiden wurden in der kleinen Kapelle der Casa de los Pavos Reales getraut. Anwesend waren zwei junge Offiziere der einundvierzigsten bengalischen Kavallerie, die nach einem Jagdurlaub im

Terai auf dem Rückweg zu ihrem Regiment waren. Auch Juanita war zugegen. Man hatte sie eilig aus ihrem Haus in der Stadt herrufen lassen.

Sabrina trug eins von Anne Maries Kleidern, das sie und Juanita in Anne Maries Zimmern in einer Kampferholztruhe gefunden hatten. Sabrina hatte nichts mitgebracht, außer den Sachen, die sie am Leibe trug, und den Perlen, die Marcos Mutter ihr am Abend des Geburtstagsballs geschenkt hatte.

»Ich kann nicht in einem Reitkleid heiraten«, sagte Sabrina mit einem leisen Lachen. »Dann sieht die Angelegenheit zu – zu dringend aus. Als ob wir uns plötzlich dazu entschlossen hätten, zu heiraten, als ob wir es furchtbar eilig hätten. Aber wir haben von Anfang an gewußt, daß wir eines Tages heiraten würden, und nur die Umstände lassen unsere Eheschließung plötzlich und eilig erscheinen.«

Das Kleid war nach einer Mode geschnitten, die schon über ein Vierteljahrhundert veraltet war. Der weiße Satin, aus dem es gemacht war, hatte mit zunehmendem Alter einen Gelbton bekommen, und das Überkleid aus Spitze mit seinen Knoten aus Perlen wirkte so zerbrechlich und zierlich wie das Aderskelett von Blättern. Sabrina und Juanita hatten das Kleid unter einem Dutzend oder mehr unmodernen Kleidern von ähnlichem Schnitt gefunden, und sie wußten beide nicht, daß es Anne Maries Hochzeitskleid gewesen war. Juanita fügte auch eine weiße Mantilla aus Spitze hinzu, die Marco als Geschenk für seine Mutter aus Spanien mitgebracht hatte, und befestigte die dreifache Reihe aus Perlen um Sabrinas Kehle.

»Jetzt siehst du aus wie eine Braut. Du bist sehr schön. Ich weiß, daß es eigentlich kein weißes Kleid sein sollte, weil Mama und Papa erst so kurz tot sind. Aber ich bin ganz sicher, daß sie es nicht geduldet hätten, daß du Marco in Trauerkleidung heiratest. An solch einem Tag können wir keinen Kummer haben. Der Priester wartet. Komm.«

Jemand hatte Jasmin und weiße Rosen in die Kapelle gebracht, und Kerzen brannten auf dem Altar. Der Ring, der auch einmal Anne Marie gehört hatte, glitt an Sabrinas Finger; es war ein breites Band aus Gold, das rundherum mit kleinen Perlen besetzt war. Anne Maries Finger waren runder gewesen als Sabrinas Finger, und der Ring war schwer und ein bißchen locker. Sabrina blickte auf ihn hinab – auf dieses Symbol ihrer Ehe mit Marco, das Symbol, das Marcos Mutter gehört hatte. Und während sie den Ring anschaute, verspürte sie ein merkwürdiges Gefühl der Zeitlosigkeit und der Unvergänglichkeit des Lebens. Es war, als ob ihr zum ersten Mal klargeworden wäre, daß sie und Marco, obwohl sie jung und fröhlich waren und obwohl das ganze Leben noch vor ihnen lag, eines Tages sterben mußten, wie Sabrinas Vater und Mutter und wie Anne Marie und Don Ramon gestorben waren. Sabrina begriff, daß das Leben überhaupt nicht so lang war, wie es aussieht, wenn man jung und ungeduldig ist. Nein, das Leben war sehr kurz und verging sehr schnell wie die Schatten der Wolken, die schweigend über die sich drehende Erde wandern. Aber sie verstand auch, daß dies nicht traurig war. Denn alle Zeit war eins. Sie erstreckte sich hinter Sabrina in die Vergangenheit und vor ihr weit in die Zukunft. Anne Marie, die einmal jung gewesen war, hatte diesen Ring getragen, und jetzt war sie tot. Die Frau ihres Sohnes trug jetzt den Ring, und eines Tages würde eine von Sabrinas Töchtern ihn tragen. Anne Marie war noch immer hier, in Marco und Juanita. Und Sabrina würde dasein, in ihren Kindern und Enkelkindern . . .

Henry und Selina – Johnnie und Louisa – Sabrina und Marco . . . Alle Zeit war eins, und Sabrina war plötzlich voll warmer, glänzender Glückseligkeit und voller Sicherheit, daß sie unsterblich war.

»Maria, mater domini, ora pro nobis.« Die Worte des Segens gaben ein sanftes Echo unter dem gewölbten Dach der kleinen Kapelle, und dann schrieb Sabrina ihren Namen auf ein Papier, das sie in dem blassen Kerzenlicht nicht lesen konnte. Es lag Staub auf dem Papier, der treibende, alles durchdringende Staub der indischen Ebene, und der Federkiel kratzte rauh in der Stille. Marco schrieb seinen Namen auch; und dann die beiden jungen Offiziere und der Priester und Juanita.

»Jetzt bist du wirklich meine Schwester«, sagte Juanita.

»Die Condesa Sabrina de los Aguilares: meine Frau, mia esposa«, sagte Marco und küßte sie und lachte.

Sie tranken Wein in dem großen Saal, in dem die Porträts von Condes und Condesas hingen, die lange tot und vergangen waren. Man hatte sie aus Spanien mitgebracht, und sie schauten nieder auf diese leichtherzige, glückliche Braut und die wenigen Gäste, die an ihrer Hochzeit teilnahmen. Die beiden jungen Offiziere tranken auf die Braut und den Bräutigam, und Wali Dad, der Juanita aus der Stadt hergebracht, aber nicht an der Zeremonie in der Kapelle teilgenommen hatte, hielt eine Rede in blumenhaftem Hofpersisch, das nur seine Frau und der Priester verstanden. Aber alle klatschten Beifall.

Sabrina und Marco gingen durch die Halle und blieben auf der breiten Terrasse im warmen Mondlicht unter den Schatten der Zitronenbäume stehen. Sie sahen zu, wie ihre Hochzeitsgäste fortritten.

Der Mond war gerade über den Wipfeln der Mangobäume emporgestiegen, als Sabrina zur Casa de los Pavos Reales geritten war, aber jetzt stand er schon tief im Westen, und trotz der ersten Anzeichen der fernen Dämmerung war die Luft kühl und schwer vom Duft der Orangenblüten. Und wieder kam das seltsame Gefühl über Sabrina, daß sie eins war mit der Zeit und allem Lebendigen. Eines Tages würde dieses riesige Haus zu Ruinen zerfallen und nicht mehr sein als ein kleiner Haufen von uralten, zerbröckelnden Steinen, die anzeigten, wo eine vergessene Stadt gewesen war. Über solche Steine stolperte manchmal ihr Pferd, wenn sie über die Ebene ritt oder am Fluß entlang. Aber sie, Sabrina, sie würde in die Zeit vorausreichen, wie sie durch Johnnie und Louisa in die Vergangenheit zurückreichte . . .

»Ich werde ewig leben«, dachte Sabrina voller Glück. »Aber wie lange ich auch lebe, nie wieder werde ich so glücklich sein wie jetzt.«

Wali Dads Vater, der Conde Ramons Freund gewesen war, starb in diesem Frühling. Sir Ebenezer und Lady Emily fuhren nach Simla in die kühlen Berge, wo Emilys Gesundheit sich besserte und Sir Ebenezer an den endlosen Konferenzen teilnahm, deren Resultat der katastrophale erste afghanische Krieg werden sollte.

In England, in Wair, wichen die Krokusse, die zur Zeit von Sabrinas Hochzeit gerade Knospen gebildet hatten, den Primeln und Narzissen und Tulpen. An den Hecken blühte der Weißdorn, die leuchtenden Blütenkerzen der Kastanienbäume im Park wetteiferten mit buntem Tuch und Girlanden, die die Schloßauffahrt zu Ehren von Huntleys Hochzeit schmückten. Huntleys Braut Julia sah an ihrem Hochzeitstag klassisch schön aus, und Huntley schien angemessen glücklich zu sein. Charlotte ihrerseits hatte ein wohlgefällig-zufriedenes Gefühl: Huntley war endlich mit der Braut ihrer Wahl verheiratet, und Sabrina, der Dorn in Charlottes Fleisch, war eine Mésalliance mit einem jungen Spanier eingegangen und von ihrem Großvater enterbt worden. Jetzt gab es in Charlottes Rosenbeet nur noch einen einzigen Dorn: die Tatsache, daß ihre drei Töchter noch immer unverheiratet waren. Und nach ihrem Aussehen zu urteilen – so dachte ihr Großvater –, sah es auch so aus, daß sie unverheiratet bleiben würden.

Der Earl war in letzter Zeit beträchtlich gealtert. Emilys Brief, in dem sie ihren Vater informierte, daß Sabrina die Angelegenheit in die eigenen Hände genommen und ohne seine Zustimmung, ja, gegen seine ausdrücklichen Wünsche und Befehle, einfach weggelaufen und schnell geheiratet hatte, war für den Earl ein grausamer

Schlag geworden. Er war immer selbstherrlich gewesen, und mit Ausnahme seines Sohnes John und seiner Enkelin Sabrina hatte sich niemals jemand ernsthaft gegen ihn gewandt. Dadurch war es dem Earl nie in den Sinn gekommen, daß jemand das einmal tun könnte.

Emilys Brief war über Ägypten auf dem Landwege gekommen, und er hatte ihn in weniger als acht Wochen erreicht, nur ein paar Tage vor Huntleys Hochzeit. Dem Brief folgte kurz danach einer von Sabrina, aber die Wut und der Kummer des Earls waren immer noch auf dem Siedepunkt, und er hatte Sabrinas Brief in einen anderen Umschlag gesteckt und ihn unverletzt und mit unversehrtem Siegel zurückgeschickt.

3

Die Ofenhitze des indischen Sommers schloß sich über Oudh wie eine stählerne Falle, aus der es kein Entkommen gab. Aber die hohen, weißen Räume der Casa de los Pavos Reales mit ihren dicken Mauern und den hölzernen Läden vor den Fenstern, mit den Patios, den Springbrunnen und Orangenbäumen waren dazu gebaut, kühl zu bleiben, und Sabrina litt in diesem ersten Sommer nicht allzusehr unter der Hitze. Aber sie wurde blaß in der erzwungenen Untätigkeit dieser langen Monate.

Am frühen Morgen, ehe die Sonne aufging, oder am Spätnachmittag, nachdem sie untergegangen war, spazierte Sabrina mit Marco in den Gärten oder ritt mit ihm aus in das parkähnliche Gelände, welches das Haus umgab. Aber selbst in diesen Stunden des Tages war die erdrückende Hitze fast unerträglich, und Sabrina war immer dankbar, wenn sie wieder in die dämmrigen, verhangenen Räume zurückkehren konnte, wo die schwingenden Blumenampeln und das klingelnde Plätschern der Springbrunnen wenigstens eine Illusion der Kühle erzeugten.

Marco, der im Osten geboren und in den sonnengedörrten Ebenen und der gleißenden Hitze Arágons erzogen worden war, blieb von den steigenden Temperaturen in hohem Grade unberührt. Sein Vater hatte ihm riesige Güter hinterlassen, denn der Conde hatte von Zeit zu Zeit in entfernten Teilen von Oudh Land erworben. Und während Marco den größten Teil jedes Tages im Sattel verbrachte, wäre Sabrina in diesem Sommer oft einsam gewesen, wenn es Juanita nicht gegeben hätte.

Juanita mit ihrer kleinen Tochter und ihrem Ehemann Wali Dad waren häufige Gäste in der Casa Ballesteros; aber Aziza Begum kam niemals. »Ich bin zu alt und zu fett, um noch zu reisen«, sagte die Begum zu ihrer Schwiegertochter, »und die Frau deines Bruders spricht unsere Sprache nur stockend. Auch erfüllt es mein Herz mit Kummer, wenn ich im Hause des Freundes meiner Jugend weile, des Freundes, der tot ist – wie auch meine Jugend tot ist.« Aber wenn Marco über Nacht nicht da war, dann besuchte Sabrina oft während der langen heißen Abende das Gulab Mahal, und wenn der Mond im staubigen Zwielicht aufging, dann saßen die Frauen draußen auf den flachen Dächern des Zenana-Flügels und schauten hinaus auf die Minarette und die weißen Dächer, die grünen Bäume und die vergoldeten Kuppeln der bösen, schönen, phantastischen Stadt Lucknow. Aziza Begum machte dann oft Scherze und schüttelte sich vor schweigendem Gelächter, stopfte sich mit seltsamen Süßigkeiten von einer silbernen Platte voll oder erzählte lange, lange Geschichten aus ihrer Jugend, von Königen und Prinzen und Adligen von Oudh, die schon lange Jahre in ihren Gräbern lagen.

Zuerst verstand Sabrina nicht mehr als ein Wort von zehn in den Erzählungen der alten Dame, aber Sabrina begriff schnell und hatte eine rege Intelligenz. Stundenlang lag sie während der langen, schwülen Tage auf einem Diwan unter dem schwebenden Luftfächer in der Casa de los Pavos Reales und lernte die Sprache von Juanita oder Wali Dad oder dem weisen alten Munshi, den Marco als Lehrer für sie engagiert hatte. Aziza Begum machte ihr Komplimente für ihre Fortschritte und schickte ihr als Gunstbeweis eine Frau ihres Haushalts, Zobeida. Sie sollte Sabrinas persönliche Dienerin werden.

Zobeida war die Tochter einer Zenana-Sklavin. Sie war dunkelhäutig, kräftig gebaut, hatte ein waches Hirn, leichte, aber geschickte Hände, willige Füße und ein standfestes Herz. Mit der Zeit begann Sabrina, diese Frau zu mögen und sich auf sie zu verlassen, wie auf eine treue Amme aus den Tagen ihrer Kindheit. Diese Liebe gab Zobeida mit der Hingabe zurück, die eine Mutter für ihr Kind fühlt.

Mit der Ankunft des Monsuns lockerte sich der tödliche Griff des heißen Wetters ein wenig. Der warme Regen fiel in Strömen von einem kittfarbenen Himmel und verwandelte den ausgetrockneten Staub in Ströme aus Schlamm. Der Regen brachte ein phantastisches Grünen und Blühen hervor, und Pflanzen wuchsen, wo erst gestern nichts als verbranntes Gras gestanden hatte. Dann wehten die heißen Winde wieder, und der Schlamm verkrustete, und die Sonne flammte glühend hernieder, verwandelte den verkrusteten Schlamm in eisenharten Boden, und der Boden bedeckte sich wieder mit einer dicken Schicht aus Staub, der in Windhosen hochwirbelte und über die flammende Ebene tanzte. Und dann fiel der nächste Regen und verwandelte den Staub wieder in flüssigen Schlamm und grünen, dampfenden Dschungel.

Aber während das Land unter dem Griff der Hitze keuchte, hatte sich der Generalgouverneur in den Bergen, unter den Fichten und Zedern von Simla, dazu entschlossen, Afghanistan den Krieg zu erklären. Die verantwortungslosen Ratschläge von Männern, deren Machtgier und Hunger nach Eroberungen sie taub gemacht hatte für das, was die Mäßigkeit, die Gerechtigkeit und der gesunde Menschenverstand verlangten, hatten ihn dazu ermutigt.

Lord Auckland und seinen Lieblingsratgebern machte es wenig aus, daß der Dost Mohammed, der Amir von Afghanistan, der erwählte Herrscher eines Volkes war, das ihn dem ältlichen Schwächling, Schah Shuja, in jeder Hinsicht vorzog. Shuja war der ehemalige König, den sie vor vielen Jahren aus seinem Reich vertrieben hatten. Die Ratgeber des Generalgouverneurs mißtrauten dem Amir, einem fähigen Mann, der bewiesen hatte, daß er sowohl selbständig denken als auch selbständig handeln konnte. Sie hielten es für politisch wichtig, daß Afghanistan britischer Verbündeter sein sollte, und da sie den Verdacht hatten, daß der Dost Mohammed mit Rußland intrigieren könnte, entschlossen sie sich, Schah Shuja seinem unwilligen Volk wieder aufzuzwingen. Sie taten das in dem Glauben, daß Dankbarkeit und Selbstinteresse Shuja dadurch an die Briten binden würde. Mit dem Ziel, Afghanistan zum Alliierten zu gewinnen, machten sie das Land zuerst einmal zum Feind und begannen Krieg mit dem Amir, auch um die Möglichkeit auszuräumen, daß er seinerseits den Briten den Krieg erklärte. Und mit diesem Ziel im Auge schlossen die Briten auch einen Vertrag mit dem sterbenden Ranjit Singh, dem Löwen des Panjab und Herrscher der Sikhs. Dieser Vertrag war nicht mehr und nicht weniger als ein gemeinsamer Angriffspakt.

Im November, als das kalte Wetter einsetzte, sammelte sich in Ferozepur eine Armee, die großartig »Armee des Indus« genannt wurde. Von dort aus wollte man in Afghanistan einmarschieren. Sir Ebenezer Barton, entsetzt und bedrückt über diesen Krieg, der seiner Meinung nach unvergleichlich dumm und ungerecht war, legte sein Amt im Rat nieder und zog sich nach Lunjore zurück, einem kleinen Staat jenseits der Westgrenze von Oudh. Dort wollte er die Wintermonate als Gast des Gouverneurs verbringen, eines alten, geschätzten Freundes.

Eine Angelegenheit, die die Familie seiner Mutter betraf, rief Marco in diesem Winter nach Süden, und da die Straßen unwegsam waren und das Reisen sowohl schwierig als auch unbequem war, ging er allein.

Zu jeder anderen Zeit hätte Sabrina darauf bestanden, ihn zu begleiten. Aber sie war schwanger und hatte häufig Übelkeitsanfälle. Sie sah ein, daß sie ihm nicht nur beträchtliche Sorgen bereiten würde, wenn sie darauf bestand mitzureisen, sondern daß sie vielleicht auch das Leben des ungeborenen Kindes aufs Spiel setzte; und deshalb gab sie mit soviel Gleichmut nach, wie sie aufbringen konnte, und versprach, die Wochen bis zu Marcos Rückkehr bei ihrer Tante Emily und ihrem Onkel in der Residenz von Lunjore zu verbringen.

Die Residenz war ein riesiges Haus, das einmal Teil der viel größeren Sommerresidenz eines kleinen Fürsten gewesen war. Ein früherer Vertreter der Ostindischen Gesellschaft hatte das Haus dann gründlich umgebaut. Die Teile, die vorher den Frauen vorbehalten gewesen waren, und die Sklavenquartiere waren niedergerissen worden, und nur die größeren Empfangsräume blieben erhalten. An diese Räume war später beträchtlich angebaut worden. Das Haus stand auf einem großen Gelände am Rand des Dschungels, von dem es durch einen tiefen Graben getrennt war. Der Graben bildete eine natürliche Barriere an der einen Seite, während an den anderen drei Seiten die ursprünglichen Befestigungen und Wehrgänge durch eine hohe Mauer aus weiß gekälktem Stein ersetzt worden waren. Nur das gewaltige Tor war noch da und ließ die Tatsache erkennen, daß dieses Haus einmal so etwas wie eine königliche Residenz gewesen war.

Trotz ihres Kummers über die Trennung von Marco war Sabrina glücklich, ihre Tante und ihren Onkel wiederzusehen. Sie hatten sich damals im Zorn getrennt, und zwar nach einer kurzen Unterredung, die ihrer Trauung folgte. Aber als die kühle Luft und die Ruhe von Simla Lady Emilys Gesundheit gebessert hatten und sie wieder toleranter geworden war, hatten sie per Brief wieder Frieden geschlossen. »Schließlich führt das Kind ja sein eigenes Leben«, hatte Emily gesagt. »Sie hat das Recht, ihren Weg selbst zu wählen. Papa ist nicht Gott, er kann nicht erwarten, daß die Menschen ihren Lebenslauf ändern, bloß damit es ihm paßt.« Und dann hatte sie sich hingesetzt und einen zärtlichen Brief an Sabrina geschrieben. Und dieser Brief hatte sehr dazu beigetragen, den Schmerz zu heilen, den sie empfunden hatte, als ihr eigener Brief ungeöffnet von ihrem Großvater zurückkam.

»Er meint es eigentlich gar nicht so, Tante Emily«, erklärte Sabrina, während sie das Verhalten ihres Großvaters mit dessen einziger Tochter diskutierte. »Er haßt es nur, wenn er seinen Willen nicht kriegt. Mir geht das genauso, deshalb kann ich ihn ganz gut verstehen. Bei Marco habe ich meinen Willen durchgesetzt, und Großpapa hat das nicht geschafft. Deshalb ist er wütend darüber. Aber eines Tages werde ich zurück nach Wair gehen, und du wirst sehen, alles wird wieder gut werden. Ich mag ihn so gern, und ich weiß, er kann nicht einfach aufhören, mich zu lieben, nur weil ich ihm einmal nicht gehorcht habe.«

Emily war sich da nicht so sicher, aber sie behielt den Gedanken für sich. Das Aussehen ihrer Nichte beunruhigte sie ziemlich. Sabrina war entsetzlich dünn geworden, ihre Wangen waren hohl, und ihre Augen lagen tief in den Höhlen, und ihr Gesicht zeigte kaum Farbe. Ihre weiße Haut sah merkwürdig durchsichtig aus, und das erinnerte Emily unangenehm an eine Geschichte, die sie einmal von Mary Stuart gehört hatte, der unglücklichen Königin der Schotten. Nach der Legende konnte man, wenn die Königin Rotwein trank, sehen, wie er durch ihre Kehle lief, und Emily, normalerweise eine sehr vernünftige Frau, hatte diese Geschichte immer für lächerlich gehalten. Aber jetzt war sie nicht mehr so sicher. Sabrinas schmaler Hals und ihre weißen, dünnen Arme und Schultern wirkten merkwürdig zierlich und durchsichtig, ein Anblick, den ihre Tante nicht gern sah.

»Wir müssen sie aufpäppeln«, sagte Sir Ebenezer in seiner robusten Art, als Emily mit ihm über das Aussehen ihrer Nichte sprach. »Viel gutes Essen, viel Ruhe. Genau das braucht sie. Und beides wird sie in diesem Haus kriegen. Dann ist sie bald wieder rund und kregel.«

Pflichtbewußt machte sich Emily daran, den Appetit ihrer Nichte mit den Künsten des Kochs aus Goa zu reizen, der in der Residenz arbeitete. Aber die Anfangszeit von Sabrinas Schwangerschaft stellte sich als schwierig heraus, und sie konnte nur wenig essen. Das Baby wurde erst Ende Juni erwartet, und jetzt war ja erst Dezember. Aber Sabrina quälten dauernde Übelkeitsanfälle und eine Schwäche, gegen die der Doktor nur wenig unternehmen konnte. Außerdem mochte Sabrina die Residenz in Lunjore nicht. Dieser Widerwille gegenüber dem Haus war möglicherweise nur ihrem Zustand zuzuschreiben, aber das große Gebäude mit seinen breiten Veranden und den hohen, hallenden Räumen kam Sabrina nicht nur unfreundlich vor, sondern es schien ihr auf unerklärliche Weise regelrecht feindselig. Es war anders als andere Häuser, aber Sabrina konnte nicht sagen, warum.

Schon in jenem ersten Augenblick, als sie damals die Schwelle der Casa de los Pavos Reales überschritten hatte, war es ihr vorgekommen, als ob Marcos Haus sie willkommen geheißen hätte, und die Atmosphäre, die persönliche Ausstrahlung, die fast jedes Haus in gewissem Grade besitzt, war in der Casa de los Pavos Reales freundlich gewesen. Bei der Residenz von Lunjore war das nicht so.

Vielleicht war Sabrina nur nervös. Vielleicht kam es auch daher, daß sie Marco vermißte, oder vielleicht hing es mit dem Baby zusammen. Aber sie hatte nicht nur einen Widerwillen gegen das Haus, sondern manchmal fürchtete sie sich sogar davor. Wenn in den Zimmern die Lichter brannten und ihr Gastgeber, ihre Tante und ihr Onkel oder die Dienstboten darin umhergingen, dann waren die Räume nur ein Hintergrund für die Menschen, die sie bewohnten. Aber bei den wenigen Gelegenheiten, wo Sabrina sich allein dort aufhielt, war alles anders gewesen. Die leeren Zimmer schienen dann voller geflüsterter Worte zu sein – und voller toter Seelen.

Im Garten ging es ihr nicht besser, denn auch dort waren die Toten. Und einmal, als Sabrina im strahlenden Morgensonnenschein von einem Ausflug in die offene Ebene und an den fernen Fluß nach Hause ritt, glaubte sie, sie hätte die Gestalt eines Mädchens gesehen. Über die schmale hölzerne Brücke, die den Kanal hinter dem Haus überspannte, rannte es schnell auf sie zu. Ein Mädchen in einem seltsamen Kleid mit Reifrock. Peri, die sanfte, nußbraune Stute, sah das Mädchen auch und scheute wild. Sabrina wurde fast abgeworfen. Aber es waren nur das Sonnenlicht gewesen und der windzerzauste Schatten, den ein hohes Bambusgebüsch warf . . .

Zobeida, die die Unruhe ihrer jungen Herrin spürte, schlief von jetzt an auf einem Strohsack am Fuß von Sabrinas Bett. Und obwohl Sabrina sich ihrer Ängste schämte, fand sie doch Zobeidas Anwesenheit tröstlich und ließ sie gewähren. Als Emily sie einmal starr und verängstigt in der Dämmerung gefunden hatte, sagte Sabrina verwirrt: »Es gibt jemanden, der hier sehr unglücklich ist. Ich habe das Gefühl, als ob . . . als ob ich das wäre.«

Anfang Januar kehrte Marco aus dem Süden zurück und holte Sabrina heim in die Casa de los Pavos Reales. Auch er war erschreckt über Sabrinas Magerkeit und Blässe. Abgesehen von dieser Reise in den Süden hatte er Sabrina seit der Hochzeit nie länger als achtundvierzig Stunden allein gelassen, und so hatte er die Veränderung an ihr auch nicht bemerkt, denn sie war unmerklich langsam gekommen. Jetzt, nachdem er sie nach mehreren Wochen wiedersah, fiel ihm die Veränderung um so stärker auf, und er war entsetzt.

»Es ist nur das Baby«, beruhigte ihn Sabrina. »Mir geht es wirklich ganz gut, glaub mir. Und die Übelkeit hat sehr nachgelassen. Der Doktor sagt, das wäre nur natürlich, also darfst du dir keine Sorgen machen. Wenn ich wieder zu Hause bin, in unserem schönen Haus, dann wird es mir auch wieder viel besser gehen – du wirst schon sehen. Es kommt nur daher, weil ich dich und unser Heim so sehr vermißt habe.« Und wirklich, als Sabrina wieder im Haus der Pfauen wohnte, hob sich ihre Stimmung, und ein wenig zarte Farbe zeigte sich wieder auf ihren Wangen.

Juanita kam in diesen Tagen nicht allzuoft zu Besuch, denn die Geburt ihres eigenen zweiten Kindes stand bevor, und sie zog es vor, in der Abgeschiedenheit ihres eigenen Hauses zu bleiben. Aber wenn Marco abwesend war, dann verbrachte Sabrina viel Zeit im Gulab Mahal und plauderte und lachte mit Juanita und Aziza Begum und spielte mit ihrer Nichte, Juanitas erstgeborener Tochter mit den schwarzen Augen und den Grübchen.

Sie war auch dort, an einem goldenen Morgen Anfang Februar, als Juanitas Wehen begannen. Sabrina wäre bei ihr geblieben, aber das wollten Aziza Begum und Juanita selbst nicht erlauben.

»Schick sie fort, meine Mutter«, flüsterte Juanita drängend, und Schweiß perlte schon auf ihren Augenbrauen. »Die Engländer sind nicht wie wir. Sie sagen ihren jungen Mädchen nichts von diesen Dingen, und weil es für Sabrina hart werden wird, wenn ihre Zeit kommt, so wäre es besser, daß man ihr jetzt keine Angst macht.«

»Arré! Wer sollte das wohl besser wissen als ich?« nickte die Begum. »Ihre Zeit wird allerdings hart werden. Sie ist nicht dazu geschaffen, Kinder zu gebären. Hai mai! Ich werde sie fortschicken, hab keine Angst. Ruh dich jetzt aus, meine Tochter. Nur noch ein Weilchen, dann liegt der Sohn meines Sohnes in deinen Armen.«

Aziza Begum stopfte sich ein paar Pan-Blätter in den Mund und watschelte hinaus, um die Kutsche zu bestellen und die aufgeregte Sabrina zu beruhigen. »Fürchte nichts: Dies ist eine Zeit, die alle Frauen ertragen müssen. Und welche Frau unter uns allen würde wohl darauf verzichten, wenn sie die Wahl hätte? Nicht eine, mein Vögelchen – nicht eine. Denn ist dies nicht der Sinn unseres Lebens, das Ziel, zu dem wir geboren werden? Hier wird alles gutgehen. Ich, die ich viele Kinder geboren habe, sage dir dies.«

Auf Sabrina hatte die fette alte Frau, die Juanitas Schwiegermutter war, immer grotesk gewirkt. Aber jetzt, ganz plötzlich, sah sie die Begum mit anderen Augen. Sie sah die Freundlichkeit, den Verstand und die Weisheit in den strahlenden Augen, die aus dieser runden, zerknitterten Maske hervorschauten. Sie sah die Festigkeit und den Charakter, den die kleinen, runden Hände ausstrahlten, und auf einmal bemerkte Sabrina auch die verschwundene Schönheit und den Charme, den diese korpulente, formlose alte Frau, Anne Maries lebenslängliche Freundin, einmal besessen hatte.

In einem plötzlichen Impuls streckte Sabrina die Hand aus, tastete nach den beringten, fetten Fingern und preßte sie hart. Die Begum nahm Sabrina in die Arme. Es war überraschend, welche beruhigende Wirkung diese runden, nach Sandelholz duftenden Schultern hatten, wenn man den Kopf dagegen lehnte. »Beeil dich jetzt, meine kleine Tochter, und kehre in das Haus deines Mannes zurück. Ich werde Nachricht geben, wenn der Sohn meines Sohnes geboren ist.« Die alte Frau streichelte Sabrinas Schulter und putzte sich mit dem Zipfel ihres Schleiers schnell eine Träne weg.

Juanitas Sohn war vor Aufgang des Mondes geboren. Ein kräftiges, lebendiges, dunkelhaariges Wesen mit der hellen Haut seiner Mutter und den schwarzen Augen seines Vaters. »Er ist zu günstiger Stunde geboren«, sagte die Begum. »Arré, arré, schrei nicht, Däumling! Du wirst ein großer König werden und sieben Söhne haben.«

Als die kühle Jahreszeit sich dem Ende näherte und die Tage wieder ungemütlich warm wurden, fuhr Sabrina weniger und weniger über Land. Ihre zierliche Figur war jetzt schwerfällig und entstellt durch das kommende Kind, und durch die neuen, enggeschnürten Kleider der Tagesmode hatte sie viel unnütze Unbequemlichkeit erlitten, bis Juanita sie dazu überredet hatte, im Haus mohammedanische Kleidung zu tragen. Lady Emily war durch die Nachricht von dieser Neuerung zutiefst schockiert gewesen, aber als das Wetter jetzt wirklich heiß wurde, fand Sabrina die losen, leichten Seidenkleider des Ostens tausendmal bequemer als die hochgeschlossenen, enganliegenden Mieder und die unzähligen Unterröcke, die von der europäischen Mode diktiert wurden.

Die Bartons zogen jetzt wieder nach Simla, und Emily machte besorgt den Vorschlag, Sabrina solle sie begleiten. Aber Sabrina wollte Pavos Reales nicht verlassen, trotz der Tatsache, daß Marco den Plan ihrer Tante unterstützte.

»Es ist nicht gut für dich, hier in der Hitze zu bleiben, Querida«, sagte Marco. »Schon jetzt werden die Nächte heiß, und wir haben erst die erste Märzwoche. Der April ist ein schlechter Monat in der Ebene, und im Mai wird es noch schlimmer. Geh jetzt mit deiner Tante in die Berge. Ende Mai werde ich dann zu dir kommen. Das verspreche ich dir!«

Aber Sabrina war nicht zu überzeugen. »Deine Mutter ist auch nicht in die Berge gegangen, als ihre Kinder geboren wurden, genausowenig wie Juanita. Außerdem wird mein Sohn seine Kindheit in diesem Land verbringen wie du. Also muß er sich an solche Dinge wie Hitze gewöhnen. Dir macht sie ja auch nichts aus, und ich spüre sie nur, weil ich in einem kalten Land geboren und aufgewachsen bin. Dies ist dein Zuhause und deshalb auch meins. Ich will, daß meine Kinder hier geboren werden.« Aber am Ende mußte sie doch versprechen mitzufahren. Allerdings noch nicht im März. Marco hatte Angelegenheiten zu erledigen, die ihn bis März in Oudh aufhalten würden. Bis diese Geschäfte getätigt waren, würde Sabrina in Pavos Reales bleiben, und dann würde sie zusammen mit Marco in die Berge ziehen.

So wurde es ausgemacht, und die Bartons, die auf ihrem Weg in die Berge in Pavos Reales Station gemacht hatten, verabschiedeten sich zärtlich und besorgt von Sabrina und fuhren nach Simla.

Während der ersten Wochen der heißen Saison war es oft einsam in der Casa de los Pavos Reales. Sabrina konnte nicht länger mit Marco ausreiten; und da Emily sich in Simla aufhielt und Juanita unfähig war, das Gulab Mahal zu verlassen, gab es in dem großen Haus am Ufer des Goomti nur wenige Besucher. Dennoch fand Sabrina ihre Einsamkeit nicht unangenehm. Sie liebte die hohen, weißen Räume, die schönen Porträts und die Schnitzereien und Gobelins, die der alte Graf von Spanien mitgebracht hatte. Sie liebte die dunklen, glühenden Farben des herrlichen Gemäldes von Velasquez, das an einer Wand des riesigen Salons hing, und den Duft der Orangenblüten, der aus dem Garten hereinwehte, und den Geruch des Wassers auf dem ausgetrockneten Boden. Sie liebte das Geräusch der Pferdehufe, das ihr sagte, wenn Marco zurück war, und sie liebte die Spaziergänge, die sie mit ihrem Mann spätabends auf dem gepflasterten Weg am Ufer des Flusses machte.

Sie war sehr glücklich, und es war ein stilles, friedliches Glück, das nichts berühren oder verderben konnte. Sie wirkte wie von einer Mauer umgeben: einer glänzenden, durchsichtigen Mauer, durch die sie die Außenwelt sehen konnte. Aber die Mauer schützte sie vor der Härte des Lebens, wie das Glas eines Treibhauses eine seltene, zarte Pflanze vor dem kalten Ostwind schützt. Sabrina liebte und wurde geliebt. Sie wurde angebetet, geehrt und geschützt. Die ganze Welt, so schien es ihr, war wunderbar, und das Leben erstreckte sich vor ihr wie ein grüner Pfad, an dessen Rändern Blumen blühen. Sie und Marco wanderten diesen Pfad entlang, Hand in Hand, zärtlich, glücklich und ohne Hast . . .

Als der April sich seinem Ende zuneigte, drang Schah Shuja in Kandahar ein. Die britische Eskorte mit Macnaghten an der Spitze, folgte ihm. Dost Mohammeds Bruder und seine Männer waren vor der Armee geflüchtet, und die Bevölkerung von Kandahar bot dem alternden Schah einen tumultartigen Willkomm. Macnaghten dachte deshalb fälschlicherweise, ganz Afghanistan sei bereit, die Marionette willkommen zu heißen und den Dost Mohammed abzusetzen. Diese Überzeugung konnte auch nicht erschüttert werden, als die zwei Wochen später inszenierte gewaltige »Willkommensdemonstration« von der angewiderten afghanischen Bevölkerung kaum besucht und ein völliger Fehlschlag wurde.

In der letzten Woche des April mußte Marco wieder in den Süden. Anne Maries Vater, der aus dem Dienst in der Armee der Ostindischen Gesellschaft ausgeschieden war, hatte an der Malabar-Küste Land erworben und sich dort niedergelassen, um das Leben eines Pflanzers zu führen. Sein Besitz florierte, und er war als reicher Mann gestorben. Anne Marie war seine einzige Erbin gewesen, und bei ihrem Tod war der Besitz an ihre Kinder Marco und Juanita übergegangen. Aber der alte Aufseher des Großvaters, der den Besitz viele Jahre lang verwaltet hatte, war im vergangenen Herbst gestorben, und dadurch war es notwendig geworden, daß Marco Anfang der Kaltwetterperiode die Ländereien inspizierte. Marco hatte einen neuen Verwalter eingesetzt und war mit dem befriedigenden Gefühl zurückgekehrt, daß sein Eigentum weiter gut betreut wurde. Jetzt aber war die Nachricht gekommen, daß der neue Aufseher am Schlangenbiß gestorben war und daß unter den Kulis, die auf dem Gut arbeiteten, Zwietracht herrsche.

Marco und Wali Dad, die die Angelegenheit diskutiert hatten, entschieden sich, daß es am besten wäre, die Güter in Malabar zu verkaufen und das Geld in Oudh zu investieren. Der Besitz läge zu weit entfernt, als daß er aus zweiter Hand und auf lange Sicht verwaltet werden konnte. In der letzten Aprilwoche ritten die beiden also nach Süden, nachdem sie versprochen hatten, Ende Mai wieder zurück zu sein.

»Es wird ja nicht lange dauern, Querida«, meinte Marco in dem Versuch, Sabrina zu trösten. »Ehe der Mai vorüber ist, werde ich zurück sein, das verspreche ich.«

Aber Sabrina wollte sich nicht trösten lassen. »Warum mußt du nur gehen? Warum kann Wali Dad nicht allein reisen? Marco, du kannst mich jetzt nicht allein lassen! Ich könnte es nicht ertragen. Ich fürchte mich.«

»Was ist denn geschehen? Vor was hast du Angst, mein Herz?«

»Das weiß ich nicht. Ich weiß nur, daß ich dich jetzt nicht fortlassen kann. Laß Wali Dad allein reisen.«

»Wir müssen beide reisen, cara mia«, sagte Marco und legte die Arme um sie. »Wenn nur einer ginge, dann müßte ich das sein. Wali Dad kommt mit, um mir zu helfen. Er allein könnte dort mit der Verwaltung und den Beamten Schwierigkeiten bekommen, denn er stammt nicht aus dem Süden, sondern aus Oudh. Wenn wir aber die Güter erst einmal verkauft haben, dann brauchen wir uns nie wieder Sorgen um Geschäfte mit dem Süden zu machen. Freut dich das nicht? Ich werde es nie mehr nötig haben, mich mehr als eine Tagesreise von dir zu entfernen.«

»Du denkst mehr an dein Geld als an mich«, weinte Sabrina.

»Das ist nicht wahr, Querida. Der Besitz sollte einen hohen Preis bringen. Die Hälfte davon gehört Juanita, und wenn wir zögern, dann könnte der Wert des Besitzes durch schlechte Verwaltung und andere Schwierigkeiten sinken. Würdest du es denn zulassen, daß ich Juanita eines großen Teils am Erbe ihrer Mutter beraube, weil ich es vorziehe, bei meiner Frau zu bleiben, anstatt eine unbequeme und gefährliche Reise in Geschäftsangelegenheiten zu unternehmen? Das kann ich nicht glauben!«

Marco hatte vorgehabt, Sabrina unter die Obhut ihrer Tante zu stellen, ehe er nach Süden ritt. Es gab ja jetzt keinen Grund mehr, warum sie ihre Abreise in die Berge noch verzögern sollte. Aber Sir Ebenezer hatte aus Simla geschrieben, daß Lady Emily einen schweren Anfall von Malaria gehabt hätte, und obwohl sie sich jetzt wieder erhole, sei ihr Gesundheitszustand immer noch Anlaß zur Sorge. Während Marco den Brief las, begriff er, daß es wenig Sinn hatte, seine Frau unter die Obhut einer Kranken zu stellen. Lady Emily würde nicht in der Lage sein, für Sabrina zu sorgen. Und Sabrina selbst wäre auch nicht in der Lage, eine kranke Tante zu pflegen.

»Sie muß zu mir kommen«, meinte Juanita. »Ich weiß, sie will Pavos Reales nicht verlassen, und es ist dort auch kühler. Aber es ist nicht recht, daß sie gerade jetzt allein ist. Einsamkeit ist in solch einer Zeit nicht gut für sie. Schick sie zu mir, Marco. Es wird ja nur für ein paar Wochen sein, und sobald du zurück bist, fahren wir in die Berge. Das Kind wird erst Ende Juni geboren, und bis dahin können wir noch viele Tage in der kühlen Bergluft verbringen. Ich vertraue dir meinen Mann an. Komm schnell zurück.«

Also zog Sabrina aus der Casa de los Pavos Reales in den rosa Palast in Lucknow. Sie sah zu, wie Marco und Wali Dad unter den flammenden Gold-Mohur-Bäumen in Juanitas Garten davonritten, und ihre Augen verschleierten sich mit Tränen.

Marco, der sich unter dem Torbogen noch ein letztes Mal im Sattel umdrehte, sah, wie sie im harten, gestreiften Schatten des Gartens stand. Mit ihrer weißen Haut und den weichen blonden Locken paßte sie nicht in das glühende orientalische Bild, und Marco wünschte sich von ganzem Herzen, daß er sie nicht verlassen müßte. Aber es würde ja nicht lange sein . . .

Mit Marcos Abreise schien es, als ob die glänzende Welt der Schönheit und Zufriedenheit, in der Sabrina gelebt hatte, zerplatzt war, wie eine zarte, irisierende Seifenblase bei der Berührung einer groben Hand zerplatzt. Sabrina vermißte Marco mit einer Intensität, die von Tag zu Tag wuchs. Sie vermißte auch die kühlen, prächtigen Räume der Casa de los Pavos Reales und die Stille des riesigen, parkartigen Geländes, das dieses Haus umgab.

Das Gulab Mahal – der »Palast der Rosen« – war voller Geräusche. Die Räume mit den gemalten oder geschnitzten oder mit buntem Marmor eingelegten Wänden und den Fenstern mit dem steinernen Maßwerk waren erstickend heiß. Unter den unzähligen steinernen Balkonen lagen gepflasterte Höfe und Gärten, die dicht mit Mango und Orangenbäumen bewachsen waren, und dahinter, ganz um das Gebäude herum, war die hohe Mauer, die den Palast umschloß. Dahinter drängte sich die brodelnde Hauptstadt mit ihren überfüllten Bazaren, den vergoldeten Moscheen, den grünen Gärten und den phantastischen Palästen.

Tag und Nacht schlug das Geräusch der Stadt gegen die rosa Mauern des Palastes und füllte die kleinen, heißen, erstickenden Räume mit Schall, und die Öle und Essenzen, die Aziza Begum und die anderen Frauen benutzten, erfüllten den Palast mit den schweren Düften nach Sandelholz und Rosen. Dazu kamen noch die Gerüche nach Curry und Asafötida, die aus den Kochtöpfen der Küchenhöfe alles durchdrangen.

Selbst die Nächte brachten nur eine Abnahme des Geräusches, aber nie Stille. Im übervölkerten Labyrinth der Stadt pulsierten Trommeln, schlugen die Kontrapunkte zum Heulen der Flöten und Klimpern der Sitars, zum Bellen der Paria-Hunde, zum Schreien der Kinder, zum Klappern bewaffneter Reiter, die durch die schmalen Straßen ritten, oder zu den betrunkenen Rufen von Festgästen, die von irgendeiner Ausschweifung im Königspalast zurückkehrten.

Jeder Tag verging unendlich langsam, die Hitze wurde immer größer, und während der Tagesstunden sogen die Wände und die Dächer der Häuser und das Steinpflaster der Höfe die glühenden Strahlen der Sonne ein. Wenn die Nacht dann kam, schien es, als ob jeder Stein und jeder Ziegel der Stadt die aufgestaute Hitze in Wellen zurückgab, in glühenden Schwaden, wie aus der offenen Tür eines Töpferofens.

Sabrina fand es unmöglich, während des Tages ein wenig zu schlafen, denn tagsüber blies ein heißer, trockener Wind. Dann öffnete man die Türen und Fenster und hing seltsame, dichtgeflochtene Vorhänge aus Wurzelgewebe auf, die man immer wieder mit Wasser durchweichte. Die heißen Winde, die durch die feuchten Wurzeln bliesen, kühlten dann die Räume und füllten sie mit einem nicht unangenehmen, aromatischen Duft. Aber oft blies der Wind nicht, und bei Sonnenuntergang starb er immer ab.

Sabrinas magerer Körper fühlte sich heiß und trocken an und vor Hitze wie zusammengeschrumpft. Sie begann, sich nach der kühlen, fichtennadelduftenden Brise der Berge zu sehnen, so wie ein Mann sich vor dem Verdursten nach einem Schluck kalten Wassers sehnt. Sie bedauerte es, daß sie nicht im März mit Emily in die Berge gefahren war, wie Marco das gewünscht hatte. Aber sie würde nie wieder mit Emily in die Berge fahren. Marco war gerade drei Wochen abwesend, und der Mai war halb vorüber, als ein Brief von Sir Ebenezer Barton ankam. Emily war tot. Sie hätte einen weiteren Fieberanfall gehabt, schrieb Sir Ebenezer, und sei zwei Tage später gestorben. Eine entfernte Verwandte, Mrs. Grantham, wäre bei ihr gewesen. Sir Ebenezers Handschrift, die normalerweise so klar und fest war, wirkte zittrig wie die Handschrift eines uralten Mannes.

Sabrina saß da, hielt den Brief in der Hand und starrte mit trockenen Augen vor sich hin. Sie dachte zurück an Wair, an damals, und sie sah Tante Emilys Gesicht im kerzenerleuchteten Kinderzimmer noch vor sich, wie sie die dreijährige Sabrina ihr erstes Gebet lehrte. Sie sah Tante Emily vor sich, wie sie ihr die Schärpe an ihrem ersten Festkleid band, wie sie sie vor den dauernden Nörgeleien Tante Charlottes schützte, wie sie ihr Märchen vorlas und ihr Geschichten aus der Jugend ihres Vaters erzählte ... eine ganze Galerie von Gestalten, die Tante Emily darstellten und die sich in gegenüberliegenden Spiegeln reflektierten, Spiegeln, die immer weiter und weiter in die Tiefe des Raumes hineinreichten, Spiegelbilder, die sich in einem endlosen Korridor unendlich oft wiederholten. Und alle waren freundlich, alle waren liebevoll ...

Plötzlich hatte Sabrina Angst. Eine Angst, die vielleicht auch einen Schläfer packt, wenn er im Traum durch die Tür eines wohlbekannten Hauses geht und dann herausfindet, daß alle Zimmer sich verändert haben, daß sie fremd sind und verlassen und daß sein Traum zu einem Alptraum geworden ist.

Außer einer kurzen Notiz, abgeschickt aus dem Dorf, in dem sie die erste Nacht ihrer Reise verbracht hatten, waren keine Nachrichten von Marco oder Wali Dad gekommen. Dieser Mangel an Nachrichten bekümmerte weder Juanita noch die Begum, denn sie wußten nur allzu gut, in welchem Zustand die Straßen waren, und wie schwierig es manchmal sein konnte, von entlegenen Orten aus per Boten Briefe zu schicken. Aber Sabrina machte sich Sorgen, und während der langen, heißen Stunden der schlaflosen Nächte stiegen in ihrer Phantasie Bilder des Schreckens und der Katastrophen auf, und dann erinnerte sie sich daran, daß der Aufseher an Schlangenbiß gestorben war. Marco konnte auch von einer Schlange gebissen werden – oder angegriffen von einem Tiger – oder ermordet von den wandernden Gläubigen der Thugi –, oder er konnte der Pest oder der Cholera oder einem Fieber zum Opfer fallen, oder er konnte grausam an Tollwut sterben. Das Indien, das ihr einmal als ein so herrliches, strahlendes Land erschienen war, erschien ihr jetzt in einem anderen Licht. Denn jetzt wußte Sabrina, daß unter all dem Glanz und all der Schönheit Grausamkeit und Schrecken lauerten, von denen sie sich nie hätte träumen lassen. Die schlanken Minarette und die vergoldeten Kuppeln der Paläste erhoben sich ja auch über schmalen, schmutzigen Straßen und über den elenden Hütten der Armen.

Auf der anderen Seite der hohen Mauer, die die Gärten des Gulab Mahal einfaßte, direkt vor Sabrinas Fenster, stand eine Moschee. Es war eine unscheinbare, kleine Moschee, erbaut aus geweißten Ziegeln und Stuck, und ihre zwiebelartige Kuppel war gekrönt von einem eisernen Halbmond, dem Symbol des Islam. Die Sonne ging direkt hinter dieser Moschee auf, und jeden Morgen, wenn die Luft von den langen Stunden der Dunkelheit noch immer etwas kühler war, konnte Sabrina diesen Halbmond, eingerahmt durch die Kurve des offenen Fensters, als dunkle Silhouette vor dem safranfarbenen Himmel sehen. Wenn dann, nur allzubald, die Sonne aufging, warf der Halbmond seinen geschwungenen Schatten auf den Fußboden ihres Zimmers.

Während die Sonne am messingfarbenen Himmel emporstieg, kroch der Schatten dann langsam über den mattenbedeckten Boden, und manchmal wachte Sabrina in der Nacht auf und sah, daß er schwarz im Mondschein dalag. Der Schatten wurde für Sabrina zum Symbol für alle Angst und alle Einsamkeit dieser langen Tage, zum Symbol für das wachsende Gefühl der Verlassenheit in einem fremden Land, umgeben von Menschen einer fremden Rasse. Der Schatten war eine Drohung und eine Warnung zugleich. Er war das Zeichen der unausweichlichen, zermalmenden Hitze des kommenden Tages. Einer Hitze, die Sabrina die Kraft aus dem Körper saugte und ihrem Gehirn die Fähigkeit nahm, klar zu denken.

Seit Marco abgereist war, hatte sie die Casa de los Pavos Reales nicht mehr besucht, aber an einem atemlosen Abend, nach einem Tag ohne Wind, an dem die schweren Vorhänge aus nassen Kus-Kus-Wurzeln nur dazu gedient hatten, die heißen Räume des Gulab Mahal noch erstickender zu machen, wurde sie plötzlich von der Sehnsucht gepackt, das große Haus wiederzusehen und durch seine Gärten und am Fluß entlangzuspazieren. Der Mai war bestenfalls ein heißer Monat in der Ebene, aber diesmal hielt eine Hitzewelle ganz Oudh gepackt, und das Quecksilber in den Thermometern stieg beständig. Draußen in Pavos Reales würde es kühler sein. Die Bäume und die offenen Rasenflächen und die Terrasse am Fluß hielten die schwelende, erbarmungslose Hitze nicht so fest wie die Stadt.

Juanita bot Sabrina an, sie zu begleiten, aber Sabrina zog es vor, allein zu fahren. Marco hatte eine Kutsche für sie im Gulab Mahal zurückgelassen, und zusammen mit Zobeida ließ sie sich durch die schmalen, brennenden Straßen fahren, wo die Hitze sich zwischen den Häusern einfing. Dann fuhren sie hinaus in das offene Land zum Haus der Pfauen mit seinen Parks und seinen Baumgruppen.

Das Gras war braunverbrannt, und die Bäume warfen ihre sterbenden Blätter über den Pfaden ab. Aber die Orangen- und Zitronenbäume und die Mangos waren noch immer üppig grün, und der Duft des spät blühenden Oleanders vermischte sich mit dem schwülen Geruch des heißen Staubes. Die dämmrigen, verhängten Räume waren geschlossen und muffig, und die Springbrunnen in den Höfen schwiegen, aber nach der Hitze und dem Lärm und der Farbe im Gulab Mahal kam es Sabrina hier unglaublich kühl und friedlich vor, und sie wanderte durch die stillen, dämmrigen Räume und berührte die schweren spanischen Möbel und die zierlichen französischen Ornamente mit zärtlichen Händen, als ob sie Freunde begrüßte – oder verabschiedete.

Auf der Flußterrasse blühten noch immer ein paar späte Rosen, und abgefallene Blütenblätter lagen zwischen den ausgedörrten Gräsern und machten kleine Farbspritzer auf dem heißen Steinpflaster. Der Fluß war seicht geworden, durchzogen von den schwachen silbernen Wellen schalen Wassers. Ein weißer, langbeiniger Vogel, ein kleiner Reiher vielleicht, watete im warmen Flachwasser. In der Dämmerung wirkte er wie ein Geist. Ein Pfau ließ seinen rauhen Schrei aus dem Bambusdickicht ertönen, das Echo schallte von der geschwungenen Wand am anderen Ende der Terrasse zurück. Pi-orr! ... Pi-orr! ... Pi-orr! Sabrina hatte den Schrei der Pfauen in der Dämmerung immer gern gehört, aber heute schien es ihr, als ob der rauhe Ruf einen seltsamen, schmerzhaften Unterton der Traurigkeit hatte.

Irgendwo draußen in der Ebene, hinter dem dunkelnden Fluß, wurde der Klang des Pfauenschreis vom langgezogenen Heulen eines Schakals aufgenommen: wild, klagend und unaussprechlich einsam. Sabrina wurde wieder von einer plötzlichen Furcht gepackt wie an dem Tag, als sie die Nachricht von Emilys Tod gelesen hatte. Angst vor Indien. Vor dem wilden, fremden Land, das sich überall vor ihr erstreckte, das sich Tausende von Meilen weit erstreckte und sie dennoch bedrängte. Angst vor den dunklen, verschlossenen, seitwärts blickenden Augen; den undurchschaubaren Gedanken hinter den leeren, ausdruckslosen Mienen. Angst vor den unglaublichen Grausamkeiten, die in den Palästen des Königs verübt wurden und von denen die Zenana-Frauen flüsterten. Da waren die Geschichten, die Aziza Begum bei Sternenlicht erzählte, wenn sie auf dem flachen Dach saß und die überfüllte Stadt von oben betrachtete – Geschichten von Schlachten und Intrigen und Mord. Geschichten von Königinnen und Tänzerinnen und Konkubinen, die lebendig mit ihren toten Herren zusammen verbrannt wurden. Und Geschichten von der grausamen Eroberung großer Städte:

»... dann gingen die Königinnen und die Ehefrauen und die Weiber zu einer unterirdischen Kammer, um den Johar zu machen: Sie waren gekleidet wie zu einem Hochzeitsfest, und sie nahmen mit sich ihr Gold und ihre Juwelen und die ganzen Schätze der Stadt. Und die Gewölbe wurden versiegelt, und sie machten darin einen großen Scheiterhaufen und kamen dort um. Mit ihnen ihre Schätze. Jene von ihren Männern, die noch übrig waren, bewaffneten sich und öffneten die Tore weit, und dann zogen sie hinaus, um zu kämpfen. Und sie wurden erschlagen, alle miteinander. Als dann Salah-Un-Din, der Eroberer, mit seinen Kriegern in die Stadt ritt, siehe, da war es eine Stadt der Toten und so leer wie die Höhlung meiner Hand ...«

Und wieder:

»Der Sohn des Mahmoud nahm Fateh Khan gefangen, und er stach ihm die Augen aus mit einem juwelengeschmückten Dolch. Aber Fateh Khan weigerte sich dennoch, das Versteck seines Bruders zu verraten. Da schnitten Mahmoud und seine Familie ihn in Stücke. Zuerst ein Ohr, dann seine Nase; erst seine rechte und dann seine linke Hand; aber Fateh Khan sagte nichts, sondern er bat nur darum, man möchte ihm schneller den Tod geben. Erst als sein Bart, der jenen, die dem Propheten folgen, heilig ist, abgeschnitten wurde, vergoß er Tränen. Dann schnitten sie ihm die Füße ab, einen nach dem anderen. Aber er wollte seinen Bruder noch immer nicht verraten, und schließlich schnitten sie ihm die Kehle durch, und der Tod erlöste ihn ...«

So hatte Aziza Begum die Geschichten erzählt, aus denen die blutgetränkte Geschichte dieses Landes bestand. Aber obwohl die eine der Geschichten mehrere Jahrhunderte alt war, hatte sich die andere zu Sabrinas Zeiten abgespielt – die Geschichte des Mordes am älteren Bruder des gleichen Dost Mohammed, gegen den Lord Aucklands »Armee des Indus« in den Bergen jenseits von Kandahar vorstieß. Indien hatte sich nicht sonderlich verändert, nur weil eine Handvoll Londoner Kaufleute einen großen Teil des indischen Gebietes unterworfen hatte. Indien war schon vorher erobert worden, viele Male seit den alten Tagen, als Sikander Dulkhan – Alexander der Große – seine Schlachten auf indischem Boden gekämpft, seine Straßen erbaut und seine unfähigen Vizekönige hier zurückgelassen hatte. Griechen, Hunnen, Araber, Tartaren, Pathanen, Perser, die Mogulen – Indien hatte sie kommen sehen, hatte beobachtet, wie die Feuer ihrer Macht hell strahlten und dann wieder abstarben und nichts als Asche zurückließen. Und Indien war weiter seinen eigenen Weg gegangen ...

Etwas von alledem war Sabrina vor Augen, während sie auf der Flußterrasse der Casa de los Pavos Reales stand und beobachtete, wie der riesige gelbe Mond im heißen, staubigen Zwielicht aufging.

Im Osten dauert die Dämmerung nicht so lange wie in kühleren Ländern, und die östliche Dämmerung ist wie ein schwacher Atemzug, der zwischen Tag und Nacht liegt. Eben noch strömte der Fluß golden im letzten Glühen des Sonnenuntergangs dahin, und im nächsten Augenblick legte schon der Mond einen glänzenden Pfad über die Wasseroberfläche, und Sabrinas Schatten zeigte sich schwarz auf der mondhellen Terrasse. Ein Schakal heulte wieder, diesmal näher, und obwohl der Anbruch der Nacht wenig oder gar kein Nachlassen der bedrückenden Hitze gebracht hatte, zitterte Sabrina plötzlich, als ob ein kalter Lufthauch sie berührt hätte. Sie zog den leichten Schal aus indischer Seide fester um die Schultern, drehte sich um und ging zum Haus zurück.

Die wohlbekannten weißen Mauern mit ihren schmiedeeisernen Balkonen und den tiefgelegten Fenstern sahen genauso freundlich und friedlich aus wie in der Nacht, als sie mit Marco kurz nach der Trauung unter den Zitronenbäumen auf der Terrasse gestanden und zugesehen hatte, wie ihre Gäste durch den mondscheinerleuchteten Park fortritten. Aber hier war es heißer, als es damals unten am Fluß gewesen war. Die Steinplatten der Terrasse brannten unter Sabrinas dünnen, flachen Schuhen, und sie konnte hören, wie der alte Kutscher leise hustete und wie die Pferdehufe auf dem harten Boden rastlos stampften und scharrten. Sabrina begriff, daß es spät wurde, und daß der Kutscher und die Pferde nach Hause wollten. Aber der Gedanke an die kleinen, heißen Zimmer des Frauenflügels im Gulab Mahal erfüllte sie mit Widerwillen, und sie blieb noch ein wenig unter den Bäumen. Es widerstrebte ihr, zu gehen.

Ein Schatten bewegte sich auf dem Boden neben ihr, und dann berührte Zobeida Sabrinas Arm. Kurz danach fuhren sie die lange, mondbeschienene Straße entlang, und die weißen Mauern von Pavos Reales wurden von den Bäumen verdeckt.

»Vielleicht werde ich das Haus nie wiedersehen«, sagte Sabrina langsam, und sie wußte nicht, daß sie laut gesprochen hatte.

Die Hitze der Stadt schlug ihnen wie ein heißer Feuerstrom aus einem Ofen entgegen, aber die Straßen und Bazare waren unheimlich still. Zum Sprechen oder für Bewegungen war es zu heiß, und die Menschen hatten ihre Schlafmatten auf die Straße gezogen und lagen dort im grellen Mondlicht ausgebreitet und still wie die Opfer der Pest im Mittelalter.

Ein reiterloses Pferd stand direkt im Toreingang des Gulab Mahal. Es war ein müdes Pferd, es schäumte und war schweißnaß, es ließ den Kopf hängen, und der weiße Staub der Straßen lag dick auf seinen zitternden Flanken. Das Tier stand unter dem gefleckten Schatten der Flammenbäume, aber Sabrina kannte es. Sie kannte alle Pferde von Pavos Reales, und dies war Suliman, das Reittier eines der Diener, die Marco in den Süden begleitet hatten.

Sabrinas Herz klopfte plötzlich vor wilder Freude, und sie stellte sich hin. Sie schwankte stehend in der Kutsche, während das Fahrzeug über das unebene Pflaster des Hofes holperte.

Aber es war nicht Marco. Nur ein Bote, der Briefe brachte, sagte der Diener, der den Kutschenschlag öffnete. Sabrina schob Zobeidas Hand beiseite und sprang zu Boden. Endlich ein Brief von Marco! Vielleicht stand darin, daß er in ein paar Tagen zurück sein würde. Daß sie nur noch ein paar Tage warten müßte. Sie rannte den kurzen Korridor entlang und die zwei steilen Absätze der schmalen, schlecht beleuchteten Treppe, die zu Juanitas Räumen führte. Sie lachte im Laufen.

Als Sabrina aus der Dunkelheit des Treppenaufgangs auftauchte, kam es ihr vor, als ob Juanitas Zimmer vor Lichtern strahlte. Der Raum war voller Leute. Aziza Begum war da, zusammen mit zwei Töchtern und mehreren Dienerinnen. Juanita selbst hielt einen Brief in der Hand, und ihr Gesicht war weiß und angstvoll.

Sabrina blieb starr an der Schwelle stehen. Ihre Lippen waren noch immer vom Lachen gekräuselt, und einen Augenblick lang blieb ihre Miene auch so, als ob Juanitas Gesicht das Haupt der Medusa gewesen wäre und Sabrina in Stein verwandelt hätte. Aber dann schlossen sich ihre Lippen, und sie sagte: »Marco . . .?«

Juanita lief zu ihr herüber, legte die Arme um sie und hielt sie fest. »Sieh nicht so entsetzt drein, Querida. Er wird nicht sterben. Viele erholen sich wieder. Schau mich nicht so an!«

Sabrina schob ihre Schwägerin beiseite, riß sich aus ihren Armen los, schaute durch den kleinen, heißen, überfüllten Raum zu Aziza Begum hinüber und fragte: »Was steht in dem Brief? Sagt es mir.«

»Die Cholera, meine Tochter. Einer von den Dienern deines Mannes brachte einen Brief von meinem Sohn. Er hielt es für das Beste, daß wir Bescheid wüßten, damit wir . . .« Die Begum stockte und sagte dann: »Aber dein Mann ist jung, und er ist stark. Er wird sich erholen, fürchte nichts. Du brauchst nicht überängstlich zu sein, mein kleines Herz. In ein paar Tagen wird es ihm wieder gutgehen. Viele erholen sich von der Cholera, die nicht so jung und stark sind wie er.«

Aber Sabrina hörte sie gar nicht. Sie hatte nur ein einziges Wort gehört – Cholera! Die schnelle, gefürchtete Seuche des Ostens. Marco hatte die Cholera. In diesem Augenblick konnte er schon im Sterben liegen, konnte er schon tot sein. Sie mußte zu ihm. Sie mußte sofort zu ihm . . .

Die Hitze des kleinen Zimmers preßte sich plötzlich auf sie mit einem fast spürbaren Gewicht, aber Sabrina schien es, als ob ihr Gehirn plötzlich sehr klar und kalt funktionierte. Als ob ihre Gedanken das einzig Klare in diesem seltsamen, heißen Zimmer voller merkwürdig vernebelter Gesichter und leuchtender, wirbelnder Farben wäre. Das einzig Kühle in dieser ofenheißen Stadt. Sie schaute in die

Gesichter, die um sie herum waren, und versuchte, sie klar zu erkennen. Dunkle, angstvolle Gesichter. Dunkle, angstvolle Augen. Juanitas bleiche Wangen. Sie waren alle freundlich. Das wußte Sabrina. Aber sie würden versuchen, sie aufzuhalten. Sie würden es verhindern, daß sie zu Marco ging. Suliman war am Tor angebunden. Wenn sie den Hengst nur erreichen könnte, dann würde sie fortreiten, zu Marco, und keiner könnte sie einfangen.

Sabrina wich ganz langsam vor den anderen zurück. Juanita machte einen schnellen Schritt nach vorn und streckte die Hände aus, und das Zimmer voller Gesichter wallte hoch und strömte auf Sabrina zu. Sie wirbelte herum und rannte zur Treppe. Die steile, dunkle Treppe gähnte unter ihren Füßen, und sie hörte Schritte, die hinter ihr her rannten, und sie schaute über die Schulter zurück. Und dann fiel sie, fiel . . . fiel in eine heiße, wirbelnde Dunkelheit, die sich zu ihr hochstreckte und sie verschlang.

Sabrinas Tochter wurde geboren, als die Sonne aufging. Eine Nacht der Qual lag hinter ihr, und Juanita, die bemerkte, wie die weißen Lippen sich bewegten, beugte sich dicht über Sabrina, um die geflüsterten Worte zu verstehen:

»Laßt sie . . . den Schatten . . . nicht berühren . . .«

»Nein, nein«, tröstete Juanita und wußte nicht, wovon Sabrina sprach.

»Den Schatten . . .«, drängte Sabrina. Sie war zu erschöpft, um den Kopf umzudrehen, aber ihre Augen bewegten sich, und Juanita folgte dem Blick. Sie sah, wie Sabrinas Blick auf dem seltsamen geschwungenen Schatten des Halbmondes ruhte, den die Morgensonne auf die Wand warf. Juanita erhob sich schnell und schloß die schweren hölzernen Schlagladen, die schon vor einer Stunde hätten geschlossen werden müssen, damit das bißchen Kühle bewahrt blieb, das die Nacht gebracht hatte.

Sabrina schloß die Augen und fiel in eine tiefe Bewußtlosigkeit. Zobeida hockte neben ihr und fächelte ihr unermüdlich den langen, heißen Tag über Kühlung zu. Am Spätnachmittag bewegte Sabrina den Kopf und sagte ein Wort: »Wasser.« Sie trank durstig, aber mit Schwierigkeiten. Aziza Begum brachte ihr ein winziges, eingewickeltes Bündel und legte es neben sie, aber Sabrinas Augen blieben geschlossen, und sie achtete nicht darauf.

Sie lag bewegungslos auf dem niedrigen indischen Bett, und ihre Gedanken wanderten zurück nach Wair, Wair im Winter. Zu den frischen, beißenden Winden und der weißen Fläche des Schnees, in den die Eiben und die entlaubten Wälder scharfe schwarze Silhouetten schnitten; zu den Eiszapfen, die wie Fransen an den bleiernen Regenrinnen der Dächer hingen, und zu den Eisblumen an den Fensterscheiben. Sie dachte an den grauen Himmel und an den weichen, fallenden Schnee. In Gedanken berührte sie den Schnee und fühlte seine knisternde Kühle. Sie tauchte ihre Arme tief hinein und hielt Hände voll Schnee an ihre brennenden Wangen. Wenn sie nur ganz, ganz still liegen könnte – wenn sie sich nicht bewegte oder atmete –, vielleicht konnte sie den Traum dann mit Willenskraft wahr werden lassen.

Das winzige Wesen neben ihr bewegte sich und stieß einen dünnen Laut aus, und der schwache Jammerton schien durch die Nebel zu dringen, die Sabrinas Gehirn verhüllten. Sie drehte den Kopf, öffnete mühsam die schweren Augenlider und schaute das Kind an, das neben ihr lag.

Es war so klein, daß es mehr wie eine Puppe aussah als wie ein lebendiges Kind, und es war nicht rot wie die meisten Neugeborenen, sondern milchweiß. Sein Haar wellte sich wie schwarze Seide. Sabrinas Arm legte sich schwach um das kleine Bündel, und der Schatten eines Lächelns spielte um ihren Mund.

»Ist sie nicht wunderschön, deine Tochter?« meinte Juanita.

»Wie der Winter . . .«, flüsterte Sabrina.

»Wie was, Querida?«

»Wie der Winter. In Wair. Schnee und dunkle Bäume . . . Winter . . .« Sabrinas Stimme versagte, und ihre Augen schlossen sich wieder. Aber sie schlief nicht.

Die Hitze des kleinen Zimmers spielte auf ihrem erschöpften Körper wie eine unsichtbare Flamme. Draußen vor den geschlossenen Fenstern knallte die Sonne auf die Stadt hinab wie ein gewaltiger Hammer, und außerhalb der Stadtmauern lag die glühende, ausgedörrte Ebene und streckte sich endlos bis zum brennenden Horizont. Irgendwo da draußen lag Marco. Marco . . . Marco! War er schon tot? Vielleicht würde er nie wissen, daß er eine Tochter hatte . . . ein Baby, das so weiß und so klein wie eine Schneeflocke war.

Eine plötzliche Angst – eine rein mütterliche Angst – nahm von Sabrina Besitz. Wenn Marco sterben sollte – wenn sie selbst sterben sollte –, was würde dann aus dem Kind werden? Emily wird es versorgen . . . Aber Emily war tot. Juanita? Nein – nein! dachte Sabrina voller Angst. Nicht dieses Leben für mein Kind!

Großpapa! Er würde für ihr Kind sorgen. Er liebte sie. Die bösen Briefe, die bedeuteten nichts; so war Großpapa nur, wenn er zornig war. Sabrina verspürte ein zitterndes Gefühl der Dringlichkeit. Die Zeit lief ihr davon, wie Sand durch die Finger rieselt. Sie mußte einen Brief nach Wair schicken, sofort, ehe es zu spät war. Sie biß die Zähne zusammen, stützte sich mühsam mit all ihrer Willenskraft im Bett auf. Seide rauschte, und dann stand Juanita neben ihr.

»Was hast du, cara mia? Lieg still!«

»Ich muß einen Brief schreiben«, flüsterte Sabrina. »Einen Brief nach Wair . . . Ich muß sofort schreiben.«

»Morgen, morgen . . .«

»Nein«, sagte Sabrina verzweifelt und wehrte sich schwach gegen die Hände, die sie zurückhalten wollten. »Jetzt. Jetzt sofort.«

»Dann werde ich den Brief für dich schreiben«, sagte Juanita beruhigend. »Du wirst mir sagen, was ich schreiben soll. Siehst du, ich setze mich neben dich, und dann schreibe ich.«

Also schrieb Juanita das, was Sabrina diktierte. Sie schrieb die Worte nieder, die so langsam und mit solchen Schwierigkeiten in leisem, schweratmendem Flüstern herausgebracht wurden. Sie schrieb Französisch, denn obwohl sie Englisch gut und fließend sprach, konnte sie es nicht schreiben. Und als sie Sabrinas Gesicht anschaute und die Gesichter von Aziza Begum und Zobeida, hatte sie Angst. Die Tränen, die sie Sabrina nicht zeigen wollte, fielen und verschmierten die geschriebenen Worte.

»Sorge für sie«, bat Sabrina ihren Großvater. »Wenn Marco oder mir etwas zustößt – wenn wir nicht mehr da sind, um für sie zu sorgen –, dann lasse ich sie Dir. Liebster Großpapa, sorge an meiner Stelle für sie. Ich weiß nicht, wie man ein Testament schreibt, aber dieser Brief ist mein Testament. Wenn Marco stirbt, dann hinterlasse ich alles meiner Tochter, und meine Tochter hinterlasse ich Dir.«

Als sie fertig war, hoben die Begum und Zobeida sie auf, und sie unterschrieb den Brief, während Juanita ihr die Hand führte. Juanita faltete das Papier, adressierte den Brief und legte ihn fort, und Sabrina lächelte sie an. Es war, als ob ein schweres Gewicht von ihr genommen wäre, und sie schloß die Augen und schlief.

Bei Sonnenuntergang öffnete Zobeida die Schlagläden und sprengte Wasser auf den steinernen Balkon vor dem Fenster, und Sabrina, die gerade aufwachte, hörte, wie das Wasser auf dem heißen Stein zischte. Der Himmel hinter dem Fenster war schon grün, und ein Stern hing tief über den Dächern. Aber die Luft war nicht kühler geworden, und Sabrina rang um Atem. Als das Zimmer dunkler wurde, zündete Juanita eine kleine Öllampe an. Die Schatten lagen wie Nebel unter der gewölbten Decke, so daß es schwierig war, zu sagen, wie hoch diese Decke war. Die Reliefs der Bäume und Vögel und Blüten, die die Wände schmückten, schienen sich in einer unfühlbaren Brise zu bewegen. Aziza Begum, die sah, daß Sabrina wach war, brachte ihr das Kind noch einmal.

»Wie wirst du sie nennen?« fragte Juanita. »Sie ist schon einen halben Tag alt und sollte jetzt einen Namen haben.«

Sabrina schaute das winzige, weißhäutige Wesen an, das neben ihr lag, und sie wurde plötzlich an ein Märchen erinnert, das irgend jemand – war es Tante Emily gewesen? – ihr einmal an einem Wintertag in Wair erzählt hatte. Eine Geschichte von einer Königin, die an einem verschneiten Tag am Fenster saß und Wolle an einem Spinnrad aus Ebenholz spann. Diese Königin hatte sich eine Tochter gewünscht, mit Haut, so weiß wie Schnee, und Haar, so schwarz wie Ebenholz.

»Winter«, flüsterte Sabrina.

»Winter? Aber das ist doch kein Name, cara mia. Sie muß einen schönen Namen haben.«

»Das ist ein schöner Name . . .« Juanita begriff ja gar nicht, wie schön dieser Name war! Sie hatte nie den Schnee gesehen und die dunklen Dezemberwälder. Sie kannte nur die grellen, flammenden Farben dieses sonnenverbrannten Landes, und für sie war die Hitze nicht so eine unerträgliche Last wie für Sabrina, der diese Hitze den Lebensatem nahm. Juanita wußte nicht, wie es war, wenn man sich nach dem grauen Himmel sehnte und nach den frischen Winden und der Kühle fallender Schneeflocken.

Sabrina drehte den Kopf auf dem heißen Kissen um und schaute hinaus auf das Mondlicht hinter dem offenen Fenster. Und während sie hinsah, schien es ihr, als ob die weiße Kuppel der Moschee und die mondbeleuchteten Mauern und die schwarzen Schatten der Orangenbäume schneebedeckte Felder wären und Winterwälder. Und Sabrina begann, mit klarer, leichter Stimme zu sprechen.

»Es war Winter, und der Schnee fiel, und Sabrina weinte, weil Tante Charlotte sie im heißen Schulzimmer eingesperrt hatte. Sie konnte nur durch die geschlossenen Fenster den weißen Park sehen, in dem man ihr verboten hatte zu spielen. Sie konnte den Park so klar sehen: die verschneiten Rasenflächen, auf denen die laublosen Bäume wie dunkle Tupfen standen, die Hänge, die sich bis zu den dunklen Wäldern hinaufzogen, die den Park umschlossen. Sabrina mühte sich, den Park zu erreichen, aber viele Hände hielten sie zurück. Und dann, ganz plötzlich, waren die Hände fort, und die Tür stand offen. Sie rannte aus dem Zimmer hinaus, die wohlbekannten Korridore entlang und die breite Treppe hinunter. Der Wind blies sie an, er roch nach den Winterwäldern, und jetzt hatte sie den Schnee erreicht, und er war kalt und leuchtend und wunderbar, und es war ihr jetzt nicht mehr heiß, sondern kalt, kalt, kalt.«

Zobeida und die Begum holten Steppdecken und packten sie Sabrina um den zitternden Körper, während ihr Fieber stieg. Aber Sabrina spürte die Decken nicht, und gegen Morgen schloß sie die Augen für immer.

Der Himmel hinter dem Balkon wurde blaß in der Dämmerung, und bald ging die Sonne auf und füllte den stillen, luftlosen Raum mit grellem Licht und warf einen geschwungenen Schatten an die Wand, von der Moschee jenseits der Gärten des Gulab Mahal.

Juanita, die sich daran erinnerte, wie Sabrina diesen Schatten gefürchtet hatte, erhob sich von ihren Knien und ging leise zum Fenster. Sie schloß die schweren Schlagläden und sperrte den brennenden Tag aus.

4

Marco starb nicht an der Cholera. Er war, wie Aziza Begum gesagt hatte, jung und stark. Er kehrte nach Hause zurück, aber da lag Sabrina schon zwei Wochen in ihrer Gruft, und Sir Ebenezer Barton, der von Mrs. Grantham begleitet wurde, war in der Casa de los Pavos Reales angekommen.

Sir Ebenezer, ebenfalls verwitwet, war plötzlich alt geworden. Tief getroffen durch den Verlust seiner Emily und entmutigt durch die Politik des Generalgouverneurs und des Verwaltungsrats, der er nicht zustimmen konnte, hatte er sich entschlossen, zur Erledigung all seiner persönlichen Angelegenheiten nach Kalkutta zurückzukehren und dann heim nach England zu fahren. Sir Ebenezer fühlte tiefes Mitleid für Marco, der seinen Vater, seine Mutter und seine Frau in so kurzer Zeit verloren hatte und der jetzt allein mit einer kleinen Tochter zurückblieb. Aber Sir Ebenezers Schmerz um Emily ließ ihm wenig Raum für die Sorgen anderer, und er fragte sich noch nicht einmal, was Marco wohl mit dem Kind anfangen würde. Er bot ihm jede Hilfe an, die er bieten konnte, aber die Worte kamen rein automatisch, und er war überrascht, als Marco sie ernst nahm.

Es gab etwas, das Marco wollte – eine Offiziersstelle in der Armee der Ostindischen Gesellschaft.

In Lucknow zu bleiben, in der Casa de los Pavos Reales, wo er dieses kurze Jahr des Glücks verbracht hatte, das war ihm plötzlich unerträglich geworden, und er wollte Oudh wenigstens einige Jahre lang verlassen. Für die Armee gab es immer Arbeit, und Marco sehnte sich nach Veränderung und harter Arbeit und – wenn möglich – nach Kampf. Alles . . . alles außer der Qual, hier in Pavos Reales zu wohnen, wo für Marco Sabrinas verlorener, wunderschöner Geist noch immer in jedem Zimmer und jedem Korridor und jedem Hof des großen Hauses umging.

Sir Ebenezer zweifelte diese Entscheidung nicht an, und da er immer noch beträchtlichen Einfluß bei der Gesellschaft und beim Generalgouverneur hatte, versprach er, alles zu arrangieren. Ehe er abfuhr, war er noch Zeuge, als Marco seinen Letzten Willen niederschrieb, und er nahm das Papier mit, zusammen mit dem in Brokat gewickelten Paket, das Juanita Marco gegeben hatte und das Sabrinas letzte Nachricht an ihren Großvater enthielt.

»Wenn mir irgend etwas zustoßen sollte«, sagte Marco, »dann bitte ich Sie darum, dafür zu sorgen, daß beide Dokumente an Lord Wair ausgehändigt werden.«

Sir Ebenezer nickte. Außer bei Emily war er immer ein Mann weniger Worte gewesen. Aber er war auch ein Mann, der sein Wort hielt. Er vergaß sein Versprechen an Marco nicht, und wenig später war Marco Adjutant von General Sir Willoughby Cotten, dem kommandierenden Offizier der Truppen, die auf Kabul marschierten.

Im Norden von Oudh, im Land der fünf Ströme, lag Ranjit Singh, der Löwe des Panjab, im Sterben. Er hatte die Kerze seines Lebens an beiden Enden angezündet, und in ihrer strahlenden Flamme hatte er die Sikhs zu einer Nation zusammengeschweißt und ein Reich errichtet, das sich von der heiligen Stadt Amritsar bis nach Peshawar im Schatten des Khaibar-Passes erstreckte. Aber in der letzten Juniwoche starb er. Sein viel zu früh gealterter Körper wurde auf einem Scheiterhaufen aus seltenen Hölzern verbrannt, und vier Königinnen und sieben seiner schönsten Sklavinnen folgten ihm in die Flammen. Mit ihm verging Lord Aucklands Pakt mit den Sikhs, denn mit seinem Hinscheiden gab es unter den Sikhs niemanden mehr, den es interessierte, was aus der »Armee des Indus« wurde . . .

Marco stellte seine Tochter unter die Obhut seiner Schwester Juanita. Zobeida hatte schon die Pflichten einer Kinderfrau übernommen, und eine Amme, Hamida, eine kräftige, gesunde Sklavin, deren letztes Kind tot geboren war, stillte das Kind. Marco setzte einen verläßlichen Verwalter und einen Aufseher in der Casa de los Pavos Reales ein, brachte seine Angelegenheiten in Ordnung und ritt nach Norden, um sich der »Armee des Indus« anzuschließen. Noch im gleichen Monat Juli landete in Kalkutta auf der ›Camden‹ ein hochgewachsener, schwarzhaariger Kadett der bengalischen Infanterie, der noch nicht einmal siebzehn Jahre alt war. Es war John Nicholson, den das Schicksal dazu ausersehen hatte, als Gott angebetet und noch während seines Lebens zur Legende zu werden.

Anfang August erreichte die »Armee des Indus« Kabul. Und Schah Shuja, der seit dreißig Jahren im Exil Lord Aucklands alternde Marionette gewesen war, ritt in die Hauptstadt von Afghanistan ein, während sein Volk in dumpfem Schweigen dabeistand. Marco erreichte Kabul über den Khaibar-Paß mit der Vorhut einer bunt zusammengewürfelten Armee unter der Führung von Schah Shujas Sohn. Bei seiner Ankunft bat er um die Erlaubnis, seine Pflichten als Adjutant gegen aktiveren Dienst eintauschen zu dürfen. Der Wunsch wurde ihm augenblicklich bewilligt, denn während des ganzen Jahres und auch im folgenden Jahr führte Dost Mohammed eine Anzahl von Guerillakämpfen, und endlose Strafexpeditionen wurden gegen ihn und gegen die Stammesführer angesetzt, die sich geweigert hatten, Schah Shuja als Herrscher anzuerkennen. Aber der Tod, dem Marco den Hof machte, ging ihm aus dem Weg, wenn auch die Müdigkeit und die Kälte und das Fieber des Kampfes oft zeitweise den Schmerz seines Verlustes betäubten.

Im rosa Palast in Lucknow wuchs Sabrinas Tochter heran. Ihr Spitzname im Haus war »Chota Moti« – kleine Perle, weil ihre Haut so weiß war. Winter, ihr wirklicher Name, hatte für die Menschen in diesem Palast keine Bedeutung, und die Silben dieses Namens klangen ihnen auch zu rauh.

Das Kind schlief in dem Zimmer, das Sabrina gehört hatte, und die Augen des kleinen Mädchens ruhten auf den bunten Wänden, an denen abstrakte Bäume und Blüten im persischen Stil in Hochrelief aus Chunam, einem polierten Beton, angebracht waren, der aussah wie farbiger Marmor. Sobald das Kind kriechen konnte, verbrachte es Stunden damit, seine kleinen Händchen über die Blumenmuster zu führen und die stilisierten Kurven mit den winzigen Fingerchen nachzufahren. Diese Blumen waren ihr erstes Spielzeug und das erste, an das sie sich erinnerte. In späteren Jahren erinnerte sie sich immer daran, daß sie ihre Kinderzeit in einem phantastischen Garten verbracht hatte, einem Garten, in dem sie gespielt und gegessen und geschlafen hatte, umgeben von wunderbaren Blumen und seltsamen, schönen Vögeln, die so zahm waren, daß man sie berühren und streicheln konnte.

Jedes Tier und jeder Vogel in den farbenfreudigen Friesen hatte seinen eigenen Namen. Einen aber gab es, der ihr besonderer Liebling war – der erste, den sie mit ihren kleinen Händchen erreichen konnte. Es war ein stilisierter Papagei mit einem weisen Gesichtsausdruck, der eine Kralle hochhielt, als ob er sich damit Aufmerksamkeit verschaffen wollte. Er hieß Firishta, nach einem berühmten mohammedanischen Geschichtsschreiber, der in den Tagen von Akbar und Jehangir gelebt hatte, und die Begum tat dann immer so, als ob es Firishta gewesen wäre, der ihr viele der Geschichten von den toten Mogulen und Helden erzählt hatte, die die Kinder so gerne hörten. Sie fing diese Geschichten immer an mit den Worten: »Firishta sagt . . .« Für Sabrinas Tochter war Firishta deshalb immer lebendig und konnte sprechen. Als sie älter wurde und die Tage heiß waren, stand sie an der rosaverputzten Wand, preßte ihre kleine Wange gegen Firishtas kühle, glatte grüne Haut und redete mit ihm, als ob er ihr Freund und Spielgefährte gewesen wäre.

Juanita machte anfangs den Versuch, ihre Nichte europäisch zu kleiden, aber verglichen mit den losen Seiden und Musselin-Gewändern, die von den anderen Kindern im Gulab Mahal getragen wurden, sahen diese europäischen Kleider so steif und unbequem aus, daß die Begum eines Tages rundweg sagte, es sei absurd, die zierlichen Glieder des Kindes in diese fremden Kleider zu hüllen, da es doch in jeder Hinsicht wie Juanitas eigene Tochter behandelt werden sollte. Für die fremden Kleider war es immer noch Zeit genug, wenn ihr Vater sie abholte und sie wieder in der Casa de los Pavos Reales wohnte. Der Versuch, Sabrinas Tochter europäisch zu kleiden, wurde deshalb aufgegeben, und statt dessen trug sie die lockeren seidenen Hosen, eine kurzärmlige, dünne, knielange Tunika und einen zarten Kopfschleier, der ganz dem Schleier der Begum glich. Zobeida nähte winzige Anhänger aus Silber daran, die das Entzücken des Kindes waren.

Zobeida betete Winter an. Ihre eigenen Kinder, die Früchte einer frühen Heirat zu einem der Kammerdiener des Schahs, waren beide tot geboren gewesen, und ihr nichtsnutziger Vater war bei einer Straßenschlägerei getötet worden. Zobeida behandelte deshalb Sabrinas Kind, als ob es ihr eigenes gewesen wäre, und sie schenkte ihm all die liebevolle Hingabe, die sie auch seiner Mutter geschenkt hatte. Die kleine Perle wurde der verzärtelte Liebling des Gulab Mahal, aber »Beda« liebte die Kleine am meisten, und »Beda« war es auch, zu der sie lief, wenn sie sich verletzt hatte oder Trost brauchte.

Winters Spielgefährten waren Juanitas zwei Kinder, Khalig Dad und die kleine Anne Marie, die anderthalb Jahre älter war und ihren Namen von Juanitas Mutter hatte. Anne Marie die Zweite, trotz ihres Namens, hatte ihr Aussehen nicht von der mütterlichen Seite der Familie geerbt. Sie war ganz Wali Dad: goldene Haut und Augen wie Kohlen, ein Mund wie ein gerolltes Rosenblatt und jettschwarzes Haar. »Sie ist das Ebenbild ihres Vaters – und sie ist auch wie ich, als ich noch ein Kind war«, sagte die Begum nachgiebig. »Mein Sohn war sehr schön, wie auch ich, seine Mutter, als ich noch in der Blüte meiner Jugend war. Hai mai! Aber das ist lange her, und ich werde alt. Es ist gut zu sehen, wie die Kinder meiner Kinder um mich her aufwachsen. Und du, kleine Perle, du bist auch ein Enkelkind meines Herzens, und wenn es nicht Unglück brächte, dann würde ich dir jetzt sagen, daß du dem Vollmond an Schönheit gleichkommen wirst, wenn du heranwächst!«

Die Begum nahm die beiden kleinen Mädchen dann auf ihren breiten Schoß und sang ihnen Lieder und fütterte sie mit Obst und Süßigkeiten, auch wenn das Zobeida und Juanita nicht paßte. Aber während das Leben im Palast der Rosen friedlich weiterging, sammelten sich über dem fernen Afghanistan die Sturmwolken.

Dost Mohammed hatte eine siegreiche Schlacht gekämpft, gab dann aber freiwillig auf und wurde von Sir William Macnaghten unter starker Bewachung nach Indien geschickt. Hier wurde er mit allen Ehren empfangen, und man gewährte ihm eine beträchtliche Pension. Die Direktoren der Ostindischen Gesellschaft waren überzeugt, daß Afghanistan sich weniger unruhig verhalten würde, da der Ex-Amir jetzt in ihren Händen war. Die Aussicht, weiterhin eine Million Sterling pro Jahr für die Bestechung des afghanischen Volkes aufzubringen, gefiel ihnen auch nicht. Sie beschlossen, Sparmaßnahmen einzuleiten. Sir William wurde gezwungen, sich soweit wie möglich einzuschränken – er mußte die finanziellen Unterstützungen, die allein die Stämme ruhig gehalten hatten, streichen oder kürzen. Als Resultat dieser Politik war das ganze Land innerhalb von wenigen Monaten feindlich gesinnt, und von allen Außenposten kamen dringende Warnungen, daß unter den Stämmen böses Blut herrschte.

Anfang November brach der Sturm los. Alexander Burns und sein Bruder wurden von einem kreischenden Mob in Stücke gerissen, und bald brannte es in ganz Afghanistan. Die entfernten Außenposten wurden angegriffen, die Verteidiger massakriert. General Sale wurde in Djalal-Abad belagert und Colonel Palmer in Ghazi. Lebensmittel wurden knapp, auf Hilfe war nicht zu hoffen, und Lord Elphenstone, der senile und inkompetente Commander, der auf Lord Aucklands Drängen den Platz von Sir Willoughby Cotten eingenommen hatte, war völlig unfähig, prompt und mutig zu handeln. Schnelles Handeln allein hätte die zum Untergang verdammte Armee retten können. Akbar Khan, der Sohn des Dost, ermordete Sir William Macnaghten, und General Elphenstone hielt sich ruhig und unternahm nichts, um Sir Williams Tod zu rächen. Statt dessen wurde ein Vertrag mit den Stammesführern geschlossen, in dem man den britischen Streitkräften erlaubte, das Land mit freiem Geleit zu verlassen. Akbar Khan versprach, eine starke afghanische Eskorte zu stellen, die die Briten sicher über die Pässe bringen sollte.

Der Rückzug begann Anfang des neuen Jahres, und mehr als viertausend Soldaten, zusammen mit zwölftausend Zivilisten und vielen Frauen und Kindern, trotteten müde aus ihren befestigten Camps in den Schnee und die bittere Kälte der öden Hügel, die zwischen ihnen und der Festung Djalal-Abad lagen. Dort hielt General Sale noch immer seine Belagerer im Schach. Aber als die Flüchtlinge erst einmal in den steilen Schluchten am Fuß der Pässe waren, desertierte Akbar Khans Eskorte und überließ die müden Menschen der Rache der feindlichen Stämme.

Hunderte erfroren in der strengen Kälte, und die, die am Weg niedersanken und nicht sofort starben, fanden einen weniger gnädigen Tod von der Hand der Stammeskrieger. Irgendwann während dieses langen Martyriums bot Akbar Khan, der die Zukunft im Auge hatte, den wenigen Engländerinnen, die noch lebten, zusammen mit ihren Ehemännern und General Elphenstone seinen Schutz an. Diese Menschen hatten keine Wahl, sie konnten nur annehmen. Und deshalb zogen sie mit Akbar Khan wieder zurück. Die restlichen Überlebenden kämpften sich weiter vorwärts, kämpften gegen den treibenden Schnee und die mörderischen Stammeskrieger, und am dreizehnten Tag des Januar sah ein Wachposten auf den Zinnen von Jalalabad einen einzelnen Reiter, der abgemagert, zerlumpt, blutverschmiert und schwankend vor Erschöpfung auf einem ausgehungerten, völlig abgetriebenen Pferd saß. Es war Dr. Brydon – der einzige überlebende der sechzehntausend Menschen, die auf diesem tragischen Rückzug von Kabul losgezogen waren.

Irgendwo hoch oben in den schrecklichen Bergpässen, unter den hingeschlachteten Tausenden, die den Preis für Lord Aucklands Fehler gezahlt hatten, war auch Marco de Ballesteros gestorben. Er war gestorben, wie Sabrina das in ihren letzten Stunden geträumt hatte – mit dem Gesicht nach unten, im kalten, glitzernden Schnee.

Und seine Leiche, zusammen mit den anderen Tausenden von verstümmelten Leichen, die auf den Pässen verwesten, war der Samen, aus dem eine Rebellion erwuchs, die ganz Indien mit Blut bedecken sollte. Denn die Macht und das Prestige der Ostindischen Gesellschaft waren tief gedemütigt worden. Die Truppen der Gesellschaft waren in der Schlacht besiegt, zusammengetrieben und abgeschlachtet worden wie Schafe, und ihre Knochen lagen bleichend in Sonne und Wind und zeugten davon, daß die mächtige »John Company« sterblich war. Überall an der Grenze, durch ganz Indien verbreitete sich die Nachricht schnell, und viele Männer schärften heimlich ihre Schwerter und warteten.

In dem kleinen rosa Palast in Lucknow weinte Juanita um ihren Bruder und hielt seine verwaiste Tochter in den Armen, bis das Kind vor Verwirrung und Schrecken auch weinte.

Als Juanitas erster Schmerz vergangen war, schrieb sie an Sir Ebenezer. Sie schickte ihm die Dokumente über die Güter der Familie de Ballesteros, die Marco ihr gegeben hatte, und führte damit seinen Auftrag aus, diese Papiere Sir Ebenezer zu übergeben, wenn Marco etwas zustoßen sollte. Juanita schrieb im März, aber Sir Ebenezer hatte sein Haus verkauft und war schon vor fast zwei Jahren nach England abgereist, und als der Brief ihn endlich erreichte, war der Sommer vergangen und die Blätter fielen.

Sir Ebenezer las den Brief mit Schwierigkeiten, denn sein Augenlicht hatte nachgelassen, und seine Kenntnisse der französischen Sprache waren begrenzt. Als er zu Ende gelesen hatte, erhob er sich steif und ging zu dem schweren Mahagonischreibtisch, der an einer Wand seines Arbeitszimmers stand. Er schloß eine kleine Schublade auf, nahm das Päckchen heraus, das darinlag, und wog es sinnend in der Hand. Es war das gleiche Päckchen, das Marco de Ballesteros ihm vor zweieinhalb Jahren in Pavos Reales gegeben hatte, und es enthielt Marcos Letzten Willen und Sabrinas letzten Brief. Sir Ebenezer hatte gehofft, daß es nicht nötig werden würde, diese Briefe seinem Schwiegervater auszuhändigen. Er hatte seine Zweifel, wie der Earl die Nachricht aufnehmen würde, daß das einzige Kind seiner Enkelin verwaist war und daß der Earl es zu sich aufnehmen sollte.

Sir Ebenezer hatte Emilys Vater seit seiner Rückkehr aus Indien erst einmal gesehen, und der alte Earl hatte damals Sabrina überhaupt nicht erwähnt. Er war schweigsam gewesen, so schweigsam, daß es an Grobheit grenzte. Aber Sir Ebenezer kannte seinen Schwiegervater nicht so gut, wie Sabrina ihren Großvater kannte, und Sabrina hatte recht gehabt, als sie damals Emily sagte, der Großvater könne nicht aufhören, sie zu lieben, was immer sie auch täte und gleichgültig, wie zornig er auf sie sei.

Der Earl war jetzt schon hoch in den Siebzigern, aber er sah nicht seinem Alter entsprechend aus. Er las Sir Ebenezers kurze, erklärende Notiz am Mittagstisch, als ihm das Päckchen abgegeben wurde, und seine Gesichtszüge verhärteten sich. Sabrinas Ehe hatte ihn erzürnt, aber obwohl er getobt und gedroht und geschworen hatte, sie nie wieder anzuschauen oder je wieder mit ihr zu sprechen, tief in seinem Herzen hatte doch immer der Gedanke gelauert, daß sie eines Tages zurückkehren und ihn um Verzeihung bitten würde und daß dann alles wieder gut würde.

Die Nachricht von ihrem Tod war ein vernichtender Schlag gewesen. Es war, als ob auf irgendeine seltsame Art Johnnie noch einmal gestorben wäre, aber diesmal endgültig und unwiderruflich. Die Tatsache, daß Sabrina ein Kind geboren hatte, bedeutete dem Earl nichts, im Gegenteil. Diese Tatsache hatte seine Bitterkeit und das Gefühl der Verletztheit noch verstärkt. Das Kind war seine Urenkelin, aber es gehörte weder ihm noch Sabrina: Es gehörte diesem unbekannten Fremdling, den Sabrina gegen den ausdrücklichen Willen des Earls geheiratet hatte, und es war unwahrscheinlich, daß er dieses Kind je sah oder wieder von ihm hörte.

Er las also Juanitas Brief an Ebenezer, in welchem vom Tod Marcos in den Bergen von Afghanistan die Rede war, und er las das Testament, das Marco zugunsten seines einzigen Kindes niedergeschrieben hatte und in welchem er in den qualvoll langen juristischen Phrasen, die vom Gesetz vorgeschrieben waren, dem Wunsch seiner Frau beipflichtete, daß der Großvater Vormund des Kindes werden sollte.

Der Earl löste die Schnüre des kleinen Beutels aus Brokat, der noch immer schwach nach Sandelholz roch, und seine Lippen verzogen sich angewidert. Der Brief, der drinnen lag, war mit einem großen Kreis aus Wachs versiegelt, auf dem geschwungene Sanskrit-Buchstaben eingepreßt waren. Er öffnete den Brief mit einem silbernen Obstmesser und schnippte die abgebrochenen Stücke Siegellack weg, als ob sie unrein gewesen wären.

Der Brief war auf französisch geschrieben, und stellenweise war die Tinte verschmiert, als ob der Schreiber geweint hätte und Tränen auf das Papier gefallen waren. Der Earl las ihn einmal langsam durch, dann noch einmal. Und plötzlich hingen Tränen an seinen eigenen Wangen.

Er saß da und bemerkte sie überhaupt nicht. Er bemerkte auch nicht die erschreckten und peinlich berührten Blicke seiner Familie und der Dienstboten, die bei Tisch bedienten.

Die unmittelbare Reaktion des Earl bestand darin, daß jemand – vorzugsweise seine Schwiegertochter – sofort nach Indien fahren und Sabrinas Kind holen sollte. Aber dabei traf er auf unerwartete Opposition. Charlotte hatte nicht im mindesten die Absicht, solch eine Reise zu unternehmen, und sie sagte das auch kategorisch.

Also gut, Huntley und Julia sollten dann gehen. Die waren jung und würden die Reise genießen und die Chance, fremde Länder kennenzulernen. Aber Sybella, die Tochter von Huntley und Julia, war einen oder zwei Monate vor Sabrinas Kind geboren, und ihre Eltern weigerten sich, sie in England zu lassen und auf gut Glück auf der Suche nach Sabrinas Kind in den Osten zu fahren.

Der Earl, dem seine Familie einen Strich durch die Rechnung gemacht und den sein Arzt überzeugt hatte, daß es nicht ratsam sei, wenn er die Reise selbst unternahm, wurde gezwungen, sich in der Angelegenheit an seinen Schwiegersohn Ebenezer zu wenden. Sir Ebenezer hatte schnell und hilfreich gehandelt. Er hatte viele Freunde in Indien, und er war sicher, daß er eine passende englische Dame finden könnte, die auf der Heimreise das Kind unter ihre Fittiche nahm. Sir Ebenezer stand zu seinem Wort, aber die Post war langsam, und Reisen dauerten noch länger. Die ersten Briefe gingen auf See verloren, eine Dame, die zugesagt hatte, das Kind nach Hause zu bringen, war an Typhus gestorben, und dadurch wurde alles noch weiter verzögert. Erst im August 1845 kam Sabrinas Tochter, Winter de Ballesteros, Condesa de los Aguilares, in Wair an.

Sie war sechseinhalb Jahre alt. Und mit ihr, von Charlotte, Julia und den Dienstboten verblüfft und mit gemischten Gefühlen betrachtet, kam eine dunkelhäutige Dienerin: Zobeida.

Bei den Menschen von Wair machte die kleine Condesa – abgesehen von einer Ausnahme – einen ungünstigen ersten Eindruck. Sie war ein winziges Wesen, zartknochig und – wie Lady Julia sagte – kränklich aussehend. Die weiße Haut, die die sterbende Sabrina an den Schnee in Wair erinnert hatte, war mit der Zeit unter der Sonne des Ostens zu einem warmen Elfenbeinton gereift, den die neuen Verwandten als »gelb« bezeichneten. Winters riesige Augen, die wie dunkelbrauner Samt wirkten und für ihr kleines Gesicht viel zu groß waren, das wellige, blauschwarze Haar, das ihr schon jetzt bis zur

Taille fiel, war deutlich »fremdartig«, und die neuen Verwandten mochten auch ihren ehrwürdigen spanischen Titel nicht.

Winter war ein stilles Kind, das Englisch nur stockend und mit einem deutlichen Akzent sprach. Die völlig veränderte Umgebung, der Kontrast zwischen dem warmen, farbenprächtigen, bequemen Leben im Gulab Mahal und den kalten, dämmrigen Räumen, der viktorianischen Disziplin und der steifen Routine in Wair, zusammen mit bitterem Heimweh nach den liebevollen Freunden und dem einzigen Zuhause, das sie bis jetzt kennengelernt hatte, brachten sie in einen Zustand dumpfen Elends. Hätte sie geweint und ihre Angst und ihre Einsamkeit gezeigt, dann hätte sie vielleicht selbst in der Brust einer so phantasielosen Person wie Lady Julia Mitleid und Verständnis erweckt. Aber das Kind besaß bereits jetzt eine Würde und eine Reserviertheit, die ihren Jahren nicht angemessen war, und sie konnte einfach nicht weinen und sich an diese fremden Leute klammern. Ihr schweigendes, tränenloses Elend wurde als mürrischer Charakter mißverstanden, und ihre langsame Sprache als Dummheit. Denn ihre Verwandten hatten bis jetzt noch nicht bemerkt, daß das Kind vier Sprachen sprach. Englisch war die Sprache, die sie am schlechtesten beherrschte, weil sie ihr durch eine Frau von franko-spanischer Herkunft beigebracht worden war.

Für Charlotte und Julia bedeutete die Tatsache, daß Sabrinas Tochter ein unscheinbares, stumpfsinniges und stilles Kind war, eine Erleichterung. Denn Charlotte war nie über die eifersüchtige Mißgunst gegenüber Sabrina hinausgewachsen, und bewußt oder unbewußt hatte sie einen beträchtlichen Teil dieser Mißgunst auf ihre Schwiegertochter übertragen. Keine der beiden Frauen war sonderlich bekümmert gewesen, als Sabrina in Ungnade fiel, und auch später nicht durch die Nachricht von ihrem allzufrühen Tod. Aber als die beiden erfuhren, daß Sabrinas Tochter nach Wair kommen sollte, sahen beide der Ankunft des Kindes mit einer gewissen Besorgnis entgegen.

Julia hatte wie ihre Schwiegermutter eine eifersüchtige Natur, und ihre kleine Tochter Sybella war ihr ein und alles. Sybella war ein hübsches Kind, und da es so aussah, als ob sie auch das einzige bleiben würde, hatte ihre Mutter schon ehrgeizige Ziele. Julia mochte es nicht, daß eine Rivalin auftauchte, und soweit sie sich an Sabrina erinnerte, konnte sich Sabrinas Tochter als eine ausgesprochen mächtige Rivalin erweisen. Aber als darauf ein so bemerkenswert unattraktives Kind ankam, war Julia erleichtert. Dennoch war ihre Erleichterung nur von kurzer Dauer, denn der Earl selbst wich in seinen Ansichten als einziger von der vernichtenden Meinung ab, die die noble Verwandtschaft sich von Sabrinas Tochter gemacht hatte.

Zwischen dem alten Mann und dem kleinen, stillen Kind entwikkelte sich bald ein starkes Band der Sympathie und des Verständnisses. Er allein begriff, daß das Kind litt. Daß es Kummer und Heimweh hatte. Und so jung Winter auch war, sie spürte die Einsamkeit und die Sehnsucht nach Zärtlichkeit, die hinter dem abweisenden Äußeren und der groben, polternden Art des alten Mannes lag.

Johnnie, Sabrina, Winter . . . Sie alle drei waren nacheinander die einzigen in der Familie gewesen, die den Earl nie gefürchtet hatten, und jetzt, in der dritten Generation, hatte der alte Mann wieder jemanden gefunden, den er lieben konnte. Charlotte und Julia sahen, daß ihre schlimmsten Befürchtungen wahr geworden waren.

Zobeida war ihnen noch ein zweiter Dorn im Auge, und sie hatten ihr Bestes getan, damit sie wieder zurück in ihr Heimatland geschickt wurde. Ihr ungewöhnliches Aussehen, ihre fremde Sprache, ihr Schweigen und ihre ausschließliche Hingabe an Sabrinas Tochter ärgerten Charlotte unerträglich. »Wenn ein Kind von vorne und von hinten bedient wird, dann dient das nur dazu, daß es sich wichtig fühlt, und das ist für so einen jungen Menschen unziemlich. Was die Kleine braucht, ist eine englische Gouvernante, eine Frau mit fester Hand«, sagte Charlotte ihrem Schwiegervater. Und die Dienstboten mißtrauten der schweigenden, dunkelhäutigen fremden Frau ebenfalls und beklagten sich immer wieder, sie bekämen in ihrer Gegenwart eine Gänsehaut.

Aber der Earl ließ sich nicht überzeugen. Er schickte Zobeida nicht fort. Zobeidas Liebe zu seiner kleinen Urenkelin sei tief und stark genug gewesen, daß diese Frau freiwillig das Exil ertrug, fern von ihrer Heimat und ihrem eigenen Volk. Das könne er nur bewundern. Jedenfalls, sagte der Earl, würde Winter eine persönliche Zofe brauchen, und seiner Meinung nach wäre ein Freiwilliger soviel wert wie drei Gezwungene. Also blieb Zobeida. Mit jedem Jahr, das verging, wurde sie stiller und stiller, und sie alterte mit der seltsamen Schnelligkeit der östlichen Frauen. Aber obwohl sie bei anderen immer schwieg, redete sie oft mit Winter in ihrer eigenen Sprache, und immer erzählte sie vom Gulab Mahal. »Eines Tages«, versprach Zobeida und tröstete das einsame, heimwehkranke Kind, »eines Tages gehen wir zurück ins Gulab Mahal, und dann wird es uns wieder gutgehen.«

Die nächsten Jahre in Winters Leben waren nicht gänzlich unglücklich, obwohl sie außer von ihrem Urgroßvater und von Zobeida wenig Zärtlichkeit oder Aufmerksamkeit bekam. Aber sie tat ja auch nichts, um sich diese Zärtlichkeit zu verdienen, denn nur, wenn sie in Gesellschaft der beiden Menschen war, die sie liebten, zeigte sie irgendwelche Qualitäten, die Zärtlichkeit oder Aufmerksamkeit wert waren. Für alle anderen blieb sie ein unauffälliges, stilles Kind, so unauffällig, daß man sie fast nicht bemerkte.

Ihr Großonkel Ashby, dieser freundliche, gebildete Mann, entdeckte, daß Winter etwas Französisch und Spanisch konnte und ermutigte sie, diese Sprachen weiterzulernen. Aber da die Literatur, die er für das Kind auswählte, häufig zu anspruchsvoll war, hatte Winter nur wenig Spaß daran.

Herbert Viscount Glynde starb, als Winter neun Jahre alt war. Seine Gesundheit war schon mehrere Jahre lang nicht allzu gut gewesen, aber nur wenige hatten das bemerkt. Als Charlotte endlich begriff, daß ihr Mann ernsthaft krank war, hatte sich der Krebs, der der Grund für seine schlechte Gesundheit gewesen war, schon so weit entwickelt, daß die Kunst der Medizin nichts mehr ausrichten konnte.

Auf ihre dominierende Art war Charlotte Herbert immer sehr ergeben gewesen, und sein Tod traf sie doppelt, sowohl in ihren Gefühlen als auch in ihren ehrgeizigen Zielen. Es war ihr nie in den Sinn gekommen, daß sie eines Tages nicht Countess von Wair sein würde, und obwohl sie ehrlich entsetzt gewesen wäre, wenn man ihr unterstellt hätte, sie wünsche den Tod ihres Schwiegervaters, so hatte sie doch schon seit vielen Jahren mit freudiger Erwartung den Tag herbeigesehnt, an dem ihr Mann den Titel und die Güter erben würde. Aber jetzt würde dieser Tag nie kommen. Sie würde nie Countess von Wair werden: Julia, die jetzige Viscountess Glynde, würde den Titel bekommen.

Verwirrt und voller Schmerz über den Tod ihres Mannes und ihrer Hoffnungen, verschlechterte sich auch Charlottes Gesundheit, und die Ärzte verordneten ihr eine Kur in Baden-Baden. Begleitet von ihren drei unscheinbaren Töchtern, fuhr sie auf das Festland, und sie kehrte nicht zurück. Huntley, der eilig von Wair herbeigerufen worden war, kam zu spät, um seine Mutter noch lebend zu sehen. Er blieb, um ihrer Beerdigung beizuwohnen, und als er mit seinen Schwestern zurückkehrte, zog er aus dem Nebengebäude, das er mit seiner Frau und Tochter bewohnt hatte, ins Schloß um. Julia konnte jetzt also die Zügel aufnehmen, die Charlotte hatte fallenlassen.

Für ein paar Monate nach Charlottes Tod schien das Leben für die kleine Winter ein bißchen leichter zu werden. Niemand kümmerte sich jetzt mehr sonderlich um sie oder machte sich die Mühe, »zu ihrem eigenen Guten« an ihr herumzunörgeln oder sie zu schulmeistern. Aber diese friedliche Zeit war nur kurz, denn Charlottes Feindseligkeit gegenüber Sabrina war zum größten Teil ihrer mütterlichen Eifersucht entsprungen, und jetzt beherrschten die gleichen Gefühle auch Julia.

Die Tatsache, daß der Earl an Julias Tochter nicht das geringste Interesse gezeigt hatte, ganz abgesehen von seiner Enttäuschung über das Geschlecht des Kindes, hatte Julia nicht sonderlich bekümmert. Er war ja, wie jedes Mitglied seiner Familie genau wußte, verbittert über Sabrinas Handlungsweise gewesen, die er als Betrug betrachtet hatte. Später hatte ihn die Nachricht von ihrem Tod tief erschüttert. Aber Julia war sicher gewesen, daß der Großvater, wenn sein erster Schmerz und seine Bitterkeit erst einmal vergangen waren, sicher bemerken würde, daß ihre süße Sybella all die Schönheit besaß, die er bei seinem Sohn John und seiner Enkelin Sabrina so verehrt hatte.

Julia selbst verehrte ihr einziges Kind. Wenn noch andere Kinder dagewesen wären, dann hätte sich ihre Liebe wahrscheinlich innerhalb der normalen Grenzen der mütterlichen Zärtlichkeit gehalten, aber Sybellas Geburt war lang und schwierig gewesen, und Julia hatte sich danach nur langsam erholt. Außerdem hatte sie erfahren, daß sie keine weiteren Kinder mehr bekommen konnte. Wie ihre Schwiegermutter Charlotte war auch sie ehrgeizig, und es war ein bitterer Schlag gewesen, zu erfahren, daß sie nie mehr in der Lage sein würde, ihrem Mann einen Erben zu schenken. Eines Tages würden Titel und Güter an irgendein Kind des Onkels ihres Mannes übergehen, an Ashbys Nachkommen. Aber Ashby machte keinerlei Anstalten zu heiraten. Sollte er nicht heiraten, dann würden der Titel und der Grundbesitz, der zum Titel gehörte, nicht mehr in direkter Erbfolge weitergegeben werden. Allerdings gab es noch einen guten Anteil an Grundbesitz, der nicht zum Titel gehörte, und Julia war davon überzeugt, daß Sybella dieses Land einfach erben müsse. Sie war deshalb nicht vorbereitet auf das starke Band der Zuneigung, das sich zwischen dem alten Earl und Sabrinas Tochter entwickelte, und für Julia war es nicht mehr und nicht weniger als eine absichtliche Beleidigung, daß ihr eigenes, hübsches Kind in Wair nicht an erster Stelle stand, nur dadurch, daß diese bleiche, stille, anglo-spanische Göre aufgetaucht war.

Alles, was Sybella weh tat, tat auch Julia weh. Eine Beleidigung für Sybella war eine Beleidigung für sie selbst. Sie konnte es Sabrinas

Kind nicht verzeihen, daß es das Geburtsrecht ihrer Tochter gestohlen hatte. So sah Julia die Angelegenheit, und ihr Haß begann sich in vielen kleinen Dingen zu zeigen.

Winter selbst wußte nicht, womit sie es verdient hätte, daß die neue Viscountess sie nicht mochte. Winter spürte es nur, und sie tat ihr Bestes, Julia aus dem Weg zu gehen. Das war nicht leicht, denn sie teilte mit Sybella das Schulzimmer und die Gouvernante, Musik- und Tanzstunden und die wöchentlichen Besuche des Zeichenlehrers.

Winter besaß eine schnellere Auffassungsgabe und eine höhere Intelligenz als Julias Tochter. Aber sie lernte schnell, daß Lady Glynde aus irgendeinem Grund verärgert war, wenn Winter ihre Lektionen schneller oder besser als Sybella erledigte, und so blieb sie beim Lernen absichtlich hinter ihrer langsameren Cousine zurück. Schließlich waren die Gouvernante und die Lehrer, die zuerst entzückt gewesen waren über die frühreife Intelligenz des Kindes, enttäuscht von Winter und meinten, sie sei letzten Endes doch ein bißchen dumm.

Winter war einsam. Durch ihre neuen Lebensumstände war sie auf sich selbst angewiesen. Ihre einzigen Gefährten waren die stille indische Frau und der alte Mann, der durch seine Jahre und die Gicht fast zum Krüppel geworden war. Es war deshalb nicht überraschend, daß sie sich in Gedanken Indien als einen Ort der Schönheit und der Wunder vorstellte, wo immer die Sonne schien und wo die Menschen nicht in riesigen, kalten Räumen voller dunkler, häßlicher Möbel lebten. In Indien lebten sie in Gärten voller seltsamer, wunderschöner Blumen und zahmer Vögel. »Eines Tages«, hatte Aziza Begum gesagt, als sie sich von dem weinenden Kind verabschiedete, »eines Tages wirst du ins Gulab Mahal zurückkehren. Dann werden wir alle wieder glücklich sein.« Zobeida sehnte sich auch nach ihrem Heimatland und hielt Winters Erinnerungen lebendig. Sie erzählte ihr die Geschichten, die Aziza Begum ihr an irgendeinem Abend erzählt hätte, wenn man auf dem flachen Dach des Zenana-Flügels saß und hinausschaute auf die wunderschöne, bunte Stadt Lucknow.

Diese Geschichten gab Winter an den alten Earl weiter. Sie saß ihm dabei in einem hohen Eichensessel gegenüber, ihre kleinen Füße baumelten über dem Fußboden in der Luft, und sie übersetzte direkt aus der Sprache Zobeidas und Aziza Begums, so daß die Geschichten einen stark biblischen Charakter annahmen. Winters Augen wurden dabei riesengroß, und ihr kleines, schmales Gesicht begann zu glühen. Ihre warme, dunkle, kleine Stimme klang langsam und singend:

»... und so baute er sich eine große Stadt, ganz aus rotem Sandstein und weißem Marmor aus Jaipur, mit Palästen und Türmen und Höfen; und um die Stadt herum baute er eine große Mauer, höher als die Palmen. Aber die Götter wandten ihre Gesichter von ihm ab, denn der Regen blieb aus, und die Brunnen vertrockneten, und der Fluß lag viele Koss weit. Das Vieh starb vor Durst, und die Ernte verbrannte auf den Feldern. Da sagten die Menschen: ›Laß uns fortziehen von hier. Die Stadt ist verflucht.‹ Und sie zogen fort. Und der Sand kroch näher an die Stadt heran, kam in die Stadt und begrub sie, und es war, als ob die Stadt nie gewesen wäre ...«

Einmal hatte Julia eine dieser Sitzungen unterbrochen, und der alte Earl nickte zu der kleinen Gestalt in dem großen Sessel hinüber und bemerkte unerwarteterweise: »Wird eines Tages eine Schönheit, genau wie ihre Mutter.«

Julia hatte sich schnell abgewandt, sie hatte einen Stich in ihrem Herzen verspürt. Aber die Farbe war wieder aus Winters Gesicht verschwunden, und es war kein Glanz mehr in ihren Augen, und alles, was Julia noch sah, war ein unscheinbares, blasses Kind, das sehr still dort saß, so still wie ein kleiner Vogel, wenn der Habicht am Himmel schwebt. Ein Gefühl der intensiven Erleichterung überflutete Julia, und sie dachte nicht darüber nach. Sie lachte ihr brüchiges, klingendes Lachen, das Winter immer an Eiszapfen erinnerte, die auf gefrorenen Boden fallen, und sagte: »Was für ein Unsinn, Großpapa! Sie ist nicht im mindesten wie Sabrina.«

»Schönheit hängt nicht von Farben und regelmäßigen Gesichtszügen ab«, sagte der alte Mann scharf. »Eines Tages wirst du das herausfinden, Julia.«

Er stieß ein schadenfrohes kleines Lachen aus und musterte die Frau seines Enkels mit beunruhigend scharfem Blick. Er machte sich keine Illusionen über Julia, und er hatte auch längst bemerkt, wie sie zu Sabrinas Kind stand. Den Grund dafür kannte er auch.

Während dieser ersten Jahre in Wair sahen Winter und ihre Cousine Sybella sich sehr oft. Sie spielten, ritten und lernten zusammen, sie stritten sich und sie vertrugen sich wieder. Winter bewunderte rückhaltlos die Schönheit ihrer Cousine, denn Sybella war für sie der Inbegriff einer Märchenprinzessin. Ihr rosig-heller Teint, ihre großen, vergißmeinnichtblauen Augen, die blonden Locken und die faszinierenden, pastellfarbenen, gerüschten, spitzenbesetzten Seidenkleider, die sich so sehr von den dunklen Sachen unterschieden, die Julia bei Winter als Waise und bei ihrer bleichen Gesichtsfarbe für passend hielt, waren für Winter Gegenstand ehrlicher Bewunderung. Es schien ihr nur recht, daß so ein strahlendes Geschöpf bevorzugt behandelt wurde, und zwar von allen, die mit ihr in Berührung kamen. Winter kam nie der Gedanke, daß es unfair sein könnte, wenn sie selbst für einen Fehler bestraft wurde, den man bei Sybella nicht einmal tadelte.

Nicht etwa, daß sie ein langsames oder temperamentloses Kind gewesen wäre. Sie war die Tochter von Marco und Sabrina, die alle beide immer den Mut gehabt hatten, zu ihrer Meinung zu stehen. Aber bei mehreren Gelegenheiten während des ersten Jahres in Wair war sie mit Sybella in Konflikt geraten, und sie hatte entdeckt, daß Sybella, wenn sie ihren Willen nicht bekam, sich unmittelbar an irgendeinen Erwachsenen wandte. Und der trat dann unweigerlich für sie ein. Winter hätte sich schon gegen Sybella durchsetzen können, aber nicht gegen Sybellas Mutter, Großmutter, Kinderfrau und Gouvernante. Hätte sie sich bei ihrem Urgroßvater beklagt, dann wäre das Zünglein an der Waage ohne Zweifel gerechter eingestellt worden. Aber Winter verachtete ihre Cousine dafür, daß sie mit jedem Wehwehchen zu den Erwachsenen lief, und Winter hätte deshalb diese Taktik nie angewendet.

Sybella wußte, daß sie schön und talentiert war und daß sie einmal Erbin sein würde, denn man hatte ihr diese Dinge oft gesagt, und sie hatte sie auch oft zufällig gehört. Aus dem gleichen Grund wußte Winter, daß sie unansehnlich und langweilig und »fremd« war. Sie hatte keine Ahnung, daß auch sie eine reiche Erbin war und einen spanischen Titel trug, denn niemand hatte auch nur einen Gedanken daran verschwendet, ihr das zu sagen. Ihre Großtante Charlotte hatte ganz am Anfang angeordnet, sie sei mit »Miss Winter« anzureden, und »Miss Winter« blieb sie auch. Zobeida erzählte ihr von der Casa de los Pavos Reales, dem großen Haus, das am Ufer des Goomti in einem parkartigen Gelände stand, aber Zobeida war nicht bewußt, daß dieses Haus jetzt Winter gehörte – zusammen mit dem beträchtlichen Besitz ihres Vaters und Sabrinas Vermögen, das von Sabrinas Mutter stammte, Louisa. Louisa Cole war die einzige Tochter eines »Nabobs« der Ostindischen Gesellschaft gewesen.

Zuerst hatte Juanita zwei- oder dreimal im Jahr geschrieben und Neuigkeiten von allen im Gulab Mahal erzählt. Auch Nachrichten für Zobeida waren dabeigewesen, die nicht lesen konnte. Aber in einem Jahr kamen keine Briefe mehr, und niemand konnte Winter oder Zobeida sagen, daß die Cholera wie ein Waldbrand durch die dichtgedrängten Labyrinthe von Lucknow gefegt war und auch in dem rosa Palast zehn Opfer gefordert hatte. Unter ihnen waren Juanita, ihr Mann Wali Dad und die alte Aziza Begum. Mit der Zeit wurde die Vergangenheit für Winter schattenhaft und ein bißchen unwirklich, so, als ob diese Vergangenheit nur ein Märchen aus ihrer Kindheit gewesen wäre. Dennoch blieb sie immer da, verborgen im Grunde ihres Herzens, die Hoffnung und das Versprechen, daß Winter eines Tages irgendwie das Gulab Mahal wieder erreichen würde – und dann, so hatte man es ihr versprochen, würde alles wieder gut sein.

Mit den Jahren redete auch Zobeida weniger und weniger von ihrer Heimat, und Winters Tage wurden völlig von der Schule in Anspruch genommen. Indien verschwand in einem goldenen Nebel, und Winter begann, vieles zu vergessen. Endlich blieb nur noch die Erinnerung an rosenfarbene Wände, Sonnenschein, Blumen und strahlendbunte Vögel übrig – und an Glück. Ein Erinnerungsbild, so wunderschön, so fern und unerreichbar wie der Mond.

5

Winter war elf Jahre alt, als ein entfernter Vetter, Conway Barton, begleitet von Großonkel Ebenezer, Wair besuchte.

Sir Ebenezer wurde alt, und seine Kontakte zu Indien, zusammen mit seinem Interesse an diesem Land, waren mit den Jahren spärlicher geworden. Aber sein Einfluß hatte immer noch ausgereicht, um seinem Neffen in diesem Land weiterzuhelfen, und der alte Lord Wair hatte, als er erfuhr, daß der junge Mann in einem kürzlich annektierten Bezirk an der Grenze von Oudh einen gutbezahlten Verwaltungsposten bekommen hatte, seinen Wunsch ausgedrückt, ihn kennenzulernen. Er wollte Conway Barton darum bitten, sich um gewisse Angelegenheiten zu kümmern, die den Besitz der Familie de Ballesteros betrafen und die nur direkt in Indien geregelt werden konnten.

Conway Barton war zu dieser Zeit siebenunddreißig Jahre alt und immer noch ein gutaussehender Mann. Er neigte schon jetzt etwas zur Fülle, aber er war hochgewachsen und wirkte dadurch eher kräftig gebaut als übergewichtig. Sein blondes Haar und seine blauen Augen schienen heller in der Farbe, als sie tatsächlich waren; dieser Eindruck entstand durch seine sonnengebräunte Haut. Conway Barton war ein ehrgeiziger Mann. Was seine Ziele anging, so hatte er wenig Skrupel, es redete sich leicht mit ihm, und er hatte eine hervorragende Meinung von seinen eigenen Fähigkeiten.

Der Earl of Wair hatte sich immer für einen guten Menschenkenner gehalten, aber er war jetzt alt und müde, und bei diesem Menschen stimmte seine Einschätzung nicht. Das Augenlicht des alten Mannes hatte auch nachgelassen, und deshalb fielen ihm die Anzeichen der Schwäche und der Verlebtheit nicht auf, die schon jetzt deutlich auf Conway Bartons Gesicht geschrieben standen. Nein, er war sogar fatalerweise an Johnnie erinnert worden. Vielleicht hatten ihm die Erinnerung und das schwindende Augenlicht einen Streich gespielt, vielleicht war es auch das blonde Haar oder die hellen Augen in dem gebräunten Gesicht. Aus welchem Grunde auch immer, der Eindruck blieb, und er verzerrte die Einschätzung des alten Earls. Er setzte große Stücke auf den Neffen seines Schwiegersohnes, betraute ihn mit einem großen Teil von Winters Angelegenheiten und drängte Conway Barton, als Sir Ebenezer abreiste, dazu, seinen Aufenthalt in Wair noch zu verlängern.

Irgendwann während dieses Besuches kam Mr. Barton die Idee, daß dieses bleiche, unansehnliche Kind, dessen Geschichte er schon kannte und von dem er jetzt zum ersten Mal alles über ihre Besitztümer und Güter erfahren hatte, eines Tages für einen ehrgeizigen Mann mit hochgesteckten Zielen eine außerordentlich günstige Partie sein würde. Von da aus war es nur noch ein kurzer Schritt, Conway Barton als diesen unbekannten, zukünftigen Ehemann anzunehmen. Je länger Conway Barton darüber nachdachte, desto besser gefiel ihm die Idee. Er war erst siebenunddreißig und konnte es sich leisten, sechs Jahre lang zu warten – vielleicht auch zehn, wenn es nötig war. Aber nur, wenn sich die Idee am Ende verwirklichen ließ.

Mr. Barton überlegte sich das Problem sorgfältig. Im Augenblick war es sehr unwahrscheinlich, daß sich viele Leute sonderlich für die anglo-spanische Waise interessierten. Aber mit Sicherheit würde eine Zeit kommen, wo eine ganze Prozession von adeligen Glücksrittern sich in Wair vorstellte. Wenn diese Zeit kam, dann würde Mr. Conway Barton im Vergleich mit anderen, angemesseneren Bewerbern um die Hand solch einer Erbin wenig zu bieten haben. Deshalb würde es sinnvoll sein, seine Stellung schon im voraus zu festigen. Mr. Barton hatte nicht lange gebraucht, um einen guten Einblick in Winters Stellung in Wair zu bekommen, und jetzt nutzte er diese Kenntnisse so gut wie möglich aus.

Das Glück lachte ihm, denn er kam aus dem Osten – aus Indien, dem Zauberland, das in Winters Erinnerung mehr und mehr an Farbe verlor. Er hatte einmal von diesem Land gesprochen, in einem Ton, der nicht ganz ohne Widerwillen gewesen war, und Winter war dabeigewesen. Conway Barton hatte gespürt, daß sie plötzlich sehr aufmerksam geworden war. Barton veränderte deshalb seinen Ton und sprach von Indien, wie er selbst es nie gesehen hatte. Seine persönliche Meinung von diesem Land und seinen Bewohnern war nicht sehr hoch – er betrachtete das Land als unhygienisch und barbarisch und seine Einwohner als unzivilisiert und verachtungswürdig. Aber er hatte begriffen, daß man in Indien ein Vermögen scheffeln konnte, und er hatte auf jeden Fall vor, für sich ein Vermögen zu erwerben. Und jetzt hatte ihm das Schicksal sogar noch einen leichteren Weg gezeigt, Reichtümer anzuhäufen, – einen Weg, der sehr viel weniger Anstrengung verlangte, wenn er sich nicht sehr irrte.

Mr. Conway Barton begann, der elfjährigen Winter vom Leben in Indien zu erzählen, beschrieb ihr landschaftliche Schönheiten, die zum größten Teil auf reiner Einbildung beruhten. Das Indien, das er für Winter aufbaute, war anscheinend überall von orientalischen Königen und Königinnen bevölkert, die auf weißen Elefanten mit goldenen Decken ritten und in glitzernden Feenpalästen aus weißem Marmor wohnten, in einem Land, wo immer die Sonne schien und die Gärten voller Blumen und Brunnen und exotischer Früchte waren. All dies stimmte so sehr mit dem schattenhaften Land in Winters Erinnerung und Einbildung überein, daß sie hingerissen zuhörte.

Abgesehen von ihrem Urgroßvater und Beda hatte es niemand in Wair je für nötig gehalten, Winter Aufmerksamkeit oder Freundlichkeit zu zeigen. Aber dieser hochgewachsene, gelbhaarige Mann, der war freundlich zu ihr. Der bemerkte sie, der sprach mit ihr, der schmeichelte ihr. Sie hielt ihn für wunderbar, und der Earl, erfreut darüber, daß sein Lieblingsenkelkind für diesen Mann, den auch er mochte, soviel übrig hatte, hielt damit die Richtigkeit seiner eigenen Einschätzung für bestätigt. »Kinder und Hunde«, sagte der alte Mann, als ob er diesen dummen Spruch selbst erfunden hätte, »die spüren das immer. Hunde irren sich nicht. Kinder auch nicht.«

Conway Barton verließ Wair mit einer dringenden Einladung, wiederzukommen. Während seines letzten Besuches, als nur noch weniger als zwei Wochen seines Urlaubs übrig waren, sprach er mit dem Earl über Winter. Er hatte die Angelegenheit gründlich durchdacht und wählte seine Worte sorgfältig. Das Mädchen, so sagte er dem Earl, sei ihm sehr ans Herz gewachsen, aber er ginge jetzt für eine weitere Zeit von acht bis zehn Jahren zurück nach Indien, und ehe er die Möglichkeit habe, zurückzukehren, wäre Winter eine junge Frau. Conway Barton deutete vorsichtig an, daß die Lebenserwartung des Earls auch nicht mehr allzu hoch sei, und – sollte irgend etwas – hm – Unvorhergesehenes passieren, würde Winter unter der Obhut von Lady Julia verbleiben. Zwischen Lady Julia und dem Kind scheine aber nicht nur eitel Sympathie zu herrschen. Es sei ihm, Conway Barton, natürlich klar, daß man mit einem Schulkind so etwas wie eine offizielle Verlobung nicht eingehen könne, aber es wäre ihm lieb, daß er – mit der Erlaubnis und Zustimmung Lord Wairs – bei seiner Rückkehr aus dem Osten Winter vielleicht als möglicher Bewerber um ihre Hand ansprechen dürfe.

Mr. Barton hatte noch sehr viel mehr über das Thema zu sagen – alles in wohlgesetzten Worten und durchkalkuliert, um den bestmöglichen Eindruck zu machen. Und der alte Earl war sehr bewegt. Er hatte ja immer gewußt, daß Julia Sabrinas Tochter nicht mochte, und er verließ sich nicht darauf, daß Julia, wenn er selbst erst einmal tot wäre, dem Kind gegenüber freundlich oder rücksichtsvoll sein würde. Er war jetzt schon sechsundachtzig, und das war ein überreifes Alter für einen Mann. Er hatte zwar vor, die hundert Jahre zu erreichen, aber die wenigen, die diese sechsundachtzig Jahre erreicht hatten, konnten nicht mehr tun, als jeden Monat ihres Lebens, der ihnen noch verblieb, als ein Geschenk der Zeit zu betrachten, und nicht als ein Recht, das ihnen zustand.

Lord Wair hatte sich manchmal, wenn er aus dem leichten Schlaf der Alten aufwachte, um Winters Zukunft Sorgen gemacht. Wenn er nicht mehr da war, konnte er Winter dann Julia anvertrauen? Das bezweifelte er sehr. Julia interessierte sich in dieser Welt nur für ihre eitle, hübsche Tochter und für sich selbst. Sie war kalt und ehrgeizig, und man konnte nicht darauf rechnen, daß sie Winter vor Glücksjägern und Männern von der Art des Dennis Allington beschützte – vor Verschwendern, Schürzenjägern und Spielern. Aber jetzt gab es ja einen Weg aus all diesen Schwierigkeiten. Dieser liebenswürdige junge Mann, der den alten Earl an seinen eigenen, vor langer Zeit verlorenen Johnnie erinnerte und der so vernünftig und von festem Charakter war. Dieser Mann, den Winter selbst auch so mochte, war bestimmt der richtige, er würde sich um sein kleines Mündel kümmern. Wenn Winter mit dem verheiratet war, dann wäre sie sicher, und da sie ihn schon jetzt sympathisch fand, würde sie auch glücklich sein. Man konnte mit Sicherheit annehmen, daß ihre kindliche Zuneigung mit den Jahren wuchs und sich nicht verringerte.

Als Barton dann noch den Gedanken äußerte, er könne ja auch warten, bis er das nächste Mal in England sei, und dann das Thema noch einmal anschneiden, da wollte der Earl nichts davon wissen. Er konnte ja bis dahin schon längst tot sein. Zur Jugendzeit des alten

Mannes wurden Kinder einander häufig in sehr jungen Jahren versprochen. So war es ja noch immer auf dem Kontinent und in dem Land, aus dem Winter stammte. Da er selbst ein alter Mann sei, der nicht erwarten könne, noch viel länger zu leben, müsse man Winters Zukunft sofort sichern.

Angeheizt von diesen Gedanken, ließ der Earl Huntley kommen und erklärte ihm seine Wünsche. Huntley hatte seine Zweifel, aber der Heiratsantrag erhielt augenblicklich und ohne Vorbehalte Julias Unterstützung. Bedrängt durch seine Frau stimmte auch Huntley dem Vorschlag zu, daß eine Verlobung zwischen Winter und Conway Barton in der Familie als abgemacht galt, wenn auch diese Angelegenheit natürlich in den nächsten paar Jahren rein privat bleiben würde.

Winter wurde ins Zimmer ihres Urgroßvaters gerufen, man erklärte ihr die Situation, und man entschied ihre Zukunft. Für Winter schien dies die herrlichste Sache der Welt, denn auf das elfjährige Kind wirkte das Alter ihres Urgroßvaters ungeheuer. Seit dem Tod ihres Großonkels Herbert und ihrer Großtante Charlotte hatte Winter in täglicher Furcht gelebt, daß auch ihr Urgroßvater vielleicht sterben könnte, und wenn das der Fall war, dann würden sie und Beda allein und ohne Freunde sein. Aber jetzt würde sie der liebe Mr. Barton, der so freundlich war – fast so freundlich wie Urgroßvater selbst –, beschützen, und man würde sie in Wair nicht alleinlassen. Mr. Barton würde kommen und sie holen, zurück in das goldene, zauberhafte Land, dessen Erinnerung er in ihr wieder erweckt hatte. Er würde sie wegholen von dem Drachen mit den kalten Augen und dem kalten Herzen, von ihrer Cousine Julia.

Auf Wunsch des Earls wurde ein offizieller Verlobungskontrakt aufgesetzt, in dem er als gesetzlicher Vormund des Kindes seine Zustimmung zur zukünftigen Heirat seines Mündels mit Conway Barton gab. In großartiger, breiter, fließender Handschrift unterschrieb Mr. Barton, direkt unter Winters kindlicher Unterschrift. Der alte Earl hatte in diesem Kontrakt darauf bestanden, daß im Falle seines Todes Conway Barton sofort seine Braut abholen sollte, vorausgesetzt, sie hatte ein ehefähiges Alter erreicht.

Am Ende dieser Woche kam der Rechtsbeistand des Earls in Wair an und setzte verschiedene legale Dokumente auf, mit denen Winter, da sie minderjährig war, nichts zu tun hatte. Ihr Urgroßvater unterschrieb sie in ihrem Namen. Und an dem Tag, als Conway Wair verließ, gab er Winter einen Ring.

Es war ein kleines Ding, aber für Winters Kinderhand war er noch immer zu groß. Ein unauffälliges kleines Schmuckstück – Mr. Barton wußte, daß Lady Julia gegen ein aufwendigeres Schmuckstück strengste Einwände haben würde – ein einfacher goldener Ring mit einer kleinen Perle. »Du kannst diesen Ring noch nicht am richtigen Finger tragen«, sagte Conway Barton und steckte ihn an den dritten Finger an Winters rechte Hand, »aber er ist ja auch nur ein Symbol. Eines Tages, wenn du erwachsen bist, dann stecke ich dir einen anderen Ring an den Finger – den strahlendsten Diamanten, den ich für dich in Indien finden kann. Du mußt schnell aufwachsen, und du darfst mich nicht vergessen, während du das tust.«

Das Kind warf ihm die mageren Ärmchen um den Hals und erwürgte ihn fast. »Vergessen? Dich? Als ob ich das könnte! Ich mag dich lieber als alle anderen, außer Urgroßvater und Beda. Du bist so gut und so freundlich, und ich will versuchen, so schnell groß zu werden, wie ich kann.« Conway Barton streichelte ihr ermutigt den Scheitel, machte sich los und ritt fort.

Er sah fett und selbstzufrieden aus. Er hatte immer gewußt, daß aus ihm noch mal was werden würde, aber was für ein Glück – was für ein unglaubliches Glück –, daß das Schicksal ihm diese Chance hingeworfen hatte, ein riesiges Vermögen zu erwerben. Und das Schicksal hatte ihm auch das Gehirn geschenkt, um von dieser Chance zu profitieren. Sein zufriedenes Lächeln verwandelte sich in ein Stirnrunzeln . . . Auf seiner fleckenlosen Reitweste war ein Fleck – Marmelade. Widerlich! Das Kind mußte Marmelade gegessen haben. Er nahm ein Taschentuch aus seiner Tasche und betupfte den Fleck, und auf seinem Gesicht lag ein Ausdruck absoluten Widerwillens. Es war eine Schande, daß dieses Kind so ein mageres, unattraktives kleines Wesen war: Er für sein Teil zog rundlichere Schönheiten vor, und seine »Verlobte« sah nicht so aus, als ob aus ihr etwas anderes werden könnte als eine nichtssagende, magere junge Frau. Wie auch immer, man konnte nicht alles haben. Was das Versprechen anging, sie nach Indien mitzunehmen, so hatte er keineswegs die Absicht, das zu tun. In sechs Jahren, in höchstens sieben Jahren würde er seine Stellung aufgeben, zurückkehren und sie heiraten. Wenn ihr Vermögen dann erst einmal in seinen Händen war, dann brauchte er nichts mehr zu tun, als ein Leben des Genusses und des Luxus zu führen, und er sah keinen Grund, warum ein reicher und diskreter Mann nicht die Gunst anderer, schönerer Frauen genießen sollte, obwohl er mit einer langweiligen Ehefrau verheiratet war. Conway Barton brummte ein Liedchen vor sich hin: Er hatte jeden Grund, mit sich selbst zufrieden zu sein.

Winter trug ihren Ring genau zwei Tage. Während dieser Zeit fiel er ungefähr zwanzigmal von ihrem Finger, und Sybella bemerkte mit ätzendem Humor, daß dieser Ring ein billiges Ding sei und daß sie selbst nie so ein armseliges Schmuckstück tragen würde. Die Gouvernante erlaubte es Winter nicht, den Ring während der Schulstunden zu tragen, und beim Reiten schnitt er ihr unter dem Lederhandschuh in die Finger. Winter gab den Versuch auf, fädelte den Ring auf ein schmales Band und trug ihn danach um den Hals, versteckt unter ihrem Mieder.

Die Jahre, die Conway Bartons Abreise von Wair folgten, schleppten sich für Winter sehr langsam dahin. Je älter sie wurde, desto öfter stellte sie fest, daß ihre Cousine Sybella weniger und weniger Zeit außerhalb der Schulstunden für sie übrig hatte.

Sybella fuhr jetzt immer mit ihrer Mutter in die Nachbarschaft, um Freunde zu besuchen, oder sie trank im Salon ihrer Mutter Tee bei Partys, zu denen Winter nicht eingeladen war. Mit dreizehn Jahren nahm Sybella alle Angewohnheiten einer Modepuppe an, und ihr einziges Interesse lag offenbar bei ihrem Aussehen und dessen Wirkung auf die jugendlichen Söhne und Töchter der Freunde ihrer Mutter.

Der alte Earl verließ nur noch selten sein Zimmer. Sein Gehör wie auch sein Augenlicht wurden von Tag zu Tag schwächer. Winter verbrachte noch immer soviel Zeit wie möglich in seiner Gesellschaft, aber er ermüdete sehr leicht. Es wurde immer schwieriger, sich mit ihm zu unterhalten, und das einsame Kind, das jetzt zum größten Teil auf sich selbst angewiesen war, tröstete sich damit, Geschichten über seine eigene Zukunft zu erfinden. Und während die Jahre sich dahinschleppten, wurde ihre Erinnerung an Conway Barton immer romantischer und unrealistischer. Er wurde für Winter zu einem hochgewachsenen, breitschultrigen, goldhaarigen Ritter, der schön und freundlich war und alle männlichen Tugenden besaß. Dieser Ritter würde eines Tages die lange Eichenallee vor dem Schloß heraufreiten, und die Sonne würde auf seinem blonden Haar glänzen, und er würde Winter und Beda mit sich fortnehmen, übers Meer, in das herrliche Land ihrer Kindheit, wo Winter wie die Prinzessin im Märchen bis an ihr seliges Ende leben würde.

Sie war vierzehn, als Zobeida starb.

Die feuchte Kälte und der Nebel und der Frost des englischen Winters waren für Zobeida immer eine Qual gewesen, und in den letzten Jahren hatte es so ausgesehen, als ob ihre kräftige Figur immer mehr geschrumpft wäre. Jetzt war sie kaum noch mehr als Haut und Knochen. Aber Zobeida hatte sich nie beklagt und kein einziges Mal auch nur daran gedacht, wieder in ihre Heimat zu fahren. Sabrinas Kind hatte vom Augenblick seiner Geburt an Zobeidas ganzes, treues, liebevolles Herz besessen, und wo immer dieses Kind war, dorthin würde auch Zobeida gehen.

In den kalten Monaten hatte Zobeida immer ein trockener Husten gequält, und als sie mit Winter einmal auf den Feldern Blumen pflükken gegangen war, waren die beiden plötzlich in einen Regenschauer geraten. Als sie endlich das Haus erreicht hatten, waren sie beide durchnäßt. Winter kam mit einem Schnupfen davon, aber Zobeida entwickelte eine Lungenentzündung und starb innerhalb von drei Tagen. Ihre letzten Worte sprach sie in ihrer Heimatsprache, die nur Winter verstand.

Eine Zeitlang sah es so aus, als ob der Schock von Zobeidas Tod die Gesundheit des Kindes ernsthaft angegriffen hätte. Winter schlich im Schloß herum, sie war bleich und zitterte, und sie verbrachte lange Stunden im Zimmer ihres Urgroßvaters. Sie saß dann auf einem niedrigen Hocker neben ihm, aber sie sagte selten etwas. Dem alten Mann tat das Herz weh, wenn er seinen Liebling sah, aber er wußte, daß man diesen Schmerz ertragen muß. Und selbst der größte Kummer läßt mit der Zeit nach. Hatte er das nicht selbst bewiesen? Als die Nachricht von Johnnies Tod gekommen war, da hatte er selbst sich schon damals für einen alten Mann gehalten, vorzeitig durch den Schmerz gealtert. Er hatte gedacht, er würde niemals wieder einen anderen lieben können. Und dennoch, Johnnie war gestorben . . . Vor wie vielen Jahren? Er konnte sich nicht mehr daran erinnern – es war wohl vor einem ganzen Menschenleben gewesen. Er hatte auch Johnnies Tochter Sabrina geliebt; und jetzt konnte er nichts tun, um den Schmerz ihres Kindes zu lindern, das um den Verlust einer Pflegemutter und einer Freundin trauerte.

Nach Zobeidas Tod wandte sich Winter mehr und mehr dem selbsterdachten Traumland ihrer Zukunft zu. Die Jahre vergingen vielleicht langsam, aber sie vergingen. Nur noch wenige, dann würde Conway nach Hause kommen und Winter heiraten. Sie nahm dann den kleinen Ring an seinem durchgescheuerten Band in die Hand, und sie schaute ihn an und fühlte sich getröstet. Der Ring war ihr Talisman und ihre Wunderlampe, wie auch der Gedanke an das Gulab Mahal, von dem Beda so oft gesprochen hatte.

Sie schrieb lange Briefe an Conway Barton, in denen sie ihm von den kleinen Ereignissen um sie herum erzählte und ihn um Nachricht von sich selbst und seiner Arbeit bat. Aber Mr. Bartons Antworten waren immer enttäuschend. Meist bestanden sie aus Klagen über seine Vorgesetzten, und Winter brannte dann vor Ärger über diese störrischen, ungerechten Beamten, die solch einem guten, freundlichen Mann Steine in den Weg legten. Conways Vorgesetzte waren – so schien es wenigstens – neidische Menschen, die ihm seine hervorragenden Talente und seine Kenntnisse nicht gönnten und ihr Bestes taten, ihn am Weiterkommen zu hindern.

Mr. Barton bekleidete noch immer den Posten eines Beauftragten der Gesellschaft in Lunjore, einem Bezirk an der Grenze von Oudh. Diese Stelle hatte er ursprünglich durch den Einfluß und den Ruf seines Onkels Sir Ebenezer erhalten. Er hatte erwartet, daß er bald auf einen höheren Posten befördert werden würde, und er zögerte nicht, mehrere vorgesetzte Beamte und verschiedene Ratsmitglieder des Neides, der Böswilligkeit und der Intrige zu bezichtigen, weil er noch nicht befördert worden war.

Es war eine Zeit, in der Einfluß an der richtigen Stelle ein ausgezeichneter Ersatz für Talent war. Aber Sir Ebenezer konnte und wollte jetzt nichts mehr für seinen Neffen tun, denn Conway Barton liebte zweierlei: das Trinken und die Frauen. Und diese beiden Dinge haben es noch immer fertiggebracht, diejenigen zu ruinieren, die sich ihnen im Übermaß hingegeben haben.

Eine Zeitlang hielten Conway Bartons kräftiger Körper und seine kräftige Gesundheit diesem Leben stand. Aber schließlich – unterstützt durch das Klima und die Lebensumstände im Osten – forderten der Akohol und die Ausschweifungen ihren Tribut. Die Aussichten, nach England zu gehen und ein riesiges Vermögen genießen zu können, halfen Barton auch nicht weiter, denn sein Ehrgeiz hatte sich einzig und allein darauf beschränkt, eines Tages Reichtümer anzuhäufen. Die lagen jetzt in seiner Reichweite. Was er wollte, das würde er leicht durch seine Heirat bekommen, also brauchte er sich nicht länger mit Arbeit zu belasten. Nur die Zeit lag jetzt noch zwischen ihm und der Erfüllung seines ehrgeizigen Zieles, und Barton hatte vor, diese Zeit so angenehm wie möglich zu verbringen.

Conway Barton verachtete alle dunkelhäutigen Rassen, und er bezeichnete sie ohne Unterschiede als »Nigger«. Sein Widerwillen gegen eine braune Haut erstreckte sich aber anscheinend nicht auf die Frauen, die abwechselnd das kleine Häuschen bewohnten, das er hinter der Residenz bauen ließ. Conway Barton bemerkte auch nicht, daß sein Körper mit jedem Tag, der verging, seine vielen Ausschweifungen immer deutlicher widerspiegelte. Barton wurde fett und schlaff, und weil er sich nicht mehr oft in der frischen Luft bewegte, so wurde seine einst gebräunte Haut bleich und aufgeschwemmt, und sein gelbes Haar wurde schütter.

Er blinzelte dann auf seinen dicken Bauch hinab und meinte, er hätte wohl ein bißchen zugenommen, aber kaltes Wetter, ein paar Stunden im Sattel und magere Kost würden das schon in Ordnung bringen, und nächste Woche nähme er das in die Hand, damit er wieder in Form käme. Aber die ersten Schritte wurden nie gemacht, und das Fett setzte sich auf Schultern, Bauch und Kinn an, wie Schnee, der die scharfen Winkel eines Daches rundet und es in dicken Kurven auspolstert.

Mit seiner Figur verschlampte auch seine Arbeit, aber die Tatsache, daß er Sir Ebenezers Neffe war, ersparte ihm viel Ärger. Und das Glück lächelte ihm, denn es schickte ihm als Assistenten Alex Randall, einen Soldaten, der durch die Umstände zum Verwaltungsmann geworden war. Einige dieser Soldaten waren die besten Verwaltungsbeamten, die es je gegeben hat.

Randall war damit zufrieden, die Arbeit zu machen und seinem Chef das Lob dafür zu lassen. Mr. Barton paßte das wunderbar. Der Beauftragte, der »Commissioner«, versank immer tiefer in seinem schlampigen, faulen Leben, und seine Träume von Größe und Macht und Stellung, die ihm der Reichtum bringen würde, wurden täglich größer und bunter, genährt von den gefährlichen Drogen Opium und Haschisch, die Barton jetzt gelegentlich nahm. Aus dieser Traumwelt wurde er abrupt zurück auf den Boden der Realität gebracht, als ein Brief vom Earl of Wair ankam.

Winter würde im folgenden Frühling siebzehn werden, schrieb der Earl mit zitternder, seniler Handschrift, und er hätte zwar nicht vorgehabt, Winter in den nächsten paar Jahren zu verheiraten, aber er spürte, daß es mit ihm zu Ende ginge. Die Ärzte hätten nur wenig Hoffnung, daß er noch ein weiteres Jahr überlebte, und er wünschte, daß Conway so schnell wie möglich zurückkäme. Er, der Earl of Wair, möchte noch das Glück erleben, sein liebes Kind sicher verheiratet zu sehen, ehe er starb.

Der Tag war also gekommen! Das Glück war endlich in Reichweite, und Mr. Barton mußte nur noch seinen Posten niederlegen, oder, wenn es schnell gehen sollte, wegen seiner schlechten Gesundheit einen Urlaub beantragen. Sobald es möglich war – möglicherweise nicht vor der kalten Jahreszeit –, würde er sich nach England einschiffen.

Der Commissioner hievte sich aus seinem Sessel hoch und rollte durch das Wohnzimmer in sein Büro. Als er sich der Tür näherte, sah er ein Gesicht . . .

Es war ein fettes Gesicht, feist und aufgeblasen. Mit einem Doppelkinn und schweren dunklen Tränensäcken unter blassen, vorstehenden Augen. Das Haar darüber war dünn und struppig wie auch der lange, zottige Schnurrbart, auf dem viele Nikotinflecken waren. Es war sein eigenes Gesicht, das ihn aus einem Glasschrank heraus anstarrte, dessen Scheiben durch das Licht in einen Spiegel verwandelt worden waren.

Mr. Barton blieb abrupt stehen und starrte dieses Gesicht mit Entsetzen an. Nur selten sah er sich in einem Spiegel – denn das träge Luxusleben, das er im Osten geführt hatte, machte so etwas für ihn unnötig. Er wurde ja von flinken, leichtfüßigen Dienern rasiert, gebadet und angekleidet. Auch seine Haare kämmte er sich nicht selbst. Bei den wenigen Gelegenheiten, wo er einmal in einen Spiegel schaute, sah er nur das Abbild des Mannes, den er dort erwartete. Den Conway Barton von früher, der er vor zwölf, ja sogar vor vier Jahren noch gewesen war. Ein bißchen älter vielleicht – das konnte einen ja nicht verwundern. Jetzt allerdings war er nicht darauf vorbereitet gewesen. Und weil er nicht erwartet hatte, sein eigenes Gesicht zu sehen, hatte er für einen Augenblick gedacht, er sähe einen Fremden.

Er blieb stehen, wo er war, schwankte ein wenig und atmete schwer, und er starrte auf die Glastür des Schrankes. Nach vollen fünf Minuten ging er unsicher ins Schlafzimmer hinüber, nahm den Spiegel von der Wand über seiner Frisierkommode ab, trug ihn zum Fenster und blickte hinein.

Gedanken liefen wie Mühlräder in seinem Kopf rund. Manche waren wohlbekannt. »Wenn ich das Trinken aufgebe und all dieses üppige Essen, wenn ich kalte Bäder nehme und jeden Tag spazierengehe und reite, dann könnte ich bis zur kalten Jahreszeit wieder fit werden. Ich könnte es.« Aber Conway Barton wußte, daß er es nicht konnte. Er wußte, er hatte jetzt nicht mehr die Willenskraft. Er wußte auch, als er sein Spiegelbild anschaute, daß man ihn hinauswerfen würde, wenn er sich so, wie er jetzt war, seiner Verlobten und ihrem Vormund vorstellte. Er sah sich jetzt zum ersten Mal so, wie ihn andere sahen. Er sah sich so, wie die siebzehnjährige Winter ihn sehen würde und sogar der senile, halbblinde Earl of Wair.

Was für ein Narr er doch gewesen war! Das Risiko einzugehen, wo so ein gewaltiges Vermögen auf dem Spiel stand. Wenn er jetzt nach England zurückkehrte, dann konnte er alles verlieren. Und dennoch, wenn er nicht ging – Conway Barton warf den Spiegel in blinder Wut von sich. Das Glas krachte gegen die Wand, und glitzernde Stückchen regneten auf den Teppich, kleine Bruchstücke, aus denen ihn viele fette, ältere Männer mit aufgeschwemmten, weißen Gesichtern und glotzenden, rotgeränderten Augen anblinzelten. Er konnte nicht nach England! Das bedeutete, ein Vermögen zu verlieren, das er jetzt schon als sein eigenes betrachtete. Aber der Earl rief ihn. Wie konnte er das ignorieren? Und dann, ganz plötzlich, bot sich ihm die Lösung. Er mußte laut lachen. Ein kakelndes, halbhysterisches Gelächter der Erleichterung. Natürlich! Wenn der Berg nicht zum Propheten kommt, dann muß der Prophet zum Berg kommen. Conway Barton lachte wieder laut und brüllend.

Das Mädchen mußte herkommen und ihn hier heiraten. Er würde nach Wair schreiben. Er würde sich eine plausible Erklärung ausdenken. Wenn sie erst einmal hier in Lunjore war, allein und ohne Freunde, dann konnte die Heirat schnell über die Bühne gebracht werden, ehe sie Zeit hatte, nachzudenken. Wair würde fern sein, und sie hätte niemanden, an den sie sich wenden könnte, außer möglicherweise an Bekannte vom Schiff. Alles würde leicht sein. Sie war jung – sie würde kaum siebzehn sein –, und es wäre undenkbar für sie, allein und unverheiratet nach Wair zurückzukehren, von wo sie mit Brautkleid und ihrer Aussteuer losgefahren war. Er würde sofort schreiben. Briefe nach Wair und Briefe an seine Anwälte. Alex Randall sollte sie fortbringen. Und – noch besser – Captain Randall sollte die Braut auch nach Lunjore begleiten. Man müßte natürlich irgendein respektables weibliches Wesen finden, das in den Osten zurückkehrte und als Anstandsdame dienen konnte. Aber es würde Vertrauen erwekken, wenn auch männlicher Schutz vorhanden war. Und wer wäre da besser geeignet, als sein vertrauter persönlicher Assistent?

Mr. Commissioner Barton zog sich wieder in sein Büro zurück. Nachdem er sich mit einem großen Glas Rum und Brandy auf den Schreck gestärkt hatte, schrieb er mit sicherer Hand. Einen knappen Brief an seine Anwälte, einen längeren und ausführlicheren an Lord Wair und einen weiteren an Lady Julia, in dem er sie um ihre Hilfe bat und beteuerte, er verlasse sich auf sie. Schließlich noch einen zärtlichen, geschraubten Brief an Winter selbst, in dem er ein paar Andeutungen darüber machte, daß er wegen seines Arbeitseifers bei etwas schlechter Gesundheit sei. Er wies auch auf die patriotische Notwendigkeit hin, in diesen unsicheren, sorgenvollen Zeiten auf seinem Posten zu bleiben, in diesen Zeiten, wo der Steuermann sozusagen das Ruder nicht aus der Hand legen dürfe.

Mr. Barton betrachtete diese letzte Epistel mit großer Befriedigung. Der Brief hatte genau den richtigen Ton des Pathos und des männlichen Pflichtbewußtseins, und er sollte dazu dienen, daß seine Verlobte, bewogen durch ihre weibliche Pflicht wie auch durch ihre Neigung, dazu gebracht wurde, an seine Seite zu eilen.

Als die Briefe endlich fertig und versiegelt waren, war es schon spät. Der Commissioner rief den Diener, der nach landläufiger Art draußen vor der Tür hockte, und befahl ihm, einen Boten zu Captain Randall zu schicken. Captain Randall solle augenblicklich erscheinen. Danach rief Conway Barton nach mehr Brandy und nahm noch einen tiefen Schluck. Er gratulierte sich zu der Tatsache, daß, Gott sei Dank, sein Gehirn noch in Ordnung war, obwohl seine äußerliche Erscheinung sich während der letzten fünf Jahre vorübergehend vielleicht ein wenig zum Schlechteren verändert hatte.

6

Der kalte Wind, der zerfetzte Regimenter von Wolken vor dem wäßrigen Mond hertrieb, brachte plötzliche, heftig klatschende Regentropfen mit sich, und eine Andeutung von Schnee. Der Wind riß unerwartet an den Falten des langen Militärumhangs, in den der einsame Reiter auf der Moorstraße gehüllt war, und der Mantel flatterte hinter ihm wie die Flügel einer riesigen Fledermaus.

Captain Alex Randall fluchte hinaus in die kalte Nacht und zügelte sein Pferd. Er zog die schweren Falten seines Mantels wieder um sich zusammen, hob sich in den Steigbügeln und spähte vor sich in die windzerrissene Dunkelheit. Aber er konnte nirgendwo Licht sehen oder eine menschliche Behausung. Der Mond, der sich einen Augenblick vom Gewühl der Wolken befreit hatte, zeigte nichts als verlassenes Moorland, durch den sich die einsame Straße bleich hindurchzog wie das Kielwasser eines Schiffes, das vor dem Wind segelt.

Ein neuer Regenguß peitschte durch die Dunkelheit, und Medusa riß an der Trense und schob sich weiter die rauhe Straße entlang. Das Pferd war ungeduldig. Randall gab der Stute den Kopf frei und ritt vorwärts in den treibenden Wind hinein.

Daß der Captain noch zu so später Stunde auf der Straße war, ging auf Medusas Konto. Er hatte gehofft, Wair noch vor der Dunkelheit zu erreichen, aber direkt hinter Highelm hatte die Stute ein Eisen verloren, und ein vorüberfahrender Bauer hatte ihm gesagt, die nächste

Schmiede läge über zehn Meilen weiter. Captain Randall hatte also keine andere Wahl gehabt, als umzukehren und den Schaden bei einem Schmied in Highelm reparieren zu lassen.

Es hatte ziemlich gedauert, bis das neue Eisen paßte und Medusa wieder bereit war. Der Schmied, der nach Captain Randalls Ziel fragte, hatte ihm geraten, die Reise an diesem Tag nicht mehr fortzusetzen. Es gäbe, so versicherte er, eine ausgezeichnete Gaststätte zum Übernachten in Highelm, und die Straße nach Wair führe über ein einsames Stück Moor. Bei schlechtem Wetter sei diese Straße schon bei Tageslicht unangenehm genug, aber bei Nacht, jetzt, wo schon Sturmwolken den Himmel verdunkelten und der Wind auffrischte und wo es bestimmt noch vor dem Morgen Schnee gäbe, sollte man diese Straße doch vermeiden. Erst letzte Woche, sagte der Schmied, sei ein Doktor aus London, der zu seiner Lordschaft wollte, auf der Moorstraße von der Dunkelheit überrascht worden, und er wäre gezwungen gewesen, die Nacht in der abgestellten Kutsche zu verbringen. Er habe nämlich ein Rad verloren – sein Kutscher hätte in der Dunkelheit die Straße nicht erkennen können. »Und außerdem, die Fahrt, die hätte der sich sparen können. Ist für Donnerstag angesetzt, hab' ich gehört. Heute sind 'ne ganze Menge hier durchgekommen.«

Der Schmied, ein wohlmeinender Mann, hatte Captain Randall dringend geraten, die Nacht im »George« zu verbringen und die Reise am nächsten Morgen fortzusetzen. Aber Randall wollte sich nicht überreden lassen. Sein Widerwillen gegen diesen Auftrag war groß genug, als daß ihm die Aussicht auf eine weitere Verzögerung angenehm hätte sein können, und je früher er das erledigte, je früher er wieder weg war, desto besser. Er dankte dem Schmied für seinen gutgemeinten Rat, aber er hatte nun einmal vor, seinen Weg fortzusetzen. Und dann hatte die Nacht ihn überfallen, als noch immer acht oder zehn Meilen zwischen ihm und den hohen Türmen und Zinnen von Wair lagen.

Der Regen, der unter Captain Randalls Hutkrempe drang und ihm eiskalt den Nacken hinuntertröpfelte, wurde jetzt zu Schnee. Immer wieder wehten weiße Flocken aus der Dunkelheit, die langsam dicker wurden, und berührten sein Gesicht mit tausend weichen, flüchtigen Fingern. Die Flocken sammelten sich in den Falten seines Umhangs, und er begann sehnsüchtig an die warmen Betten und die flammenden Kaminfeuer des »George« zu denken. Seine Hände, die in schweren Handschuhen steckten, waren so eiskalt, daß er kaum noch die Zügel spürte. Seine Füße schmerzten vor Kälte. Er bewegte langsam seine tauben Finger und lächelte trübe in die Dunkelheit.

Wie viele Male während der letzten zehn oder elf Jahre hatte er sich nicht nach dem Anblick des grauen Himmels und dem Geruch und dem Biß des Ostwinds gesehnt, der über englische Erde blies? Wie viele Male, als er in der gnadenlosen, drückenden Hitze des indischen Sommers keuchend unter einem flatternden Luftfächer lag, der nur die heiße Luft bewegte, wie viele Male hatte er sich in seiner Phantasie nicht nach dem Eis und dem Frost und dem Schnee eines englischen Winters gesehnt? Nun, das alles hatte er jetzt, und eigentlich sollte er zufrieden sein. Aber vielleicht hatte die flammende Sonne der letzten zwölf Jahre sein Blut dünn gemacht, denn der eisige Wind, der ihn am Vorwärtskommen hinderte, durchkühlte ihn bis auf die Knochen, und sein ganzer Körper schmerzte vor Kälte und Müdigkeit.

Um sich abzulenken, dachte er an seine Mission, die sozusagen das Gegengewicht zu seiner körperlichen Unbequemlichkeit bildete. Vielleicht zum hundertsten Mal stellte er sich in Gedanken die Ereignisse vor, die dazu geführt hatten, daß er bei Nacht, in den Zähnen eines Schneesturms, allein über die Moorstraße zum großen Haus von Wair ritt.

Fast vor zwölf Jahren, im Herbst 1844, hatte Alex Mallory Randall nach seiner Ausbildung an der Militärakademie der Ostindischen Gesellschaft in Addiscombe an seinem achtzehnten Geburtstag das Schiff nach Indien bestiegen. In dem riesigen, turbulenten Land hatte er mit Auszeichnung gedient, hatte Glück gehabt und war dem Oberkommandierenden selbst angenehm aufgefallen. Fast augenblicklich wurde er danach aus dem Regimentsdienst entfernt, und man gab ihm unter den Augen des großen Verwaltungsmannes Sir Henry Lawrence einen Verwaltungsposten.

Unter Sir Henrys Führung war Alex abwechselnd Landvermesser, Straßenbauer und Magistrat gewesen, und in einem Alter, wo mancher Mann noch immer Briefmarken aufklebt oder Botendienste macht, hatte er schon geholfen, gewaltige, gesetzlose Territorien zu verwalten und zu kontrollieren. Als sich an der Nordwestgrenze eine Krise entwickelte und er schnell damit fertig wurde, führte das zu einer zweiten Belobigung, aber man hatte es ihm nicht erlaubt, zu seinem Regiment zurückzukehren, und wieder fand er sich an einem Posten wieder, der mehr politisch als militärisch war.

In seiner augenblicklichen Stellung war Mr. Conway Barton, der Commissioner von Lunjore, Alex Randalls unmittelbarer Vorgesetzter. Alex mochte seinen Chef nicht. Es gab zu viele Aspekte in Mr.

Bartons Charakter und in seinen Angewohnheiten, mit denen Alex sich nicht anfreunden konnte, aber die beiden Männer hatten einigermaßen freundlich zusammengearbeitet. Alex mied die Gesellschaft seines Chefs soweit wie möglich, und da dieser Gentleman nur allzu willig den größten Teil der Arbeitslast auf die Schultern seines Untergebenen abwälzte, machte dieser weitgehend, was er wollte. Sein Chef störte ihn nicht sonderlich.

Dann hatte Alex sich ein Jahr Urlaub genommen. Und am Abend seiner Abreise hatte Mr. Barton ihm diesen unwillkommenen Auftrag gegeben. Alex war überrascht, wie deutlich er sich noch an die Ereignisse dieses Abends erinnern konnte. Er war damit beschäftigt gewesen, zu Ende zu packen, Mr. Barton hatte ihn rufen lassen, und er war im heißen, grellen Mondlicht zur Residenz hinübergegangen. Er hatte sich gefragt, was wohl los sein könnte. Offiziell hatte er sich ja schon von Mr. Barton verabschiedet, und seine Arbeit hatte er in tadellosem Zustand seinem Nachfolger übergeben. Es fiel ihm nichts ein, was er nicht bedacht hätte, aber angenommen, im letzten Moment wäre irgendeine plötzliche Krise aufgekommen, die seine Abreise verzögerte ... Das wäre einfach nicht auszudenken.

Alex wollte am nächsten Tag nach Kalkutta reisen und von dort über Land nach England. Wie würde England wohl aussehen? ... wirklich so kühl und grün und duftend, wie es ihm in seiner Erinnerung während der letzten heißen, ereignisreichen Jahre erschienen war? Konnte es zwei solche Länder wie das England seiner Phantasie und das Indien der glühendheißen Gegenwart wirklich auf ein und demselben Planeten geben?

Die Luft unter dem großen Torbogen der Residenz war kühler als die heiße Nachtluft draußen, und Alex blieb einen Augenblick hier stehen. Er war dankbar für diese kleine Erleichterung.

Während er im Schatten des breiten Torbogens stand, fiel ihm die unheimliche Stille der Nacht auf. Aber dann hörte er ein ganz schwaches Geräusch, das irgendwo aus den tiefen schwarzen Schatten eines Banyan-Baumes kam. Der Baum stand links neben dem Torbogen, direkt innerhalb der Mauern der Residenz.

Unter der dunklen Masse des Banyan-Baumes stand ein steinernes Idol. Es war das Symbol der Männlichkeit, rauh aus einem aufrechtstehenden Steinblock geschnitten und grell mit gelber Farbe bemalt. An Festtagen wurde es immer mit Girlanden aus welkenden Goldlackblüten bekränzt. Als Alex' Augen sich an die Schatten gewöhnten, konnte er Gestalten ausmachen. Sie hockten um den dikken Baumstamm, an dem das Idol stand. Einer von ihnen sprach mit flüsternder Stimme, denn nur das Geräusch seiner Worte erreichte Alex' Ohren. Aber die flüsternde Stimme klang schnell und dringlich, und irgendwie hatte sie einen undefinierbaren Ausdruck von Autorität.

Alex' erster Verdacht war der, daß er eine Diebesbande überrascht hatte. Aber während er hinsah, ließ er diesen Gedanken wieder fallen, denn er sah die Gruppe an den Wurzeln des Banyan-Baumes jetzt deutlicher. Einer von ihnen war der Torwächter, und der andere war der Koch des Commissioners. Einen dritten Mann sah er für eine Sekunde im Profil. Er erkannte den Havildar eines der einheimischen Infanterieregimenter, die in Lunjore stationiert waren.

Mindestens ein Dutzend Männer hockten im Schatten des dicken Baumes. Alex kam zu dem Schluß, daß es hauptsächlich Dienstboten aus der Residenz sein mußten. Das waren hauptsächlich Mohammedaner, aber auch ein paar Hindus aus den unteren Kasten. Der Havildar war Brahmane. Aber was zum Teufel machten sie denn? Warum trafen sie sich zu dieser Stunde zu Füßen eines Hindu-Idols? Und warum hielten sie es für nötig, flüsternd zu sprechen?

Während Alex zuhörte, verstummte der Sprecher, und es erhob sich ein dumpfes Gemurmel. Kurze Zeit später trennte sich eine einzelne Gestalt von der Gruppe unter den Baumwurzeln und trat hinaus ins Mondlicht. Alex sah mit Überraschung, daß es ein Sadhu war, ein heiliger Mann der Hindus. Er war hochgewachsen, mager und nackt, außer einem kompliziert verschlungenen Lendentuch. Im klaren Mondlicht sahen der aschenverschmierte Körper und die langen, strähnigen, aschenbedeckten, ungekämmten Haare des heiligen Mannes grau und geisterhaft aus.

Der Sadhu erreichte den Pfad vor dem Tor und ging, ohne stehenzubleiben, direkt auf Alex zu. Seine nackten Füße machten kein Geräusch auf der hartgebackenen Erde. Die lange, geschnitzte Gebetskette, die er um den Hals trug, schwang und klapperte in der Stille, und Alex wartete; er wartete darauf, daß der Mann bei seinem Anblick stehenblieb. Eine Sekunde lang konnte er das graue, schädelartige Gesicht sehen, das von einem dunklen Kastenzeichen verschmiert war und in dem ein Paar Augen erstaunlich lebendig glitzerten. Dann, ehe er es noch ganz begriffen hatte, war der Mann schnell an ihm vorbeigegangen und verschwand durch den dunklen Bogen des Tors.

Alex schwang herum und rannte hinter ihm her, aber die Straße hinter dem Tor war leer, und der Sadhu war verschwunden, als ob er wirklich ein Geist gewesen wäre.

Er hörte ein leises Geräusch hinter sich und drehte sich um. Der Torwächter, ein Schatten unter den Schatten, stand unter dem Torbogen und verbeugte sich tief.

»Wo bist du gewesen?« wollte Alex wissen. »Und was hast du und die anderen mit einem Sadhu zu tun? Was brütet ihr für üble Geschichten aus?«

»Nichts Übles, Herr«, sagte der Wächter ruhig. »Wir sprechen nur Gebete um Regen.«

»Was ist das für kindisches Gerede! Du bist ein Gefolgsmann des Propheten. Imal Din auch. Und Ustad Ali. Seit wann beten die Moslems Götter der Hindus an oder machen gemeinsame Sache mit den heiligen Männern der Hindus? Und was hat der Havildar Jodah Ram mit einem zu tun wie mit Bulaki, von der Kaste der Straßenkehrer?«

»Herr«, sagte der Wächter, »in schlimmen Zeiten, wenn der Regen ausbleibt, dann leiden wir gemeinsam. Der Monsun kommt nicht, und die Ernte vertrocknet. Bald, wenn der Regen zu lange ausbleibt, wird eine große Hungersnot kommen, und viele werden sterben – die Moslems, die Hindus, die Sikhs und die Bengalen zusammen. Jener Fakir bittet seine Götter um Regen. Während wir Moslems Allah um Regen bitten, flehen die Hindus der Stadt ihre Götter an. Das ist alles.«

»Hm«, sagte Alex. »Unter diesen Umständen scheint es mir fast glaubhaft, daß du vielleicht die Wahrheit sagst. Aber ich glaube es nicht, und das alles gefällt mir auch nicht. Laß das Tor nicht wieder unbewacht, du alter Faulpelz.«

Der Torwächter, dem diese letzten, englischen Worte nicht verständlich waren, machte eine tiefe Verbeugung und drückte sich an die Wand, während Alex an ihm vorüberging und den langen, geschwungenen Fahrweg zu dem großen, weißen, einstöckigen Haus unter den Flammenbäumen hinaufwanderte.

Aus einem Hof hinter dem Haus drang eine schrille Frauenstimme, die zur Begleitung einer Sitar ein indisches Lied sang. Eine weißgekleidete Gestalt erhob sich von einer Matte neben der Tür, verbeugte sich tief und huschte zu einer offenstehenden Tür, durch die das Licht hinausdrang. Die Tür führte ins Wohnzimmer des Commissioners. Das rhythmische Knarren des Luftfächers war zu hören, das Klingeln von Flaschen und Gläsern und die gemurmelten Worte des einheimischen Dieners.

»Was? Was?«

Die Stimme des Commissioners klang kehlig und verschwommen,

und Captain Randalls Mund verzog sich in einer flüchtigen Grimasse der Ungeduld und Verachtung.

Der Diener schob den Vorhang beiseite, und die breite Gestalt des Commissioners erschien in der Tür. Seine Silhouette stand schwarz vor dem gelben Lampenlicht.

»Sie da, Alex? Komm'se rein. Komm'se rein. Sind genau der Mann, den ich sehn will. Setzen se sich. Nehm'se 'nen Drink. Wissen se, wa'um ich se hab' rufen lassen?«

»Nein, Sir. Es ist doch nicht wegen meinem Urlaub, hoffe ich?«

»Neinnein. Das's schon in Ordnung. Es is' nur ... Sie sssoll'n was für mich tun. 'n Gefallen. Lange Gesch'hichte. 'ss geht um meine zukünftige Frau ...«

Er nahm einen tiefen Schluck aus dem Glas in seiner Hand, während der Schweiß ihm in dicken Perlen über sein bleiches, aufgeschwemmtes Gesicht lief und das dünne indische Hemd durchweichte, das er immer trug.

Alex setzte sich und nahm sich vor, geduldig zuzuhören. Er wußte, der Commissioner war ein Snob und ein Langweiler, und diese beiden Eigenschaften würden die Unterhaltung mit ihm unerträglich machen. Außerdem kannte Alex die ganze Geschichte schon, die Geschichte der Verlobung mit der Urenkelin des Earl of Wair.

Captain Randall unterdrückte ein Gähnen und rutschte ungemütlich in seinem Sessel hin und her. Müde fragte er sich, warum der Commissioner es eigentlich so unmöglich fand, zu seiner Hochzeit nach England zu fahren. Er war ja schließlich hier nicht unersetzlich. Und warum ließ der Commissioner ihn, Alex, zu dieser Stunde rufen, nur um seine zukünftige Heirat mit ihm zu diskutieren?

»Der Berg muß'ssu Mohammed kommen«, sagte Mr. Barton und lachte herzlich über seinen eigenen Witz. »Und da, mein l-lieber Alex, da k-kommen Sie auf die Bildfläche ...«

»Ich, Sir?« Alex richtete sich ruckartig auf.

»Hm, Sie, m-mein lieber Junge. Kann ja keinem anderen t-trauen. Aber Sie, Sie sind'n echter Gentleman. Ka-'man von a-n annern nich' sag'n. Gut aussehn tun se auch. Wenn se sich bloß'n Bart wachsen lassen würden ... Was'n eig'ntlich mit Ih'n los? In Ih'em Alter, rasiert wie'n verdammter Nigger! ... gefällt den Weibern gar nich'. Sie hab' ich noch nie mit'm Frauenzimmer gesehn. Kann man von andern nich' sagen. Is' nich' normal. Is' aber so. Und da hab' ich mir gesagt: Randall! Genau der richtige! Der is' richtig!«

Der Commissioner hielt inne, legte sich in seinem Rohrstuhl zurecht und nahm einen tiefen Schluck.

»Richtig für was, Sir?«

»Was? Wie meinen? Ach so. Sie holen natürlich, mein Junge. Hierherholen. Berg s-su Mohammed. Hoffe, sie is' nich' wirklich 'n Berg. Halb spanisch, wissen'se. Werd'n manchmal fett. Berg s-sum Propheten.«

Ein paar Minuten lang hatte Alex gedacht, der Commissioner könne das einfach nicht ernst meinen. Aber er irrte sich: Dem Commissioner war es todernst. Er hatte das Problem lange überdacht und den größten Teil des Tages damit verbracht, Briefe zu schreiben. Sie lagen sogar neben ihm auf einem mit Elfenbein eingelegten Sandelholztisch. Seine Pläne standen fest. Captain Randall sollte die Briefe an den Earl of Wair, an Mr. Bartons Verlobte, an Mr. Bartons Anwälte, Mr. Bartons Onkel und Mr. Bartons Bankier abgeben. Zusätzlich solle er die ganze Angelegenheit persönlich dem Earl vortragen und auch seinerseits den Vorschlag unterbreiten, die Condesa de los Aguilares solle im nächsten Jahr nach Indien reisen, unter der Obhut des Captain Alex Randall und einer passenden Anstandsdame, die noch zu suchen sei. Und zwar am Ende von Captain Randalls Urlaub.

»Überlass' ich Ihnen«, sagte der Commissioner. »Sie sind'n sehr fähiger Mann. Hab' ich immer gesagt. Randall, das is' der Mann, hab' ich gesagt. Wenn die den sehen, dann wird es ihnen schon klarwerden, daß es sicher is', sie . . . herzuschicken. 'n Gentleman, der sie schützt. Is' doch ganz was anderes.«

Alex hatte protestiert, aber es hatte keinen Zweck gehabt. Der Commissioner war nicht der Mann, den man einmal von einem Gedanken abbringen konnte, wenn er erst gefaßt war. Alex konnte also nichts dagegen tun. Er mußte ja schließlich später wieder mit diesem Mann zusammenarbeiten. Und es würde schwierig, wenn nicht unmöglich werden, wenn er sich Mr. Bartons Ärger zuzog.

Alex hatte schon vor langer Zeit gelernt, daß es nötig war, Ungeduld und Ärger zu zügeln, wenn es um Mr. Barton ging. Aber das erschien immer noch als der härteste Teil seiner Arbeit. Er konnte es sich nicht leisten, mit Mr. Barton zu streiten, und deshalb akzeptierte er den unangenehmen Auftrag, den ihm sein Vorgesetzter zugewiesen hatte, wenn auch mit gewissen inneren Bedenken.

Alex hatte sich diese Bedenken seit der heißen Nacht in der Residenz von Lunjore schon oft vor Augen geführt. Aber er war nicht in der Lage gewesen, eine endgültige Entscheidung zu treffen. Er hatte zwei Alternativen, und beide waren widerwärtig. Einerseits sollte er die Verantwortung dafür übernehmen, eine Frau sanft dazu zu überreden, in ein unbekanntes Land zu fahren, in dem es gärte und brodelte. Gar nicht zu reden von den Gefahren und Unbequemlichkeiten, von Krankheiten, unerträglicher Hitze und dem fast totalen Mangel an Hygiene. Diese Frau, diesen Mitmenschen, sollte er dann einem Mann übergeben, der sowohl ein Säufer als auch ein Wüstling war. Andererseits, wenn er Lord Wair vor dieser Kehrseite der Medaille warnte, würde er das Vertrauen seines vorgesetzten Offiziers enttäuschen und sich der Untreue schuldig machen.

Es war natürlich immer noch möglich, daß die Verlobte des Commissioners die Nachteile dieser Verbindung kannte. Nach Conway Barton war die Ehe ja schon vor etwa fünf Jahren vorbereitet worden, und das normale Alter für eine Verlobung war siebzehn. Die junge Dame war also wenigstens volljährig. Möglicherweise war sie auch viel älter und obendrein noch häßlich. Daraus ließe sich dann die Sorge des alten Earls erklären, das Mädchen schnell zu verheiraten. Wenn das der Fall war, dann würde die Dame wahrscheinlich selbst darauf vorbereitet sein, ein Leben im Osten mit einem ewig betrunkenen Mann von lockerer Moral zu akzeptieren, sozusagen als Flucht vor einem Leben als alte Jungfer. Frauen waren in solchen Dingen unberechenbar. Die Lösung des Problems hing davon ab, wie sein Besuch in Wair verlief, und natürlich auch vom Charakter und Verständnis des alten und möglicherweise senilen Earls. Mr. Bartons Verlobter konnte man natürlich nichts sagen, aber wenn ihr Vormund senil war, dann würde der Commissioner von Lunjore vergeblich auf die Ankunft seiner Braut warten, da hatte Captain Randall wenig Zweifel.

Medusa stolperte und fing sich wieder, und Captain Randalls müdes Gehirn riß sich von der Vergangenheit los und konzentrierte sich wieder auf die unmittelbare, ungemütliche Gegenwart.

Der Schnee war zu Matsch geworden, und jetzt regnete es wieder. Diesmal war es kein schwerer, tropischer, lauwarmer Wolkenbruch, sondern der eisige, stechende Schneeregen der nördlichen Breiten, der mit den ungleichmäßigen Windböen wie Peitschenschläge auf Captain Randall auftraf. Seit der letzten Meile oder so war Medusa im Schritt gegangen und hatte sich unsicher und verwirrt durch die wirbelnden Schneeflocken in der Dunkelheit ihren Weg selbst gesucht. Aber jetzt, auf einmal, wurden ihre Schritte länger, und sie begann zu traben.

Alex zwang sich, aus seinem Dämmerzustand aus Kälte und Müdigkeit aufzuwachen, und spähte vorwärts. In der Nähe waren Bäume. Sicher hatte da auch eben ein Licht geglitzert. Die Moore lagen hinter ihm, und er ritt in ein gastfreundlicheres Land mit Feldern und

Hecken und kleinen Wäldchen ein. Medusa schüttelte den Kopf und schnaubte, als ob sie wüßte, daß ein warmer Stall und eine Portion Hafer auf sie warteten.

Die Straße fiel leicht ab. Sie war jetzt durch Bäume geschützt, und das Heulen des Windes über dem Moorland wurde zu einem Geräusch, das sich wie Wellenrauschen anhörte. Es war der Wind in den Ästen der Bäume. Aus der Dunkelheit ragte plötzlich eine hohe Mauer auf, die man eher spürte als sah. Aber plötzlich wurde der Wind abgeschnitten, und der Klang von Medusas Hufschlägen schallte hohl auf der Straße. Die Mauer folgte der Straßenlinie eine Meile und knickte dann in rechtem Winkel vor einem riesigen steinernen Torbogen ab, dessen obere Rundung von den Wölfen des Wappens von Wair gekrönt war.

Lichter glänzten hinter den Fenstern des Torwächterhäuschens, und es sah so aus, als ob Captain Randall erwartet wurde. Das schwere, schmiedeeiserne Tor stand offen. Dahinter lag eine lange Einfahrt, gesäumt von Eichbäumen, und die Bäume erhoben sich aus einem Meer aus totem Heidekraut. Auf beiden Seiten erstreckten sich die offenen Rasenflächen eines Parks, über die der Wind in wilden Böen zwischen den Baumstämmen hindurchheulte, denn die hohe Steinmauer, die die Straße geschützt hatte, konnte den Wind hier nicht mehr abhalten.

Medusa begann zu galoppieren, und zehn Minuten später erreichte Captain Randall einen breiten, kiesbestreuten Platz, der vor der hochaufragenden Masse des großen Hauses lag. Es war halb Schloß, halb Herrenhaus. Aus einem hochgelegenen Fenster kam ein kleiner Lichtschimmer, aber davon abgesehen lag das Gebäude in Dunkelheit.

Captain Randall saß mit steifen Knochen ab, verknotete die durchweichten Zügel, schlang sie um den Hals eines Greifen aus verwittertem Stein, der in der Dunkelheit nur schwach zu sehen war, und stieg die breite Treppe hinauf, die zum Eingang führte. Er zog an der eisernen Glockenkette und wartete. Mit den Füßen stampfte er auf dem nassen Stein, damit das Blut wieder zirkulierte. Nach einer Zeit, die ihm unendlich lang vorkam, hörte er das Geräusch langsamer Schritte, und dann öffnete sich quietschend die große Tür. Ein alter Mann, gebeugt und mit zerfurchtem Gesicht, spähte zu ihm hinaus. Sein weißes Haar war nach der Mode einer früheren Zeit geschnitten. Der alte Mann machte die Tür ein bißchen weiter auf, trat dann einen Schritt zurück und ließ den Captain ein.

Captain Randall stand plötzlich in einer riesigen Halle; in dem dämmrigen Licht des mehrflammigen Kerzenleuchters, der in diesem weitläufigen Ort der Schatten die einzige Beleuchtung bildete, wirkte die Halle noch größer. Der Captain schaute sich überrascht um. In solch einer Halle hätte man Familienporträts erwartet, Waffen oder Trophäen, die die gewaltigen Wandflächen bedeckten. Aber hier war nichts. Nichts als eine Dunkelheit, die sich zu bewegen schien, die schwankte und zitterte, während die Zugluft durch die halboffene Tür hereinwehte und durch die Halle zog.

In dem Strom kalter Luft flackerten die Kerzenflammen wild und flammten dann wieder auf, als ein hochgewachsener Hausdiener in schwarzer Livree sich mit seinem ganzen Gewicht gegen die Tür lehnte und sie schloß. Captain Randall starrte im Banne eines seltsamen Gefühls der Unwirklichkeit um sich. Anscheinend spielte die Müdigkeit seinen Augen Streiche. War es nur Einbildung, oder waren es die Nachwirkungen der Kälte und Müdigkeit, daß er die schattenhaften Wände um sich her zittern und sich bewegen sah?

Der uralte Butler, der ihn durch die halboffene Tür angespäht hatte, ging jetzt mit unsicheren Schritten durch die Halle und nahm den Kerzenleuchter auf. Er hielt ihn hoch, und Alex erkannte mit einem Gefühl des Schreckens, daß die Wände der riesigen Halle von der Decke bis zum Fußboden mit schwarzen Tüchern behangen waren. Sie bewegten sich noch immer, flatterten unruhig im Wind, der draußen aus der Nacht hereingeweht war.

Der alte Mann tippte mit einem langen Stab, den er in einer zusammengeschrumpften Hand hielt, auf den Steinfußboden. Zwei weitere dunkellivrierte Diener tauchten aus den Schatten auf. »Ihr Pferd wird versorgt, Sir, und Thomas kümmert sich darum, daß Sie alles bekommen, was Sie benötigen. Sie werden sicher einer aus der Familie sein? Ich kann mich im Augenblick nicht an Ihren Namen erinnern. Verzeihen Sie, Sir – Eure Lordschaft –, wir hatten nicht erwartet . . .« Die Stimme des alten Mannes wurde unsicherer, und Alex sagte knapp:

»Sie verwechseln mich. Ich bin Captain Alex Randall. Lord Wair hat mich gebeten, ihn am heutigen Tag aufzusuchen. Ich bin auf dem Weg aufgehalten worden, sonst wäre ich schon vor der Dunkelheit hiergewesen. Mein Gepäck hängt angeschnallt am Sattel.«

»Seine Lordschaft hat Sie gebeten . . .?« Die Worte hatten einen ungläubigen Unterton, und Alex griff hastig in die Innentasche seines Mantels und zog ein gefaltetes Blatt Papier heraus. Darauf standen wenige Zeilen, geschrieben in einer zittrigen, spinnwebartigen Handschrift. »Ich habe dies hier vor einer Woche erhalten und eine

Antwort geschickt, in der ich Lord Wair darüber informierte, daß es mir eine Ehre sei, ihn zu besuchen. Hat mein Brief Sie nicht erreicht?«

»Ich . . . wir . . . Es sind so viele Briefe gekommen«, sagte der alte Majordomus unsicher. »Vielleicht wurde er übersehen. Vor einer Woche, sagen Sie . . .«

Zu Alex' Verblüffung standen plötzlich Tränen in den Augen des alten Mannes, die hilflosen Tränen des Alters. Sie liefen über und tropften über das zerfurchte, pergamentartige Gesicht und blitzten im Kerzenlicht. Und plötzlich nahmen mehrere Dinge, die ihm vor einem Augenblick noch nichts bedeutet hatten, Gestalt und Bedeutung an. Zum Beispiel der Schmied in Highelm, der gesagt hatte: »Ist für Donnerstag angesetzt, haben wir gehört. Heute sind viele hier durchgekommen.« Und der Londoner Arzt, der sich die Fahrt hätte ersparen können. Die offenen Tore am Eingang zur Eichenallee, die schwarzen Livreen der Diener und die Trauerbehänge, die die Wände der großen Halle bedeckten. Alex sagte plötzlich scharf: »Der Earl . . .?«

»Seine Lordschaft ist vor fünf Tagen verstorben«, sagte der alte Majordomus.

Naß und kalt dämmerte der Morgen. Während der Nacht hatte es geschneit, und obwohl der Schnee sich wieder einmal in Matsch verwandelt hatte, lagen noch immer Flecken von unberührtem Weiß in den Mulden im Park und an den Rändern der langen Eichenallee. Der Wind seufzte in den dunklen Korridoren des großen Hauses und bauschte die Trauerbehänge, die die Wände bedeckten.

Captain Alex Randall erwachte mit Kopfschmerzen und einem Gefühl akuten Ärgers. Er hatte schlecht geschlafen, denn das Problem, das er auf den Earl of Wair hatte abwälzen wollen, ruhte jetzt wieder auf seinen eigenen Schultern. Lord Wair, dachte Alex verärgert, hatte kein Recht zu sterben, ehe er die Angelegenheiten seines Mündels geregelt hatte. Was sollte man jetzt machen? Den wahren Stand der Dinge einem älteren Mann von Welt zu erklären, das war leicht, aber dies alles der Verlobten Mr. Conway Bartons zu erklären, das war etwas ganz anderes. Was zum Teufel sollte Alex jetzt bloß tun? Einfach die Briefe abgeben, seine Pflichten als Kurier ausüben und die Frau dann mit ihren Problemen allein lassen? Schließlich ging es ihn ja nichts an, wen sie heiratete oder nicht heiratete. Sollte er etwa Vorsehung spielen? Und dennoch . . . Jetzt fand er sich wieder mit sich selbst im Streit.

Er frühstückte allein in einem kleinen getäfelten Zimmer, das von einem flammenden Holzfeuer erwärmt wurde. Ein älterer, ruhiger Sekretär brachte ihm eine Nachricht von dem neuen Earl. Lord Wair sei nicht in der Lage, Captain Randall jetzt zu empfangen, da er zu sehr mit Arbeit überlastet sei. Er könne ihn erst später am Tag sprechen. Er nähme an, es sei Captain Randall genehm, noch eine weitere Nacht in Wair zu verbringen, da die Angelegenheit, in der er gekommen sei, nicht hastig entschieden werden dürfe.

»Es ist mir keineswegs genehm. Es ist mir höchst ungenehm«, sagte Captain Randall sauer. »Aber ich glaube, da kann man nichts machen.«

Auf sich selbst gestellt verbrachte er einen Morgen mit Nichtstun, und die Gesellschaft beim Mittagessen erwies sich auch als langweilig. Die Leute waren alle – ihn ausgenommen – Verwandte oder Bekannte der Familie, die sich zur Beerdigung des seligen Familienoberhauptes hier versammelt hatten. Die Beerdigung sollte am folgenden Tag stattfinden. Die Menschen waren tiefschwarz gekleidet und unterhielten sich mit gedämpfter Stimme, wie das in einem Trauerhaus üblich war. Aber der Kummer hatte ihnen offenbar nicht den Appetit genommen. Das Mahl war reichhaltig, unverdaulich und unendlich lang, und der Unterhaltung fehlte notwendigerweise jede Leichtigkeit.

Alex verbrachte den größten Teil des Nachmittages damit, den Strom schwarzgekleideter Pächter und ihrer Familien zu beobachten, die trotz des gnadenlosen Wetters langsam die Eichenallee hinaufwanderten und den Wachraum aufsuchten, wo der verstorbene Earl aufgebahrt lag. Schließlich, mehr aus Langeweile als aus dem Wunsch heraus, dem unbekannten Toten eine Ehre zu erweisen, verließ Alex seinen Posten am Fenster und ging hinunter, um sich der ernsten Prozession anzuschließen.

Die Leute gingen langsam und schweigend durch einen niedrigen Steinbogen in den ältesten Teil des Schlosses und betraten einen langen Korridor, der zum Wachraum führte. Die Luft war schwer und kalt, und auch hier waren die Wände mit schwarzen Tüchern behangen, die sich unaufhörlich in der Zugluft bewegten. Eine kurze Steintreppe führte hinab, und am Fuß dieser Treppe stand der Katafalk.

Alex drückte sich auf eine Seite und schaute auf diese seltsam eindrucksvolle Szene hinunter. Die Wände waren hier mit dem gleichen, kompromißlosen Schwarz verhängt, und der Katafalk selbst und der Fußboden unter ihm waren mit schwerem schwarzen Tuch bedeckt. Vier massive Kerzen in eisernen Ständern erleuchteten den

Raum. Aber alles andere war farbig und glitzernd und prächtig, strahlte eine Pracht aus, die durch den Kontrast zu dem traurigen Hintergrund nur noch deutlicher wurde. Eine Herausforderung, eine Prahlerei im Angesicht des Todes.

Der geschmückte Baldachin, der über dem Kopfende des Sarges aufgehängt war, leuchtete mit allen Farben, allem Gold, allem Stolz des Adels, und darunter bedeckte purpurroter Samt die schwere Eiche des Sarges, auf dem auf einem Samtkissen die Krone des Earls und der Hosenbandorden lagen. Die Diamanten blitzten und funkelten, während die Kerzenflammen in der Zugluft flackerten, und verschossen Splitter aus strahlendem Licht – violett und grün und blau, scharlachrot und weiß. Die Brustplatte, umgeben von verschiedenen Orden und Ehrenzeichen, wurde vom Wappen des Earls bekrönt, und darunter, zusammen mit den goldenen Sporen des Hochadels, lagen zwei gekreuzte Schwerter. Eins davon war das Paradeschwert eines Ritters des Hosenbandordens, und das andere hielt Alex für das Schwert eines Militärregiments.

Diener in schwarzer Livree standen zu beiden Seiten des Sarges Wache, und die schweigende Prozession der Trauernden bewegte sich langsam daran entlang und verließ dann durch einen niedrigen steinernen Bogen an der anderen Seite wieder den Raum.

Nach und nach wurde der Strom von Menschen dünner, bis nur noch wenige kamen, und dann nahm das graue Tageslicht hinter den schmalen steinernen Einfassungen der Wachraumfenster den Purpurton der Dämmerung an.

Eine Frau, in tiefer Trauer und verschleiert, ging dicht an Captain Randall vorbei und stieg schnell die Treppe hinunter. Sie blieb neben dem prächtigen Katafalk stehen. Ihre Kleidung bekam durch das Kerzenlicht hinter ihr einen schmalen Heiligenschein aus Gold.

Der dichte Schleier, der vom Rand ihrer Haube fast bis zu ihren Füßen fiel, erlaubte keinen Blick auf ihr Gesicht und verriet auch die Farbe ihres Haares nicht. Aber die riesige Krinoline, der schwere Kreppschleier und das Schultertuch mit den langen Fransen, so unförmig diese Dinge auch wirkten, konnten doch die Jugend ihrer Trägerin nicht verbergen. Und trotz der Starrheit ging von der schlanken Gestalt in ihrer unförmigen Trauerkleidung ein hoffnungsloser Schmerz aus. Alex konnte sich dieses Gefühl selbst nicht erklären, denn das Mädchen stand steif da. Aber er verspürte plötzlich ein Schuldgefühl, als ob er zufällig eine private, sehr persönliche Unterhaltung hörte, und deshalb wandte er sich abrupt um und ging schnell fort.

Als der Sekretär erschien und Captain Randall zu den privaten Räumen seiner Lordschaft bat, war es schon dunkel. Der Sekretär führte ihn unendliche Korridore entlang zu einem neueren Flügel des Gebäudes, öffnete eine weißgolden verzierte Tür und bat Captain Randall in einen hohen, großen Raum. Aber es war die Gräfin, nicht der Earl, die drinnen auf ihn wartete.

Lady Wair erhob sich mit einem Rauschen schwerer Seide. Julia, bisher Viscountess Glynde und jetzt auch Countess Wair, war eine hochgewachsene Frau. Sie war bereits im mittleren Alter, hatte ein kaltes, aber hübsches Gesicht und glatte Locken hellbraunen Haars, das schon mit Grau durchzogen war. Alex Randall beugte sich über ihre Hand, und als er sich wieder aufrichtete, begegnete er dem kritischen Blick leicht vorstehender blauer Augen, einem kalten, bleichen, kalkulierenden Blick. Sie studierte ihn einen Moment lang schweigend, und offenbar mochte sie, was sie sah. Ihr etwas dünnlippiger Mund entspannte sich in einem schwachen Lächeln.

»Mein lieber Captain Randall«, sagte die Gräfin von Wair, »Sie müssen mir verzeihen, daß ich nicht in der Lage war, Sie früher zu empfangen. Aber unter den augenblicklichen Umständen . . . nun gut. Ich bin sicher, Sie werden verstehen, wie schwierig alles für uns gewesen ist. Bitte nehmen Sie Platz. Mein Mann hat mich darum gebeten, Ihnen sein Bedauern auszusprechen, daß er jetzt doch nicht die Zeit finden wird, Sie heute zu empfangen. Er hofft, daß es später noch möglich sein wird.«

Die Gräfin setzte sich wieder, und die bauschige Weite ihres schwarzen Seidenkleides blähte sich in eindrucksvollen Falten um sie her. Auch Captain Randall setzte sich. Er wartete angespannt. Er hatte nie viel mit Frauen zu tun gehabt, und er hatte auch nur wenige kennengelernt. Es war nicht etwa der Mangel an Gelegenheit, aber Alex Randall war von zwei Dingen besessen: von Indien und von der Ostindischen Gesellschaft. Diesen beiden Dingen gehörten sein Herz und seine Phantasie und seine Loyalität; für anderes hatte er wenig Zeit.

»Ich muß mich für mein Erscheinen zu so ungelegener Zeit entschuldigen«, sagte er steif. »Ich hatte natürlich keine Ahnung . . .«

Lady Wair schnitt ihm das Wort mit ihrer klaren Stimme ab.

»Mein lieber Captain Randall, eine Entschuldigung ist unnötig, das versichere ich Ihnen. Wir sind außerordentlich dankbar, daß Sie sich die Mühe gemacht haben, uns diese Briefe auszuhändigen. Natürlich haben wir durch Mr. Barton von Ihnen gehört. Er hat mit der Post andere Briefe geschickt, in denen er uns Ihre Ankunft ankündigte und uns über die Art Ihrer Mission Andeutungen machte. Natürlich hat er nicht so ausführlich geschrieben wie in den Briefen, die er Ihnen persönlich anvertraut hat. Sie müssen wissen, daß wir Sie eigentlich schon Monate früher erwartet hatten.«

»Ja, das tut mir leid. Ich hatte auch gehofft, viel früher hier zu sein, aber auf dem Weg habe ich die Krim besucht und wurde dort aufgehalten. Aber ich habe an Mr. Barton und an den verstorbenen Lord Wair geschrieben und die Angelegenheit erklärt.«

»Das verstehen wir. Sie sind verwundet worden, nicht wahr? Haben Sie viel von den Kampfhandlungen gesehen?«

»Ein gewisses Maß«, sagte Alex knapp.

Lady Wair verlor das Interesse an der Krim und kehrte zu Mr. Barton zurück.

». . . und jetzt, nachdem wir die Gelegenheit haben, Sie kennenzulernen, und nachdem wir die Briefe gelesen haben, die Sie mitbrachten«, fuhr sie fort, »ist natürlich alles ganz klar.«

Sie nahm einen der fraglichen Briefe von einem Ziertisch, der neben ihr stand, und die dünnen Papierbögen, die mit der wohlbekannten, krakeligen Handschrift bedeckt waren, knisterten scharf in der Stille. Ein Brief war noch ungeöffnet und das Siegel unverletzt. »Wir haben Winter ihren Brief noch nicht gegeben«, sagte Lady Wair. »Bei der nächstmöglichen Gelegenheit werde ich das tun.« Ein finsterer Schatten glitt über ihr Gesicht, und ihr schmaler Mund wurde zu einer noch schmaleren Linie.

»Winter?« Captain Randalls Stimme klang verwirrt.

»Meine Cousine. Die . . . Condesa«, erklärte Lady Wair und sprach den Titel mit spürbarem Widerwillen aus. »Natürlich wird es ihr erlaubt sein, ihre Meinung auszusprechen. Aber ich bin überzeugt, daß sie dem Plan unseres lieben Conway zustimmen wird. Es ist unglückselig, daß er nicht nach Hause kommen kann, aber unter diesen Umständen habe ich das Gefühl, daß es unnötig hart wäre, die Heirat für eine weitere, möglicherweise unbegrenzte Zeitspanne aufzuschieben. Es wäre einfach zu hart für den lieben Conway und auch für Winter selbst.«

Winter! dachte Alex Randall. Was für ein unmöglicher Name. Wahrscheinlich die Abkürzung eines längeren spanischen Namens.

»Es gibt Zeiten im Leben«, sagte Lady Wair und gab sich alle Mühe, großzügig und weitblickend zu wirken, »wo man die eigenen Wünsche opfern muß, um andere glücklich zu machen. Ich bin sicher, Sie stimmen mir da zu.«

Captain Randall war weit davon entfernt, ihr zuzustimmen, denn er war sich jetzt einigermaßen sicher, daß der liebe Conway von vor fünf Jahren wenig Ähnlichkeit mit dem Commissioner von Lunjore hatte, wie er jetzt war. Bei einem Mann mit dem Charakter Conway Bartons hatte sich sicher nichts zum Besseren verändert.

»Kennen Sie den Osten?« wollte Alex abrupt wissen. »Haben Sie eine Ahnung, welches Leben, welche Lebensumstände Sie Ihrer Cousine zumuten wollen? Indien ist nicht das richtige Land für eine junge Dame, die in solcher Umgebung wie hier aufgewachsen ist.«

»Unsinn!« antwortete die Gräfin energisch. »Tausende von Engländerinnen – viele von ihnen aus guter Familie – sind dort wunderbar zurechtgekommen. Ich selbst kenne einige von ihnen, Lady Lawrence zum Beispiel, Sir Henrys Frau . . .«

»Sie ist tot«, unterbrach Alex ungehalten. »Wußten Sie das nicht?«

»Ach du liebe Güte«, sagte die Gräfin unangemessenerweise. »Davon hatte ich nichts gehört. Der arme Sir Henry. An was ist sie denn gestorben?«

»An Indien«, meinte Alex lakonisch.

Die Gräfin richtete sich verärgert auf. »Ich verstehe Sie nicht, Captain Randall. Sie selbst haben doch einige Jahre in diesem Land verbracht . . .«

»Zwölf«, warf Captain Randall ein.

»Dann haben Sie doch sicher viele Engländerinnen dort getroffen? Wollen Sie mir etwa sagen, daß keine von ihnen das Leben erträglich findet? Ich kann nicht glauben, daß Sie das ernst meinen.«

»Nein«, meinte Alex langsam. »Viele von ihnen möchten nirgendwo anders wohnen, wenn sie die Wahl hätten. Aber es gibt zwei Kategorien. Die einen lieben das Land, die anderen hassen es.«

»Das wollen wir doch meiner Cousine überlassen«, meinte die Gräfin frostig. »Das geht uns nichts an. Ohne Zweifel wird sie für sich selbst entscheiden.«

Sie erhob sich mit einem eindrucksvollen Rauschen von Seide und streckte die Hand aus. Captain Randall stand auf und beugte sich über die Hand.

»Ich hoffe«, sagte die Gräfin und war wieder gnädig, »daß es Ihnen nichts ausmacht, Ihren Aufenthalt noch um einen oder zwei Tage zu verlängern. Die meisten unserer Gäste werden nach dem Begräbnis abreisen, und mein Mann wird dann in der Lage sein, Ihnen seine ungeteilte Aufmerksamkeit zu widmen.«

Captain Randall murmelte ein Dankeschön und wandte sich zum Gehen, und dabei bemerkte er zum ersten Mal ein großes Porträt, das über dem Kamin hing. Es zeigte ein junges Mädchen in weißer Krinoline mit blauer Schärpe. Ein hübsches Kind, dem blaßgoldene Löckchen auf schmale Schultern fielen, und das in seiner kleinen Hand eine einzelne Rose hielt. Während Captain Randall das Bild anschaute, hatte er plötzlich eine schreckliche Vorstellung. Was würden ein paar Jahre glühender Hitze, schwieriger Entbindungen, Cholera, Typhus, Dysenterie und die Gesellschaft eines oberflächlichen, betrunkenen Ehemannes wohl aus diesem Gesicht machen? »Keine Ausdauer«, dachte Alex voller Zorn und Enttäuschung. Undenkbar, mitzuhelfen, so ein hilfloses Wesen zu dem Leben zu verdammen, das die Frau eines Conway Barton, Commissioner von Lunjore, erwartete.

»Meine Tochter Sybella«, sagte die Gräfin mit ruhiger Stimme, und Alex holte erleichtert Atem. Wenigstens würde er die Zukunft dieses zerbrechlich aussehenden Kindes nicht auf dem Gewissen haben. Er drehte sich um und lächelte die Gräfin an. Nur wenige Frauen waren gegen Alex Randalls Lächeln gefeit, und auch Julia Wair machte da keine Ausnahme. Sie taute sichtbar auf. »Sie ist so ein liebes Kind. Sie müssen sie kennenlernen, Captain Randall. Herr Winterhalter sagte mir, von all seinen Schülerinnen sei Sybella . . .«

Eine ältere Dame, offensichtlich eine Gesellschafterin, trat ein. Die Gräfin wurde unterbrochen. »Was gibt es, Mrs. Barlow?«

»Lady Augusta ist da. Sie hatten gebeten, sie solle . . .«

»Ja, ja. Nur noch einen Augenblick. Gute Nacht, Captain Randall. Unser kleines Gespräch hat mich sehr gefreut.«

Sie neigte leicht den Kopf und entließ ihn. Dann wandte sie ihre Aufmerksamkeit der älteren Gesellschafterin zu.

Die junge Dame vom Porträt zeigte sich am Abend nicht beim Essen, und Alex schloß daraus, daß sie zusammen mit ihren Eltern speiste. Er selbst saß zwischen einem stattlichen Kirchenmann und einer Lady Wycombe. »Man kann sehen, daß Sie nicht Familienmitglied sind«, bemerkte die Dame und verlangte damit eine Erklärung für seine Anwesenheit.

Alex stellte sich vor und erklärte. Details seiner Aufgabe nannte er nicht, sondern ließ lediglich durchblicken, daß er Geschäfte mit dem verstorbenen Earl hatte durchführen wollen.

»Ja, natürlich. Er war ja Aktionär, oder nicht? Ich meine, bei der Ostindischen Gesellschaft. Ein sehr interessantes Land, Indien, ganz bestimmt. Aber zu heiß. Sie suchten doch jemanden, oder nicht? Wen hatten Sie denn erwartet, hier zu sehen?«

»Niemanden, das versichere ich Ihnen«, sagte Alex mit einem Lächeln. »Aber beim Mittagessen hat mir eine junge Dame gegenübergesessen. Ich bemerkte, daß sie heute abend nicht hier ist.«

»Ach, Sie müssen Sybella meinen«, sagte Lady Wycombe. »Sybella nimmt ein leichtes Abendessen in ihrem Zimmer ein. Jetzt erzählen Sie mir nicht, daß auch Sie ihrem Charme zum Opfer gefallen sind! Wenn das so ist, dann muß ich Sie warnen. Sie haben keine Chance. Überhaupt keine. Wenn Sybella heiratet, dann wird es ein Erbe eines großen Namens sein oder eines großen Vermögens. Wahrscheinlich beides.«

»Ich habe Lady Wair schon kennengelernt«, meinte Alex ernst.

Lady Wycombe lachte. »Ach, ich meinte nicht Julia. Nein, es ist Sybella selbst, die sich das Ziel so hoch steckt. Sie wird es auch erreichen, da habe ich keine Zweifel. Allerdings nur, wenn sie ihre Cousine loswerden kann. Winter kann ihr noch alles verderben. Eigentlich hat sie das sogar schon.«

»Winter. Das ist ein merkwürdiger Name. Kommt der aus dem Spanischen? Er hört sich ein bißchen trostlos an.«

»Sie haben Winter noch nicht kennengelernt?«

»Nein. Was ist sie für ein Mensch?«

Lady Wycombe lachte mit einem seltsamen Unterton.

»Keine Frau kann sie beschreiben, ohne ungerecht zu werden. Aber Julia und Sybella tun mir leid. Sybella ist ein verwöhntes, selbstsüchtiges Kätzchen, das zu einer verwöhnten, selbstsüchtigen Frau heranwachsen wird. Dennoch kann man nicht anders, als sie bemitleiden. Sehen Sie den jungen Mann da drüben? Das ist Lord Amberlys Erbe, die beste Partie in ganz Europa. Außerdem ist er Sybellas direkter Vetter. Aber das wird sie nicht aufhalten. Es gibt nur eins, was einer zufriedenstellenden Lösung des Problems im Wege stände. Und jetzt, wo Henry tot ist, wird man ganz sicher die richtigen Schritte unternehmen. Ja, sie werden Winter mit Sicherheit abschieben.«

Alex sagte: »Tut mir leid, daß ich Ihnen vielleicht schwer von Begriff erscheine, aber ich bin fremd hier. Und ich muß zugeben, ich habe nicht die geringste Ahnung, wovon Sie sprechen.«

»Sie werden das alles sehr langweilig finden«, meinte Lady Wycombe. »Was möchten Sie denn wissen?«

»Alles über die Condesa mit dem kühlen Namen. Und über Lady Sybella. Warum will man Winter loswerden, jetzt, wo der Earl tot ist? Sie sehen, Sie haben meine Neugier geweckt.«

»Warten Sie, bis Sie die Menschen hier besser kennen. Dann werden Sie es selbst sehen.«

Lady Wycombe hatte deutlich das Interesse am Thema verloren. Sie wandte Captain Randall ihre Schulter zu.

Nach der Mahlzeit hatten sich die Gäste nicht zusammengesetzt, denn die Damen zogen sich unmittelbar nach Tisch in ihre verschiedenen Gästezimmer zurück. Nach einer ungewöhnlich kurzen Pause beim Portwein folgten auch die Herren ihrem Beispiel, und Captain Randall, der auf dem Weg zurück in sein Zimmer war, bog in einen falschen Korridor ab und wurde deshalb Zeuge einer merkwürdigen Szene.

Er befand sich plötzlich am Anfang einer langen, unbeleuchteten Galerie, an deren Wänden Gobelins und Familienporträts hingen. Am anderen Ende der Galerie standen als schwarze Silhouetten vor einer beleuchteten Halle, die dahinter lag, zwei engumschlungene Gestalten. Captain Randall wollte gerade hastig zurücktreten, als er bemerkte, daß er keineswegs Zeuge einer Liebesszene geworden war. Die Frau am anderen Ende der Galerie wurde gegen ihren Willen festgehalten. Der Mann, der sie gefangen hatte, preßte ihr die Arme so fest an die Seiten und hielt sie so fest, daß sie nichts anderes tun konnte, als ihren Kopf wild hin und her zu bewegen, um seinen leidenschaftlichen Küssen zu entgehen. Sie schrie nicht, sondern sie kämpfte schweigend, und in der Stille der ruhigen Galerie konnte Alex ihre kurzen, keuchenden Atemzüge hören. Alex rannte vorwärts.

Der Fußboden der Galerie war dick mit Teppich belegt, und die beiden am anderen Ende waren zu sehr in ihrem Kampf verwickelt, um ihn zu bemerken.

»Moment mal!« sagte Alex knapp. Er packte den Herrn unsanft an der Schulter und riß ihn herum, und die Dame, die jetzt befreit war, trat mit einem Keuchen der Erleichterung zurück und lehnte sich schweratmend gegen die Wand. Sie preßte die Hände an die Kehle. Die weiten schwarzen Röcke ihrer Krinoline tauchten in den Schatten der Galerie unter, und nur ihr Gesicht und ihre kleinen Hände standen wie weiße Nebelflecken im Dämmerlicht.

Alex wandte seine Aufmerksamkeit dem Herrn zu, aber ehe er etwas sagen konnte, erschien noch eine weitere Person auf der Szene. Sie kam aus der Halle und mußte fast gleichzeitig mit Alex losgelaufen sein, aber sie war eine Sekunde später angekommen, weil eine nachschleppende Stola aus Kaschmir sie behinderte.

»Edmund!« Das Wort klang wie ein wütender Atemzug.

Captain Randall ließ seinen Gefangenen los, der hastig einen Schritt zurück machte und sein Gesicht im Dämmerlicht der Halle verbarg. Es war der junge Herr, den Lady Wycombe als die beste Partie in ganz Europa bezeichnet hatte.

Die Neuangekommene starrte ihn einen Augenblick an. Ihr Atem ging schnell. Dann, ganz plötzlich, ganz flink, huschte sie an ihm vorüber, ignorierte Captain Randall, als ob sie ihn überhaupt nicht bemerkt hätte, und stellte sich vor die keuchende Gestalt in den Schatten.

»Du!« Diese einzelne Silbe war kaum mehr als ein Hauch der Wut in der Stille. Ihm folgte ein weiteres Geräusch, genauso schockierend wie unerwartet: das schnelle, scharfe Klatschen einer Ohrfeige mit voller Kraft und offener Handfläche.

Die Frau in dem Schatten warf einen Arm hoch, als ob sie sich vor weiteren Angriffen schützen wollte, raffte dann ihre weiten Röcke, wirbelte herum und rannte die lange dunkle Galerie hinunter. Die schwere Seide ihres Kleides rauschte in der Stille wie eine Brise, die durch tote Blätter fährt. Im gleichen Augenblick drehte sich auch der begehrenswerte Edmund auf dem Absatz um und verschwand mit erstaunlicher Plötzlichkeit in einer Tür, die aus der runden Halle hinausführte. Captain Randall war mit der Dame in der Kaschmirstola allein.

Sie drehte sich langsam um und bemerkte jetzt offensichtlich zum ersten Mal, daß ein Fremder anwesend war. Alex hörte, wie sie erschreckt nach Luft schnappte. Das warme Licht aus der Halle fiel voll auf ihr weißes Gesicht und die wirren blonden Locken. Das Mädchen vom Porträt. Lady Sybella Grantham. Im nächsten Augenblick war sie an ihm vorübergerauscht und lief durch die Halle. Sie verschwand in einem schlechtbeleuchteten Korridor dahinter.

Der ganze merkwürdige Zwischenfall hatte weniger als zwei Minuten Zeit in Anspruch genommen, und Captain Randall, der unerwartet in dieses kurze Drama verwickelt worden war, ging wieder zurück. Ein Hausdiener, der eilig vorüberkam, zeigte ihm den Weg zu dem Flügel, in dem er sein Zimmer hatte.

Der Morgen der Beerdigung dämmerte kalt und windig herauf. Eilende Wolken strömten endlos vor dem Hintergrund des grauen Himmels vorüber, der nicht einmal eine Spur von Blau zeigte, und Flecken aus mißfarbenem Schnee lagen noch immer ungeschmolzen unter den Wurzeln der Eichen und Buchen im Park.

Die sterblichen Überreste des Earls waren in der kleinen Familiengruft neben der Kapelle auf dem Gelände des Schlosses zur Ruhe gebettet worden, und als der Gottesdienst zu Ende war, stand Captain

Randall neben seiner Tischnachbarin von gestern abend, neben Lady Wycombe.

»Wir wollen im Eingang warten, bis die Menschenmenge etwas dünner wird«, sagte Lady Wycombe. »Wenigstens sind wir aus dem Wind heraus. Es dauert ein bißchen, ehe die Kutschen alle weggefahren sind, und ich habe nicht vor, zu Fuß zu gehen.«

Die Menge vor dem Mausoleum wurde schnell dünner, denn der scharfe Wind lud nicht zum Bleiben ein. Die Kutschen, die am Rand der baumgesäumten Allee standen, füllten sich und fuhren fort.

Eine einzelne Frau stand abseits unter dem nächsten Baum, lehnte sich zum Schutz gegen den Wind an den dicken Stamm und wartete. Irgend etwas vage Bekanntes zog Captain Randalls Aufmerksamkeit auf sie. Trotz des schweren Schleiers, der ihr Gesicht verhüllte, hatte er den Eindruck, daß er sie schon gesehen hatte. Dies war nicht Lady Sybella, da war er ganz sicher. Diese Frau war nicht so groß, und ihr Haar war dunkel, nicht blond. Im kalten Licht des windigen Morgens hätte selbst ein schwerer schwarzer Trauerschleier den blaßgoldenen Glanz von Lady Sybellas Locken nicht ganz verhüllen können.

Die Frau stand ganz still. So still, daß Captain Randall plötzlich wußte, wo er sie schon einmal gesehen hatte. Es war die Frau, die gestern den Wachraum betreten und in der gleichen starren Haltung vor dem Sarg des alten Earls gestanden hatte.

Er betrachtete sie müßig und fragte sich, wie es möglich war, daß sie trotz ihrer völligen Unbeweglichkeit dennoch so einen lebendigen, unmißverständlichen Eindruck von Schmerz bieten konnte. Während er zusah, fuhr eine plötzliche Windböe um den Stamm des alten Baumes, riß an dem langen schwarzen Schleier, schlug ihn zurück und enthüllte ein junges, ungeschütztes Gesicht.

Es war ein kleines Gesicht, von der Farbe warmen Elfenbeins. Breit an den Augenbrauen, schmal am Kinn, mit riesigen dunklen Augen unter zarten schwarzen Augenbrauen, die geschwungen waren wie Schwalbenflügel. Die dichten Wellen ihres Haares, die um ihre Stirn fielen, hatten den bläulichen, metallischen Glanz von Rabenfedern, und das Trauerschwarz der Haube und des Kleides schien im Vergleich dazu plötzlich dumpf und rostig. Obwohl der Mund dieser Frau zu breit und zu voll war, um dem Schönheitsideal dieser Epoche zu entsprechen, es war dennoch ein Mund, der das Herz jedes Mannes schneller schlagen ließ.

Die junge Frau streckte den Arm aus, um den Schleier wieder herunterzuziehen, und dabei wandte sie den Kopf den beiden Menschen im Toreingang zu. Auf ihrer linken Wange, scharf sichtbar auf der elfenbeinfarbenen Haut, war ein unregelmäßiges Mal, das vielleicht angeboren war – oder auch ein blauer Fleck, entstanden durch einen gemeinen Schlag mit offener Hand.

Alex' Augen wurden schmal. Dies also war das Mädchen, das gestern abend in der Galerie gewesen war und das er vor den unwillkommenen Aufmerksamkeiten des ehrenwerten Edmund Rathley gerettet hatte. Es war auch offensichtlich, daß die weiße Hand der Lady Sybella, die Herr Winterhalter so zierlich mit einer Rose gemalt hatte, eine erstaunliche Kraft besaß.

»Wer ist das?« wollte Captain Randall von seiner Begleiterin wissen. »Die junge Dame dahinten, unter dem Baum?«

Lady Wycombe drehte sich um. »Das? Darüber haben wir doch letzte Nacht gesprochen – es ist die Condesa de los Aguilares. Das ist Winter.«

Wenn Alex überrascht war, dann kam das daher, weil er nicht wußte, daß Mr. Barton nicht der einzige gewesen war, dessen Aussehen sich während der letzten paar Jahre drastisch verändert hatte. Auch Winter war anders geworden.

In den Monaten, die Zobeidas Tod folgten, war sie noch blasser und dünner und stiller als je zuvor geworden. Ihre Haut schien sich zu eng über die feinen Knochen ihres Schädels zu spannen, und ihr Mund wirkte dadurch noch breiter, und ihre Augen viel zu groß für ihr kleines, blasses Gesicht.

Ihr spanisches Blut hätte sie wahrscheinlich früher reifen lassen, als das bei Frauen von rein nördlicher, angelsächsischer Herkunft üblich ist, aber der Schrecken und der Kummer über Zobeidas Tod hatten Winter körperlich und seelisch angegriffen. Sybella hatte mit fünfzehn das Aussehen eines verwöhnten, graziösen jungen Mädchens, aber Winter, die weniger als drei Monate jünger war, wirkte wie ein mageres Kind, das noch mehrere Jahre zur Schule gehen muß.

Selbst der tiefste Kummer verblaßt mit der Zeit, und obwohl die grausame Leere, die durch Zobeidas Tod entstanden war, nicht mehr gefüllt werden konnte, spielten sich die natürliche Gesundheit und Widerstandskraft der Jugend mit der Zeit wieder ein, und Winter veränderte sich. Fast über Nacht – so schien es wenigstens – wuchs Sabrinas Tochter von einem unscheinbaren Kind zu einer jungen Frau von seltsamer, verwirrender Schönheit heran. Das viktorianische Schönheitsideal verlangte ein glattes, ovales Gesicht mit rosiger, weißer Haut, ein kleines Rosenknospenmündchen, feuchte Augen – vorzugsweise blau – und lange, glatte Locken à la Stuart, die die Wangen streichelten und so frisiert wurden, daß sie das Oval des Gesichtes unterstrichen. Sybelia entsprach diesem Schönheitsideal in vollem Ausmaß. Aber Winter besaß keins dieser Attribute, und es war deshalb nicht überraschend, daß die Majorität der weiblichen Betrachter Winter noch immer für völlig belanglos hielt. Bei den Männern war das ganz anders. Als Winter ihren sechzehnten Geburtstag gefeiert hatte, begannen Männerköpfe sich umzudrehen, wenn sie vorüberging, und Männeraugen folgten ihr immer, wenn sie ein Zimmer betrat.

Das magere, eckige Kind war zu einem schlanken Mädchen herangewachsen, dessen glatte, hinreißende Formen selbst die riesengroßen Reifen der erst kürzlich in Mode gekommenen Krinoline nicht völlig verbergen konnten. Winters mageres, kleines Gesicht war runder geworden, in ihrem Gesicht stimmten endlich die Proportionen. Der breite Mund war wunderbar geschwungen und hatte ein reiches, herrliches Rot. Die blasse Haut hatte einen warmen Elfenbeinton bekommen, und die hübsche Kurve ihrer jungen Brüste hatte die Rüschen und Polster nicht nötig, die viktorianische Mädchen so oft zu Hilfe nahmen. Winters ausdrucksvolle dunkle Augen waren am äußeren Winkel leicht schräg nach oben gerichtet, was Frauen unschön und Männer unwiderstehlich fanden. Aber selbst die strengsten weiblichen Kritiker mußten zugeben, daß Winters langer, schlanker Hals und die langen, dichten, seidigen schwarzen Wimpern außerordentlich schön waren.

Das Mädchen besaß auch die elegante Haltung, die so viele Spanierinnen zeigen. Vielleicht hatte sie die, wie auch ihren Teint und ihre Haarfarbe, von Marco geerbt, und möglicherweise hatte sie diese Haltung immer besessen. Nur hatte sich bis jetzt noch niemand die Mühe gemacht, das zu bemerken.

Erst im Sommer 1855, als Winter sechzehn war, gingen Lady Glynde die Augen auf. Das häßliche, anglo-spanische Entlein hatte sich in einen Schwan verwandelt. Damals hatte Julia für Sybella eine Party gegeben. Einen Sommertanz: Ball durfte die Festlichkeit nicht genannt werden, weil Sybella ihr offizielles Debüt erst im folgenden Frühling gab. Aber es war trotzdem ein Ball. Wair füllte sich mit jungen Damen und Herren von guter Herkunft und Reichtum, und die Gäste waren außerordentlich sorgfältig ausgesucht worden. Die Herren waren nicht alle so jung, und die jungen Damen, die man eingeladen hatte, waren Gegenstand langer Überlegungen gewesen. Julia war gründlich, und niemand wurde eingeladen, der es im Aussehen mit Sybella aufnehmen konnte – aber Julia war viel zu clever, um nur die ganz unscheinbaren Mädchen einzuladen.

Schon seit ein paar Jahren hielt Julia eine Geheimliste eingeschlossen in ihrem Schreibtisch. Auf ihr standen die Namen der wenigen noch zur Verfügung stehenden Männer, die ihrer Meinung nach annehmbare Bewerber um die Hand ihrer beispiellosen Sybella waren, junge Männer, die Titel und Reichtümer besaßen. Im letzten Jahr waren mehrere Namen von dieser Liste verschwunden, da die Besitzer der Namen Verbindungen mit anderen jungen Damen eingegangen waren, die ihr Debüt schon hinter sich hatten. Die Party für Sybella hätte deshalb wahrheitsgemäß eine private Revue sein können, denn diese vergleichsweise kleine Versammlung stellte ihre wirkliche Einführung in die Gesellschaft dar. Und Julia, ihre Mutter, bestand darauf, daß Sybella wie eine Königin eingeführt wurde.

Das weiße Satinmieder an Sybellas Kleid, mit schmaler Schnürtaille und weichen, geneigten, blütengeschmückten Schultern, erhob sich aus einer weiten Krinoline aus weißem Brokat, dessen Überrock aus satingestreifter Gaze mit Fransen drapiert und in Abständen mit Sträußchen aus weißen Primeln, Heidekraut und Maiglöckchen besetzt war. Sybellas goldene Locken schmückte ein Sträußchen aus den gleichen Blüten, und in Anbetracht ihrer Jugend trug sie nur ein einfaches Halsband und ein Armband aus Saatperlen.

Winters Kleid hatte man beträchlich weniger Aufmerksamkeit geschenkt. Ja, es war sogar nur von der Haushälterin, Mrs. Flecker, ausgesucht worden, die angewiesen worden war, dafür zu sorgen, daß auch Winter ein passendes Kleid bekam. Es müßte weiß sein und so einfach wie möglich, da Miss Winter jünger als Lady Sybella sei und sich deshalb glücklich schätzen müsse, überhaupt am Ball teilnehmen zu dürfen.

Mrs. Flecker hatte eine angemessene Menge weißen indischen Musselin besorgt und nahm die Dienste einer älteren Schneiderin des Marktfleckens Wairburn in Anspruch. Das Ergebnis war ein Kleid, mit dem Lady Glynde zufrieden war. Aber als Winter das Ballkleid dann trug, hatte es eine ganz andere, unerwartete Wirkung. Vielleicht war das Blut ihrer Großmutter, Anne Maries de Selincourt, schuld an dieser verblüffenden Wirkung, aber es blieb die Tatsache, daß das einfache, schmucklose Musselinkleid durch seine Trägerin das Aussehen seltener Eleganz erhielt, das viele Französinnen und wenige Engländerinnen einem sonst kaum bemerkenswerten Kleid verleihen können.

Winters üppiges, blauschwarzes Haar war glatt zurückgekämmt und in einem Netz aus weißer Seide gebändigt worden, so daß sein glänzendes Gewicht Winters zartes, schmales Kinn ein wenig stolz nach oben zog. Winter trug keine Juwelen – sie wußte bis jetzt noch nicht, daß sie welche besaß. Aber Mrs. Flecker, die ihr die breite, weiße Schärpe aus Taft um die schlanke Taille band und Winter dann betrachtete, um festzustellen, ob man sie so nach unten schicken könne, hatte das Fenster aufgemacht und eine weiße Blüte von den Kletterrosen abgebrochen, die direkt unter dem Fensterbrett im Wind nickten. Sie steckte die Knospe in das dunkle, geschwungene Haar über Winters kleinem Ohr.

Winter hatte erstaunlichen Erfolg, und Julia war zornig und verwirrt. Sie konnte nicht begreifen, warum das Mädchen soviel Aufmerksamkeit bei Männern erregte, von denen Julia voller Zuversicht erwartet hatte, daß sie nur Augen für Sybella hätten. Winter überstrahlte ihre Cousine nicht; das war nicht möglich. Sybella hatte durchaus den Löwenanteil an Aufmerksamkeit für sich, aber es war einfach zu bemerken, daß die älteren, wichtigeren Männer sich immer wieder umdrehten und Sabrinas Tochter anschauten. Lord Carlyon, gutaussehend, reich, gelangweilt, fünfunddreißig und noch Junggeselle, hatte von Sybella wissen wollen, wer das zauberhafte Wesen in Weiß sei. Sybella hatte ihre Cousine nach dieser Beschreibung nicht erkannt, und Lord Carlyon war deutlicher geworden.

»Sie meinen Winter?« wollte Sybella verblüfft wissen.

»Winter?«

»Meine Cousine Winter. Komischer Name, nicht wahr?«

»Winter!« Lord Carlyon wiederholte das Wort fast mit Ehrfurcht. »Aber das paßt ja perfekt.«

»Was meinen Sie denn damit?« Sybellas Silberstimmchen hatte plötzlich einen scharfen Unterton.

»Ich meine, der Name paßt so wunderbar. Sie wirkt wie Schnee und schwarze Schatten: kühl und mysteriös und dennoch ...« Er lachte seltsam. »Das ist also die unscheinbare Cousine aus dem Osten. Ich habe von ihr gehört. Das häßliche Entlein in Person. Bitte stellen Sie mich ihr doch vor, Lady Sybella.«

Carlyons selbstsichere Annäherung und seine glatte, erfahrene Art hatten allerdings auf Sybellas junge Cousine keinen Eindruck gemacht. Winter hatte sich nicht im mindesten empfänglich gezeigt für die Ehre, die er ihr mit seiner Aufmerksamkeit erwies. Carlyon, der sich eingebildet hatte, daß so ein junges Mädchen leichte Beute war, stellte plötzlich fest, daß er höflich aber kühl zurechtgewiesen und dann entlassen wurde. Eine erfahrene Londoner Gastgeberin hätte das nicht besser tun können. Carlyon war unklug genug gewesen, die Abweisung als mädchenhafte Koketterie auszulegen, und Winter sah sich gezwungen, eine Spitze anzubringen, die Carlyon über Winters Meinung von ihm nicht im Zweifel ließ. Das war eine ganz neue, heilsame Erfahrung für Lord Carlyon und außerdem eine unangenehme.

Er war übrigens keineswegs der einzige gewesen, der Winters ungewöhnliches Aussehen bewundert hatte. »Außerordentlich schönes Mädchen«, kicherte die alte Lady Grantham, die als Anstandsdame mit ihrer Enkelin Camilla da war. »Ich kann mich nicht erinnern, daß ich sie schon einmal gesehen habe. Wer ist sie, Julia? Was? Was? Wer? Ach du liebe Güte – nein wirklich! Sabrinas Tochter. Na, sieh mal an! Ja, natürlich habe ich sie schon gesehen. Häßliches kleines Ding war sie damals. So mager. Wie ein Eulchen – nur Augen. Und sieh sie dir jetzt an! Na, ihre Mutter war ja auch eine Schönheit.«

Nein, dieser Abend konnte von Julias Standpunkt aus nicht als Erfolg bezeichnet werden. Und sie wiederholte ihren Fehler nicht. Winter nahm an keinem Ball mehr teil, aber es war erstaunlich, wie viele junge Männer, die in Wair angeblich Sybella besuchten, es zur gleichen Zeit so einrichteten, daß sie auch ihre Cousine Winter trafen. Selbst Lord Carlyon war ein paar Tage später zu Besuch gekommen. Aber der hatte nicht vorgegeben, wegen Sybella zu kommen. Er hatte sich von Anfang an nach der Condesa erkundigt. Lady Glynde hatte ihn dann frostig davon informiert, daß Winter noch Schülerin sei und viel zu jung, um Besucher zu empfangen. Ihr Auftauchen auf Sybellas Party hätte für das Kind nur eine besondere Vergünstigung sein sollen. Carlyon war nicht interessiert genug gewesen, um die Angelegenheit weiter zu verfolgen, aber andere waren interessiert genug.

Da gab es nur eins: Conway Barton mußte nach Hause kommen und das Mädchen so bald wie möglich heiraten. Im folgenden Frühling wurde sie siebzehn, und damit war sie alt genug für die Hochzeit.

»Ich habe schon geschrieben«, sagte der alte Earl.

Er hatte nicht vorgehabt zu schreiben. Er wollte nicht, daß Winter heiratete, ehe sie achtzehn oder neunzehn oder sogar zwanzig war. Im vergangenen Jahr hatte der Earl seinen neunzigsten Geburtstag gefeiert und sich ungewöhnlich gut gefühlt ... besser als lange Zeit zuvor. Er würde noch hundert Jahre alt werden! Kein Grund zur Eile ...

Aber der Schnee hatte in diesem neuen Jahr lange gelegen, und der Frühling kam spät und regnerisch. Die feuchte Kälte, die dem alten

Mann so lange nichts ausgemacht hatte, schien ihm jetzt bis in die Knochen zu dringen, und es wurde ihm nie mehr richtig warm. Er fühlte, daß sein Leben verrann, daß es sich von ihm zurückzog, fortgetrieben durch die wehenden Regenschleier. Da hatte er Conway Barton geschrieben.

Auf einmal war es dem alten Lord Wair nicht mehr genug, zu wissen, daß Winter nach seinem Tod von dem Mann versorgt wurde, den er ihr ausgewählt hatte. Er wollte sie verheiratet sehen, ehe er starb, und er wollte wissen, daß sie sicher war. Er mußte ja schließlich Johnnie gegenübertreten und Sabrina, er mußte ihnen sagen können, daß es dem Kind gutging. Der Earl hätte sich nie als einen religiösen Menschen bezeichnet, und sein Glaube – oder der Mangel an Glauben – hatte seinen Kaplan oft schockiert. Aber der Earl glaubte tief an ein Leben nach dem Tod. Wenn er starb, dann würde er die wenigen Menschen, die er geliebt hatte, wiedersehen: Selina, seine Frau, Johnnie, seinen Stolz, Sabrina, seinen Liebling . . .

Mit dem warmen Sommerwetter besserte sich auch die Gesundheit des Earls wieder, und er bedauerte es fast, daß er an Conway Barton geschrieben hatte. Aber er begann, Pläne für die Hochzeit zu schmieden.

Im Frühherbst kam ein Brief aus Indien. Mr. Barton hätte Lord Wairs Schreiben erhalten und sei tief bekümmert, von seiner schlechten Gesundheit zu hören. Natürlich sei es auch sein liebster Herzenswunsch, das Mündel des Earls zu heiraten, aber verschiedene unvorhergesehene Schwierigkeiten hätten sich ergeben und machten es notwendig, daß er vorläufig seinen Posten nicht verließe. Er hätte allerdings in dieser Angelegenheit einen ausführlichen Brief geschrieben und sende diesen durch einen vertrauenswürdigen Untergebenen, Captain Alex Randall, der England irgendwann im Herbst erreichen müsse. Er, Conway Barton, hätte es für sicherer gehalten, Captain Randall als Kurier zu schicken, da man sich auf die Post nicht sonderlich verlassen könne. Der Captain sei ins Vertrauen gezogen worden und hätte die Vollmacht, die Angelegenheit mit Lord Wair zu besprechen.

Aber Captain Randall verspätete sich beträchtlich. Er hatte in Alexandria Freunde getroffen, und er war anstatt nach England mit ihnen auf die Krim gefahren. Dort hatte er es völlig illegal geschafft, General Windhams Stab zugeordnet zu werden, hatte bei der Erstürmung von Sebastopol mitgekämpft und war in der blutigen Schlacht um den Redan verwundet worden. Erst im Spätfebruar hatte er England erreicht, und erst in der zweiten Märzwoche kam er in Wair an.

Buch 2
Kishan Prasad

7

Der größte Teil der Gäste, die in Wair an der Beerdigung teilgenommen hatten, fuhren noch am gleichen Nachmittag wieder ab. An diesem kalten, windigen Tag schickte der sechste Earl gegen Abend einen Diener, um Captain Randall zu holen, und wieder einmal wurde Alex durch die Korridore und Galerien des Westflügels geführt. Diesmal wurde er nicht in Lady Wairs Salon gebracht, sondern in ein kleines, getäfeltes Zimmer, wo ein Feuer im Kamin knisterte und der neue Earl sich am Feuer wärmte.

Huntley Lord Wair war ein stattlicher, aber unvornehmer Mann, der seinen Mangel an Charakter hinter einem gleichgültigen, etwas pompösen Benehmen versteckte. Er begrüßte Captain Randall freundlich genug und bedauerte seine Unfähigkeit, ihn früher zu empfangen. Danach sprach er lang und breit über das Thema der bevorstehenden Heirat zwischen Mr. Barton und seiner jungen Cousine. Er schloß seinen Monolog mit der Annahme, daß der Captain im Juni in den Osten zurückkehren würde, und daß er, Lord Wair, es so einrichten wolle, daß die Condesa dann mitreisen könne.

Der letzte der Wairs! Alex' kühle graue Augen musterten Huntley mit einem prüfenden Blick. Alex hakte ihn im Geiste als unwichtig ab. Der alte Mann, an dessen Beerdigung er an diesem Morgen teilgenommen hatte, war sicher heißblütiger gewesen, wenn das stimmte, was man sich erzählte.

»Ich bedaure«, sagte Lord Wair, »daß ich keine Gelegenheit gehabt habe, das Thema mit Ihnen zu diskutieren. Aber meine Zeit ist bedauerlicherweise so ausgefüllt. Sie reisen morgen wieder ab? Ich hoffe, ich sehe Sie noch, ehe Sie gehen.«

Das war offensichtlich als Beendigung des Gespräches gedacht, aber Alex ignorierte die Worte. Mit der Gräfin hatte er nicht offen sprechen können, aber dieser rundliche, bleiche Mann, der sich so wichtig gab, hatte wahrscheinlich auch die Vormundschaft über die junge Condesa geerbt und sollte deshalb mit der Wahrheit konfrontiert werden. Es gab eine kleine Chance, daß man ihn vielleicht überreden könne, das Mädchen nicht nach Indien zu schicken, ohne es vorher über Mr. Conway Barton aufzuklären. Wenigstens war es einen Versuch wert, und Alex versuchte es auch.

»Darf ich vorschlagen, Sir, die Abreise der Condesa um . . . um ein paar Jahre zu verschieben? Bis das Land sich wieder etwas beruhigt hat? Ich glaube, Sie können das Ausmaß der Unruhe, die in Indien herrscht, nicht völlig abschätzen, und ich würde Ihnen empfehlen, Sir, zu bedenken, daß jetzt nicht die Zeit ist, eine Frau in dieses Land zu schicken – ganz zu schweigen von einem jungen Mädchen.«

Huntley hob eine Augenbraue und bemerkte kalt, daß Captain Randall sich in der Annahme irre, er, Lord Wair, habe keine Kenntnis von der Situation in Indien. Im Gegenteil. Lord Canning, der Generalgouverneur, habe in öffentlichen Reden und privaten Diskussionen versichert, daß die indischen Besitzungen noch nie so friedlich oder so wohlhabend gewesen seien wie jetzt. Und ein Redner wie Lord Canning sei sicher genausogut informiert über den Zustand in diesem Land wie Captain Randall.

Alex sagte: »Wenn ich nicht mit der Autorität von Lord Canning reden kann, Sir, dann kann ich wenigstens aus Erfahrung sprechen. Es ist bekannt, daß Oudh annektiert werden soll, und wenn Oudh ebenfalls in den Besitz der Ostindischen Gesellschaft gerät, dann steigt die Gefahr von Aufständen und Unruhen gewaltig.«

»Es täte mir leid, wenn Sie das ernst meinten, Captain Randall«, sagte Huntley kalt. »Solche ängstliche, drückebergerische Ansichten sind kaum das, was ich von einem Mann mit Ihrem Ruf erwartet hätte. Ich kann nur hoffen, daß Überarbeitung und die Anstrengungen des Klimas Ihren Mut angegriffen haben.«

Alex lächelte. Es war ein unangenehmes Lächeln, aber seine Stimme blieb gleichmütig. »Möglicherweise, Sir. Aber meinen Verstand hat das Klima nicht angegriffen. Es kommt vor, daß bei einem Spiel zu hoch gereizt wird, und im Spiel um Indien bedeutet das den Verlust der Macht und der Privilegien und in vielen Fällen sicher auch den Verlust der nackten Existenz. Außerdem haben wir im Augenblick in Indien nicht genügend britische Truppen zur Verfügung, mit denen wir neuerworbenes Gebiet besetzen könnten. Das müßte durch einheimische Regimenter geschehen, die zwangsläufig eine Annexion ihres Landes nicht billigen würden.«

Huntley sagte pompös: »All diese Aspekte der Situation müssen den Verantwortlichen ja auch schon aufgegangen sein. Und Sie vergessen, glaube ich, daß wir den Eingeborenen in Indien nicht nur eine bessere Regierung, sondern auch die Segnungen des Fortschritts und der Zivilisation gebracht haben, wofür sie einfach dankbar sein müssen.«

»Diese Ansicht kommt nur allzuoft bei uns Engländern vor«, sagte Alex trocken. »Sie ist auch sehr tröstlich. Aber unglücklicherweise ist sie völlig falsch. Die Segnungen der Zivilisation werden von den Besiegten nur selten geschätzt. Besonders, wenn man sie ihnen mit einer Muskete in den Hals stopft. Wir werden Indien halten. Aber nach allem, was ich in den letzten Jahren gehört, gesehen und gefühlt habe, bin ich davon überzeugt, daß wir blind auf den Abgrund zurennen. Ich bin aber auch genauso sicher, daß wir den Sturz überleben werden. Nur ist dies nicht die Zeit, uns mit Frauen zu belasten oder ein junges Mädchen nach Indien zu schicken, das nichts vom Osten weiß.«

Huntley richtete sich zu voller Größe auf und schaute hochmütig an seiner etwas fleischigen Nase entlang zu Alex hinab. »Mein lieber Captain Randall«, bemerkte er mit eisigem Unterton, »wenn irgendein Risiko damit verbunden wäre, meine Cousine nach Indien zu schicken, dann dürfen Sie ganz sicher sein, daß Mr. Barton so etwas nie vorgeschlagen hätte. Als Ihr vorgesetzter Offizier hat Mr. Barton sicher weit mehr Kenntnisse über den wahren Zustand der Dinge in Indien als Sie. Ihre Besorgnis ist also überflüssig.«

Alex sagte sanftmütig: »Ich sehe, ich muß offen mit Ihnen sprechen, Sir. Es ist mir klar, daß ich damit meinem vorgesetzten Offizier gegenüber illoyal bin, aber ich halte die Angelegenheit für so ernst, daß sie offene Worte verlangt. Als Verwandter und Vormund der Condesa sollten Sie über alles Bescheid wissen.« Und dann sprach Alex klar und leidenschaftslos über das Thema Conway Barton . . .

Lord Wairs vorstehende Augen sahen im Feuerschein blaß aus, und er bemerkte ein bißchen nervös, daß er natürlich keine Ahnung gehabt hätte . . . Was Captain Randall ihm da enthüllt hätte, sei sehr beunruhigend . . . Er könne einfach nicht glauben . . .

Captain Randall schnitt ihm das Wort ab. »Ich muß Sie darum bitten, mir zu glauben, Sir. Was ich Ihnen vom Commissioner erzählt habe, hört sich besser an, als es in Wirklichkeit ist. Ich könnte es vor meinem Gewissen nicht verantworten, Ihre junge Cousine nach Indien zu begleiten, ohne zuerst Sie mit diesen unangenehmen Tatsachen vertraut zu machen. Nachdem ich das aber getan habe, ist meine Aufgabe in dieser Angelegenheit erledigt. Es liegt jetzt bei Ihnen zu entscheiden, ob sie fährt oder nicht. Ihr Diener, Sir.« Er verbeugte sich knapp und ging.

Am Abend, als Captain Randall alleine sein Abendessen einnahm, erhielt er eine Nachricht von Lady Wair. Die Gräfin wünsche Captain Randall so bald wie möglich zu sehen. Der Captain stieß einen resignierten Seufzer aus, nahm das kleine Päckchen an sich, das er persönlich der Verlobten des Commissioners aushändigen sollte, und folgte dem Sekretär zu Lady Wairs Räumen.

»Captain Randall, Your Ladyship«, murmelte der Sekretär, schob Alex hinein und schloß leise die Tür hinter ihm. Die Gräfin drehte sich um. »Nett von Ihnen, daß Sie gekommen sind, Captain Randall. Ich möchte Sie mit der zukünftigen Frau des lieben Conway bekannt machen . . . mit Winter de Ballesteros. Winter, das ist Captain Randall . . .«

Alex verbeugte sich steif. Lord Wair wich seinem Blick aus, aber Lady Wair gab ihn mit einem kalten, blassen Lächeln zurück, das nur zu deutlich war. »Ihr Mann hat es ihr also gesagt«, dachte Alex, »und sie hat vor, es zu ignorieren. Sie wird dem Kind nichts erzählen, und sie wird auch nichts tun, um die Heirat zu verhindern. Die Wycombe hatte recht!« Er bemerkte, daß ihn auch Sybella anlächelte, und er murmelte ein paar konventionelle Grußworte. Dann schaute er an Sybella vorbei in die großen, aufmerksam-vorsichtigen Augen der Verlobten des Commissioners. Alex studierte das junge, beherrschte Gesicht gründlich. Er bemerkte die Vorsicht und die eingeübte Starrheit mit Interesse.

Dann griff er in die Tasche und zog das kleine, versiegelte Päckchen heraus, das der Commissioner ihm gegeben hatte. Kurz und ohne Vorrede sagte er: »Mr. Barton hat mich darum gebeten, Ihnen dies zu geben.«

Die Finger des Mädchens schlossen sich um das Paket und hielten es fest. Farbe und Leben flammten in ihrem Gesicht auf, so daß sie plötzlich wunderschön war. Sie machte eine schnelle Geste mit der Hand, als ob sie das Päckchen in ihrem bauschigen Rock verbergen wollte, aber Lady Wair sagte mit ruhiger Autorität: »Du darfst es öffnen, mein Kind. Es wird wohl dein Verlobungsgeschenk sein.«

Winter schaute auf das kleine Paket hinab, das in ihrer Hand lag. Sie wußte auch, ohne es zu öffnen, was es enthielt. Sie hatte nie irgend etwas von dem vergessen, was Conway ihr gesagt hatte, und hatte er damals nicht gesagt, er würde ihr eines Tages einen Diamanten schenken? – »den hellsten Diamanten, den ich für dich in Indien finden kann« – einen Diamanten als Ersatz für den kleinen goldenen Perlenring, den sie so lange an einem Band um den Hals getragen hatte. Und jetzt hatte er ihr den Diamanten geschickt. Er wollte sie kommen lassen. All ihre Träume wurden endlich wahr. Sie wollte Conways Geschenk nicht in Gegenwart der Cousine Julia und dieses Fremden öffnen, der sie mit so kühlem, prüfendem Interesse musterte. Das war etwas unendlich Persönliches, ganz für sie allein.

»Wir warten«, sagte Cousine Julia.

Die wunderschöne Farbe schwand wieder aus Winters Wangen, und sie brach das Siegel mit kalten, unsicheren Fingern.

Das Feuerlicht glänzte auf einem gewaltigen, geschnittenen Smaragd, der in einer merkwürdig gewundenen Fassung aus indischem Gold saß. Alex, der den Ring wiedererkannte, war auf den plötzlichen Zorn und Widerwillen bei seinem Anblick nicht vorbereitet. Er hatte diesen Stein schon viele Male gesehen. Vor drei Jahren hatte er die Hand eines indischen Prinzen geschmückt, eines Prinzen namens Rao Kishan Prasad. Alex wußte viel über Kishan Prasad, denn der Mann hatte sein Interesse erregt. Überall flüsterte man sich über ihn Gerüchte zu, und die Tatsache, daß der Ring jetzt im Besitz des Commissioners von Lunjore aufgetaucht war, brachte Alex dazu, sich mehr als einmal zu fragen, bei welcher Bestechung der herrliche Stein wohl der Preis gewesen war. Danach hatte er an der Hand einer Inderin geblitzt, einer Tänzerin aus der Stadt, die als letzte das kleine Frauenhaus in der Residenz von Lunjore bewohnt hatte. Sie hatte den Ring auch getragen, wenn sie zur Belustigung der Gäste auf einer der fragwürdigeren Partys beim Commissioner Bauchtänze vorführte. Alex hatte Kishan Prasad erst vor ziemlich kurzer Zeit und in unerwarteter Umgebung gesehen, und jetzt schaute er das riesige, feingeschliffene Juwel mit finsterem Blick und mit ungläubigem Widerwillen an.

Sybella gab einen hörbaren Schnaufer des Neides und der Bewunderung von sich, und selbst Lady Wairs kalte Augen weiteten sich in unwillkürlichem Erstaunen. Aber für Winter war es, als ob ein kalter Wind einen Augenblick lang die leuchtende Wärme berührt hätte, die Conways Brief in ihrer Brust entzündet hatte. Er hatte es vergessen! Aber in der nächsten Sekunde hatte sie sich wieder in der Gewalt. Warum sollte sie einen Satz wörtlich nehmen, den Conway zu einem Kind gesagt hatte? Er hatte doch nur gemeint, daß er ihr eines Tages einen schöneren Schmuck schicken würde, ein kostbares Juwel, das sie anstatt des bescheidenen Ringleins am Finger tragen konnte. Daran hatte er sich erinnert, und er hatte das Juwel geschickt.

Sie steckte den barbarischen Ring an den dritten Finger ihrer linken Hand, wo er so lose hing, wie der andere Ring vor fünf Jahren. Conway würde ihr bald einen Trauring an denselben Finger stecken, und danach wäre sie sicher und geschützt, sie würde geliebt, und sie würde nie, nie mehr einsam sein. Sie lächelte auf den Ring hinab; es war ein kleines, geheimes Lächeln. Und dann blickte sie auf und bemerkte den Zorn und den Widerwillen in Captain Randalls Augen.

Einen Augenblick lang erschreckte sie die Intensität dieses kalten, angewiderten Blicks. Dieser Mann war ihr aus irgendeinem unbekannten Grund feindlich gesinnt. Nein, nicht ihr – Conway. Aber das war sicher unmöglich. Conway selbst hatte ihn ja geschickt, er war sein vertrauter Untergebener. Er war sein Bote, er sollte seine zukünftige Frau nach Indien begleiten. Wenn Conway ihm vertraute, dann konnte dieser Mann kein Feind sein. Sie mußte diesen Ausdruck in seinen Augen mißdeutet haben. Er war ja auch nicht mehr da. Das Gesicht, das Winter jetzt anschaute, war leer und unpersönlich. Die grauen Augen zeigten keinen Ausdruck.

Das kurze Schweigen wurde von Lady Wair gebrochen. Sie bat Captain Randall, sich zu setzen, und begann dann im Detail über die Arrangements zu sprechen, die für die Abreise ihrer jungen Verwandten getroffen werden mußten. Offenbar hatten weder der neue Earl noch seine Frau die Absicht, sich weiter privat mit dem Kurier Mr. Bartons zu unterhalten. Die Angelegenheit wurde als erledigt betrachtet, und man dankte Captain Randall jetzt nur noch für seine Dienste und versicherte ihm, daß die junge Condesa sich mit einer passenden weiblichen Begleitung nur zu gern seinem Schutz auf der Reise anvertrauen würde.

»Sie verzeihen, wenn ich mich jetzt von Ihnen verabschiede«, sagte Lady Wair und entließ ihn damit. »Ich fürchte, ich bin kein Frühaufsteher, und Sie werden ganz sicher möglichst schnell abreisen wollen. Natürlich werde ich Sie durch Brief von den Abmachungen informieren, die wir wegen unserer lieben Winter getroffen haben.« Es war offensichtlich, daß er keine Gelegenheit mehr bekommen sollte, sich privat mit der Condesa selbst zu unterhalten.

Die ganze Angelegenheit hatte Alex zuerst mit Langeweile und Ärger erfüllt und schließlich mit Widerwillen. Er hatte seine Aufgabe erledigt, und sein Gewissen war rein. Aber jetzt war er plötzlich zornig, und er wußte nicht warum.

Das war keine erfahrene, reife Frau, die da in einer Ehe an den fetten Schurken gefesselt werden sollte, der Commissioner von Lunjore war. Das war ein Mädchen – ein Kind. Und ihre ehrbaren Verwandten hatten offensichtlich vor, dieses Kind ohne ein Wort der Warnung in solch eine Ehe hineinzutreiben.

Alex war plötzlich stur entschlossen. Die Verlobte des Commissioners sollte ihrem Schicksal nicht blind entgegenlaufen. Als er wieder in seinem Zimmer war, suchte er Briefpapier, eine Feder und ein Tintenfaß, und als er die kurze Notiz geschrieben hatte, faltete er das Papier, versiegelte es und zog am Klingelzug.

Ein Dienstmädchen in einem hübschen bedruckten Kleid erschien. Das Mädchen war jung und wahrscheinlich romantisch, bemerkte Alex. Er war erleichtert, daß auf sein Klingeln nicht irgendeine ältere, konservative Haushälterin erschienen war. Die Notiz und eine Goldmünze wechselten den Besitzer, und das Mädchen versprach mit einem verschwörerischen Flüstern und großen, vor freudiger Neugier runden Augen, daß Miss Winter die Nachricht hundertprozentig erhalten würde. Alex gähnte, schaute sein Spiegelbild in dem riesigen ovalen Spiegel an, der eine Wand des Raumes schmückte, und ging zu Bett.

Kalt und grau dämmerte der Morgen. Eine weiße Decke aus Nebel lag über dem Park und drückte gegen die nassen Fensterscheiben. In der großen Halle war ein ganzer Trupp von Hausdienern eifrig damit beschäftigt, unter den strengen Augen des alten Majordomus die Trauerbehänge von den Wänden zu entfernen, und auf dem Kiesplatz vor dem Haupteingang schnaubte Medusa und tänzelte an der Hand eines Pferdeknechts. Captain Randall schwang sich in den Sattel. Irgendwie stellte Medusa für ihn auf geheimnisvolle Weise das Gegenteil von Verrat dar, und Captain Randall war dankbar, daß er Wair den Rücken kehren konnte.

Unter den gebogenen Ästen der Eichbäume am Rand der langen Allee lag der Nebel dichter, und die Bäume schienen bleich und geisterhaft. Eine Meile oder mehr gab Alex der Stute den Kopf frei und berauschte sich an der Geschwindigkeit, dem Rauschen der kalten, nebligen Luft und den schnellen, hohlen Trommelschlägen von Medusas fliegenden Hufen. Aber dann hörte er etwas, was zuerst wie ein Echo dieses Klanges wirkte, und er zügelte sein Pferd zuerst zum Trab und dann zum Schritt. Auf der langen Eichenallee war noch ein Reiter, und Alex, der genau hinhörte, machte eine säuerliche Grimasse, in der sich Widerwillen und Erleichterung seltsam mischten. Schließlich brachte er sein Pferd zum Stehen. Medusas Ohren zuckten, und sie wieherte leise, als einen Augenblick später ein Pferd mit einem Reiter aus dem Nebel auftauchte und an sie herankam.

Regentropfen lagen wie ein Geschmeide aus Mondsteinen auf Winters dunklem Haar, und die kalte Luft und die Anstrengung hatten ihre blassen Wangen mit glühender Farbe gepeitscht. Die riesigen dunklen Augen waren aufgerissen und jung und vorsichtig, und als Alex sie anschaute, wurde ihm wieder dieser unerwartete Zorn bewußt und der hilflose Ärger. Die Gefühle mußten sich kurz in seinem Gesicht gezeigt haben, denn Winters Stimme wirkte atemlos und ein bißchen unsicher:

»Sie ... Sie haben eine Nachricht für mich, Captain Randall? – von Conway – von Mr. Barton?«

Alex schüttelte den Kopf.

»Aber ... Sie haben geschrieben ...«

»Diese Notlüge müssen Sie mir schon verzeihen«, meinte Alex knapp, »aber ich wollte Sie privat sprechen. Ich habe Ihnen etwas zu sagen, das Ihre Verwandten Ihnen gegenüber lieber nicht erwähnt haben möchten, und zu der Notlüge habe ich Zuflucht gesucht, um sicherzustellen, daß ich Sie sprechen kann.«

Alex sah, wie die schlanke Gestalt sich aufrichtete, und ein wachsamer Blick erschien in ihren Augen. »Was wünschen Sie mir zu sagen?«

Alex musterte sie einen Augenblick mit finsterem Gesicht. »Wie alt sind Sie?« wollte er brüsk wissen.

Diese unerwartete Frage traf sie offenbar unvorbereitet, und sie antwortete in unbewußtem Gehorsam dem autoritären Klang in seiner Stimme. »Sechzehn. Aber ich werde bald ...«

»Sechzehn«, sagte Alex entsetzt. »Es ist einfach nicht anständig! Haben Sie überhaupt eine Ahnung, wohin Sie gehen? Wissen Sie, welches Leben Sie erwartet? Kennen Sie das Land, in dem Sie leben werden?«

Winter schaute ihn überrascht an. »Sie ... Sie sind ja freundlich«, sagte sie. In ihrer Stimme lag eine Verwunderung, und Alex bemerkte mit einem plötzlichen Gefühl des Mitleids, daß im Leben dieses jungen Mädchens Freundlichkeit etwas Seltenes gewesen war. Sie beugte sich in einer kleinen, vertrauensvollen Geste nach vorn und sagte: »Sie glauben, daß ich in ein fremdes Land gehe und daß ich dort vielleicht unglücklich bin. Aber Sie irren sich. Ich gehe nach Hause. Wußten Sie denn nicht, daß mein Vater Spanier war, der in Oudh geboren wurde und dort lebte, und daß auch ich dort geboren bin? Indien ist mehr meine Heimat, als dieses Land es je sein könnte, denn ich bin in einem indischen Palast in Lucknow geboren, und meine Stiefmutter war eine Pahari, eine Frau aus den Bergen. Ich sprach ihre Sprache, ehe ich meine eigene Muttersprache konnte, und sie ist mir noch immer vertraut. Soll ich es Ihnen zeigen?« Und in fließendem Hindustani sprach sie weiter: »Wie sollte ich mich fürchten, wenn ich nur zu meinem eigenen Volk und ins Haus meines Vaters zurückkehre?«

Als Alex die wohlbekannte Sprache hörte, erneuerte sich sein Zorn. Winter, die sein Gesicht beobachtete, fragte atemlos: »Was wollten Sie mir denn sagen? Ist Conway krank? Hatten Sie vor, mir das zu erzählen? Ist er . . .«

»Nein.« Alex' Stimme war hart und ausdruckslos. »Er ist nicht krank. Wenigstens nicht in dem Sinne, den Sie meinen. Aber ich kann mir vorstellen, daß er sich beträchtlich verändert hat, seit Sie ihn zuletzt gesehen haben.«

»Natürlich hat er sich verändert«, sagte Winter schnell. »Ich habe mich ja auch verändert. Ich war damals nur ein Kind, und jetzt bin ich erwachsen. Und er hat jahrelang harte Arbeit, Krankheit und schwere Verantwortung ertragen. Das alles weiß ich ja. Er hat mir von seinen Schwierigkeiten geschrieben. Er wird älter aussehen, aber das macht mir nichts aus.«

»Sie verstehen nicht«, sagte Alex knapp. »Ich hielt es für meine Pflicht, Ihrem Vetter, Lord Wair, den wahren Stand der Dinge zu erklären, aber er hielt es offenbar nicht für notwendig, Sie von den Tatsachen zu informieren oder Schritte zu unternehmen, um diese Heirat zu verhindern.«

»Zu verhindern?« Winter starrte ihn weiß und starr an.

»Ja. Zu verhindern. Ich kann nicht sagen, wie Mr. Barton vor fünf oder sechs Jahren gewesen ist. Aber ich weiß, wie er jetzt ist, und ich kann Ihnen in Ihrem eigenen Interesse nur dringend raten, die Reise nach Indien aufzugeben und Ihre Hochzeit zu verschieben, bis er selbst in dieses Land zurückkehren kann. Dann haben Sie die Gelegenheit, selbst zu entscheiden.«

Winters Augen waren plötzlich hell vor Zorn, und ihre Stimme zitterte. »Sie sagen das? Sie – sein vertrauter Untergebener?« Sie sah, wie Alex' braune Wangen sich plötzlich röteten, und ihre Stimme wurde noch schärfer. »Also hatte ich recht! Sie sind auch einer von denen. Einer von seinen Feinden, die sich hinter seinem Rücken gegen ihn verbünden, weil sie neidisch auf ihn sind. Und Sie wagen es, ihn bei mir anzuschwärzen – bei mir!« Winter hob hochmütig das Kinn. »Nun, haben Sie mir sonst nichts zu sagen?«

»Doch«, sagte Alex unbewegt. »Ich kann nicht erwarten, daß Sie das Wort eines Fremden – selbst eines ›vertrauten Untergebenen‹, für wahr halten. Ich kann nur wiederholen, daß Sie gut damit beraten wären, hier bei Ihren Verwandten darauf zu warten, daß Mr. Barton nach Hause kommt und Sie selbst abholt. Dann hätten Sie den Beweis selbst vor Augen.«

»Das reicht mir nicht«, sagte Winter fest. »Ich muß Sie darum bitten, deutlich zu werden, Sir. Sie können keine verschleierten Beschuldigungen vorbringen und sie dann nicht erklären.«

»Nein«, sagte Alex langsam. »Wenn es sein muß, dann will ich deutlich werden. Ihr Verlobter ist für eine anständige junge Frau nicht der richtige Mann, und . . .«

Alex sah, wie das junge Gesicht so weiß wurde wie der Nebel, der es umgab. Ihre behandschuhten Finger klammerten sich um die Reitgerte, und Alex wußte einen Bruchteil einer Sekunde, ehe sie die Hand hob, was sie tun würde. Aber aus einem Grund, den er nicht erklären konnte, machte er keine Anstalten, dem Schlag auszuweichen. Die Reitgerte traf ihn mit voller Härte quer übers Gesicht, und Alex spürte, wie ein dünnes Rinnsal aus Blut von einem Mundwinkel warm über sein Kinn tröpfelte. Plötzlich, unerwartet, lachte er auf.

»Die Frauen von Wair«, sagte er, »scheinen mir bemerkenswert schnell mit den Händen zu sein. Ich sehe, ich habe Sie unterschätzt. Sie könnten ihm am Ende tatsächlich gewachsen sein.«

Das helle Rot flammte wieder im Gesicht des Mädchens auf, und sie ließ die Gerte noch einmal niedersausen. Aber diesmal auf ihr Pferd, das einen Satz nach vorn machte, dann die lange Allee hinuntergaloppierte und im Nebel verschwand.

Captain Randall hob die Hand und wischte das Blut von seinem Kinn. Er lachte noch einmal. Nun, damit war die allgemeine Ansicht, daß wohlerzogene junge Damen zarte, zerbrechliche Pflanzen seien, deutlich widerlegt. Er fragte sich, ob er Winter de Ballesteros wohl zum letzten Mal gesehen hatte. Es sah so aus, denn nach dem, was gerade passiert war, konnte er nicht glauben, daß sie ihn zur Begleitung auf der Fahrt nach Indien auswählen würde. Sie würde jetzt eine Passage auf einem anderen Schiff buchen und sich seiner Dienste entledigen, und sie würde ohne Zweifel auch ihren Verlobten vor ihm warnen. Und in diesem Fall konnte er damit rechnen, daß der Commissioner ihn aus Lunjore entfernen würde. Ja, er hatte die ganze Angelegenheit verdorben, er hatte sich seinem Chef gegenüber illoyal verhalten, sich die Feindschaft der jungen Condesa und ihrer einflußreichen Verwandten zugezogen, und wahrscheinlich hatte er auch für seine eigene Entlassung gesorgt. Und das alles um nichts und wieder nichts. Die Strieme, die die Reitgerte der Condesa über sein Gesicht zogen hatte, klopfte schmerzhaft. »Ich hab's verdient«, sagte Captain Randall philosophisch und gab Medusa den Kopf frei.

In dem festen Glauben, daß er aus Wair keine weitere Nachricht mehr erhalten würde, war Alex überrascht und verärgert, als ungefähr drei Monate später ein Brief von der Gräfin kam. Die Passage sei gebucht, schrieb Lady Wair, und ihre junge Cousine sollte an Bord des Dampfschiffes Sirius am einundzwanzigsten Juni von London nach Alexandria abreisen. Mr. Barton würde seine Verlobte in Kalkutta erwarten, und die Ehe solle unmittelbar nach der Ankunft im Hafen geschlossen werden. Die Condesa würde in Gesellschaft einer Mrs. Abuthnot reisen, die mit ihren beiden Töchtern nach Indien fuhr. Mrs. Abuthnots Mann habe dort das Kommando über ein Regiment bengalischer Infanterie in Delhi. Die Damen seien entzückt darüber, sich während der Reise unter Captain Randalls Schutz zu stellen. Die Gräfin hoffe, Captain Randall sei bei guter Gesundheit, und sie sei zuversichtlich, daß ihrer jungen Verwandten in seiner Begleitung nichts zustoßen könne.

Captain Randall schaute finster auf das einzelne Blatt Papier mit der dünnen, eleganten Handschrift und dem prunkvollen Siegel. Er zerknitterte den Brief in der Hand und warf ihn ungeduldig in den Papierkorb.

Er hatte wichtigere Dinge im Kopf. Schon Anfang März hatte er eine kurze Notiz in der Zeitung gesehen, die ganz unauffällig zwischen anderen Artikeln gestanden hatte. »Oudh soll annektiert werden. General Outram wird das Amt des Obersten Beauftragten bekleiden.« Alex mußte an die Gruppe von Dienern denken, die im Schatten des Baumes am Tor der Residenz von Lunjore geflüstert hatten. Er fürchtete sich plötzlich.

Auch Winter hatte nicht mehr an ihn gedacht. Conways Braut hatte wegen ihrer Zukunft weder Zweifel noch Vorahnungen. Die lange Wartezeit war vorüber. Sie war endlich erwachsen geworden, und Conway hatte nach ihr geschickt. Sie sollte Indien wiedersehen – das Zauberland –, sie sollte die kalten Mauern von Wair und die kalten Augen von Sybella und Cousine Julia hinter sich lassen. Jetzt, wo die beiden einzigen Menschen, die sie geliebt hatte, tot waren, bedeutete ihr Wair nichts mehr. Der alte Earl lag in einer marmornen Gruft, und Zobeida, der ein bigotter Kirchenmann die Beerdigung in geheiligtem Boden verweigert hatte, lag in einer stillen Ecke des Parks. Nur der Wind und die fremden Eibenbäume sangen ihr Klagelieder.

Cousine Julia hatte Winter mit unerwarteter Freundlichkeit in die Obhut einer Londoner Verwandten gegeben, der die angenehme Aufgabe übertragen worden war, eine Aussteuer für die junge Braut auszusuchen. Lady Adelaide Pike war trotz ihres fortgeschrittenen Alters fröhlich, freundlich und außerordentlich gesellig. Winter hatte deshalb nicht den Verdacht, daß Julias Entscheidung, sie nach London zu schicken, weniger durch ihre fehlende Aussteuer als dadurch bedingt war, sie so schnell wie möglich aus Wair zu entfernen.

Winter war noch immer in Trauer um ihren Urgroßvater, aber Lady Adelaide weigerte sich, sich dadurch die Laune verderben zu lassen. »Schließlich wirst du ja in Kürze heiraten, meine Liebe, und eine Aussteuer in Schwarz können wir nicht kaufen. Es gibt also keinen Grund, warum wir nicht fröhlich sein sollten. Im Osten wirst du dich nicht mehr so amüsieren können.«

Winter fuhr also mit Lady Adelaide zum königlichen italienischen Opernhaus, nahm an Bällen und Musikabenden, an Dinnerpartys und Banketten teil und machte Ausfahrten im Park. Gekleidet in vierzig Meter weißen Tüll, der von einer riesigen Krinoline gestützt wurde, mit einer Schleppe aus weißem Moiré, langen Handschuhen und drei Straußenfedern im Haar fuhr Winter dann zum St.-James-Palast, um der unscheinbaren, rundlichen kleinen Frau ihre Aufwartung zu machen – Viktoria, von Gottes Gnaden Königin von Großbritannien und Herrscherin der überseeischen Domänen.

England war fröhlich in diesem Jahr. Der Krieg war vorbei. Der Friedensvertrag von Paris wurde mit Feuerwerk und Illuminationen gefeiert, und die Königin hielt Paraden ab. Die Mode der Krinolinen wurde von der Kirche angegriffen, und die Priester deuteten darauf hin, daß Frauen »vergaßen, wenn sie sich mit so voluminösen Kleidungsstücken beluden, daß die Tore des Himmels schmal waren«.

Lady Adelaide Pike, die sich durch die Enge der Himmelstore nicht abschrecken ließ, suchte die Kleider für Winters Aussteuer mit weiteren und immer weiteren Röcken aus. Ballkleider aus Brokat mit fünf Rüschen, die mit Seidenfransen besetzt und mit Samtbändern dekoriert waren; weißer Tüll über weißem Satin, der Tüll gerafft und mit Ketten aus Perlen und Bouquets aus weißen Kamelien verziert; weißer Musselin, mit Flechtmuster aus Silberfäden; antiker Moiré in Teerosengelb. Tageskleider aus Musselin, Wollkrepp, Taft und leichtem französischem Georgette in zarten Tönen. Morgenkleider aus grauem Kaschmir, Batist, Popeline und gemustertem Jacquard. Lederhandschuhe in allen Schattierungen und Tönen. Dünne schwarze Handschuhe in Filethäkelei. Absurde Kopfbedeckungen für den Abend, aus Spitze, Blüten, Perlen oder Bändern. Hinreißende kleine Hütchen aus Stroh oder Plüsch, verziert mit Federn oder Fransen, und Dutzende, viele Dutzende von ehrfurchterregenden Unterröcken und Hemdhöschen und anderen Artikeln, die zur weiblichen Unterwäsche gehörten.

Es war ein Zeitalter des Überflusses. Ein Zeitalter gewaltiger Mahlzeiten, gewaltiger Familien, gewaltiger, breiter Röcke und eines gewaltigen, sich immer mehr ausweitenden Empire. Ein Zeitalter des fetten Lebens, der drückenden Armut, der ungeheuerlichen Prüderie, der unerträglichen Gleichgültigkeit und unvergleichlicher Geschäfte. Diese Dutzende von Unterröcken und Hemdhöschen, die für eine weibliche Garderobe als notwendig galten, waren sowohl Symbol dieser Üppigkeit als auch Symbol der drückenden Arbeit in den überfüllten Slums, wo Frauen sich die Finger blutig arbeiteten und ihr Augenlicht und ihre Jugend ruinierten, indem sie solche Unterkleidung für ein paar Pfennige stichelten.

Anfang Juni reiste Winter nach Suffolk. Sie wollte Conways Onkel, dem alten Sir Ebenezer Barton, einen Abschiedsbesuch abstatten.

Sir Ebenezer wurde in diesem Jahr siebenundsiebzig, und sein Gehör und sein Augenlicht schwanden mehr und mehr. Er hatte ein ganzes Leben im Osten verbracht, und die Winde und Fröste und die langen, nassen Winter von England hatten seinen einst vierschrötigen Körper einschrumpfen lassen. Er bewohnte ein einzelnes Zimmer des großen, zugigen Herrenhauses in Suffolk, in welches er vor fast einem Vierteljahrhundert Emily als seine Braut eingeführt hatte, und er verließ es nur selten. Aber seine Gedanken wanderten. Er lebte fast nur noch in der Vergangenheit. Winter bedeutete ihm nichts, und als er an seinen Neffen Conway erinnert wurde, bemerkte er mit hoher, zittriger Stimme und plötzlicher Energie: »Schlechtes Blut. Schlechtes Blut. Schlägt nach der mütterlichen Seite der Familie. Hatte gedacht, es würde nicht so kommen - ist ja Josephs Sohn, wissen Sie – aber was drin ist in der Familie . . . was drin ist . . .«

Seine Stimme wurde zu einem Murmeln, und er erwähnte seinen Neffen nicht mehr. Statt dessen redete er in abgehackten, gemurmelten Worten vom Indien seiner Jugend und von Freunden und Feinden und Erbauern des Empires, die schon viele Jahre tot waren. Einmal sprach er Winter als Marco an; denn die dunklen Augen und die klargeschnittenen Züge hatten das Bild eines Gesichtes in ihm erweckt, das ihn in der heißen Dämmerung eines vergessenen Abends angelacht hatte . . .

»Weißt du, Marco«, sagte der alte Sir Ebenezer, »Emily wird das nicht gefallen. Nein, es wird ihr überhaupt nicht gefallen. Und wenn du glaubst, daß Sabrinas Großvater seinen Segen geben wird, dann irrst du dich, mein Junge. Du irrst dich wirklich ... ja, ja. Es ist nicht genug, jemanden, den man liebt, nur einmal alle sechs oder sieben Jahre zu sehen. Es wird Ärger geben. Eine ganze Menge Ärger.«

An dem Abend, bevor Winter abfuhr, hatte Sir Ebenezer ihr ein viereckiges, ziemlich abgenütztes Lederkästchen überreicht, das Emilys Juwelen enthielt. »Emily hatte das hier für Sabrina gedacht«, sagte Sir Ebenezer und nahm den Deckel mit zitternder Hand ab. Er stocherte mit einem knochigen Finger in dem glitzernden Inhalt umher. »›Gib es meinem Mädel‹, hat sie gesagt. Aber Sabrina ist auch gestorben.«

Die langsamen Tränen des Alters tröpfelten Sir Ebenezers faltige Wangen hinab. Für Emily ... für Sabrina? Er spähte Winter wie eine alte Schildkröte ins Gesicht: »Sie sagen mir, du wärst ihre Tochter. Bist deiner Mutter aber nicht ähnlich. Die war ein goldenes Mädchen. Du schlägst wohl eher nach der väterlichen Seite der Familie, schätze ich. Du wirst also Conway heiraten, ja? Jaja. Wenn du verheiratet bist, brauchst du ein paar Klunker. Ich hab' sie für dich aufgehoben. Hab' dieser Julia, dieser Statue mit ihrem Steingesicht nicht getraut. Hab' gesagt, es ist besser, sie aufzuheben, bis du volljährig bist. Jaja. Emily hat nie viel von Schmuck gehalten, aber mir hat's Spaß gemacht, ihn ihr zu schenken. Emily wollte, daß Sabrina die Sachen kriegt. Sabrina hat sie nie getragen, aber du wirst sie tragen. Du wirst sie tragen. Jaja.«

Er schob Winter die Schmuckschatulle zu und sagte wehmütig: »Wenn ich zehn Jahre jünger wäre, dann würde ich mit dir segeln. Ich möchte noch einmal den Hugly sehen, und die Häuser am Ufer. Und die Glühwürmchen und die Fledermäuse ... jaja. Ein wunderbares Land. Ein reiches, wunderbares Land. Klingle mal nach Pir Khan, Marco ... Ich bin müde.«

Der Schmuck mit seinen schweren, altmodischen Fassungen war wundervoll: Paruren aus Smaragden und Diamanten, Colliers, Armbänder, Ringe, Broschen, edelsteinbesetzte Kämme und Schnallen. Leuchtende, fast barbarische Dinge, die Ebenezer für seine Emily gekauft und die Emily so selten getragen hatte.

Julia hatte sie damals mit kühler Mißbilligung angeschaut und gesagt: »Völlig unpassend für ein junges Mädchen.« Aber Winter hatte sie genommen. Emilys Juwelen, die dreifache Perlenkette, die Marcos Mutter Anne Marie Sabrina vor über achtzehn Jahren am Abend ihres Geburtstagsballs gegeben hatte. Die Perlen, die eine Comtesse de Selincourt einst auf der Hochzeit von Louis Seize und Marie Antoinette trug.

Julia war unerwartet selbst nach London gekommen, um ihre junge Verwandte in die Obhut von Mrs. Abuthnot zu geben. Sie war nur eine Nacht geblieben und fuhr am nächsten Morgen wieder ab, um Freunde in Surrey zu besuchen. Aber sie war lange genug geblieben, um die Droschke abfahren zu sehen, die Sabrinas Tochter zu den Docks fuhr, wo die Sirius schon unter Dampf stand. Mit diesem Schiff sollte sie die erste Hälfte ihrer Reise nach Indien bis nach Alexandria zurücklegen.

8

Mrs. Abuthnot war freundlich, kräftig gebaut und redselig. Sie war knapp so alt wie Winter gewesen, als sie ihren George geheiratet hatte und zum ersten Mal in den Osten gereist war, und sie war jetzt noch keine vierzig. Aber die langen Jahre, die sie in Indien verbracht hatte, die Geburt von sieben Kindern, von denen fünf als Säuglinge gestorben waren, hatten ihre Spuren hinterlassen, und ihrem Aussehen nach hätte sie auch gut zehn oder zwanzig Jahre älter sein können.

»Neunzig Tage, Liebes«, sagte Mrs. Abuthnot, als sie Winter ihre erste Reise beschrieb. »Wir sind um das Kap gesegelt. Es kommt mir nicht so vor, als ob es schon so lange her wäre, aber ich kann mich noch gut erinnern, daß eine Miss Marshall an Bord war. Sie sollte einen jungen Mann namens Lawrence heiraten . . . jetzt Sir Henry. Sie ist ungefähr vor einem Jahr gestorben . . . Es war so ein Verlust . . . Und jetzt reise ich doch tatsächlich noch einmal hin, und diesmal mit zwei erwachsenen Töchtern. Wie schnell doch die Zeit vergeht!«

Lottie und Sophie Abuthnot waren im Gegensatz zu ihrer üppigen, stämmigen Mama schlank und scheu und still, und man mußte annehmen, daß sie ihrem Vater nachgeschlagen waren, denn sie ähnelten ihrer Mutter in keiner Weise. Sie waren klein und blond, und Mrs. Abuthnot war eine üppige, schon leicht ergraute Brünette.

Sophie, die drei Jahre jünger war als ihre Schwester, teilte die Kabine mit ihrer Mutter. Die achtzehnjährige Lottie sollte die danebenliegende Kabine mit Winter teilen. Die Kabinen waren klein und eng und spartanisch möbliert, und die ersten Tage der Reise waren alles andere als angenehm gewesen.

Der Frühsommer war naß und kalt, und als sie zum Hafen fuhren, fiel Regen. Später, als es aufhörte zu regnen, trieben Windböen die dunklen Wolkenbänke vor sich her und peitschten das Wasser der Themsemündung zu weißem Schaum auf gebrochenen Wellenbögen. Lottie, Sophie und Mrs. Abuthnot hatten sich in ihre Kojen zurückgezogen, als das Schiff noch nicht außer Sichtweite von Sheerness war, aber Winter war wieder an Deck gegangen, um zuzusehen, wie die Küste von England im nassen Grau des Abends versank.

Möwen schrien und segelten über dem kochenden Kielwasser, und die Riesenbahnen aus gespannter Leinwand über ihr brüllten und sangen im Rauschen des Windes. Damals, an diesem lange vergangenen Tag, als Winter und Zobeida halberfroren, naß und zitternd vor Seekrankheit in Southampton gelandet waren, hatte es auchkteregnet. Sie war damals noch keine sieben Jahre alt gewesen ... Und jetzt war sie siebzehn und segelte wieder fort ... Sie verließ England, um zu heiraten und in Zukunft glücklich zu sein ...

Das Schiff rollte und stampfte, und ein zischender Sprühnebel aus Salzwasser brannte auf Winters Wangen. Aber sie konnte sich nicht dazu bringen, noch einmal in die enge Kabine hinunterzusteigen, wo Lottie Abuthnot in ihrer Koje schon einen ersten Anfall von Seekrankheit ertragen mußte. Die frische Luft war trotz der Nässe der engen, stinkenden Kabine bei weitem vorzuziehen, und Winter biß die Zähne zusammen und ging statt dessen auf und ab.

Das verlassene Deck hob und senkte sich unter ihr, und bald begann sie ihre Entscheidung, nicht nach unten zu gehen, zu bedauern. Sie hätte sich in ihre Kabine zurückziehen sollen, solange sie noch die Kraft dazu hatte, denn jetzt, ganz plötzlich, wurde es ihr unmöglich, sich überhaupt noch zu bewegen. Sie konnte nur noch angeklammert an der nassen Reling hängen. Der Wind hatte den Umhang aus ihren Händen gerissen und blähte ihn wie die Segel, die über ihr steif im Wind standen. Die Haube war ihr vom Kopf geweht worden und hing ihr jetzt nur noch an den Bändern um den Hals.

Winter hatte das Gefühl, als ob ihr Kopf geschwollen und voller wirbelnder Funken sei, und sie lehnte sich naß, unterkühlt und voll Übelkeit an die Reling. Sie hörte die Schritte hinter ihr nicht, und es wäre ihr auch gleich gewesen. Sie spürte nur, daß sich plötzlich Arme um sie legten und daß sie sich auf einmal nicht länger an die Reling anklammern mußte.

Jemand hob sie hoch wie ein kleines Kind, und eine Männerstimme, die zu lachen schien, sagte: »Ich nehme an, dies hier gehört auch zu den Pflichten eines Kuriers?« Und dann wurde sie weggetragen, hinunter in die schwankende Dunkelheit ihrer Kabine.

Sie spürte, daß die Kabinentür aufgestoßen wurde, und über den quietschenden Geräuschen des schwerarbeitenden Schiffes konnte sie das Stöhnen und Würgen von Lottie Abuthnot hören. Winter wandte ihren Kopf mit schwacher Bewegung ab und vergrub ihr Gesicht an der Schulter des Mannes, der sie trug. Halbbelustigt hörte sie ihn sagen: »Lieber Himmel!«, und dann hatte er die Tür vor Lotties Wehklagen geschlossen und sich anderswohin gewandt.

Einen Augenblick später legte er sie nieder, und Winter öffnete die Augen und schaute in Captain Randalls Gesicht. Er schien amüsiert zu sein, und dann schloß sie die Augen wieder und preßte die Hand über den Mund. Mit gewaltiger Anstrengung brachte sie heraus: »Bitte, gehen Sie weg. Ich . . . ich fürchte, es wird mir gleich sehr übel werden.«

»Ich hab' schon Schlimmeres gesehen«, bemerkte Captain Randall philosophisch und langte nach einer Schüssel. Und dann war es Winter gleich, ob er ging oder blieb.

Es war Morgen, als sie aufwachte. Ein kalter, nasser Morgen, an dem der Regen beständig fiel und das Schiff knarrte und zitterte und stöhnte, während es sich durch die steilen, wildbewegten Wellen bahnte, getrieben von einem schrillen, pfeifenden Wind.

Die kleine Kabine hob und senkte sich bedrohlich vor Winters Augen, und Winter zitterte und schloß die Augen schnell wieder. Aber dann riß sie sie schnell wieder auf. Dies war nicht die Kabine, die sie mit Lottie Abuthnot teilen sollte. Sie war in einer fremden Kabine. Captain Randalls Kabine natürlich. Er hatte sie gestern abend hierhergebracht, weil es Lottie so schlecht ging, und er mußte anderswo geschlafen haben, wahrscheinlich im Salon. Winter konnte nur darüber verwundert sein, daß er sich die Mühe gemacht hatte, wegzugehen.

Sie blieb still liegen, und plötzlich fielen ihr die Einzelheiten ihres gestrigen Zusammenbruchs mit entsetzlicher Deutlichkeit ein. Wie hatte sie sich nur so danebenbenehmen können! Anstatt darauf zu bestehen, ihre Übelkeit allein zu durchleiden, hatte sie nichts getan, um Captain Randall davon abzuhalten, in der Kabine zu bleiben und Hilfe zu leisten. Nein, wenn sie sich richtig erinnerte, dann hatte sie seine Hilfe sogar begrüßt! Sie konnte sich noch deutlich daran erinnern, wie er ihren Kopf über einer Schüssel hielt, weil sie selbst dazu überhaupt nicht mehr die Kraft gehabt hätte. Dann hatte er sie zurück in die Kissen gebettet und ihr das Gesicht mit kaltem Wasser gewaschen, hatte ihr den salzwasserdurchweichten Umhang abgenommen und sie gezwungen, Brandy zu schlucken. Und das alles mit nüchterner Kompetenz und einem völligen Mangel an Verlegenheit.

Winter konnte sich glücklich schätzen, wenn Captain Randall es nicht auch für nötig gehalten hatte, ihr das Kleid auszuziehen. Sie bewegte sich vorsichtig, und sie verspürte böse Kopfschmerzen. Dann entdeckte sie, daß Captain Randall sie tatsächlich entkleidet hatte. Die voluminösen Falten ihres Reisekleides aus schwarzem Batist und die Fischbeinreifen ihrer Krinoline hingen an einer Stuhllehne, und die Decken, die er über sie gebreitet hatte, verbargen nur ihren Unterrock und ihr Hemdhöschen. Weitere Nachforschungen enthüllten die entsetzliche Tatsache, daß Captain Randall außerdem ihr Korsett aufgeschnürt haben mußte.

Jemand klopfte. Nach kurzer Pause öffnete sich die Tür und Captain Randall zeigte sich. Er sah, wie Winter voller Ärger bemerkte, fast beleidigend gut aus. Captain Randall begegnete ihrem feindlichen Blick und lächelte.

Es war ein beunruhigend angenehmes Lächeln, und die Tatsache, daß sie das selbst durch den Nebel körperlicher Übelkeit und peinlicher Verlegenheit bemerkte, verstärkte ihre feindselige Haltung noch.

»Ich habe Ihnen etwas zu essen gebracht«, sagte Captain Randall. »Darf ich hereinkommen?«

»Es ist ja Ihre Kabine«, sagte Winter wütend. »Ich kann Sie also nicht daran hindern, hereinzukommen. Aber vielleicht könnten Sie wenigstens etwas Rücksicht nehmen und das Essen nicht erwähnen.«

Alex lachte und betrat die Kabine. Er schloß die Tür hinter sich und setzte ein kleines Tablett ab. »Sie werden sich sehr viel besser fühlen, wenn Sie etwas gegessen haben«, versicherte er. »Es ist nur heiße Suppe, und ein paar Brötchen.«

Winter warf einen Blick auf das Tablett und schauderte. »Gehn Sie weg!« sagte sie und zog krampfhaft die Luft ein. »Nehmen Sie das mit, und gehn Sie weg.«

Alex setzte sich auf die Kante der Koje neben sie. »Wenn Sie vorhaben, weiterhin seekrank zu sein, dann werden Sie feststellen, daß sich das Erbrechen viel mehr lohnt, wenn man etwas im Magen hat«, bemerkte er prosaisch. Und dann – Winter wußte nicht genau, wie es passierte, preßte er sie an seine Schulter und fütterte sie mit der Suppe und den trockenen Brötchen wie ein krankes Kind. Fast so, wie die alte Kinderfrau oder Mrs. Flacker, die Haushälterin, das unter ähnlichen Umständen getan hätte.

Die Suppe war heiß und nahrhaft, und Winter schaffte es, einige von den Brötchen zu essen, die er mitgebracht hatte. Danach fühlte sie sich sehr viel besser. Captain Randalls Schulter war seltsamerweise wie dafür gemacht, einen schmerzenden Kopf anzulehnen, und Winter versuchte sich immer wieder ins Gedächtnis zu rufen, daß dieser Mann ein Feind war, ein Verräter an Conway. Aber irgendwie schien das jetzt keine Rolle mehr zu spielen. Winter hatte nur noch ein unbekanntes, unerklärliches Gefühl der Sicherheit, ein Gefühl, das ihr seit ihren Kindertagen fremd gewesen war. Sie wußte nicht, warum die Gegenwart und die Berührung dieses Mannes ihr diese Wärme geben konnten, denn er war ja Conways Feind und deshalb sicher auch ihrer. Aber sie war zu erschöpft, um das zu erforschen. Es reichte ihr, sich einfach entspannt zu fühlen und geschützt. Die Bewegung des Schiffes schien sich zu vermindern, aber vielleicht war es auch das Essen, das ihr gutgetan hatte. Sie fühlte sich unendlich viel besser, und seltsamerweise hatte sie nicht die Neigung, sich zu rühren.

Alex stellte die leere Schale hin und sagte: »Ich fürchte, ich hätte Ihren Ruf irreparabel geschädigt, wenn nicht alle Frauen an Bord seekrank wären. Aber im Augenblick können die Damen an nichts anderes denken als an ihre eigene Übelkeit, und ich glaube, es ist noch sicher für Sie, wenn Sie hierbleiben.«

»Das geht nicht«, sagte Winter schläfrig. »Ich muß zurück in meine eigene Kabine.«

»Das würde ich Ihnen nicht raten«, sagte Alex. »Ihre Kabinengenossin hat sich bis jetzt noch nicht erholt, und zehn Minuten da drinnen würden reichen, um Sie auch wieder seekrank werden zu lassen.«

»Woher wissen Sie das?« wollte Winter interessiert wissen. »Haben Sie sich auch um Lottie Abuthnot gekümmert?«

»Hab' ich«, gab Alex mit dem Schatten eines Lachens zu. »Ich muß zugeben, ich hätte den Auftrag abgelehnt, wenn es mir früher klargewesen wäre, daß zu den Aufgaben eines Kuriers auch Krankenschwesternarbeiten gehören. Die Stewards tun zwar ihr Bestes, aber sie haben alle nur zwei Hände, und da Sie ja in meiner Begleitung reisen, war ich einfach verpflichtet, meine Hilfe anzubieten. Wenn Mrs. Abuthnot sich besser fühlt, wird es ihr ohne Zweifel schwerfallen, mir zu vergeben, aber im Augenblick ist sie einigermaßen dankbar.«

»Wenn Sie auch ihr das Korsett aufgeschnürt haben«, bemerkte Winter, »dann wird sie Ihnen, glaube ich, niemals verzeihen.«

Sie hatte, ohne nachzudenken, geredet. Und in dem Augenblick, in dem die Worte heraus waren, hätte sie alles darum gegeben, sie zurückzunehmen. Sie riß sich von Captain Randall los, und eine heiße Welle aus Rot färbte ihre Kehle und ihr weißes Gesicht. Wie hatte sie so etwas sagen können! Unterwäsche, so etwas gehörte zu den unaussprechlichen Worten, und sie hatte sie einem Mann gegenüber erwähnt – auch noch einem fremden Mann! Cousine Julia wäre vor Schrecken in Ohnmacht gefallen. Captain Randall allerdings blieb unbewegt. »Das war nicht nötig. Sie hat es anscheinend selbst geschafft.«

Seine Haltung war ganz natürlich, denn dadurch, daß er im Ausland lebte, hatte er die hemmende Prüderie des viktorianischen Englands nie in diesem Maße kennengelernt. Die Tatsache, daß Frauen Unterkleidung trugen, schien für ihn überhaupt nicht interessant zu sein, und er hielt es auch nicht für unverschämt, daß er diesem Kind die durchweichten Oberkleider und die lästige Krinoline ausgezogen hatte. Für ihn war das nur gesunder Menschenverstand gewesen. Sie hatte es offensichtlich nicht selbst tun können, und er hatte sie ausgekleidet, ohne auch nur einen Gedanken daran zu verschwenden. Daß Frauen sich schnürten, konnte ihm kaum entgangen sein, und zufällig war ihm die Mechanik des weiblichen Korsetts kein Geheimnis. Das Korsett war für ihn ein lächerliches, unbequemes Kleidungsstück, aber möglicherweise auch nicht lächerlicher als die enge, hochgeschlossene Uniformjacke mit den dicken Schulterpolstern und den schweren Epauletten, die er selbst im Dienst manchmal trug. Und das trotz einer Temperatur von fünfundvierzig Grad im Schatten.

Als Alex jetzt Winters rote Wangen und die aufgerissenen, entsetzten Augen sah, begriff er zum ersten Mal, daß sein Verhalten vielleicht als schockierend betrachtet werden konnte. Ein Muskel zuckte an seinem Mundwinkel. Ernst sagte er: »Darf ich Ihnen einen Rat geben, Condesa? Vernunft wird Ihnen fast immer besser weiterhelfen als ein sklavisches Festhalten an der Konvention. Wenn ich Sie die Nacht über hiergelassen hätte, in nassen, unbequemen Kleidern, dann hätte ich Ihnen vielleicht zeitweise etwas Verlegenheit erspart, aber Ihrer Gesundheit hätte das gar nicht gutgetan. Und in dem Land, in das Sie reisen, ist Gesundheit etwas Wichtiges. In Indien kann man es sich nicht leisten, krank zu sein.«

Das verlegene Rot verschwand aus Winters Wangen, und der Schrecken in ihren Augen wich dem Interesse. Daß der gesunde Menschenverstand konventionellem Denken vorzuziehen sei, das stand so sehr im Gegensatz zu dem, was verschiedene Gouvernanten, Kinderfrauen und Hausmädchen ihr beigebracht hatten, daß es fast nach Gotteslästerung klang. Dennoch, der Rat war so offensichtlich richtig, daß Winter plötzlich ein Gefühl hatte, als ob sie aus einem Kerker erlöst worden wäre. Es war ihr auf einmal, als sei ihr auch ein inneres Korsett aufgeschnürt worden.

Winter betrachtete die Angelegenheit und kam zu dem Schluß, daß Captain Randalls Standpunkt in jeder Hinsicht praktischer war. Ein Grübchen zeigte sich auf der glatten Kurve ihrer Wange, und sie lächelte.

Es war das erste Mal, daß Alex sie lächeln sah, aber er erwiderte ihr Lächeln nicht. Er saß ganz still und schaute auf sie hinab, und er sah jetzt nicht mehr ein verlorenes Kind, sondern eine junge Frau. Das herzförmige Gesicht war ungewöhnlich blaß, und die Schatten um die großen dunklen Augen ließen die Pupillen noch größer wirken. Das gelöste Haar, das in üppigen Wellen um ihre Schultern fiel, glitzerte bläulich im kalten Grau der kleinen Kabine.

Alex sah plötzlich die feuchten, unsicheren Hände des Commissioners von Lunjore vor sich, die sich in der glatten Dunkelheit dieses Haares verschränkten und über diese weichen, elfenbeinfarbenen Schultern glitten. Die Linien in Captain Randalls Gesicht wurden hart und starr. Er stand abrupt auf, nahm das Tablett und sagte brüsk: »Der Captain meint, bei Sonnenuntergang werden wir das schlechte Wetter hinter uns haben. Heute zumindest sollten Sie besser hierbleiben. Ich habe diese Kabine bis Gibraltar allein gebucht.«

»Aber . . . was ist denn mit Ihnen?« fragte Winter zögernd.

»Ich komm' schon zurecht«, sagte Captain Randall knapp.

Die Kabinentür schloß sich hinter ihm, und Winter sah ihn lange Zeit nicht wieder. Um die Mittagszeit klopfte ein Steward an die Tür und brachte ein Tablett mit Essen, und am Spätnachmittag fühlte sie sich wieder wohl genug, um ihr Kleid anzuziehen und in ihre eigene Kabine zu gehen. Zehn Minuten in der Gesellschaft von Lottie Abuthnot reichten aus, um Winter einen neuen Anfall von Seekrankheit zu bringen. Die Kabine roch nach Erbrochenem und hallte von Lotties Jammergestöhn, und Winter legte sich in ihre Koje und blieb dort auch die nächsten Tage.

Eine Mrs. Martha Holly, die nach einer zeitweiligen Unterbrechung von vierundzwanzig Stunden ihre Seebeine wiedergewonnen hatte, kam den Abuthnots zu Hilfe.

Mrs. Holly war eine kräftige, energische, mütterliche Frau. Sie war einmal Kinderfrau gewesen. Sie hatte in Indien mehrere Kinder geboren und wieder verloren, aber der Kummer und das Unglück hatten anscheinend ihren unbesiegbaren Frohsinn nicht dämpfen können. Nach einem Jahr in England kehrte sie jetzt nach Indien zu ihrem Mann zurück.

»Nicht, daß ich das Land etwa toll finde, Miss«, gab sie zu. »Die Hitze bringt einen um, und Ausländer liegen mir auch nich' – wo ich ja britisch bin. Aber Holly ist mir immer 'n guter Mann gewesen, und ohne mich kommt er einfach nicht zurecht. Diese Schwarzen, die haben ja keine Ahnung, wie man Socken stopft und sein Nachthemd richtig bügelt. Benutzen womöglich sogar Stärke – würd' ich mich nich' drüber wundern! Ja, ich bin sechzehn Jahre in Indien gewesen. Das ist 'ne lange Zeit. Indien hat bestimmt seine Vorteile, aber ich würd' jederzeit Islington vorziehen. Also, Miss Lottie, jetzt schlukken Sie die Suppe mal runter, und ich gehe und kümmere mich um Ihre arme Mama. Wenn das Zeug nicht unten bleibt, dann können Sie ja auch nichts rauswürgen, und das ist ekelhaft, das weiß ich gut. Hab' mich selbst gezwungen, Schiffszwieback zu essen, und dann war ich blitzschnell wieder auf dem Damm.«

Mrs. Hollys energische Hilfe hatte den ersehnten Erfolg, und vier Tage später, als die Sirius endlich das schlechte Wetter hinter sich gelassen hatte und auf blauen Wogen im Sonnenschein segelte, konnte selbst Mrs. Abuthnot an Deck.

Mehrere andere Damen waren noch unter den Passagieren, unter ihnen eine Mrs. Gardener-Smith und ihre Tochter Delia, die auch nach Lunjore wollten. Zwei Generäle und ein Richter fuhren mit, eine Anzahl von Offizieren aller Dienstgrade und ein paar Zivilisten. Zwei Personen waren Captain Randall wohlbekannt: ein Colonel Moulson, Kommandeur eines Regiments bengalischer Infanterie in Lunjore und Busenfreund Mr. Bartons, und ein schlanker, wohlerzogener Hindu, der ausgezeichnet Englisch sprach und von mehreren indischen Dienstboten begleitet wurde. Derselbe Kishan Prasad, den Alex zum letzten Mal vor Sebastopol gesehen hatte.

Kishan Prasad hatte Winters augenblickliche Aufmerksamkeit auf sich gezogen, denn der Anblick der braunen Gesichter und der Klang der schnellen, wohlbekannten Sprache erweckte Erinnerungen an ihre Kindheit und an Zobeidas liebes, dunkles Gesicht. Er erinnerte sie an Zuhause.

Kishan Prasad hatte sie einmal angesprochen, als sie abends unter dem Sonnensegel auf dem Poop-Deck stand und den Sonnenuntergang beobachtete. Die Abendbrise hatte ihre leichte Stola von der Schulter geweht, und das Kleidungsstück hatte sich mit seinen langen seidenen Fransen in der Reling verfangen. Kishan Prasad, der gerade vorüberging, hatte ihr geholfen, die Stola wieder zu lösen. Winter hatte ihm gedankt, und als er sich wieder abwenden wollte, war sein Blick auf ihre linke Hand gefallen. Sie hatte Conways Ring getragen – den großen, geschnittenen Smaragd mit der seltsam verschlungenen Fassung, den Alex Randall aus Lunjore für sie mitgebracht hatte. Kishan Prasad war beim Anblick dieses Ringes stehengeblieben. Die Pupillen seiner Augen hatten sich verengt wie bei einer Katze, und mit der sanften Stimme, deren leise singender Klang ihn als Nichtengländer verriet, hatte er gesagt: »Das ist ein sehr ungewöhnlicher Ring, den Sie da tragen. Darf ich fragen, woher Sie ihn haben? Er sieht aus, als ob er aus meinem eigenen Land käme – aus Rohilkhand.«

»Vielleicht stammt er von dort«, sagte Winter und streckte ihm ihre Hand entgegen, damit er den Ring sehen konnte. »Er wurde mir von dem Mann geschickt, den ich heiraten werde. Von Mr. Conway Barton.«

»Ah! – Mr. Barton. Das ist sehr interessant. Er ist der Commissioner von Lunjore, nicht wahr?«

»Ja. Kennen Sie ihn?«

»Ich bin mit Mr. Barton oberflächlich bekannt. Mir gehört Land im Lunjore-Bezirk.«

Kishan Prasad war ein angenehmer Mann und in Gesellschaft sehr unterhaltsam. Mit dem größten Teil seiner Mitreisenden stand er auf gutem Fuße. Selbst Mrs. Gardener-Smith, die es nicht für richtig hielt, daß ein indischer Herr sich so frei mit jungen Damen von europäischer Herkunft unterhielt, betonte, er sei ein Mann von sehr angenehmen Manieren. »Wer ist er?« wollte sie vom Kapitän des Schiffes wissen.

»Niemand von besonderer Wichtigkeit, Madam. Er ist einfach ein reicher Inder, der Europa besucht hat. Ich nehme an, er hat eine Reise durch den ganzen Kontinent gemacht.«

»Ich frage mich, was er wohl davon gehalten hat«, bemerkte Mrs. Abuthnot. »Der Kontrast zwischen unseren Großstädten und den engen, schmutzigen Städten des Ostens muß doch solche Besucher im höchsten Grade erstaunen. Lottie, Liebes, bitte, geh unter das Sonnensegel. Die Sonne ist so stark, und Sommersprossen sind so unschön.«

»Ja, Mama«, murmelte Lottie pflichtbewußt, und ihre Augen unter den weichen Wimpern folgten einer Gruppe von fröhlichen jungen Offizieren, die auf der anderen Seite des Decks an der Reling standen. Sommersprossen waren vielleicht unschön bei einer jungen Dame, dachte Lottie, aber bei einem Mann konnten sie so merkwürdig lieb aussehen.

Lieutenant Edward English war ein hochgewachsener junger Offizier, der einen reichlichen Vorrat an Sommersprossen zu bieten hatte. Außerdem besaß er rotes Haar und Charme. Dazu kamen ein paar tiefblaue, offene, bewundernde Augen, und Lotties Zerbrechlichkeit und ihre blonden Locken hatten auf sein empfängliches Herz sofort tiefen Eindruck gemacht. Er hatte keine Zeit verloren und schnell dafür gesorgt, daß er sie kennenlernte, aber ihre Mama hatte nicht vor, es irgendeinem jungen Mann zu erlauben, schon zu Anfang dieser Reise ein festes Interesse an ihrer Tochter zu zeigen. Mr. English hätte sich in sicherer Distanz aufzuhalten. Mrs. Abuthnot hatte zwar die Absicht, ihre süße Lottie an den ersten wirklich passenden Mann zu verheiraten, der sich ihr anbot, aber war Edward English passend? Das würde sie erst noch herausfinden müssen. Inzwischen hatte man ja reichlich Zeit – und es waren reichlich andere Männer an Bord.

Colonel Moulson war Junggeselle und mochte die Frauen. Er bildete sich sogar ein, Frauenkenner zu sein. In der Jugend war er ein übler Schürzenjäger gewesen, aber in seinen Jahren konnte er nur noch kaufen, was ihm freiwillig nicht mehr gegeben wurde. Dennoch erlaubte ihm seine Eitelkeit nicht, das zuzugeben. Mit fortgeschrittenem Alter hatte er einen Geschmack für ganz junge Mädchen entwikkelt, und keine war mehr sicher vor seinen lüsternen Blicken und dem feuchten, schlüpfrigen Druck seiner sehnigen Hände. Lottie und Sophie, die zu scheu und unerfahren waren, um seinen amourösen, onkelhaften Annäherungsversuchen auszuweichen, hatten Angst vor ihm. Aber Winters kühle, dunkle Augen hatten so eine Art, durch ihn hindurchzuschauen, die er mehr als beunruhigend fand. Er meinte aber, daß er ihr gegenüber eine besondere Verantwortung hätte, da sie ja die Verlobte eines seiner besten Freunde sei.

Winter war überrascht, daß ein so unangenehmer Mensch Conways Freund sein konnte, aber sie nahm an, daß Conway notwendigerweise im Lauf seiner offiziellen Verpflichtungen mit vielen Menschen freundlich umgehen mußte, die er sich privat nicht ausgesucht hätte. Um Conways willen versuchte sie, zu Colonel Frederick Moulson so höflich wie möglich zu sein, und es war auch leicht genug, es zu vermeiden, mit ihm allein zu sein. An Bord waren nur allzu viele Männer, die sich die junge Condesa freundlich stimmen wollten.

In der Tat, es gab nur einen einzigen Herrn an Bord, der an Winter offensichtlich überhaupt nicht interessiert war. Captain Randall hatte, seit sie aus seiner Kabine ausgezogen war, nicht mehr als ein Dutzend Worte an sie gerichtet, und während der folgenden Tage, als die Sirius auf dem blauen Meer nach Süden segelte und die Passagiere den größten Teil des Tages bei Unterhaltungen im Schatten des Sonnensegels verbrachten, hatte er sich nie der Gruppe angeschlossen, die Mr. Bartons Verlobte umgab. Winter kam zu dem Schluß, daß er ihr absichtlich aus dem Weg ging.

Diese Entdeckung erfüllte sie mit einem unbestimmten Gefühl der Verärgerung; und sie zwang sich, daran zu denken, daß dieser Mann abfällig über Conway gesprochen und ihr gegenüber nicht die gesellschaftlich notwendige Distanz gehalten hatte. Captain Randall war das offensichtlich klargeworden, und deshalb ging er ihr aus dem Weg, und das war verständlich. Warum Winter darüber aber verärgert sein sollte, das war nicht verständlich. Sie stellte fest, daß sie ihn beobachtete und ihn zu seinem Nachteil mit Conway verglich.

Alex Randall war schlank und sonnengebräunt und sah unbestreitbar gut aus. Seine ziemlich harten grauen Augen besaßen schwarze Wimpern, die fast so lang wie Winters eigene waren. Er war nicht viel mehr als mittelgroß – während Conway in Winters Erinnerung außerordentlich hochgewachsen war – aber seine schlanke Figur und seine gute Haltung gaben den Eindruck, als ob er größer wäre, als er war. Conway dagegen – blauäugig und blond und schön – war so groß, daß Alex Randall dagegen unbedeutend wirkte, und Conways üppiger, kornblonder Schnurrbart unterstrich seine männliche Schönheit noch und hob sich sehr vorteilhaft gegen Captain Randalls glattrasiertes Gesicht ab. Conway war außerdem großherzig und der Inbegriff der Ritterlichkeit; er hätte sicher niemals hinterm Rücken eines anderen gesprochen, wie Captain Randall das tat.

Dennoch, das unerklärliche Gefühl des Ärgers blieb. Captain Randall konnte wenigstens mit ihr sprechen! War er nicht schließlich dazu abgeordnet worden, sich um ihre Bequemlichkeit und Sicherheit zu bekümmern? Mrs. Abuthnot war mehr als freundlich, Cousine Julia, die sie kritisieren oder korrigieren konnte, war auch nicht da, und Winter hätte vollkommen glücklich sein sollen. Aber sie war es nicht. Trotz der neugefundenen Freunde und der Aufmerksamkeiten ihrer Mitreisenden wurde sie von vagen Zweifeln und Ängsten und von einem Gefühl der Unsicherheit geplagt, das sie verfolgte. Sie verstand sich selbst nicht. Und während sie Captain Randall weiterhin beobachtete, schwankten ihre Gefühle zwischen Ärger und ungewollter Neugier.

An einem Abend begegnete sie ihm in einem dunklen Korridor, der zu den Kabinen führte. Er war zur Seite getreten, um sie vorüberzulassen. Winter raffte ihre Krinoline, denn der Korridor war eng, und sie wollte gerade vorübergehen, als sie es sich anders überlegte und stehenblieb. Ihre Krinoline stieß an beiden Seiten an die Wände des Korridors an und hinderte Captain Randall daran, weiterzugehen.

Zögernd sagte Winter: »Ich ... ich habe Ihnen nie für ... für Ihre Hilfe gedankt. Das war sehr freundlich von Ihnen, und ... und ich möchte nicht, daß Sie mich für undankbar halten.«

Alex verbeugte sich, aber er sagte nichts. Winter stieg plötzlich das Blut ins Gesicht, und sie sagte brüsk und atemlos: »Es tut mir leid, daß ich ... daß ich Sie mit der Gerte geschlagen habe. Das war unverzeihlich von mir.«

»Aber völlig verständlich«, sagte Alex ernst.

Sie wartete. Sie erwartete, daß er sich für die Worte entschuldigte, die er an jenem Tag gesagt hatte. Jetzt, wo sie ihm die Gelegenheit gab, sollte er zurücknehmen, was er gesagt hatte, oder wenigstens zugeben, daß er so etwas nicht hätte sagen sollen. Aber er blieb stumm.

Winters Wangen röteten sich noch mehr, und dann hob sie hochmütig das Kinn. Sie raffte ihre weiten Röcke wieder, und in diesem Augenblick schwankte das Schiff und warf Winter gegen den jungen Offizier. Einen kurzen Augenblick umschlossen sie seine Arme, und wieder hatte Winter das warme Gefühl der Sicherheit, das sie am ersten Tag der Reise schon kennengelernt hatte. Sie hob den Kopf von seiner Schulter und sah, daß in seinen Augen ein Glitzern wie von Zorn war. Und dann hatte er sie losgelassen und war schnell fortgegangen.

Nach diesem Abend machte Winter keine Anstrengungen mehr, mit ihm zu sprechen. Sie fand es jetzt nicht mehr schwierig, ihn zu ignorieren.

9

Die Sirius sollte ihre Reise in Malta kurz unterbrechen, und der größte Teil der Passagiere hatte sich Hotelzimmer besorgt. Das sollte eine willkommene Abwechslung nach den beengten Zuständen an Bord sein. Aber es gab Ärger im Maschinenraum, und deshalb war der Mond schon aufgegangen, als die Sirius in den Quarantänehafen einlief.

Weil es schon so spät war, wollte Mrs. Abuthnot eigentlich an Bord bleiben, aber die dringlichen Bitten ihrer Töchter überzeugten sie schließlich, daß sie doch an Land gehen sollte. Abendessen und Zimmer waren schon im Imperial bereit, und am Ende der Mahlzeit erklärte Mrs. Abuthnot, sie zöge sich jetzt zurück und ginge zu Bett.

Wieder einmal teilte Winter das Zimmer mit Lottie. Aber obwohl es schon spät war, stellte sie fest, daß sie nicht den Wunsch hatte, zu schlafen. Es war wunderbar, wieder an Land zu sein und festen Boden unter den Füßen zu spüren. Es war herrlich, den Duft der Blumen und der Erde einzuatmen, statt der salzigen Winde und der vielfältigen Gerüche an Bord. Winter machte keine Anstalten, zu Bett zu gehen.

Ihr Zimmer hatte einen Steinfußboden, und es gab keine unnötigen Möbel. Eine Tür führte hinaus unter eine Arkade, die einen offenen Innenhof umgab. Dort wuchsen tropische Pflanzen in üppiger Vielfalt. Die Außentür stand offen und zeigte die schwarzen Schatten der Arkade und das Mondlicht, das dahinterlag, und Winter schob den schweren Vorhang zur Seite, der über der Tür hing, und schaute hinaus in die Nacht.

Auf der anderen Seite des Hofes verrieten ein orangefarbener Lichtpunkt und ein schwacher Duft nach Zigarrenrauch die Gegenwart eines hochgewachsenen jungen Mannes, der an einer Steinsäule lehnte. Winter studierte ihn einen Augenblick und sagte dann leise über die Schulter: »Lottie . . .«

»Ja?«

»Wie gern magst du eigentlich Mr. English?«

Lottie stieß einen kleinen Schnaufer aus. »Winter! Wie kannst du nur? . . . Nun, ich . . . Natürlich ist er sehr nett, aber Mama sagt . . .«

»Er ist jetzt da draußen, im Hof. Er beobachtet unser Zimmer.«

Ein leises Rauschen war hinter ihr zu hören, und dann stand Lottie neben ihr. Sie atmete ein bißchen zu schnell.

Winter sagte: »Ich glaube nicht, daß es irgendwie schaden könnte, wenn du hinausgehst, um . . . die Blumen anzuschauen. Sie sind sehr schön.«

Atemlos sagte Lottie: »Oh nein . . . das könnte ich nicht!«

»Aber warum nicht? Deine Mutter hat doch nichts gegen Mr. English, oder? Ich habe sie zu Mrs. Gardener-Smith sagen hören, er sei ein sehr netter, wohlerzogener junger Mann, und außerdem sei er mit den Grimwood-Tempests verwandt.«

»Nein«, sagte Lottie unglücklich, »Mama hat nichts gegen ihn, nur . . .«

»Nur was?«

»Mama . . . Mama denkt, ich bin noch zu jung, um zu wissen, was ich will. Besonders bei Herren. Sie sagt, ich werde viele Gelegenheiten haben, andere Männer kennenzulernen, und . . . auch Herren, die vielleicht bessere Partien sind. Schon bald. Sie wünscht nicht, daß ich mich jetzt schon festlege, . . . ehe ich Gelegenheit hatte . . .«

»Und was meinst du? Glaubst du, daß du deine Meinung änderst, wenn du andere Männer kennenlernst, Lottie?«

Kurzes Schweigen. Dann: »Oh nein!« sagte Lottie leise, aber fest. »Nein. Aber Mama wird es mir nicht erlauben, mit ihm zu sprechen, außer, wenn sie dabei ist. Und ich . . . ich könnte nicht nach draußen gehen. Das wäre so schrecklich eindeutig, und es wäre auch nicht ladylike.«

Winter antwortete einen Augenblick lang nicht. Dann sagte sie gedankenverloren: »Jemand hat mir neulich einmal einen Rat gegeben. Er . . . sie sagte, der gesunde Menschenverstand sei fast immer dem sklavischen Beachten von Konventionen vorzuziehen. Ich habe darüber oft nachgedacht, und die Ansicht scheint mir sehr vernünftig. Ich bin sicher, es wäre äußerst unkonventionell von dir, hinaus in den Hof zu gehen.«

»Mama . . . Mama würde es sehen . . .«

»Aber ihr Schlafzimmer liegt ja nicht zum Hof«, deutete Winter an. Sie drehte den Kopf und schaute Lottie an, und dann lachte sie plötzlich. »Nein, Lottie, du hast natürlich recht. Du solltest nicht gehen. Ich weiß nicht, was heute abend über mich gekommen ist. Ich bemühe mich, dich in Versuchung zu führen, und du solltest jetzt sagen: ›Hebe dich von mir, Satan.‹ Und dann solltest du beten und zu Bett gehen. Eines Tages wirst du einen ungeheuer wichtigen Herrn heiraten, der ein ungeheures Vermögen besitzt, und dann wirst du zu dir selbst sagen: ›Oh, wie knapp bin ich damals in Malta an meinem eigenen Unglück vorbeigekommen.‹ «

»Ist das Vernunft?« wollte Lottie lachend wissen.

»Ich glaube ja«, sagte Winter nüchtern. »Aber ich bin nicht sicher.«

»Aber ich bin sicher«, sagte Lottie. »Ganz, ganz sicher.« Sie küßte Winter flüchtig die Wange und schlüpfte dann an ihr vorbei hinaus in die Dunkelheit der Arkade.

Winter sah, wie sie aus dem Schatten in das helle Mondlicht hinaustrat und wie die hochgewachsene Gestalt an der anderen Seite des Hofes auf sie zuging. Und dann verbarg die beiden ein großer Oleanderbusch.

Winter lachte. Aber ihr Lachen endete in einem Seufzer. Sie ließ den Vorhang fallen und ging zurück ins Zimmer, aber dann, auf einen plötzlichen Impuls hin, hob sie ihre weiten Röcke und band die Krinoline los. Die Fischbeinreifen fielen mit einem Klappern auf den Steinboden, und Winter trat aus dem unbequemen Ding heraus. Sie nahm einen schwarzen Spitzenschal, warf ihn um den Kopf, nahm die schleppenden Röcke ihres Trauerkleides hoch und ging auf Zehenspitzen still hinaus in die Nacht.

In dieser heißen Nacht waren nicht viele Menschen unterwegs, und die wenigen, die da waren, drehten ihren Kopf nicht um und sahen sie nicht. Die schmale Straße mündete in einen kleinen, stillen Platz, auf dem hier und da Bäume standen. Er war von Häusern mit geschlossenen Schlagläden, kleinen Balkonen und flachen Steindächern umgeben. Winter überquerte den Platz und hielt sich im Schatten. Ihre dünnen Schuhe machten im warmen Staub kein Geräusch.

Eine Kaskade aus duftendem Geißblatt, dessen Blütenfarbe im Mondlicht nicht zu sehen war, hing von einer hohen Mauer hinter dem Platz, und dahinter waren Orangenbäume und zwei hohe Zypressen dunkel vor dem mondüberfluteten Himmel zu sehen. Ein krummer, verkrüppelter Feigenbaum lehnte im Winkel neben einen Turm. Winter blieb neben dem Baum stehen und musterte ihn prüfend. Er bildete eine wunderbare Leiter, und einen Augenblick später hatte sie lachend und ein bißchen atemlos die breite Oberkante der Mauer erreicht.

Auf der anderen Seite lag ein Garten. Er gehörte offenbar zu einem großen Privathaus, das jenseits eines breiten Rasens hinter einer Reihe von Aloëpflanzen und einer Gruppe von Orangenbäumen stand. Der Garten war voller Blumen, Bäume und Schatten, und die Nacht war so still, daß sie aus der Nähe, aus dem Haus hinter den Aloëpflanzen, die zarte, klagende Melodie einer Gitarre hören konnte. Jemand sang dazu in einer Sprache, die ihr unbekannt war.

Hinter dem stillen Garten zogen sich die flachgedeckten Häuser bis zum Hafen hinunter, und zwischen den Bäumen und den verwinkelten Dächern konnte sie die leuchtende Flut des Mittelmeers sehen. Die Düfte des Südens stiegen um sie auf, und die heiße Nacht war still und weiß und wunderbar und voll von dem Geheimnis, das jede südliche Nacht durchdringt.

Winter holte tief Atem. Gebannt und bezaubert ließ sie sich im Schatten des Feigenbaums nieder und lehnte sich gegen einen bequem stehenden Ast, der sich parallel zur Mauer erstreckte. Die Lichter in den Häusern gingen eins nach dem anderen aus, und während der Mond am Himmel sank, wurden die Schatten im Garten länger und veränderten ihre Form. Eine riesige weiße Motte, die vom Duft des Geißblatts angelockt wurde, wirbelte durch die Nacht und flatterte auf Winters Hand.

Der Sänger im Haus hinter den Aloës und den Orangenbäumen hatte sein Lied beendet. Die Nacht war seltsam still. So still, daß Winter die Schritte hören konnte, die am Fuß des alten Feigenbaums plötzlich verhielten. Einen Augenblick später hörte sie ein kratzendes Geräusch, und der Ast, an dem sie lehnte, zitterte leicht. Jemand kletterte den Feigenbaum hinauf . . .

Winter drückte sich in den Schutz der Blätter und saß mit angehaltenem Atem ganz still. Ihr schwarzes Kleid, das mit abgefallenen Blüten bedeckt war, verschwamm im Schatten, und der Mann, der sich fast in Winters Reichweite auf die Mauer schwang, hatte sie offenbar nicht gesehen. Er trug ein dunkles, formloses Übergewand, das vielleicht ein enggewickelter Umhang war, und Winter konnte sein Gesicht nicht sehen. Aber sie hörte seinen schnellen Atem. Durch den dünnen Schleier der Blätter, der zwischen ihnen lag, sah Winter, wie er sich nach vorn lehnte und in den Garten hinabschaute, und dann ließ er sich ganz leicht in den Schutz eines Gebüsches aus Oleander und Geranien fallen, die unter ihm an der Wand wuchsen. Er wandte sich nach links und es sah aus, als ob er mit dem Mondlicht verschmolz.

Weitere Geräusche waren nicht mehr zu hören, aber Winter war überzeugt, daß der Mann noch immer in der Nähe war. Ein Dieb, der in das Haus einbrechen wollte, zu dem der Garten gehörte? Oder wartete vielleicht eine Malteser Julia im Schatten der Orangenbäume auf ihren Romeo? Aber diese stille, flinke Gestalt hatte etwas ausgestrahlt, das Winter erzittern ließ. Aus Angst, die Aufmerksamkeit des verborgenen Mannes auf sich zu ziehen, bewegte sie keine Hand und keinen Fuß. Dann öffnete sich eine Tür im Haus hinter den Aloës und den Orangenbäumen, und ein Quadrat aus warmem Licht glänzte vor dem harten Schwarzsilber der Nacht. Winter holte erleichtert Atem. Der Mann, der über die Mauer gekommen war, hatte offenbar den Garten durchquert und an die Haustür geklopft, und daran konnte nichts Unheimliches sein. Schon hörte sie ein unterdrücktes Murmeln von Stimmen aus der offenen Tür, und kurz danach klangen Schritte auf dem steingepflasterten Pfad. Einen Augenblick später traten drei Männer aus den scharfen, spitzen Schatten des Aloës und kamen durch den Garten.

Sie blieben im vollen Mondlicht stehen und sprachen gedämpft miteinander, und trotz der Stille der Nacht konnte Winter nur gelegentlich ein Wort verstehen. Sie sprachen englisch, aber in ihren fast unhörbaren Stimmen war etwas völlig Unenglisches, und man mußte annehmen, daß sie nur notgedrungen in dieser Sprache redeten. Es schien die einzige Sprache zu sein, die sie gemeinsam konnten.

Ein einziger Satz trennte sich klar von dem Gemurmel. Ein seltsamer Satz, hier auf einer Insel im Mittelmeer: ». . . wie vor dem Aufstand der Mahrattas. Damals war es nur Hirse. Diesmal soll es Brot sein, und Bakri.«

Einer der Männer lachte; es war ein kaltes, klares kleines Lachen.

»Bakri«, dachte Winter. Wer sprach da von der Mahratta-Invasion und benutzte das hindustanische Wort für Ziege?

Einer der Männer rauchte Zigarre, und der Duft des Tabaks wehte deutlich durch den Garten. Er war hochgewachsen, trug einen Bart und war stämmig gebaut. Seine beiden Kameraden wirkten wie Zwerge neben ihm. Einer, ein kleiner, vierschrötiger Herr in einer langen, engen Jacke und einem runden Mützchen, reichte ihm kaum bis an die Brust. Der dritte Mann war schlank und von mittlerer Größe, und Winter nahm an, daß er es gewesen war, der über die Mauer kletterte. Er trug einen dunklen Umhang.

Winter spürte jetzt zum ersten Mal einen leichten Krampf, aber sie bewegte sich nicht. Sie hatte keine Angst, denn ihr kam nicht der Gedanke, daß sie irgend etwas zu fürchten hätte. Dennoch, sie hatte nicht den Wunsch, sich in dieser peinlichen Situation als Lauscher auf der Mauer erwischen zu lassen. Denn die Heimlichkeit und Vorsicht des Mannes, der auf den Feigenbaum geklettert war, überzeugte sie davon, daß er auf diese unorthodoxe Art den Garten nur betreten hatte, weil er seinen Besuch geheimhalten wollte. Der Große sagte etwas, aber die Worte ergaben für Winter keinen Sinn. Sie kannte die Sprache nicht. Die drei Männer drehten sich um und kamen über den offenen Rasen direkt auf sie zu. Aber ein halbes Dutzend Schritte von der Stelle, wo sie saß, blieben sie stehen, und da bemerkte Winter, daß in der Mauer eine Tür war.

Sie hörte, wie sich ein Schlüssel drehte und wie ein Riegel kratzend aufgeschoben wurde. Dann quietschten die Scharniere der unsichtbaren Tür. Sie sah die Gesichter zweier Männer klar im Mondlicht, aber der Schlanke mit dem Umhang hatte ihr den Rücken zugedreht, und er sprach jetzt in einer weichen Stimme, die Winter irgendwie bekannt vorkam.

»Wir werden Geld brauchen«, sagte der Mann mit dem Umhang. »Eine Menge Geld.«

Der hochgewachsene Mann lachte kurz auf. »Geld ... immer Geld! Überall ist es dasselbe. Wir, ein reiches Land, bleiben arm, weil wir unseren Reichtum an andere verschwenden.«

»Aber nur für Bestechungsgelder, mein Freund«, sagte der fette Mann sanft. »In Bestechungsgeldern. Man wirft das Brot auf das Wasser, ist es nicht so?«

»Aber natürlich«, sagte der große Mann und lachte noch einmal. »Wir sind ja keine Narren. Ein Jahr ... hundert Jahre ... zweihundert Jahre, das ist alles gleich. Wir sind geduldig. Auch wir können warten. Unser Brot wird zurückkehren, vielleicht bald ... vielleicht auch später.«

»Aber die Preise steigen«, murmelte der schlanke Mann. »Dreißig Silberlinge reichen heute nicht mehr aus. Dreihundert, dann dreitausend ... und dann dreihunderttausend.«

Winter sah, wie der große Mann ein finsteres Gesicht machte. Dann lachte er wieder und sagte: »Seid zufrieden damit, daß es bezahlt wird. In vier Monaten also. Do svidanya.«

Der kleine, dicke Mann schlüpfte durch das Tor, und dann deutete der Mann im Umhang eine orientalische Abschiedsgeste an und folgte ihm. Das Mondlicht fiel voll auf sein Gesicht, und Winter erkannte ihn als einen Mitreisenden von der Sirius. Es war Kishan Prasad.

Die Scharniere quietschten wieder, und einen Augenblick später wurden die Riegel zugeschoben und der Schlüssel im Schloß gedreht. Der Große wartete, bis das leise Geräusch der Schritte draußen auf der anderen Seite der Tür verklungen war, und runzelte wieder die Stirn. Er räusperte sich und spuckte in einer Geste der Verachtung auf den Boden, und dann drehte er sich schnell um und ging zurück über den Rasen. Er verschwand unter den Schatten der Aloës und der Orangenbäume. Eine Minute später verschwand auch das Viereck aus gelbem Licht vor der offenen Tür des Hauses, eine Kette rasselte kurz, und dann war die Nacht wieder still.

Winter tat einen tiefen Atemzug der Erleichterung, und wollte sich gerade bewegen, als ein Geräusch sie erstarren ließ. Es war nur ein sehr leises Geräusch, aber in der Stille war es fast schmerzhaft laut zu hören. Ein leises Rascheln von Blättern und ein Seufzer, der das Echo ihres eigenen Seufzers zu sein schien. Der Seufzer drang fast unmittelbar unter ihr herauf, und sie bemerkte plötzlich mit Entsetzen, daß der Mann, den sie über die Mauer hatte klettern sehen, nicht Kishan Prasad gewesen war – und daß er auch nicht gegangen war. Er war die ganze Zeit dagewesen; er hatte bewegungslos unter den

Oleanderbäumen gestanden, so nah, daß sie fast seinen Atem hätte hören müssen.

Die Büsche zitterten wie von einer leichten Brise, und eine Gestalt löste sich aus den Schatten und ging hinaus auf den offenen Rasen. Es war ein Mann. Er trug keinen Hut und hatte eine Art Tuch über eine Schulter geschlungen, nach orientalischer Art. Ein ungewöhnliches Kleidungsstück in einer so heißen Nacht, aber wahrscheinlich sollte es dazu dienen, das Gesicht seines Trägers zu verhüllen. Eine Falte des Tuches hatte er nämlich über das Gesicht gezogen.

»Wenn er über die Mauer zurückklettert«, dachte Winter entsetzt, »dann muß er mich sehen.« Die Äste und Blätter und die dicken Ranken des Geißblattes verbargen sie zwar, aber wenn dieser Mann hier auf demselben Weg wieder zurückwollte, dann würde er hochspringen, sich heraufziehen und sie anschauen müssen. Wenn Winter es schaffte, sich ganz langsam herumzudrehen, dann konnte sie möglicherweise geräuschlos zu Boden springen. Es waren nicht viel mehr als zwei Meter, und wenn sie erst einmal unten war, dann konnte sie über den Platz rennen und war außer Sicht, ehe der Mann oben auf der Mauer war.

Sie bewegte mit äußerster Vorsicht einen Fuß. Aber sie hatte den Krampf nicht mit einkalkuliert. Ein wahnsinniger Schmerz schoß durch den tauben Fuß, und unwillkürlich stieß sie einen qualvollen Schnaufer aus. Der Mann, der unten stand, wirbelte wie ein Blitz herum, und das Mondlicht glitzerte auf dem Lauf einer Pistole, die plötzlich in seiner Hand war.

Winter wartete nicht auf Erklärungen. Der Anblick der Waffe hatte sie beträchtlich erschreckt, und zum ersten Mal in dieser Nacht hatte sie Angst. Sie kam mühselig auf die Füße, raffte ihre Röcke mit einer Hand zusammen und ergriff mit der anderen die verräterischen Ranken des Geißblatts. Aber ihre Beine waren wie betäubt, und sie war nicht schnell genug. Der Mann nahm einen kurzen Anlauf, sprang hoch und packte sie am Knöchel. Die Geißblattranke riß in ihrer Hand, und mit einem entsetzten Keuchen stürzte Winter von der Mauer. Unten wurde sie roh festgehalten und fiel der Länge nach mit ihrem Angreifer in das Dickicht aus Oleander und Geranien.

Der Mann wälzte sich auf sie und hielt sie wie mit Eisenklammern fest. Sie hatte das Gefühl, als ob ihre Rippen brechen müßten, und ihr Gesicht preßte sich so hart gegen seine Schulter, daß die dicken Falten seines Umhangs alle Versuche zu schreien erstickten. Sie kämpfte wütend gegen ihn, sie wand und drehte sich, aber das Gewicht seines Körpers und der eisenharte Griff seiner Hände preßten ihr den Atem aus den Lungen. Sie gab plötzlich nach und lag still. Sein Griff wurde ein bißchen lockerer, und sie schaffte es, den Kopf umzudrehen. Sie schnappte nach Luft.

Er bewegte sich nicht, und sie bemerkte, daß er aufmerksam auf die kleinen Geräusche der Nacht lauschte. Vielleicht waren das Geräusch ihres Sturzes und das Rauschen und Krachen von Ästen im Haus zu hören gewesen, und der Große war wiedergekommen. Wenn Winter nur hätte schreien können . . .

Sie lag ganz still. Sie sammelte ihre Kräfte. Und dann öffnete sie den Mund, um zu rufen. Aber der Schrei blieb ihr unhörbar in der Kehle stecken, denn plötzlich, unerklärlicherweise und trotz der Tatsache, daß sie sein Gesicht nicht sehen konnte, wußte sie, wer sie da festhielt. Sie stieß statt des Schreis keuchend und ungläubig seinen Namen aus: »Captain . . . Randall!«

Sie spürte, wie er zusammenzuckte, einen Arm freimachte und ihr mit der Hand schnell übers Gesicht fuhr. Er schob die wirre Masse ihres gelösten Haars zurück.

»Ich will verdammt sein!« Der gemurmelte Fluch war kaum mehr als ein Atemzug.

»Warum . . .«

»Seien Sie still!« flüsterte Captain Randall scharf.

Irgendwo in der Nähe war plötzlich ein schwaches Geräusch zu hören, aber einen Augenblick lang wußte Winter nicht, was es war, denn ihr eigener, keuchender Atem klang zu laut in der Stille. Alex machte keine Bewegung, er verlagerte nur sein Gewicht auf einen Ellbogen und hob seinen Kopf ein wenig. Winter mühte sich, ihre keuchenden Atemzüge wieder unter Kontrolle zu bekommen und zu horchen. Dann hörte sie es auch. Es war ein schwaches, trottendes Geräusch, so schwach, daß es weniger ein Geräusch als eine Vibration war. Sie fühlte, wie Alex' Körper starr wurde und wie er den Atem zwischen den Zähnen durchzog. Das trottende Geräusch kam näher, und dann erinnerte sich Winter an das Klingen der Kette. Plötzlich begriff sie, daß ein Tier im Garten war. Der große Mann mit dem Bart hatte offensichtlich einen Wachhund von der Kette losgemacht, und das Geräusch mußte von seinen Pfoten auf dem trockenen Boden herrühren.

Plötzlich hörte Winter das Tier laut schnüffeln und dann ein kleines, aufgeregtes Wimmern ausstoßen. Dann, ganz plötzlich, durchschnitt die Stille ein heulendes Katzengefauche, es krachte in den Büschen, und das wilde Bellen des Hundes wurde schwächer und schwächer. Fast noch in der gleichen Sekunde war Alex auf den Beinen. Er hatte Winter in den Armen hochgeschwungen und hob sie auf die Mauer. Er verschwendete keinen Atem und keine Worte, und Winter packte einen überhängenden Ast des Feigenbaumes mit einer Hand, griff mit der anderen nach, trat wild nach unten aus, hörte von unten einen gedämpften Fluch und kletterte in Sicherheit.

10

Winter drehte sich um. Sie sah, wie Alex zurückging, einen Anlauf auf die Mauer nahm und nach oben sprang. Und dann hatte sie seine Schultern gepackt und zog mit aller Kraft. Eine halbe Minute später waren sie beide auf der anderen Seite sicher am Boden gelandet, und Alex hatte sie am Arm gepackt, und sie rannten schnell weg. Sie hielten sich im Schatten der Mauer.

Er zog sie quer über den Platz und stürzte eine schmale Seitenstraße zwischen zwei hohen Häusern hinab. Dann wandte er sich scharf nach rechts, kam zu einem kleineren, gepflasterten Platz, der von den breiten Steinstufen und der verzierten Fassade einer Kirche beherrscht wurde. Hier stolperte Winter, und sie wäre gefallen, wenn Alex sie nicht am Arm gepackt hätte.

Er riß sie wieder hoch, und sie preßte eine Hand in die Seite. Die unbequemen Fischbeinstäbchen ihres Korsetts schnürten sie schmerzhaft ein. Keuchend sagte sie: »Es hat keinen Zweck – ich kann keinen Schritt mehr laufen . . .« Unsicher ging sie zu den Treppenstufen vor der Kirche und sank auf den warmen Steinen nieder. Sie lehnte sich an das steinerne Geländer.

Alex folgte ihr und stellte sich neben sie. Mit finsterem Gesicht blickte er auf sie hinab, und sie schaute eine volle Minute zu ihm auf. Sie hatte den Mund weit offen und zog in tiefen Atemzügen Luft in ihre Lungen. Dann, ganz plötzlich und unerwartet, lachte sie.

Es war ein fröhliches Lachen. Mutig und voll von dem Zauber der Jugend und des Mondscheins. Alex überkam ein plötzliches Gefühl der Bewunderung. Er hatte Tränen oder einen hysterischen Anfall erwartet, möglicherweise auch beides. Aber kein Gelächter. Dieses Lachen überraschte ihn vollkommen, und einen langen Augenblick starrte er ungläubig auf sie hinab. Dann plötzlich setzte auch er sich auf die breite Steinstufe und lachte mit.

Sie saßen da und lachten zusammen, und das schläfrige, geheimnisvolle Maßwerk der Fenster warf das kichernde Echo ihrer Fröhlichkeit zurück . . .

Alex hörte zuerst auf. Das Lachen starb in seinen Augen, und er sagte abrupt: »Was haben Sie da oben gemacht?«

»Den Mond angeschaut«, meinte Winter.

Alex langte nach oben, und seine Finger schlossen sich hart um ihr Handgelenk. »Ich will die Wahrheit, bitte.«

»Aber das ist die Wahrheit«, protestierte Winter und lachte noch immer. »Es war so schön, wieder an Land zu sein und den Staub und die Bäume zu riechen. Und es war so eine wunderschöne Nacht. Ich konnte einfach noch nicht zu Bett gehen. Ich wollte hinaus, deshalb bin ich ausgerissen. Es war leicht, auf die Mauer zu klettern, weil der Baum dort stand, und ich wollte ja nur da sitzen und den Mond anschauen und die Blumen riechen. Aber dann kamen Sie, und zuerst habe ich gedacht, Sie wären ein Einbrecher, und dann habe ich gedacht, Sie wären einer von diesen drei Männern.«

Alex' Finger krampften sich um ihr Handgelenk, und er schaute sie lange und intensiv an. Sein Gesicht wirkte rauh in dem weißen Mondlicht, und dann sagte er langsam: »Ist das wirklich alles?«

»Ja. Ich wollte weglaufen, als ich Sie sah, aber mein Fuß ist eingeschlafen. Deshalb haben Sie mich gefangen.«

Alex ließ ihre Hand los, und die starren Linien in seinem Gesicht entspannten sich wieder. Er wandte seinen Blick von ihr ab und schaute die schwarzen Schatten der Häuser an, die der Kirche gegenüberstanden. Neugierig sagte sie: »Warum waren Sie denn da? Haben Sie Kishan Prasad beobachtet?«

Alex machte keine Bewegung, aber sie spürte eine Veränderung bei ihm, die sie nicht erklären konnte. Er schwieg jetzt so lange, daß sie glaubte, er wollte ihre Frage nicht beantworten. Endlich drehte er den Kopf um und schaute zu ihr auf. Er sagte: »Ja. Ich wollte wissen, mit wem er sich treffen wollte. Und jetzt weiß ich es.«

Winter sagte: »Wer waren die Männer denn? Was haben die da gemacht . . .?«

»Sie planen eine Verschwörung. Der eine ist Russe, und der andere Perser. Den dritten kenne ich jetzt seit drei Jahren. Es ist Kishan Prasad.«

Ein wandernder kleiner Luftzug wehte von der See herein und trieb eine kleine, wirbelnde Staubwolke über den Platz. Der Wind zupfte an Winters Spitzenstola und zerzauste ihr Haar, und es schauderte sie plötzlich. Aber es war nicht der warme Wind, der sie schaudern ließ, sondern der Gedanke an die Waffe, die sie in Alex Randalls Hand gesehen hatte. Mit vorsichtigem Unterton in der Stimme sagte sie: »Wollten Sie . . . hatten Sie vor, ihn umzubringen?«

»Ihn umbringen?« lachte Alex. »Nein. Unglücklicherweise ist der politische Mord der britischen Mentalität fremd. Gelegentlich kann man das nur bedauern.«

»Bedauern? Aber man kann doch keinen Mord begehen!«

»Sprechen Sie als Christ oder als Menschenfreund?« wollte Alex wissen. »Wenn Sie einen Verrückten sähen, der eine Fackel in der Hand hält, und wenn Sie wüßten, daß er damit ein Gebäude anzünden wollte, in dem hundert hilflose Frauen und Kinder sind, und wenn die einzige Methode, das zu verhindern, darin bestände, den Verrückten umzubringen, würden Sie das dann als Mord oder als Menschlichkeit bezeichnen?«

Langsam sagte Winter: »Mord kann man nicht rechtfertigen.«

»Das tu' ich auch nicht. Aber wessen Mord meinen Sie? Den Mord an dem Verrückten oder den Mord an den Menschen in dem Gebäude?«

Alex sah Winters verwirrtes Gesicht an und lachte. »Darauf gibt's wohl keine Antwort, oder? Vielleicht weiß der Himmel eine, aber hier auf Erden haben wir offenbar noch keine zufriedenstellende Lösung gefunden. Deshalb bedaure ich es auch von Zeit zu Zeit, daß die Briten den politischen Mord als unentschuldbar betrachten.«

Er stellte sich hin, und Winter sah, wie das Mondlicht auf dem Kolben der langläufigen Pistole glänzte, die in den Falten seiner breiten Seidenschärpe steckte. »Jetzt wird's aber Zeit, daß Sie zurück ins Hotel kommen«, sagte Alex. »Miss Lottie hat wahrscheinlich schon die Alarmglocke geläutet, und es wird für mich sicher schwierig werden, dies alles Ihrer Anstandsdame zu erklären.«

Ein Grübchen zeigte sich in Winters Wange. »Ich glaube nicht, daß Lottie meine Abwesenheit bemerkt hat«, bemerkte sie schelmisch.

»In dem Fall kann ich nur hoffen, daß sie das blaue Auge nicht bemerkt, das ich ohne Zweifel morgen früh haben werde.«

»Oh«, sagte Winter. »Habe ich Sie getreten. Ich hatte das schon befürchtet. Es tut mir so furchtbar leid.«

»Wenn man die Sache von allen Seiten betrachtet, dann bin ich noch einmal glimpflich davongekommen«, grinste Alex. Er beugte sich nach unten und zog Winter hoch. Dann gingen sie durch die stillen Straßen in kameradschaftlichem Schweigen zurück.

Das Hotel lag in Dunkelheit, und das Mondlicht überflutete nicht länger den Hof. Aber in Winters und Lotties Schlafzimmer brannte noch immer eine Lampe, und der Schein bildete einen kleinen viereckigen Fleck aus warmem Licht in der Dunkelheit. Winter blieb beim

Eingang zum Hof stehen und drehte sich zu dem Schatten um, der Alex war:

»Captain Randall . . .«

»Condesa?«

Das ungewohnte an diesem förmlichen Titel ließ Winter einen Augenblick verstummen, während sie versuchte, sein Gesicht in der Dunkelheit auszumachen. Er lächelte vielleicht, aber sie konnte es nicht sicher sagen, und sie hatte vergessen, was sie hatte sagen wollen.

Der Mond näherte sich schon dem Horizont, und die bleichen Sterne wurden heller, je schwächer das Mondlicht wurde. Sie glitzerten in dem Quadrat aus Himmel über dem Hof, und eine Sternschnuppe fuhr mit kurzem, strahlendem Finger aus Feuer über das samtige Blau. Die Nacht war so still, daß Winter das ferne Murmeln des Meeres hören konnte und Alex' ruhigen Atem und den Schlag ihres eigenen Herzens. Sie war seltsam atemlos und hatte ein Gefühl der Erwartung: als ob irgend etwas geschehen sollte.

Der Geruch des Jasmins und der Geranien, der ausgetrockneten Erde und der Salzluft des Meeres füllte die Schatten mit einem schweren Duft, der so mächtig war wie ferne Musik, und eine seltsame Magie lag in der heißen Nacht. Ein Funkeln, eine hohe Spannung, betäubend und bannend. Ganz plötzlich, in seltsamer, lähmender Verwirrung, spürte Winter einen überwältigenden Drang, den Drang, sich auszustrecken in die Dämmerung und Alex Randalls dunklen Kopf zwischen ihre Hände zu nehmen, ihn zu sich hinabzuziehen. Einen langen Augenblick war es, als ob sie fast sein dichtes Haar unter ihren Fingern fühlen könnte . . . die Form seines Kopfes und die Berührung seiner warmen Lippen. Dann krähte ein Hahn schrill irgendwo hinter dem Hotel, und der unerwartete Klang zerbrach den Bann der schweigenden Nacht und brachte sie zurück in die Wirklichkeit, und sie erwachte wie aus einem Drogenschlaf. Eine heiße Flut ungläubigen Schreckens überrollte ihre Seele und ihren Körper in einer brennenden Welle der Scham, und sie wirbelte herum und flüchtete die dunkle Arkade hinunter.

Lottie schlief. Winter blies die Lampe aus und entkleidete sich in der Dunkelheit. Sie zitterte vor Schrecken und Selbstverachtung.

Sie konnte sich nicht verstehen. Sie verspürte keine Zuneigung zu Captain Randall. Sie mochte ihn noch nicht einmal! Wie konnte sie auch jemanden mögen, der so wie Captain Randall über Conway hergezogen war? Und dennoch, vor einem Augenblick hätte sie in seinen Armen gelegen, wenn er auch nur die leichteste Bewegung auf sie zu gemacht hätte. Mit abergläubischem Schaudern erinnerte sie sich, daß nur der Hahnenschrei, das uralte Symbol des Verrats, sie vor dieser Umarmung gerettet hatte und davor, Conway zu betrügen. »Nur eine Frau, die wirklich schlecht ist, kann sich so etwas wünschen . . . kann nur an so etwas denken!« dachte Winter, krank vor Scham und Reue.

Sie vergrub das Gesicht im Kopfkissen und weinte.

Alex blieb noch eine Weile dort stehen, wo Winter ihn verlassen hatte. Er hörte, wie sie leichtfüßig davonlief und wie das Rauschen ihrer Röcke in der Dunkelheit erstarb, und er lehnte sich gegen die Wand und starrte blind in die Schatten. Seine Gedanken waren finster, aber sie drehten sich nicht um Winter de Ballesteros, und als er endlich in sein Zimmer zurückkehrte, lag er schlaflos da.

Er lag auf dem Rücken in der heißen Dunkelheit und dachte an Indien und die ungehörten Warnungen von Männern wie Sir Henry Lawrence. An die ungeheure Dummheit von Leuten wie Conway Barton. An die geflüsterten Berichte von Spionen, an den Sadhu, den er auf dem Gelände der Residenz von Lunjore gesehen hatte, und an Kishan Prasads Gesicht. Er dachte an die britische Armee, an die Männer, die durch den Schlamm und das Blut vor Sebastopol stolperten und die dort gestorben waren.

Alex hatte schon seit langer Zeit den Verdacht, daß Kishan Prasad in verschwörerische Aktivitäten verwickelt war, und er hatte das auch Mr. Barton gemeldet. Der Commissioner hatte Beweise verlangt, und Alex konnte keine Beweise liefern, denn alles hatte nur auf seinen Instinkten und auf Gerüchten beruht. Aber all seine Warnungen waren ignoriert worden, und kurz danach war der herrliche Smaragd, den Alex zuletzt an Winters schlanker Hand gesehen hatte, in den Besitz des Commissioners gelangt. Vielleicht war das Zufall, vielleicht aber auch nicht.

»Wir müssen Indien halten«, dachte Alex. »Wir müssen es halten, bis es stark genug ist, sich selbst zu regieren. Und nicht aus den Gründen, aus denen wahnsinnige Narren wie Barton es halten wollen.«

Conway Barton . . . wieviel Schaden hatte der Commissioner von Lunjore wohl im letzten Jahr angerichtet? Männer wie Barton, die, Gott sei Dank, in der Minderheit waren, bildeten sich ein, daß nur die reine Tatsache ihrer Zugehörigkeit zu den Siegern sie dazu berechtigte, mit unterwürfiger Hochachtung und Bewunderung behandelt zu werden. Daß ihre Ausschweifungen und Brutalitäten und ihre Gewohnheit, Bestechungsgelder zu nehmen, von der Bevölkerung mit Zorn und Verachtung aufgenommen wurden, das fiel ihnen überhaupt nicht auf. Denn der Zorn und die Verachtung lagen hinter gesenkten Augenlidern und leeren, undurchschaubaren asiatischen Gesichtern verborgen.

Zum ersten Mal, seit sie von ihm weggelaufen war, betrachtete Alex Winter de Ballesteros als die Frau, die den Commissioner von Lunjore heiraten sollte. Eine in einer Million, dachte Alex mit wehmütigem Grinsen. Sie war nicht in Ohnmacht gefallen, sie hatte auch nicht gekreischt, als er sie von dieser Mauer heruntergerissen hatte. Nein, wie eine junge Tigerin hatte sie gegen ihn gekämpft, und sie hatte stillgelegen, während der riesige rauhhaarige Hund im Mondschein auf- und abgelaufen war. Sie hatte ihm über die Mauer zurückgeholfen, sie war mit ihm gerannt, bis sie nicht mehr rennen konnte, und dann, anstatt ihm Tränen oder einen Ohnmachtsanfall zu bieten, hatte sie einfach gelacht. Sie war tausendmal zu gut für einen Wüstling wie Conway Barton.

Alex glaubte jetzt nicht mehr, daß diese Eheschließung stattfinden würde. Es war ganz offensichtlich, daß das Mädchen sich ein glorifiziertes Bild von diesem Mann gemacht hatte, gegründet auf den Erinnerungen eines leicht beeindruckbaren Kindes. Der Conway Barton von 1856 würde mit diesem Bild so wenig Ähnlichkeit haben, daß schon ein einziger Blick ausreichte, um Winter augenblicklich sämtliche Illusionen zu nehmen.

Alex hatte sich vorgestellt, daß Winter nach der langen Reise in ein Land, in dem sie weder Freunde noch Verwandte besaß, keine andere Möglichkeit mehr haben würde, als Barton zu heiraten. Aber das glaubte Alex jetzt nicht mehr, denn die Verlobte des Commissioners war kein dummes, kleines Mädchen. Trotz ihrer Jugend besaß sie deutlich Charakter und Courage, und sie wäre wahrscheinlich durchaus in der Lage, die Hochzeit auf den Stufen zum Altar abzubrechen, wenn das notwendig würde. Alex hoffte das zu ihrem eigenen Besten.

Vielleicht hätte er sie heute nacht küssen sollen. In der Dunkelheit unter dem Torbogen hatte es einen kurzen Augenblick gegeben, wo er ohne den Schatten eines Zweifels gewußt hatte, er hätte sie nur berühren müssen und sie hätte in seinen Armen gelegen. Er begriff nicht, was ihn zurückgehalten hatte. Bestimmt kein Gefühl der Loyalität gegenüber dem Commissioner von Lunjore. Und es wäre süß gewesen, diesen schönen, leidenschaftlichen Mund zu küssen. War es ein Instinkt gewesen? Selbsterhaltungstrieb? Eine plötzliche Angst, in einem Gefühl gefangen zu sein, aus dem es kein Entrinnen gab?

Alex bemerkte, daß das viereckige Stückchen Himmel hinter seinem Fenster nicht mehr von Sternen schimmerte. Das klare Licht des neuen Tages dämmerte schon herauf, und als die ersten schwachen Geräusche des erwachenden Lebens sich vom Hafen und der übervölkerten Stadt erhoben, drehte er sich auf die Seite und schlief ein.

11

Winter erwachte spät am Morgen. Lottie war schon auf und angezogen; ihr Gesicht war gerötet, und sie wirkte scheu. Als sie sich an die vergangene Nacht erinnerte, überkam sie ein zitternder Schrecken.

»Ich begreife gar nicht, wie ich mich gestern abend so . . . so unladylike benehmen konnte«, stöhnte Lottie und preßte ihre Hände an die brennenden Wangen. »Oh Winter, glaubst du, er hat es gewußt? Daß ich herausgekommen bin, weil . . . weil ich wußte, daß er da war, und nicht, weil ich . . . weil ich die Blumen sehen wollte?«

»Tut es dir leid, daß du gegangen bist?« wollte Winter wissen.

»Oh nein!« hauchte Lottie mit einem tiefen Seufzer. »Er ist so edel und so gut. Ich wußte, ich hatte mich nicht geirrt. Und . . . oh Winter . . . er liebt mich! Er hat es mir gesagt. Bei der nächstbesten Gelegenheit will er mit Mama sprechen und natürlich auch mit Papa, sobald wir in Kalkutta sind. Glaubst du, daß es richtig ist, wenn man sich so glücklich fühlt? Auch, wenn man so geradeheraus und deutlich gewesen ist?«

»Lottie, du bist ein liebes, dummes kleines Gänschen«, sagte Winter und gab ihr einen Kuß. »Aber ich fürchte, ich habe schuld. Und wenn du deinen Edward heiratest und bis an dein Lebensende glücklich mit ihm lebst, dann ist das wahrscheinlich auch meine Schuld.«

»Er ist nur der zweite Sohn«, erklärte Lottie, »aber er hat gute Aussichten, und zusätzlich zu seinem Gehalt ist er auch noch kompetent. Es kommt mir so krämerisch vor, an Geld auch nur zu denken, aber ich weiß, bei Mama und Papa wird das viel zählen. Ich kann nur froh sein, daß Edward nicht ganz ohne Mittel ist. Edward sagt, er hätte mich vom ersten Augenblick an bewundert, als wir auf den Docks an Bord gingen. Seltsam, daß er mir damals noch nicht einmal aufgefallen ist. Oh, ich hoffe so sehr, daß Mama nicht schwierig sein wird! Stell dir vor, wenn ich ihn heute den ganzen Tag nicht sehe!«

Aber Lieutenant English schien genau die Sturheit und Entschlossenheit zu besitzen, die mit Sommersprossen und roten Haaren zusammenfällt, und kurz nach dem Frühstück war die Gruppe Abuthnot bereits zu einer Besichtigung unter Lieutenant Englishs Führung verpflichtet.

Winter sah Captain Randall an diesem Tag nur zweimal. Er stand mit Mrs. Abuthnot in der Halle, und Winter hatte bei seinem Anblick einen winzigen Augenblick gezögert. Als sie dann herantrat, verbeugte er sich ohne Lächeln, und nachdem er sich mit farbloser Stimme danach erkundigt hatte, ob sie gut geschlafen hätte, entschuldigte er sich und ging hinaus in die heiße Sonne.

Mrs. Abuthnot hatte ein paar Einkäufe getätigt – Kleinigkeiten, die sie brauchten, bis sie Alexandria erreichten –, und dann waren alle zum Lunch ins Hotel zurückgekehrt. Der Rest des Tages verging ohne Zwischenfälle, und als am Abend der Mond bleich und riesig wie eine verzauberte chinesische Laterne über der glänzenden Flut des Mittelmeers hing, widerstand Winter seiner Lockung und ging früh zu Bett.

Am folgenden Morgen standen alle bei Tagesanbruch auf und nahmen unter der wunderschönen, gewölbten Decke der Commercia ein Frühstück ein, ehe sie wieder an Bord der Sirius gingen. Kurz danach verschwand die kleine Insel im Hitzedunst, und wieder waren nur der blaue Himmel und das noch blauere Meer um sie, und der weiße Schaum des Kielwassers erstreckte sich hinter ihnen wie ein Pfad.

Die langen, heißen Tage zogen sich für Winter langsam dahin. Aber Lottie und ihr Edward fanden, daß die Zeit nur allzu schnell verging. Edward, getreu seinem Versprechen, war schon am ersten Tag nach Malta an Mrs. Abuthnot herangetreten und hatte sie förmlich darum gebeten, mit Lottie verkehren zu dürfen. Er hatte Mrs. Abuthnot auch seine Finanzsituation erklärt, und er war dabei so ernst und so vernünftig gewesen, daß Mrs. Abuthnots Herz geschmolzen war. Das letzte Wort läge natürlich bei Lotties Papa, aber sie selbst wolle dem Glück ihrer Tochter nicht im Wege stehen.

Während das Schiff sich der Küste von Ägypten näherte, wurde die Hitze intensiver. Die Farbe des Meeres veränderte sich von Blau zu Grün, und die Passagiere drängten sich an der Reling, um die Minarette und Dächer von Alexandria zu sehen, die aus dem Wasser aufzutauchen schienen. Der Lotse, ein riesenhafter, bärtiger Moslem, wurde an Bord genommen, und eine Stunde später kamen auch ägyptische Beamte an Bord, und die Passagiere wurden an Land gebracht. Sie wollten durch die Stadt fahren und die Palmen, die riesigen Kakteen, die weißen Häuser und die modischen Kutschen von Alexandria bewundern.

Am folgenden Morgen sollten die Passagiere die Sirius verlassen und per Zug nach Kairo fahren. In seiner Rolle als Begleiter der Gruppe Abuthnot hatte Alex auch dafür gesorgt, daß das Gepäck verladen und sie zum Bahnhof gebracht wurden. Aber er war nicht im gleichen Abteil des Zuges mitgefahren, und Winter sah ihn erst wieder, als sie zwei Nächte später in einem »Wüstenomnibus«, gezogen von Pferden und Maultieren, von Kairo nach Suez fuhren. Auch da hatte er nicht mit ihr gesprochen. Er hatte ihr gegenüber gesessen, und Sophie hatte den Kopf an seine Schulter gelehnt und war eingeschlafen.

Winter studierte ihn im hellen Sternenlicht und im Glanz der Öllampe, die neben dem Kutschbock hin und her schwang. Sie wußte, daß ihr eigenes Gesicht im tiefen Schatten lag und daß er sie nicht ebenfalls mustern konnte. In einer Zeit, zu der üppige Bärte, dichte Schnurrbärte und fließende Backenbärte fast jedes männliche Gesicht verzierten, wirkte Alex Randalls sauber rasiertes Gesicht auf den ersten Blick fremdartig und fast weiblich. Dennoch, trotz der Tatsache, daß seine dichten Wimpern sich in jeder Hinsicht mit den Wimpern eines Mädchens vergleichen ließen, war nichts Schwaches oder Weibliches an den harten Zügen oder an der Linie seines störrischen Kinns. Seine Haut war so braungebrannt wie die eines Arabers, aber selbst in diesem schwachen Licht konnte Winter noch immer eine Spur des blauen Flecks sehen, den ihr Absatz in jener Nacht in Malta hinterlassen hatte. Es schien ihr, als ob das schon sehr lange her sei, und dennoch waren weniger als zehn Tage vergangen, seit sie ihm über eine Mauer geholfen hatte und mit ihm, so schnell sie konnte, durch verlassene Straßen gerannt war. Seit sie im Mondlicht neben ihm gesessen und mit ihm geredet hatte, wie mit jemandem, den sie schon ihr ganzes Leben lang kannte.

Ihr Blick wanderte von Alex' Gesicht zu Sophie. Sophie war erst fünfzehn, aber sie war schon eine Frau. Ein hübsches Wesen, zartknochig und zerbrechlich, mit schüchternen braunen Augen und einem scheuen, bezaubernden Lächeln. Sophie erinnerte Winter stark an die weißen Mäuse, die Billy Wilkins, der Stiefelputzer, in einer Schachtel im Stall von Wair gehalten hatte. Der Wagen holperte über einen Stein, und Sophies kleiner Kopf rutschte von Alex' Schulter gegen seine Brust, aber sie wachte nicht auf.

Winter verspürte plötzlich ein ganz unerklärliches Gefühl des Ärgers. Es war lächerlich, daß Sophie sich so gehen ließ und einfach einschlief! Zugegeben, die meisten anderen Insassen des Wagens lagen auch in tiefem Schlaf. Aber sie, Winter, war überhaupt nicht schläfrig, und sie wußte nicht, wie jemand mit auch nur etwas Vernunft in solch einem klappernden, holpernden, unbequemen Fahrzeug schlafen konnte. Und außerdem, wenn Sophie schon schlafen mußte, dann wäre es doch anständiger gewesen, sich in die andere Richtung anzulehnen, anstatt es zuzulassen, daß Captain Randall sie umarmte. Winter sah, wie Alex Sophies Gesicht ein wenig verlagerte und wie sein Gesicht in einer kleinen Grimasse zuckte. Sie begriff, daß ihm der Arm eingeschlafen war. »Geschieht ihm recht«, dachte Winter verärgert.

Sie schloß die Augen und zwang sich, an Conway zu denken. Aber aus irgendeinem ebenso unerklärlichen Grund stellte sie fest, daß sie sich ihn nicht genau vorstellen konnte. Früher war sie immer in der Lage gewesen, ihn in Gedanken vor sich zu sehen. Den Conway, der einem elfjährigen Mächen einen kleinen goldenen Ring mit einer Perle gegeben hatte, der auf der langen Allee in Wair gestanden hatte und auf dessen blondem Kopf die Sonne glänzte. Hochgewachsen, breitschultrig, blondhaarig und schön: ein leuchtender Ritter. Und jetzt, zum ersten Mal, sah sie das Bild nicht mehr. Vielmehr war es nicht länger ein lebendiger Mann, den sie sah, sondern ein Bild wie aus einem Kinderbuch – eine flache, zweidimensionale Darstellung, grobgezeichnet, hölzern und unwirklich. Ein leeres Gesicht, dessen blaue Augen so glasig und so leer waren wie die Augen einer Puppe und dessen Mund von einem hängenden, kornblonden Schnurrbart verdeckt war, so daß Winter nicht einmal sehen konnte, ob dieser Mund fest oder voll oder weichlich war.

Winter öffnete die Augen und schaute wieder Alex Randalls entspanntes, ungeschütztes Gesicht im bleichen Licht des neuen Mondes an. Alex' Mund war fest genug und unerwartet sensibel. Er war Conways Assistent, und wenn sie erst einmal Conways Frau war, dann würde sie ihn sicher oft sehen. Diese Überlegung verstörte sie, und der Gedanke ging ihr durch den Sinn, daß es wohl besser wäre, wenn Captain Randall in einen anderen Bezirk versetzt würde. Winter war aber nicht sicher, für wen das besser wäre.

Zwei Tage später gingen die Reisenden an Bord der Glanmorgan Castle und segelten durch das Rote Meer nach Süden. Sie ließen den Staub und die Sonnenglut von Suez hinter sich. Wieder vergingen die Tage nach dem monotonen Muster des Lebens an Bord.

12

Der Tag war heiß und still gewesen. Lange, flache, kaum merkliche Wellen ließen die Kabinentüren langsam in ihren Angeln hin und her schwingen und hoben und senkten die Linie des Horizonts in langsamem, müßigem Rhythmus. Die See hatte das intensive Mitternachtsblau des Indischen Ozeans, und das Wasser war so klar, daß man tief unter seiner Oberfläche die schwebenden Scharen der Quallen wie Blasen in blauem Glas sehen konnte. Die Sonne flammte den ganzen Tag aus einem wolkenlosen Himmel hernieder, und die Decksplanken waren ungemütlich heiß, selbst im Schatten der Sonnensegel.

Es war schon nach vier, und die Decks lagen verlassen, während die Passagiere sich zum Essen umzogen. Lottie war schon etwas früher heraufgekommen, weil sie ihren Edward treffen wollte, und dann hatte sie aufgeblickt und Kishan Prasad gesehen, der an der Reling stand und aufs Meer hinausschaute. Noch während Lottie hinsah, rollte das Schiff plötzlich in einer besonders tiefen Welle, und dann glitt Kishan Prasad aus und stürzte und rutschte unter der Reling hindurch über Bord. Im nächsten Augenblick war er verschwunden, und Lottie schrie laut und rannte los.

Ein Schiffsoffizier und Colonel Moulson hatten auch jemanden abstürzen sehen, und sie rannten an Deck entlang. »Mann über Bord!« brüllten Colonel Moulson und der Schiffsoffizier.

Alex, der mit dem Gesicht nach unten, den Kopf in den Armen vergraben, in einem Schattenfleck geschlafen hatte, erwachte bei Lotties Schrei und sprang auf. Lottie stolperte auf ihn zu. Ihr Gesicht war kalkweiß, sie schrie laut und zeigte mit dem Finger aufs Meer, und da drehte sich Alex um und rannte das Deck entlang nach achtern. Ganz kurz sah er eine Hand, die sich verzweifelt aus dem schäumenden Kielwasser hochstreckte.

»Schon gut, Randall!« schrie Colonel Moulson. »Ist nur einer von diesen Schwarzen. Der ist jetzt sowieso schon ersoffen – die können ja nicht schwimmen.«

Ein plötzlicher Blitz purer Wut durchzuckte Alex mit der Kraft eines Faustschlags. Er riß sich die Schuhe von den Füßen, und in der nächsten Sekunde war er über die Reling gesprungen und ließ sich mit den Füßen voran fallen. Das Meer schlug über seinem Kopf zusammen.

Das Wasser war unerwartet kalt, und das wirbelnde Kielwasser riß ihn nach unten. Als er glaubte, daß seine Lungen bersten müßten, hob sich das Gewicht des Wassers wieder von ihm, und er wurde wie ein Korken an die Oberfläche geschleudert. Er sog tief die Luft ein und schwamm in kraftvollen Zügen. Das wirbelnde Kielwasser half ihm jetzt. Nach der glühenden Hitze auf der Glanmorgan Castle wirkte das kalte, schäumende Wasser wie ein Lebenselixier, und er schüttelte das nasse Haar aus den Augen und lachte.

Es war, so dachte Alex, einer von Kishan Prasads Dienern, der über Bord gefallen war. »Was zum Teufel bedeutet mir das Leben eines heidnischen Lakaien, daß ich mich hier produziere wie Don Quijote und versuche, den Kerl herauszufischen? Daß der gesunde Menschenverstand einen in einer Krise doch immer verläßt!«

Plötzlich sah er vor sich eine dunkle, kämpfende Gestalt. Und im nächsten Augenblick war sie verschwunden. Alex füllte seine Lungen mit Luft und tauchte. Der Mann bewegte sich noch schwach, und eine Minute, die wie eine endlose Stunde schien, sanken sie zusammen in das blaue Wasser hinab. Dann bekam Alex ihn zu fassen, und er ruderte kräftig, und sie stiegen wieder zu Licht und Luft hinauf.

Alex erkannte noch immer nicht, wen er da gepackt hielt. Er ergriff den halbertrunkenen Mann unter den Achseln und schwamm zu dem schweren, hölzernen Hühnerstall hinüber, den einer der Schiffsoffiziere ins Wasser geworfen hatte. Nach mehreren fruchtlosen Versuchen schaffte er es, seine schlaffe Last mit dem Gesicht nach unten über das festgezimmerte Häuschen zu schieben und den Mann da festzuhalten, während er selbst mit den Beinen ruderte.

Das Schiff war nur noch ganz klein im Blau zu sehen. Es schien meilenweit fort zu sein. Es würde lange dauern, bis es beigedreht hatte und zurückkam, dachte Alex. Auf dem Schiff würde man zwar so schnell wie möglich ein Boot zu Wasser lassen, aber es würde eine lange Wartezeit werden. Das ferne Schiff verschwand, während das schwerbeladene Hühnerhäuschen wieder in den Graben einer Welle hinabglitt, und der Inder hustete, würgte, hob den Kopf und bewegte sich schwach.

»Ruhig liegenbleiben, Sie Narr!« sagte Alex. Der Mann gehorchte, aber kurz darauf drehte er den Kopf um, und Alex sah zum ersten Mal, wen er da gerettet hatte . . .

Die beiden Männer starrten sich einen langen Augenblick an, und Alex spürte ein seltsames, würgendes Gefühl im Magen. Einen hilflosen, nutzlosen Zorn über das Schicksal und sich selbst und den fatalen, unsinnigen Instinkt seiner Rasse und seines Glaubens, der ihn dazu gezwungen hatte, ohne nachzudenken, einen ertrinkenden Mann zu retten. Wenn er doch nur gewartet hätte! Wenn er nur gefragt hätte, ehe er sprang. Moulsons Bemerkung hatte ihn dazu gebracht. Moulson hatte gesagt: »Ist nur einer von diesen Schwarzen . . .« Und Alex hatte sofort seine Beherrschung verloren. Und er war in die Falle gegangen; er hatte Kishan Prasad gerettet. Das salzige Seewasser schmeckte bitter, und er schaute in Kishan Prasads graues Gesicht und lachte.

Kishan Prasads Lippen spannten sich in einem erschöpften Grinsen vor seinen Lippen, einem Grinsen, das eine Grimasse des völligen Verstehens war. Mit rauher Stimme sagte er zwischen mühsamen Atemzügen: »Wen dachtest du denn, daß du rettest . . . Sahib?« Diese Anrede klang mehr wie eine Beleidigung als ein Ausdruck des Respekts. »Einen deiner eigenen Art? Vielleicht den Sahib General?«

»Nein«, sagte Alex und machte Schwimmzüge mit den Beinen. »Ich dachte, es wäre einer deiner Diener.«

Alex bemerkte das Aufflackern von Erstaunen und Ungläubigkeit in den dunklen Augen.

»Mein Diener?«

»Ja«, sagte Alex knapp. »Wenn ich gewußt hätte, daß du es warst . . .«

». . . dann hättest du mich ertrinken lassen«, beendete Kishan Prasad den Satz.

»Ja«, sagte Alex offen. »Sprich nicht. Du wirst dich zu sehr ermüden, und es dauert noch eine Weile, bis das Boot uns erreicht.«

Kishan Prasad schwieg lange Zeit. Er schaute hinab in das glasige Wasser und dachte an die unvorstellbaren Tiefen, die unter ihm lagen. Endlich sagte er etwas, ganz leise, mit einer Stimme, die trotz aller Beherrschung nicht ganz sicher klang. »Du sagtest, wenn du gewußt hättest, daß ich es war, dann hättest du mich meinem Schicksal überlassen. Aber es scheint, als ob der Tod jetzt doch auf einen von uns wartet. Sieh dort hinüber . . .«

Alex drehte den Kopf um, und seine Kehle schnürte sich zusammen. In der glasigen, glatten Flut vor ihnen lag ein langer, silberbrauner Körper, dessen dreieckige Rückenflosse gerade die Wasseroberfläche berührte. Ein Hai . . .

Die See unter ihnen wurde dunkler, und die tiefstehende Sonne brannte auf dem Wasser. Sie verwandelte die glatte Welle zu Gold und umrandete die Umrisse des Meerestieres mit Feuer. Es bewegte sich nicht, sondern es lag ganz still wie eine Fliege, die in Bernstein eingeschlossen ist.

Alex schien plötzlich alle Kraft verloren zu haben. Er klammerte sich mit der einen Hand an der Kante des Hühnerstalles fest und starrte das kleine, kalte Auge des Fisches an. Der hatte sie gesehen und beobachtete sie mit träger Neugier.

Kishan Prasad flüsterte rauh: »Dieses hölzerne Ding trägt keine zwei Menschen, und mein Leben ist dir verfallen.« Er hatte vergessen, Englisch zu sprechen. Er wollte sich langsam vom Holz ins Wasser gleiten lassen, und Alex sagte wütend: »Sei kein Narr! Komm wieder herauf. Du kannst ja nicht schwimmen.«

Bei der ersten Bewegung war der Hai fortgeschossen, und jetzt sahen sie seine Rückenflosse auf der anderen Seite. Eine Welle hob die Männer hoch, und sie konnten das Rettungsboot sehen, und auf den Ruderblättern blitzte die tiefstehende Sonne. Aber es war noch immer weit weg.

Die Rückenflosse schnitt langsam durchs Wasser und glitt sanft an der Flanke einer langen, glasigen Welle entlang. »Oh Gott, wenn ich nur ein Messer hätte«, flüsterte Alex und bemerkte gar nicht, daß er die Worte ausgesprochen hatte.

»Hier«, keuchte Kishan Prasad. Er suchte in seinen nassen Kleidern, das unsichere Floß schaukelte gefährlich, und dann zog er ein Messer mit einer schmalen, gefährlichen, etwa fünfzehn Zentimeter langen Klinge heraus. Er legte es Alex in die Hand. Eine ziemlich unwirksame Waffe gegen das riesige Tier, das die beiden vorsichtig umkreiste. Aber als Alex das Messer in seiner Hand fühlte, hatte er plötzlich Hoffnung. Wenigstens etwas. Er trat das Wasser mit den Beinen und schrie, und das Tier schoß davon. Es wendete im Wasser und kam wieder. Auf einmal schien es im Wasser über ihm zu hängen, und er begriff plötzlich, daß der Hai das unsichere Floß umwerfen und Kishan Prasad ins Wasser stoßen konnte. Alex hatte plötzlich vergessen, daß Kishan Prasad ein Feind war, dessen Tod er noch vor ein paar Minuten leidenschaftlich herbeigewünscht hatte. Der Mann auf dem Floß war jetzt nur noch ein Mitmensch, und sie waren gegen den kaltblütigen Mörder verbündet, der aus den Tiefen zu ihnen gekommen war.

Alex ließ das Floß los und schwamm schräg zur Seite weg. Er hielt den Blick auf die Rückenflosse des Hais gerichtet. Die Welle hob den Hai, und wieder schien das Untier im Wasser über Alex zu hängen. Es kam ganz langsam auf ihn zu, und Alex wich ihm mit übermenschlicher Anstrengung aus. Er hörte einen rauhen Warnruf von Kishan Prasad, und dann hatte das Boot sie erreicht.

»Gerade noch rechtzeitig«, dachte Alex grimmig. Er sah eine blitzschnelle Bewegung links . . . noch eine Rückenflosse. Da war ein zweiter Hai . . . noch ein dritter. Die Tiere umkreisten ihn, und er fühlte, wie das Wasser unter ihm hochquoll. Jetzt würden sie sich alle auf ihn stürzen. Aber er würde nicht auf sie warten, er würde nicht darauf warten, daß sie ihn kampflos in Stücke rissen. Seine Finger umklammerten hart das Heft des Messers, und er schwamm auf den nächsten Hai zu.

Das war offensichtlich eine unerwartete Bewegung, denn das Tier schoß mit Blitzesgeschwindigkeit davon, und Alex drehte sich schnell um und sah in der langsamen Welle, die ihn hochdrückte, die glatte Form eines weiteren Hais. Für den Bruchteil einer Sekunde erkannte er mit unheimlicher Deutlichkeit auch die winzigen gestreiften Körper der Pilotenfische, die vor und neben dem Hai dahinschossen. Und dann tauchte er, und während der Hai sich umdrehte, um mit seinen gefährlichen Kiefern zuzuschnappen, stieß Alex mit all seiner Kraft zu.

Das Messer schlitzte die Seite des Hais auf und wurde ihm aus der Hand gerissen. Eine Blutwolke zeigte sich im Wasser. Einen Augenblick lang lagen die anderen Haie bewegungslos. Dann plötzlich sprudelte das Wasser, als ob es kochte. Die Haie stürzten sich auf ihren verwundeten Genossen und kämpften und schnappten und rissen wie Hunde, die einen Fuchs erwischt haben. Das dunkle Wasser war rot von Blut, und Alex drehte sich um und schwamm verzweifelt weg. Er schwamm noch immer, als jemand ihn bei den Schultern packte, und dann hatten ihn viele Hände ergriffen, und er wurde über den Rand des Bootes gezogen. Hilflos und keuchend fiel er vor die Füße der Rudermannschaft.

»Das war knapp«, sagte der Erste Maat und klopfte ihm auf den Rücken. »Hauchdünn. Hier! Setzen Sie sich doch, Mr. Prasad. Du lieber Himmel! Seht euch mal diese Biester an. Die werfen uns um . . .«

Und dann ruderten sie zum Schiff, das im Auge der niedergehenden Sonne auf dem Meer lag. Das Wasser war nicht mehr blau, sondern wellte sich schwarz unter ihnen und am Horizont trug es strahlendes Gold.

Alex setzte sich schwindlig auf und grinste Kishan Prasad an, und Kishan Prasad lachte und hob den Kopf in einer kurzen, grüßenden Geste. Einen Augenblick lang waren sie keine Feinde mehr, sondern Männer, die wie durch ein Wunder dem Tod entronnen waren. Sie tranken den Grog, der ihnen vom Ersten Maat angeboten wurde, lächelten sich müde an und schauten mit erschöpfter Dankbarkeit zum klaren Himmel auf, während die Glanmorgan Castle immer größer und größer wurde. Wie durch einen dicken Nebel hörte Alex die Geräusche und die Rufe und spürte, wie Menschen ihm die Hand schüttelten und ihm auf die Schulter klopften. Er war unendlich müde und wie betrunken. Er schob sich durch die Menschen, stolperte in seine Kabine und brach über seiner Koje zusammen. Der Schiffsarzt, der ihm gefolgt war, traf ihn so tief schlafend an, daß er ihn noch nicht einmal weckte, als man ihm die nassen Kleider auszog und ihm eine Decke überwarf. Früh am folgenden Morgen wachte er auf und fühlte sich erfrischt und kräftiger als seit Tagen. Er rollte aus seiner Koje, zog eine Hose an und ging an Deck.

Die Sonne war noch nicht aufgegangen, aber der Himmel war schon hell, und die Decks glitzerten von Nachttau und Salzwasser. Die See lag farblos in der Dämmerung, und nur in der Nähe des Schiffes hatte das Wasser ein kaltes Schwarz und war klar wie Glas.

Alex ging nach achtern und lehnte sich an die Reling. Er betrachtete müßig die lange, weiße Spur des Kielwassers. Da hörte er Schritte hinter sich, drehte sich um und sah Kishan Prasad. Die beiden Männer schauten einander einen Augenblick lang schweigend an. Sie musterten sich mit dem kühlen, schmaläugigen, kalkulierenden Blick von Gegnern, die die Klinge kreuzen. Dann sagte Kishan Prasad langsam: »Ich wünsche, dir zu danken . . .«

»Du hast mir nichts zu danken«, unterbrach ihn Alex knapp.

»Du meinst, weil du mich nicht gerettet hättest, wenn du gewußt hättest, daß ich es war? Ist das wirklich die Wahrheit? Daß du mir nicht nachgesprungen wärst, wenn du gewußt hättest, daß ich es war und daß ich ertrinken mußte, weil ich nicht schwimmen kann?«

Alex begegnete seinem Blick mit harten und gleichmütigen Augen. »Ich hätte keine Hand gehoben, um dich zu retten.«

Kishan Prasad verbeugte sich ernst. Er hatte die Antwort erhalten, die er erwartet hatte und verstand. Er sagte: »Aus diesem Grund komme ich, dir zu danken. Nicht für das, was du für mich getan hast, sondern für das, was du für einen meiner Diener getan hättest. Es gibt nur wenige, die ihr Leben für . . . für den Diener eines Farbigen riskieren würden.«

»Du überschätzt mich«, sagte Alex brüsk. »Es war kein Risiko. Ich bin ein guter Schwimmer.«

»Und die Haie?« fragte Kishan Prasad sanft.

»Du zwingst mich zuzugeben«, sagte Alex mit einem Grinsen, »daß ich glatt vergessen hatte, es könnten vielleicht Haie dasein. Ich gebe dir mein Wort, ich wäre nicht gesprungen, wenn ich daran gedacht hätte. Siehst du, du schuldest mir nichts.«

»Nichtsdestoweniger«, sagte Kishan Prasad lächelnd, »willig

oder unwillig hast du mir das Leben zurückgegeben, das die Götter mir genommen hätten. In der Vergangenheit habe ich gegen deine Rasse intrigiert ... Aber ich sage dir nichts, was du nicht schon weißt. Und hier ist niemand, der uns hören kann. Dein Commissioner wird nichts gegen mich unternehmen. Das weiß ich genau.«

»Ich auch«, sagte Alex bitter. »Kann es sein, daß du mir sagen willst, du hättest deine Meinung mir gegenüber geändert, weil ich mein Leben riskiert und dich aus dem Meer gezogen habe?«

Kishan Prasad lächelte und schüttelte den Kopf. »Ach nein. Ich habe meine Meinung nicht geändert. Im Namen meines Landes und meines Volkes und meiner Götter werde ich alles tun, was in meiner Macht liegt, um den englischen Raj niederzuwerfen.«

»Und ich«, sagte Alex, »werde alles tun, was in meiner Macht liegt, damit du gehenkt oder ausgewiesen wirst – zum Wohl meiner Landsleute, die dein Land regieren.«

»Das ist richtig so«, sagte Kishan Prasad ernst. »Wir verstehen einander, und wir sind keine Kinder.«

Er zog einen kleinen Ring von seiner rechten Hand und hielt ihn Alex hin. Es war ein unscheinbares Stück von wenig Wert, aus Silber, mit einem seltsam verschnörkelten Muster und mit drei kleinen, roten Steinen besetzt, die aussahen wie fehlerhafte Rubine. Ein seltsamer Schmuck für die Hand eines Mannes wie Kishan Prasad. Er sagte: »Wirst du das tragen? Als Zeichen meiner Dankbarkeit? Er ist weniger wert als zehn Rupien, aber er ist ein Talisman, und eines Tages wird er dich vielleicht vor Bösem bewahren. Wenn je der Tag kommt – und ich bete darum, daß er kommt –, daß der englische Raj fällt, dann schau den Ring an und erinnere dich an Kishan Prasad. Denn an jenem Tag – wer weiß – mag ich vielleicht einen Teil meiner Schuld bezahlen.«

Alex schaute die ausgestreckte Hand an und machte keine Anstalten, sein Zögern zu verbergen. Dann nahm er den Ring und ließ ihn an den kleinen Finger seiner rechten Hand gleiten. Langsam sagte er: »Gestern, als ich über die Reling sprang, habe ich nicht daran gedacht, daß vielleicht Haie im Wasser sein könnten. Aber als du sie kommen sahst, hattest du mir deinen Platz auf dem Hühnerhäuschen angeboten. Ich werde den Ring tragen, weil er das Geschenk eines tapferen Mannes ist.«

Kishan Prasad legte die Hände zusammen, so daß sich die Fingerspitzen berührten, verbeugte sich ernst, wandte sich um und ging fort.

13

»Morgen werden wir in Kalkutta sein«, dachte Winter. »Nur noch einen Tag – und dann werde ich Conway sehen!«

Es kam ihr fast unmöglich vor, daß die lange Wartezeit, die vor sechs Jahren begonnen hatte, jetzt endlich vorüber sein würde und daß sie in nur zwei Tagen nicht länger »Miss Winter« oder die Condesa de los Aguilares, sondern Mrs. Conway Barton sein würde. Sie würde mit ihrem gutaussehenden Mann aus der Kirche treten und glücklich bis an ihr Ende wie eine Prinzessin im Märchen leben.

Die Glanmorgan Castle lag vor Anker und erwartete den Morgen. Wenn der Lotse an Bord ging, würde die langsame Fahrt den Hugly hinauf nach Kalkutta beginnen, und Winter, die wach in ihrer schmalen Koje lag, fragte sich, ob Conway sie wohl an der Mündung des Flusses abholen oder an Bord des Schiffes kommen würde, um mitzufahren. Colonel Moulson hielt das letztere für möglich.

Während der Reise hatte es eine Zeit gegeben, als sie sich Conway nicht klar vorstellen konnte, und sein Bild war leblos und unrealistisch geworden – ein Schatten ohne Substanz. Winter hatte sich nicht erklären können, warum das so war, und seltsamerweise hatte sie Captain Randall dafür die Schuld gegeben. Aber wenigstens war es auch Captain Randall gewesen, der dafür verantwortlich war, daß Conway in all seinem alten Glanz wiedererstand. Das hatte sich aus der Tatsache ergeben, daß er diesen Inder, Kishan Prasad, auf so dramatische Weise gerettet hatte. Als Alex erklärt hatte, er wäre nicht gesprungen, wenn er gewußt hätte, daß Haie im Wasser waren, sagte Mrs. Abuthnot: »Davon meint er kein einziges Wort ernst. Er ist nur bescheiden. Ein wirklicher Held!«

»Oh nein, das ist er nicht«, sagte Winter wütend, und ihre Augen funkelten vor Zorn. »Er meint jedes Wort ernst. Und er hat ganz recht, er hat überhaupt nichts Heldenhaftes getan. Denn er wußte ganz gut, daß er selbst nicht ertrinken würde, und daran, daß Haie dasein könnten, hat er überhaupt nicht gedacht. Er wußte auch nicht, wer über Bord gefallen war, und vielleicht hat er sogar geglaubt, es wäre Sophie gewesen. Wenn er es gewußt hätte, dann hätte er den Mann ertrinken lassen!«

»Wie kannst du so etwas sagen, Winter?« Sophies sanfte Stimme zitterte vor Ärger.

»Es ist ja wahr«, schnappte Winter. Conway, so dachte sie, wäre einem ertrinkenden Mann zu Hilfe gekommen, selbst wenn er das Risiko gekannt hätte. Es wäre ihm nicht einmal in den Sinn gekommen, dazustehen und zuzusehen, wie ein Feind ertrinkt. Und plötzlich, mit dieser Überzeugung, war Conway wieder lebendig und real und nicht länger ein Ding aus Pappe und Stroh..

Der Rest der Reise war ereignislos verlaufen, vor Colombo hatten sie einige Wale gesehen, und sie waren an einem ostindischen Handelsschiff vorübergekommen, das im Mondlicht unter vollen Segeln vorüberfuhr und aussah, als ob es aus Silber gemacht sei. Und jetzt endlich hatten sie fast das Ziel ihrer langen Reise erreicht.

Die Flut klatschte und gurgelte gegen die Seiten des Schiffes, und durch das offene Bullauge konnte Winter einen riesigen Stern sehen, der tief über dem Meer stand und wie ein Diamant an einer unsichtbaren Kette zur langsam schaukelnden Bewegung des ankernden Schiffes hin und her schwang. Eins der Hausmädchen in Wair hatte Winter einmal gesagt, daß ein Wunsch in Erfüllung geht, wenn man dabei einen Stern anschaut. In jeder klaren Nacht hatte Winter seit damals ihren Wunsch zu einem Stern gesprochen. Es war immer der gleiche Wunsch. Daß die Jahre schnell vergehen möchten bis zu dem Tag, an dem Conway sie holte. Jetzt brauchte sie diesen Wunsch nicht länger auszusprechen, und die flammende Helligkeit des Sterns, den sie durch das Bullauge sehen konnte, schien den Unterschied zwischen diesem Abend und all den anderen Nächten anzudeuten, schien ein funkelndes Omen zu sein für den Anfang eines neuen Lebens und eines so großen Glücks, daß sie nie mehr einen Wunsch aussprechen müßte. Vielleicht nur den anderen Wunsch, daß Conway nie von ihr enttäuscht war.

Bald würde die Sonne das Meer in Gold verwandeln, die Bootsmannspfeife würde schrillen, Schritte würden auf dem Deck ertönen, und das Rasseln der Ankerkette wäre zu hören. Der letzte Tag . . .!

Winter hatte schon am vergangenen Nachmittag alles gepackt, denn sie hätte es nicht ertragen, auch nur einen Augenblick dieses wunderbaren Tages zu vergeuden. Jedes Fahrzeug, das herankam, jede Kutsche, die am Ufer zu sehen war, konnte Conway bringen. Ein Reiter, der hinter einem fernen Baumgürtel daherkam, oder eine Gestalt, die einen groben Umhang trug, jeder konnte Conway sein.

Alex Randall, der sah, wie Winter an die Reling rannte und sich hinüberlehnte, als ein Flußboot an das Schiff herankam, verspürte wieder den gleichen, halb zornigen, halb enttäuschten Wunsch, ihr zu sagen, daß sie nicht allen Menschen ihre glühende Erwartung so offen zeigen dürfe, denn noch ehe der Tag zu Ende war, hätte sie selbst gesehen, was die Jahre aus Mr. Commissioner Barton gemacht hatten. Danach würde sie nie wieder diesen Gesichtsausdruck haben. Während Alex das junge, verwundbare Gesicht anschaute, dachte er völlig leidenschaftslos, daß es ihm eine Freude sein würde, Mr. Barton zu erwürgen.

Winter stand jedoch weiterhin ganz allein an Deck, und ihre Augen spähten besorgt zu jedem Boot hinüber. Aber in keinem war ein bekanntes Gesicht. Sie hatte gesehen, wie Kishan Prasad, beladen mit duftenden Blütengirlanden – Willkommensgeschenken seiner Freunde, die ihn begrüßt hatten – an Land ging. Und sie hatte auch gesehen, wie ein Boot mit zwei Ruderern einen Inder an Bord brachte, der eine eigentümliche, sandfarbene Uniform trug. Sie hatte gesehen, wie Alex Randall schnell zu diesem Mann hinüberging.

Er hatte steif salutiert, als er an Deck war, und dann hatte sich sein braunes Gesicht zu einem Grinsen der reinen Freude verzogen. Winter sah, wie Alex den Mann an der Schulter ergriff, ihn ganz fest packte und das gleiche Lächeln zeigte. Einen Augenblick lang hatten die Männer einander ohne Worte angeschaut, wie Brüder, die sich nach langer Trennung wiedersehen. Dann hatte Alex die Hand sinken lassen, sie hatten beide gelacht und waren zusammen weggegangen, während sie miteinander sprachen.

Die überfüllten Decks leerten sich, und Winter sah sorgenvoll zu, wie Boot nach Boot voller Passagiere zur Küste hinüberruderte. Endlich berührte jemand ihren Arm, und sie drehte sich schnell um. Aber es war nur Captain Randall. Auf seinem Gesicht war ein Ausdruck, der dem Mitleid gefährlich nahekam. Winter reckte die schlanken Schultern und hob ruckartig das Kinn. Sie sah sehr jung aus, dachte Alex, und trotz der hochnäsigen Geste sehr verängstigt und gespannt. Alex sagte es geradeheraus: »Er war nicht in der Lage, zu kommen. Mein Bursche hat mir Briefe aus Lunjore gebracht.«

Winter nahm das Päckchen, das ihr hingehalten wurde, mit einer Hand, die nicht mehr ganz ruhig war. Ihre Finger schlossen sich so fest darum, daß das steife Papier knisterte, und sie konnte spüren, wie Tränen hinter ihren Augenlidern hinausdrängten. Aber sie hielt die Augen fest geschlossen. Mit dünner, kalter Stimme sagte sie »Danke«, und Alex drehte sich abrupt um und ließ sie allein.

Winter packte die Reling. Sie zitterte. Tränen standen jetzt in ihren Augen, und sie sah den Fluß und die Bäume und die Häuser am Ufer durch einen schwimmenden Nebel. Die Enttäuschung war fast zu bitter, um erträglich zu sein. Heute hätte das Ende der langen Reise sein müssen, aber jetzt war die Reise doch noch nicht vorbei. Sie schaute auf den Brief hinab, den sie mit der Hand umklammert hielt, und nach einem Augenblick brach sie das Siegel.

Arbeitsüberlastung, schrieb Conway, hätte es ihm jetzt doch unmöglich gemacht, sie in Kalkutta abzuholen. Die Enttäuschung sei für ihn genauso groß wie für sie. Aber die Pflicht käme zuerst, und er wisse, sie würde ihn nicht zwingen, ihretwegen seine Pflichten zu verletzen. Die Abuthnots, in deren Obhut sie bis jetzt gereist sei, wollten nach Delhi, und so solle sie am besten mit ihnen bis Delhi weiterreisen. Es sei zwar ein kleiner Umweg, aber da er selbst in nächster Zeit Gelegenheit haben würde, dorthin zu fahren, passe das alles sehr gut. Sie könnten dann in Delhi heiraten und die Flitterwochen in dieser historischen Stadt verbringen. Die Verzögerung würde ein paar Wochen betragen, aber was waren denn ein paar Wochen, wenn der Rest des Lebens noch vor ihnen lag? Er hoffe, sie hätte eine angenehme Reise gehabt und verblieb, wie immer, ihr zärtlicher, hingebungsvoller Ehemann in spe ...

Die Handschrift war unordentlich und ungleichmäßig, und die Zeilen liefen eckig und schief über die Seite. Er muß sehr müde gewesen sein, als er das geschrieben hat, dachte Winter mit liebevollem Mitgefühl. Müde und enttäuscht. Ihre eigene Enttäuschung kam ihr plötzlich selbstsüchtig vor. Es war nobel von Conway – und es sah ihm so ähnlich! Es war nobel, daß er seine Pflichten vor sein persönliches Glück stellte. Der liebe, liebe Conway!

Sie zerdrückte seinen Brief zwischen den Händen und preßte ihn an die Brust, und sie kämpfte gegen den Wunsch, den Kopf zu senken und loszuheulen. Hier auf dem offenen Deck durfte sie nicht weinen, denn wenn sie ihre bittere Enttäuschung zeigte, dann konnten andere das als Kritik an Conway auslegen, und das wäre unverzeihlich für sie. Sie wandte sich von der Reling ab und ging mit hocherhobenem Kopf hinunter in ihre Kabine. Ihr Gesicht war ruhig und gesammelt, und ihre Augen waren sehr trocken und strahlend.

Mrs. Abuthnot zeigte sich mütterlich und mitfühlend. Der liebe Alex hätte sie schon über den Stand der Dinge informiert und ihr einen ausgesprochen charmanten Brief von Mr. Barton gegeben. So eine Enttäuschung! Aber das Leben in Indien bestand ja traurigerweise aus solchen Enttäuschungen. Man mußte eben lernen, damit zu leben. Indien, so sagte Mrs. Abuthnot tiefsinnig, sei ja schließlich nicht England. Colonel Abuthnot hätte offizielle Angelegenheiten in Kalkutta und Barrackpore zu regeln, und deshalb müsse er noch eine Weile hierbleiben. Er hätte es aber so eingerichtet, daß sie bei einem Freund wohnen könnten – einem Mr. Shadwell, Kaufmann in Kalkutta. Die Shadwells, das wüßte sie, würden überglücklich sein, Winter als zusätzlichen Gast willkommen zu heißen, denn Horace Shadwell hätte ihren Onkel Ebenezer gut gekannt. Und was könnte schöner sein, als später zusammen nach Delhi zu reisen? Die liebe Lottie sei bei diesen Aussichten überglücklich!

Das Haus der Shadwells stellte sich als palastartige, zweistöckige Villa heraus, die inmitten von Gärten und Rasenflächen am Rand des Flusses lag. Zu Winters Erleichterung bekam sie ein eigenes Zimmer.

Jetzt konnte sie weinen, wo niemand es sehen konnte, und Tränen hätten vielleicht etwas Erleichterung nach der Anspannung und dem Schmerz der Enttäuschung gebracht.

Aber sie weinte nicht. Sie schaute den riesigen, hohen Raum mit den weißgekälkten Wänden und den langen Fenstertüren an, die sich zu einer breiten Veranda öffneten. Dieses Zimmer war einem englischen Schlafzimmer so unähnlich, wie der riesige, langsam dahinfließende Hugly einem englischen Fluß unähnlich war. Und während Winter hinausschaute, löste sich das Band, das ihre Kehle zusammenschnürte, und das Bleigewicht ihrer enttäuschten Hoffnung hob sich von ihr.

Sie ging langsam durch das Zimmer und betrat die Veranda, und ihre weiten Röcke rauschten sanft auf den Matten, die am Boden lagen. Unter ihr, hinter einer dichten Baumgruppe, zog sich ein langer Rasen hinunter zum Fluß, der golden in der kurzen Dämmerung dahinströmte. Der Himmel trug ein verwaschenes, klares, blasses Grün, und die ersten Sterne waren schon als geisterhafte Lichtpunkte zu sehen. Die Abendluft war voller Geräusche: halbvergessene und doch wohlbekannte Geräusche. Muschelhörner, die in einem Tempel dröhnten, das ferne Rollen von Trommeln, Pfauenschreie und das Heulen von Schakalen, das Bellen der Paria-Hunde und all die vielen Geräusche einer indischen Stadt. Die Luft roch nach sonnengebackenem Staub und Kuhdungfeuern, nach Holzrauch, nach Goldlack und Jasmin und der eigentümlichen Ausdünstung des Flusses, und in der sinkenden Dämmerung glitzerten Myriaden von schwachen, kleinen Lichtpünktchen auf den Bambuszweigen. Über Winters Kopf huschten dunkle Schatten durch den Garten. Das waren die Glühwürmchen und die fruchtfressenden Fledermäuse, von denen der alte Sir Ebenezer gewünscht hatte, daß er sie noch einmal sah . . .

Winter lehnte sich an das breite Verandageländer und tat einen langen, tiefen, glücklichen Atemzug. Es spielte keine Rolle mehr, daß Conway nicht in der Lage gewesen war, nach Kalkutta zu kommen. Es spielte auch keine Rolle mehr, daß morgen doch nicht ihr Hochzeitstag sein würde. Sie konnte warten. Sie war nach Hause gekommen.

Die Reisenden erwachten am nächsten Morgen von einem Durcheinander an Vogelgezwitscher: Krähen, Minas, Finken, Papageien und Tauben, die pfiffen, kreischten und durcheinandergurrten.

Lottie, in ein rosa Negligé aus Baumwolle gekleidet, erschien in Winters Schlafzimmer. Ein Inder sei in ihr Zimmer gekommen, verkündete sie mit zitternder Stimme. »Ein Mann, Winter! Er hat noch nicht einmal geklopft . . . Er ist einfach reingekommen. Ich dachte, ich falle in Ohnmacht vor Angst.«

»Was wollte er denn?« fragte Winter.

»Ach, er wollte eigentlich gar nichts. Er hat mir Tee und Obst gebracht. Hat alles einfach auf einen Tisch neben mein Bett gestellt und ist wieder hinausgegangen. Lach doch nicht, Winter! Das ist sehr unfreundlich von dir. Ich habe noch nie im Leben soviel Angst gehabt.«

»Das war ja nur ein Hausdiener«, sagte Winter und lachte weiter. »Er hat mir auch etwas gebracht. Du wirst dich daran gewöhnen müssen, Lottieschatz. Ich glaube nicht, daß Dienstboten in Indien jemals anklopfen.«

»Daran gewöhne ich mich nie!« erklärte Lottie schaudernd.

»Oh doch, das wirst du schon. Ich prophezeie dir, daß du innerhalb eines Jahres ganz unfähig sein wirst, dich am Leben zu erhalten oder auch nur die einfachste Aufgabe zu lösen ohne die Hilfe von mindestens einem Dutzend Dienstboten und noch weiteren zehn für Edward. Mrs. Shadwell hat mir letzte Nacht erklärt, daß dieses Haus hier sehr bescheiden ist – es gibt hier nur fünfunddreißig Diener!«

Die Erwähnung von Edward hatte Lottie augenblicklich abgelenkt. Sie lief rosa an und sagte mit einem Seufzer: »Oh Winter, Edward soll heute mit Papa sprechen. Mama hat ihm alles erzählt, und Papa ist so lieb gewesen. Und denk nur – er kennt Edwards Onkel! Sie waren in der gleichen Schule. Papa sagte, es sei hart für einen Vater, seine Tochter nach so vielen Jahren wiederzusehen, nur um sie gleich wieder an einen anderen Mann zu verlieren. Das hört sich doch nicht an, als ob er uns seinen Segen verweigern will, oder?«

»Aber nein. Was könnte er auch dagegen haben? Edward ist doch im höchsten Grade passend. Und so gutaussehend«, fügte Winter mit einem Zwinkern hinzu.

»Er sieht wirklich gut aus, nicht wahr?« seufzte Lottie. In ihren Augen verkörperte Edward mit seiner runden Nase, seinen blauen Augen, seinem sommersprossigen Gesicht und seinem flammendroten Haar alles, was an einem Mann bewundernswürdig ist. Noch vor fast zwei Monaten hätte ihr männliches Ideal eher dem Aussehen eines Lord Byron entsprochen, einem Gentleman, der mit Lieutenant English absolut und überhaupt keine Ähnlichkeit hatte.

»Du hast soviel Glück, Winter«, seufzte Lottie. »Es ist nicht fair. Du bist ein ganzes Jahr jünger als ich, und dennoch wirst du in ein paar Wochen verheiratet sein, während ich noch ein halbes Jahr warten muß. Wahrscheinlich sogar noch viel länger. Mama sagt, eine Verlobung von nur sechs Monaten sei skandalös kurz, aber Edward hofft, er kann Papa überreden, daß er uns im Frühling heiraten läßt. Glaubst du, er wird zustimmen? Es ist natürlich herrlich, wieder bei Papa zu sein, aber ... ach, ich weiß, es klingt furchtbar undankbar, aber er ist einfach nicht Edward!«

Es traf sich aber so, daß Lottie letzten Endes doch nicht so lange warten mußte.

Edward hatte Informationen erhalten, nach denen sein Regiment im neuen Jahr wahrscheinlich Admiral Seymours Streitkräften in China überstellt werden sollte. Im Hinblick darauf wünschte er, so schnell wie möglich zu heiraten, falls diese Katastrophe über ihn hereinbrach. Er kenne, so sagte er, Lottie jetzt schon seit zwei Monaten, und in dieser Zeit hätte er sie täglich gesehen. Das sei sicherlich ein guter Ersatz für eine lange Bekanntschaft, denn in England hätte er sie wahrscheinlich höchstens einmal oder zweimal in der Woche treffen können, wenn sie verlobt gewesen wären. Es habe wenig Sinn, in den nächsten Monaten von ihr getrennt zu sein und erst am Abend seiner Abreise zu heiraten – wieder im Angesicht der Tatsache, auf unbestimmte Zeit getrennt zu werden. Man solle ihnen wenigstens eine kurze Zeit des Glücks erlauben, und wenn dann das Schlimmste wirklich geschah und er im nächsten Jahr nach China beordert wurde, dann könnten er und Lottie die Angelegenheit als Eheleute besser verkraften. Sollte er aber getötet werden, fügte Edward offen hinzu, dann sei seine Frau reichlich versorgt, denn all sein Besitz würde ja an sie übergehen.

Als Lottie von der Möglichkeit hörte, daß ihr Edward nach China geschickt wurde, fiel sie augenblicklich in Ohnmacht, und nur das Versprechen, daß bald geheiratet werden sollte, hatte sie davon abgehalten, diese drastische Geste zu wiederholen.

Mrs. Abuthnot, besorgt durch die Blässe und Verzweiflung ihrer

Tochter, vergaß alle Gegenargumente, und die Gesellschaft war in den Salon hinübergegangen, wo Mr. Shadwell trotz der unpassenden Tageszeit nach Champagner rief. Alle tranken auf die Gesundheit und das Glück des verlobten Paares.

Genau zu diesem Zeitpunkt kündigte ein Diener Captain Randall an. Man unterrichtete ihn von der Verlobung und den Hochzeitsplänen Lotties und Edwards, und er gratulierte den beiden mit etwas geistesabwesender Stimme. Er stellte klar, er sei nur gekommen, um sich zu verabschieden. Er bedaure sehr, daß er nicht nach Delhi mitkommen könne, aber seine Rückkehr nach Lunjore dürfe nicht länger verschoben werden.

Winter hatte ein paar steife, förmliche Worte des Danks ausgesprochen, und er hatte ihr die Hand geschüttelt. Alex, dessen Blicke auf eine massive Uhr auf der anderen Seite des Zimmers geheftet waren, hatte kurz geantwortet, er sei glücklich, daß er ihr hätte helfen können. Offensichtlich hatte er es eilig und wollte schnell fort, und nachdem er ein halbes Glas Champagner hastig hinuntergeschluckt hatte, verabschiedete er sich und ging. Das Wagenrasseln der Kutschräder verlor sich in der Ferne, und verwirrt und erstaunt bemerkte Winter, daß das Geräusch ihr ein plötzliches Gefühl der Einsamkeit und Schutzlosigkeit gab. Das war natürlich absurd. Colonel Abuthnot nahm ja Captain Randalls Platz ein und sorgte dafür, daß ihr nichts geschah.

Während die Tage sich langsam dahinschleppten, stellte Winter mit Überraschung fest, wie sehr sie Alex vermißte. Nicht den Mann selbst, sondern das Gefühl, das er ihr gegeben hatte. Das Gefühl der Sicherheit. Winter hatte sich nicht die Mühe gemacht, diese Stimmung zu untersuchen, und sie würde es auch nicht tun. Aber die Tatsache, daß er fort war und daß es nie mehr zu seinen Pflichten gehören würde, für ihre Bequemlichkeit und Sicherheit zu sorgen, brachte ihr keine Erleichterung, sondern ein Gefühl der Unsicherheit und des Verlustes. Das kam wahrscheinlich daher, dachte sie, daß Captain Randall das Verbindungsglied zu Conway gewesen war.

14

Kalkutta als Hauptstadt und Hauptquartier des Generalgouverneurs und des Rates hatte den Ruf, ein reges gesellschaftliches Leben zu führen. Der Staatsball war für Lottie und Sophie, die noch nie an einem Ball teilgenommen hatten, wunderbar. Selbst Winter, die an die schwarzweiße Kleidung der Männer auf den Londoner Festen gewöhnt war, hatte einen einzigen, verwirrten Augenblick lang geglaubt, der Generalgouverneur gäbe einen Maskenball.

Männer in herrlichen Ausgehuniformen von Regimentern, deren Namen außerhalb von Indien kaum bekannt waren, im Blaßblau und Gold der leichten Kavallerie, im Kanariengelb der Skinner's Horse Guards, in dem Grün der Grenadierregimenter und dem Scharlachrot der Infanterie wetteiferten in Farbe und Glitzern von Goldspitze mit den schimmernden Seiden und zarten Rüschen der Ballkleider der Damen. Und auf sechs Männer kam nur eine Frau.

Colonel Abuthnot, der nicht gern tanzte, überließ es seiner Frau, mit den älteren Damen zu plaudern und dabei Lottie, Sophie und Winter wachsam im Auge zu behalten. Er selbst ging zu mehreren gleichgestimmten Herren hinüber, die in aller Ruhe Zigarren in einem Vorzimmer rauchten, in einiger Entfernung vom Ballsaal. »Hallo, Abuthnot! Sie sind genau der Mann, den ich sprechen wollte. Fallon hier hat uns einen Haufen Blödsinn über böses Blut erzählt, das angeblich in den Regimentern um Delhi herrschen soll. Das ist doch Ihr Teil der Welt, nicht? Ich hab' ihm gesagt, er ist viel, aber auch viel zu leichtgläubig. In der Armee, da ist doch alles klar!«

»Na ... es hat natürlich Gerüchte gegeben«, gab Colonel Abuthnot vorsichtig zu. »Aber mit meinen eigenen Männern habe ich natürlich keinen Ärger. 'n Abend, Herr General, 'n Abend, Fallon!«

»Pah ... Gerüchte!« schnaubte der vierschrötige Zivilist wütend. »Gerüchte gibt's immer. Ohne Gerüchte wär's ja nicht Indien. Kann man nicht ernst nehmen.«

Colonel Fallons gebräuntes Gesicht nahm einen deutlich rohen Ton an. »Ich bin kein Angsthase. Aber ich bin auch kein Regierungs-Vogel-Strauß und vergrabe meinen Kopf im Sand. Ich sage Ihnen, unter den Sepoys gehen gefährliche Gedanken um. Ideen, die wir selbst erweckt haben. Ärger, um den wir uns zu wenig gekümmert haben.«

»Ja, das ist es«, unterbrach ihn ein älterer Mann mit einem wilden weißen Schnurrbart. Er trug die Uniform eines berühmten bengalischen Infanterieregiments. »Früher, da waren die Jungs so zäh wie Haselstöcke, aber heute, heute werden sie verwöhnt. Ja, beim Himmel! Wir verwöhnen sie, als ob unsere Armee 'ne verdammte Mädchenschule wäre. Die Kerle werden weich.«

»Nicht weich«, schnappte Colonel Fallon. »Es sind die verdammten Brahmanisten. Dagegen hätten wir was unternehmen sollen.«

Ein hochgewachsener, gutaussehender Mann mit kalten Augen und modischem Aussehen griff mit lässiger Stimme in die Unterhaltung ein. »Brahmanisten? Ich bitte Sie, Colonel Fallon, erleuchten Sie mich ignoranten Globetrotter doch. Ich habe nicht gewußt, daß es in diesem Land politische Parteien gibt.«

»Das ist keine politische Partei, Lord Carlyon. Es ist ein Teil des Hinduismus. Die Brahmanen, die zweimal Geborenen, sind die Priesterkaste der Hindus, und als solche werden sie von allen anderen Kasten hochverehrt. Es gab einmal eine Zeit, in der man versuchte, die Aufnahme von Brahmanen bei den Mannschaftsdienstgraden zu begrenzen. Dennoch, sie dienen jetzt als Soldaten, während sie ihre geheiligten Rechte und Privilegien behalten. Das untergräbt die Disziplin.«

»Aber wie soll das gehen, Sir? Wollen Sie etwa sagen, daß die Ostindische Gesellschaft Priester als Krieger rekrutiert?«

»Es sind keine Priester im allgemeinen Sinn«, erklärte Mr. Halliwell, der Zivilist. »Sie gehören einfach zur höchsten aller Kasten. Man kann nur als Brahmane geboren werden, man kann aber keiner werden. Und kein Hindu einer niedrigeren Kaste darf es wagen, sich gegen einen Brahmanen aufzulehnen. Denn in der nächsten Welt wird er fürchterlich dafür zahlen müssen.«

»Und das führt natürlich zu endlosem Ärger in der Mannschaft«, fügte Colonel Fallon hinzu. »Denn die hängen zusammen wie Pech und Schwefel. Ein Brahmane wird keinen anderen anzeigen, und es ist nicht ungewöhnlich, daß ein indischer Offizier aus einer niedrigeren Kaste einem einfachen Soldaten zu Füßen fällt, der zufällig ein Brahmane ist. Dabei geht die Disziplin vor die Hunde. Wir hätten das schon lange stoppen sollen. Wir hätten die ganze Armee aus niedrigeren Kasten zusammensetzen sollen. Es sind die Brahmanen, auf deren Konto der ganze augenblickliche Ärger geht.«

»Was für ein Ärger, Sir?« wollte Lord Carlyon gelangweilt wissen. »Ich hatte es so verstanden, daß Berichte über Unstimmigkeiten völlig ohne Grundlage sind.«

»Sind sie auch«, schnaufte Mr. Halliwell. »Keine Grundlage. Ganz unbegründetes Muffensausen.«

Carlyon wandte sich ab. Ein hochgewachsener Mann mit dünnem grauen Bart und den Abzeichen eines Brigadegenerals trat auf ihn zu. »Auf ein Wort, Arthur ...« Der Generalgouverneur nahm Lord Carlyons Arm und ging mit ihm in Richtung Ballsaal davon.

»Um was geht es denn, Euer Exzellenz?« wollte Carlyon wissen. Seine schwerlidrigen Augen wirkten plötzlich aufmerksam.

»Ich könnte Ihre Dienste gebrauchen, Arthur.«

»Mein lieber Charles! Aber bei was denn? Soll ich mit den Damen tanzen, die an Ihren Bällen teilnehmen? Zu mehr bin ich nicht fähig – und auch dazu nur, wenn die Damen hübsch sind.«

»Sie unterschätzen sich, Arthur. Ich weiß, Sie sind ein großartiger Reiter und ein erstklassiger Schütze.«

Der jüngere Mann blieb plötzlich stehen, drehte sich um und betrachtete seinen Gastgeber mit schmalen Augen. Langsam sagte er: »Was meinen Sie denn damit? Glauben Sie auch, was der Colonel da drinnen glaubt – daß es Ärger geben wird?«

»Was für ein Colonel? Hat irgend jemand Ärger prophezeit?«

»Fallon, ich glaube, so war der Name. Älterer, kleiner Mann mit einer Gesichtsfarbe wie alte Ziegelsteine. Sagen Sie mir, Charles, ist es eine der Regeln der indischen Armee, daß ein Mann erst mal Großvater sein muß, ehe er als geeignet befunden wird, sie zu kommandieren? Verdammt, ich hab' noch nie so ein Durcheinander von Graubärten gesehen. Ihre Colonels schwanken alle schon auf das Grab zu, und Ihre Generäle stehen offenbar mit beiden Füßen schon drin.«

»Hat Fallon denn von bevorstehenden Katastrophen gekrächzt?«

»Wie ein Rabe«, sagte Carlyon oberflächlich. »Aber er war in der Minderheit. Wie sehen Sie die Sache? Erwarten Sie auch die Sintflut?«

»Nein, natürlich nicht. Alles in Ordnung mit dem Land. Manchen Menschen macht es eben Spaß, vom Untergang zu reden. Die Nachwirkungen dieser Prophezeiung, nehme ich an.«

»Welcher Prophezeiung?« wollte Carlyon interessiert wissen.

»Ach, das ist eine alte Geschichte. Kam nach Plassey auf. Der Raj der Ostindischen Gesellschaft sollte noch hundert Jahre nach der Schlacht regieren. Und die Schlacht bei Plassey fand 1757 statt.«

»Dann sind die hundert Jahre also nächstes Jahr um«, kommentierte Carlyon. »Sehr interessant. Aber Sie können das doch nicht ernst nehmen!«

»Natürlich nicht. Ich wünschte nur, Sie nähmen nicht alles auf die leichte Schulter, Arthur.«

»Was macht Ihnen denn Sorgen?«

»Nichts. Nichts. Nur ... nun, ich würde es gern sehen, wenn Sie Ihren Besuch verlängern könnten, wenn das irgend möglich ist. Wollen Sie das tun?«

»Warum?« Carlyon machte ein finsteres Gesicht. Er hatte nicht vor, seinen Aufenthalt im Osten zu verlängern. Im neuen Jahr wollte er wieder in England sein, und er hätte auch eine Reise nach Indien gar nicht in Betracht gezogen, wenn ihn seine Fähigkeit in Liebesangelegenheiten nicht zeitweilig verlassen hätte. Eine Situation hatte sich ergeben, die es ratsam machte, längere Zeit ins Ausland zu gehen. Aber jetzt meinte er doch, er sei lange genug in Indien gewesen, und die Aussicht darauf, nach Lucknow zu reisen, gefiel ihm nicht.

»Es würde mir von Nutzen sein«, meinte der Generalgouverneur, »wenn Sie eine ausgedehnte Reise durch dieses Land machen würden – ganz privat natürlich, als Tourist. Und wenn Sie mir dann Ihre Eindrücke schilderten. Ich finde, daß zu viele Leute dem Generalgouverneur nur das erzählen, was ihrer Meinung nach dem Generalgouverneur gefällt. Sie könnten natürlich nicht direkt von hier vorgehen«, sagte Lord Canning, »aber wenn Sie zuerst nach Delhi reisen und dann über Lucknow zurückkehren, dann sähe es aus wie eine Besichtigungsreise, und . . .«

Er bemerkte, daß Carlyon nicht länger lässig im Sessel saß. Er hatte die Balustrade mit beiden Händen gepackt und beobachtete jemanden im Ballsaal unter ihm. Er zeigte plötzlich lebhaftes Interesse.

»Himmel!« sagte Lord Carlyon atemlos. »Es ist das häßliche Entlein!«

Mit einem unangenehmen, leidenschaftlichen Glitzern in seinen gelangweilten Augen wandte er sich wieder seinem Gastgeber zu. »Verzeihen Sie, Charles, Ich habe da unten eine Bekannte gesehen. Vielleicht können wir diese Unterhaltung ein anderes Mal fortsetzen.« Er drehte sich um, stieg die blumengeschmückte Treppe hinab und verlor sich in der Menge.

Lord Canning seufzte ein bißchen müde. Er wünschte sich einen akkuraten, objektiven Bericht über die Zustände in Lucknow, ohne die Notwendigkeit einer offiziellen Nachforschung, die ihn vielleicht dazu zwang, den dortigen Commissioner aus seinem Amt zu entfernen. Aber abgesehen davon hatte er einen starken Widerwillen dagegen, daß kriegsverwendungsfähige Engländer das Land verließen. Er war kein sehr phantasiebegabter Mann, und er hatte auch keine Geduld mit den Leuten, die von Katastrophen redeten. Aber manchmal bedrückte ihn der Gedanke an dieses riesige Land und die dunkelhäutigen, wimmelnden Millionen von Menschen. So ein gewaltiges Gebiet – und so wenige sollten es halten . . .

Er schaute hinunter in den Ballsaal mit seinen glitzernden Uniformen und wirbelnden Krinolinen, und dann bemerkte er Carlyons hohe Gestalt, die sich durch die Menge der Zuschauer am Rand der

Tanzfläche drängte. Er sah, wie Carlyon ein schlankes, dunkelhaariges Mädchen in einem weißen Ballkleid ansprach, das von jungen Offizieren umgeben war.

Das Gesicht der Dame war ihm nicht bekannt. Sie sah auch nicht so aus, als ob sie nach Carlyons Geschmack wäre – weder ihr Kleid noch ihre Frisur waren nach der letzten Mode.

Lord Carlyon allerdings begegnete ihr mit einer Liebenswürdigkeit, die für ihn höchst ungewöhnlich war, und dann begleitete er sie nach draußen und half ihr in den Wagen. Ein halbes Dutzend junger Offiziere stand währenddessen auf den Stufen gruppiert, und erst als der Wagen wegfuhr, zerstreuten sie sich.

Lord Carlyon drehte sich um und ging langsam durch die Halle. Beim unerwarteten Anblick seines Gastgebers blieb er stehen.

»Ach, Charles ... Ich dachte, Sie hätten sich vernünftigerweise dazu entschlossen, zu Bett zu gehen.«

»Wer war das?« wollte Lord Canning ohne große Neugier wissen.

»Niemand von Interesse«, meinte Lord Carlyon. Er blickte auf die welkende Blume in seinem Knopfloch hinab, nahm sie heraus und ließ sie auf den polierten Marmorfußboden fallen. »Übrigens, Charles«, sagte er leise, »es wird Sie interessieren zu erfahren, daß ich mich entschlossen habe, Ihren Rat anzunehmen und meinen Aufenthalt in Indien zu verlängern. Ich werde Delhi besuchen, und es kann sogar sein, daß mein Rückweg über Oudh führt.«

15

»Können wir von hier aus unsere eigene Straße gehen?« fragte Niaz Mohammed.

Alex wandte sich vom Fenster des sparsam möblierten Postbungalows ab und ließ den Bambusvorhang wieder zurückfallen.

»Ist das nötig?«

»Große Notwendigkeit«, sagte Niaz. »Es war nicht ratsam, zu sprechen, während so viele andere zuhören konnten, aber jetzt ...«

»Auch hier sind Ohren«, sagte Alex und deutete ruckartig mit dem Kopf auf die Veranda nach draußen. Dort war der Schatten eines herumlungernden Dieners zu sehen. Alex und sein Bursche hatten Kalkutta per Zug verlassen. Jetzt hatten sie Raniganj erreicht, hundertvierzig Meilen nördlich der Stadt. Von diesem Punkt aus mußte der Rest der Reise auf der Straße zurückgelegt werden, und Alex und Niaz waren ausgestiegen und hatten dann die Reise nach Benares per Dak-Gahri – einem vierrädrigen, droschkenartigen Vehikel mit zwei Pferden – fortgesetzt.

Am vierten Tag stürzte der Wagen an einer Uferböschung um. Das Gefährt selbst war anschließend in einem traurigen Zustand, und ein Blick reichte, um auch den Dümmsten davon zu überzeugen, daß seine lange Karriere ein unehrenhaftes Ende gefunden hatte.

Beim nächsten Postbungalow standen mehrere Dak-Gahris, und frische Pferde wurden aus den Ställen hergebracht. Die anderen Passagiere stiegen wieder ein, und nach langem Kampf mit den zögernden Pferden verschwanden die Gahris in einer Wolke von Staub in der Ferne. Alex und Niaz waren allein im Dak-Bungalow.

Vielleicht war es möglich, am Ort für wenig Geld Reitpferde zu besorgen, so daß die beiden kein Dak-Gahri mehr zu nehmen brauchten.

»Wenn Arbeit zu tun ist, dann reist man besser allein«, meinte Niaz, und sein dunkles Gesicht war ausdruckslos. »Ich habe einen Freund im Dorf. Einen Mann, dem ich einmal einen kleinen Dienst erweisen konnte. Man weiß ja nie, wann man mal einen Freund braucht, und deshalb bin ich auf meinem Weg nach Süden eine Nacht in seinem Haus geblieben. Ich glaube, er wird Pferde für uns finden.«

Niaz war ein Moslem aus dem Panjab, dessen Heimat nördlich von Karnal lag. Er war gleichaltrig mit Alex Randall, und er hatte auch in Alex' Regiment gedient. An seiner Seite hatte er viele Schlachten gekämpft. Sie hatten sich oft gegenseitig das Leben gerettet. Seit damals war Niaz Alex' Bursche und Leibdiener, und als Alex für den Verwaltungsdienst abgestellt wurde, bekam er auch die Erlaubnis, Niaz mitzunehmen. Im vergangenen Jahr hatte Niaz einen verlängerten Urlaub bekommen, und Alex hatte ihm gewisse spezifische, inoffizielle Instruktionen hinterlassen, die ohne jeden Zweifel ausgeführt worden waren.

Der Schatten des Dieners in der Abendsonne auf der staubigen Veranda bewegte sich nicht, und Alex sagte nachdenklich: »Bring mein Gewehr. Im offenen Land wird es Schnepfen und Rebhühner geben, und ich bin noch ganz steif von der Fahrt im Dak-Gahri.

Niaz grinste zustimmend. Er ging hinaus, um den Khansamah, den Hausdiener, zu informieren. Niaz und Alex schlenderten die flachen Steinstufen der Veranda hinab und gingen langsam weg. Der harte, trockene Boden unter den Mangobäumen zeigte keine Fußabdrücke, aber der Tag war ohne Wind, und Staub, Zweige und gefallene Blätter verrieten einen häufig benutzten Trampelpfad vom Bungalow zu einem Schrein, einer großen Steinplatte, die, grob eingehauen, das Lingam zeigte, das Zeichen der Fruchtbarkeit. Der Schrein war mit roter Farbe betupft, und auf dem Boden davor lagen Opfergaben. Bescheidene Opfer, eine Handvoll ausgetrockneter Körner, ein Strauß Goldlackblüten, eine Kette aus roten Samenkörnern und die Reste einer Chappati – des flachen Fladenbrots, das in Indien zu allem gegessen wird.

Die Spuren nackter Füße deuteten an, daß ein einzelner Mann vom Grasland und der offenen Ebene hergekommen und wieder zurückgegangen war.

Niaz kam langsam aus den Schatten der Bäume, den Blick auf den Boden geheftet. Kurz danach sagte er: »Hier führen die Spuren zur Seite und gehen zurück ins Dorf. Es ist ein alter Trick, eine Botschaft in eine Chappati einzubacken, so daß sie gut verborgen ist.«

Alex nickte, ohne etwas zu sagen, und schaute über die Ebene. Er setzte sich auf ein Büschel trockenen Grases an den Rand des Jheels, eines flachen Teiches, der mit magerem Schilfrohr, einzelnen Büschen Elefantengras und ein paar mickrigen Palmen bestanden war. Er nahm ein Päckchen Zigarettenpapier und seinen Tabaksbeutel aus der Tasche, rollte zwei Zigaretten und warf eine davon Niaz zu. Der hockte sich neben ihn.

Er zündete ein Schwefelholz an der Sohle seines Schuhs an, gab Alex Feuer, blies dann die Flamme sorgfältig aus und schnippte das verbrannte Streichholz in das ruhige Wasser. »Hier sind keine Ohren«, bemerkte er zustimmend, »und niemand kann über das Wasser herankommen. Wir brauchen also nur die Landseite zu beobachten.« Er zog den Tabaksrauch tief in seine Lungen und blies ihn langsam durch die Nasenlöcher wieder aus. Der Abend war warm und sehr still. Sie konnten das Springen der kleinen Fische im Wasser hören, das Quaken von Wasservögeln, weit draußen auf dem Jheel, und das Rascheln einer kleinen Schlange, die durch die Grashalme glitt.

Alex hatte im Osten gelernt, geduldig zu sein, und so saß er entspannt und still. Er sah zu, wie die Schatten länger wurden und der Rauch von seiner Zigarette ungestört in die Luft stieg. Er wußte, Niaz würde sprechen, wann er das für richtig hielt, und nicht vorher. Und solange war es angenehm, hier zu sitzen und die wohlbekannten Düfte eines indischen Abends zu riechen, während der Himmel hinter den ausgefransten Palmen mit der großartigen Pracht eines Sonnenunterganges aufflammte, der Menschen in westlichen Ländern unbekannt ist.

Endlich sagte Niaz nachdenklich: »Ich tat, was du mir sagtest. Ich habe meinen Urlaub genommen und bin geritten, wie sich das für einen von der Kavallerie gehört. Ich habe Verwandte in Oudh und Rohilkhand und Jhansi besucht. Von ihnen habe ich viel gehört. Und als das getan war, bin ich zu Fuß weitergegangen, nicht länger als Niaz Mohammed Khan, sondern als Rahim, als ein unwichtiger Mensch. Von den Sikhs im Norden, die meinen Glauben tragen, bis nach Benares zu den Ungläubigen, sogar noch weiter nach Süden, nach Bourdwan ging ich. Ich habe viele Gespräche im Zwielicht gehört, und viele Dinge in den Basaren und auf dem Weg . . .«

Einen Augenblick lang verstummte er und nahm einen tiefen Zug aus seiner Zigarette. Sein Gesicht schien in der untergehenden Sonne wie polierte Bronze zu glänzen. Endlich sagte er: »Du hast recht gehabt, mein Bruder. Es geht etwas vor. Diesmal ist es nicht eine Seuche, die nur an einer Stelle ausbricht. Diese Krankheit geht von Norden nach Süden, und ihre Ansteckung wird von vielen zu allen übertragen. Viele Geschichten werden erzählt von Zeichen und Wundern, und in ganz Indien spricht man in allen Dörfern von der Prophezeiung der hundert Jahre.«

»Geredet wird immer«, sagte Alex lakonisch, den Blick auf eine hochfliegende Ente geheftet, die auf dem stillen Himmel ein dunkles, dünnes Muster schnitt.

»Vielleicht ist das so«, sagte Niaz und legte seine mageren braunen Hände um den Zigarettenstummel. Er nahm einen Zug und ließ den Rauch langsam durch seine Nasenlöcher tröpfeln. Alex schwieg. Er wußte, Niaz ließ sich nicht drängen.

»Die Offiziere der Gesellschaft sagen den Menschen von Indien, daß ihre Sitten und Gebräuche böse sind und abgeschafft werden müssen. Vielleicht ist das so, ich weiß es nicht. Aber ihre Sitten sind wie ein Baum mit tiefen Wurzeln, und selbst wenn der Stamm fällt, die Wurzeln bleiben da.«

»Nach dem Gesetz der Gesellschaft dürfen das Land und die Titel eines Prinzen nicht an einen Adoptivsohn weitergegeben werden, wenn kein leiblicher Erbe da ist. Statt dessen gehen Land und Titel an die Gesellschaft über, und die Familie des Mannes stirbt aus und hört auf zu existieren. So sind viele Staaten von der Gesellschaft geschluckt worden, und ihre uralten Namen sind geworden wie Staub.«

»Wenn Oudh geschluckt wird, Oudh, das Wajit Ali und seiner Familie gehört, wer ist dann noch sicher? Jeder Prinz, jeder Sirdar, jeder Mann, der etwas zu verlassen oder zu verlieren hat, hat Angst. Und Männer, die Angst haben, sind gefährlich. Und deshalb tun sich Hindu und Moslem, Ungläubiger und Erwählter Gottes in Furcht und Haß zusammen. Und das Wort geht im Land auf und ab.«

»Und wie lautet das Wort?«

»Die Feringhis, die Fremden, sind wenige, und sie sind sich nicht einig. Dost Mohammed Khan, der Amir von Afghanistan, wird sich gegen sie erheben, und der Schah von Persien wird sich mit ihm vereinigen, um sie in das Meer zu treiben. Es gibt viele, die all diese Dinge glauben, und das Wort geht weiter. Es wird in Städte und Dörfer getragen, auf hundert verschiedenen Wegen. Es geht von Pulton, von einem Regiment zum anderen, Männer auf Pilgerreise zu den Schreinen von Kashi und Haramukh, Händler, Mullahs, Sadhus, Moslems, Brahmanen, Sikhs, die Frau, die Wasser aus dem Brunnen holt, und der Mann, der pflügt, jeder einzelne von ihnen kann Träger des Wortes sein. Und dann braucht es nur noch einen Funken, um all das verstreute Zündpulver zu explodieren.«

Alex rollte sich noch eine Zigarette und sagte: »Ist dafür schon ein Funken gefunden?«

»Ohne Zweifel wird die Gesellschaft selber in ihrer Güte für den Funken sorgen«, sagte Niaz ironisch. »Sind all deine Leute blind oder dumm oder beides, daß sie nicht sehen können, was vorgeht?«

»Nein«, sagte Alex. »Es ist der Nationalstolz. Wir sehen uns nur als Wohltäter, denen Menschen wie du« – er grinste Niaz maliziös an – »zwangsläufig mit Dankbarkeit und Bewunderung zu begegnen haben.«

»Und werden sie nie lernen?« wollte Niaz ärgerlich wissen.

»Nein. Wir Angrezis – wir Engländer – sind so, wie Gott uns gemacht hat.« Alex ruckte unruhig zur Seite. Die kurze tropische Dämmerung war fast vorbei, und er konnte Niaz' Gesicht nicht mehr deutlich sehen. Abrupt sagte er: »All dieses ist nur Gerede. Hast du Beweise?«

»Beweise!« sagte Niaz und lachte kurz. »Du sprichst wie ein Sahib – Sahib!«

»Ghulam, Sklave!« sagte Alex sanft. »Wenn du nicht mein Bruder wärst, wenn auch mit fremdem Blut, dann würde ich dich für dieses Wort in den Jheel werfen.«

Niaz warf in gespieltem Entsetzen eine Hand hoch: »Gnade, Sahib!«

»Du willst also in den Jheel fliegen?« wollte Alex wissen.

»Nein, es ist genug. Mein Bruder.«

Alex rieb sich das Handgelenk und grinste. »Dein Aufenthalt in

England hat dich wenigstens nicht weichgemacht. Aber was trägst du da für einen billigen Ring? Ein Liebeszeichen vielleicht?«

»Das . . .?« Alex blickte hinab auf den verschlungenen Silberring mit seinen drei kleinen, roten Steinen und schüttelte den Kopf. »Nein, der wurde mir von einem Mann gegeben, und ich hätte viel darum gegeben, ihn tot zu sehen.«

Er erzählte ihm die Geschichte, und Niaz zischte bei der Erwähnung seines Namens durch die Zähne. »Kishan Prasad! Ich habe von diesem Mann gehört. Und es wäre besser gewesen, du hättest dir deine rechte Hand abgehackt, anstatt ihm das Leben zu retten.«

»Es stand geschrieben«, sagte Alex philosophisch.

»Komm, es ist Zeit, daß wir zurückkehren«, meinte Niaz.

Sie verließen den Jheel und gingen kameradschaftlich zurück über die dunkle Ebene. Im Dak-Bungalow blinkten Lichter, aber als sie sich dem lichten Schatten der Mangobäume näherten, blieb Niaz zurück. Als sie zum Bungalow zurückkehrten, ging der britische Offizier voran, und sein schweigender Bursche hielt sich sechs Schritte hinter ihm. So war es Vorschrift.

Alex ging an diesem Abend früh zu Bett, aber Niaz hatte noch etwas zu erledigen. Bei Tagesanbruch standen vor der Veranda der Dorfälteste, mehrere neugierige Zuschauer und drei Pferde. Diese elenden Nachkömmlinge von völlig unbedeutenden Hengsten und absolut wertlosen Stuten waren, so erklärte Niaz fröhlich, das Eigentum des Dorfältesten, der sie für die ungeheure Summe von einhundertfünfzig Rupien alle drei verkaufen wolle. Hier brach der Dorfälteste in wilde Proteste aus und beschwor immer wieder, daß im Gegenteil der Preis so niedrig sei, daß die Pferde wenig mehr als ein Geschenk seien.

»Schick ihn weg, ehe sein Gebrüll mich taub macht«, sagte Alex. »Ich bezweifle, daß wir diese ausgehungerten Biester besteigen können, ohne daß sie tot umfallen.«

Niaz zahlte das Geld in Silbermünzen. »Der Himmel verhüte, daß ein Mann aus meinem Kavallerieregiment sieht, wie ich beritten bin! Das dritte Tier soll nur Packpferd sein.«

In der Kühle des Morgens ritten sie los und wurden bald von dem großen, schweigsamen Land geschluckt. Die vielsprachigen Millionen von Indien nahmen die beiden auf, als ob sie nicht mehr als zwei Weizenkörner im Staub der endlosen Ebene gewesen wären.

16

Zehn Tage später ritt ein Spielzeughändler, dessen Packpferd mit grobbemalten Gipsgewehren beladen war, die staubige Straße hinunter, die von Cawnpore nach Oudh führte. Er hatte keinen Begleiter, aber er war von freundlichem, angenehmem Gemüt und immer bereit, mit anderen Reisenden auf der Straße und am Wegesrand zu sprechen. An einem der Haltepunkte hatte er sich einer Gruppe von Jongleuren angeschlossen, die zum Jahrmarkt nach Khanwai wollten, einem kleinen Dorf an der Grenze von Oudh.

Aus der anderen Richtung, von Cathigarh, kam ein schlanker, drahtiger Pathane, der auf einem knochigen, schlechtgelaunten Landpferd saß und zwei magere, traurig aussehende Gäule an einer Leine mit sich führte, ebenfalls zum Jahrmarkt nach Khanwai. Seine Kleidung, seine Sprache, die harten, hellen Augen in dem braunen Gesicht verrieten ihn als einen Sohn des Grenzstammes der Usafzai, und auch er war fröhlich. Er sang Lieder von der Grenze – besonders die fragwürdigeren –, während er dahinritt, und auch er war immer bereit, mit allen Menschen zu sprechen, die er auf der Straße traf.

Die Stadt Khanwai war nicht viel größer als ein Dorf, und nur einmal im Jahr wurde zu Ehren eines Paktes zwischen zwei zerstrittenen Clans, die sich vor Jahrhunderten aus Gründen ausrotten wollten, die der Nebel der Zeiten jetzt schon seit langem verhüllte, ein Jahrmarkt abgehalten. Der Platz, auf dem der Jahrmarkt stattfand, war umgeben von den Buden der Süßigkeitenverkäufer, der Spielzeugmacher und Kramhändler, und es gab viel zu sehen für die Menschen, die hier herumschlenderten. Da waren Jongleure, Akrobaten, Feuerfresser, ein trauriger, zottiger Tanzbär, Schlangenbeschwörer und Zukunftsdeuter. Und als die Nacht herniedersank, gaben die Feuerwerkmacher eine Probe ihrer Waren; explodierende Raketen erleuchteten den Himmel und krachten. Aber während das Feuerwerk blitzte und die staunenden Gesichter der Zuschauer abwechselnd von rotem, grünem oder gelbem Licht gefärbt wurden, hätte man bemerken können, daß hier und da zerlumpte Männer, einzeln oder zu zweien, den Jahrmarktsplatz verließen und durch die Felder hinter dem Dorf zu dem Brachland und der dunklen Barriere des Dschungels hinübergingen, der sich an das Grasland anschloß.

Sheredil von den Usafzai folgte dem gleichen Pfad. Als er mit seiner Kleidung an einem Dornbusch hängenblieb, fluchte er leise und fließend in Pashtu, während er sich befreite. Ein Schatten, der ihm geräuschlos auf den Fersen folgte, machte längere Schritte und sagte flüsternd: »Hai! Du aus dem Norden« – Alex blieb stehen, und seine Hand fuhr zu dem Messer im Gürtel –, »was tust hier? Du bist ein Pathane und kein Mann von Indien.«

»Ich bin gekommen, weil ich das Wort zu denen weitertrage, die jenseits der Grenze warten«, erwiderte Alex in geflüstertem Hindustani. »Und du?«

»Auch ich. Aber nach Bengalen gehe ich, nach Berhampore, über Murshidabad. Von welchem Regiment bist du?«

»Von keinem. Aber der Schwager meines Vetters ist Daffadar bei den Guides«, sagte Alex vorsichtig. »Auch er ist gleichen Sinnes mit uns. Und dein Regiment?«

»Die neunzehnte bengalische Infanterie«, war die Antwort. Der Schatten huschte voran und verlor sich in den anderen Schatten.

Der Pfad – er war wenig mehr als ein Wildwechsel – wand sich mit anscheinender Ziellosigkeit zwischen hohen Elefantengrasbüschen entlang, führte endlich einen sandigen Hang hinab und endete in einem trockenen Flußbett. Rechts führte das Flußbett geradeaus in die Dunkelheit, aber nach links wurde es schmaler und war, anscheinend durch einen Steinschlag, zugeschüttet. Zwischen zwei gewaltigen Felsblöcken, die mit Schlingpflanzen und einer Baumwurzel überwachsen waren, gab es eine schmale Lücke.

Die Lücke war gerade breit genug, daß sich ein einzelner Mann hindurchzwängen konnte. Dahinter, so hatte Niaz Alex gesagt, lag ein schmaler Tunnel. Dies war einmal das äußere Tor einer Festung gewesen, deren Mauern sich links und rechts, verborgen und überwachsen von Bäumen und den Lianen des Dschungels, an dem trokkenen Flußbett entlangzogen. Alex hörte, wie jemand auf dem Pfad hinter ihm auf den Steinen stolperte. Ein weiterer Verschwörer hatte das Flußbett betreten. Alex biß die Zähne zusammen und ging zwischen den Felsen weiter.

Er hatte nicht mehr als vier Schritte in der Dunkelheit gemacht, als seine ausgestreckten Hände den Schaft eines Speers berührten, der ihm den Weg versperrte. Nach einem Moment wurde der Speer gesenkt, und Alex ging wieder vorwärts. Er hörte, wie der Speer hinter ihm wieder gehoben wurde, und dachte grimmig: Die sorgen dafür, daß nur ein einzelner auf einmal durchgeht. Er konnte keinen einzigen Lichtschimmer sehen, und seine Hände glitten über rauhen Stein. Niaz hatte gesagt, der Tunnel des verfallenen Tors sei nicht mehr als acht Schritte lang. Das bedeutete, daß am anderen Ende auch ein Hindernis sein mußte . . . Dann sah Alex graues Licht, und irgend etwas berührte seine Brust. Ein eisenbeschlagener Stab, wie ihn die Nachtwächter tragen. Eine Stimme flüsterte ihm fast ins Ohr: »Gib das Wort.«

»Eine weiße Ziege für Kali.«

»Passiere, Bruder.« Der eiserne Stab senkte sich, und Alex ging hinaus.

Die Wände der Schlucht waren hier steiler als auf der anderen Seite des verborgenen Eingangs, und sie standen auch näher zusammen. Der Dschungel spannte sich wie ein Bogen darüber, und das Mondlicht konnte nicht durchdringen, so daß der Ort fast so dunkel war wie der Tunnel. Dann sah Alex Fackellicht durch das Unterholz schimmern, und kurz danach führte der Pfad auf eine Lichtung vor den Ruinen eines längst vergessenen Palastes.

Das Sternenlicht und der Halbmond, die flammenden Fackeln und das gelegentliche Aufblitzen einer Rakete erleuchteten die Mauern und die umgestürzten Säulen, die halb unter Unkraut und Lianen verborgen lagen. Ein gigantischer Baum hatte den Fußboden eines Gebäudeteils gespalten, der vielleicht einmal eine Audienzhalle gewesen war, und in dem unsicheren Licht konnte man kaum erkennen, was umgefallene Säulen und was die Wurzeln des riesigen Baumes waren. Indien ist voll von solchen Ruinen – Überresten von Städten und Dynastien, die vergangen und vergessen sind. Ruinen – die Wohnung der Schlangen, Füchse und Affen; die Behausung der wilden Schweine.

Alex schien das ein seltsamer Ort für eine Verschwörung, aber ohne Zweifel hatte dieser Platz eine unheimliche Atmosphäre. Jemand, der zufällig vorbeikam, würde kaum annehmen, daß hier eine Versammlung abgehalten wurde. Alex konnte sehen, daß der freie Platz keine natürliche Lichtung war, sondern der Rest eines großen, steingepflasterten Hofes. Dornbüsche und zähes Dschungelgras hatten sich zwischen den Sandsteinblöcken angesiedelt, aber der Dschungel hatte es noch nicht fertiggebracht, die Steine zu überwuchern, und umgab den Platz nur mit undurchdringlicher Vegetation.

Auf der anderen Seite des Platzes führte eine verfallene Steintreppe zum Eingang einer dachlosen Halle hinauf. Dort standen zwei Männer mit Fackeln. Sie standen dort, als ob sie auf etwas warteten, und das orangefarbene Licht blitzte unheimlich in ihren Augen und in den Augen der wimmelnden, flüsternden Menschenmenge. Groteske Schatten bewegten sich an der Wand des schweigenden Dschungels.

Nach kurzer Zeit entstand eine Bewegung unter den Männern, und die Menge drängte beiseite. Ein halbes Dutzend in dunkle Umhänge gehüllte Gestalten betrat die Lichtung von der Schlucht her. Man schien sie zu erwarten, und sie gingen schnell durch und blieben vor den Fackelträgern stehen. Einen Augenblick lang sprachen sie mit leiser Stimme zu einer kleinen Gruppe von Männern, und die Menge hörte auf zu flüstern und lauschte. Alex stand zu weit entfernt, als daß er hätte hören können, was gesagt wurde.

Die Männer mit den dunklen Umhängen drehten sich um. Aber sie stiegen nicht die Stufen hinauf. Sie gingen zwischen den Fackeln durch und verschwanden einfach, als ob der Boden sich geöffnet und sie verschluckt hätte.

Von ferne betrachtet, war die Illusion so vollständig, daß Alex hörte, wie die Männer um ihn her staunend die Luft einzogen und sich verkrampften. Manch eine Hand fuhr zu einem verborgenen Amulett, das unter dem Hemd verborgen war. Dann drängte die Menge langsam nach vorn, und Alex bemerkte, daß die Fackelträger zu beiden Seiten eines Schachtes standen, der in die Erde führte. Als er näherkam, sah er, daß die Männer mit den Fackeln die Gesichter aller musterten, die an ihnen vorübergingen. Eine Hand berührte Alex im Gedränge, und er drehte sich um. Er sah Jatu, den Spielzeugverkäufer.

»Sie werden dich nie durchlassen. Versuch es mit dem Ring!« Die Worte waren kaum zu hören, und dann war Jatu wieder mit der Dunkelheit verschmolzen und war verschwunden.

Alex ging weiter vorwärts. Er verspürte plötzlich ein kaltes, kribbelndes Gefühl zwischen den Schulterblättern. Sein Mund war trocken. Einen flüchtigen Moment lang fragte er sich, was wohl passieren würde, wenn der Ring den Wächtern am Schacht nichts bedeutete. Würden sie ihn an der Seite stehenlassen, oder würden sie – das Licht der Fackeln fiel Alex voll ins Gesicht, und seine Nerven spannten sich. Aber die Hand, die er ausstreckte, war völlig ruhig.

Die drei kleinen Steine in Kishan Prasads Ring glänzten rot im Fackellicht. Der Ring schien klein und unbedeutend zu sein, aber die Männer, die die Fackeln hielten, erkannten ihn offenbar. Einer von ihnen murmelte Alex etwas zu, das er nicht verstand, und grüßte tief. Alex ging zwischen ihnen durch und stieg eine schmale Treppe hinab. Seine Handflächen waren feucht, und Tropfen aus kaltem Schweiß standen auf seiner Stirn.

Vor ihm flog eine Fledermaus auf. Ihre ledrigen Flügel berührten seine Wange. Dann hatte er den Fuß der Treppe erreicht und stand in einem gewölbten Raum, dessen Decke von grobgehauenen Steinsäulen getragen wurde.

Es war unmöglich, die Größe des unterirdischen Raumes abzuschätzen, denn die Wände hinter den Säulen verloren sich in Dunkelheit, und die einzige Beleuchtung bestand aus einem Kohlenbecken, das auf einem eisernen Dreifuß am anderen Ende der Halle stand. Eine unruhige Flamme flackerte darin. Der Steinfußboden und die Säulen waren schlüpfrig, und im schwachen Licht des Kohlenbekkens konnte Alex Baumwurzeln sehen, die sich zwischen den gebogenen Steinplatten des Gewölbes hindurchgedrängt hatten. Vielleicht waren in diesem Raum einmal die Schätze eines Königs aufbewahrt worden, oder vielleicht war er auch zu dunklen religiösen Riten benutzt worden. Die Muster an der Wand hinter dem Kohlenbekken deuteten darauf hin.

Auf dem Steinfußboden zwischen den Säulen hockten ungefähr dreißig oder vierzig Männer. Alex drückte sich an eine Säule und ließ sich nach Art der Inder auf dem Boden nieder. Er preßte den Rücken an den Stein. Überall um sich her konnte er Atemzüge hören, und er roch den ranzigen Geruch ungewaschener menschlicher Körper. Während sein Auge sich an die Dunkelheit gewöhnte, sah er, daß viele von den Anwesenden Sadhus waren – heilige Männer aller Sekten und Religionen. Wildäugige, aschenverschmierte Männer, nackt oder in schlecht gegerbten Tierfellen, mit langen, widerlichen, verfilzten Haaren. Bairagis, Sannyasis, Bikshus, Paryrajakas. Und Aghorins, deren Gewohnheit es ist, das Fleisch von Leichen zu stehlen und zu essen.

Alex schauderte. Er war dankbar für das Gefühl des feuchten Steines in seinem Rücken. Aber es waren nicht die Hindu-Asketen, vor denen er sich fürchtete. Es war die unglaubliche, unmögliche Tatsache, daß in diesem schlecht beleuchteten unterirdischen Raum auch noch andere waren, nicht nur Sikhs, sondern auch Moslems. Gefolgsleute des Propheten, für die alle Hindus ungläubige Hunde waren, hockten Seite an Seite neben Anbetern des Shiwa, des Wishnu, des Brahma, des Ganesh mit dem Elefantenkopf, der vielarmigen Mutter Kali, der Blutsäuferin, und hundert anderer Götter und Geister. Es stimmte also. Moslem und Hindu waren darauf vorbereitet, sich gegen die Männer aus dem Westen, die weißgesichtigen fremden Eroberer, zu verbünden, deren Herrschaft jetzt hundert Jahre gedauert hatte. Nur ein gemeinsamer Haß hatte diese unheimliche Versammlung zusammenführen können.

Am anderen Ende des Raumes erhob sich ein Mann. Alex konnte sein Gesicht nicht sehen, aber die Stimme und die Kleidung sagten ihm viel.

Es war ein Moslem aus Oudh, hochgewachsen, ein glänzender Redner. Er sprach ruhig und mit seltsam singender Stimme. Mit der Stimme eines Priesters oder eines Märchenerzählers. Und seine Geschichte war die Geschichte eines besiegten Volkes – unterdrückt, betrogen, ausgeraubt und ausgebeutet von den Männern des Westens aus dem Land jenseits des schwarzen Wassers. Er sprach von Königen und Prinzen, die im Kampf gegen die Ostindische Gesellschaft gestorben waren oder denen man ihre Rechte genommen hatte. Er sprach von großen Namen und großen Häusern, die geworden waren wie der Sand in den Wüsten von Bekaner. Er sprach von Königinnen und Prinzessinnen, die man ausschickte, sich ihr Brot auf den Straßen durch Betteln zu verdienen . . .

Die Rede des Mannes endete mit einem leidenschaftlichen Aufruf um Einigkeit: »Der Männer aus dem Westen sind nur wenige. Nur eine Handvoll, verstreut im Land. Wir von Indien haben uns viele Male gegen sie erhoben, aber die Aufstände sind immer fehlgeschlagen. Sie sind fehlgeschlagen, weil wir geteilt sind. Zehn Männer eines Herzens sind aber gleich hundert Männern, die geteilten Herzens sind. Es braucht nur dies: Wir müssen zusammenhalten, müssen eines Herzens sein – dann entledigen wir uns ihrer für immer. Laßt uns unsere Streitigkeiten beenden!«

Er warf seine Arme in einer wilden Geste hoch, und ein grünes Feuer schien seinen Arm hinaufzulaufen und sprang von seinen ausgespreizten Fingern. Aber für Alex war damit der Bann gebrochen. Er hatte diesen Trick schon einmal bei einem Zauberkünstler in einem Londoner Theater gesehen und hatte seinen klaren Kopf wieder. Außerdem auch ein eisiges Gefühl der Angst. Wenn dieser Mann andere so bewegen konnte, wie er heute nacht diese bunt zusammengewürfelte Versammlung überzeugt hatte, dann war er der Gesellschaft viel gefährlicher als alles, was bisher geschehen war.

Ein weiterer Mann sprach. Diesmal ein Hindu. Er hatte das gleiche Thema, und die Reden gingen weiter und weiter, und Alex rutschte unruhig hin und her. Seine Beine schmerzten unerträglich, er war an diese Sitzposition nach seinem Aufenthalt in Europa nicht mehr gewöhnt. Er fragte sich, wie lange diese Vorstellung wohl noch weitergehen würde. Es wäre leicht gewesen, aufzustehen und sich über die schmale Treppe hinauszustehlen. Aber er ging nicht. Noch ein weiterer Mann sprach, diesmal ein Sadhu. »Tragt das Wort!

Tragt das Wort in jedes Dorf, in jedes Haus!« Die rauhe, hysterische Stimme schallte unheimlich durch den gewölbten Raum. »Seht! Jetzt bereiten wir ein Zeichen wie in den alten Tagen, so daß alle Männer es wissen mögen!«

Ein kahlgeschorener Priester erhob sich und warf etwas in das Kohlenbecken. Die Flamme blitzte für einen Augenblick unerträglich hell auf, und die leidenschaftlichen Gesichter waren in grobem Relief zu sehen. Dann starb die Flamme wieder, und in der neuen Dunkelheit begann ein zweiter Priester zu singen. Das Lied wurde von anderen Stimmen aufgenommen.

Das Singen wurde langsam lauter und dringlicher, und dann wechselte der Ton, und aus dem Lied wurde eine hysterische Hymne. Alex erkannte sie als eine Hymne an Kali: »Kali! Kali! Oh, Göttin mit den tödlichen Zähnen! Fresse, schneide, zerstöre alle Übelwollenden – schlag zu mit deiner Axt! Binde, binde, packe! Saufe Blut! Gib uns Sicherheit! Lebe, Kali!«

Die Reihen der Männer begannen im dämmrigen Licht zu zucken und zu schwanken, und wieder warf einer der beiden Priester irgend etwas auf das Kohlenbecken. Aber diesmal folgte dem kurzen Aufflackern der Flamme ein dichter Rauch, der nach oben wirbelte und die Dunkelheit mit einem erstickenden Geruch erfüllte, der weihrauchähnlich war. Ein schwerer, drückender Duft, der betäubte und dennoch aufpeitschte. Der andere Priester, der sich in die Schatten zurückgezogen hatte, kam wieder zurück. Er zerrte etwas hinter sich her, das sich schwach wehrte und einen kleinen, blökenden Schrei ausstieß. Ein Opfer natürlich, dachte Alex. »Eine weiße Ziege für Kali.«

Sie würden dem Opfer mit dem passenden Ritual die Kehle durchschneiden.

Er sah, wie das Licht auf der langen Klinge eines Messers blitzte, und die Männer, die den Priestern und dem Kohlenbecken am nächsten standen, wichen zurück und hielten mit einem rauhen, gleichzeitigen Keuchen den Atem an. Eine Trommel begann dumpf zu schlagen. Ein Schauder ging über die Menge, wie eine Welle von der offenen See hereinrollt, und Alex wurde plötzlich von einem plötzlichen, Übelkeit erregenden Schrecken gepackt. Das Gefühl war unerklärlich und lähmend. Es war ein Entsetzen, das ihm die Haare zu Berge stehen ließ, und sein Mund war trocken. Kalter Schweiß brach ihm auf der Stirn aus.

Er hätte sich nicht bewegt, selbst wenn er es gekonnt hätte, denn ihn hatte plötzlich hilflose Angst gepackt, eine Angst, die er noch nie kennengelernt hatte. Eine primitive, untergründige Furcht, nicht vor dem Tod, sondern vor dem Bösen. Er konnte hören, wie die Männer um ihn herum rauh atmeten, und es erschien ihm wie das Hecheln eines Wolfsrudels, das mit hängender Zunge ein verwundetes Reh umkreist.

Das Kohlenbecken hörte auf zu rauchen, und die Flamme brannte wieder klar. Ein Mann ganz vorn sprang mit einem rauhen Schrei auf die Füße. Es war der hochgewachsene Mann, der zuerst gesprochen hatte. Er rief etwas, aber Alex konnte es nicht hören, denn die Trommel schlug lauter und lauter, und der Gesang erhob sich zum Geschrei. Jemand in der Menge riß den Mann zurück, und dann blitzte ein Messer. Ein sprudelnder, gequälter Schrei zerriß schrill und hoch den Lärm und wurde fast augenblicklich vom gemeinsamen Heulen der Menge verschluckt. Aber es war nicht der Schrei eines Tieres gewesen, und Alex stolperte auf die Füße und preßte sich gegen die Steinsäule. Dann sah er, was da geschrien hatte.

Es war nicht der Körper einer weißen Ziege, der auf dem stinkenden, blutbefleckten Stein vor dem flackernden Kohlenbecken lag, sondern der nackte Körper eines Kindes. Eines weißen Kindes. Alex konnte einen Blick auf das blonde Haar und den kleinen Mund erhaschen, der im letzten Schreckensschrei über der klaffenden, scharlachroten, durchgeschnittenen Kehle offenstand. Es war ein Junge, nicht älter als drei oder vier Jahre, und sein kleiner Körper wirkte auf dem dunklen Stein und in seinem leuchtenden Blut erstaunlich weiß.

Eine blinde, mörderische Wut ergriff Alex. Alle Vernunft, jeder Gedanke an Vorsicht war plötzlich verschwunden. Seine Hand suchte zitternd in dem weiten Pathanenhemd und schloß sich um das warme Metall der Pistole, die er dort verborgen hielt. Auf diese Entfernung konnte er den Priester, der über dem Körper des Kindes stand, nicht verfehlen. Er würde ihn töten und auch seinen Genossen, der die Schale hielt, und drei weitere. Und danach hatte er immer noch das Messer . . .

Er riß die Pistole heraus und legte an, und im gleichen Augenblick erhob sich jemand vor ihm und nahm ihm die Sicht. Aber dieser Augenblick war genug gewesen. Alex' Verstand kam wieder, und der rote Nebel der Wut hob sich von seinem Gehirn. Es stand viel Wichtigeres auf dem Spiel als die Rache für ein ermordetes Kind. Das Leben und die Sicherheit anderer Kinder, das Leben und die Sicherheit zahlloser Männer und Frauen hingen vielleicht davon ab, daß er diese unterirdische Höhle lebendig verlassen konnte. Es würde nichts nützen, wenn Alex starb, selbst wenn er ein Dutzend dieser Mörder mit sich nahm. Diese Verschwörung war zu groß. Sie würde sich ausbreiten, und wenn Alex tot war, dann gab es eine Stimme weniger, die warnen konnte. Denn auch Niaz würde nicht überleben. Auch er hätte gekämpft.

Alex ließ die Pistole wieder unters Hemd gleiten und wischte sich den Schweiß aus den Augen. Das schreckliche Ritual des Opfers zog alle Augen an, und niemand hatte ihn beobachtet. Er sank wieder auf den Boden und zitterte stark.

Ein Ritual fand nun statt, das Alex zwar sehen konnte, aber nicht verstand. Dann wurde ihm klar, daß das frische Blut mit dem Mehl auf der Platte vermischt wurde. Er sah die wohlbekannten Bewegungen des Knetens, die er schon Tausende von Malen in den Basaren und neben den Campfeuern gesehen hatte. Sie machten eine Chappati; das tägliche Brot Indiens. Zur dröhnenden Begleitung seltsamer Anrufungen und zum pausenlosen, betäubenden Rollen der Trommel wurde der Teig geknetet, geformt, flachgedrückt und auf einer metallenen Platte gebacken, die über dem glühenden Kohlenbecken lag. Und die ganze Zeit schwankten die Reihen der Männer zum Klang des Gesanges und neigten sich tief und lagen in einem Zustand halbhypnotischer Erregung auf dem Boden.

Endlich wurde die Platte vom Feuer abgehoben, und die Priester der Kali brachen das Brot, das noch rauchte. Sie murmelten Anrufungen an die Götter und die Teufel – Anrufungen, so alt und so böse wie jene, die in den Tempeln des Moloch gesungen wurden. Einem Mann mit Rubinohrringen wurde ein viereckiges Stück Seide gereicht, und er legte es über seine Hände und empfing die gebrochenen Stücke der Chappati von den Priestern.

»So sei das Zeichen ausgesendet!« heulte der größte der Priester und warf die Arme hoch. »Laßt das Wort hören im ganzen Land! Vom Norden zum Süden, vom Osten zum Westen! Und wo immer es gehört wird, sollen die Herzen der Männer von Haß erfüllt werden gegen die Unterdrücker. Denn dies ist die Pestilenz – dies ist das Übel – dies ist das Blut der Briten!« Seine Augen rollten im Kopf, und Schaum war auf seinen Lippen. »Höre mich, Kali! Höre mich, Blutsäuferin! Vom Norden zum Süden! Vom Osten zum Westen!«

Er fiel auf den Boden und wand sich auf den Steinen. Der zweite Priester schüttete Öl auf das Kohlenbecken, und eine knisternde Flamme sprang bis zum Dach hoch, flammte einen Augenblick lang wild auf und starb dann wieder. Die Trommel krachte und schwieg. Eine Dunkelheit senkte sich über den Raum, in dem nur die roten Kohlen im Becken wie ein einzelnes, böses Auge glänzten.

Kurz danach erhob sich geräuschlos einer nach dem anderen, und die Männer tasteten sich zur Treppe und stiegen leise hinauf in die klare, kühle Nacht.

Sie tauchten aus dem Schacht auf wie Ameisen, die aus einem Loch im Boden herauskommen, und huschten hastig in die Dunkelheit.

Die Fackelträger waren nicht mehr da, und der steingepflasterte Platz lag schattenhaft unter dem Sternenlicht. Alex ging durch die schwarze Schlucht wieder zurück, geführt von einem Lichtfunken, der sich als winziges Töpfchen herausstellte, in dem eine mit Öl getränkte Baumwollflocke brannte. Das Töpfchen war am schmalen Eingang zur Schlucht abgestellt worden.

17

Drei Minuten später kletterte Alex auf der anderen Seite des trockenen Flußbettes einen Ziegenpfad hinauf. Bald stand er im dichten Gras am Rand der Weiden.

Eine Hand berührte seinen Arm, als er in den schwarzen Schatten eines Dornbuschs tauchte, und eine Stimme flüsterte: »Ich bin es, Bruder.«

»Zurück!« sagte Alex leise. Er packte Niaz am Handgelenk, zog ihn schnell in das hohe Gras neben dem Pfad zurück und hockte sich neben ihn. Einen Augenblick später kletterte ein weiterer Mann den Hang hinauf und kam im Dauerlauf den Pfad entlang. Es war ein Sadhu, dessen aschenbeschmierter Körper im Mondlicht grau aussah. Niaz riß an seinem Ärmel und flüsterte: »Warum warten wir? Es ist nicht gut, hierzubleiben. Laß uns gehen.«

»Still«, antwortete Alex leise. »Eine Schuld ist noch zu zahlen. Wenn die Männer gegangen sind, dann gehen wir zurück. Die Priester werden als letzte gehen, denn es gibt etwas zu tun. Auch sie können die Toten nicht unbegraben lassen.«

»Ist denn ein Mord geschehen?«

»Ja. Still, da kommt noch einer . . .«

»Das ist Ahmad Ullah, ein Soldat aus Faizabad«, flüsterte Niaz. »Er hetzt überall im Land gegen die Briten. Sie nennen ihn den Mullah von Faizabad.«

Endlich war die Prozession der schattenhaften Gestalten zu Ende, und volle zehn Minuten lang kam niemand mehr den schmalen Pfad entlang. »Siebenunddreißig«, sagte Niaz. »Ich habe mitgezählt.«

Alex stand mit unendlicher Vorsicht auf und blieb eine weitere Minute lang horchend stehen. Aber die Nacht war still, und nichts bewegte sich. Niaz sagte leise: »Es ist unsinnig, zurück in die Höhle des Löwen zu gehen, wenn man gerade erst entkommen ist. Vergiß deine Rache und komm mit mir. Es geht um mehr als nur dieses eine Leben.«

»Es war ein Kind«, sagte Alex. »Ein englisches Kind.«

»Dann laß uns zurückgehen«, sagte Niaz.

Das steinige Flußbett lag jetzt in völliger Dunkelheit, aber Niaz besaß die Augen einer Katze, und obwohl Alex ihm in dieser Hinsicht nicht gleichkam, konnte auch er gut genug sehen, um nicht zu stolpern.

Der riesige, steingepflasterte Hof lag in Sternenlicht gebadet. Nichts rührte sich, außer einem Windhauch in den Gräsern. Der Steinblock, der den Schacht verschloß, lehnte noch immer steil an der untersten Stufe der zerfallenen Treppe. Aus dem Schacht selbst drang schwaches Licht, und Stimmengemurmel war zu hören. Eine Stimme, die Alex irgendwie bekannt vorkam, sprach mit kalter Wut: ». . . so sind alle in Gefahr!«

»Nein, alle sind jetzt aneinander gebunden!« erwiderte eine andere Stimme schrill und hysterisch. »Niemand wird es wagen, uns zu verraten, denn wir alle haben Blutschuld auf uns geladen – wie du selbst gesagt hast! Und war es nicht dein eigener Plan? Etwas, um die Gedanken aller Männer auf ein Ziel zu richten? Bannsprüche und Priester und Anrufungen, das Anrufen von Geistern, so daß die Bewegung schneller in Gang kommt? Dafür aber ist ein Opfer notwendig – ja, notwendig.«

»Eine Ziege!« schnappte die erste Stimme. »Hätte ich gewußt, daß etwas anderes geplant war . . .«

»Ja, eine Ziege«, unterbrach der zweite Sprecher. »Eine weiße Ziege für Kali! Du selbst hast das Losungswort gewählt! Und jetzt« – die Stimme erhob sich schrill –, »jetzt ist der Zauber doppelt stark! Was nützt der Mutter Kali das Blut einer ausgehungerten Ziege, wenn wir ihr das Blut von tausend – nein, hunderttausend Feringhis darbieten können? Mit diesem Opfer haben wir ein Zeichen gegeben, ein Versprechen des Opfers, das noch kommen soll. Ein Kind der Verhaßten – der Viehesser, der Beschmutzer unserer Kasten! Ein männliches Kind. Möge es das erste von vielen sein! Ich wollte, ihre Kehlen wären wie eine Kehle, Männer, Frauen und Kinder zusammen, so daß ich sie mit einem einzigen Streich durchschneiden könnte!« Die Stimme erhob sich weiter und wurde zum Wutgeheul.

»Das wollte ich auch«, sagte der erste Sprecher. »Aber ein hilfloses Kind so hinzuschlachten, das ist vor Göttern und Menschen gleichermaßen ungeheuerlich.«

»Du willst die Brut der Schlange schonen? Ha! Das ist Narrheit, denn wenn man es einem erlaubt, zu leben, dann wird er eines Tages viele zeugen. Sie müssen zerstört werden. Blatt und Ast, Wurzel und Samen. Niemand darf verschont werden. Nicht einer – nicht einer!«

Alex hörte, wie der Mann wütend mit den Füßen auf den Boden stampfte, so daß das Gewölbe hallte. Ein kurzes Schweigen entstand, und dann sagte der erste Sprecher kurz: »Nun, es ist geschehen, und niemand kann es ungeschehen machen. Für die Dörfer bedeutet es vielleicht viel, aber nicht für die Soldaten. Wir müssen etwas für die Soldaten finden, das sie tiefer trifft, das jeden Mann berührt. Zündstoff ist schon da, aber noch kein Funken. Wir werden den Funken finden.«

Die Männer sprachen jetzt flüsternd, und nach kurzer Zeit tauchten zwei Schatten aus dem Schacht auf. »Es ist spät, und ich muß bis zum Morgen noch weit gehen. Die beiden da unten können die Treppe verschließen. Laß uns gehen«, sagte der eine Schatten. Er hatte die Stimme, die Alex schrill von Tod und Mord hatte schreien hören ...

Der andere drehte sich um und rief in den Schacht hinunter: »Wir gehen jetzt. Legt den Stein darüber, wenn eure Arbeit beendet ist.« Das schwache Licht von unten wurde einen kurzen Augenblick lang heller, und für den Bruchteil einer Sekunde war das Gesicht des Sprechers klar in der Dunkelheit zu sehen.

Es war Kishan Prasad.

Im nächsten Augenblick waren die Verschwörer so still verschwunden, wie sie gekommen waren, und die Nacht war wieder ruhig.

Niaz und Alex, die zusammengedrängt im Schatten des großen Baumes hockten, bewegten sich volle fünf Minuten lang nicht. Dann endlich ließ Niaz Alex' Arm los und wischte sich mit unsicherer Hand den Schweiß von der Stirn.

»Laß uns gehen, laß uns schnell von hier fort!« flüsterte Niaz.

»Bald«, antwortete Alex. »Jetzt sind nur noch zwei unten.«

Er erhob sich und ging zum Schacht hinüber, und einen Augenblick später folgte ihm Niaz. Sie hockten sich zu beiden Seiten der schrägstehenden Steinplatte nieder und warteten. Endlich wurde das Licht unten gelöscht, und nach kurzer Zeit tasteten sich Füße die Treppe hinauf. Der Kopf eines Mannes tauchte aus dem schwarzen

Schacht auf. Alex wartete, bis auch seine Schultern zu sehen waren, streckte dann die Hände aus und packte ihn an der Kehle. Der Mann stieß nur einen würgenden Schnaufer aus, und dann wehrte er sich verzweifelt. Alex riß ihn mit einem wilden Ruck aus dem Schacht heraus, als ob er nicht mehr Gewicht hätte als ein Sack Gemüse.

»Was ist? Bist du gestürzt?« fragte eine Stimme aus der Dunkelheit von unten, und ein zweiter Kopf erschien im Schacht. Niaz' magere Finger schlossen sich um die fette Kehle, und er riß den Mann hoch und knallte ihn mit dem Kopf auf den Stein. Ein scharfes Geräusch war zu hören wie das Aufschlagen einer Eierschale.

»Der hier wird wenigstens keine Kehlen mehr durchschneiden«, sagte Niaz. »Ist auch deiner erledigt?«

»Ja«, sagte Alex atemlos und ließ den schlaffen Körper einfach zu Boden fallen. Seine Hände waren naß und klebrig vom Blut, das dem Mann aus Mund und Nase geströmt war, und Alex hockte sich keuchend hin und wischte die Hände an den Priestergewändern ab.

Sie rannten zusammen durch die schwarze Schlucht zurück, und zehn Minuten später hatten sie das Grasland und die Baumgruppe erreicht, wo Alex die Pferde angebunden hatte.

»Wohin jetzt?« flüsterte Niaz und bestieg sein tänzelndes Pferd mit einer Leichtigkeit, die sich schlecht mit dem Charakter Jatus, des Spielzeugverkäufers, vertrug. »Wir können nicht zusammen reiten.«

»Nach Lunjore. Ich nehme den Weg über Pari.«

»Es wäre besser, die Straße nach Süden zu nehmen, über Gungar«, sagte Niaz. »In diesem Teil des Landes trifft man nur wenige Pathanen, und es ist nicht sicher für dich, auf den Straßen von Oudh zu reiten.«

»Keine Straße ist jetzt mehr sicher«, meinte Alex grimmig.

»Das ist wahr. Wir wollen uns beeilen, denn in einer weiteren Stunde kommt der Morgen. Ich wollte, ich hätte meine eigene Stute zwischen den Knien und nicht diesen Sack voll Knochen!«

Von Khanwai bis Lunjore waren es kaum mehr als hundert Meilen. Er sollte Lunjore also eigentlich irgendwann in der Nacht erreichen können, aber das Pferd würde Ruhe brauchen. Alex war immer in der Lage gewesen, wenn nötig, im Sattel zu schlafen. Aber zum Wohl des Tieres, das er ritt, würde er irgendwann während des Tages rasten müssen. Der Gedanke an eine Pause bedrückte ihn, denn seinem Instinkt nach mußte er so schnell wie möglich weg. Er konnte den Gedanken nicht loswerden, daß in diesem Augenblick vielleicht befohlen wurde, Sheredil von den Usafzai zu suchen, der im vollen Licht der Fackeln gestanden und Kishan Prasads Ring gezeigt hatte.

Alex blickte auf den Ring hinab, ließ in einem Anfall von Abscheu plötzlich die Zügel sinken, riß das Ding vom Finger und warf es in das hohe Gras am Straßenrand.

Es war Kishan Prasad gewesen, der in dem Gewölbe gegen den Mord protestiert hatte, und ohne Zweifel waren die Priester und der unbekannte Mann mit den Rubinohrringen für diese üble Tat verantwortlich. Aber Kishan Prasad hatte diese üble Versammlung mit einberufen, und deshalb konnte man ihn für alles verantwortlich machen, was dort geschehen war. Und für den Mord konnte man ihn hängen. Alex fragte sich wieder, warum er Kishan Prasad nicht hatte ertrinken lassen. Er hatte die Chance gehabt, und irgendein absurder, unerklärlicher Drang hatte ihn davon abgehalten. Vielleicht hatte seine Erziehung ihn gezwungen, Kishan Prasads Leben zu retten. Und dennoch, erst vor wenigen Stunden hatte er einen anderen Mann getötet, und das getrocknete Blut dieses Mannes war noch an seinen Händen. Es klebte unter seinen Fingernägeln. Aber hundert solcher Männer waren weniger gefährlich als ein einziger Kishan Prasad. War dann also der Zorn und nicht die Gerechtigkeit oder die Vernunft der Grund dafür, zu töten?

Es durfte keinen Aufstand geben! Ein Aufstand mußte um jeden Preis verhindert werden. Denn wenn es doch dazu kam, dann war die Mordlust entfesselt. Die Briten, die schon jetzt nur sehr wenig aufgrund vernünftiger Überlegungen taten, würden unter dem Einfluß blinder Wut viel Unheil anrichten. Alex' eigenes Benehmen war Beweis genug dafür. Er, Alex, der nicht fähig gewesen war, Kishan Prasad sterben zu lassen, hatte einen Mann aus Rache und Wut umgebracht – weil er gesehen hatte, wie dieser Mann ein Kind ermordete. Wenn es eine Rebellion gab, dann würden tausend Kinder einen schrecklicheren Tod sterben. »Es darf nicht geschehen«, dachte Alex verzweifelt. »Wenn es doch geschieht, dann hinterläßt der Aufstand ein Erbe aus Haß und Mißtrauen, das sich weit in die Zukunft auswirken wird, bis eines Tages ...« Das Pferd scheute, als ein Reh über den Pfad sprang, und Alex' Gedanken wurden wieder in die Gegenwart zurück geholt.

Kurz nach Mittag ließ er sein Pferd saufen und band es dann in hundert Meter Entfernung am Rand des Dschungels an einen Baum an. Er legte sich hin und schlief, und eine Stunde später kam Niaz im heißen Staub mit einer Gruppe von Bewaffneten, den Leibwächtern eines Adligen von Oudh, die er auf der Straße kennengelernt hatte, im Dauerlauf daher. Niaz bemerkte, daß der Abdruck eines fehlgebildeten Pferdehufs nicht länger im Staub der Straße zu sehen war und nickte in sich hinein. Er wußte jetzt, daß Alex von der Straße abgebogen war, um sein Pferd rasten zu lassen. Das bedeutete, daß er in der Nacht reiten mußte, und es war sicherer, bei Nacht zu reiten.

18

Die Sonne stand schon tief zwischen den Gräsern und den Bambusgebüschen, als Alex erwachte. Er kramte in den Falten seines Gewandes und zog die Reste einer Chappati heraus. Er aß schnell. Der Bach würde ihn mit Wasser versorgen, um den Durst zu löschen, und er brauchte dann zum Essen oder Rasten nicht wieder anzuhalten, ehe er Lunjore erreichte.

Während er aß, dachte er an das Ritual, bei dem er in der vergangenen Nacht Zeuge gewesen war. Geschichten fielen ihm ein, Geschichten von Nahrungsmitteln, die beim Ausbruch einer Seuche mit ganz besonderen Gebeten und Ritualen nach draußen an die Straße gebracht wurden, in dem Glauben, daß Vorübergehende die Speisen aufnehmen und die Krankheit vom Haus oder Dorf fortführen würden. War das der Sinn für das Ritual der Chappati? Die symbolische Reinigung des Landes vom Unglück, das über es gekommen war?

Alex trocknete sich die Hände an der Hose ab, saß auf und ritt aus dem Dschungel in das warme Abendlicht hinein.

Während der nächsten zwanzig Meilen kam er sehr viel besser voran, denn dem Pferd hatte die Rast offenbar gutgetan. Dann sank der Abend nieder, und die Straße lag weiß im Mondlicht, als er sich der kleinen Stadt Pari näherte. Hier und da standen scharfkantige Felsblöcke, hoch und schwarz vor dem Nachthimmel. Irgend etwas bewegte sich in dem schwarzen Schatten des Felsens, und Alex zügelte mit hartem Ruck sein Pferd, als Niaz aus der Dunkelheit auftauchte.

Der sagte nichts, sondern ergriff einfach die Zügel von Alex' Pferd und bog von der Straße ab. Er atmete schnell, und sein eigenes, müdes Tier war schaumbedeckt und keuchte, als ob es bis zur Erschöpfung angetrieben worden wäre.

»Du kannst nicht weiter«, sagte Niaz und flüsterte, als ob er selbst in der weiten Ebene fürchtete, gehört zu werden. »Man sucht nach dir. Männer in Pari haben gefragt, ob ich einen pathanischen Reiter gesehen hätte – einen gewissen Sheredil von den Usafzai. Es ginge um ein gestohlenes Pferd – das sagten sie wenigstens. Ich habe dann die Stadt umritten, so daß niemand mich gesehen hat. Aber dieses Pferd ist erschöpft.«

Alex begriff, was das bedeutete. Er berührte Niaz am Arm und sagte: »Laß die Pferde frei. Wir werden sie nicht mehr brauchen.«

Ein merkwürdiges, rumpelndes Geräusch war in der Nacht zu hören. Karren rollten die Straße hinunter. Eine lange Reihe von quietschenden, ochsengezogenen Karren von der Art, die man auf jeder indischen Straße zur Nachtzeit sehen kann. Ihre Fahrer schliefen, während die geduldigen Tiere Stunde für Stunde in der Dunkelheit weitertrotteten. »Ich glaube nicht«, sagte Alex, »daß wir heute nacht sterben werden, denn diese Wagen werden uns mitnehmen.«

Sie ließen die erschöpften Pferde am Rand des Dschungels zurück, hielten sich im Schatten und rannten am Straßenrand entlang zu den Karren. Es waren neun, die sich polternd und quietschend die monderleuchtete Straße entlangbewegten, so langsam wie krabbelnde Käfer. Eine flackernde Öllampe schwang am ersten Karren hin und her, und es war deutlich zu sehen, daß vier der Wagen hoch mit Zuckerrohr beladen waren. Fünf enthielten Strohsäcke. Alex und Niaz huschten über die Straße zwischen die Karren, und Niaz zerrte mehrere der leichten, dicken Säcke heraus und warf sie vom Wagen. Alex beobachtete den Mann auf dem Karren, der unmittelbar hinter ihm fuhr. »Hinein!« flüsterte Niaz, und Alex schwang sich auf den Wagen und drängte sich in die Höhlung, die Niaz zwischen den Säkken gemacht hatte. Die dahintrottenden Ochsen verlangsamten ihre trägen Schritte unter dem zusätzlichen Gewicht kaum, und Niaz warf noch zwei Säcke auf Alex und grub sich dann mit der Geschwindigkeit einer Grasschlange in einem Haufen Zuckerrohr ein.

Die Wagen schaukelten und quietschten und rumpelten auf der unebenen, staubigen Straße dahin. Kurz danach knirschten die Räder über Sand in der Nähe des Flusses, und eine schläfrige Stimme rief die Fahrer von der Zollhütte an. Ruckartig kam der Zug zum Stehen. Die Fuhrleute, die so abrupt geweckt worden waren, stritten sich mürrisch mit dem gähnenden Zollbeamten, und nach kurzer Pause fuhren die Wagen weiter. Einer nach dem anderen rollte hinaus auf die Brücke, die unter den rumpelnden Rädern schwankte und stöhnte. Dann schnauften die Ochsen unter einem Hagel von Schlägen und schrillen Rufen auf der anderen Seite der Brücke den Hang hinauf und waren wieder auf der Straße.

Alex hörte die Rufe kaum, denn das Quietschen und Rumpeln der Wagen hatten ihn betäubt. Die Säcke, die auf ihm lagen, dämpften auch alle anderen Geräusche, aber dann kamen die Räder knirschend zum Stehen, und plötzlich waren überall um die Wagen Männer mit rauhen, zornigen Stimmen.

»Was ist das? Noch ein Zoll?« schrie einer der Fuhrleute. »Ein Pathane? Nein, wir haben keine Pathanen gesehen . . . Seht doch nach . . . Pferde? Pferde? Dies sind keine Pferdekutschen! Nur Zugochsen. Wir fahren nach Lunjore. Seid ihr Fremde, daß ihr das nicht wißt?«

Wieder erhob sich zorniges Gebrüll, und eine Männerstimme sagte: »Jeder Narr hätte gewußt, daß die Brücke bewacht ist, und dieser Mann, den wir suchen, ist kein Narr. Er wird wahrscheinlich zum Ganges zurückgeritten sein. Du da oben auf dem Wagen, hast du keine Pferde auf der Straße gesehen?«

»Habe ich nicht gesagt, daß ich keine Pferde gesehen habe? Und auch keine Pathanen! Mag sein, daß ich ein wenig auf dem Weg geschlafen habe, aber wenn du denkst, daß wir Pferde und Pathanen in unseren Karren befördern, dann darfst du gerne selbst nachsehen. Wenn du Glück hast, wirst du vielleicht mehr als nur Pferde finden – vielleicht Elefanten und Männer aus Turkistan! Durchsucht doch die Wagen – wir können nicht die ganze Nacht warten.« Eine Fackel flammte auf, und die Männer gingen an den Karren entlang und suchten und spähten, aber es wäre unmöglich gewesen, jeden Wagen zu entladen und wieder die Last zu durchsuchen.

»Stich mit dem Speer hinein«, grollte eine Stimme.

»Und wer zahlt mir meine Säcke?« brüllte der Fuhrmann wütend.

Eine Stimme, weiter unten in der Reihe, sagte zornig, es gäbe keinen Speer, mit dem man durch Zuckerrohr stechen könne. Der Speer des Sprechers hing offenbar in einem Stück Zuckerrohr fest. Die streitenden Stimmen kamen näher, und nach kurzer Zeit kletterte jemand auf die Säcke, die Alex verbargen. Irgend etwas stach nach unten, riß durch die Säcke und traf seinen Arm. Alex spürte, wie das Blut herausquoll. Aber das Stroh und das Sackleinen hatten offenbar jede Blutspur des Speers entfernt, denn der Mann sprang wieder auf die Straße und ging zum nächsten Wagen weiter.

Alex preßte seinen verwundeten Arm gegen einen Sack und versuchte, die Wunde mit der rechten Hand zu bedecken. Wenn Blut auf den weißen Staub der Straße tropfte, dann würde man es sehen können, wenn die Wagen weiterfuhren. Er schaffte es, die Finger über den Arm zu pressen, aber eine warme, klebrige Flut sickerte zwischen ihnen durch. Endlich, anscheinend nach einer Ewigkeit, ruckten die Wagen wieder an. Es war vorbei – sie waren durch. Die staubige, luftlose Dunkelheit schloß sich um ihn, und er schlief noch immer, als Niaz ihn in der gelben Dämmerung unter den blutbefleckten Säcken hervorzog.

19

Drei Stunden später zeigte sich Alex gebadet, rasiert, mit seinen eigenen Sachen bekleidet und mit verbundener, gesäuberter Wunde in der Residenz. Er trug den Arm in der Schlinge.

Der Commissioner war gerade mit einem Besucher beschäftigt und ließ deshalb Captain Randall bitten, zu warten. Es könne, so ließ er sagen, nicht mehr als eine halbe Stunde dauern.

Alex ließ sich in einen Verandastuhl sinken. Er streckte die Beine vor sich aus und bereitete sich darauf vor, auszuharren. Es war jetzt über dreißig Stunden her, seit er Khanwai verlassen hatte, und eine Stunde mehr oder weniger würde auch nichts ausmachen. Aus dem großen Wohnzimmer auf der anderen Seite des Büros konnte er ein Stimmengemurmel hören, und er nahm an, daß Mr. Bartons Besucher eher privat als offiziell erschienen war. Nach einer Weile hielt der prächtig uniformierte Chapprassi den Vorhang aus gespaltenen Bambusstäben zur Seite, und Alex konnte hören, wie die Stimme des Commissioners sich in einem freundlichen, verabschiedenden Tonfall erhob. Ein Mann, ein Inder, trat an dem Chapprassi vorbei, drehte sich um und kam die Veranda herab. Es war Kishan Prasad.

Alex bewegte sich nicht, und kein Muskel in seinem Gesicht zitterte. Nichts verriet den Schrecken und die ungläubige Überraschung, die der Anblick Kishan Prasads in ihm hervorgerufen hatte. Kishan Prasad kam mit leisen Schritten zu ihm heran und verbeugte sich. Alex erwiderte den Gruß nicht.

Mit Augen, die so kalt und hart und leidenschaftslos wie grauer Granit waren, schaute er unter seinen schwarzen Augenbrauen zu Kishan Prasad auf, und er lächelte.

Kishan Prasad trat unwillkürlich einen Schritt zurück. Einen Augenblick lang schien seine Selbstsicherheit ihn zu verlassen, und die Linien um seinen Mund wurden plötzlich tiefer. Aber dann fing er sich wieder, und seine Stimme war von glatter Höflichkeit.

»Ah, Captain Randall. Das ist eine unerwartete Freude. Der Commissioner sagte mir gerade, daß er Sie erst nächste Woche erwartet, wenn Ihr Vertreter, Mr. Parbury, abreist. Ich sehe, Sie haben eine Armverletzung erlitten. Das tut mir leid. Nichts Ernstes, hoffe ich.«

»Nein, nichts Ernstes«, sagte Alex hinter einem kalten Lächeln. »Es war freundlich von Ihnen, selbst hierherzukommen. Das erspart mir den Aufwand, eine Eskorte loszuschicken.«

»Wohin sollte die mich bringen?« fragte Kishan Prasad und spielte höfliche Überraschung.

»Ins Gefängnis – und an den Galgen.«

»Mein lieber Captain Randall! Ich muß zugeben, ich verstehe Sie nicht. Ist das irgendein englischer Witz?«

»Sie verstehen mich sehr gut«, sagte Alex sanft. »Mord ist schon immer ein Kapitalverbrechen gewesen.«

»Mord?«

»Was sonst? Eine weiße Ziege für Kali.« Er sah, wie Kishan Prasads Pupillen größer wurden: »Ja, Sie hatten recht. Ich bin der Mann, den Ihre Heckenschützen in Oudh suchen. Sie sollten die Leute, die Sie zu Ihren Versammlungen einladen, sorgfältiger aussuchen.«

»Ich verstehe nicht . . .« wiederholte Kishan Prasad hölzern.

Alex sagte: »Aber ich. Ich hatte schon viele Geschichten gehört, aber bis vor zwei Tagen hatte ich keine Beweise. Jetzt habe ich einen Beweis. Und Ihr Leben und das Leben jedes einzelnen, der dabei war, ist zweimal verwirkt – wegen Verschwörung und wegen Mord.«

Kishan Prasad atmete hörbar aus. Nach einem Augenblick sagte er sehr leise: »Dieser Mord ist nicht mit meinem Willen geschehen. Ich führe keinen Krieg gegen Kinder, und hätte ich gewußt, was geplant war, dann hätte ich es verhindert. Was den Rest angeht, so habe ich Ihnen schon gesagt, daß ich die Herrschaft der Engländer beenden will. Dazu werde ich jedes Mittel benutzen, das mir zur Verfügung steht. Sie können mich nicht hängen, denn diese Beweise, die Sie haben, sind keine Beweise vor Gericht. Sie haben nur Ihr Wort, und man wird Ihnen nicht glauben. Nein« – er streckte eine Hand hoch, um Alex Schweigen zu gebieten –, »hören Sie das zu Ende, was ich zu sagen habe. Ich weiß nicht, wie Sie von dieser Versammlung erfahren oder woher Sie das Losungswort bekommen haben, aber ich weiß, daß Sie nicht gesehen hätten, was Sie gesehen haben, wenn ich Ihnen nicht unüberlegterweise ein gewisses Freundschaftszeichen gegeben hätte. Weil Sie dieses Zeichen benutzt haben, wurden Sie eingelassen, und darauf steht eine Strafe. Wenn Sie jetzt Männer nach Khanwai schicken, wird man nichts finden, was Ihre Geschichte beweist. Und was mich betrifft, so können hundert Zeugen beweisen, daß ich vor zwei Nächten ganz woanders war.«

Ruhig meinte Alex: »Ich glaube, Sie werden herausfinden, Rao Sahib, daß mein Wort schwerer wiegt als das Wort Hunderttausender von Ihren Zeugen.«

»Selbst wenn einer dieser Zeugen der Commissioner von Lunjore ist?« fragte Kishan Prasad leise.

Alex' Gesicht wurde steif. Mit rauhem Flüstern sagte er: »Das kann ich nicht glauben!«

»Aber Sie werden feststellen, daß es so ist. Er weiß nicht, daß er lügt«, sagte Kishan Prasad. »Sehen Sie, in jener Nacht war im Haus eines gemeinsamen Freundes eine ... eine kleine Party, und der Commissioner hat sich vielleicht zu sehr mit gewürztem Brandy beschäftigt. Er erinnert sich nicht mehr an sehr viel von dem, was vorgefallen ist, und davon, daß auch ich anwesend war, ist er überzeugt. Er war gut genug, ein Geschenk zu bewundern, das ich von Frankreich mitgebracht hatte, ein fein durchdachtes Spielzeug, das er so freundlich war, zu akzeptieren. Er hat dieses Spielzeug sogar Colonel Moulson gegenüber erwähnt, der im Augenblick bei ihm ist. Sie sehen also ...«

Kishan Prasad machte eine abwertende Geste mit einer schlanken, braunen Hand, und Alex begriff. Kishan Prasad hatte sowohl Mr. Bartons Trunksucht als auch seine Eitelkeit voll ausgenutzt. Es mußte so leicht gewesen sein – so elendiglich leicht. Eine Party im Hause eines der weniger gut beleumdeten Adligen; Getränke und Tanzmädchen, Champagner, gewürzt mit Brandy und wahrscheinlich Opium. Ein Mann – irgendein Mann, der Kishan Prasad oberflächlich ähnelte –, und dann war sein Name wiederholt worden, bis er sich dem benebelten Gehirn eingeprägt hatte. Ein Geschenk ...

Alex kannte seinen Chef nur allzu gut. »Sie werden sagen, daß Sie sich irren müssen«, sagte Kishan Prasad leise. »Und wenn Sie ihnen von dieser Versammlung erzählen, dann werden die Richter sagen, es sei nur eine Versammlung von Unzufriedenen gewesen. Aus Angst vor der Schande wollen die Colonels das nicht zugeben, und jeder schreit lauter als der andere, daß alles in Ordnung ist. Sie sehen, ich spreche offen mit Ihnen. Wir wissen, was wir wissen, warum sollten wir uns also etwas vormachen?«

Kishan Prasad schaute in Alex' starres Gesicht und senkte seine Stimme. »Sie wissen, Sie können diesen Kampf nicht gewinnen. Die Ostindische Gesellschaft hat nur eine Handvoll Soldaten, und ihre Macht ist eine Illusion. Ich weiß, daß Ihre Königin keine Regimenter mehr hat, die sie schicken kann. Kämpfen Sie nicht gegen uns. Schließen Sie sich uns an! Es wäre ja nicht das erste Mal, daß Männer aus dem Westen in Armeen von Indien zur Größe aufgestiegen sind. Es waren viele – Avitable, George Thomas, Ventura ...«

Alex lachte, und das Gelächter ließ Kishan Prasads olivfarbene Wangen plötzlich erröten. Er ließ die Hände sinken und trat einen Schritt zurück. »Tut mir leid«, sagte er ernst. »Es war dumm, das zu sagen.«

»Sehr dumm«, stimmte Alex zu.

Kishan Prasad lächelte. »Es tut mir auch leid, daß unser Blut uns zu Feinden macht. Vielleicht fügen es die Götter, daß Sie in Ihrem nächsten Leben als Hindu geboren werden.«

»Vielleicht«, meinte Alex. »Wenn ich Sie in diesem Leben gehängt habe.«

»Auch das mag so kommen«, sagte Kishan Prasad. »Aber jetzt ist noch nicht die Zeit.«

Er grüßte Alex mit ernster Höflichkeit, drehte sich um und ging hinunter in das strahlende Sonnenlicht des Gartens. Er fuhr in einem offenen Wagen fort, und seine Diener liefen neben der Kutsche her.

Die Stunden, die folgten, bewiesen, daß alles richtig war, was Kishan Prasad gesagt hatte. Mr. Barton hörte sich Alex' Geschichte voller Ungläubigkeit an. Alex hätte einen Fehler gemacht – einen sehr natürlichen Fehler. Alle Nigger sähen sich doch ähnlich wie eine Erbse der anderen. Die Andeutung, daß der Commissioner sich vielleicht irre, führte einen Wutanfall herbei. Solch eine Unterstellung sei absurd und beleidigend! Der Rao Sahib hätte ihm doch ein Spielzeug gezeigt, das er aus Paris mitgebracht hatte – eine Spieldose, verziert mit einer nackten Tänzerin, die ihre wächsernen Glieder im Takt einer blechernen kleinen Melodie verdrehte. Da sei es doch, es stände auf dem Tisch und beweise seine Worte. Kishan Prasad hätte ihn gebeten, die Kleinigkeit anzunehmen, und sei erst heute morgen dagewesen, um den zweiten Schlüssel zu bringen. Eine sehr vernünftige Idee, denn diese verflixten kleinen Dinger verlor man ja so leicht . . .

Und jetzt, wo diese Angelegenheit erledigt sei, hätte Mr. Barton gern gewußt, welche Nachrichten Alex von der Condesa brachte. Er hoffe, es ginge ihr gut. Keine Schönheit, was? Aber gutes Aussehen war ja nicht alles. Ein nettes Mädchen, wenn auch unscheinbar. Schade, daß er selbst nicht in der Lage gewesen wäre, nach Kalkutta zu reisen. Aber es sei ihm nicht gutgegangen. Ein Fieberanfall. Unbequem, diese Reise nach Delhi, aber er hätte es für besser gehalten, das Mädchen unter der Obhut von Mrs. Abuthnot weiterreisen zu lassen, denn er selbst würde ja auch in Kürze offiziell nach Delhi reisen. Zwei Fliegen mit einer Klappe . . .

Mr. Barton hatte alle guten Vorsätze in puncto Abstinenz und Sport mit einem Seufzer fallengelassen; er hatte sich dieses letzte Jahr noch einmal so richtig amüsiert. Das Ergebnis war die fette, kahlköpfige, schlafflippige Gestalt, die jetzt vor Alex Randall saß, mit einem Glas in der einen unsicheren Hand und Schnurrbart und Kinn über und über mit Brandy beschlabbert.

Buch 3
Conway

20

Es war jetzt über sechs Wochen her, seit die Abuthnots Kalkutta verlassen und die lange Reise nach Delhi angetreten hatten. Eine Reise, auf der sie etwas unerwartet von Lord Carlyon und den Gardener-Smiths begleitet wurden.

Lord Carlyon, der es sich in den Kopf gesetzt hatte, die alte Mogulhauptstadt Delhi zu besuchen, meinte, es sei eine einzigartig langweilige Fahrt, und deshalb bäte er um die Freude, die Abuthnots begleiten zu dürfen. Es war natürlich unmöglich gewesen, so eine wohlgesetzte Bitte abzulehnen, aber Mrs. Abuthnot konnte nicht so recht glauben, daß nur die Tatsache, daß er dann in Gesellschaft reisen konnte, Lord Carlyon dazu gebracht hatte, diese schmeichelhafte Bitte vorzubringen. Er wußte natürlich, daß sowohl Lottie als auch Winter verlobt waren und in Kürze heiraten würden, aber konnte es nicht möglich sein, daß er von ihrer Sophie angezogen wurde? Sophie war doch so ein süßes kleines Ding, obwohl sie nur ein Kind war! Konnte es sein, daß er Sophie ...?

Mrs. Abuthnot hatte sich ein paar mütterlichen Tagträumen hingegeben, und ihr Mangel an Begeisterung darüber, daß die Gardener-Smiths mit von der Partie waren, war verständlich. Delia, so dachte Mrs. Abuthnot mit einem Seufzer, sah aber auch zu attraktiv aus!

Colonel Gardener-Smith und Colonel Abuthnot betrachteten die Reise als notwendiges Übel. Seine Frau und seine Tochter fanden sie unbequem und ermüdend, und, abgesehen von der Anwesenheit Lord Carlyons, unerträglich langweilig. Was Carlyon betraf, so war der von Indien nicht allzusehr beeindruckt. Winter allein fand jede Meile der Straße interessant und bezaubernd. Jede Morgendämmerung, die in einer Flut von Safrangelb über der Ebene oder dem

Dschungel heraufstieg, jeder Abend, wo die Sonne in einem staubigen Glühen von Gold und Rosa versank, jede Nacht, in der der Mond wie eine silberne Muskatnuß am Himmel stand, begeisterten sie.

Das Land entrollte sich vor ihren Augen in einem Fest der Schönheit. Der dichte Dschungel, die niedrigen Hügel, die flachen Ebenen, die breiten, unregelmäßigen Kurven der indischen Flüsse mit ihren silbernen Sandbänken und den weißen Scharen von Reihern, die im seichten Wasser wateten, die glitzernden Kanäle, aus denen sich Wildenten in dunklen Ketten in den grünen Abendhimmel erhoben. Die Palmen, die gelben, mimosenartigen Blüten der Dornbäume. Die sonnengebackene Stille der staubigen Straßen, die kleinen Dörfer mit ihren engen Basaren, den quietschenden Schöpfrädern, den Hütten und Tempeln. Der Schrei der Pfauen in der Dämmerung und der Schrei der Wildgänse und Kraniche vor Sonnenaufgang . . .

Es gab nur eins, was sie an der Fahrt nach Delhi nicht angenehm fand. Das war die Anwesenheit von Lord Carlyon. Carlyon hatte Winter damals auf Sybellas Ball nicht vorteilhaft beeindruckt, und obwohl sein Benehmen ihr gegenüber seit Kalkutta außerordentlich freundlich war, hatte Winter doch das ungemütliche Gefühl, daß er etwas verbarg.

Carlyons träger Blick ruhte oft so unverschämt und abschätzend auf ihr, als ob sie eine Sklavin auf dem Markt wäre oder ein Vollblutpferd, das er zu kaufen gedachte. Carlyon nahm auch jede Gelegenheit wahr, sie zu berühren – und der sanfte Druck dieser Hände, die so wohlgepflegt wie Frauenhände waren, ließ Winter jedesmal voller Widerwillen und Abneigung erschaudern.

Carlyon hatte diesen Schauder gespürt, und er deutete ihn falsch. Sein Reichtum und sein Stand, verbunden mit einem gutgeschnittenen Gesicht und einer tadellosen Figur, hatten ihm alles verschafft, was er vom Leben verlangte. Er hatte schon viele Liebschaften hinter sich, aber die Ehe hatte er immer vermieden. Bis jetzt war er allerdings auch nie an unverheirateten jungen Damen interessiert gewesen. Sie waren seiner Meinung nach zu neu, zu unerfahren und zu gefährlich, und er hatte noch nie eine mit seiner Aufmerksamkeit beehrt. Winter de Ballesteros dagegen hatte mit den bescheidenen, errötenden Debütantinnen nicht die geringste Ähnlichkeit.

Carlyon war das Produkt eines Zeitalters, in dem reiche Mitglieder der Aristokratie glaubten, sie ständen über den Gesetzen, die das Verhalten der unteren und mittleren Klassen regelten. Carlyon hatte das »Recht der ersten Nacht« immer für eine wunderbare Institution gehalten, und er bedauerte, daß man es nicht länger durchsetzen konnte. Es schadete ja nichts, dieser süßen kleinen Unschuld eine Probelektion in den angenehmeren Aspekten der Ehe zu erteilen, und sie würde die folgenden Umarmungen ihres unbeachtlichen Mannes um so mehr genießen, wenn sie in die Freuden der Liebe durch einen Experten eingeweiht worden war. Ein Mädchen mit solch einem Mund und einer so herrlich verführerischen Gestalt konnte in der Kunst der Liebe nur eine eifrige Schülerin sein, und Carlyon hatte in dieser mehrwöchigen Reise unendlich viele Gelegenheiten vermutet, bei denen man sich die Zeit auf diese angenehme Weise vertreiben konnte.

Wie vorsichtig er aber auch manövrierte, er stellte fest, daß es unmöglich war, mit der kleinen Ballesteros allein zu sprechen. Sie hielt sich immer dicht bei Lottie oder Sophie. Sie ließ sich nicht von ihm in ein Privatgespräch verwickeln, und Carlyon, der die Reise mit angenehmer, völlig selbstsicherer Vorfreude begonnen hatte, fing an, langsam die Geduld zu verlieren.

Mit seiner Geduld verlor Carlyon auch einen Teil seiner Vorsicht. Mrs. Abuthnot begann, Winter genauer im Auge zu behalten. Und Lord Carlyon, zornig, frustriert und pikiert, tat das, was er selbst immer als das Dümmste auf der ganzen Welt bezeichnet hatte. Er verliebte sich.

Die Liebe war für ihn immer ein Amüsement gewesen, und die Befriedigung eines stark entwickelten Sexualtriebs. Aber nicht ein einziges Mal hatte sie sein Herz oder seine Gefühle berührt. Er hielt sich deshalb für immun gegen diese besondere Art des Wahnsinns. Die Entdeckung, daß er – Arthur Veryan St. Maur, der Zehnte Baron Carlyon – sich tatsächlich in ein kleines Mädchen von siebzehn Jahren verliebt hatte, verblüffte und erzürnte ihn. Das konnte einfach nicht wahr sein! Es mußte an diesem fürchterlichen Klima liegen oder daran, daß er über acht Monate nichts mehr mit Frauen zu tun gehabt hatte. Das war bisher noch nicht vorgekommen.

Dennoch, er war verliebt. Er stellte fest, daß er unfähig war, die Qualen und Freuden dieses Zustands zu vermeiden oder auch nur vernünftig zu sein. Er entdeckte, daß er nicht mehr schlafen konnte. Seine Selbstsicherheit und sein feines Benehmen hatten ihn verlassen. Er wußte, er benahm sich wie ein Bauer – und er konnte nichts dagegen tun. Mrs. Abuthnot begann sich zu fürchten, und auch Mrs. Gardener-Smith störte sich daran. Delia schmollte, und nur Winter blieb genauso kühl wie ihr Name und hielt sich immer verführerisch außer Reichweite.

Aber während Carlyons Begehren sich an Intensität verstärkte, wurde Winters Kühle zu einem Gefühl, das an Angst grenzte. Sie sehnte sich danach, daß die Reise zu Ende war. Wenn sie erst einmal mit Conway verheiratet war, dann brauchte sie sich nie wieder vor irgend etwas zu fürchten. Ach, mit Conway verheiratet zu sein! Die Tage, die eine Freude gewesen waren, endeten in Anspannung und quälender Peinlichkeit, und Carlyon war das einzige Mitglied der Reisegesellschaft, das beim Anblick der rosenroten Mauern von Delhi nicht unbedingt erleichtert war.

Der Bungalow der Abuthnots stand in den Außenbezirken, ungefähr vier Meilen außerhalb der Stadtmauern. Carlyon hatte keine Schwierigkeiten, eine Einladung von den Abuthnots zu bekommen. Er hatte von »ungefähr einer Woche« gesprochen, aber Mrs. Abuthnot tröstete sich mit dem Gedanken, daß der Commissioner von Lunjore sicher in Delhi sein würde, um seine Braut abzuholen, und daß man damit rechnen konnte, daß die Hochzeit innerhalb weniger Tage stattfand. Daß Lord Carlyons Zuneigung zu Winter tief saß, war jetzt schmerzhaft deutlich geworden, und Mrs. Abuthnot wünschte sich, sie hätte die Zivilcourage, ihm ganz offen zu sagen, daß sie es unter diesen Umständen als unziemlich betrachte, wenn er länger als ein paar Tage unter ihrem Dach bliebe. Vielleicht konnte George ihm das irgendwie deutlich machen. Irgend etwas an Lord Carlyons Benehmen erschreckte Mrs. Abuthnot ... In letzter Zeit hatte sie zu bemerken geglaubt, daß unter seiner glatten Oberfläche und hinter seinem Charme eine gefährliche, egoistische Rücksichtslosigkeit lauerte. Aber vielleicht bildete sie sich das auch nur ein.

Eine imponierende Versammlung von Hausdienern stand in Reih und Glied auf der Veranda, um die Familie zu empfangen. Für Lottie waren nicht weniger als sieben Briefe da: fette, versiegelte Päckchen, jedes einzelne so groß wie einer von Mrs. Heimanns Romanen, bemerkte Sophie neckend. Alle waren von Edward English. Für die Condesa de los Aguilares waren weder ein Brief noch eine Nachricht da.

Natürlich würden keine da sein, tröstete sich Winter. Wenn Conway selbst nur eine Meile von hier entfernt war, dann brauchte man ja auch keine Briefe mehr zu schreiben. In einer Stunde – vielleicht in kürzerer Zeit – würde sie ihn sehen. Sie mußte sich beeilen, mußte ihr schönstes Kleid anziehen. Ihr Haar war voll Straßenstaub, und auch auf ihren langen Wimpern und in den Mundwinkeln war Staub. Sie mußte sich waschen und umziehen – schnell – schnell!

Das Kleid aus apfelgrünem Crêpe de Chine mit Seidenstreifen

war ganz zerdrückt, und ein Hausdiener wurde hastig hinuntergeschickt, um den Dhobi mit seinem Bügeleisen zu holen.

Eine Stunde später schaute sich Winter ein letztes Mal im Spiegel an, wünschte sich noch einmal, daß sie Lotties blaue Augen und blonde Locken besäße, und ging dann ins Wohnzimmer, um auf Conway zu warten. Von den Wohnzimmerfenstern aus konnte sie das Tor beobachten und würde sehen, wenn er ankam. Die Diener deckten schon den Tisch für das Abendessen ... Sicher mußte er bald kommen! Sie hörte, wie jemand hinter ihr das Zimmer betrat und die Tür schloß. Winter drehte sich um, in der Meinung, es sei Mrs. Abuthnot.

»Auf wen warten Sie?« fragte Carlyon. »Auf den verspäteten Liebhaber?«

Winter stand ganz still. Ihre dunklen Augen wurden ein bißchen größer, und am Ansatz ihrer Kehle klopfte eine Ader. Es war schwer zu übersehen, daß Lord Carlyon getrunken hatte. Er war zwar nicht betrunken, aber sein rotes Gesicht, die strahlenden Augen und die leicht schleppende, verwischte Stimme verrieten deutlich, daß er nicht mehr ganz nüchtern war.

Mit kühler, flacher Stimme sagte Winter: »Ich erwarte Mr. Barton. Ich glaube aber, ich warte besser im Garten auf ihn. Es ist angenehm kühl da draußen, jetzt, wo die Sonne so tief steht.« Sie preßte die breite Rüsche ihrer Krinoline beiseite und ging ruhig zur Tür.

Carlyon wartete, bis sie fast neben ihm stand. Dann bewegte er sich mit unerwarteter Geschwindigkeit und versperrte ihr den Weg. »Ich glaube, das werden Sie nicht tun. So eine Chance habe ich noch nie gehabt. Sie sind mir aus dem Weg gegangen, nicht wahr? Sehr schlau. Warum wollen Sie mich nicht mit Ihnen sprechen lassen?«

Winter zwang sich dazu, ruhig zu bleiben. »Aber das tu ich doch. Sie haben oft mit mir gesprochen.«

»Aber nie allein. Wissen Sie, daß ich nicht ein einziges Mal mit Ihnen allein gewesen bin? Noch nicht einmal einen Augenblick lang? Warum verhalten Sie sich so? Tun Sie das, um mich zu verletzen, Winter? Nein! Gehen Sie nicht. Ich lasse Sie nicht.«

Sie hatte versucht, an ihm vorbeizugehen, und er hatte sich zwischen sie und die Tür gedrängt. Winter sagte ein wenig atemlos: »Lord Carlyon, bitte, lassen Sie mich durch. Ich ... ich glaube, ich höre Mrs. Abuthnot in der Halle ...«

»Oh nein. Und mein Name ist Arthur. Muß ich Ihnen das noch sagen? Muß ich Ihnen sagen, daß Sie das schönste, begehrenswerteste Wesen sind, das ich je gesehen habe? Das ich ...«

»Lord Carlyon, bitte . . .«

»Arthur! Und ich liebe dich. Ist das nicht absurd?«

»Lord Carlyon, Sie dürfen nicht so mit mir reden«, sagte Winter verzweifelt. »Sie wissen, daß ich in Kürze heiraten werde, und . . .«

»Und zwar irgendeinen Trottel von Commissioner? Was für ein Unsinn! Was für ein lächerlicher, verdammter Unsinn. Sie wissen, daß es Blödsinn ist, nicht wahr? Nicht wahr, mein wunderschöner Schwan – meine Göttin aus Schnee. Soll ich diesen Schnee schmelzen, soll ich dich lehren, wie man so warm wie der Sommer ist und nicht so kalt wie dein Name? Darf ich? Darf ich . . .?«

Durch seine weiche, undeutliche Stimme hindurch konnte Winter hören, wie Pferdehufe auf der Einfahrt klapperten. Conway! Sie versuchte noch einmal, an Lord Carlyon vorbeizugehen, und er packte ihr Handgelenk. Die Berührung der heißen Finger ließ sie angewidert zusammenzucken, aber sie wußte, sie durfte sich nicht wehren. Es wäre fatal, wenn sie sich wehrte. In einem Augenblick würde sich die Tür öffnen, und man würde sie suchen. Sie konnte schon Stimmen auf der Veranda hören. Sie durfte es nicht zulassen, daß Conway sie in den Armen eines anderen Mannes antraf. Was würde Conway dann wohl von ihr denken? Sie mußte ruhig bleiben . . .

Ganz fest sagte sie: »Wenn Sie mich nicht loslassen, dann werde ich rufen.«

Carlyon lachte. »Oh nein, das wirst du nicht tun. Das wäre ein vulgärer Skandal, und dazu ist jetzt nicht der Augenblick, wenn dein erwählter Trottel ankommt. Da also die Zeit drängt . . .«

Ehe Winter klar wurde, was er vorhatte, ehe sie aufschreien konnte, hatte er sie an sich gerissen und preßte sie an seine Brust. Er hielt ihre Arme so fest umklammert, daß es unerträglich weh tat. Und dann küßte er sie mit einer verletzenden Wildheit, die Winter den Atem nahm. Sie wehrte sich geräuschlos, und Zorn und Ekel überfluteten alle ihre Gedanken, während Carlyons gieriger Mund ihre Kehle berührte, die kühle weiße Haut mit wilder Leidenschaft küßte und dann in die warme Höhlung zwischen Hals und Schulter hinunterwanderte.

Winter versuchte zu schreien, aber das einzige Geräusch, das sie machen konnte, war ein gequälter Atemzug. Und dann öffnete sich die Tür zur Halle, und gleichzeitig ließ Carlyon die Arme sinken, die Winter umklammert hatten. Winter sprang einen Schritt zurück, eine Hand an ihrer blutenden Kehle, während sie mit der anderen verzweifelt nach einer Sessellehne griff. Aber es war nicht Conway, der dort stand. Es war erstaunlicherweise Captain Randall.

»Alex!« Sie hatte gar nicht bemerkt, daß sie ihn mit Vornamen gerufen hatte. Das Wort war nicht mehr als ein keuchender Atemzug.

Carlyon drehte sich um. »Ah«, sagte er milde, »Mr. Barton, nehme ich an?«

Alex' harte graue Augen musterten Lord Carlyon von Kopf bis Fuß mit einem kalten, forschenden Blick. Dann hob er die Augenbrauen. »Nein, Sir. Darf ich aus Ihren Worten entnehmen, daß Sie ihn erwarten?« Er schaute an Carlyon vorbei zu Winter hinüber und verbeugte sich leicht. »Ihr Diener, Condesa.«

Eine plötzliche Röte brannte in Carlyons Wangen, und seine Lippen wurden schmal. Er richtete sich zu voller Höhe auf und sagte in seinem kältesten Tonfall: »Sie haben sich im Zimmer geirrt, Sir. Ich glaube, Sie finden Colonel Abuthnot in seinem Arbeitszimmer.« Dabei nickte er und wollte Alex entlassen, aber diesmal verfehlte sein Befehlston das Ziel.

»Sehr wahrscheinlich ja«, sagte Alex und schlenderte ins Zimmer. »Aber ich bin nicht gekommen, um mit Colonel Abuthnot zu reden. Ich habe den Auftrag, der Condesa de los Aguilares eine Botschaft zu überbringen.«

»Dann, bitte, Sir, spucken Sie sie aus und gehen Sie dann«, schnappte Lord Carlyon. »Sie haben uns unterbrochen.«

»Das habe ich bemerkt«, sagte Alex, und sein Blick ruhte träge auf den roten Flecken, die Winters weißen Hals und ihre Schultern entstellten. »Die Nachricht ist allerdings etwas persönlicher Natur, und wenn ich Ihnen sage, daß sie vom zukünftigen Ehemann dieser Dame kommt, dann bin ich fast sicher, daß Sie mir erlauben werden, diese Botschaft an die Dame privat weiterzugeben. Ich werde Sie nur einen kleinen Augenblick warten lassen.«

Damit war klar, wer hier entlassen war. Carlyons lässige Hochmütigkeit verließ ihn. Böse sagte er: »Sie . . . das ist doch . . .!

Winter stand plötzlich neben Alex, und sie legte die Hand auf seinen Ärmel. Sie schaute Carlyon nicht an, sondern sie sagte mit leiser, atemloser Stimme: »Führen Sie mich bitte in den Garten, Captain Randall? Sie können mir Ihre Nachricht dort überbringen, und . . . es ist auch kühler draußen.«

»Aber jeder kann uns dort sehen«, sagte Alex freundlich. »Ich glaube, Sie werden es hier drinnen angenehmer finden.«

Er ging zur Tür, hielt sie offen und lächelte Lord Carlyon an. Menschen, die Alex kannten, hätten dieses Lächeln erkannt. Carlyon kannte es nicht. Die Wut verließ sein Gesicht, und Verachtung zeigte sich statt dessen darin. Er schaute Winter an und sagte: »Also dann, meine Liebe«, und ging hinaus in die Halle. Alex schloß die Tür hinter ihm, und Winter ließ sich abrupt auf das Sofa fallen. Sie hatte plötzlich den absurden Drang, zu weinen.

»Wer war das?« wollte Alex ohne Interesse wissen.

Winter wich seinem Blick aus und antwortete mit zittriger Stimme: »Lord Carlyon. Aber Sie dürfen nicht denken ... Ich will nicht, daß Sie denken ...«

Sie blickte schnell auf, und heiße Farbe war auf ihren Wangen. Sie fuhr fort: »Ich weiß, daß Ganze muß für Sie sehr eigentümlich aussehen, aber ...« und dann bemerkte sie zum ersten Mal, daß Alex seinen linken Arm in der Schlinge trug. Sie vergaß, was sie alles erklären wollte, und sagte statt dessen: »Sie sind ja verletzt! Was ist denn passiert?«

»Ein Jagdunfall«, sagte Alex gleichgültig.

»Ein Unfall?« Plötzlich wich alles Blut aus Winters Gesicht, und sie stand schnell auf. »Conway ... Hat es in Lunjore Ärger gegeben? Sind Sie deswegen gekommen, um mir das zu sagen? Ist ihm irgend etwas passiert? Ist er krank?«

»Soweit ich weiß, nicht«, sagte Alex mit völlig ausdrucksloser Stimme.

»Warum sind Sie dann hier?«

»Der Commissioner hat jetzt doch nicht die Möglichkeit gehabt, nach Delhi zu kommen. Er hat mich darum gebeten, Ihnen die Angelegenheit zu erklären und dafür zu sorgen, daß Sie mit den Gardener-Smiths nach Lunjore reisen. Die Familie wird ja bald dorthin weiterfahren.«

»Aber ...« Winter streckte eine Hand aus und umklammerte die Sessellehne. »Die Gardener-Smiths bleiben ja noch fast drei Wochen hier.«

»Das weiß ich. Tut mir leid. Aber im Augenblick fährt offenbar niemand anders, und Sie können nicht allein reisen.«

»Warum kann ich nicht mit Ihnen reisen?«

»Der Commissioner hält das nicht für passend«, sagte Alex trokken. »Und außerdem fahre ich auch erst in zwei Wochen. Es gibt hier eine Angelegenheit, die der Commissioner aufzuklären wünscht.«

Winter setzte sich langsam hin. Alex blickte hinab auf den gesenkten Kopf und die kleinen Hände, die sich unter den apfelgrünen Rüschen so fest zusammengekrampft hatten, und machte ein finsteres Gesicht. Er spürte eine Rührung, die ihn sehr störte, und wieder kam ihm in den Sinn, daß Indien wirklich kein Ort für solche Frauen sei. Winter, die in diesem Augenblick aufschaute, bemerkte den finsteren Ausdruck auf seinem Gesicht, und ihr Mut und ein Funken von Zorn kamen zurück. Sie erhob sich, reckte sich hoch auf und sagte mit kühler, beherrschter Stimme: »Es war sehr freundlich von Ihnen, sich meinetwegen diese Mühe zu machen. Ich hoffe, Sie halten mich nicht für undankbar. Hat Mr. Barton keinen Brief geschickt?«

»Dazu war keine Zeit. Der Plan ist erst in letzter Minute geändert worden, und ich selbst hatte weniger als eine halbe Stunde, ehe ich abreiste«, sagte Alex knapp. Er hielt es für unnötig, Winter alles zu erklären. Daß der Commissioner, als Alex ihn zuletzt gesehen hatte, keineswegs in dem Zustand gewesen war, aufrecht zu stehen, geschweige denn, eine leserliche Zeile zu schreiben.

In Wirklichkeit hatten Mr. Barton im Angesicht der Reise nach Delhi wieder die alten Ängste überfallen. Dieselben Ängste, die ihn davon abgehalten hatten, seine Braut in England abzuholen. Angenommen – nur angenommen, daß sie ihn so, wie er jetzt war, nicht mochte? Konnte sie nicht, unterstützt von den Abuthnots als ihren alten Freunden, sogar soweit gehen, die Verlobung abzubrechen? Es war besser, sie nach Lunjore zu bringen, wo sie nur Fremde umgaben. Wenn sie erst einmal da war, dann hätte sie keine Chance mehr, die Meinung zu ändern. Dafür würde er schon sorgen!

Er hatte die Entscheidung, nicht nach Delhi zu reisen, damit gefeiert, daß er sich bis zur Besinnungslosigkeit betrank. Am nächsten Morgen war er gerade noch dazu in der Lage gewesen, Captain Randall ein paar Anweisungen zuzumurmeln. Er solle Winter irgendeine Entschuldigung erzählen. Sie würde eben mit den Gardener-Smiths nach Lunjore reisen müssen. Er, Conway, wollte verdammt sein, wenn er nach Delhi raste, nur um zu heiraten. Sie mußte eben hierherkommen. Der Berg zum Propheten. Alex müßte dafür sorgen. Er würde schreiben, wenn er sich wieder besser fühlte, und wo der schwarze Teufel von gestern abend seinen Whisky her hatte, das wußte der liebe Himmel . . .

Winter wurde eine Antwort erspart, weil Mrs. Abuthnot das Zimmer betrat. Sie umarmte Alex, und sie wollte einfach nichts davon hören, daß er vor dem Abendessen wieder ging. »Nein, natürlich müssen Sie bleiben, mein lieber Junge«, sagte Mrs. Abuthnot fest. »Lottie und Sophie werden ganz entzückt sein, Sie zu sehen. Colonel Abuthnot hat mir gerade eben erst gesagt, daß Sie hier wären, sonst wäre ich schon früher dagewesen. Und wo ist Mr. Barton?«

»In Lunjore«, sagte Alex. »Er war nicht in der Lage, zu kommen.«

Alex war zum Abendessen geblieben, das war kaum zu vermeiden gewesen, und Carlyon hatte sich darüber nicht gefreut. Er war nicht daran gewöhnt, in Gesellschaft die zweite Geige zu spielen, und diese neue Erfahrung ärgerte ihn beträchtlich. Daß Captain Randall offenbar auch noch die Intelligenz fehlte zu begreifen, daß Carlyon ihn durch sein Benehmen zurechtwies, diese Tatsache vergrößerte Carlyons Ärger noch. Er hatte vorgehabt, sich neben Winter zu setzen, aber Winter war an ihm vorübergeschlüpft und hatte den Platz zwischen Colonel Abuthnot und diesem Captain Randall eingenommen. Carlyon selbst wurde zwischen Mrs. Abuthnot und Lottie plaziert. Im ganzen war es nach Carlyons Ansicht ein sehr ermüdender Abend geworden, und das einzig Angenehme daran war für Carlyon die Information gewesen, daß der zukünftige Mann der jungen Condesa nicht nach Delhi kommen würde. Sie mußte also noch weitere drei Wochen bei den Abuthnots wohnen. Das Schicksal spielte Carlyon also anscheinend doch ein gutes Blatt in die Hände. Es war dumm gewesen, daß er am Anfang des Abends so mit der Tür ins Haus gefallen war. Aber jetzt war er nicht mehr ganz so sicher, ob er in puncto Winter die Grenze schon überschritten hatte. Sie hatte sich zwar gewehrt, aber das war höchstwahrscheinlich mädchenhafte Scheu gewesen. Denn sie hatte nicht geschrien. Vielleicht das nächste Mal . . .

21

Die Angelegenheit, die Alex in Delhi erledigen sollte, bestand hauptsächlich darin, Beweise für einen Fall von Landerwerb durch Übernahme zu sammeln, auszuwerten und zu überprüfen. Aber der größte Teil der Dokumente wurde von Angestellten Mr. Frazers, des Aufsichtsbeamten, erledigt, so daß Alex eine ganze Menge Zeit hatte. Die Abuthnots luden ihn andauernd ein, und Alex war sich nicht ganz sicher, warum er diese Einladungen nicht ablehnte.

War es nur das ärgerliche Gefühl der Verantwortlichkeit für Winter, das er nicht loswerden konnte? Oder war es die Tatsache, daß er spürte, wie verängstigt und unglücklich Winter war? Mit Sicherheit zeigte sie nichts davon in ihrem Verhalten, aber sie hatte sich verändert, und das war Alex nicht entgangen. Sie hatte den Ausdruck der Erwartung verloren, sie war wieder das zurückgezogene, vorsichtige Kind des vergangenen Vorfrühlings . . . das Mädchen, das etwas von der Unbeweglichkeit und Vorsicht eines Waldtieres besaß, das beim Herannahen der Gefahr unbeweglich stehenbleibt und hofft, in der schützenden Färbung seiner Umgebung übersehen zu werden.

Winter wußte, es war nicht loyal, was sie dachte. Aber wenn Alex in der Lage war, die Arbeit zu übernehmen, die Conway in Delhi hätte tun sollen, dann hätte Alex sicher auch eine Woche oder zehn Tage in Lunjore zurückbleiben können, damit Conway herkommen konnte.

Carlyons Gelegenheit kam bei einem Ball, bei dem er Winter zu einem Walzer aufforderte. Im Interesse der Höflichkeit hatte sie nicht ablehnen können, und er nutzte das aus. Er entschuldigte sich für seinen unverzeihlichen Ausrutscher am Tag der Ankunft und wies darauf hin, daß der Brandy und Beruhigungstabletten daran schuld gewesen wären. Nachdem Winter ihm verziehen hatte, fuhr er voller Zuversicht fort, indem er ihr einen Heiratsantrag machte.

Er hatte sich mit Leidenschaft und Bescheidenheit ausgedrückt, und die Antwort war ablehnend gewesen und enthielt nichts, das er auch nur annähernd als Ermutigung deuten konnte, seine Werbungen fortzusetzen. Die Musik hatte aufgehört zu spielen, und Winter hatte ihm keinen zweiten Tanz mehr gewährt.

Am nächsten Tag hatte Carlyon ihr einen sorgfältig formulierten Brief durch Boten überbringen lassen. In diesem Brief hatte er ihr versichert, er hätte nicht vorgehabt, ihr Kummer zu machen, und verspräche, das Thema nie wieder zu erwähnen. Er wolle ihr auch keine weiteren Szenen mehr machen. Er hoffe nur, daß Winter ihm wenigstens die Ehre ihrer Freundschaft gewähren würde, wenn auch die nähere Verwandtschaft, nach der er sich so leidenschaftlich sehne, ihm abgeschlagen würde. Sein Leben stehe zu ihrer Verfügung, wenn er ihr zu irgendeiner Zeit von Nutzen sein könne. Er verbleibe . . . und so weiter.

Winter konnte nicht anders, als sich sagen, daß sie Lord Carlyon falsch eingeschätzt hatte. Als sie sich das nächste Mal begegneten, lächelte sie ihn scheu an. Aber sie kannte die Gefühle nicht, die ihn dazu gebracht hatten, diesen Brief zu schreiben, und wenn sie sie gekannt hätte, dann wäre sie mit Sicherheit im höchsten Grade beunruhigt gewesen. Carlyon hatte den Brief aus keinem anderen Motiv geschrieben, als der Hoffnung, daß er dadurch vielleicht die kleine Ballesteros daran hindern konnte, darauf zu bestehen, daß er aus Delhi verschwand. Er selbst hatte zwar auch die Absicht, in Kürze zu verschwinden, aber er hatte sich entschlossen, Winter mitzunehmen.

Carlyon konnte einfach nicht glauben, daß Winter ihre ablehnenden Worte ihm gegenüber ernst meinte . . . Sie führte ihn ja nur an der Nase herum! Es hatte allerdings für sie keinen Zweck, ihn weiter als bis zu einem Heiratsantrag zu treiben, und den hatte sie schon gehabt ...

Carlyons Plan war ganz einfach. Mit Winter Frieden schließen, ein paar notwendige Vorbereitungen treffen, sie entführen und so kompromittieren, daß sie froh sein würde, wenn er sie heiratete. Der Trottel Barton würde vielleicht anfangs ein bißchen Ärger machen, aber Carlyon konnte ja seinen Einfluß benutzen, damit er befördert wurde, und offensichtlich war der Kerl ja auch nur an Winters Vermögen interessiert. Carlyon stand genug zur Verfügung, um ein großzügiges Goldpflaster auf alle Wunden zu legen, die Barton vielleicht empfing.

Die romantischeren unter den jungen Offizieren hatten ein Mondscheinpicknick auf den Mauern von Delhi vorbereitet. Natürlich würde keine junge Dame ohne Aufsichtsperson teilnehmen, und sowohl Mrs. Abuthnot als auch Mrs. Gardener-Smith würden ihre Töchter mütterlich im Auge behalten. »Wenn der Mond ganz voll ist«, sagte Mrs. Abuthnot hoffnungsvoll, »dann ist es wirklich fast taghell, und ich höre, es wird eine ziemlich große Party sein. Wir werden den Mondaufgang sehen können. Das wird sicher sehr hübsch.«

»Hat Lord Carlyon auch vor, hinzugehen?« wollte Mrs. Gardener-Smith wissen.

»Ja, in der Tat. Wir gehen alle. Natürlich außer Colonel Abuthnot. Er sagt, solche Sachen liegen ihm nicht. Aber wenn Carlyon und der liebe Alex uns begleiten, dann mangelt es uns nicht an männlichen Eskorten, und alles wird sehr nett werden.«

Die Wolken, die an diesem Tag aufgezogen waren, brachten keinen Regen, aber dafür einen herrlichen Sonnenuntergang. Winter, die an diesem Abend mit Colonel Abuthnot einen Ausritt in die Hügel gemacht hatte, schaute hinaus über die ferne Stadt, die glänzenden Kurven des Jumna-Flusses und die weite Ebene dahinter, und sie sah die Landschaft in strahlendem Gold vor der flammenden Herrlichkeit der untergehenden Sonne.

Die Minarette und Moscheen, die Bastionen von Delhi fingen das Licht ein und glühten wie aus geschmolzenem Metall, und weit in der Ferne, über den zahllosen Monumenten und Ruinen der sieben Städte, die sich nach Osten erstreckten, erhob sich der hohe Turm des Kutab Minar, ein leuchtender, steil erhobener Speer vor einer purpurnen Wolkenbank.

Winter zügelte ihr Pferd, um diese kurze Vision von phantastischer Pracht anzuschauen, und während sie zuschaute, verwandelte sich das Gold in Rosa und das Rosa in Lavendel, und endlich standen die Zinnen und Mauern, die Seifenblasenkuppeln, die Minarette und Paläste in kaltem Violett vor dem glühenden Himmel, und der Fluß zog sich blutrot durch die dunkle Ebene. Plötzlich brannten Tränen unter Winters Augenlidern, denn der Abend war nicht mehr voller Schönheit, sondern voller Traurigkeit. Die Traurigkeit vergangener Pracht und verlorener Reiche. Die Traurigkeit der Veränderung und des Verfalls. Etwas Symbolisches hatte in diesem kurzen Aufflammen der Schönheit gelegen, das die Stadt der Moguln erleuchtet hatte. Etwas Symbolisches lag in der Dämmerung, die jetzt schnell diese Stadt schluckte . . .

Irgendwo in diesen Mauern, ein Schatten unter den Schatten, ging mit müden Schritten der letzte der Moguln, ein alter, zerbrechlicher, verwelkter Greis, machtlos, König nur dem Namen nach, durch die marmorne Pracht des Palastes, der von Schah Jahan erbaut worden war. Dieser alte Mann schrieb persische Gedichte, um seine ziellosen Tage zu füllen. Plötzlich flüsterte das Echo einer lange verschwundenen Stimme in Winters Ohr – die Stimme Aziza Begums, die einem kleinen Mädchen in der Dämmerung Geschichten erzählte. ». . . und der Sand kroch in die Stadt und begrub sie, und es war, als ob sie nie gewesen wäre.«

Colonel Abuthnot hatte an diese gleiche, ummauerte Stadt gedacht. Aber seine Gedanken waren offenbar ganz anders gewesen als die von Winter, denn unerwartet, wie in einem Streitgespräch, sagte er plötzlich: »Ja, ich nehme an, es wäre möglich. Aber die Armee würde bald wieder alles in Ordnung bringen.«

Winter war überrascht. »Was in Ordnung bringen, Sir?«

Der Colonel zuckte zusammen und wachte aus seiner Träumerei auf. »Tut mir leid, meine Liebe. Ich fürchte, ich habe laut geredet. Dumme Angewohnheit. Eigentlich hatte ich an einen Artikel gedacht, den Sir Henry Lawrence geschrieben hat. So vor zehn Jahren. Hat damals ziemlich viel Unruhe gestiftet. Der Artikel handelte von Delhi, wissen Sie. Sir Henry hat angedeutet, wie einfach es für den Feind wäre, diese Stadt zu nehmen. Er sagte, wenn das je geschehen sollte, dann würden die Rebellen innerhalb von vierundzwanzig Stunden Tausende von Sympathisanten finden, und jede Flugschar in Delhi würde zum Schwert umgeschmiedet. Vielleicht ist was dran. Ich hatte selbst immer das Gefühl, daß es klüger wäre, wenigstens ein Regiment in der Stadt einzuquartieren. Wir stellen natürlich eine Garde, aber die würde wenig nutzen, wenn die Stadt in feindliche Hände fiele.«

»Meinen Sie, das wäre möglich?«

»Nein, nein. Natürlich nicht. Sehr unwahrscheinlich. Das Land ist nie ruhiger gewesen. Ist ja nur eine taktische Frage. Theoretisch ist es möglich. Aber es würde uns wenig Arbeit kosten, die Stadt wieder einzunehmen. Vielleicht versucht der Mob dann einen Aufstand, aber der hat gegen die Armee wenig Chancen. Ich könnte mir vorstellen, die Stadt mit meinen Sepoys allein wieder einzunehmen. Auf der ganzen Welt gibt es keine bessere Truppe!«

Colonel Abuthnots Augen flammten in fanatischem Glanz, und er erzählte Winter eine lange Anekdote von einem kleinen Scharmützel vor dreißig Jahren, in dem eine Kompanie einheimischer Infanterie unter seinem Kommando sich mit beträchtlicher Tapferkeit geschlagen hatte.

»Die hätten sie mal in den Krimkrieg schicken sollen«, schloß Colonel Abuthnot seine Erzählung ab. »Heiliger Strohsack, die hätten es Königin Victorias Garden mal gezeigt! Natürlich ist es da oben zu kalt – die Sepoys hätten das Klima nicht ausgehalten. Aber gib ihnen die richtigen Offiziere, und es gibt nichts, was sie nicht schaffen. Die beste Truppe auf der Welt! Es ist eine Ehre, sie anzuführen, und lassen Sie sich von keinem was anderes sagen, meine Liebe. Männer wie Carlyon, die wissen ja gar nicht, wovon sie reden – woher denn auch. Keine Erfahrung. Trotzdem ...«

Colonel Abuthnot, der sein ganzes Regiment liebevoll als eine Art vielköpfigen Lieblingssohn betrachtete, klang irgendwie verärgert. Winter schloß daraus, daß Lord Carlyon sich abfällig ausgedrückt hatte.

»Komischer Kerl, dieser Carlyon«, brummelte Colonel Abuthnot. Sein rundliches Gesicht hatte sich zu einer gedankenverlorenen Miene verzogen. »Weiß nicht genau, was ich von dem halten soll. Charmanter Bursche. Ausgezeichneter Schütze, und es ist eine Freude, ihn zu Pferde zu sehen. Trotzdem, es gibt Zeiten, wo er ...«

Eine Fledermaus flatterte am Kopf des Colonels vorbei, und er wachte aus seinen Überlegungen auf. »Kommen Sie, meine Liebe. Wir müssen zurück, sonst denkt Mrs. Abuthnot, wir hätten irgendeinen Unfall gehabt.«

Sie wendeten die Pferde und ritten in langsamem Galopp durch die Dämmerung zurück zu dem hübschen weißen Bungalow, und die Lichter der Außenbezirke schimmerten gerade erst durch die Bäume.

22

Am Abend des Mondscheinpicknicks waren am Himmel nordöstlich von Delhi Wolken zu sehen. Aber sonst war der Himmel klar. Mrs. Abuthnot hatte diese Wolken mit etwas Besorgnis betrachtet und sich entschlossen, zum Picknick Umhänge und Schirme mitzunehmen. Sie bestellte eine geschlossene Kutsche.

Carlyon, Winter und Alex waren zum Picknick geritten, während Mrs. Abuthnot und ihre Töchter in der Kutsche fuhren. Der Ritt war sehr angenehm gewesen, wenn auch ein bißchen staubig, und Carlyon hatte sich vorbildlich benommen. Wenn er wollte, dann konnte er ein ausgezeichneter Gesellschafter sein, und an diesem Abend wollte er. Sie ritten durch den gewichtigen Bogen des Kaschmirtores und saßen vor der Hauptwache ab. Alex wollte dort mit einem Jemadar der Wache sprechen, und dann hatte ihn ein Reiter angerufen, der sich dem Tor von der St.-James-Kirche her näherte.

»Alex, nein, wirklich!« Der Mann hatte sein Pferd angespornt, kam schnell heran, beugte sich aus dem Sattel nieder und knallte Captain Randall die Faust zwischen die Schulterblätter. »Wann bist du denn zurückgekommen? Du untreue Tomate, seit einem halben Jahr habe ich kein Wort mehr von dir gehört!«

Alex hatte sich schnell umgedreht und die Hand des Reiters ergriffen. »William! Was zum Teufel machst du denn hier? Sie haben mir gesagt, du wärst in Dagshai.«

»Bin ich auch – offiziell.«

Alex sagte: »Steig ab und komm mit uns. Condesa, darf ich Ihnen Lieutenant Hodson vorstellen? William, die Condesa de los Aguilares und Lord Carlyon.«

Lieutenant Hodson reichte Winter die Hand und sagte: »Werden Sie mir verzeihen, wenn ich nicht absitze? Ich habe mir den Knöchel verrenkt, und auf dem Boden kann ich wenig mehr als hüpfen.«

Er war ein schlanker, drahtiger Mann, so schlank wie Alex. Er sah ein paar Jahre älter aus. Aber Alex war dunkelhaarig und von der Sonne dunkel gebräunt, und dieser Offizier war von fast skandinavischer Blondheit. Die indische Sonne hatte über seine helle Haut offenbar keine Macht. Sein blondes Haar und sein langer Kavallerieschnurrbart waren so hell gebleicht, daß die Haare fast weiß waren. Nur seine Augen wirkten dunkel. Sie waren so tiefblau, daß sie auf den ersten Blick fast schwarz wirkten, aber sie schauten hart und wild und glitzernd wie die Augen eines Habichts.

Er schüttelte Winter die Hand, beehrte Carlyon mit einem direkten Blick, der ihn von oben bis unten musterte, analysierte und abhakte, und sagte dann: »Guten Tag, Sir.« Winter und Lord Carlyon waren schon weitergegangen und schlossen sich dem Rest der Party auf den Zinnen an. Alex meinte: »William, deine Manieren sind noch genauso übel wie früher.«

»Unsinn. Du kannst doch nicht erwarten, daß ich meine Zeit damit verschwende, Höflichkeitsfloskeln von mir zu geben. Ich habe dich jetzt fast zwei Jahre nicht mehr gesehen. Setz dich auf deinen gichtgekrümmten Gaul und reite mit mir. Hier kann ich nicht mit dir reden.«

Alex schwang sich wieder in den Sattel, und die beiden Männer ritten durch das Tor hinaus und trabten dann einen breiten, trockenen Graben entlang, der sich zwischen den Wellen von Delhi und dem offenen Land dahinzog.

»Wer war die spanische Schönheit?« wollte Hodson wissen. »Und was machst du in dieser Gesellschaft?«

»Ich fungiere als Anstandsdame«, sagte Alex mit einem Grinsen. »Die spanische Schönheit ist hierher gereist, um meinen hochrespektierten Chef zu heiraten, und ich habe die undankbare Aufgabe, während der Reise für ihre Sicherheit zu sorgen. Ich habe sie von England herbegleitet.«

»Was?« Hodson warf den Kopf zurück und brüllte vor Lachen. »Das ist ja wirklich das Letzte!«

»Das Ganze hat seine humorvollen Seiten«, gab Alex mit einem etwas säuerlichen Lächeln zu. »Aber als ich mich der bengalischen Armee anschloß, hatte ich mir nicht gedacht, daß ich vom Magistrat bis zur Hebamme alles spielen müßte. Die Bräute für Vorgesetzte herzugeleiten, das darf einen nicht mehr überraschen, und es ist auch nicht schlimmer, als ob man sich um ein verirrtes Waisenkind kümmern soll. Ich erinnere mich, daß du bei einer Gelegenheit schon einmal damit zu tun hattest.«

»Lieber Himmel, ja! Ob ich das wohl je vergesse? Bei den Aufgaben, die wir in diesem Land erledigen müssen, würden jedem Offizier der Horse Guards die Haare zu Berge stehen. Wer war denn das Lordchen? Sag mir nicht, du wärst gezwungen worden, für den globetrottenden Adel den Fremdenführer zu spielen, und noch dazu als Kindermädchen für die Verlobte deines unmöglichen Chefs zur Verfügung zu stehen!«

»Noch nicht. Aber möglicherweise kommt es noch dazu – die Mühlen der Armee mahlen ja langsam. Lord Carlyon ist nur als Tourist in Delhi.«

»Hat 'nen gefährlichen Blick«, kommentierte Hodson. »Hatte mal ein Pferd, das war genauso. Ein Vollblut, mit den Zügen eines Erzengels, aber so tückisch wie Beelzebub. Hab' es erschossen. Da fällt mir ein, du hast mir noch nicht gesagt, was du mit deinem Arm gemacht hast. Reitunfall? Oder hat dir einer 'ne Kugel durchgejagt?«

»Das letztere«, sagte Alex und zügelte das Pferd vor dem Gebüsch und den Gräsern, die das Ufer des Jumna-Flusses säumten. »Ist eine lange Geschichte, aber ich schätze, ich erzähl' sie dir gelegentlich. Die Schlinge ist allerdings nur Fassade. Hätte ich schon vor ein paar Tagen weglegen können, aber ich finde sie nützlich.«

Er lächelte, und Hodson, der das Lächeln kannte, sagte anklagend: »Welche Teufelei hast du vor, Alex?«

Alex lachte. »Keine Teufelei, das versichere ich dir, Will. Aber im Augenblick paßt es mir zufällig nicht, daß ich mir Ärger mit seiner noblen Lordschaft an den Hals ziehen sollte. Während ich den Arm in der Schlinge trage, kann er kaum so aggressiv werden, wie er gerne wäre. Man kann keinen Mann beleidigen, der nicht in der Lage ist, die Beleidigung mit einem Faustschlag zu quittieren.«

Die harten blauen Augen betrachteten Alex mit nachdenklichem Interesse. »Was bedrückt dich, Alex? Hast du Angst vor einem Skandal?«

»Lieber Himmel, nein. Nur, ich mißtraue diesem Typen genau wie du. Ich glaube, der ist egoistisch genug, um alle Register zu ziehen, wenn er sich rächen will. Er hat einflußreiche Freunde, und im Augenblick habe ich keine besondere Sehnsucht danach, daß man in Kalkutta Beschwerde gegen mich einreicht. Möglicherweise kriegt dann irgendein Frischling meinen Posten, während ich irgendwo im Hinterland die Hacken knalle.«

»Genau wie ich«, sagte Hodson grimmig. »Du hast doch sicher gehört, daß man mir das Kommando bei den Guides abgenommen hat. Ja, natürlich hast du es gehört. Du hast es ja geschrieben.«

»Und ich habe dir angeboten, herzukommen und den kleinen Taylor für dich zu erwürgen«, sagte Alex. »Eine Schande, daß du das Angebot nicht akzeptiert hast. Und was machst du jetzt?«

»Ach, die haben mir nichts beweisen können. Die Akte verstaubt irgendwo, und ich knalle meine Hacke in Dagshai. Ich sag' dir, Alex, es ist verdammt hart, wieder als Subalterner bei der Infanterie anzufangen, wenn man mehr als elf Jahre hart gearbeitet hat. Viel länger halte ich das nicht aus. Ich geb' denen noch sechs Monate, und wenn ich dann nicht wieder befördert werde, dann bleibt mir nichts anderes mehr übrig, als mich zwischen Selbstmord, Abschied oder Überlaufen zum Feind zu entscheiden. Ich könnte allerdings auch den Generalgouverneur dazu zwingen, seine Worte zurückzunehmen und sich zu entschuldigen. Ich glaube, ich bevorzuge das letztere.«

Alex sagte: »Rutsch mal aus dem Sattel, wenn du bis zu den nächsten Bäumen humpeln kannst. Ich hab' dir mehr zu sagen, als man sich bequem auf diesem unruhigen Tier anhören kann.«

Ein Schakal huschte über den Flußsand zu den fauligen Resten einer halbverbrannten Leiche, die im Flachwasser gestrandet war. Hodson schaute Alex an. »Was weißt du?«

Alex erzählte es ihm. Als er fertig war, lagen ihre Schatten, die die Sonne lang und blau auf den weißen Sand des Flusses zu ihren Füßen geworfen hatte, tiefschwarz hinter ihnen im vollen Licht des aufgegangenen Mondes.

Die angebundenen Pferde stampften unruhig, und Alex' Stute wieherte leise. »Das ist sicher Niaz«, sagte Alex und warf einen Blick über die Schulter. Er stand auf und half auch Hodson auf die Füße. »Ich werde zurückgehen und meine gesellschaftlichen Pflichten wahrnehmen müssen. Komm doch mit, Will.«

»Keine Chance. Ich muß morgen in Dagshai sein.«

»Morgen? Bist du verrückt? William, das kannst du nicht schaffen! Nicht mit einem verletzten Knöchel. Mußt du denn immer mit dem Kopf durch die Wand?«

»Das ist so meine Art. Eines Tages ist mir das vielleicht nützlich. Außerdem, ich kann im Sattel schlafen, weißt du? Und den Knöchel habe ich bereits geschient. Deshalb bin ich ja auch so lahm. Ist verdammt schmerzhaft, so eine Schiene, aber sehr brauchbar.«

Er humpelte zu seinem Pferd hinüber und rief: »Ohé, Niaz Mohammed Khan. Bist du es?«

Niaz erschien im Mondlicht, glitt von seinem Pferd und grüßte, wie das nur Älteren von hohem Rang gebührt.

»Salem aleikum. Geht es dir wohl, Hodson Bahadur?«

»Nein, schlecht. Mein Stern ist im Sinken.«

»So habe ich gehört«, sagte Niaz ernst. »Das tut nichts. Er wird wieder aufgehen.«

Niaz hielt Hodson den Steigbügel, und Alex sagte: »Haben sie dich ausgesandt, um nach mir zu suchen?«

»Mitnichten. Ich folgte, denn ein Sadhu kam auch dieses Weges. Ein Shakta von der Linken Hand. Er kam sehr still, hielt sich unter den Bäumen, und ich folgte ihm, um zu sehen, was er tun würde. Aber da er mein Pferd hörte, wandte er sich zurück und ging nach Norden davon. Ich hab' gewartet, damit er nicht zurückkehrte.«

»Noch einer von deinen Freunden, Alex?« fragte Hodson über die Schulter, während sein Pferd sich den Weg über das rauhe Gelände bis zu dem schmalen Pfad zurücksuchte. Alex zuckte die Schultern. »Indien ist voller Sadhus. Reitest du wirklich heute nacht nach Dagshai, William?«

»Ich fürchte, ja.«

»Dann werde ich dich eine Zeitlang nicht mehr wiedersehen. Am Montag muß ich zurück nach Lunjore.«

»Das Dumme an dir, Alex«, warf Hodson über die Schulter zurück, »ist, daß du die Ansichten des Gegners genauso in Betracht ziehst wie deine eigenen. Das macht das Leben zu kompliziert.«

Alex machte eine säuerliche Grimasse. »Ich weiß. Ich wünschte, ich hätte deine Ziele. Wonach strebst du, William?«

»Nach Führerschaft«, sagte Hodson prompt. »Ich wünschte, ich wäre in der Lage, Soldaten dazu zu bringen, mir blind zu folgen – wie sie einem Mann wie John Nicholson folgen. Bis in die Hölle, wenn nötig.«

»Das werden sie auch«, sagte Alex mit einem Lächeln. »Mir hält Niaz nicht den Steigbügel, und mich nennt er auch nicht Bahadur.«

Hodson lachte. »Weißt du, ich glaube, sie werden mir wirklich folgen. Wenn mich vorher nicht eine Menge inkompetenter alter Weiber in Uniformhosen außer Gefecht setzt. Aber eines Tages, da kriege ich meine Chance, und dann, bei Gott, dann zeig' ich's ihnen!« Er zügelte sein Pferd, als sie die Hauptwache erreicht hatten, und streckte die Hand aus. »Gott schütze dich, Alex.«

Ihre Hände packten sich in einem kurzen, harten Griff, und dann setzte Hodson seinem Pferd die Sporen in die Flanke und galoppierte unter dem dunklen Bogen des Kaschmirtores hinaus. Niaz, der abgesessen war, stand steif da und salutierte. Die Hufe des Pferdes trommelten hohl auf der Brücke über den Graben, und dann war er fort.

»Was macht Hodson Bahadur hier?« wollte Niaz gedämpft wissen.

»Er hat einen Freund in der Stadt besucht.«

»In der Tat!« meinte Niaz gedankenverloren. »Weißt du noch, wie in dem Jahr, das der Einnahme des Panjab folgte, ein Astrologe in Amritsar sein Horoskop stellte und voraussagte, daß in sieben Jahren sein Stern aufgehen und hell strahlen würde? Daß viel Blut fließen würde? Diese Jahre sind nun vergangen, und es mag sein, daß er das Blut riecht.«

Niaz nahm die Zügel und führte die Pferde in den Schatten. Alex ging die Rampe zu den Zinnen hinauf in das Durcheinander von Stimmen und Gelächter und klingenden Gläsern.

Auf der Party herrschte Hochstimmung, und das Reden und Gelächter hatte die Vögel in den Bäumen hinter der Hauptwache aufgestört. Neugierige Zuschauer aus der Stadt reckten sich die Hälse und spähten hinauf zu den Fremden und ihrer seltsamen Tätigkeit. Aber so sehr Winter es auch versuchte, sie konnte sich nicht dazu bringen, die allgemeine Heiterkeit zu teilen. Sie hatte ihr Bestes getan, um interessiert und amüsiert zu wirken, aber der Schmerz über die Nachricht, daß Conway nicht nach Delhi kommen würde, war zurückgekehrt und quälte sie inmitten der Fröhlichkeit. Alex tauchte aus dem Mondlicht auf und setzte sich neben ihr nieder. Mit seiner Ankunft verschwand etwas von ihrer Furcht und Spannung. Irgend etwas an Alex beruhigte sie augenblicklich, und Winter bekämpfte einen plötzlichen, kindischen Drang, seinen Ärmel zu packen und sich daran festzuhalten. Nach einiger Zeit wandte sie sich zu Alex um und sagte: »Wer war der Mann, den Sie mir vorgestellt haben, Captain Randall? Ist er in Delhi stationiert?«

Alex drehte sich mit gerunzelter Stirn zu ihr um, aber dann glätteten sich seine Züge wieder, und er sagte: »Ach, Sie sind's. Tut mir leid. Ich war nicht bei der Sache. Was haben Sie gesagt?«

Winter wiederholte die Frage, und Alex sagte: »William Hodson. Nein, er war nur einen Tag lang hier. Sein Regiment steht im Augenblick in den Hügeln bei Simla.«

Winter fragte: »Sie mögen ihn, nicht wahr?«

»Ja«, sagte Alex knapp.

»Erzählen Sie mir von ihm.«

Zu seiner Überraschung stellte Alex fest, daß er dieser Bitte nachkam und ihr etwas von William erzählte. Von William, diesem dynamischen, unberechenbaren Menschen, dessen physische Leistungsfähigkeit seiner Begeisterung und Ungeduld gleichkam. Er erzählte ihr von Hodsons unorthodoxen Methoden und davon, daß man ihn degradiert hatte . . .

»Der Ärger mit William«, schloß Alex, »ist, daß er immer sagt, was er denkt, und die Leute mögen das nicht. Was er tut, das erweist sich gewöhnlich auch als richtig, und das mögen sie noch weniger. Er macht jetzt die Arbeit eines Subalternen in Dagshai – und das zu einer Zeit, wo wir Männer wie ihn mehr als je zuvor brauchen! Mein einziger Trost ist, daß niemand ihn halten wird, wenn es wirklich Ärger gibt.«

Alex hatte vergessen, daß er mit der zukünftigen Frau des Mr. Commissioner Barton redete, der Frau, die ihm eine ganze Menge Unbequemlichkeiten und Ärger bereitet hatte. Er begriff plötzlich, daß er fast ununterbrochen drei Tänze lang geredet hatte, schaute auf sie hinab und lächelte säuerlich. Er wandte den Blick ab und bemerkte, daß Carlyon ihm einen flammenden, vernichtenden Blick zuwarf. Er hatte also wenigstens gemerkt, daß Alex die kleine Ballesteros in den letzten zwanzig Minuten mit Beschlag belegt hatte. Wie hatte doch William gesagt? »Hat einen gefährlichen Blick.« William hatte recht gehabt. Alex schaute Winter gedankenvoll an, streckte dann die Hand aus und nahm ihr den leeren Teller aus den Händen.

Er sagte: »Ich habe anscheinend zuviel geredet. Was für ein Thema für ein Mondscheinpicknick. William sollte sich geehrt fühlen. Habe ich Sie gelangweilt?«

»Nein.«

Ein kurzes, strahlendes Lächeln erleuchtete Alex' Augen. Er fand diese kurze Silbe, entblößt von allen höflichen Protesten, mit denen eine gesellschaftlich erfahrenere junge Dame sie ausgeschmückt hätte, seltsam rührend. Alex, der sich selbst noch nicht einmal die Mühe machte, ja oder nein zu sagen, wenn er das nicht meinte, schätzte nicht nur die offensichtliche Ehrlichkeit dieses Nein, sondern auch die Tatsache, daß Winter noch immer im gesellschaftlichen Geplauder ungeübt genug war, um genau das zu sagen, was sie meinte, und nicht mehr. Er beugte sich vornüber, um eine große Motte zu entfernen, die offenbar in Gefahr war, in einer Schale Obstsalat zu ertrinken, und fragte: »Warum interessiert Sie William Hodson?«

Aber diesmal überraschte ihn die Antwort vollkommen, denn Winter sagte einfach: »Weil er einer Ihrer Freunde ist.«

Alex blickte verblüfft auf. »Sehen Sie«, sagte Winter langsam, als ob sie sich selbst etwas erklären müsse, »ich weiß eigentlich nicht sehr viel über sie, aber man lernt die Leute besser kennen, wenn man etwas über ihre Freunde weiß.«

»Und wissen Sie jetzt mehr über mich?« wollte Alex wissen, und in seiner Stimme lag ein seltsamer Unterton.

»Ich glaube ja.« Sie wandte die Blicke von ihm ab und fuhr mit dem Finger ein kleines, offenes Muster auf dem Perserteppich entlang, der vor ihr lag. »Alex ...« Wieder einmal hatte sie nicht bemerkt, daß sie ihn mit dem Vornamen anredete.

»Ja?«

»Warum konnte Conway nicht nach Delhi kommen? Hat es ... hat es irgendeinen anderen Grund gegeben?«

Alex antwortete nicht und Winter fuhr fort: »Außer seiner Arbeit, meine ich.«

Verdammt! dachte Alex. Er fühlte sich ertappt, und er wußte nicht, was er sagen sollte. Wie kam sie dazu, ihm einfach so bei dieser Gelegenheit eine solche Frage zu stellen? Und was nützte es, wenn er sie beantwortete? Er hatte es ihr einmal gesagt, und für diese Mühe hatte sie ihn ins Gesicht geschlagen. War das geschehen, weil er damals fremd gewesen war? Und jetzt, wo sie ihn besser kannte, würde sie es ihm glauben? Oder ... Mitten auf dieser verdammten Picknickparty kann ich es ihr nicht ins Gesicht werfen, dachte Alex. Ich kann es einfach nicht. Es wird einfach warten müssen ...

»Ja?« drängte Winter.

»Nein«, sagte Alex knapp. »Außer ... nein. Ich ...«

Er wurde unterbrochen von Mrs. Abuthnot, die sich vorbeugte und ihn mit dem Fächer auf die Schulter tippte. »Alex, mein lieber Junge, du sitzt auf meinem Volant, und ich möchte aufstehen. Danke ...« Sie erhob sich und schüttelte ihre Röcke aus. Alex stand schnell auf. »Die Dienstboten wollen abräumen, und es soll gesungen werden, glaube ich. Ich sehe, daß Lieutenant Larrabie eine Gitarre mitgebracht hat, und Miss Clifford hat ihre Mandoline. Winter, Schatz, Mrs. Forster sagte mir, wir sollen uns eine Weile zurückziehen, so daß die Herren ihren Wein austrinken können. Kommen Sie, meine Liebe. Komm, Lottie.«

Seide und Musselin rauschten, die Krinolinen waren nicht länger flachgedrückte Kreise, und ihre Besitzerinnen schwebten im Mondlicht davon wie eine Gruppe von gewaltigen Seifenblasen, die von der leichten Brise getrieben werden.

Als sie wieder zurückkamen, waren die Reste des Picknicks schon weggeräumt. Nur die Teppiche und Kissen lagen noch da, und ein Offizier mit einem üppigen, eindrucksvollen Schnurrbart spielte auf der Gitarre eine sentimentale Ballade. Winter war erleichtert, daß Lord Carlyon sich an Delias Fersen geheftet hatte und sie wegführte, um den Fluß anzuschauen. Mrs. Gardener-Smith bedachte die beiden mit einem nachgiebigen Lächeln.

Winter konnte Alex nirgendwo entdecken, und sie fragte sich schon unruhig, ob er nach Hause geritten war. Aber Lottie sagte ihr, er sei die Mauer entlang spazieren gegangen. »Sophie wollte auch mit«, sagte Lottie vertraulich, »aber sie hatte nicht genug Courage, um ihn um seine Begleitung zu bitten. Und er bot sie ihr auch nicht an. Er sah so aus, als ob er gar keine Gesellschaft wünschte. Oh, Winter, ist das nicht eine herrliche Nacht? Ich frage mich, ob Edward wohl auch den Mond anschaut. Ich wünschte, ich wünschte, er wäre hier!«

»Vielleicht schaut Conway den Mond an«, dachte Winter. Warum hatte Alex so beunruhigt ausgesehen, als sie ihn wegen Conway gefragt hatte? Er hatte ... schuldig ausgesehen.

»Winter, mein Schatz«, sagte Mrs. Abuthnot und trat am Arm eines unbekannten Herrn heran, »hier ist jemand, den du sicher gerne kennenlernen wirst. Stell dir vor, Mr. Carroll ist erst vor einer Woche in Lunjore gewesen und über Nacht bei Colonel Moulson geblieben – du erinnerst dich doch an Colonel Moulson, nicht wahr, mein Liebes? Sie haben mit Mr. Barton zu Abend gegessen, und deshalb kann er dir die letzten Neuigkeiten von ihm bringen. Mr. Carroll, dies ist die Dame, die in Kürze Mr. Barton heiraten wird. Die Condesa de los Aguilares.«

Mr. Carroll, ein großer Mann mit einem roten Gesicht, das selbst im weißen Mondlicht nicht blasser wirkte, starrte Winter an und murmelte, er sei geehrt, sie kennenzulernen. Er nahm zweifelnd ihre Hand und verbeugte sich darüber, und zur Antwort auf ihre eifrigen Fragen sagte er, er hätte in der Tat den Commissioner am vergangenen Wochenende gesehen. Er sei oft in Lunjore und genösse die Bekanntschaft Mr. Bartons schon seit einigen Jahren. Mr. Barton sei in der Tat freundlich genug gewesen, ihn zum Bleiben zu überreden, denn er hätte im Augenblick so wenig, mit dem er sich beschäftigen könne. Nun ja, der Commissioner von Lunjore hatte vielleicht zuviel Zeit, aber er selbst, Mr. Carroll, hätte zuviel zu tun, um ...

Mr. Carroll bemerkte plötzlich das Erstaunen und den Schrecken, die sich auf den Gesichtern der Damen Abuthnot und der jungen Condesa spiegelten, und er hielt beunruhigt und erschrocken inne.

»Aber das ist ja absurd!« sagte Mrs. Abuthnot scharf. »Vielleicht wußten Sie nicht, daß wir Mr. Barton in Delhi erwarteten, aber dringende Arbeiten erlaubten es ihm nicht, Lunjore zu verlassen. Sie müssen sich irren.«

»Oh ... hm ... ja«, sagte Mr. Carroll unglücklich. »Ich muß ihn mißverstanden haben. Ja, natürlich. Ich ...«

Winter unterbrach ihn. »Mr. Carroll, bitte erzählen Sie mir, warum konnte mein ... der Commissioner ... nicht nach Delhi kommen? Ist er ... geht es ihm nicht gut?«

Mr. Carroll, der jetzt verlegen und bedrückt wirkte, suchte so verzweifelt nach einer Ausrede, wie ein Ertrinkender nach einem Strohhalm greift. Er antwortete hastig: »Ja. Ja, ich fürchte, das ist es. Er ... hm ... er wünschte nicht, Ihnen Sorgen zu machen. Natürlich wollte er Ihnen Sorgen ersparen. Sehr dumm, zu so einer Zeit krank zu werden . . . hat ihn wirklich sehr getroffen.«

»Aber . . . aber warum hat er mir nichts gesagt?« fragte Winter, und ihre Hände verkrampften sich ineinander.

Mr. Carroll schluckte, suchte verzweifelt nach einer passenden Antwort und hatte plötzlich eine Inspiration: »Wollte es natürlich nicht erwähnen, aus Angst, daß Sie es für Ihre Pflicht halten könnten, augenblicklich an seine Seite zu eilen. Ein Krankenzimmer, das ist nicht der richtige Platz für eine zartbesaitete junge Dame. Fieber, wissen Sie . . . hm . . .« Mr. Carroll fiel plötzlich das feiste, aufgetriebene Gesicht des Commissioners von Lunjore ein, und er improvisierte glattzüngig: »Eine Schwellung. Nein, nein, nichts Ernstes, das versichere ich Ihnen. Nur . . . hm . . . entstellend. Nicht ansteckend. Aber kein vernünftiger Mensch würde es sich wünschen, daß seine Verlobte ihn so sieht.«

»Ach, der arme, liebe Mann!« rief Mrs. Abuthnot gerührt aus. »Wie gut ich das verstehe! Wie konnte er es sich wünschen, daß du ihn in diesem traurigen Zustand siehst? Und natürlich könnte er es dir nicht erlauben, die Unbequemlichkeiten eines Krankenzimmers zu ertragen. Vielleicht konnte er deshalb auch nicht nach Kalkutta kommen? Ich nehme an, er hatte gehofft, wieder gesund genug zu sein, um nach Delhi zu kommen, und dann hatte er einen Rückfall.«

Winter fragte mit eifriger, atemloser Stimme: »Ist das wahr, Mr. Carroll? Wie lange ist er denn schon krank?«

Mr. Carroll schaute unglücklich in Winters blasses, angespanntes Gesicht. Er hatte bei mehr als einer Gelegenheit zusammen mit Mr. Barton gezecht, und er hielt ihn für einen üblen Burschen, sowohl bei der Flasche als auch bei den Frauen. Er konnte dieser totenbleichen jungen Frau nicht die Wahrheit sagen. Eine Lüge war besser, und morgen, morgen würde er Conway ein paar Zeilen schreiben und es ihm mitteilen.

»Hm . . . nicht länger als sechs Wochen«, sagte Mr. Carroll. »Kann sein, daß es auch wohl ein bißchen länger her ist. Langsame Angelegenheit. Er hofft, daß er bald wieder auf dem Damm ist. Es geht schon bergauf. Sie werden ihm doch nicht sagen, daß ich ihn verraten habe. Er . . . er wollte nicht, daß Sie sich seinetwegen irgendwelche Sorgen machen.«

»Nein«, sagte Winter unsicher. »Nein, ich werde es ihm nicht sagen. Aber ich bin so froh, daß ich es weiß . . . daß ich weiß, daß es ihm besser geht. Vielen Dank, Mr. Carroll. Ich bin Ihnen wirklich sehr dankbar.«

Sie gab ihm die Hand, und Mr. Carroll verbeugte sich und zog sich eilig zurück. Er wischte sich mit einem großen Taschentuch die Stirn ab und atmete schwer.

Winter raffte die kurze Schleppe ihres Reitkleides, wandte sich von den Abuthnots ab und ging schnell an den monderleuchteten Zinnen entlang zum Wasser.

Ein einzelner Herr saß auf der Mauer zwischen den Zinnen und schaute auf den Fluß hinaus, und das Ende seiner Zigarre bildete ein kleines, warmes Lichtpünktchen im Blau, Schwarz und Silber der Nacht.

Alex wollte keine Gesellschaft. Er fühlte sich zornig und verärgert und unvernünftigerweise schuldig. Er hatte gehofft, er müsse nicht noch mehr tun, um Mr. Bartons Verlobte zu warnen, denn wenn sie erst einmal Lunjore erreichte und den Mann sah, dann würde die ganze Angelegenheit vorbei sein, und nur ihre Rückreise nach England brauchte noch vorbereitet zu werden. Der Abbruch der Verlobung hätte mit ihm, Alex Randall, überhaupt nichts zu tun und würde deshalb auch nicht dazu führen, daß der Commissioner ihn aus Lunjore entfernen ließ. Aber Winter hatte ihm eine direkte Frage gestellt, und sie mußte beantwortet werden. Er hatte sie mit einer Lüge beantwortet, denn Winter hatte ihn damit überrascht, und es war unmöglich gewesen, auf der Party die Wahrheit zu sagen. Sie hatte ihn gefragt, weil sie verängstigt und unsicher war. Er wußte das. Aber hatte sie ihn auch gefragt, weil sie ihn jetzt besser kannte und ihn mit weniger Feindseligkeit betrachtete? Hatte sie sich an das erinnert, was er ihr in Wair sagen wollte, und fragte sie sich jetzt endlich, ob es wohl stimmen könnte?

»Alle Frauen sollen verdammt sein!« dachte Alex wild. Was war bloß über ihn gekommen? Dies war sicher nicht die Zeit, wo irgendein junges, blasses, verängstigtes Mädchen sich zwischen ihn und seine Arbeit drängen durfte. Und dennoch . . .

Irgendwo am anderen Ende der Mauer wurde gesungen. Die Mandoline begleitete eine klagende Ballade, die er zum letzten Mal in England gehört hatte. Und dann vernahm er das Geräusch schneller, leichter Schritte und das Rauschen eines Frauenkleides.

Ein Seidenreiher erhob sich mit silbernen Flügeln und schwebte hinaus in die Nacht, und die Schritte verstummten neben Alex. Er warf den Zigarrenstummel über die Zinne hinunter, drehte sich um und erhob sich.

Winters Gesicht wirkte im weißen Mondlicht völlig farblos, und sie atmete ungleichmäßig, als ob sie gelaufen wäre. Das enge, perlgraue Kleid, das sie anstelle einer Krinoline trug, modellierte die schönen Linien ihrer Figur und ließ sie größer und erwachsener erscheinen. Aber das kindliche Zittern ihrer Lippen konnte sie nicht verbergen und auch nicht den Ausdruck von Schmerz und Zorn in ihren Augen. Alex, der sie im vollen Mondlicht anschaute und dessen eigenes Gesicht im Schatten lag, hatte plötzlich ein seltsames Schmerzgefühl im Herzen, und auf seinem Gesicht zeigte sich ein Zorn, der Winters Ärger gleichkam.

Sie sagte mit schneller, atemloser Stimme, die sie zu beherrschen suchte: »Sie wissen, was mit Conway los war, nicht wahr? Sie wußten es die ganze Zeit. Sie hätten es mir sagen können, selbst wenn er nicht wollte, daß ich es weiß. Ich hatte ein Recht, es zu erfahren! All diese Wochen habe ich gedacht . . . habe ich gedacht . . .«

Sie brach ab, und Alex sagte knapp: »Ich habe einmal versucht, es Ihnen zu sagen, aber Sie wollten ja nicht hören.«

»Sie haben es mir nie gesagt! Ich habe nachgefragt an dem Tag, als Sie mir berichteten, er könnte nicht kommen. Ich habe gefragt, ob ihm etwas fehlt, und Sie haben nein gesagt. Und heute abend habe ich Sie wieder gefragt . . .«

»Tut mir leid«, sagte Alex, und Erleichterung und Mitleid überfluteten diesen unerklärlichen Zorn. Er fragte sich nicht, woher sie endlich die Wahrheit erfahren hatte, ohne daß er sich weiter hatte bemühen müssen, sie ihr aufzudrängen. Dennoch, unbegreiflicherweise, die Tatsache, daß sie von ihm die Wahrheit erwartet hatte, tat ihm unerträglich weh.

Winter sagte: »Sie kannten den Grund, warum Conway nicht nach Kalkutta kommen konnte. Sie haben ja auch einen Brief von ihm erhalten. In diesem Brief muß er es Ihnen geschrieben haben.«

Alex' Augenbrauen zuckten und runzelten sich. »Was soll er mir geschrieben haben?«

»Ach, ich weiß ja, er wollte nicht, daß ich es erfahre. Mr. Carroll hat mir das gesagt. Conway hat gedacht, ich könnte mir Sorgen machen, und . . . die wollte er mir ersparen. Er wollte bestimmt nicht, daß ich sehe, wie er . . .« Sie unterbrach sich plötzlich mit einem kleinen Schreckensschrei, und ihre Augen weiteten sich. »Er . . . er hat vielleicht sogar gedacht, daß ich ihn verlassen könnte, weil seine Krankheit sein Aussehen beeinträchtigt hat. Conway hätte wissen müssen, daß ich ihn nicht verlasse! Aber er hat mich schon so lange nicht mehr gesehen. Aber Sie haben es gewußt! Sie müssen gewußt haben, daß ich nicht so eine bin. Und wenn Sie mir Bescheid gesagt hätten . . .«

Alex fiel ihr grob in die Rede. »Wir scheinen aneinander vorbeizureden. Ich habe nicht die mindeste Idee, wovon Sie reden. Was hat Ihnen Mr. Carroll erzählt?«

»Er hat mir die Wahrheit gesagt. Daß Conway krank ist.«

»Krank?«

Winter riß abrupt das Kinn hoch. »Ich hoffe, Sie haben nicht vor abzustreiten, daß Sie irgend etwas davon gewußt haben?«

»Doch, das tu ich allerdings«, sagte Alex. »Obwohl es wahrscheinlich möglich ist, seinen Zustand mit diesem Wort zu beschreiben. Ich persönlich hätte dieses Wort allerdings nicht dazu gewählt. Vielleicht wollen Sie so gut sein, mir genau zu wiederholen, was Mr. Carroll zu sagen hatte?«

Winter sagte es ihm. Ihre Stimme war voller Verärgerung. »Ich ... ich nehme an, Sie haben es nur gut gemeint«, beendete sie ihren Bericht, »aber Sie hätten wissen müssen, daß ich die Wahrheit vorziehe. Das hätte ich nicht von Ihnen gedacht. Ich dachte, Sie wären ...«

Winter hielt inne und biß sich auf die Lippe, und Alex meinte abrupt: »Sie haben recht. Ich hätte Ihnen die Wahrheit sagen sollen. Wollen Sie mich jetzt anhören?«

»Ich kenne ja die Wahrheit jetzt.«

»Oh nein, keineswegs. Oh nein ...« Seine Hand schoß vor und packte Winter am Handgelenk, weil sie sich umdrehen und ihn verlassen wollte. »Diesmal gehen Sie nicht eher weg, als bis ich gesagt habe, was ich sagen muß.«

Winter riß ihr Handgelenk wütend zurück, aber Alex' magere Finger waren hart und gaben nicht nach, und da sie sich ohne einen würdelosen Kampf nicht befreien konnte, senkte sie den Arm und blieb stehen. »Nun gut. Ich werde zuhören.«

Alex ließ sie los, und Winter riß ihre Hand fort und rieb ihr Handgelenk. Alex sagte: »Mr. Barton ist nicht krank. Wenigstens nicht im gebräuchlichen Sinne des Wortes.«

»Was ... was meinen Sie damit?« Winters Worte waren kaum mehr als ein Flüstern.

»Ich meine«, sagte Alex mit brutaler Deutlichkeit, »Mr. Barton leidet an einer Überfütterung mit Getränken, Drogen und Frauen.«

Winter hielt rauh den Atem an und drehte sich schnell um, aber wieder war Alex schneller. Er packte sie am Arm und riß sie herum, so daß sie ihn anschauen mußte.

»Tut mir leid, aber Sie werden mich zu Ende anhören. Ich habe Ihnen schon einmal gesagt, daß Mr. Barton nicht der Mensch ist, mit dem man etwas zu tun haben sollte, und er ist schon gar nicht zum

Heiraten geeignet. Ich habe das damals ernst gemeint. Er ist ein betrunkener Wüstling und kaum der passende Mann für eine Frau wie Sie. Genauer gesagt, für keine Frau. Er wollte nicht nach England kommen, um Sie zu heiraten, weil er genau wußte: Hätten Sie gesehen, was aus ihm geworden ist, dann hätte ein Blick gereicht, und Sie hätten mit Sicherheit die Verlobung gelöst. Ich weiß nicht, warum er Sie in Kalkutta nicht abgeholt hat. Wahrscheinlich aus dem gleichen Grund. Ich weiß genau, daß die Nachwirkungen einer Sauferei dafür verantwortlich sind, daß er nicht nach Delhi kommen konnte. Er war unfähig, aufrecht zu stehen, als ich ihn verlassen habe.«

Alex ließ Winter los, aber sie bewegte sich nicht. Sie stand ganz still, und ihre Augen waren groß und angstvoll, und wieder spürte Alex den verwirrenden Schmerz in seinem Herzen. Er sagte grob: »Nun, jetzt, wo Sie die Wahrheit wissen, kann ich Ihnen nur vorschlagen, nach Kalkutta zurückzukehren und nach England zu reisen, sobald Sie eine Passage buchen können.«

Sie antwortete ihm nicht, und der Augenblick kam ihm unendlich lang vor. Ein Mungo rannte an der Brüstung entlang und hielt sich im Schatten, und beim Anblick der beiden bewegungslos dastehenden Menschen wedelte er mit dem Schweif und huschte mit einem kleinen, angriffslustigen Schrei weiter. Keiner der beiden bewegte sich oder sagte etwas, und in der monderleuchteten Stille trieben zu einer zarten, klagenden Melodie Worte die Zinnen entlang, gesungen von einem Dutzend Stimmen. Aus der Entfernung klangen sie süß und undeutlich und füllten die Nacht mit einem seltsamen, wehmütigen Zauber . . .

». . . auch wenn deine Schönheit, mein liebliches Kind,
die dich heute noch strahlend umgibt,
schon morgen dahinwelkt, vergeht und zerrinnt . . .«

Winter sah, wie Alex' Mund weicher wurde und zuckte, und sie flüsterte: »Nein! Oh nein . . . Ich glaube das nicht. Alex . . .«

Sie streckte ihre Hand unsicher in einer Geste aus, die um Trost bettelte, und als sie ihn berührte, schien etwas Lebendiges und Elementares wie das Flackern eines Blitzes zwischen ihnen zu zittern. Im nächsten Augenblick hatte er den Arm um sie gelegt und preßte sie fest an sich. Eine kurze Sekunde lang wehrte sie sich wild, und ihr Körper war gespannt wie eine Bogensehne. Dann preßte sich sein Mund auf ihre Lippen, und auf einmal verließen sie die Starrheit und der Widerstand, und es war ihr, als ob sie keinen festen Boden mehr unter den Füßen hätte . . .

». . . du würdest wie heute geliebt . . .«

Ihre Haut duftete ganz schwach nach Lavendel, ihre Lippen waren weich und süß, und das Mondlicht lag auf ihren geschlossenen Augenlidern und dem leuchtenden Haar. Alex' Mund war nicht heiß und gierig wie der von Carlyon. Seine Lippen waren kühl und fest, und seine langsamen Küsse waren wie ein betäubendes Wunder, das ihr alle Macht über ihre Gedanken nahm, und die Nacht und das Mondlicht, die weite Welt und der weite Himmel wurden zum engen Kreis seiner Arme.

Sie spürte, wie er seinen linken Arm aus der Schlinge befreite, und dann lagen seine Finger auf ihrem Nacken und strichen langsam und zärtlich durch die dicken, weichen Wellen ihres Haars. Er liebkoste die Kurve ihres Kopfes und preßte ihn so fest und besitzergreifend an seine Brust, wie sein rechter Arm ihren Körper umschlungen hielt. Seine Wange lag kühl und rauh an ihrer glatten, warmen Wange.

»Liebste ... Liebste ...« Seine Stimme war nicht mehr als ein Hauch, aber bei ihrem Klang zerbrach der Bann, und der Zauber löste sich auf in kalter Realität. Winter riß sich los und wich vor ihm zurück, und sie zitterte am ganzen Körper vor Zorn und Scham und dem Schrecken ihrer plötzlichen Erkenntnis.

»Deshalb hassen Sie ihn also ...!«

Ihre Stimme war tief und atemlos, und sie klang scharf. »Sie sind eifersüchtig auf Conway, und deshalb haben Sie sich das alles ausgedacht! Sie hatten noch nicht einmal genug Ehre und Anstand, um die Finger von seiner zukünftigen Frau zu lassen. Sie! ... Sie und Carlyon! Mr. Carroll hat mir doch die Wahrheit gesagt. Warum sollte er mich auch anlügen? Conway ist krank ... und weil Sie eifersüchtig auf ihn sind, tun Sie Ihr Bestes, um ihn bei mir anzuschwärzen. So daß Sie mich hinter seinem Rücken anrühren können. Ich hoffe ... ich hoffe, Sie treten mir nie wieder unter die Augen!«

Sie stieß ein gebrochenes Schluchzen aus, und dann wirbelte sie herum und rannte von ihm weg, und ihre hastigen Schritte verloren sich im Klang der fernen Musik.

Alex machte keinen Versuch, ihr zu folgen. Er blieb stehen, wo sie ihn verlassen hatte, und starrte ins Leere. Schließlich hob er unsicher eine Hand und strich sich wie betäubt über die Stirn, und dann setzte er sich langsam auf die Mauer. Er tastete mechanisch in seinen Taschen nach Tabak und Streichhölzern. Er rollte sich sorgfältig und konzentriert eine Zigarette, und dann strich er an dem verwitterten Mauerwerk ein Streichholz an. Es flammte mit einem Zischen und Schwefelknistern auf, und das lebendige Flackern der kleinen gelben Flamme überstrahlte einen Augenblick lang das helle Mondlicht.

»... ein Herz, das wahrhaftig liebt, wandelt sich nicht,
es schlägt in beständiger Treu',
wie die Sonnenblume sich wendet zum Licht
jeden Morgen und Abend aufs neu' ...«

Der Gesang verstummte, und die Nacht war wieder still. Alex hatte wohl das Streichholz vergessen, denn es brannte zwischen seinen Fingern aus. Er machte eine kleine Schmerzensgrimasse und ließ es fallen, und dann nahm er die Zigarette aus dem Mund und schnippte sie in die Dunkelheit.

»Zum Teufel!« sagte er leise, und er sprach damit das Mondlicht, die uralte Stadt Delhi und ganz Indien an.

23

Lord Carlyons Pläne hatten jetzt endlich Gestalt angenommen, und um Winter einzulullen, hatte er ihre Nähe sorgfältig vermieden und sich statt dessen darauf konzentriert, Delia Gardener-Smith zu unterhalten.

Er hatte sich soweit wie möglich von Winter weggesetzt, hatte versucht, sie nicht zu beachten, aber er konnte sich dennoch nicht völlig davon zurückhalten. Der ungewöhnlich lebhafte Ausdruck in Randalls Gesicht und das Interesse in Winters Miene hatten ihn wütend gemacht und ihn aufgeregt. Gott sei Dank würde Randall in Kürze Delhi verlassen, und auch er selbst würde bald den Staub dieser ungemütlichen Stadt von sich abschütteln. Nur noch ein paar Tage ... Lange konnte er das nicht mehr aushalten.

Wußte Winter eigentlich, wie verwirrend und begehrenswert sie war? ... und was hatte Randall ihr gesagt?

Später am Abend, als die Gesellschaft angefangen hatte, Lieder zu singen, war es ihm nicht entgangen, daß Winter und Randall nicht anwesend waren. Er ertrug es, solange er konnte, aber während die Minuten vergingen und die beiden nicht zurückkehrten, war seine eifersüchtige Wut immer größer und größer geworden. Schließlich hatte er es nicht mehr ertragen können, er war aufgestanden und schnell in Richtung der Befestigungsanlagen davongegangen. Auf halbem Wege lag der Schatten eines riesigen Baumes quer über dem Pfad, und als Carlyon den Schatten erreichte, hörte er das Geräusch eiliger Schritte. Jemand rannte in ihn hinein und wäre gestürzt, wenn er ihn nicht aufgefangen hätte.

»Ach, Sie sind's ...« Winters Stimme war atemlos, und sie

schluchzte. Sie hatte vergessen, daß sie diesen Mann nicht mochte. Sie hatte alles vergessen, außer der Tatsache, daß Alex sie betrogen hatte . . . sie belogen hatte . . . sie beleidigt hatte. »Bringen Sie mich nach Hause. Bitte, bringen Sie mich nach Hause. Hier kann ich nicht mehr bleiben.«

Carlyon zog sie aus den Schatten ins helle Mondlicht, und als er in ihr Gesicht schaute, sah er, daß es tränennaß war. Wütend fragte er: »Was hat er mit Ihnen gemacht? Meine Liebe . . . nicht doch! Ich gehe zurück, und dann breche ich ihm das Genick!«

»Nein . . . nein, bitte, gehen Sie nicht.« Winters Finger klammerten sich an seinen Arm. »Ich will zurück zum Bungalow. Bitte bringen Sie mich zurück.«

»Aber natürlich.« Er reichte ihr ein sauberes Taschentuch, und Winter nahm es dankbar an. Sie sagte: »Sie sind sehr freundlich.«

Ganz plötzlich erzählte sie ihm alles. Von Conways Krankheit, von Captain Randalls Untreue, von ihren eigenen Ängsten und Zweifeln, als Conway nicht nach Delhi gekommen war. »Ich konnte es einfach nicht verstehen. Ich dachte, er hätte Alex . . . Captain Randall . . . doch die Arbeit überlassen können, nur für ein paar Tage. Nur solange, bis er mich abgeholt hatte. Aber jetzt, wo ich Bescheid weiß, muß ich sofort zu ihm. Ich kann nicht noch eine Woche in Delhi warten! Ich könnte helfen, ihn zu pflegen – es würde mir nichts ausmachen, einen Kranken zu betreuen. Vielleicht hat er noch einen Rückfall, und ich bin nicht da. Wenn er krank ist, dann braucht er mich. Würden Sie . . . würden Sie mir helfen, zu ihm zu kommen?«

Carlyon schaute hinab in die großen, bittenden Augen und sah, daß sie wild zitterte. Er wußte nichts von diesem Mann, den die junge Condesa heiraten sollte, aber nach dem, was er von Captain Randall wußte, mußte er annehmen, daß dessen Enthüllungen über seinen Chef wahrscheinlich der Wahrheit entsprachen. Randall machte nicht den Eindruck, als ob er log. Aber Winter bot ihm jetzt eine Gelegenheit, seine Pläne durchzuführen, die ihm wie ein Geschenk der Götter vorkam.

»Ich bringe Sie selbst nach Lunjore«, sagte Carlyon. »Sie können nicht ohne Begleitung reisen.«

Winter nahm einen hastigen Atemzug, und ihre Hände krallten sich in ihr graues Kleid. »Würden Sie das tun? Würden Sie das wirklich tun?«

»Aber natürlich. Glücklicherweise habe ich gerade erst eine Kutsche gekauft. Sie und Ihre Dienerin können in der Kutsche reisen, und ich reite. Es gibt nur eins . . .«

Er machte eine Pause, runzelte die Stirn. Winter sagte aufgeregt: »Um was geht es?«

»Nun, ich weiß nicht«, sagte Carlyon zweifelnd, »aber ich glaube, es wäre besser, wenn Sie die Angelegenheit den Abuthnots gegenüber nicht erwähnen würden.« Er sah, daß er sie erschreckt hatte, und sagte schnell: »Ich bin sicher, sie würden Ihre Absichten verstehen, aber sie würden sich genötigt sehen, Ihre Abreise zu verhindern, bis Sie unter der Obhut von Mrs. Gardener-Smith reisen könnten. Sie würden es für völlig unpassend halten, daß Sie allein oder unter meiner Obhut reisen, und ich kann mir nicht vorstellen, daß Mrs. Gardener-Smith Ihretwegen ihre Abreise vorverlegen würde.«

»Nein«, sagte Winter langsam. »Nein, das würde sie sicher nicht tun. Aber ich will nicht warten. Ich werde nicht warten! Ich bin mein eigener Herr. Niemand kann mich aufhalten.«

Winters Augen waren plötzlich trocken und strahlten, und sie reckte die schlanken Schultern und hob das Kinn. »Wann können wir abfahren? Schon morgen?«

»Ich könnte es so einrichten.«

»Sie sind sehr freundlich. Ich rede heute abend mit Mrs. Abuthnot und sage ihr, daß ich augenblicklich nach Lunjore abreisen werde. Das muß ich tun. Wenn sie mir hilft, dann werde ich Sie nicht zu belästigen brauchen, wenn sie mir aber nicht hilft, dann . . . dann halte ich es für besser, wenn wir so früh wie möglich losfahren.«

Winter war in der Kutsche nach Hause zurückgefahren, und Mrs. Abuthnot, die von der Blässe des Mädchens erschreckt war, hatte sie sofort ins Bett gebracht und ihr heiße Milch gegeben. Diese Gelegenheit benutzte Winter, um Mrs. Abuthnot um ihre Erlaubnis zu bitten, augenblicklich nach Lunjore abzureisen, aber Mrs. Abuthnot wollte nichts davon hören, so mitfühlend sie auch war. Solch ein Plan könne gar nicht zur Debatte stehen.

»Du wirst sehen, daß Colonel Abuthnot mir zustimmt. Und auch Alex.«

Mrs. Abuthnot hatte das Licht ausgeschaltet und das Zimmer verlassen, und Winter hatte wach in der Dunkelheit gelegen und ihre eigenen Entscheidungen getroffen. Sie konnte keine weiteren acht Tage mehr warten – noch nicht einmal einen Tag. Sie würde sofort gehen. Alex würde Delhi am Montag verlassen, und wenn Winter morgen abfuhr, dann wäre sie am Montag schon in Lunjore. Sie würde mit Conway verheiratet sein, und sie wäre sicher vor Alex. Sie wußte nicht genau, warum sie vor ihm sicher sein sollte, und sie begriff auch nicht, daß ihr Drang, so schnell wie möglich nach Lunjore und zu Conway zu kommen, durchaus auch darin begründet war, daß sie vor Alex flüchten wollte.

Conway würde Alex entfernen müssen. Conway mußte dafür sorgen, daß er anderswo stationiert wurde und daß sie ihn bis dahin nicht mehr zu sehen bekam. Was Carlyon betraf, so betrachtete sie ihn nur als Mittel zum Zweck. Er war für Winter nicht länger eine Person mit einem eigenen Charakter und eigenen Leidenschaften, sondern er stellte nur Pferde und die Kutsche, die Winter zu Conway brachte. Winter tastete nach Streichhölzern, zündete eine Kerze an, schlüpfte aus dem Bett und schrieb eine kurze Notiz für Carlyon. Das Dienstmädchen sollte sie morgen früh abgeben. Sie schrieb einen zweiten, längeren Brief an Mrs. Abuthnot, versiegelte ihn, adressierte ihn und legte ihn weg. Die Koffer würde man ihr nachschicken müssen. Sie zündete eine zweite Kerze an, wählte einige Kleidungsstücke und andere notwendige Dinge aus und packte alles in einen kleinen Koffer und eine geräumige Reisetasche. Carlyon würde sich etwas ausdenken müssen, um die beiden Gepäckstücke in die Kutsche zu schmuggeln. Die beiden Zofen würde Winter nicht mitnehmen können, aber dagegen konnte man nichts machen. Conway würde ihr diesen Ausrutscher schon verzeihen, wenn sie erst einmal bei ihm war und alles erklärt hatte. Winter kritzelte noch eine eilige, liebevolle Nachricht für Lottie – Lottie wenigstens würde verstehen!

Endlich blies sie die Kerzen aus und fiel in einen unruhigen Schlaf.

Mrs. Abuthnot hatte anscheinend keinen zweiten Gedanken an Winters Absicht verschwendet, augenblicklich nach Lunjore weiterzureisen. Jedenfalls erwähnte sie nichts davon am folgenden Morgen, und nachdem sie sich zärtlich danach erkundigt hatte, ob Winters Kopfschmerz besser geworden sei, wurde sie von Carlyon unterbrochen. Er trat ein und fragte Winter, ob sie wohl heute morgen mit ihm ausfahren und die neue Kutsche ausprobieren wolle.

Mrs. Abuthnot war sich überhaupt nicht sicher, ob so etwas das richtige für die liebe Winter war. Man konnte sie ja sehen, wenn sie à deux mit Lord Carlyon ausfuhr. Sie sei schließlich verlobt. Andererseits würde ihr die Fahrt sicher sehr guttun, da sie heute so blaß sei. Als sie fortfuhren, sah Mrs. Abuthnot, daß Carlyon gar nicht vorhatte, mit seinem Gast in der Kutsche zu sitzen. Er ritt neben ihr her.

Um zwölf Uhr war die Kutsche noch immer nicht zurück, und um eins war Mrs. Abuthnot ernsthaft verstört. Weder Winter noch Carlyon konnten so gedankenlos sein, das Mittagessen auf diese Weise zu verzögern. Es konnte nur eine Erklärung geben. Die Kutsche mußte zusammengebrochen sein, oder – ein entsetzlicher Gedanke – die Pferde waren damit durchgegangen.

Es stellte sich heraus, daß Lord Carlyons Diener auch noch nicht zurückgekehrt waren und daß seine Pferde nicht mehr im Stall standen. »Mama«, sagte Sophie gedankenverloren – »was meinst du? Ob Lord Carlyon wohl mit Winter durchgebrannt ist?«

Mrs. Abuthnot stieß einen kleinen Schrei aus. »Sophie! Wie kannst du so etwas andeuten!«

»Tut mir leid, Mama, aber du mußt zugeben, es ist ein bißchen merkwürdig, daß alle Diener von Lord Carlyon und auch alle seine Pferde fort sind. Keiner der Dienstboten ist zurückgekehrt. Und jeder konnte sehen, daß Lord Carlyon Winter anbetet.«

»Die liebe Winter würde nie . . .« begann Mrs. Abuthnot und hielt dann inne. »Oh nein!« keuchte sie und preßte ihre runden Hände an ihren üppigen Busen. »Oh nein! Das kann sie doch nicht tun! Sie hätte wenigstens einen Brief zurücklassen sollen!«

Sophie, die Praktische, ging in Richtung von Winters Schlafzimmer davon und kehrte wenige Minuten später mit zwei Briefen zurück, die auf dem Kaminsims gelegen hatten. Colonel Abuthnot, der herbeizitiert wurde, wehrte alle Bitten seiner Frau ab, er solle sich sofort an die Verfolgung der beiden Ausreißer machen. Er sei viel zu beschäftigt, als daß er das ganze Land nach einem jungen Ding absuchen könne, das alt genug sei, um Bescheid zu wissen. »Es hat keinen Zweck, Millie, meine Liebe. Ich tu's nicht. Das Mädel reist zu seinem zukünftigen Mann. Sehr verständlich. Ich kann mir nicht vorstellen, was Carlyon dazu veranlaßt hat, so eine verrückte Sache mitzumachen, aber wenn sie es sich in den Kopf gesetzt hatte, dann hat Carlyon sicher gedacht, daß ihr Schutz auf der Reise im Augenblick das wichtigste ist. Trotzdem muß ihm klar gewesen sein, daß seine Anwesenheit ausreicht, um ihren Ruf zu ruinieren. Ich kann nur hoffen, daß der Commissioner von Lunjore ein Auge zudrückt. Die Idee, die beiden zu verfolgen, ist einfach unsinnig. Wenn man sie überhaupt verfolgt, dann sollte das am besten Captain Randall machen. Das Mädel ist mit seinem vorgesetzten Offizier verlobt, nicht mit meinem. Außerdem ist Alex ein ganzes Teil jünger als ich. Vielleicht überholt er die beiden sogar. Ich könnte das nicht.«

»Alex!« schrie Mrs. Abnuthnot aufgeregt. »Warum habe ich daran nicht gleich gedacht!«

Alex war ziemlich schlechter Laune, als er spätnachmittags Mrs. Abuthnots hastig geschriebenen Brief erhielt. Der Bote sagte ihm, er möchte sofort vorbeikommen. Alex zerknitterte die Nachricht und warf sie auf den Fußboden. Dann sagte er Niaz, er solle sein Pferd satteln und das Tier in zehn Minuten zur Veranda bringen.

Auf der Straße genossen die Bürger von Delhi in Kutschen und zu Pferd die kühle Abendluft. Im warmen, perlfarbenen Licht des Sonnenuntergangs, wo alle Farben der Erde und des Himmels und des Flusses sich sammeln und zu einem kurzen, schimmernden Zwielicht werden, schwammen schon die ersten Sterne im kühlen grünen Himmel wie silberne Fische im klaren Wasser.

Mrs. Abuthnot, in Tränen aufgelöst, begrüßte Alex.

Sie sah, wie alle Farbe sein Gesicht verließ und sich eine weiße Linie um seinen Mund zeigte. Er fragte: »Wann sind sie abgefahren?«

»Ganz früh«, schluchzte Mrs. Abuthnot und betupfte sich die Augen mit einem Taschentuch. »Neun Uhr, glaube ich.«

»Lieber Himmel, Madam«, sagte Alex wild, »hätten Sie mich nicht früher holen können?«

»Wir haben es nicht bemerkt, bis Sophie diesen Brief fand . . .«

Sie hielt ihn Alex hin, und der las ihn mit Augen, die fast schwarz vor Zorn waren. Dann zerquetschte er das Papier zu einer Kugel und stopfte es in die Tasche. »Ganz richtig«, bestätigte Colonel Abuthnot, der das Zimmer über die Veranda betreten hatte. »Was wollen Sie unternehmen, mein Junge?«

»Ich werde sie zurückholen«, sagte Alex knapp.

»Zu spät. Ehe Sie die beiden einholen, ist sie schon die ganze Nacht mit dem Kerl zusammen. Zwei Männer sind genausogut wie einer, wenn es darum geht, in schlechten Ruf zu geraten. Ich bin nicht sicher, ob man Carlyon besonders trauen kann. Er hatte ein Auge auf das Mädel geworfen. Wollte sie selbst haben, jeder Trottel konnte das doch sehen. Hat sie wahrscheinlich jetzt schon ruiniert.«

Alex schnitt ihm die Rede ab. »Darf ich annehmen, daß Sie Winter erlauben würden, weiterhin bei Ihnen zu wohnen, wenn ich sie zurückbringe, Mrs. Abuthnot?«

»Aber natürlich. Nur, möglicherweise will sie nicht zurückkommen.«

»Ihre Wünsche«, sagte Alex durch zusammengebissene Zähne, »haben mit der Angelegenheit überhaupt nichts zu tun. Ich hoffe, morgen zu relativ früher Stunde zurück zu sein, und wenn die Angelegenheit außerhalb des Hauses nicht erwähnt worden ist, dann sehe ich keinen Grund, warum etwas bekannt werden sollte.«

»Deswegen brauchen Sie sich keine Sorgen zu machen, mein Junge«, sagte Colonel Abuthnot fest. »Es ist doch sicher unwahrscheinlich, daß wir so etwas ausplaudern. Und wenn es nicht dieser Carlyon wäre, der glaubt, er sei in das Mädel verliebt, dann würde ich Ihnen raten, sie mit ihrer Reise nach Lunjore gewähren zu lassen. Vielleicht kann man Barton überreden, ein Auge zuzudrücken.«

Alex, der sich schon umgedreht hatte, um das Zimmer zu verlassen, blieb stehen und schaute den Colonel an. »Genau deshalb«, sagte er wild, »habe ich vor, sie zurückzubringen. Lord Carlyon kann zum Teufel gehen!«

Die Tür knallte zu. »Du bist ein Dummerchen, Millie«, sagte Colonel Abuthnot zärtlich. »Das warst du schon immer. Sieh mal, was du angestellt hast. Verdammt, ich glaube wahrhaftig, der ist selbst in das Mädchen verliebt. Warum sollte er es sonst so hart aufnehmen! Jetzt wird's Ärger geben.«

»Was meinst du damit, George?«

»Ich meine, wenn ich mich nicht irre, dann überholt er die beiden, ehe sie Lunjore erreichen. Und dann bringt er diesen Carlyon um. Und wenn er den nicht umbringt, dann bringt er wahrscheinlich Barton um!« Mrs. Abuthnot, die jetzt genug ertragen hatte, nahm zu einem Ohnmachtsanfall Zuflucht.

Alex' Stimmung war fast so mörderisch, wie Colonel Abuthnot meinte. Er hatte Niaz abgeholt, ein drittes Pferd und seinen Revolver. Dann war er mit halsbrecherischer Geschwindigkeit losgeritten, und sie waren schon weit, als der Mond hoch am Himmel stand. Alex wußte, die Kutsche konnte wegen der schlechten Straßenverhältnisse nicht schnell vorwärtskommen, und er stellte sich vor, sie würde über Nacht bei irgendeiner Poststation haltmachen. Mit etwas Glück sollte er also in der Lage sein, die beiden noch weit vor Mitternacht einzuholen.

Alex erinnerte sich wieder an Colonel Abuthnots Andeutung, daß Carlyon das Mädchen vielleicht für sich haben wollte. Außerdem fiel ihm die Szene ein, die er bei Winters Ankunft in Delhi miterlebt hatte. Und der Blick in Carlyons Augen, letzte Nacht. »Wenn er ihr etwas getan hat . . .«, dachte Alex wild. »Wenn er ihr etwas getan hat . . .« Er biß die Zähne zusammen und beugte sich weit im Sattel nach vorn. Er ritt wie in einem Rennen und mit einer Rücksichtslosigkeit, die Niaz nicht verstehen konnte.

In den Hügeln und auf der Ebene hinter Moradabad hatte es geregnet, und jetzt, nach vierundzwanzig Stunden, war der Fluß gestiegen und stieg noch immer. Als Winter und Carlyon den Fluß vor ein paar Stunden erreicht hatten, war das Wasser schon gefährlich hoch gewesen, aber die Furt noch benutzbar. Aber das, was nachmittags noch eine Furt gewesen war, zeigte sich jetzt als brauner, gurgelnder, schnellfließender Strom von mehr als einer Viertelmeile Breite, der im Mondlicht mit einem ominösen Glucksen und Gurgeln vorüberströmte, voller Wirbel und verborgener Strömungen.

Ein schläfriger Dorfbewohner, den Niaz geweckt hatte, murmelte, daß eine Memsahib in einer Kutsche, begleitet von einem Sahib und mehreren Dienern zu Pferd, die Furt erst vor weniger als einer halben Stunde überschritten hätte, ehe sie unpassierbar wurde.

Alex schwang sich wieder in den Sattel. Sein Gesicht wirkte im hellen Mondlicht kantig und hager. Er wandte sich nach Norden und machte den langen Umweg zur nächsten Brücke.

Eine halbe Stunde später glitt eine Python über den schmalen, wenig benutzten Pfad fast unter die Hufe seines müden Pferdes. Shalini scheute wild, und ein niedriger Ast knallte gegen Alex' verwundeten Arm. Er prallte mit der Schulter auf dem Boden auf, und in diesem Bruchteil der Sekunde, ehe sein Kopf auf die Steine neben der Straße aufschlug, hörte er, wie sein Schlüsselbein brach. Und dann wurde alles schwarz.

24

Winter lag in einer Ecke der Kutsche und schloß die Augen. Die untergehende Sonne schien mit goldenem Glanz unter dem schweren, ledernen Verdeck herein, und die Straße war unglaublich schlecht. Die Kutschenräder sprangen in Schlaglöcher, holperten wieder heraus, und jeder Stoß schleuderte Winter zur Seite oder rückwärts in die Polster, und ihr Kopf begann dumpf zu schmerzen.

Seit der Szene im Bungalow der Abuthnots, in die Alex Randall hineingeplatzt war, hatte Carlyon es immer vermieden, Winter direkt anzuschauen. Jetzt allerdings stellte Winter fest, daß sie nicht aufblicken konnte, ohne daß seine Augen auf ihr ruhten. Es war, als ob er es jetzt nicht mehr für nötig hielte, sich zu beherrschen.

Ein paar Meilen weiter lag eine Poststation, die sie vor der Dunkelheit noch erreichen konnten. Winter hatte zwar gewünscht, bei Nacht weiterzureisen, aber er hatte es fertiggebracht, daß sie einsah, wie unmöglich das war. Er erklärte ihr, die Pferde würden ohne eine Rast nicht mehr vorwärts können, aber er erwähnte nicht, daß er selbst keineswegs die Absicht hatte, weiter als bis zu dieser Poststation zu fahren.

Die schicksalhafte Flut, die die Furt hinter ihnen unpassierbar gemacht hatte, hatte auch noch ein weiteres Problem gelöst: Carlyon hatte mit Sicherheit angenommen, daß Randall wenigstens die Nachricht von seiner Abreise nicht mit Gleichgültigkeit aufnehmen würde. Aber jetzt war es nicht mehr nötig, über die Schulter zurückzuschauen oder auf Hufschläge zu horchen, die vielleicht auf der Straße hinter ihnen herankommen konnten. Die Poststation war nicht besser oder schlechter als all die anderen, die Carlyon schon gesehen hatte, aber sie würde gut genug sein. Er würde mit Winter unter dem Dach des Postbungalows ein kurzes, verfrühtes Eheleben führen, er würde eine Hochzeitsnacht verbringen, die die Hochzeit selbst nur ein paar Tage vorwegnehmen würde.

Wer weiß, sie konnten vielleicht sogar ein paar Tage dableiben, wenn das Wetter zu schlecht war oder die Furt weiterhin unpassierbar blieb. Idyllische Tage im Besitz eines geliebten, heißbegehrten Wesens, nach dem er sich jetzt über alle Vernunft hinaus sehnte. Wenn der Fluß dann fiel, würden sie nach Delhi zurückkehren und still und ohne großes Getue heiraten. Sie würden augenblicklich nach Bombay reisen und von dort ein Schiff nach England nehmen.

Winter würde sich in das Unvermeidliche schicken. Und Carlyon hatte keinerlei Befürchtungen, daß er sie nicht eines Tages dazu bringen könnte, ihn zu lieben.

Sein Ärger darüber, daß in der Poststation anscheinend schon eine ziemlich große Gesellschaft übernachtete, war beträchtlich. Es war Carlyon nicht in den Sinn gekommen, daß vielleicht noch andere Menschen dort Unterkunft suchen könnten, und einen Augenblick lang wollte er wütend den Befehl geben, weiterzufahren. Aber Pferde und Reiter waren müde, und die nächste Poststation lag zwölf Meilen weiter. Während er noch zögerte, kehrte sein Träger, der genug Englisch sprach, um sich seinem Herrn gegenüber verständlich zu machen, mit der Information zurück, daß es nur eine indische Dame mit ihren Dienern sei, die ihre Reise bei der Poststation unterbrochen habe. Es gäbe reichlich Raum für seinen Herrn und die Missahib. Carlyon, der alle Inder mit weniger Interesse betrachtete als die Möbel eines Zimmers, atmete auf und half Winter auszusteigen.

Winter war nicht in der Lage gewesen, noch Bettzeug mitzunehmen, aber Carlyon versicherte ihr, er hätte genug davon mitgebracht.

Im Hauptraum bekamen sie ein anständiges Abendessen, während der Mond langsam über der Ebene aufstieg und jemand am anderen Ende der Veranda eine zarte Melodie auf einem Saiteninstrument spielte.

Es war ein zauberhafter Klang, seltsam bekannt, und Winter hörte der Melodie mit einem Gefühl zu, als ob sie sie schon einmal gehört hätte. Sie war müde und wollte gern in ihr Zimmer, und deshalb entschuldigte sie sich, nachdem das Essen vorüber war und trat hinaus auf die Veranda. Draußen stand eine Ruth, ein geschlossener Wagen mit einem doppelten Baldachin, an den gerade ein paar Zugochsen angeschirrt wurden.

»Es ist die Begum Sahiba«, antwortete der Dienstbote auf Winters Frage. »Sie hat nur gehalten, weil ein Rad gebrochen war, und das ist jetzt repariert. Sie bleibt über Nacht in einem Dorf, das an dieser Straße liegt. Sie ist aus Oudh, und sie kehrt jetzt nach Hause zurück.«

Winter wandte sich ab und ging langsam zur Tür des Zimmers. Ihre weiten Röcke raschelten auf dem staubigen Stein der Veranda. »Ich bin auch aus Oudh«, dachte sie, »und auch ich kehre nach Hause zurück.« Dieser Gedanke gab ihr frischen Mut, und sie drehte sich um und reichte Carlyon die Hand, der ihr gefolgt war. Sie dankte ihm noch einmal für seine Hilfe und wünschte ihm gute Nacht.

Carlyon nahm Winters Hand, aber er ließ sie nicht los. Er hielt sie hart mit seinen Fingern gepackt, die fiebrig heiß und zittrig waren, und plötzlich hob er ihre Hand an die Lippen und küßte sie.

Das war keine leichte, galante Geste. Dieser Kuß war genauso gierig wie die anderen, die er Winter schon früher aufgezwungen hatte. Sie versuchte, die Hand wegzuziehen, aber er hielt sie grob gepackt und küßte sie wieder und wieder. Sein heißer, hungriger Mund bewegte sich auf Winters kühler Haut. Als er endlich den Kopf hob und sie anschaute, waren seine kalten Augen nicht länger kalt, sondern genauso heiß und feucht, wie sein Mund gewesen war.

Er starrte sie einen langen Augenblick an. Er atmete rauh und ungleichmäßig, und eine dunkle Röte lag auf seinen Wangen. Seine Augen glühten in einer fiebrigen Erregung, die für Winter genauso unerklärlich wie schreckerregend war. Eine kalte, primitive Angst stieg in ihr auf, und undeutlich begriff sie, daß die Leidenschaft, die sie in ihm erweckt hatte, außerhalb ihrer oder seiner Kontrolle lag.

Dann hatte Carlyon endlich ihre Hand losgelassen, und sie drehte sich um und stolperte durch die offene Tür in ihr Zimmer.

Sie schloß die Tür hinter sich und warf sich mit ihrem ganzen Gewicht dagegen. Sie hatte entsetzliche Angst, daß er ihr vielleicht folgen könne. Ihr Herz raste, und ihre Zähne klapperten, als ob sie fröre. Als sie endlich mit unsicheren Fingern nach dem Riegel tastete, konnte sie ihn nicht finden. Es war nichts da als ein leeres, nutzloses Scharnier.

Eine weitere Welle des Schreckens überflutete sie. Sie drehte sich um und rannte durch das Zimmer, stolperte auf den groben Matten, und dann fand sie die Öllampe, die auf einem wackligen Tisch neben ihrem Bett stand. Winters Hände zitterten, und die Krinoline zeigte sich wie ein riesiger, schwankender Schatten an der Wand. Winter bückte sich und untersuchte den Platz, wo der Riegel hätte sein sollen. Das flackernde Licht ließ deutlich erkennen, daß die Klammern, die den Riegel gehalten hatten, entfernt worden waren. Erst vor ganz kurzer Zeit . . .

Jetzt gab es nur noch einen Weg aus diesem Durcheinander, das sie selbst verursacht hatte: augenblickliche Flucht. Es waren ja Pferde da . . . Sie konnte durch das Badezimmer und dann durch die Hintertür zu den Ställen gehen, und wenn sie dort erst einmal war, konnte sie ein Pferd satteln und flüchten. Aber alles mußte schnell geschehen, denn jeden Moment konnte sich die Tür öffnen, und wenn es um Körperkräfte ging, dann war sie Carlyon nicht gewachsen.

Winter raffte ihre bauschigen Röcke hoch und löste die Krinoline. Der reifenverstärkte Unterrock fiel mit einem Rauschen und Klappern zu Boden, und Winter trat heraus und rannte, um die Reisetasche zu holen. Zeit, um sich umzuziehen, war nicht mehr. Aber ohne die unförmige Krinoline konnte sie reiten.

Die äußere Tür des Badezimmers war verschlossen. Der Schlüssel fehlte. Und der Riegel an der inneren Tür war entfernt worden.

Panik stieg wieder in Winter auf. Aber sie kämpfte sie nieder. Sie würde eben durch die Verandatür gehen müssen. Es gab keinen anderen Weg, und sie glaubte auch nicht, daß Carlyon dort draußen warten würde. Er würde in seinem eigenen Zimmer warten, bis die indische Dame und ihr Gefolge die Poststation verlassen hatten und bis die Dienstboten zu Bett gegangen waren. Es würde ihm nicht in den Sinn kommen, daß Winter weglaufen könnte, denn wohin sollte sie wohl laufen?

Dieser Gedanke flammte ganz plötzlich in ihr auf. Es gab keinen Ort, wohin sie laufen konnte. Die Straße nach Delhi war durch die überspülte Furt blockiert, und wenn sie auf dem geplanten Weg weiterritt, dann würde er bald herausfinden, daß sie weg war, und sie einholen. Eine würgende Hoffnungslosigkeit schnürte ihr die Kehle zu, und sie lehnte sich gegen die Schlafzimmertür. Sie war plötzlich wieder schwach und fror.

Verworrene Stimmen, ein gelegentliches Lachen und das Klingeln von Glöckchen drangen von draußen herein. Die anderen Reisenden, die heute nacht abfahren würden. Aber natürlich! Sie würde sich von der Dame aus Oudh Hilfe erbitten. Sicher würde ihr eine andere Frau die Hilfe nicht verweigern.

Winter raffte ihre schleifenden Röcke in eine Hand, packte die Reisetasche mit der anderen und rannte leichtfüßig die monderleuchtete Veranda entlang.

Die Tür war nicht verschlossen, und Winter konnte auf der anderen Seite eine Frau sprechen hören. Sie drückte die Tür auf und ging hinein.

In dem Zimmer waren drei Frauen. Eine junge, wunderschöne Frau, die eine seidene Tunika und die weitgeschnittenen Hosen einer mohammedanischen Dame aus guter Familie trug. Die beiden älteren waren offensichtlich Dienerinnen, und die jüngere der beiden stieß beim plötzlichen Auftreten der Fremden einen kleinen Schreckensschrei aus.

Winter legte einen Finger auf die Lippen und sprach dann in leisem, atemlosem Flüstern. Sie erklärte ihr Dilemma und bat darum, mitgenommen zu werden. Die junge Inderin – sie konnte nicht viele Jahre älter als Winter sein – hörte erstaunt und mit großen Augen zu. Als Winter ihre Geschichte beendet hatte, klatschte die junge Inderin wie ein Kind in die Hände und sagte: »Aber das ist wunderbar!« Sie wandte sich zu ihrer älteren Dienerin um und fragte: »Ist das nicht wunderbar, zu hören, wie eine Ausländerin wie eine von uns spricht? Wer bist du? Was ist dein Name?«

»Winter. Winter de Ballesteros. Wenn die Begum Sahiba so freundlich sein wollen und mich . . .«

»Was? Was sagst du da?« fragte die junge Frau scharf. Sie ergriff die Öllampe, die auf dem Fußboden stand, und hielt sie hoch, so daß das Licht voll auf Winters Gesicht fiel.

Winter zwinkerte bei der plötzlichen Helligkeit, und die junge Frau starrte sie schweigend an. Sie bewegte die Lampe hin und her, so daß sie erst die eine Seite und dann die andere Seite von Winters Gesicht beleuchtete. Dann hob sie die Lampe an, und das Licht ergoß sich über die schwarzen Wellen ihres Haars.

»Sie ist es!« sagte die Inderin. »Allah kerimat! Es ist, wie du sagst. Kleine Schwester, kennst du mich nicht?«

»Ich . . . ich glaube, ich . . .« begann Winter atemlos.

»Amira! . . . Kennst du nicht Amira? Hast du wirklich das Gulab Mahal und meine Mutter Juanita Begum vergessen und die Geschichten, die Nani uns auf dem Dach des Hauses erzählt hat?«

Die ältere Dienerin warf die Arme hoch: »Aié! Es ist die Chota Moti! Es ist Zobeidas Kind, dessen Amme ich war!«

Winters Augen weiteten sich. Ihre Augen waren wie dunkle Seen in ihrem weißen Gesicht. Sie schaute von der älteren Frau zu dem Mädchen hinüber, das sich Amira nannte. »Anne Marie!« Ganz plötzlich standen Tränen in Winters Augen, und ihre Stimme war ein zitterndes Flüstern. »Du bist Anne Marie!«

Und dann, ganz plötzlich lagen sie einander in den Armen. Sie lachten und weinten und schauten sich an und klammerten sich aneinander.

Weiche Seide, Duft von Sandelholz und Rosen, weiche, östliche Vokale. Der Duft, der Klang der Heimat . . .

Von draußen waren plötzlich Geräusche zu hören, und Winters Gesicht spannte sich wieder. »Schnell, Anne Marie – schnell! Nimm mich mit. Wenn die herausfinden, daß ich fort bin . . .«

»Still, still«, sagte Amira, Juanitas Tochter. »Wir fahren jetzt. Da draußen sind meine Diener, und sie werden auch dich beschützen.«

»Nein!« sagte Winter dringlich. »Kein Kampf. Er hat Pistolen. Laß uns schnell abfahren, ehe er herausfindet, daß ich nicht in meinem Zimmer bin.«

»Es soll nach deinem Willen gehen«, sagte Amira. »Und draußen auf der Straße sollst du mir erzählen, wer dieser Feringhi ist, der dir soviel Angst macht. Ist er dein Mann, vor dem du flüchtest?«

»Nein. Er . . . Anne Marie, ich kann nicht da hinaus. Draußen sind Lichter, und seine Diener werden mich sehen. Kann man den Wagen nicht näher heranfahren?«

Amira lachte. »Niemand wird dich sehen, kleine Perle. Wir hüllen dich in Hamidas Bourka, schau, so.« Sie hob ein üppiges weißes Baumwollgewand auf, das auf dem Fußboden gelegen hatte, und ließ es über Winters Kopf fallen. Es war ein langer, voller, zeltartiger Umhang, der Winter von Kopf bis Fuß verhüllte und am oberen Teil des Gesichts nur einen Einsatz aus grobem Netz besaß. Die Trägerin konnte zwar sehen, aber nicht gesehen werden. »Siehst du«, sagte Amira triumphierend, »es ist getan. Hamida muß sich das Gesicht mit ihrem Schleier bedecken, wenn sie befürchtet, daß Männer sie wegen ihrer Schönheit begehren!«

Die ältere Dienerin, die einmal Winters Amme gewesen war, tupfte sich die Tränen vom Gesicht und kicherte wie ein Papagei. »Ich werde durch die Hintertür hinausgehen. Damit nicht einer der Dienerschaft vier Frauen hinausgehen sieht, wo drei hereinkamen.«

»Das ist gut gedacht«, sagte Amira und warf sich ihre eigene Bourka über. »Komm jetzt. Wir sind bereit.«

»Nein, warte«, sagte Winter plötzlich. »Ich muß eine Nachricht hinterlassen. Sonst glaubt er vielleicht, ich habe mich verirrt, und stellt das ganze Land auf den Kopf und sucht mich. Vielleicht geht er sogar zur Polizei. Hast du Papier und Tinte?«

»Papier und Tinte? Nein. Aber Atiya soll das aus der Küche holen. Schnell, Atiya – lauf!«

Das Mädchen rannte davon und kam ein paar Minuten später mit einem Blatt Papier, einer Schale schwarzer Tinte und einem Federkiel zurück. Winter warf die Falten ihrer Bourka zurück und schrieb schnell. Amira hielt die Lampe. Winter dankte Lord Carlyon für seine freundliche Hilfe, aber sie hätte eine Verwandte, eine Cousine getroffen, und es sei nicht nötig, daß er sich weiterhin ihretwegen Mühe mache. Er brauche sich keine Sorgen um sie zu machen, denn sie sei in Sicherheit. Sie habe vor, die Reise sofort fortzusetzen.

Atiya brachte die Notiz in Winters Zimmer und machte dabei kein Geräusch, das Aufmerksamkeit erregen konnte. Dann huschten alle die Verandastufen hinunter und tauchten in die Nacht ein. Einen Augenblick später saßen sie in der dunklen, dichtverhangenen Kutsche. »Alles ist wohl, Fateh Ali«, rief Amira. »Fahr zu. Es ist spät.«

Der Fahrer des Wagens rief einen Befehl, die Ochsen grunzten, und der Wagen holperte vorwärts. »Und jetzt«, sagte Amira und tupfte sich die Augen mit dem Zipfel ihres Schleiers, »jetzt erzähl mir alles. Wie kommt es, daß du hier bist? Bist du noch nicht verheiratet? Und wer ist der Fremde, vor dem wir fliehen?«

Aber sie bekam keine Antwort. Winters Kopf lehnte noch immer fest an Amiras Schulter, sie war eingeschlafen.

Die Reise war vielleicht die glücklichste Zeit, die Winter de Ballesteros seit den längst vergangenen Tagen im Gulab Mahal erlebt hatte. Eine Freundin, eine Kameradin in ihrem Alter war bei ihr, und alle Wärme, aller Zauber der alten, glücklichen Erinnerungen wurde wieder lebendig. Winter erzählte Amira alles, was sie erlebt hatte, und hörte ihrerseits alles, was sich im Gulab Mahal zugetragen hatte.

Es waren, wie Amira gesagt hatte, nur noch wenige im rosa Palast, die sich an die kleine Perle erinnerten. Die Cholera hatte schwere Opfer gefordert. Dasim, der Bruder des alten Ali Schah, der als junger Mann zu oft die weißgoldene Sabrina angeschaut hatte, war jetzt ein älterer Herr. Er besaß drei Frauen, wie es der Prophet erlaubt hatte.

Amiras Schwester war auch an der Cholera gestorben, aber der Sohn, der im gleichen Jahr wie Winter geboren war, lebte noch und war jetzt ein junger Mann, dessen achtzehnter Geburtstag näherrückte. »Ein wilder Junge«, sagte Amira und schüttelte traurig den

Kopf. »Aber er ist noch so jung. Er wird lernen. Im Augenblick, im Augenblick besteht er nur aus Teufeleien. Schlechte Gesellen verführen ihn. Aber das wird vergehen.«

Amira hatte ihren Vetter zweiten Grades geheiratet, Walayat Schah. Walayat Schah hatte seine zahlreichen Lehen und ererbten Privilegien vom König von Oudh, aber durch die Annektierung war er seiner Güter beraubt worden und wohnte jetzt mit seiner Familie im Gulab Mahal. Walayat Schah hatte der Verlust seiner Macht, seiner Privilegien und seiner Einkünfte durch die Engländer wütend gemacht, und es wäre besser, so erklärte Amira bedauernd, wenn Winter das Gulab Mahal jetzt noch nicht besuchte. Männer neigten ja immer dazu, sich zu erhitzen und zornig zu werden. Ihr selbst, Amira, sei es gleich, unter welcher Regierung sie lebte. Sie hätte an die Sicherheit ihrer Kinder zu denken.

»Deiner Kinder?« rief Winter aus. »Hast du Kinder? Wie schön. Wie viele?«

»Ich habe zwei Söhne«, sagte Amira stolz. Einer sei vier Jahre alt und der andere drei. Sie könne es kaum erwarten, wieder zu ihnen zurückzukehren. »Wenn du verheiratet bist, wenn du gleich wie ich Söhne besitzt, dann wirst du wissen, was mit mir ist.«

Amiras Reiseroute führte durch Lunjore; aber als sie sich fünf Tage später den Außenbezirken der Stadt näherten, wollte Amira nicht mit in die Residenz. Sie ließ den Wagen anhalten und schickte einen ihrer Diener los, um eine Mietkutsche zu besorgen. »Ich habe gedacht«, sagte Amira liebevoll, »daß es besser wäre, wenn du im Haus deines Bräutigams nicht mit einer Cousine erscheinst, die nicht von deiner Art ist. Ich habe gehört, daß es jene gibt unter den Sahibs, die nicht freundlich solche Dinge betrachten. Aber wir werden einander wiedersehen. Sicher, ganz sicher werden wir einander wiedersehen! Und jetzt, da du keine eigene Frau hast, die dir aufwartet, wird Hamida mit dir gehen. Nein, nein, wir haben alles in der vergangenen Nacht besprochen, als du noch schliefst. Es ziemt sich nicht, daß du zu deinem Bräutigam gehst ohne eine Aufwartefrau. Wenn er eine andere für dich in Dienst genommen hat, dann kann Hamida zurückkehren.«

Die beiden jungen Frauen umarmten sich, und Hamida nahm ihre und Winters Habseligkeiten und folgte Winter auf die Straße. Einen Augenblick später war die leuchtend bemalte Kutsche mit der berittenen Eskorte davongerumpelt, die lange, baumbeschattete Straße hinunter. Eine schlanke Hand winkte kurz hinter den bestickten Vorhängen, und dann war Amira fort.

Winter stand am Straßenrand und schaute der Staubwolke nach, die Amiras Kutsche verbarg. Sie tupfte sich die Tränen aus den Augen. Hamida, die sich über das Bauernvolk ärgerte, das sich versammelt hatte und mit aufgerissenem Mund die fremde Memsahib anstarrte, drängte Winter, in die Mietkutsche einzusteigen.

Durch die heiße Sonne fuhren sie auf die Stadt zu und erreichten bald eine lange, weiße Straße, die von Bäumen und einer hohen Mauer gesäumt war. Schließlich kamen sie zu dem riesigen, turmverzierten Tor aus gekälktem Stein, an dessen Seiten in flammenden Farben Bougainvilleas blühten. Unter dem tiefen, schattigen Bogen des Tors war Sabrina Grantham, Condesa de los Aguilares, vor achtzehn langen Jahren hindurchgeritten und hatte als Gast mit ihrem Onkel Ebenezer in der Residenz gewohnt, in der sein Neffe Conway jetzt Commissioner war.

25

Sabrinas Tochter schaute nicht zu dem Tor auf, sondern sie blickte nach vorn zu dem hohen, einstöckigen Haus, das ihr Zuhause werden sollte. Sie war endlich da. Conway lebte in diesem Haus, und sehr bald würde sie mit ihm verheiratet sein.

Der Wagen fuhr unter einer steinernen Veranda vor, die mit blühendem Geißblatt überwuchert war, und ein verblüffter Wachposten starrte die junge Frau an, die dort ausstieg. Die Diener in der Residenz wußten schon seit vielen Monaten von der bevorstehenden Heirat ihres Herrn, aber sie hatten die Braut erst in zwei Wochen erwartet, und zu mehreren versammelten sie sich jetzt und gafften und wechselten aufgeregtes Flüstern.

Ja, sagte Durga Charan, der oberste Wächter, vorsichtig, und rückte sich den Turban mit zitternder Hand zurecht, ja, der Commissioner Sahib sei zu Hause. Aber er könne niemanden empfangen. Er sei indisponiert – viel zu krank, um Besucher zu empfangen.

»Ich weiß«, sagte Winter. »Deshalb bin ich ja gekommen. Ich will den Sahib sofort sehen. Führen Sie mich in sein Zimmer.«

Der oberste Chapprassi, der schon verwirrt genug darüber war, daß diese junge Missahib seine eigene Sprache so unerwartet gut beherrschte, machte einen erfolglosen Versuch, sie aufzuhalten. Aber Winter rauschte an ihm vorbei in die weite Halle.

Conways Schlafzimmer wurde von Vorhängen verdunkelt, die die Fenster völlig verhüllten. Es roch unangenehm, und es war eine Frau im Zimmer. Eine rundliche, einheimische Frau, die leuchtendbunten Musselin trug. Sie hockte am Boden neben dem Bett und wedelte mit einem Palmblattfächer. Die Frau blickte auf, als Winter ins Zimmer trat, und erhob sich dann mit klirrenden Fuß- und Armreifen. Sie war fett und hatte die erste Jugend schon lange hinter sich, aber auf eine dreiste, auffallende Weise wirkte sie anziehend. Sie hatte Pan gekaut, und der Geruch der Betelnüsse und Lorbeerblätter, zusammen mit dem Moschus, mit dem sie sich parfümiert hatte, übertönten fast den Gestank nach Erbrochenem und Brandy. Als Krankenschwester schien sie jedenfalls nicht geeignet zu sein, und sie starrte Winter verärgert und feindselig an. Die von Kajal umrahmten Augen wirkten in ihrem runden, dunklen Gesicht riesengroß.

»Der Sahib ist nicht wohl«, sagte die Frau mit schriller, zorniger Stimme. »Er kann niemanden empfangen. Niemanden!«

»Mich wird er empfangen«, sagte Winter und ging an der Frau vorbei zum Bett.

Der Berg auf dem Bett stöhnte, grunzte und rührte sich. Er sagte mit belegter Stimme: »Was? Was'n los? Halt's Maul, Mensch! Drekkiges, ekliges . . .«

Der Berg drehte sich auf den Rücken und grunzte wieder laut. Winter blickte auf ein aufgeschwemmtes, unkenntliches Gesicht hinab. War das . . . konnte das Conway sein? Winter hatte erwartet, ein übermüdetes, hageres, vielleicht sogar grauhaariges Skelett von einem Mann vorzufinden, geschüttelt vom Fieber. Aber dieses fette, aufgeschwemmte Gesicht, das im dämmrigen Licht des verhangenen Raumes gelb wirkte, dieses Gesicht schockierte sie. Ein ekelhafter Geruch nach abgestandenem Schnaps und stinkendem Atem ließ Winter zurückfahren. Sie hatten ihm Brandy eingeflößt! Das konnte doch keine gute Medizin gegen Fieber sein!

Dann plötzlich erinnerte sie sich an die Worte, die Mr. Carroll gesagt hatte. »Ein aufschwellendes Fieber.« Natürlich! Deshalb sah Conway so aufgedunsen und massig aus. Kein Wunder, daß er sich so nicht hatte sehen lassen wollen. Kein Wunder, daß er befürchtet hatte, es könne sie abstoßen, denn er kannte Winter ja nicht gut genug, um ihrer Zuneigung zu ihm zu trauen. Mitleid und Liebe schnürten Winter die Kehle zu, und ihre Augen füllten sich mit Tränen. Sie beugte sich über ihn und legte ihm eine kühle Hand auf die Stirn.

Conway grunzte und öffnete mühsam die Augen. Er starrte lange Zeit zu ihr auf, versuchte, seine Augen auf sie zu fixieren und wußte überhaupt nicht, wen er vor sich hatte. Mußte wohl doch gestern abend besoffener gewesen sein, als er gedacht hatte – oder war es das Opium? Lieber Gott, hatte er einen dicken Kopf! Eine Zunge wie ein staubiger Teppich. Er hatte ja schon vorher Sachen gesehen, aber das waren seltsame, gefleckte Tiere gewesen, die gekrabbelt oder gehüpft hatten. Keine Frauen. Keine schönen, jungen Frauen. Konnte nicht vom Brandy kommen. Mußte das Opium sein. Das Wesen sprach auch noch. Er wünschte, sie hörte auf zu sprechen und ginge fort. Er mochte ja Frauen, aber nicht nach so einer Nacht. Im Augenblick waren Geräusche überhaupt nichts für ihn – jeder kleinste Krach ließ seinen Schädel ganz gemein brummen . . .

». . . Winter. Conway, ich bin Winter. Lieber Conway, kennst du mich nicht mehr? Warum hast du mir nicht gesagt, daß du krank bist? Ich bin gekommen, um mich um dich zu kümmern. Bald wird's dir wieder gutgehen, Liebster. Conway, ich bin's . . . Winter. Liebster, ich bin da . . .«

Endlich drangen die Worte durch, durch die dicken, üblen Brandydämpfe und die qualvollen Schmerzen, die Conways Kopf und Magen umklammert hielten. Winter! Es war nicht das Opium. Auch nicht der Brandy. Dies war das Vermögen, das er heiraten würde. Das häßliche, magere, dunkeläugige Wesen aus Wair. Sie war da. Wie sie hierher gekommen war, das wußte er nicht . . . War er etwa nach einer Sauferei zusammengebrochen und wochenlang bewußtlos gewesen? Wohl kaum. Was spielte das auch noch für eine Rolle? Sie war ja hier. Er mußte sie loswerden. Jede Minute konnte es ihm jetzt schlecht werden, und dann wäre alles aus. Er mußte sie loswerden . . .

Es wurde ihm schlecht. Außerordentlich schlecht. Aber in den lichten Minuten, die folgten, entdeckte er zu seinem Erstaunen, daß Winter seinen Kopf hielt und ihm die Stirn mit kaltem Wasser abtupfte. Sie flüsterte Koseworte und sagte ihm immer wieder, es würde ihm bald wieder gutgehen. Jasmin, die in gelähmter Wut danebenstand, wollte protestieren. Aber Conway drehte langsam den Kopf um – und sagte nur ein einziges Wort. »Raus.«

Aber die kleinen, kühlen Hände drückten seinen Kopf wieder in die Kissen, und er lag mit geschlossenen Augen still da. Er versuchte, zu denken. Irgendwie hatte er begriffen, was das für eine Katastrophe war und daß etwas getan werden mußte. Nach kurzer Zeit öffnete er die Augen ein wenig, spähte Winter unter aufgedunsenen, halbgeschlossenen Lidern an und sagte mit nuschelnder Stimme: »Hab' dich nicht erwartet. Nett von dir, daß du gekommen bist. Ruf mir Ismail. Sei ein nettes Mädchen. Meinen Träger.«

Der Träger, der draußen vor der Tür gehockt hatte, eilte an die Seite seines Herrn. Nach kurzer, gemurmelter Unterhaltung drehte er sich zu Winter um und machte eine tiefe Verbeugung. Wenn die Missahib ihm jetzt folgen würde, er wolle ihr das Zimmer zeigen. Man würde ihr Erfrischungen bringen. Der Herr wünsche, daß jetzt Ismail sich um ihn kümmere.

»Geh mit ihm«, sagte Conway und zwang die Worte mit Anstrengung heraus. »Später kannst du ja wiederkommen.«

Als die Tür sich geschlossen hatte, krabbelte er aus dem Bett und schleppte sich ins Badezimmer. Das Wasser im Steinkrug war noch kalt von der Nacht, und er nahm eine blecherne Schöpfkelle und schüttete sie sich über Kopf und Schultern. Ismail, der wieder zurückgekehrt war, wandte eine ganze Anzahl von wohlerprobten Maßnahmen an, und der Commissioner stöhnte und stolperte wieder ins Schlafzimmer, wo er sich schwer in einen Sessel fallen ließ. Er verlangte Brandy. »Heiße Milch ist besser für das Opium«, riet Ismail mit listigem Blick.

»Na, dann mix das Zeug doch zusammen. Aber schnell! Und sag Jasmin, dieser räudigen Hündin, sie soll in ihrem eigenen Quartier bleiben.«

Er trank das Gebräu aus heißer Milch und Brandy und fühlte sich danach wieder genügend erholt, um eine Erklärung für die Ankunft seiner zukünftigen Frau zu verlangen. Ismail hatte schon alles von den Dienern gehört, die der Ankunft der Missahib beigewohnt hatten, und auch von der Ayah, die die Missahib mitgebracht hatte.

Conway hörte zu. Immer wieder überfluteten ihn Wellen von Übelkeit und nutzloser Wut. Verdammt nochmal, dieses blöde Ding! Was hatte die sich bloß dabei gedacht, hier einfach allein anzutanzen! Unglaublich! Alles war ruiniert. Die Hochzeit sollte innerhalb einer Stunde nach ihrer Ankunft stattfinden, damit sie keine Zeit hatte, es sich anders zu überlegen. Und jetzt war sie unerwartet angereist und ganz allein. Sie hatte ihn mit einem riesigen Kater vorgefunden, stinkend nach Schnaps und Sandelholz und den anderen Wohlgerüchen der fünf Huren aus der Stadt, die zusammen mit Jasmin die Gäste in der vergangenen Nacht bei der Junggesellenparty unterhalten hatten. Wie kam dieses Ding nur dazu, ihm einfach so auf die Bude zu rücken! Oder hatte sie vielleicht Gerüchte gehört und wollte ihn in flagranti erwischen?

»Die Missahib hat gehört, der Herr litte an einer Krankheit, und deshalb ist sie von Delhi an seine Seite geeilt, um ihn zu pflegen«, sagte Ismail und legte neue Unterwäsche aus.

Krankheit. Irgend etwas in der Art hatte sie gesagt. Wahrhaftig. Natürlich! Ein unschuldiges Wesen wie sie konnte mit Trunkenheit und ihren üblen Folgen keinerlei Erfahrungen haben. Sie hatte sich vorgestellt, er litte an irgendeiner Krankheit!

Mit verblüffender Einfachheit eröffnete sich ihm plötzlich ein Weg. Er hätte gelacht, wenn nicht die körperliche Anstrengung zu schmerzhaft gewesen wäre. Sie war allein hier, ungeschützt. In Lunjore gab es niemanden, den sie kannte, und sie konnte auch nicht über Nacht in diesem Haus bleiben, wenn sie nicht mit ihm verheiratet war. Er würde nach dem Padre schicken und ihm erklären, warum die Hochzeit sofort stattfinden müsse, damit der Ruf der jungen Braut geschützt blieb. Bis der Knoten straffgezogen war, mußte er das Märchen aufrechterhalten, daß er an einem Fieber litt. Besser konnte es ja gar nicht laufen!

Gestärkt und belebt durch diese Aussichten, stolperte er wieder zum Bett zurück und befahl Ismail, dem Padre Sahib sofort eine Nachricht zu schicken und ihn herzubestellen. Auch Colonel Moulson solle erscheinen. »Und schick mir den Barbier. Und sorg dafür, daß dieses Zimmer saubergemacht wird, und mach alle Fenster auf und lüfte ein bißchen – nein, nicht die Vorhänge aufmachen, du blöder, schwarzer Bastard! Ach, und halt mir die Missahib vom Hals, hörst du? Sag ihr, ich schlafe – bin im Badezimmer – irgendwas. Aber halt sie mir vom Hals. Und jetzt zack, zack – dalli, dalli!«

Der Padre, ein magerer, junger Mann, der schwache Augen hatte und an chronischer Malaria litt, gab sich große Mühe und konzentrierte sich auf die Erklärung, warum die junge Condesa so unerwartet angekommen und so ungeschützt war. Zitternd vor Fieber, stimmte er zu, daß eine sofortige Trauung die beste Lösung sei. Da der Bräutigam unglücklicherweise auch bei schlechter Gesundheit war, sollte die Zeremonie im Haus stattfinden. Er würde schon die notwendigen Vorkehrungen treffen, aber der Commissioner müsse für zwei Trauzeugen sorgen.

Drei Stunden später stand Sabrinas Tochter in dem kühlen, dämmrigen Wohnzimmer vor einem provisorischen Altar zwischen brennenden Kerzen und wurde mit dem Neffen von Emily und Ebenezer verheiratet.

Hamida hatte ihr Jasminblüten ins schwarze Haar gesteckt, und als sie ihr den zarten Brautschleier über den Kopf legte, hatte sie die Stirn gerunzelt und gesagt, weiße Schleier paßten besser zu Witwen als zu Bräuten.

Winter hatte Conway nicht mehr gesehen, bis Colonel Moulson

erschienen war und sie ins Wohnzimmer führte. Der Anblick Colonel Moulsons, den Winter nie gemocht hatte, wirkte wie ein Schock auf sie. Sie hatte vergessen, daß auch er in Lunjore sein würde, und obwohl sie wußte, daß er mit Conway bekannt war, hatte sie nicht erwartet, daß Colonel Moulson mit ihrem Verlobten so vertraut war. Anstelle Colonel Moulsons hätte sie lieber jeden anderen als Brautführer gehabt, außer Alex ...

Einen Augenblick lang sah sie Alex vor sich. Alex, der sie angelogen hatte, der versucht hatte, ihre Ehe mit Conway zu sabotieren. Nun, es war ihm nicht geglückt, und er spielte jetzt keine Rolle mehr. Was Colonel Moulson anbetraf, so mußte Conway wissen, daß sie ihn kennengelernt hatte, und nur aus Rücksicht hatte er den Colonel gebeten, anstelle irgendeines Fremden den Brautführer zu spielen. Conway konnte doch nicht wissen, daß sie jeden Fremden vorgezogen hätte.

Winter schaute Colonel Moulson jetzt an. Ihre blassen Wangen waren rosa, ihre Augen sehr strahlend und jung und ein bißchen verängstigt. Aber sie sah nicht den Colonel, sondern das altbekannte Bild von Conway, der goldhaarig und blauäugig in leuchtender Rüstung zwischen ihr und Cousine Julia und dem Unglück stand.

Das Bild verschwand auch nicht, als sie jetzt durch den Nebel ihres Schleiers den fetten älteren Mann mit den blassen, vorstehenden Augen anschaute, dessen Haar grau war, und der mit schlaffem, zukkendem Mund neben ihr stand oder kniete. Seine fleischigen, feuchten Finger waren so unsicher, daß er es nur mit Schwierigkeiten schaffte, ihr den Ring an den Finger zu stecken.

An diesem fetten Fremden war nichts Vertrautes. Aber er war Conway, und er war krank gewesen. So krank und so entstellt von Krankheit, daß er glaubte, sich vor ihr verstecken zu müssen. Das war genug Beweis für seine Liebe zu ihr und für seine Freundlichkeit. Die Veränderung war nur körperlich, und jetzt, wo sie da war, würde sie ihn pflegen und sich um ihn kümmern. Sie würde ihm helfen und ihn lieben, und bald genug würde er sich erholen und wieder kräftig werden. Sie blickte auf den Ring hinab, der ihr zu locker am Finger saß wie der erste Ring, den er ihr gegeben hatte. Und ihre Augen standen plötzlich voll glücklicher Tränen.

Durch den Schleier dieser Tränen und die zarte Weiße ihres Brautschleiers blickte sie zu ihrem Bräutigam auf und sah hinter seiner Schulter noch eine weitere Frau bei ihrer Trauung – eine junge Frau, zart und blond, mit riesigen, schattenhaften Augen und in einem seltsamen Kleid von ungewöhnlicher Mode. Aber es war nur das Licht gewesen, das durch die schweren Bambusvorhänge fiel, denn als Winter blinzelte, war niemand da, außer Colonel Moulson und einem Major Mottisham, dem Reverend Eustace Chillingham, dessen Augen schon fiebrig leuchteten, und Conway Barton . . ., der jetzt ihr Mann war.

Eine halbe Stunde später allerdings waren sehr viel mehr Menschen anwesend. Außerdem eine beträchtliche Menge an Champagner.

Zu Winters Kummer hatte sich Conway geweigert, ins Bett zurückzukehren.

»Bett? Blödsinn! So ein Blödsinn! Hab' mich im Leben noch nie besser gefühlt. Hab' dir doch gesagt, mit mir geht's bergauf. Man heiratet ja nicht alle Tage in der Woche. Ich hab' nach ein paar von meinen Freunden geschickt, und die kommen bald vorbei. Die wollen die Braut sehen. Du bist jetzt die First Lady des Commissioners, Schätzchen. Du mußt lernen, wie man Feste feiert. Hier, trink mal 'nen Champagner. Großartiges Zeug, bringt dich wieder auf die Beine. Wir haben hier einen guten Keller, das wirst du schon noch herausfinden. He, Rassul, bring mir noch 'ne Flasche!«

Er trank Winter zu und schaute sie abschätzend und wohlgefällig an. Jetzt, wo sie ihm sicher war, musterte er zum ersten Mal seine Braut und entschied, daß das Schicksal in der Tat freundlich mit ihm umgegangen war.

Wer hätte wohl glauben können, daß das unscheinbare, magere, eulenäugige Kind, das er vor sechs Jahren zum letzten Mal gesehen hatte, so hübsch werden würde? Winter war nicht ganz seine Kragenweite – in Indien gab es genug dunkelhaarige Frauen, und was Europäerinnen betraf, so zog er Blonde und Üppige vor. Aber sie war hübsch genug. Diese Augen waren herrlich, und wenn er auch nur ein bißchen von Frauen verstand, dann versprach dieser Mund eine sehr angenehme Hochzeitsnacht. Und ihre Figur – wenn das schmalgeschnittene Kleid nicht log, dann würde er wenig zu klagen haben.

»Fred hat mir gesagt, du wärst 'ne ziemliche Schönheit geworden«, sagte der Commissioner, »und, ehrlich, er hat recht gehabt! 'n Vermögen und 'ne echte Schönheit – ich hab' wirklich Glück gehabt.«

Er legte den Arm um Winters schlanke Hüfte und preßte sie. Der Champagner schwappte über den Rand seines Glases und klatschte auf seine Jacke.

Winter sagte aufgeregt: »Conway, bitte setz dich doch. Ich bin sicher, du kannst nicht kräftig genug sein, um zu stehen. Colonel

Moulson, bitte versuchen Sie ihn doch zu überreden, wieder ins Bett zu gehen.«

»Ihn überreden, zu Bett zu gehen?« rief Colonel Moulson, der seinen Champagner mit Brandy gewürzt und schon jetzt drei Gläser in schneller Folge hinuntergeschluckt hatte. »Sie sollten kaum Schwierigkeiten haben, ihn dorthin zu kriegen! Wenn ich an seiner Stelle wäre, dann läge die Schwierigkeit darin, mich aus dem Bett fernzuhalten – das alte Glücksschwein!«

Winter hatte die Anspielung nicht ganz verstanden, aber das rauhe, röhrende Gelächter, das darauf folgte, ließ Winter tief erröten. Mit schockiertem Widerwillen zog sie sich von dem Colonel zurück, und ihr schlanker Körper erstarrte vor Ekel. Aber Conway hatte nur gelacht und gesagt: »Dazu ha'm wir noch reichlich Zeit, Fred – reichlich Zeit!« Und dann kamen Kutschen an und Reiter, und der Raum hatte sich mit lauten Fremden gefüllt.

Es waren nicht viele gewesen – vielleicht alles in allem ein Dutzend. Nur zwei davon waren Frauen gewesen. Der Krach, das laute Gelächter, die Begrüßungen, die neugierigen, abschätzenden, starrenden Blicke und die Unverschämtheit der Männer verwirrten und beunruhigten sie, und die Frauen waren alle beide nicht von der Sorte, zu denen Winter sich hingezogen fühlte. Sie fühlte sich in Gegenwart der Frauen jung und steif und billig, und die beiden schienen Conway sehr gut zu kennen, denn sie sprachen ihn und jeden anderen Mann im Raum mit dem Vornamen an. Winter hatte deshalb Schwierigkeiten, herauszufinden, mit welchen Männern sie verheiratet waren.

Mrs. Wilkinson war klein, rund und hübsch, und sie machte kein Geheimnis daraus, daß sie Rouge benutzte. Sie klapperte mit einer ganzen Menge Armreifen, roch stark nach Veilchenessenz und hatte rollende blaue Augen und ein hohes, schrilles Lachen.

Mrs. Cottar dagegen war hochgewachsen und dünn, rothaarig, grünäugig und häßlich. Sie war außerordentlich elegant gekleidet, wenn auch ein bißchen aufreizend. Bei den Männern schien sie die große Favoritin zu sein. Ihre Bemerkungen wurden unfehlbar mit brüllendem Gelächter und Applaus begrüßt, aber da sie meistens geflüstert wurden, hörte Winter nur wenig davon. Die paar Worte, die sie verstand, sagten ihr nichts, und sie begriff deshalb nicht, warum die Herren so amüsiert waren. Aber die Männer hingen an Mrs. Cottars Mund, applaudierten ihr und sprachen sie mit »Lou« an.

Winter selbst stand still da. Auf ihrem Gesicht war ein kleines, starres, eingefrorenes Lächeln, und sie schaute Conway mit besorgten

Augen nach. Einmal, als ein besonders wüstes Gelächter auf einen von Mrs. Cottars etwas lauteren Sprüchen folgte, bemerkte Conway, daß seine Braut sich der allgemeinen Heiterkeit nicht anschließen konnte. Er drängte sie in aufmunternden Worten, doch nicht die kleine Unschuld zu spielen.

»Es is' unwahrscheinlich, daß sie lange eine bleibt. Nich' in deiner Gesellschaft, Con«, bemerkte Colonel Moulson mit einem Schluckauf.

»Fred, du verdammter Hurensohn«, protestierte der Bräutigam. Dann fügte er jovial hinzu: »Damit will ich nicht sagen, daß du nicht recht hättest.«

»Du willst doch jetzt, nach Jahren voll Champagner und selbstgebrautem Brandy, nicht etwa 'nen Geschmack für Milch und Wasser entwickeln, was?« sagte Colonel Moulson. »Das hätte ich nie von dir gedacht.«

»Es ist kaum anzunehmen, daß er seinen Weinkeller abschafft«, sagte Mrs. Cottar leise.

Ein weiteres, schreiendes Gelächter folgte, und der Commissioner grölte selbst mit.

Mrs. Cottar schaute zur Braut hinüber und runzelte die Stirn.

Louise Cottar besaß einen ätzenden, bösartigen Witz, und sie hatte ihrem eigenen Geschlecht gegenüber wenig Freundlichkeit. Die meisten Frauen erwiderten dann auch diese Haltung mit Abscheu. Aber viele Männer fanden Mrs. Cottar trotz ihres Mangels an Schönheit attraktiv und unterhaltsam. Und Mrs. Cottar genoß es, mit dem Feuer zu spielen, und hatte, was die Männer anderer Frauen betraf, keinerlei Gewissen. Dennoch, irgend etwas in Winters verwirrtem Blick erweckte einen Augenblick lang Lou Cottars Mitleid. »Con«, sagte sie mit gedämpfter Stimme, »du hättest es nicht tun sollen. Es ist nicht anständig.«

»Was soll nich' anständig sein?« wollte Mr. Barton wissen.

»Du bist nicht anständig. Welcher Teufel hat die Familie dieses Kindes nur geritten, als man sie zu dir geschickt hat? Das Ganze ist nicht mehr und nicht weniger als eine Vergewaltigung. Haben ihre Leute dich denn nicht gekannt?«

»Ich hab' verdammt gut dafür gesorgt, daß sie mich nicht kennengelernt haben!« sagte Mr. Barton und brüllte vor Lachen. Das Triumphgefühl war ihm zu Kopf gestiegen. Alles war vorüber – all die Warterei. Die ganze Arbeit. Er hatte ein Vermögen geheiratet. Er war ein reicher Mann. Ein reicher Mann und noch dazu ein verdammt cleverer Bursche! Er hatte das alles geplant, und alles war genau so gekommen, wie er es geplant hatte. Alles war wie am Schnürchen gelaufen. Clever!

Mrs. Cottar, die noch immer die unerwartete Betroffenheit spürte, ließ ihn stehen und sprach seine Frau an: »Sie müssen es zuerst ein bißchen verwirrend finden – Sie lernen so viele Menschen kennen, die Sie noch nie gesehen haben und die Ihren Mann alle so gut kennen. Aber bald werden wir Ihnen genauso vertraut sein, wie wir ihm vertraut sind. Sie dürfen nicht erwarten, daß das Leben in Lunjore lustig ist. Wir tun unser Bestes, aber wenn Sie nach dem, was Sie in Kalkutta und Delhi gesehen haben, hier ein fröhliches Leben erwarten, dann, fürchte ich, werden Sie von Lunjore böse enttäuscht werden.«

»Ach, ich habe nie erwartet, daß das Leben hier lustig wird«, versicherte Winter hastig. »Und ich weiß, daß Conway – Mr. Barton – viel zu überarbeitet sein wird, um viel Zeit für Unterhaltungen zu haben. Wenn es ihm wieder gutgeht.«

»Ist er denn krank gewesen?« fragte Mrs. Cottar überrascht. »Das wußte ich nicht. Aber ich habe ihn ja auch über eine Woche nicht mehr gesehen. Sie müssen wissen, das ist sehr ungewöhnlich. Wir alle treffen nämlich sehr oft zusammen. Ihr Mann war immer daran gewöhnt, regelmäßig jeden Donnerstag für seine ganz besonderen Freunde eine kleine Party zu geben, und Sie ahnen ja gar nicht, wie willkommen uns diese Partys während der heißen Jahreszeit immer gewesen sind. Den ganzen Tag in der Hitze zu Hause zu sitzen, das ist schon schlimm genug, aber es wäre unerträglich, auch jede Nacht zu Hause zu bleiben! Und hier ist es so angenehm kühl. Nur letzte Woche hatte ich eine Migräne, und deshalb konnte ich nicht kommen. Josh ist allerdings gegangen – das selbstsüchtige Ungeheuer.«

Lou Cottar sah, daß Winter sie wie gelähmt und verwirrt anschaute. Erklärend meinte sie: »Josh – Joshua – ist mein Mann. Der große Dunkle bei der Tür ...« Sie deutete mit ihrem Fächer hinüber.

Ganz langsam, als ob es ihr schwerfiele, sich auszudrücken, sagte Winter: »Aber ... aber Conway ... Mr. Barton ist krank gewesen, wissen Sie. Seit ... seit dem vergangenen August.«

»Krank? Ach, Blödsinn! Hat er Ihnen das gesagt? Dann hat er nur einen Witz gemacht. Vielleicht wollte er auch, daß Sie glauben, er sei krank vor Liebe.«

»Aber Mr. Carroll hat mir gesagt ...«

»Carroll? Meinen Sie Jack Carroll? Dann kennen Sie den also? Genauso würde Jack sich ausdrücken, wenn er sagen wollte, daß Con wieder einen von seinen Junggesellenpartys gegeben hat. Am nächsten Morgen waren sie ja alle melancholisch. Josh war es auf jeden Fall! Ich hab' ihm gesagt, das nächste Mal, wenn er wieder nach einer von Cons Junggesellenpartys nach Hause käme, dann könnte er seinen Rausch auf der Veranda ausschlafen. Ich fürchte, die Männer werden diese Partys schrecklich vermissen, jetzt, wo Con verheiratet ist. Aber ich hoffe, Sie wollen nicht unsere Dienstagabende abschaffen. Wir spielen, wissen Sie. Nicht um große Einsätze, aber es reicht, damit das Spiel spannend wird. Spielen Sie Karten?«

»Nein«, sagte Winter. »Nein, ich . . . ich habe noch nie . . .«

»Dann müssen wir Ihnen das beibringen. Und Sie brauchen nicht zu befürchten, daß Con zu überarbeitet ist, um an unseren unterhaltenden Abenden teilzunehmen. Im Gegenteil. Er ist die faulste Kreatur auf der ganzen Welt – und wir sagen es ihm auch immer wieder. Er läßt Alex Randall alle Arbeit tun, während er die Lorbeeren kassiert. Ziemlich schockierend – nicht, Con?«

»Hab' keine Ahnung, von was du redest, Lou, du alte Hexe. Aber ich bin bereit, mich schockieren zu lassen«, sagte Mr. Barton, der neben den beiden Frauen vor Anker ging. »Was gibt's denn? 'nen neuen Skandal?«

»Im Gegenteil. Einen ganz alten. Ich habe von dir geredet. Ich habe deiner Frau erzählt, daß du Alex Randall alle Arbeit machen läßt, während du das Lob dafür einstreichst.«

»Was'n daran schockierend?« wollte Mr. Barton wissen. »Randall liebt die Arbeit. Davon lebt der doch. Komischer Geschmack. Ich wär' ja 'n blöder Trottel, wenn ich mich für was krummlegen würde, was auch 'n anderer für mich tun kann. Ich hab' 'ne bessere Verwendung für meine Zeit, Schatz. Aber Alex ist ein kalter Fisch.«

»Oh nein, das ist er nicht«, sagte Mrs. Cottar mit einem schiefen Lächeln. »Da irrst du dich, Con.«

»Ha! Da irr' ich mich, was? Du mußt es ja wissen! Sprichst du aus Erfahrung, Lou?«

»Leider nein.«

»Das heißt, du hast deine Reize schon bei ihm ausprobiert, was?«

»Aber natürlich. Jede richtige Frau hätte das doch auch getan. Aber Alex verbindet das Geschäft nicht mit dem Vergnügen, und Lunjore ist Geschäft. Schade.«

»Nicht für mich«, meinte der Commissioner und hielt einem Diener sein leeres Glas hin, damit es neu gefüllt werden konnte. »Er kümmert sich um die Arbeit, und ich kümmere mich um den Spaß. Ist 'ne sehr zufriedenstellende Lösung, Lou, mein Schätzchen.« Er nahm einen großen Schluck und schaute hinab in das weiße, starre Gesicht seiner Frau. »Du darfst nich' vergessen, ich bin jetzt 'n verheirateter Mann. Muß mich zusammenreißen. Darf nich' mehr soviel vom rechten Pfad abweichen, was, Lou? Was, mein Zuckerpüppchen?« Er kniff seiner Frau ins Kinn und schlabberte dabei eine Menge Brandy über ihr Kleid.

Der Rest des Abends war für Winter ein Alptraum. Ein fürchterlicher, fiebriger Alptraum aus wirren Geräuschen und klingenden Gläsern, ein Alptraum, in dem sie kein einziges Wort von dem verstand, was gesagt wurde. Sie saß auf dem Sofa mit starrem Rücken und hoch aufgerichtetem Kopf, und auf ihrem Gesicht war ein kleines, starres Lächeln eingefroren. Sie antwortete, wenn man sie ansprach, aber ihre Stimme schien nicht mehr zu ihr zu gehören.

Die Sonne sank, und der Raum füllte sich mit Schatten. Lampen und Kerzen wurden angezündet, und man rollte die Bambusvorhänge vor den Fenstern auf, damit die kühle Nachtluft herein konnte. Aber der Krach ging weiter, und niemand verließ den Saal. Stunden später – so schien es wenigstens – wurde in dem großen Speisezimmer ein Essen serviert, und Winter saß neben dem Bräutigam am Kopf der Tafel. Ihr Gesicht war weiß und ihre Augen trocken. Sie lächelte mit steifen Lippen und versuchte, etwas von dem Essen hinunterzuzwingen, das man vor sie stellte. Trinksprüche wurden ausgebracht, und Reden wurden geschwungen, und noch immer saß sie da wie in Trance. Es schien, als ob ihr Körper zu einem leblosen Ding mit Gelenken geworden sei und als ob ihr Gehirn aufgehört hätte, zu funktionieren. Endlich packte sie jemand am Arm, und sie wachte auf und drehte sich steif um. Es war Mrs. Cottar.

»Verzeihen Sie, liebe Mrs. Barton, aber ich erwarte nicht, daß Sie daran gewöhnt sind, die Gastgeberin zu spielen. Wir warten darauf, daß Sie die Tafel verlassen«, erklärte Mrs. Cottar. »Wenn wir die Männer nicht bald ihrem Portwein überlassen, dann kommt diese Nacht keiner mehr ins Bett.«

Es war Mitternacht, ehe die Gäste abfuhren, und sie wären auch dann noch nicht gegangen, hätte nicht Major Mottisham, der zweite Trauzeuge, sich plötzlich wieder daran erinnert, daß dies eine Hochzeitsfeier war und keine Orgie. Er hatte eine kurze, wirre Rede voller entsetzlich eindeutiger Zweideutigkeiten von sich gegeben, und dann hatte er die Hochzeitsgäste in die Halle getrieben.

Winter stand auf der Veranda neben ihrem Mann, die Hände hingen ihr an den Seiten hinab, und auf ihrem Gesicht lag noch immer das eingefrorene Lächeln. Die Wagenräder rollten davon, die Pferdehufe zerwühlten den Kies. Endlich waren sie fort, und das Haus war still.

Der Garten war voller Mondlicht, und im Wohnzimmer stapelten die Diener die Gläser und entfernten die Zigarrenstummel, löschten die Lampen und bliesen die Kerzen aus. »Na, wir ham' ja vielleicht keine Hochzeit mit Abendkleidern gehabt«, sagte Conway, »aber mit Sicherheit war das 'ne tolle Feier. Man heiratet ja auch nicht jeden Tag im Leben, da kann man's genausogut genießen. Iß, trink und heirate! Das is'es doch, was, mein Zuckerpüppchen?«

Er schien offenbar eine Antwort zu erwarten, und Winter sagte mit steifer, ausdrucksloser Stimme: »Ich bin sehr müde. Ich glaube, ich gehe zu Bett, wenn es dir nichts ausmacht.«

»Na klar. Geh du schon mal ins Bett. Ich laß dich nicht lange warten!« Er lachte röhrend, und Winter drehte sich um und ging langsam und unsicher in ihr Zimmer, als ob sie und nicht Conway betrunken gewesen wäre.

Hamida wartete schon auf sie. Als sie das weiße Gesicht und den verwirrten Blick des Mädchens sah, war sie entsetzt. Aber Winter achtete überhaupt nicht auf Hamidas Worte, ja, sie hörte sie noch nicht einmal. Sie ließ sich auskleiden und baden und ins Bett bringen, noch nicht einmal wie ein Kind, sondern wie eine große Puppe. Ihre Welt – die Traumwelt, die sie in vielen Jahren aufgebaut hatte, für die sie geplant, nach der sie sich gesehnt, für die sie gelebt hatte – diese Welt lag in Trümmern um sie her, aber Winter konnte noch nicht einmal darüber nachdenken.

Endlich war es still. Der Krach, das Durcheinander von Stimmen, das bedeutungslose Gerede, die unverständlichen Witze, das brüllende Lachen und das Klingeln der Gläser hatten aufgehört, und sie war allein. Denn jetzt war sogar Hamida fort. Jetzt konnte sie vielleicht wieder denken – konnte weinen, um dem schrecklichen Schmerz in ihrem Herzen Erleichterung zu schaffen. Und dann öffnete sich die Tür, und Conway war da.

Winter setzte sich schnell auf, zog die Bettdecke bis unter den Hals, fragte sich dumpf, warum er hier war und was er ihr so spät in der Nacht noch sagen wollte. Sie hatte den Sinn seiner letzten Bemerkung nicht verstanden, und in dem wirren Alptraum der schrecklichen Hochzeitsparty hatte sie vergessen, daß Menschen, die verheiratet waren, das gleiche Bett teilten. Sie sah verständnislos zu, als er zu ihr herüberkam, bemerkte, daß er ein bißchen schwankte. Er stellte die Kerze auf den Nachttisch und begann, sich seinen Schlafrock auszuziehen. Und dann, ganz plötzlich, verließ Winter die Betäubung und wich der blanken Angst und dem wilden Schrecken.

Dieser Mann – dieser fette, abstoßende, widerliche, betrunkene

Fremde – würde mit ihr ins gleiche Bett steigen. Er würde sich neben sie legen – sie vielleicht berühren, küssen! Winter zog sich die Bettdecke bis zum Kinn hoch, und ihre Augen weiteten sich. Sie schauten riesengroß aus ihrem weißen Gesicht.

»Geh fort! Bitte, geh sofort weg!« Ihre Stimme war rauh vor Angst und Ekel. »Du kannst heute nacht nicht hier schlafen – nicht heute nacht. Geh weg!«

Conway stieß ein betrunkenes, zustimmendes Kichern aus. »Willst du mich auch noch necken, du scheue kleine Jungfrau? So sollte es sein! Aber jetzt bist du 'ne Frau.« Er schaute sie mit seinen rotgeränderten Augen an, und ein Ausdruck glitzerte darin, den sie schon einmal gesehen hatte. Ein Ausdruck, der in Carlyons Blick gelegen hatte.

»Tatsächlich, du bist doch 'ne Schönheit!« Die schwammige, belegte Stimme hatte einen leisen Unterton von Ehrfurcht. »So'n Vermögen wär's wert gewesen, 'ne häßliche Kreatur zu heiraten. Aber auch noch 'ne Schönheit gratis dazu zu kriegen, das ist einfach . . .!«

Er streckte eine zittrige, unsichere Hand aus und ergriff eine lange Strähne des schwarzen, gelösten Haars. Winter schlug mit Wut und Angst auf diese Hand ein.

»Faß mich nicht an! Wag es nicht, mich anzufassen!«

Conway warf sich über das Bett auf sie, und Winter riß die Laken zur Seite und sprang hinaus. Dieselbe entsetzte, zitternde Angst war in ihr, die sie auch verspürt hatte, als Carlyon sie an der Tür ihres Zimmers in der Poststation angeschaut hatte. Aber ihr Mann packte sie jetzt mit seinen schwammigen Fingern an den Haaren und riß sie brutal zurück. Sie stürzte und war gefangen. Und diesmal gab es kein Entrinnen.

26

Alex war stark und kräftig, und Niaz besaß genug Kenntnisse über solche Dinge wie Gehirnerschütterungen und gebrochene Schlüsselbeine, um mehr als angemessen mit der Situation fertig zu werden. Er stellte fest, daß die Verletzung nicht ernst war, zog Alex vorsichtig die Jacke aus und richtete das Schlüsselbein wieder ein. Dann umwickelte er die Schulter fest mit seinem Pagari, seinem Turban. Eine Stunde später lag Alex in der Hütte des Dorfältesten in einem kleinen Dorf, das sie erst vor kurzer Zeit passiert hatten, und eine zerknitterte alte Frau, die sich mit Heilkräutern auskannte, versorgte ihn.

Vierundzwanzig Stunden später wachte der Verletzte mit einem wilden Kopfschmerz auf. An die vergangenen Wochen konnte er sich nicht mehr erinnern; das letzte, das ihm noch einfiel, war die Reise von Kalkutta in den Norden. Er mußte wohl bei dem Unfall irgendeine Verletzung erlitten haben, und Niaz, der diese Erinnerungslücke bemerkte, tat nichts, um sie wieder zu füllen. Der Instinkt sagte ihm, daß Alex, wenn er sich daran erinnerte, was er eigentlich hatte tun wollen, gleich wieder losreiten würde. Da es aber nicht dringend nötig war, zu irgendeiner bestimmten Zeit nach Lunjore zu kommen, mußte man Alex einfach dazu überreden, zu bleiben, wo er war, und stillzuliegen. Die Drogen der alten Hexe halfen ihm dabei. Alex war schläfrig und hatte Schmerzen, und er trank das Gebräu gehorsam und schlief. Hin und wieder wachte er auf, grinste Niaz an und schluckte das Kräutergebräu. Die heiße Milch, die man ihm anbot, nahm er. Dann schlief er weiter.

Erst am Morgen des sechsten Tages, als die ersten leuchtenden Sonnenstrahlen ihn weckten, erinnerte er sich an Delhi und alles, was dort passiert war. Er brauchte eine ganze Weile, um nachzurechnen, wieviel Tage schon vergangen waren, seit er hinter Winter und Carlyon hergeritten war. Aber dann richtete er sich auf seinem unverletzten Arm auf und fluchte auf Niaz. Er hätte ihn nicht da liegenlassen, sondern auf ein Pferd setzen und nach Lunjore bringen sollen. »Hätte ich das wirklich getan, so wäre es dir übel ergangen«, sagte Niaz unbewegt.

»Sattele die Pferde. Wir reiten sofort los.«

»Nach Delhi?«

»Nach Lunjore.«

Niaz schüttelte den Kopf. »Wenn wir heute reiten, wirst du nur zwei Koss – vier Meilen – schaffen. Drei auch, mag sein, aber nicht mehr. Warte hier noch einen weiteren Tag, und ich will nach Delhi reiten. Ich sende ein Wort an Fraser Sahib in Delhi und auch an Barton Sahib, daß dir ein Unfall begegnet ist und du nicht kommen kannst. Es tut nicht not, daß du nach Delhi und zurück reitest. Ich werde gehen. Und morgen, wenn ich zeitig zurückkehre, morgen werden wir nach Lunjore weiterreisen.«

»Wir reiten heute, und zwar in einer Stunde«, sagte Alex. Niaz betrachtete ihn gedankenverloren und sagte dann mit gleichgültiger Stimme: »Ich habe einen Mann ausgesandt, um an der Furt Neuigkeiten einzuholen. Der Fluß fiel vor drei Tagen, und der Lord Sahib kehrte mit Kutsche und Pferden und seiner Dienerschaft zurück. Sie gingen nach Delhi.«

Alex schaute Niaz einen langen Augenblick an. Dann sagte er: »War die Lady Sahib bei ihm?«

»Nein. Sie hat Freunde auf dem Weg getroffen und ist mit ihnen nach Lunjore weitergereist.«

Alex legte sich langsam wieder auf das Bett und starrte zu dem rauchgeschwärzten Dach auf. Er schwieg so lange, daß Niaz sich endlich räusperte und vorsichtig meinte: »Reiten wir heute?«

»Nein.« Alex schloß die Augen. »Ich werde hier warten. Hol unsere Ausrüstung aus Delhi.« Er drehte sich um, das Gesicht zur Wand, und sagte nichts mehr.

Niaz kam zwei Tage lang nicht zurück, und in diesen beiden Tagen hatte Alex genug Zeit zum Nachdenken. Seine Schulter schmerzte noch immer und auch sein Kopf, aber das Schwindelgefühl war vergangen. Er trank nichts mehr von den Drogen der alten Frau, und sein Gehirn war klar. Wenn Winter wirklich Freunde auf dem Weg getroffen hatte, dann mußte sie Lunjore schon vor Tagen erreicht haben, und es gab nichts mehr, was Alex noch tun konnte. Um diese Zeit hatte sie sicher schon herausgefunden, was für ein Mann Conway Barton war, und wahrscheinlich wohnte sie bei ihren Freunden, bis sie wieder nach England zurückkehren konnte.

Ob Alex es wünschte, daß sie dorthin zurückkehrte, stand auf einem ganz anderen Blatt. Er hatte sich immer von Bindungen an irgendwelche Frauen freigehalten. Frauen in einem solchen Klima, in einem solchen Land, das ging einfach nicht. So, wie die Dinge im Augenblick in Indien standen, hielt Alex eine Ehe für etwas, dem man aus dem Weg gehen mußte. Sollte es jemals einen größeren Aufstand in diesem Land geben, dann stellten alle Frauen ein tödliches Handicap dar. Alex konnte sich gut vorstellen, daß einmal eine Zeit kommen würde, wo ein Mann von ganzem Herzen wünschte, es hätte nie so etwas wie eine Frau in seinem Leben gegeben.

Winter . . . Wenn er sie wiedersah, sollte er versuchen, sie von der Abreise nach England abzuhalten, oder sollte er sie ziehen lassen? Er wußte es nicht. Vor kaum mehr als einer Woche wäre er dankbar dafür gewesen, sie gehen zu sehen. Aber das war gewesen, ehe er sie geküßt hatte. Er hatte schon andere Frauen geküßt, oberflächlich und manchmal leidenschaftlich, und er hatte sie vergessen. Aber Winters warme, schlanke Gestalt in seinen Armen, die fühlte er noch immer, und einen langen Augenblick hatte er das Gefühl gehabt, daß sie mit ihm verschmolz und ein Teil seiner selbst wurde. Jeder Pulsschlag, jeder Atemzug von Winter war wie sein eigener gewesen.

Winter hatte von ihrer Liebe zu Conway gesprochen, aber ihr Körper hatte sie verraten. Wenn ihre Liebe zu Conway tiefer gewesen wäre als die romantischen Phantasien eines einsamen Kindes – dann wären ihr Alex' Umarmungen und Küsse unerträglich gewesen. Aber das war nicht der Fall. Einen langen, langen Augenblick war das nicht so gewesen . . .

Hinter seinen geschlossenen Augenlidern sah Alex das junge, herzförmige Gesicht und die dunklen Augen, die so unsicher waren. Einen Augenblick lang waren sie so randvoll von Hoffnung und Glück und im nächsten Augenblick so still und so vorsichtig und manchmal so voller Angst. Sie hatte gelernt, ihr Gesicht zu beherrschen. Eine Würde, eine Ruhe und Beherrschung zu zeigen, die ihren Jahren nicht gemäß war. Sie hatte gelernt, das Kinn hochzuhalten, aufrecht zu gehen und Einsamkeit und Hoffnung und Schmerz zu verbergen. Vielleicht würde sie es mit der Zeit lernen, diese Gefühle auch mit den Augen nicht zu zeigen, es sei denn, Glück und Sicherheit ersparten ihr das. Aber er, Alex, war der letzte, der ihr Glück und Sicherheit bieten konnte. Er würde sie nicht wiedersehen, und nach allem, was er wußte, hatte sie vielleicht Lunjore schon verlassen. Er hätte sich einfach weigern sollen, sie in dieses Land zu bringen. Dennoch, wenn er sich mit dem Commissioner gestritten hätte . . . Wieder einmal stellte er fest, daß er zwischen zwei Stühlen saß.

An den Abenden, wenn die Kochfeuer angezündet wurden, kamen der Dorfälteste und ein paar andere alte Männer und hockten sich an seiner Tür nieder, um ihre Wasserpfeifen zu rauchen und mit ihm zu reden. Ihre Worte verstand Alex. Oft, sehr oft hatte er den alten Männern zugehört – den Gesprächen über die wichtigen Probleme des Dorflebens. Über die Ernte, das Austrocknen eines Brunnens, den Schaden durch das Wild, die schlechte Regenzeit, Diskussionen über eine Aussteuer – von der die Hälfte noch nicht gezahlt war, und über die verzwickten Fragen des Weiderechts. Dies war das Indien, das Alex liebte und kannte und das er soweit verstand, wie ein Europäer die Gefühle Indiens verstehen kann.

Für Alex waren Indien und die Dörfer eins. Der Bauer, der Hirte, Hunderte und Aberhunderttausende von kleinen, bescheidenen Dorfgemeinschaften, deren Lebensweise sich in den langsamen Jahrhunderten nicht verändert hatte, seit Alexander von Mazedonien mit seinen Kriegern die Pässe heruntergekommen war, um dieses unbekannte Land zu erobern, das schon alt war, als Griechenland noch nicht existierte. Die Städte liebte Alex nicht, denn sie zeigten ihm alles, was schlecht war am Osten, und er konnte niemals durch eine Stadt reiten, ohne Schrecken, Mitleid oder Verzweiflung zu spüren.

Der Anblick des Schmutzes und der Krankheit war etwas, das er nicht akzeptieren konnte. Die nackten, halbverhungerten Kinder der Armen mit ihren spindeldürren Beinen, den aufgeblähten Bäuchen und den wunden Augen, um die die Fliegen schwärmten, die elenden Krüppel, die in der Gosse um Brot bettelten, die nasenlosen, augenlosen Leprakranken, die in Horden durch die schmalen Straßen wanderten, kamen Alex wie eine Beleidigung Gottes vor. Irgendwie fühlte er sich persönlich verantwortlich dafür. Und kaum weniger schrecklich war ihm der Anblick armer Tiere, die verhungerten, die krank waren oder verletzt und die man langsam und in Qualen sterben ließ, weil niemand die Sünde des Tötens auf sich nehmen wollte.

Die Dörfer hatten ihre eigenen Fehler. Die Ackerbaumethoden veränderten sich nicht. Die Menschen lernten nie etwas Besseres, und sie wollten es auch nicht. Was gut genug war für ihre Vorväter, das war auch gut genug für sie, und so lebten sie immer mit dem Gespenst des Hungers, das ihnen über die Schulter grinste. Aber sie arbeiteten hart, und es waren freundliche Menschen. Und Alex hörte ihnen jetzt zu, und er fühlte sich ruhiger und friedlicher, als er sich viele Tage lang gefühlt hatte.

Am nächsten Morgen verließen sie nach einem reichlichen Frühstück das Dorf. Sie legten den Rest der Reise in kürzeren Etappen zurück, als sie das normalerweise getan hätten, denn Alex stellte fest, daß die langen Stunden im Sattel ihn sehr ermüdeten. Winter war deshalb schon eine Woche verheiratet, als Alex die lange, staubige Straße hinabritt, die an der Residenz vorbei zu seinem eigenen Haus führte.

Sein lampenerhellter Bungalow war angenehm kühl nach der Hitze der staubigen Straße, und Alam Din, der sowohl Butler als auch Träger war, hatte schon eine Mahlzeit vorbereitet. Alex war an diesem Tag weniger als dreißig Meilen geritten, aber er war unerträglich müde und ärgerte sich deswegen über sich selbst. Er hatte vorgehabt, sofort zu Bett zu gehen und dem Commissioner am nächsten Morgen zu berichten, aber Mr. Barton hatte einen Diener hinübergeschickt und sagen lassen, er wünsche Alex noch am gleichen Abend zu sehen.

Unter dem luftlosen Torbogen zur Residenz hing ein schwacher, wohlbekannter Geruch. Ein Geruch, der sich von dem Genisch aus Staub, gewässerter Erde, Mauerwerk, Bougainvilleas, der heißen Lampe und dem billigen Tabak in der Hookah von Akbar Khan deutlich unterschied. Es war ein fader, fast tierischer Geruch, der an einen ungewaschenen menschlichen Körper erinnerte. Alex fiel der Geruch der nackten, aschenbeschmierten Bairagis in der unterirdischen Kammer in Khanwai wieder ein. Seine Augen wurden schmal, und er sagte leise: »Akbar Khan, wer sitzt dort drinnen und verhält sich so ruhig? Sag ihm doch, er soll herauskommen.«

Das Gesicht Akbar Khans, des Torwächters, veränderte sich nicht. Er schaute Alex milde und unterwürfig an, und seine Stimme klang leicht abwertend. »Es ist nur meine Frau, Herr. Sie hat Öl für die Lampe gebracht, und da sie hörte, wie der Herr herantrat, hat sie sich versteckt. Es ist dunkel, daher kam sie ohne Schleier heraus.«

Alex schaute ihn gedankenverloren an. Instinkt – Instinkt und dieser schwache, übelkeiterregende Geruch sagten ihm, daß der Mann log. Aber wenn es wirklich Akbar Khans Frau war, die dort in der Dunkelheit lauerte, dann würde es auf große Mißbilligung stoßen, wenn er sie zwang, unverschleiert ins Lampenlicht zu treten.

»Sag deiner . . . Frau«, meinte Alex grimmig, »es ist unklug, selbst bei Nacht so herumzulaufen. Denn andere außer mir sehen sie vielleicht auch. Und reden darüber.«

Die Drohung kam bei Akbar Khan an. Seine Augen zuckten für den Bruchteil einer Sekunde zur Seite, und dann grüßte er und machte wie zustimmend eine tiefe Verbeugung. Alex ging durch und dachte an Khanwai und an die seltsame Versammlung unter dem Banyam-Baum, die er zufällig vor einem Jahr beobachtet hatte. Moslems – und Akbar Khan war ein orthodoxer Moslem – verkehrten nicht mit heiligen Männern der Hindus . . . Dennoch war der habichtgesichtige Mann bei der Versammlung in Khanwai ein Moslem und ein Mullah gewesen. Alex blieb auf der dunklen Einfahrt stehen und drehte sich halb um, als ob er zurück wollte. Aber dann überlegte er es sich anders. Als er die Stufen zur Veranda hinaufstieg und ins Wohnzimmer des Commissioners geführt wurde, war sein Gesicht noch immer finster, und er war noch immer tief in Gedanken.

Der große Raum war hell erleuchtet und leer, und irgend etwas an dem Zimmer war ungewöhnlich. Es war nicht länger das unordentliche, etwas zu pompös eingerichtete Zimmer, das er kannte. Die Möbel waren umgestellt worden, und es war sauber, und nicht weniger als drei Vasen mit Blumen standen da. Alex schaute abwesend und mit finsterer Miene einen Strauß orangefarbene Lilien und gelben Jasmin an, und er war in Gedanken noch immer bei Akbar Khan. Da öffnete sich am anderen Ende des Zimmers eine Tür, und als er aufschaute, sah er Winter.

Er hätte darauf vorbereitet sein sollen, aber er war es nicht. Er war sich so sicher gewesen, daß sie trotz ihrer Jugend zuviel Charakter und Mut hatte, um sich unter den gegebenen Umständen in diese Ehe zwingen zu lassen. Besonders, nachdem sie den Mann erst einmal gesehen hatte, mit dem sie verlobt war. Alex hatte gedacht, sie könne vielleicht noch immer in Lunjore sein, aber er hatte es für wahrscheinlicher gehalten, daß die Freunde, die sie auf dem Weg getroffen hatte, ihr bereits wieder die Rückkehr zu den Abuthnots oder nach Kalkutta ermöglicht hatten, und dafür konnte Alex nur dankbar sein. Daß sie aber diesen ekelhaften Wüstling geheiratet haben könnte, das war – das mußte einfach unmöglich sein. Auf diesen Anblick war er nicht vorbereitet.

Winter hatte nichts von Alex' Rückkehr gewußt. Conway hatte nicht daran gedacht, das zu erwähnen, und sie hatte sich auch nicht vorgestellt, daß sie ihn jemals wiedersehen müsse. Ihr Mann saß mit zwei Freunden bei einer Flasche Wein, und sie war ins Wohnzimmer gegangen, um eine Handarbeitsschere zu holen. Sie hatte die Tür geöffnet und Alex gesehen . . .

Sie standen ganz still und schauten einander an; ihre Gesichter waren weiß und erstarrt vor Schrecken, und ihre Augen waren groß und still und ungläubig. Im Zimmer war eine Uhr – ein massives Ding aus Marmor mit Vergoldungen. Das Pendel schwang hin und her und zählte die tickenden Sekunden in die Stille. Das Geräusch schien immer lauter und lauter zu werden. Alex streckte mit der tastenden Geste eines Blinden die Hand aus, ergriff eine Sessellehne und hielt sich daran fest. Winter sah, wie seine Knöchel weiß durchschimmerten. Sie sah auch, daß auf seiner Stirn helle Schweißtröpfchen standen.

Ihre eigenen Finger klammerten sich um den Türknopf. Sie packte verzweifelt zu, als ob sie gegen eine Sintflut von Scham und Verzweiflung kämpfte, die der Scham und Verzweiflung ihrer Hochzeitsnacht gleichkamen. Alex hatte ihr die Wahrheit über Conway gesagt, und sie hatte ihm nicht geglaubt. Er hatte getan, was er konnte, um sie daran zu hindern, mit offenen Augen ins Verderben zu laufen, und es war unerträglich, daß sie ihm jetzt gegenüberstehen mußte.

Alex sagte grob: »Haben Sie ihn geheiratet?«

»Ja.« Das Wort war kaum mehr als ein Atemzug.

»Warum?«

Winter antwortete nicht, aber sie bewegte den Kopf in einer ganz leichten, hilflosen Geste, die ihre Hoffnungslosigkeit andeutete. Irgend etwas in dieser kleinen, verzweifelten Bewegung tat Alex weh. Es war ein wilder Schmerz, der genauso körperlich war wie die Berührung mit einem heißen Eisen. »Haben Sie das getan, weil Sie niemand anderen hatten, zu dem Sie gehen konnten? Sie hätten doch . . .« Er hielt abrupt inne, denn er begriff, daß alle Fragen oder Antworten nutzlos waren. Was spielten die Warums und die Weshalbs jetzt noch für eine Rolle? Es war geschehen. Seine Hand krampfte sich noch eine weitere Sekunde um die Sessellehne, und dann ließ er los. Sein Kopf schmerzte wie wahnsinnig, und plötzlich war es eine übermenschliche Anstrengung, aufrecht zu stehen. Mit seltsamer, förmlicher Stimme sagte er: »Ich nehme an, ich muß Ihnen jetzt gratulieren. Wollen Sie mich bei Ihrem Mann entschuldigen? Er hat nach mir geschickt, aber ich hatte einen etwas ermüdenden Tag hinter mir, und ich bin sicher, er wird mir verzeihen, wenn ich die Unterredung bis morgen früh verschiebe. Gute Nacht.«

Er drehte sich auf dem Absatz um, und Winter hörte, wie er stolperte, als er die Stufen zur Veranda wieder hinabstieg. Dann verklangen die Schritte, und nur noch die Uhr tickte lauter und lauter.

Alex war fort. Sie hatte ihn gehen lassen, obwohl sie ihn hätte aufhalten können. Selbst jetzt, wenn sie hinter ihm her lief, half er ihr vielleicht noch. Er konnte ihre Ehe nicht auflösen. Das war unmöglich. Aber er würde ihr die Hilfe nicht verweigern. Er würde irgend etwas tun – sie wußte nicht, was – aber irgend etwas. Aber wie konnte sie ihn jetzt noch bitten, nach dem, was in Delhi passiert war? Nach den Beleidigungen, die sie ihm an den Kopf geworfen hatte. Sie konnte nur hoffen, daß sie ihn nie wieder sehen mußte. Und einen anderen, an den sie sich wenden konnte, gab es nicht.

Amira hatte ihr gesagt, sie könne im Augenblick nicht in das Gulab Mahal. Nach Delhi konnte sie auch nicht, weil Carlyon dort war. Sie hatte außerdem kein Geld und keine Möglichkeiten, Geld zu bekommen, denn Conway hatte ihre Juwelen und die anderen Wertsachen an sich genommen. Er hatte gesagt, solche Dinge solle man besser verschließen. Und selbst Hamida war fort . . .

Am Morgen nach ihrer Hochzeit war Winter aus dem tiefen Schlaf völliger geistiger und körperlicher Erschöpfung aufgewacht. Ein schwerer Arm hatte über ihr gelegen, das Gewicht dieses Armes hatte ihre Brust zusammengequetscht, und neben ihr schnarchte mit offenem Mund ihr betrunkener Bräutigam. Er hatte gestöhnt und den Kopf auf dem Kissen hin und her gerollt, er hatte sich bewegt, aber er war nicht aufgewacht. Und Winter war schaudernd unter diesem Arm hervorgekrochen, hatte sich aus dem Bett geschleppt und war, schwindlig, verletzt, krank vor Ekel und Verzweiflung und eingehüllt in eine Stola, ins Ankleidezimmer gestolpert und hatte die Tür hinter sich verriegelt.

Hamida hatte dort schon auf sie gewartet, und Winter hatte sich, zitternd, mit trockenen Augen und voller Verzweiflung, an sie geklammert. Aber offensichtlich hielt Hamida solche Dinge für einen Teil des normalen Lebens. Sie selbst, sagte sie, sei viele Jahre jünger gewesen als Winter, als sie geheiratet hatte, und ihr Mann sei ein wollüstiger Kerl gewesen – ein wahrer Bär! Hamida habe vor Schrecken in der Hochzeitsnacht geschrien und noch viele Tage danach geweint und gezittert. Ehemänner, so sagte Hamida, seien oft grob und brutal im Ehebett, aber Frauen müßten solche Dinge ertragen und lernen, ihren Herren zu gefallen. Denn sonst wendeten sich ihre Herren zu anderen Frauen.

Hamida hielt Winter einen Vortrag über die Pflichten der Ehefrau. Eine Ehefrau müsse sich ihrem Mann unterwerfen und durch Sanftheit, Duldsamkeit und Gehorsam sein Wohlwollen gewinnen. Eine Ehefrau müsse ihren Mann immer wie einen Gott betrachten, ihm immer ihre volle Aufmerksamkeit schenken und sich durch Unfreundlichkeiten nicht bekümmern lassen. Und wenn ihr Mann ihr drohe, sie mißbrauche, sie ungerechtfertigt schlage, dann müsse sie demütig sein und um seine Vergebung bitten, anstatt laut zu schreien und aus dem Haus zu laufen.

Winter hatte Hamidas Stimme wie betäubt zugehört, aber nur eins war hängengeblieben – sie war jetzt verheiratet, und das konnte man nicht ändern. Hamida hatte recht. Aber innerhalb einer Woche war Hamida fort.

Es war die runde, angemalte Frau, die im Frauenhäuschen hinter den roten Poinsettias und den Pfefferbäumen im Park wohnte. Jasmin hatte in Hamida eine Feindin erkannt und Schritte unternommen, sie loszuwerden. Conway hatte seiner Frau befohlen, Hamida sofort zu entlassen, denn eine Außenseiterin konnte unter den anderen Dienstboten nur Ärger stiften.

Winter hatte sich einfach geweigert, sich von Hamida zu trennen, und Conway in seinem Zorn hatte die Geduld verloren und Dinge gesagt, die Winter auch die letzten Fetzen von Illusionen nahmen. Am nächsten Tag war Hamida krank geworden, und sie hatte Winter zugeflüstert, ihr Essen sei vergiftet worden. »Hab keine Angst, Kind. Ich habe nur wenig gegessen, und morgen wird mir wieder wohl sein. Aber jetzt muß ich mein eigenes Essen kochen, darf ich niemanden in die Nähe lassen, so daß sie es nicht noch einmal versuchen können.«

Aber Winter wollte nichts davon hören. Sie wollte Hamidas Leben nicht in Gefahr bringen und schickte sie fort. Und mit Hamida ging ihre einzige Verbindung, die sie mit der Außenwelt hatte. Vielleicht würden die Gardener-Smiths ihr helfen. Vielleicht würden sie ihr Geld leihen, so daß sie nach England, nach Wair zurück konnte. Nach Wair! Sie hätte nie geglaubt, daß sie es sich je wünschen könnte, dorthin zurückzukehren, aber alles – alles – war besser als das Leben in diesem schrecklichen Haus mit diesem groben, fetten, brutalen Fremden, der ihr Mann war und der ihr wütend ins Gesicht geschrien hatte, daß er sie nur wegen ihres Geldes genommen hatte.

Alex Randall war noch immer nicht zurückgekehrt, und Winter konnte nur dankbar dafür sein, daß ihr die Blamage, ihn wiederzusehen, erspart blieb. Conway hatte erwähnt, er hätte einen Unfall gehabt, aber Winter hatte das nicht geglaubt. Sie war sicher, daß Alex es nach dem Zwischenfall in Delhi vorziehen würde, nicht nach Lunjore zurückzukehren. Wahrscheinlich sorgte er jetzt dafür, daß er an einem anderen Ort stationiert wurde. Er hatte ja die Braut seines Chefs geküßt, und er war von ihr der Eifersucht und der Lüge bezichtigt worden. Nein, er würde nicht nach Lunjore zurückkehren wollen, und sie würde ihn nicht wiedersehen.

Blieben noch die Gardener-Smiths. Sie brachten die Neuigkeiten von Lottie Abuthnots Hochzeit und verloren keine Zeit, sich mit dem Commissioner bekanntzumachen. Mrs. Gardener-Smith war höchst liebenswürdig zu Mr. Barton, und Mr. Barton, dem ihre Tochter Delia in die Augen stach, überschlug sich geradezu vor Liebenswürdigkeit. Mrs. Gardener-Smith war angenehm beeindruckt, und sie begriff gar nicht, warum seine Braut so schlecht aussah. Das Mädchen war ja um zehn Jahre gealtert. Sie hielt sich allerdings sehr gerade, und sie war sehr an Neuigkeiten über Lotties Hochzeit interessiert. Winter besuchte Mrs. Gardener-Smith am folgenden Tag, aber die Unterredung, die folgte, war für beide schmerzlich gewesen.

Mrs. Gardener-Smiths Ansichten über die Ehe ähnelten außerordentlich den Ansichten Hamidas. Sie hatte nicht nur keinerlei Mitgefühl gezeigt, sie war sogar schockiert gewesen. Natürlich tranken alle Männer! Gelegentlich tranken sie auch zuviel und benahmen sich entsprechend. Aber Damen erwähnten solche Dinge doch nicht. Sie schauten weg. Und was die Bitte betreffe, Winter dabei zu helfen, ihren Mann zu verlassen, so wolle sie mit solch einer Ungeheuerlichkeit nichts zu tun haben. Die Gründe, die Winter genannt habe, seien völlig unbedeutend. Selbst wenn Winter verrückt genug sein sollte, wegzulaufen, so würde sie nicht weit kommen. Das Gesetz sei auf

Mr. Bartons Seite, und man könne sie zwingen, zurückzukommen. Mrs. Gardener-Smith sei schockiert, daß die liebe Winter so unbeherrscht sei, um so etwas auch nur zu denken. Sie müsse doch wissen, daß sie jetzt nicht länger ein kopfloses Mädchen, sondern eine verheiratete Frau sei, und in der Ehe habe man Verantwortung . . .

Als die Gardener-Smiths wegfuhren, war auch Winters letzte Hoffnung vergangen. Mrs. Gardener-Smith hatte recht, wie auch Hamida recht gehabt hatte. Sie hatte Conway geheiratet, und sie konnte nicht einfach weglaufen. Es würde auch nie weit genug sein, denn man würde sie immer wieder zu ihrem rechtmäßigen Mann schicken. Sie war in das große, weiße Haus zurückgekehrt, das jetzt ihr Zuhause war, und sie hatte gedacht, es sei unmöglich, daß noch schlimmere Demütigungen und noch größere Hoffnungslosigkeit sie erwarten könnten. Bis sie am Abend des gleichen Tages die Tür zum Salon geöffnet und Alex Randall gesehen hatte. Da wußte sie, daß sie sich geirrt hatte.

In den langen Tagen und Wochen danach hatte Winter Alex nur selten gesehen und nie mit ihm gesprochen. Er hatte Lunjore nicht verlassen, und Winter, die einmal vorgehabt hatte, Conway dazu zu bringen, ihn wegzuschicken, war jetzt fast froh darüber. Die Tatsache, daß er da war, selbst wenn sie nicht mit ihm sprach und ihn nicht sah, war seltsam tröstlich. Er war das einzige starke Glied in einer verrotteten, rostigen Kette. Wenn das Leben jemals unerträglich wurde, dann war Alex da. Er wenigstens würde sich nicht weigern, ihr zu helfen. Er kannte Conway.

Alex verbrachte einen großen Teil seiner Zeit damit, die Außenbezirke zu bereisen. Wenn er nicht auf Tour war, dann vermied er es, die Wohnräume in der Residenz zu betreten. Aber er war oft im Büro des Commissioners, und dann hörte Winter das Gemurmel seiner gleichmäßigen Stimme, die immer beherrscht klang wie bei einem Erwachsenen, der einem verwöhnten, dummen und widerspenstigen Kind geduldig und taktvoll eine Tatsache erklärt. Winter bemerkte, daß Alex sein Temperament hart an die Kandare nahm, und oft fragte sie sich, warum er sich diese Mühe machte. Mrs. Cottars Bemerkung, daß Randall die Arbeit tat, während Mr. Commissioner Barton den Ruhm einstrich, stellte sich bald als völlig richtig heraus.

Conway arbeitete sehr wenig, er war damit zufrieden, den größten Teil seiner Pflichten in Alex' Hände zu legen. Er unterschrieb die Papiere, die Alex ihm vorlegte, und er stimmte Entscheidungen zu, die Alex gemacht hatte. Dabei bildete er sich noch ein, daß diese Entscheidungen seine eigenen waren.

Der Generalgouverneur plante eine ausgedehnte Reise durch das Land, und dabei kam er auch durch Lunjore. Der Commissioner witterte sofort die Möglichkeit, geadelt zu werden. Die Aussicht darauf, nicht nur als reicher Mann in Pension zu gehen, sondern als »Sir Conway«, war genau das richtige für seine Eitelkeit. Er entschloß sich, seinen Posten erst im nächsten Jahr niederzulegen. Allerdings hörte er auf, sich auch nur oberflächlich für die Angelegenheiten Lunjores zu interessieren, und Alex' Arbeit wurde dadurch sehr erleichtert. Er konnte dadurch auch mehr Zeit in Lunjore selbst verbringen und mußte weniger über Land.

Da der Commissioner jetzt im Besitz eines großen Vermögens war, feierte er noch öfter, und die Residenz war immer voller Gäste. Er bestellte neue Möbel aus Kalkutta, so daß sein Haus auch einen Generalgouverneur und sein Gefolge aufnehmen konnte, und er redete davon, einen neuen Flügel anzubauen. Er war stolz auf Winters Aussehen und Haltung, aber als Frau war er ihrer schnell müde geworden. Sie hatte nie wieder geschrien und geweint und gegen ihn gekämpft, aber der passive, starre Ekel, mit dem sie seine folgenden Umarmungen erduldet hatte, raubten ihm jeden Spaß daran, und bald war er wieder zu der groberen, aber hingebungsvolleren Jasmin zurückgekehrt.

27

Die Tatsache, daß er jetzt verheiratet war, änderte Mr. Bartons Lebensweise nicht besonders. Seine »Freunde« waren häufige Gäste in der Residenz. Mrs. Cottar mit ihrem ätzenden Witz und die üppige, katzenhafte Mrs. Wilkinson mit dem Schmollmund sah man oft, mit oder ohne Ehemann, und die Dienstagspartys, von denen Mrs. Cottar gesprochen hatte, wurden nicht abgeschafft. Winter spielte bei allen Partys des Commissioners, die man als offiziell bezeichnen konnte, die Gastgeberin, aber sie hatte sich geweigert, an den langen Sitzungen teilzunehmen, die aus Glücksspielen und Trinken bestanden und die diesen Partys immer folgten. An Dienstagen hatte Winter immer Kopfschmerzen und zog sich früh zurück.

Conway hatte den Versuch gemacht, sie dazu zu zwingen, bei den Gästen zu bleiben. Daß sie sich so früh zurückzöge, stelle eine Beleidigung dar. Aber er hatte feststellen müssen, daß seine junge Frau sich diesmal nicht überrumpeln ließ. Sie tat ihre Pflicht als Frau des Commissioners so gut sie konnte, aber es gehörte eben nicht zu ihrer

Pflicht, bei so fragwürdigen und geräuschvollen Unterhaltungen wie den Dienstagspartys dabeizusein.

Winter gewann keine Freunde unter den Engländern in Lunjore. Sie mochte auch die Dienstboten nicht, insbesondere ihre Zofe, Johara, die Schwester der Frau im Parkhäuschen. Aber man gab Winter keine Gelegenheit, diese Frau zu entlassen. Winters Fähigkeit, sich zu freuen und glücklich zu sein, die sich auf der langen Reise von England nach Indien gezeigt hatte, war abgestorben wie eine Blume im Frost, und die Gesellschaft in Lunjore fand die junge Mrs. Barton ziemlich kalt.

Aber Winter hatte doch eine Freundin innerhalb der Mauern der Residenz gewonnen. Es war Zeb-un-Nissa, die neunjährige Enkelin von Akbar Khan, dem Torwächter. Nissa war ein zerbrechliches, kleines Wesen, dessen riesige dunkle Augen einen seltsam blinden Ausdruck hatten. Es sah aus, als ob Nissa die Menschen nicht anschaute, sondern durch sie hindurchblickte. Man sagte ihr nach, sie hätte das Zweite Gesicht, und die Dienstboten hatten Angst vor ihr.

Nissa war ein einsames Kind, das viel Zeit unter dem großen Banyam-Baum in der Nähe des Tores verbrachte. Dort beobachtete sie die Vögel und die Eichhörnchen, die anscheinend keine Angst vor dem Mädchen hatten und die sich ihr Futter aus Nissas Hand holten und ihr Körner von den Lippen pickten. Winter hatte einmal bemerkt, wie eine Schar von grünen Papageien früh am Morgen um die Wurzeln des Baumes flatterte, und da war Winter hinausgegangen, um nachzusehen, was die Vögel angezogen hatte. Sie war geblieben und hatte mit Nissa gesprochen, und die beiden waren schnell Freundinnen geworden.

Winter hatte mit dem Hintergedanken, sie zu ihrer persönlichen Zofe auszubilden, darum gebeten, daß das Kind im Haus arbeiten durfte. Aber der Vorschlag war nicht gut aufgenommen worden. Nissas Mutter, eine verängstigt aussehende, unordentliche Frau, war nur allzu erfreut gewesen, und Akbar Khan hatte eine tiefe Verbeugung gemacht und der gnädigen Dame gedankt. Es sei eine hohe Ehre für ihn, daß sie an seiner allzu unwürdigen Enkelin so freundliches Interesse zeige, aber er bedaure, daß das Kind für die Arbeit nicht stark genug sei. Nissa wurde nicht ins Haus genommen, aber Winter sprach oft mit ihr im Garten, und sie winkten einander auch zu, wenn Winter auf ihrem täglichen Ausritt am Banyam-Baum vorüberkam.

Sie ritt jeden Abend und am frühen Morgen aus, ehe die Sonne aufging. Sie galoppierte über die Ebene und an den Ufern des fernen Flusses entlang, oder sie ritt durch die taufeuchten Felder, wo die

Pfauen in der Dämmerung schrien und Ketten von Wildgänsen über ihr zu den Sümpfen von Hazrat Bagh und Pari zogen.

Das weite Land, der breite Fluß und der riesige Himmel waren schön. Die große Weite tat Winter gut. Das Gefühl der Entfernung, der Größe – der Ebenen, die sich bis zu den Wüsten von Bikaner erstreckten, bis zu den blauen Wassern von Cap Comorin und den Dschungeln und Tälern von Nepal. Hier hatte sie nicht das Gefühl, eingeschlossen zu sein, eingesperrt hinter hohen Mauern wie manchmal in Wair. Die meilenbreiten Flüsse und die gewaltigen Bergzüge wirkten hier weniger wie eine Grenze als die säuberlichen englischen Hecken und die Forellenbäche, die die Koppeln vom Park trennten.

Hier im Osten gab es einen Fatalismus, der ihr auch zusagte. Der Schmutz, die Enge und die Grausamkeit, die überall Hintergrund zu der Schönheit waren, minderten in keiner Weise ihre Liebe zum Land. Die Stadt war häßlich und morbid und voller Anblicke, die für westliche Augen unglaublich grausig waren. Auch Winter sah das. Aber dennoch liebte sie die Stadt. Die aufgehäuften, bunten Früchte und Gemüse in den Basaren. Die reichen Düfte nach Senföl und Masala, nach Moschus und Gewürzen. Die Läden der Töpfer und der Silberschmiede. Die Buden, in denen man gläserne Anhänger kaufen konnte, so fein und leicht wie Seide und so zerbrechlich wie ein trockenes Blatt. Die glitzernden, funkelnden, brennenden Farben – Rot und Blau und Gold und Grasgrün. Die Seidengeschäfte mit ihren bunten Stoffballen, die hoch im Schatten aufgehäuft lagen. Die wimmelnden, treibenden Menschenmengen und die riesigen, faulen Zebubullen, die dem Shiwa geweiht waren. Die heiligen Kühe, die sich durch die schmalen Straßen drängten und von den Körben der Gemüseverkäufer ihren Tribut forderten.

Weiße Frauen sah man nur selten in der Stadt. Und bei diesen Gelegenheiten saßen sie stets in Kutschen und wurden von weißen Männern begleitet. Aber Winter ritt nur mit Yusaf, dem Pferdeknecht, aus, und zuerst versammelten sich immer Menschenmengen und kicherten und starrten sie an und folgten ihr. Aber sie ging so oft aus, daß sich die Menschen an sie und an die Tatsache gewöhnten, daß Winter ihre Sprache mit einer Geläufigkeit benutzte, die man bei anderen Sahibs nur selten fand. Mit der Zeit gewann sie viele Freunde und Bekannte in der Stadt. Unerwartete Freunde und seltsame Bekannte, die ihren Mann mit Entsetzen erfüllt hätten, hätte er davon gewußt. Aber Conway interessierte sich nur wenig dafür, was seine Frau tat, und er wußte auch nicht, wohin sie ging.

Nur Alex wußte es. Zuerst hatte es ihm Sorgen gemacht, daß Winter so weit ins Land ritt und auch die Stadt besuchte. Aber dann war er zu dem Schluß gekommen, daß ihre größte Sicherheit vielleicht eines Tages in solchen Freundschaften lag. Er hatte den unauffälligen Wächter, den er auf sie angesetzt hatte, zurückgezogen. Dennoch machte es ihm weiterhin Sorgen, daß Winters Mann es ihr erlaubte, auf ihrem täglichen Ausritt keine andere Begleitung als einen Pferdeknecht mitzunehmen. Mit der Zeit war es Alex gelungen, einen eigenen Mann dafür einzusetzen. Wenn Yusaf mit ihr ritt, dann wußte Alex, daß Winter nichts passieren konnte.

Winter war nur glücklich, wenn sie das Haus verlassen konnte. Denn im Haus gab es Conway, einst ein Kindertraum voller Güte und Romantik und jetzt eine schreckliche Parodie dieses Ritters in leuchtender Rüstung. Vielleicht waren auch Fremde dort – Leute, deren Gesichter ihr jetzt nur allzu bekannt waren. Männer und Frauen mit überlauten Stimmen und überlautem Lachen, Menschen, bei denen sie sich immer noch steif und jung und billig vorkam. Josh Cottar, dieser ungehobelte, reiche Prolet, der mit Armeeverträgen ein Vermögen gescheffelt hatte, und Major Wilkinson mit seinem roten Gesicht, seinen glasigen Augen und seinen zweideutigen Sprüchen. Und Johara war da, Jasmins Schwester, mit ihren listigen Augen und ihrer verschleierten Unverschämtheit. Und manchmal, in der Dämmerung, war auch ein schlankes, blondes Mädchen anwesend, das ein seltsames, altmodisches Kleid trug.

Winter sah dieses Mädchen nicht oft und dann auch nur, wenn sie besonders überanstrengt und müde war. Aber es kam oft vor, daß sie wußte, sie hatte jemanden gehört, der nicht da war. Dieses Haus war anders als andere Häuser. Wenn die Zimmer erleuchtet waren, wenn ihr Mann oder die Dienstboten oder die Gäste darin umhergingen, dann waren sie einfach nur Räume. Hintergrund für die Menschen, die sie bewohnten. Aber hin und wieder, ganz selten, wenn Winter allein war, dann war alles anders. Dann war in den leeren Zimmern noch jemand. Winter ging dann durch eine offene Tür in einen stillen Raum, und auf einmal war noch jemand anders da. Jemand, den sie durch ihr Eintreten erschreckt hatte. Es war nicht Winter, die erschrak, sondern die andere. Die andere, die Winters Unglück und Verzweiflung spürte. Die deswegen besorgt war. Manchmal hörte Winter sogar Stimmen. Kein Geflüster, sondern Stimmen, die aus weiter Ferne zu kommen schienen und die doch nicht weiter als ein paar Schritte von ihr entfernt waren. Einmal hatte Winter geglaubt, sie hätte ein paar Worte gehört. Deutliche Worte: »Jemand ist hier, der unglücklich ist. Ich habe das Gefühl . . ., als ob ich das wäre!« Seltsam.

Eines Nachts aber war anderes Geflüster zu hören gewesen.

Es war Anfang des neuen Jahres gewesen. Winter war aufgewacht und hatte sich kalt gefühlt. Sie schlief allein in dem breiten Bett, denn Conway war wieder in sein altes Zimmer hinübergezogen und besuchte sie nur selten. Während des Tages war Regen gefallen, aber als die Sonne unterging, hatte sich der Himmel wieder geklärt, und jetzt stand der Mond hoch und schien in die Fenster ihres Zimmers. Winter setzte sich auf und griff nach der zusätzlichen Bettdecke, die normalerweise gefaltet am Fuß des Bettes lag. Aber sie war nicht da, und Winter fiel wieder ein, daß sie sie früher am Abend in den Ankleideraum gebracht hatte.

Sie schlüpfte aus dem Bett und zitterte, sie zog sich eine leichte Kaschmirstola um die Schultern und öffnete die Tür zum Ankleidezimmer. Sie hatte die Bettdecke auf der Couch neben der Badezimmertür gelassen, und als sie sie gerade nehmen wollte, hörte sie das Geflüster. Sie blieb still stehen und horchte. Einen Augenblick lang glaubte sie, es seien wieder die geisterhaften, halbverständlichen Stimmen, die sie schon so oft gehört hatte.

Das ferne Stimmengeräusch hatte die hohle Deutlichkeit eines Echos. Es schien aus dem Badezimmer zu kommen, dessen Tür offenstand. Winter bemerkte ganz plötzlich, daß die Stimmen Hindustani sprachen und daß das geisterhafte Echo von einer dicken Tonröhre herkam, durch die das Badewasser ablief. Jemand hockte auf der anderen Seite der Badezimmerwand, war nicht zu sehen und auch nirgendwo im Haus zu hören. Aber dieser Jemand wußte nicht, daß die Austrittsöffnung des Rohres wie ein Sprachrohr wirkte. Die leise, echohafte Stimme schien unter der geschwungenen Decke des Badezimmers zu flüstern.

»Er wird Chytuk oder Shalini reiten, denn der Adler hat ein Eisen verloren. Und alle beide werden auf den Feldern weithin zu sehen sein . . .«

Winter erstarrte. Sie konzentrierte ihre Aufmerksamkeit auf die Worte. Das waren Captain Randalls Pferde. Sprachen die Männer in der Dunkelheit an der Wand von Alex Randall? Winter wartete. Sie horchte. Dann sprach eine zweite Stimme, diesmal weniger deutlich, aber noch immer hörbar: »Aber was ist mit Niaz Mohammed Khan? Nur selten reitet Randall Sahib ohne ihn aus.«

»Dafür ist gesorgt. Wer weiß, vielleicht leidet er schon jetzt an einer kleinen Krankheit. Nur einer kleinen – es wäre nicht weise, Verdacht zu erregen. Aber genug, um ihn morgen im Bett zu behalten. Ich glaube, der Sahib wird allein reiten.«

Eine weitere Stimme sprach jetzt, aber Winter konnte die geflüsterten Worte nicht verstehen. Sie kroch in der Dunkelheit nach vorn, tastete jeden Schritt ab und streckte eine Hand vor sich aus. Die Schlagläden waren geschlossen, und in der tiefen Dunkelheit des Badezimmers war kein Lichtschimmer zu sehen. Die Matten raschelten unter ihren nackten Füßen, und dann berührte ihr Fuß den Rand, der die Stelle umrahmte, wo die Badewanne stand und wo die Wasserrinne hinausführte. Sie hockte sich tiefer, so daß ihr Ohr näher an dem Rohr war, und fuhr zusammen, als eine Stimme ihr fast ins Ohr flüsterte: ». . . wir alle wissen, man muß die Schlucht bei den Dhak-Bäumen überqueren, wenn man nach Chunwar gelangen will. Für einen Mann zu Pferd gibt es keinen anderen Weg. Man wird denken, es war ein Unfall.«

»Aber . . . aber wenn ich – versagen sollte . . .« Die Stimme zitterte, entweder vor Kälte oder vor Angst.

»Du wirst nicht versagen. Ein Kind würde nicht versagen. Gedenke, auch Mehan Lal wird dasein. Die Zeugen werden sprechen: ›Das Pferd des Sahibs scheute‹, und alle werden es glauben. Wenn ein Mann sich mit dem Fuß im Steigbügel eines durchgehenden Pferdes verfängt und geschleift wird, dann ist es schwer zu sagen, welche Verletzung seinen Tod brachte.« Eine andere Stimme grollte: »Warum nicht ein Messer oder eine Pistole, und alles ist erledigt? Zwei dutzendmal am Tag könnte ein Mann ihn damit erledigen.«

»Und gefangen werden! Nein. Wir wollen keinen offenen Mord. Wenn er öffentlich getötet wird, wer weiß, dann wird vielleicht ein Regiment der Angrezi – der Fremden – hierher geschickt. Und das wünschen wir nicht. Er darf nicht getötet werden, wenn es nicht aussehen kann wie ein Unfall. So lautet der Befehl.«

Eine kurze Pause entstand, und Winter hörte, wie einer sich räusperte und ausspuckte. Dann sagte die Stimme mit dem Zittern: »Warum ist dies alles nötig? Er ist nur ein Sahib, und es gibt viele.«

»Auf einen Weisen kommen viele Narren«, grunzte der erste Sprecher. »Das ist überall so, bei allen Menschen. Wenn jene, die sehen, wo andere blind sind, vom Pfad genommen werden, dann ist die Tat leichter.«

»Aber . . . aber dies ist ein guter Mann . . .« Noch eine Stimme, weiter entfernt und fast unhörbar. »Er kennt unsere Gebräuche, und wenn er auch manchmal sich erhitzt und sehr zornig wird, so ist er doch gerecht. Balu Ram hat gesagt . . .«

»Narr!« Das Schimpfwort klang hohl in dem kalten Zimmer. »Es sind nicht jene, die uns anspucken und uns wie Hunde behandeln, die uns gefährlich werden. Es sind Männer wie Randall Sahib, die unsere Sprache wie wir selbst sprechen, die viele Freunde unter uns haben und allen Männern gerecht werden. Denn viele aus unserem Volk werden ihren Worten lauschen, und viele folgen ihnen in den Tod. Sie nehmen ihre Waffen und richten sie auf Menschen ihres eigenen Blutes. Männer wie Randall Sahib müssen zuerst erschlagen werden.«

Ein zustimmendes Murmeln erklang. Winters Zähne begannen zu klappern, aber sie preßte die Lippen fest zusammen und hockte weiter in der Dunkelheit. Sie strengte weiter ihre Ohren an. Aber irgend etwas hatte die Gruppe da draußen offenbar verschreckt. Sie hörte das Geräusch eiliger Bewegungen und ein unverständliches Gemurmel, und nach einer langen Stille wußte sie nicht, ob die Männer gegangen waren oder noch immer an der Wand hockten. Endlich waren Schritte zu hören, ein asthmatischer Husten und das Rasseln einer Kette. Winter begriff, daß das der alte Dande Khan sein mußte, der Nachtwächter. Vor ihm waren die Männer geflüchtet.

Sie hockte noch eine Weile da, eingehüllt in ihre Stola und betäubt vor Kälte. Aber sie hörte keine Stimmen mehr, und die Nacht war so still, daß sie ihre eigenen Atemzüge hörte und das Rascheln einer Maus, die in der Dunkelheit über die Matten lief. Endlich stand Winter steif auf und kroch ins Bett zurück. Sie hatte ihre Decke vergessen und konnte nicht einschlafen, sondern sie zog die Laken hoch und wartete auf die Dämmerung.

Die Schlucht, von der der Mann gesprochen hatte, schnitt quer durch die Ebene. Sie stand voller Bäume und Sträucher und war mit hohem Gras bewachsen, und jemand – vielleicht mehrere – würde dort auf Captain Randall warten, wenn er sie durchritt. Es würde leicht genug sein, an einem solchen Ort einen Mann vom Pferd zu reißen. Man konnte ihn ja schon weithin auf der Ebene sehen. Ein Seil, ein Draht, der über den steilen Pfad gespannt wurde und den man dann plötzlich straffzog. Ein Mann konnte sich auch von einem überhängenden Ast auf die Schultern des Reiters fallenlassen, der unter ihm durchritt. Es gab ein Dutzend Möglichkeiten. Und wenn sie ihn dann vom Pferd gerissen hatten, würde man ihm den Fuß in den Steigbügel einhängen und sein Pferd peitschen. Es würde ihn im Galopp über die scharfkantigen Steine schleifen.

Winter sah plötzlich Alex Randalls braunes, gutgeschnittenes Gesicht vor sich, zerrissen und zerschlagen zu einer formlosen Masse aus Blut und Schmutz. Sie zitterte und starrte in die Dunkelheit. Die Stunden krochen vorüber, das Mondlicht verschwand aus dem Fenster, und im Zimmer wurde es dunkel und sehr kalt. Die Kälte machte Winter schläfrig, aber sie wagte es nicht, einzuschlafen, denn sie hätte ja zu spät erwachen können und nicht mehr die Zeit haben, Alex von seinem Ritt in den Tod abzubringen.

Endlich krähte irgendwo hinter den Hütten der Diener am anderen Ende des Residenzgeländes ein Hahn. Winter zündete eine Kerze an und begann, sich eilig anzuziehen. Ihre Finger waren starr vor Kälte und Schwäche, und sie hatte plötzlich Angst, daß sie trotz allem zu spät kam. Dieser Gedanke entsetzte sie. Sie rannte durch das stille Haus und schüttelte einen der Hausdiener wach, der nachts in der Halle schlief. Sie sagte ihm, sie wünsche, daß ihr Pferd augenblicklich gesattelt würde.

Der Diener stolperte gähnend davon, während er sich den Turban geraderückte. Yusaf mußte schon aufgewesen sein, und knapp fünfzehn Minuten später galoppierte Winter die lange Einfahrt hinunter in das graue, wäßrige Licht des frühen Morgens hinein. Sie war noch nie bei Captain Randalls Bungalow gewesen, obwohl sie täglich daran vorüberkam. In einem der Zimmer brannte Licht, und ein Pferdeknecht führte ein unruhiges Pferd vor der Veranda auf und ab. Er war also noch nicht fort! Winter konnte ihr eigenes Pferd nur mit Schwierigkeiten im Zaum halten, denn Furiante fühlte sich frisch, und es machte ihm keinen Spaß, nur langsam zu traben. Aber Winter zügelte das Tier und zwang es im Schritt ganz langsam einen schmalen Weg hinunter.

Winter hatte keine Ahnung, wer die Männer waren, die letzte Nacht hinter der Wand geflüstert hatten. Sie hatte auch nur einen Namen gehört – einen unbekannten Namen. Aber die Männer wären nicht dort gewesen, wenn nicht wenigstens einer von ihnen Verbindung mit der Residenz gehabt hätte. Einer oder auch alle mußten im Dienst des Commissioners stehen.

Es durfte also nicht bekannt werden, daß sie Captain Randall gewarnt hatte. Denn dann wüßten die Männer, daß ihr Gespräch gehört worden war. Winter hatte keine Ahnung, wie man das Problem lösen konnte. Alex würde es wissen, aber inzwischen mußte Winter ihr persönliches Auftreten vermeiden und es so aussehen lassen, als ob sie Alex Randall nur durch Zufall getroffen hätte.

Der Weg führte auf offenes Gelände, hinter dem ein breiter Gürtel von Feldern lag. Zur Rechten war die Stadt, und zur Linken lagen der weite Paradeplatz und das Schießgelände. Winter zügelte das Pferd an der Mündung der Straße, als ob sie sich noch nicht entschlossen hätte, welchen Weg sie nehmen wollte. Sie hörte, wie Yusafs Pferd hinter ihr schnaubte, und dann kam das Geräusch, auf das sie gewartet hatte, Chytuks Hufschläge. Winter ließ Furiante wenden, so daß Alex keine Wahl hatte, sondern anhalten mußte. Er kam heran, und Winter sah, daß er allein war. Damit hatten die Männer also recht gehabt.

Um Yusaf zu täuschen, sagte Winter: »Captain Randall! Was für ein Glück, daß ich Sie getroffen habe. Ich wollte Sie sprechen. Darf ich mit Ihnen reiten?«

Alex verbeugte sich leicht und sagte ausdruckslos: »Aber sicher, Mrs. Barton, wenn Sie wollen. Ich reite allerdings heute morgen nach Chunwar, und ich fürchte, Sie würden das nicht sehr amüsant finden. Die Straße ist ziemlich rauh.«

»Dann reiten Sie vielleicht mit mir auf den Paradeplatz«, sagte Winter und ließ ihr Pferd wieder wenden. »Nach Chunwar können Sie ja ein andermal reiten.«

»Tut mir sehr leid, wenn ich mich jetzt unfreundlich anhöre«, begann Alex, »aber . . .«

Winter schaute ihn mit gehobenen Augenbrauen über die Schulter an. Sie ließ die Zügel locker und gab Furiante unter ihrem langen Reitkleid die Sporen. Furiante brauchte keine zweite Einladung. Seit der letzten Viertelstunde hatte er schon getänzelt und geschnaubt und auf dem Gebiß gekaut, und jetzt reagierte er auf die Sporen mit der wütenden Geschwindigkeit einer explodierenden Rakete.

Winter kreischte auf, um Captain Randall zu täuschen, und konzentrierte sich danach nur noch darauf, im Sattel zu bleiben. Sie machte nicht den kleinsten Versuch, Furiante zu bremsen. Und Furiante hatte das Gebiß zwischen den Zähnen und galoppierte, als ob er von sieben Teufeln verfolgt würde.

Gott sei Dank war der Boden eben, und als sie die Bäume hinter sich hatten, lag das riesige Gelände des Paradeplatzes vor ihnen. Der Pfad durch die Bäume allerdings war schmal, und Äste schlugen Winters Rock. Der Hut fiel ihr vom Kopf, und das Haar flatterte hinter ihr wie eine schwarze Seidenfahne. Dann rasten sie über den offenen Platz. Winter konnte Chytuks Hufschläge hinter sich hören, und Alex rief: »Nach links! – Linker Hand!«

Da fiel Winter der breite Graben ein, der den Paradeplatz an der anderen Seite begrenzte. Sie riß mit aller Kraft den Zügel herum, aber das verrückt gewordene Pferd reagierte nicht. Dann kam Alex heran. Sie sah, daß Chytuk die Ohren zurückgelegt hatte. Jetzt waren sie auf gleicher Höhe, und Alex packte die Zügel und lenkte Furiante. Sie galoppierten noch immer, aber sie entfernten sich jetzt vom Graben und ritten in das offene Land hinaus. Zwei Minuten später hatte Alex Furiante angehalten.

In plötzlicher Schwäche beugte sich Winter über den Hals ihres Pferdes, und sie spürte, wie Alex' harte Finger ihre Schulter packten, und wie er sagte: »Alles in Ordnung?«

Sie hob den Kopf und schaute ihn an. Sie sah, wie er plötzlich begriff. Er ließ die Hand sinken und sagte ungläubig: »Haben Sie das mit Absicht gemacht?«

Winter richtete sich auf und holte tief Atem, um sich wieder zu beruhigen. »Ich . . . es mußte sein. Tut mir leid. Aber ich mußte mit Ihnen reden. Ich mußte einfach! Sagen Sie Yusaf, er soll hinter uns bleiben.«

Alex schaute sie lange an. Seine Augen waren schwarz vor Zorn, und sein Mund war eine harte, unangenehme Linie. Er rief ein kurzes Kommandowort über die Schulter zurück und trieb Chytuk leise an. Und dann bewegten sich die beiden Pferde in langsamer Gangart vorwärts, und Yusaf fiel zurück und folgte in einiger Distanz.

Alex sagte knapp: »Sie stecken sich besser das Haar wieder auf. Geben Sie mir die Zügel.«

Er beugte sich nach vorn und nahm ihr die Zügel aus der Hand, und dann sah er zu, wie sie die leuchtende Masse ihres Haares irgendwie wieder in Ordnung brachte. Der zornige Ausdruck verließ sein Gesicht, und er lächelte schief. »Sie könnten fast eine von den Spartanern sein. ›Sie kämmten ihr langes Haar für den Tod, am Paß bei den Thermopylen.‹ Schaun Sie doch nicht so tragisch drein. Was gibt's denn?«

Winter sagte: »Ich . . . tut mir leid . . . aber ich mußte Sie einfach davon abhalten, nach Chunwar zu reiten.« Ihre Stimme war plötzlich ganz dünn und unsicher, und sie schaute ihn an und sah, daß er die Augenbrauen zusammengezogen hatte und in seinen Augen ein Blick lag, der schwer zu deuten war. Sie sagte abrupt: »Warum sind Sie heute allein geritten? Reitet Ihr Bursche normalerweise nicht mit?«

»Der ist krank«, sagte Alex zur Antwort. »Warum fragen Sie?«

Winter nahm einen kleinen, keuchenden Atemzug. »Weil . . . weil das bedeutet, daß es stimmt. Ich hab's mir überhaupt nicht eingebildet.«

Alex schaute sie mit gerunzelter Stirn an. »Was stimmt? Worum geht's überhaupt?«

»Die wollten Sie umbringen«, sagte Winter. »In der Schlucht, auf der Straße nach Chunwar. Ich hab' sie letzte Nacht reden hören, und ich mußte Sie aufhalten. Aber . . . aber ich wollte nicht, daß die wissen, daß ich es weiß, und deshalb mußte ich was unternehmen, als Sie nicht mitkommen wollten. Deshalb habe ich Furiante durchgehen lassen, so daß sie . . .«

Alex sagte: »Moment mal. Könnten Sie das noch einmal sagen, ganz langsam? Ich muß heute morgen außerordentlich begriffsstutzig sein.«

Ganz plötzlich lag so etwas wie eine Andeutung von Lachen in seiner Stimme, und Winter erstarrte, und das Blut stieg ihr ins Gesicht. »Sie glauben mir nicht. Sie glauben, daß ich . . . Aber es ist wahr! Sie sagten, Niaz Mohammed würde etwas bekommen, das ihn krank macht, und Ihr Pferdeknecht hätte eine entzündete Hand, und Sie würden allein reiten, und . . .« Sie machte eine Pause und sagte dann: »Ich . . . tut mir leid. Ich erzähle es anscheinend nicht gut.«

»Fangen Sie am Anfang an«, riet Alex. »Wer sind ›sie‹?«

»Das weiß ich nicht. Ich hab' nur Stimmen gehört . . .« Und dann erzählte sie ihm, was die Stimmen im Schatten der schwarzen Mauer an der Badewasserrinne gesagt hatten und wie es dazu gekommen war, daß sie alles gehört hatte. Alex hörte ohne Unterbrechung zu. Als sie fertig war, schwieg er einen Augenblick und fragte sie dann, ob sie irgendeine der Stimmen erkannt hätte. Winter schüttelte den Kopf. »Nein. Sie haben sehr leise gesprochen, und durch das Echo hörte sich alles sehr fremd an.«

»Keine Namen?«

»Nur einen. Ein Mann namens Mehan Lal, der auch in der Schlucht sein würde – um mitzuhelfen. Bei unseren Dienstboten ist keiner, der so heißt.«

»Aber unter meinen Bekannten«, meinte Alex grimmig.

Er schnippte mit dem Finger, ohne den Kopf umzudrehen. Es war eine kurze, fast unhörbare Handbewegung, aber Yusaf, der zwanzig Meter hinter ihnen ritt, sah sie und kam nach vorn. »Herr?«

»Besitzt du eine Pistole?«

Yusaf steckte eine Hand unter seine Jacke und zog eine kleine, fünfkammrige Colt-Pistole heraus. Für einen Pferdeknecht ein merkwürdiges Stück Ausrüstung. Alex streckte die Hand danach aus und ließ die Pistole in seine eigene Tasche gleiten. Dann sagte er: »Mag sein, daß ich zwei Pistolen brauche. Bring die Memsahib heim, und zwar auf einem Umweg. Und bewahre Schweigen.«

Er bemerkte Winters verschrecktes Gesicht und lächelte. Es war ein Lächeln, das seine Augen nicht ganz erreichte. »Keine Angst. Yusaf ist einer von meinen Männern. Ich habe mir gedacht, es wäre besser, wenn Sie mit einer vertrauenswürdigen Eskorte ausreiten. Die Zeiten sind nicht so ruhig, wie manche Leute glauben.«

Er wollte gerade Chytuk wenden, aber Winter ergriff seine Zügel. »Nein! Alex, nein!« Ihre Stimme war scharf vor Angst.

Alex blickte in ihr weißes, verängstigtes Gesicht hinab, und die harten Linien in seinem Gesicht wurden weich. Einen kurzen Augenblick lang legte er seine Hand über ihre, und dann packte er sie ganz fest und beruhigend.

»Es wird schon gutgehen. Das verspreche ich Ihnen. Gewarnt ist bewaffnet, wissen Sie.«

Aber Winters Finger klammerten sich noch immer um seinen Zügel. »Was wollen Sie tun?« wollte sie atemlos wissen.

Alex grinste. »Um die Wahrheit zu sagen, ich weiß es noch nicht. Aber es macht mir keinen Spaß, mich abschießen zu lassen, und ich werde dafür sorgen, daß es nicht passiert. Es ist ein gewaltiger Unterschied, ob man unabsichtlich in einen Hinterhalt gerät oder ob man mit offenen Augen hineinläuft.«

Winter sagte: »Ich komme mit ... und Yusaf kann auch mitkommen, und ...«

Alex schüttelte den Kopf. »Oh nein. Das würde alles verderben. Die erwarten, daß ich allein komme, und wenn sie sehen, daß jemand bei mir ist, dann lassen sie ihren Plan fallen und warten auf eine bessere Gelegenheit. Und nächstes Mal werde ich vielleicht nicht gewarnt.«

»Alex ...«

Alex riß Winters Hand von seinem Zügel und sagte mit plötzlicher Wildheit: »Um Himmels willen, schauen Sie mich doch nicht so an!« Er sah, wie sie zusammenzuckte, als ob er sie geschlagen hätte, und meinte mit grober Ungeduld: »Tut mir leid. Ich bin Ihnen sehr dankbar, daß Sie mich gewarnt haben. Aber jetzt reiten Sie zurück – reiten Sie zurück nach Hause.«

Er riß Chytuk herum und war fort. Winter drehte sich auf ihrem Pferd um und sah, wie er immer kleiner und kleiner wurde, wie er in die eintönige Ebene hineinritt und wie ihn endlich die Bäume schluckten. Der Himmel war perlgrau gewesen, als Winter unter dem Bogen des Tors an der Residenz hindurchgeritten war. Jetzt hatte der Sonnenaufgang den Himmel hell gefärbt, und nur der Morgenstern schimmerte noch ganz schwach, in flüssigem, safranfarbigem Licht. Das bleiche Scheibchen des Mondes ertrank in der steigenden Flut des Sonnenaufgangs. Seit sie die Residenz verlassen hatte, war weniger als eine Stunde vergangen, aber Winter schien es, als sei das Jahre her gewesen. Als ob sie in dem Augenblick, als sie durch das Tor geritten war, nicht die gleiche Person gewesen wäre, die sie jetzt geworden war.

Warum hatte sie nicht früher gewußt, daß sie Alex Randall liebte? Warum begriff sie erst jetzt, wo er fortritt, vielleicht in den Tod, warum begriff sie erst jetzt, wieviel er ihr bedeutete? Sie hatte ihn so lange geliebt, und sie war zu besessen gewesen von ihrem kindischen, dummen Pappbild von Conway, um das zu erkennen. Einmal, in Malta, hatte sie ihn küssen wollen, und sie war über sich selbst entsetzt gewesen wegen Conway.

Sie war blind gewesen, blind und dumm und störrisch. Erst jetzt, wo es möglich war, daß Alex umkam, entwirrten sich all die gemischten, verstrickten Gefühle, und nur noch eine einzige Tatsache blieb übrig – die Tatsache, daß sie ihn liebte. Aber ob er am Leben blieb oder starb, es war zu spät. Denn sie hatte Conway Barton geheiratet.

Sie ließ Furiante wenden und ritt durch das erste Morgenlicht zurück zum Haus ihres Mannes.

Aber sie betrat es nicht. Statt dessen saß sie am Tor ab, schickte Yusaf mit den Pferden weg, ging zum großen Banyam-Baum hinüber und setzte sich schweigend an den Wurzeln nieder. Sie sah Akbar Khans kleiner Enkelin zu, die ihr Frühstück mit den Vögeln teilte. Der Anblick der kleinen, stillen Gestalt, die sich ohne Hast bewegte und immer von einem Schwarm freundlicher Vögel und Eichhörnchen umgeben war, wirkte immer beruhigend auf Winter. Die kleinen Tiere hatten sich genügend an ihre häufige Anwesenheit gewöhnt, und sie kümmerten sich kaum um Winter. Aber heute kamen sie ihr wilder als gewöhnlich vor, und sie wollten auf Nissas leise, wortlose Rufe fast nicht kommen.

»Sie wissen, daß du Angst hast«, sagte Nissa. Sie wandte ihre riesigen Augen auf Winter und lächelte ihr süßes, vages Lächeln. »Es tut nicht not. Nichts Übles wird ihm zustoßen.«

Die Worte wurden voller Überzeugung ausgesprochen, und obwohl Nissa sich nur auf einen Vogel oder ein Eichhörnchen beziehen konnte, fühlte sich Winter plötzlich auf seltsame Weise beruhigt. Der Schrecken und die Spannung ebbten ab, und ein leuchtendblauer Fink, dessen Gefieder in der Morgensonne wie eine Handvoll Juwelen glitzerte, schoß hernieder und nahm ein Stückchen Brot aus Nissas kleiner Hand.

Buch 4
Mondaufgang

28

Die Sonne war noch immer unter dem Horizont, als Alex die grünen Felder verließ. Die scharfe Linie der Schlucht war noch nicht zu sehen, aber die hohe Reihe der Dhak-Bäume zeichnete sich dunkel am Horizont ab. Die Morgenluft war scharf und kalt und erfrischend. Rebhühner riefen zwischen den Grasbüscheln und den Dornensträuchern, und in weiter Ferne war wie eine dunkle Perlenkette ein Rudel Schwarzhirsche zu sehen.

Mehan Lal . . . Ja, er erinnerte sich noch an Mehan Lal. Er wußte jetzt ziemlich genau, warum dieser Mann ausgewählt worden war. Mehan Lal besaß eine ungewöhnliche Fähigkeit. Alex hatte einmal gesehen, wie er einen galoppierenden Leopard zu Fall gebracht hatte. Das Tier war in langen Sprüngen über offenes Gelände gejagt, und Mehan Lal hatte mit unglaublicher Geschwindigkeit und Akkuratesse eine seidene Schnur geworfen, die mit Gewichten beschwert war. Das Seil hatte sich um die Vordertatzen des Leoparden gewikkelt und ihn sofort zu Fall gebracht. Man sagte, Mehan Lal könne von einem galoppierenden Pferd bis zu einem langbeinigen Reiher mit seinem Seidenseil alles niederwerfen, und Alex bezweifelte es nicht.

Die Schlucht war erreicht. Chytuk stolperte ein bißchen auf dem Hang, und Alex redete leise mit ihm. Er saß ruhig im Sattel, und nichts verriet die Tatsache, daß all seine Nerven straff gespannt waren. Dann hörte er das leise Rascheln auf der einen Seite des Pfades, und das Pfeifen des Seils. Aber er hatte darauf gewartet und riß jetzt die Zügel zurück. Im gleichen Augenblick brachte er die linke Hand hoch.

Das Seil peitschte um ihn herum wie etwas Lebendiges mit einem Eigenleben. Aber anstatt ihm die Arme an die Seiten zu schnüren, fuhr es ihm nur um den Oberkörper. Die Messerklinge schoß hoch und durchtrennte das Seil, und Chytuk, der wild gezügelt worden war, wich zurück, anstatt sich vorwärtszustürzen.

Fast gleichzeitig erhob sich neben Alex ein Mann aus dem hohen Gras und packte Alex' Stiefel. Aber Alex hatte die Zügel fallenlassen, und jetzt war eine Pistole in seiner rechten Hand. Der Schuß und der Schmerzensschrei erschreckten Chytuk, und das Pferd bäumte sich wild auf dem schmalen Pfad auf. Alex ließ das Messer fallen und feuerte noch einmal, und im nächsten Augenblick waren Pferd und Reiter aus der Schlucht heraus und wieder auf der offenen Ebene. Mit der Geschwindigkeit eines Blitzes raste Chytuk davon.

Alex machte keinen Versuch, das völlig verschreckte Pferd anzuhalten. Er ließ es weiterlaufen, bis seine Angst vergangen war. Dann ritt er am Ufer des Kanals entlang nach Chunwar.

Der Mann, der sich Sobha Chand nannte, wurde in einem Dickicht entdeckt, eine Viertelmeile oberhalb des Pfades. Es war nicht schwierig gewesen, ihn zu finden, denn eine Kugel steckte ihm in der Schulter, und er litt an schwerem Blutverlust. Mehan Lal war nicht so weit gekommen. Eine zerschmetterte Kniescheibe ist sehr schmerzhaft. Er hockte im hohen Gras am Pfad und stöhnte. Ein dritter Mann war noch dagewesen, aber der war geflüchtet. Nachdem Alex zurück war und gefrühstückt hatte, ging er hinüber zum Büro des Commissioners und widmete seine besondere Aufmerksamkeit dem Verhalten aller Diener, die er traf. Kein Gesicht verriet Überraschung darüber, daß Alex erschien, aber Alex bemerkte mit Interesse, daß Durga Sharan, der oberste Wächter, es trotz seines unbeteiligten Gesichtsausdrucks nicht verhindern konnte, daß seine Hände zitterten. Alex heftete den Blick auf diese unruhigen Hände und schaute dann den Wächter gedankenvoll an.

»Durga Sharan«, sagte Alex leise, »ich glaube, in deinem Dorf habe ich von Unruhen reden hören. Mag sein, daß du am besten Urlaub nimmst und dafür sorgst, daß in deinem Hause alles gutgeht . . ., solange es deine Gesundheit noch gestattet.« Der Mann hatte nichts gesagt, aber eine Stunde später hatte er den Commissioner um Urlaub gebeten, damit er nach Hause fahren konnte.

Winter hatte Alex' Schritte und seine ruhige Stimme gehört, und da war sie ins Schlafzimmer gegangen und hatte die Tür hinter sich geschlossen. Seit ihrer Hochzeitsnacht weinte sie jetzt zum ersten Mal wieder; sie weinte vor Erleichterung und Dankbarkeit, wie sie um den Verlust ihrer Illusionen nie geweint hatte.

Es war wieder Dienstag, und an diesem Abend versammelte sich wie gewöhnlich die »Dienstagsgruppe« in der Residenz. Winter war zu müde, um eine Szene mit Conway durchhalten zu können, und sie hatte zugestimmt, beim Essen dabeizusein. Vorausgesetzt, sie könne sich anschließend sofort zurückziehen. Wenn sie mit bei Tisch säße, sagte Conway, dann hätte er überhaupt nichts dagegen, daß sie Kopfschmerzen spielte und nach dem Essen zu Bett ginge. Zum Teufel, es wäre ihm sogar lieber. Sie setze der Party ja immer einen Dämpfer auf, und man käme sehr gut ohne sie zurecht.

Conway hatte sich in letzter Zeit nicht sehr um sie gekümmert. Plötzlich fiel ihm auf, daß sie eine Menge Gewicht verloren hatte und bemerkenswert blaß aussah. 'ne Schande. Er mochte keine dünnen Frauen. Und ihre Augen waren auch zu groß. Verdammt, dachte der Commissioner, jetzt waren ja sogar blaue Schatten unter den Augen wie Blutergüsse.

»Du siehst aber auch nach nichts aus, Kleine. Fühlst du dich nicht so recht? Lunjore ist aber auch nicht das richtige für Frauen. Vielleicht wäre es nicht schlecht, wenn du mal rauskämst. Die Abuthnots würden dich sicher gern wiedersehen. Vielleicht könntest du auch mal nach Lucknow. Das Haus deines Vaters ansehen – unser Haus. Was meinst du dazu?«

Er sah, wie helles Rot das bleiche Gesicht seiner Frau überzog, wie ihre Augen den leeren Blick verloren und wieder strahlend wurden. Er dachte mit verblüffter Verwunderung: »Verdammt nochmal, sie ist ja doch 'ne Schönheit . . .«

Mit zitternder Stimme sagte Winter: »Könnte ich wirklich nach Lucknow? Das habe ich mir so sehr gewünscht. Wirklich?«

Der Commissioner fühlte sich geschmeichelt durch ihre Reaktion auf seinen achtlos hingeworfenen Vorschlag. Sie war im ganzen doch ein nettes, kleines Ding, und außer ein paar störrischen Momenten, die sie hin und wieder hatte, machte sie keinen Ärger. Schließlich sah sie auch gut aus, oder nicht? Seltsam, daß er sich nie auf das eine oder andere festlegen konnte. Er tatschte ihr mit herablassender Zärtlichkeit auf die Schultern, und dann sagte er: »Na, na, woll'n mal sehen, was wir machen können.«

Zufrieden mit seiner eigenen Großzügigkeit hatte er den Arm um ihre Hüfte gelegt, sie an sich gezogen und ihr einen nassen, ekelhaft alkoholischen Kuß auf die Wange gedrückt. Der war für die Lippen gedacht gewesen, aber Winter hatte den Kopf umgedreht. Sonst hatte sie nichts unternommen, um seiner Umarmung zu entgehen, sondern sie hatte ganz still gestanden und sie mit geschlossenen Augen erduldet. Mit plötzlicher, leidenschaftlicher Intensität wünschte sie sich, es wäre Alex, der sie im Arm hielt. Dann hörte sie Schritte in der Halle, und ein Hausdiener murmelte: »Herr«, und Winter machte Anstalten, sich zu befreien. »Conway – bitte. Jemand kommt herein ...«

»Laß ihn!« murmelte Conway mit belegter Stimme. Er hatte heute schon früh angefangen zu trinken, so daß er bei der Ankunft seiner Gäste bei Laune war. Wie immer fand er das Gefühl, eine Frau in den Armen zu halten, bemerkenswert angenehm.

Winters Arme hingen steif an den Seiten hinab, aber jetzt hob sie die Hände und packte Conway an den Ärmeln, um ihn fortzuschieben. Für einen Augenblick sah es so aus, als ob sie ihrerseits ihren Mann umarmen wollte. Sie hörte, wie sich die Tür öffnete, und dann schaute sie in Alex Randalls ausdrucksloses Gesicht.

Es war wie eine plötzliche, alptraumhafte Wiederholung der Szene in Delhi, wo Alex auch hereingekommen war und sie in Carlyons Armen gelegen hatte. Ein Alptraum mit einer grausamen Rollenverschiebung, denn damals hatte Winter Angst gehabt, es könnte Conway sein, der sie in einer so kompromittierenden Situation antraf. Aber es war Alex gewesen. Und jetzt hielt Conway sie in den Armen, und wieder war es Randall. Aber diesmal liebte sie Alex.

Conway ließ sie los und drehte sich um. »Hallo, Alex, mein Junge. Platzt du doch direkt zu den Turteltauben herein. Verdammt. Trink dir einen. Fühl dich ganz wie zu Hause. Ist doch nichts Dringendes, oder? Hab' nämlich jetzt keine Zeit, mich drum zu kümmern. Mrs. Barton ist schon angezogen, und ich muß noch baden und mich umziehen.«

Er brüllte nach Drinks, nahm selbst einen und ging zur Tür. »Geh nicht weg. Meine Frau kümmert sich schon um dich. Willst du nicht zum Essen bleiben? Tolle Party heute nacht. Erstklassige Gesellschaft. Wir werden 'ne Menge Spaß haben. Wird auch Zeit, daß du mal aus dir rausgehst. Du wirst erwartet.«

»Ich fürchte, Sir ...«, begann Alex und hielt dann inne. Er schaute Winters starres Gesicht an und sagte dann nach einer spürbaren Pause, als ob er vorgehabt hätte, den Satz so zu beenden: »... daß ich in letzter Zeit meinen gesellschaftlichen Pflichten nicht nachgekommen bin. Ich komme gern.«

»Gut, gut«, meinte der Commissioner jovial. »Kümmer dich mal um ihn, meine Liebe.«

Er ging, und Winter sagte steif: »Es tut mir leid, daß Mr. Barton nicht in der Lage ist, Ihnen seine Aufmerksamkeit zu widmen. Aber wir erwarten noch diese Stunde Gäste. Ich hoffe, Ihre Angelegenheit kann warten?«

Alex schlenderte durchs Zimmer und blieb vor Winter stehen. Er war wütender als je zuvor in seinem Leben. Es war ein völlig unlogischer Ärger, denn eigentlich sollte er doch froh sein, daß sie trotz allem nicht unglücklich in ihrer Ehe war, wie er angenommen hatte. Er setzte sein Glas auf den Kamin und sagte: »Ich bin nicht hergekommen, um Mr. Barton zu sehen. Ich komme, um meine Schulden zu bezahlen.«

»Ihre Schulden?«

»Nein, vielmehr wollte ich mich bedanken. Ich fürchte, ich habe heute morgen nicht besonders dankbar gewirkt. Aber ich bin es. Ich glaube, ich verdanke Ihnen mein Leben, und das wenigste, was ich tun kann, ist es, Ihnen für diese Gabe anständig zu danken.« Er blickte auf sie hinab und lächelte. Dann fügte er hinzu: »Ich glaube, ich hatte vor, irgend etwas in der Art zu sagen, daß mein Leben Ihnen jetzt natürlich vollkommen zur Verfügung steht, aber solche Bemerkungen klingen im Theater besser. Meinen Sie nicht auch? Ich beschränke mich also darauf, einfach danke zu sagen. Ich bin in der Tat dankbar.«

Er streckte die Hand aus, und ehe Winter begriffen hatte, was er tun wollte, hatte er ihre Hand genommen und sich förmlich darüber verbeugt. Er hob sie, so daß sie kaum seinen festen Mund berührte.

Winter riß die Hand weg und machte schnell einen Schritt rückwärts. Sie hatte Angst davor, daß er ihr nah war, und sie sagte ein bißchen atemlos: »Es gibt nichts, wofür Sie sich bei mir bedanken müßten, Captain Randall. Ich habe nichts anderes getan, als was jeder in dieser Situation getan hätte.«

Sie ging zu einem Stuhl und setzte sich. Entschlossen bemühte sie sich darum, mit ruhiger Stimme zu sprechen und beherrscht zu wirken. Sie sagte: »Sie haben mir noch nicht erzählt, was heute morgen vorgefallen ist. War also niemand in der Schlucht?«

»Doch, sie waren da«, sagte Alex. Er erzählte ihr eine gekürzte und farblose Version der Geschehnisse in der Schlucht und ging dann zu anderen Themen über. Er erwähnte, er hätte in letzter Zeit einen Brief von Mrs. Abuthnot erhalten und fragte, ob Winter Nachrichten von Lottie hätte.

Winter hatte tatsächlich einen langen, hingerissenen Brief von Lottie mit der letzten Post erhalten. Aber der handelte zum größten Teil von den vielen Vollkommenheiten Edwards und den wunderschönen Möbeln, die Lottie für ihr Wohnzimmer beschafft hatte. Es gab wenig, was Captain Randall interessieren würde, und die wirklich wichtigen Nachrichten – nämlich daß Lottie ein Kind erwartete, das im Sommer geboren werden würde –, die konnten nicht mitgeteilt werden. Solche Dinge konnte man vor Herren einfach nicht erwähnen.

Captain Randall blieb allerdings auch nicht viel länger. Er trank aus und entschuldigte sich. Er müsse sich noch umziehen, wenn er heute nacht in der Residenz zu Abend essen wolle.

Winter erhob sich, und ihr gelbes Seidenkleid rauschte. Sie hatte ihn in den letzten zehn Minuten nicht direkt angeschaut, aber jetzt sah sie ihn an. »Warum haben Sie es sich eigentlich anders überlegt, denn Sie wollten doch ablehnen?« wollte sie abrupt wissen. »Ich weiß, Sie mögen keine Partys, und wenn Sie nur Gelegenheit gesucht haben, mir zu danken, nun, dann ist das ja schon geschehen. Sie müssen nicht hier zu Abend essen, wenn Sie das nicht wollen. Ich würde Sie schon bei Mr. Barton entschuldigen.«

»Warum glauben Sie, daß ich nicht mit Ihnen essen will?«

»Nun ... frühere Einladungen haben Sie noch nie akzeptiert.«

»Das war dumm von mir«, meinte Alex ernst. »Aber heute abend wird sich etwas daran ändern.« Er verbeugte sich und ging. Er ließ ihre Frage unbeantwortet.

An diesem Abend war auch Kishan Prasad unter den Gästen. Winter hatte ihn seit dem Tag ihrer Ankunft in Kalkutta nicht mehr gesehen. Sie wollte sich gerade mit Kopfschmerzen entschuldigen, aber zweierlei brachte sie dazu, es sich anders zu überlegen. Die Ankunft von Kishan Prasad und ein Ausdruck, der auf Alex' Gesicht lag, als er ihn sah.

Alex hatte am anderen Ende des Raumes inmitten einer geräuschvollen Menschengruppe gestanden, die sich um Mrs. Cottar versammelt hatte. Winter hatte ihn unauffällig beobachtet. Sie hatte gesehen, wie sein Blick ganz kurz auf Kishan Prasad ruhte, und plötzlich begriff sie, daß er gewußt haben mußte, daß der Rao Sahib heute abend anwesend sein würde. Aus diesem Grund hatte er die Einladung ihres Mannes akzeptiert. Sein Gesichtsausdruck hatte sich beim Anblick Kishan Prasads nicht merklich verändert, aber es schien Winter, als ob ein Glitzern der Befriedigung in seinen Augen gelegen hätte. Als ob er beim Kartenspiel ein gutes Blatt in der Hand hätte. Als Winter nach vorn ging, um den Rao Sahib zu begrüßen, hatte Alex sich umgedreht und wieder mit Mrs. Cottar geredet.

Das Kartenspiel hatte noch nicht begonnen, und Kishan Prasad hatte, nachdem er Colonel Moulson und zwei andere Bekannte begrüßt hatte, seinen Stuhl neben das Sofa geschoben, auf dem Winter saß. Er sprach sie in seiner Sprache an. Da Winter genau wußte, wie fließend er Englisch sprach, wußte sie sein Kompliment zu schätzen. Außerdem erging er sich nicht dauernd von Trivialitäten wie die anderen. Kishan Prasads Unterhaltung war trocken und unterhaltend, und sie war reich an der Bildersprache des Ostens. Dann traten Colonel Moulson und Delia Gardener-Smith an sie heran, und er verfiel wieder ins Englische.

Die Unterhaltung drehte sich jetzt um die Entenjagd, die in Kürze stattfinden sollte. Hazrat Bagh – der Hain der tausend Bäume – war einmal das Jagdgebiet eines vergessenen Königs gewesen, aber jetzt war nichts mehr davon übrig, außer einsamen Teichen und schmalen Dämmen, die sie voneinander trennten. Diese Dämme waren mit den »tausend Bäumen« bestanden und mit hohem Gras und Schilf, das den Jägern ausgezeichnete Deckung bot. Da in der Nähe keine Dörfer lagen, kamen die Wasservögel zu Tausenden dorthin.

Eine Straße zu diesem Gebiet war schon im Bau, so daß die Damen mit den Kutschen dorthin fahren konnten. Es war schwierig, das Gelände zu Pferd zu erreichen, denn die Wege waren schlecht.

»Ich hoffe, wir werden die Freude haben, auch Sie dort zu sehen, Mrs. Barton«, sagte Kishan Prasad. »Ich bin einer der Gastgeber, wissen Sie.«

»Nein, das wußte ich nicht«, gab Winter zu. »Aber ich werde sicher dort sein. Ich habe noch nie an einer großen Jagd teilgenommen.«

»Dann müssen Sie mir erlauben, später eine Tigerjagd zu arrangieren«, meinte Kishan Prasad. »In Europa, da kann man auch Enten schießen, aber eine Tigerjagd, das ist etwas, was Sie nur im Osten finden werden.«

»Oh, ich könnte es nicht ertragen, an so etwas teilzunehmen«, erklärte Delia mit Schaudern. »Ich kann mir nicht vorstellen, wie eine Lady das überhaupt tun kann.«

»Warum?« wollte Kishan Prasad wissen. »Würde es Sie bekümmern, wenn so ein schönes Tier sterben muß? Aber Tiger sind Raubtiere, wissen Sie. Und alte Tiger gehen oft dazu über, Menschen umzubringen.«

»Ach, das meinte ich doch nicht«, sagte Delia und bot Kishan Prasad ihren bezaubernden Augenaufschlag. »Ich meinte, daß es gefährlich ist. Eine Entenjagd ist nicht gefährlich, aber eine Tigerjagd, die muß ja gefährlich sein.«

»Deshalb ist sie auch so aufregend«, meinte Kishan Prasad mit einem Lächeln. »Keine Jagd ist ihren Namen wert, die nicht das Element des Risikos hat.«

»Ist das ein Glaube oder nur eine Meinung?« fragte eine angenehme Stimme hinter ihnen. »Guten Abend, Rao Sahib. Wann sind Sie denn nach Lunjore gekommen?«

Niemand hatte bemerkt, wie Alex herankam. Winter sah, wie Kishan Prasad unwillkürlich beim Klang dieser Stimme zusammenfuhr. Aber sein Gesicht blieb gleichgültig, und seine Stimme war genauso angenehm wie Alex' Stimme.

»Natürlich ein Glaube, Captain Randall. Ich gebe nur selten meine Meinung preis. Ich bin heute mittag angekommen.«

Winter spähte scharf in das eine und dann in das andere Gesicht. Und auf einmal fürchtete sie sich. Alex lachte. Aber er erklärte nicht, warum er lachte. Er sagte statt dessen: »Ich hoffe, Sie werden mich auch zu Ihrer Tigerjagd einladen. Wann soll sie denn stattfinden?«

»Das habe ich mir noch nicht überlegt«, meinte Kishan Prasad ernst. »Es war kein Plan, sondern nur ein Vorschlag.« Er begegnete Alex' Blick mit undurchdringlichem Gesichtsausdruck, schaute ihn einen langen Augenblick an und sagte dann sanft: »Irgendwann in der heißen Jahreszeit, ja? In den heißen Monaten sind sie immer leichter zu stellen, denn anstatt das Land zu durchstreifen, sind sie gezwungen, in der Nähe des Wassers zu bleiben. Außerdem sind sie weniger aktiv.«

»Das ist aber kaum etwas, um das man sich kümmern sollte«, meinte Alex und betrachtete Kishan Prasad unter halbgesenkten Augenlidern.

Kishan Prasad zuckte die Achseln. »Natürlich nicht. Habe ich nicht gesagt, daß es immer das Element des Risikos gibt? Aus diesem Grund sollte man besondere Vorsichtsmaßnahmen ergreifen, wenn Damen mit von der Partie sind. Andererseits kann es nur wenige Damen geben, die während des heißen Wetters an einer solchen Jagd teilnehmen wollen. Ich glaube nicht, daß Mrs. Barton dann bei uns sein wird. Im Gegenteil. Ich bin sicher, sie wird irgendwo in den Bergen sein, um der größten Hitze zu entgehen. Ich habe eben die Damen gewarnt, daß Lunjore in den Monaten vor dem Monsun ein wahrer Ofen sein kann, aber da sie aus Europa kommen, haben sie jetzt noch wenig Ahnung, wie glühend die heiße Jahreszeit in Indien ist.«

»Ich werde mein Bestes tun, um es ihnen einzubleuen«, sagte Alex.

»Das werden Sie sicher, Captain Randall.« Kishan Prasad lächelte. »Wenn ich auch fürchte, Ihre Warnungen sind dazu verdammt, nicht beachtet zu werden. Für mich ist es eigentlich ganz sicher, wenn ich das Klima meines Heimatlandes verrate.«

Delia meinte strahlend: »Meine Freundin Maudie, die schon vier Jahre in Lunjore gelebt hat, meint, es wäre besser, an solche Dinge nicht zu denken, solange es noch kühl ist. Denn wenn es heiß wird, kann man nichts dagegen tun, und wenn es vorbei ist, dann kann man das heiße Wetter bis zum nächsten Mal vergessen.«

Winter sah nichts Komisches in dieser Bemerkung, aber sowohl Alex als auch Kishan Prasad lachten laut. Ihr Gelächter enthielt einen bestürzenden, grimmigen Unterton, der bei beiden identisch war. Es war fast – so dachte Winter unruhig, als ob die lockere Unterhaltung zwischen den beiden aus einzelnen versteckten Hinweisen bestanden hätte, und als ob jeder der beiden genau wußte, was der andere angedeutet hatte. Sie schaute die beiden Männer an, und einen flüchtigen Augenblick lang schien es ihr, als ob zwischen ihnen eine seltsame Ähnlichkeit bestände. Eine Ähnlichkeit, die mit den Gesichtszügen oder der Hautfarbe nichts zu tun hatte, sondern viel tiefer ging.

Kishan Prasad erhob sich, als Mrs. Cottar herankam, und ging kurz danach mit Alex weg. Die beiden unterhielten sich liebenswürdig über die Entenjagd. Winter glaubte, sie hätte sich alles eingebildet. Dennoch, sie hatte heute zum ersten Mal die Party nicht früh verlassen. Sie war noch immer da. Sie hatte Alex und Kishan Prasad beobachtet, und sie versuchte sich einzureden, daß in der Unterhaltung der beiden nichts Wichtiges gelegen hatte. Daß Kishan Prasad Alex nicht mit undurchdringlicher Miene eine obskure Information oder Warnung gegeben oder daß Alex diese Warnung erkannt hätte.

Der Commissioner hatte wie gewöhnlich zuviel getrunken, und nach kurzer Zeit hatte er die Karten niedergelegt und hockte auf dem Sofa am anderen Ende des Raumes. Er hatte den Arm um Mrs. Wilkinsons Taille gelegt – und Major Wilkinson war im Augenblick in keinem Zustand, um sich über solches Benehmen zu ärgern. Denn der Major hatte sich zu intensiv mit dem Portwein des Commissioners beschäftigt.

Winter schaute ihren Mann an, sein grobes, gerötetes Gesicht mit den wäßrigen, vorstehenden Augen und dem hängenden, brandydurchweichten Schnurrbart. Sie sah zu, wie er Crissie Wilkinsons fette, nackte Schulter betatschte und ihr irgend etwas ins Ohr flüsterte, so daß sie vor Vergnügen laut aufkreischte. Winter wußte, sie sollte nicht bleiben und sich solche Dinge ansehen, und sie wußte auch, daß sie sich noch nicht einmal für ihr Weggehen entschuldigen mußte. Nur wenige Gäste würden bemerken, daß sie fort war. Dennoch ging sie nicht. Sie saß steif und aufrecht da, und die gelbseidenen Rüschen ihres weiten Rockes breiteten sich um ihre schlanke Taille aus wie die Blütenblätter einer riesigen Rose. Auf ihrem Gesicht war das gleiche kleine, eingefrorene Lächeln, das sie während der alptraumhaften Stunden nach ihrer Hochzeit gezeigt hatte.

Sie konnte nicht gehen, weil Alex da war. Und ganz plötzlich war es ihr genug, im gleichen Raum mit ihm zu sein. Es war ihr genug, sein Gesicht zu sehen und seine Stimme und sein Lachen zu hören. Morgen oder übermorgen oder an dem Tag danach traf ihn vielleicht ein sorgfältig geplanter Unfall, oder er starb an Cholera oder Typhus oder Schwarzwasserfieber. Das Leben war billig in solch einem Land, und der Tod war ein allzu wohlbekannter Besucher. Es war besser, an solche Dinge nicht zu denken. Aber es gab auch weniger katastrophale Dinge, durch die Alex aus ihrer Umgebung entfernt werden konnte. Vielleicht wurde er in einen anderen Bezirk versetzt, oder er mußte wieder Dienst im Regiment tun. Vielleicht verliebte er sich auch und heiratete irgendein hübsches Wesen wie Sophie Abuthnot oder wie Delia – nein, sicher nicht Delia. Zu Delia war er immer nur höflich gewesen. Aber jetzt war er mehr als höflich zu ihr . . .

Winter beobachtete ihn unauffällig, und sie hatte den Verdacht, daß er ein bißchen betrunken war. Seine Augen leuchteten sehr hell, und sein dichtes dunkles Haar war zerzaust. Offenbar war er bester Laune und hatte auch nichts dagegen, Miss Gardener-Smith zu unterhalten – oder Mrs. Josh Cottar.

Kishan Prasad war um Mitternacht gegangen. Das war allerdings kein Zeichen für die anderen Gäste gewesen, auch zu gehen, denn die Dienstagspartys endeten selten vor drei oder manchmal vier Uhr morgens. Aber kurz nach eins war der Commissioner, der die verschiedenen Stadien der jovialen, amourösen, streitsüchtigen und melancholischen Trunkenheit durchlaufen hatte, endlich beim Stadium der Bewußtlosigkeit angekommen, und als ob Alex darauf gewartet hätte, stellte er seinen Drink hin, warf seine Karten offen auf den Tisch und stand auf.

»Wohin willst du, Alex?« wollte Mrs. Cottar wissen.

»Ins Bett«, meinte Alex knapp. »Und ihr andern auch.«

Unglaublicherweise hatte er es dann geschafft, sie alle loszuwerden. Winter wußte nicht, wie er das gemacht hatte, aber innerhalb einer Viertelstunde war auch die letzte Kutsche die Einfahrt hinuntergerollt, und nur Alex war noch da. Er schaute gedankenverloren den schnarchenden Berg an, der der Commissioner war, und dann sagte er zu Winter: »Brauchen Sie Hilfe?«

Winter war nicht ganz sicher, was er mit dieser Frage meinte, aber sie sagte etwas steif: »Machen Sie sich keine Mühe. Ismail wird ihm schon ins Bett helfen.«

Alex zuckte ganz leicht die Schultern und wollte gerade gehen, als Winter ihn zurückhielt.

»Captain Randall . . .«

Alex drehte sich wieder um. »Mrs. Barton?«

Winter fragte: »Wußten Sie, daß der Rao Sahib heute abend kommen würde?«

»Ich hatte gehört, daß er vielleicht käme.«

»Waren Sie deshalb heute abend hier?«

Alex betrachtete sie mit gehobenen Augenbrauen. »Meine liebe Mrs. Barton, ich war heute abend hier, weil Ihr Mann mich eingeladen hat.«

»Aber Sie hätten abgelehnt, wenn Sie nicht geglaubt hätten, daß der Rao Sahib hier sein würde.«

Alex zuckte wieder die Achseln. »Vielleicht. Warum fragen Sie?«

»Warum wollten Sie ihn sehen?«

Alex' träger Blick ruhte einen Augenblick auf ihr, und dann antwortete er: »Weil ich mich zufällig für ihn interessiere. Für alles, was Kishan Prasad tut, gibt es einen Grund. Und es ist immer der gleiche Grund. Er ist ein Mann, der nur einen Gedanken hat.«

»Welchen Gedanken?«

»Mein liebes Kind«, sagte Alex mit plötzlicher Ungeduld, »das wissen Sie genausogut wie ich. Er hat nur ein Ziel im Leben. Er will die Herrschaft Englands brechen. Und um das zu erreichen, würde er, wenn notwendig, eigenhändig die Kehle jedes weißen Mannes in diesem Land durchschneiden – mit einer möglichen Ausnahme.«

»Meinen Sie – Ihre Kehle? Aber Sie dachten doch, er hätte damals den Männern befohlen, Sie umzubringen. Das meinten Sie doch, oder nicht?«

Alex schüttelte den Kopf. »Nein. Er wird mir das Leben nicht nehmen, und er wird auch nicht planen, es mir zu nehmen. Denn ich habe einmal den großen Fehler gemacht, ihm das Leben zu retten. Wenn es aber jemand anders tut, dann ist das auch etwas ganz anderes.«

Winter setzte sich hin. Sie schaute zu ihm auf und sagte: »Worüber haben Sie sich unterhalten? Es hörte sich wie ganz gewöhnliches Gerede an, aber das war es doch nicht, oder?«

Alex ließ sich auf dem Sofa ihr gegenüber nieder und schob die Hände in die Taschen. Er sagte langsam: »Nein, wenigstens nicht ganz. Ich glaube, er hatte vor, Ihnen – oder mir – einen Gefallen zu tun. Er ist selbstsicher genug, um sich das leisten zu können. Vielleicht hat er recht.«

Winter sagte: »Ich verstehe nichts«, und Alex schaute sie unter gesenkten Wimpern an.

»Das macht vielleicht gar nichts. Fahren Sie diesen Sommer in die Berge?«

»Nein. Ich glaube nicht, daß mir die Hitze viel ausmachen wird. Warum wechseln Sie das Thema?«

»Ich wechsele das Thema nicht. Ich glaube, Sie sollten in die Berge fahren. Ich werde jedenfalls alles tun, um Sie dazu zu bringen. Sind Sie denn so interessiert daran, hierzubleiben?« Sein Blick wanderte zum Sofa auf der anderen Seite des Zimmers, wo Winters Mann lag und schnarchte.

»Ja«, sagte Winter und betrachtete den Schatten seines Kopfes an der Wand. War es das, was Kishan Prasad meinte? Hatte er angedeutet, daß in den kommenden Monaten in Lunjore vielleicht Unruhen ausbrechen könnten? Wie konnte sie dann aber in die Berge fahren in dem Wissen, daß Alex noch immer in Lunjore war?

Fast unhörbar sagte sie: »Es gibt Zeiten – wo man sich lieber nicht wegschicken lassen würde.«

Alex mißverstand die zögernden Worte. Er drehte sich abrupt um, und sein Mund war plötzlich weiß. »Bekommen Sie ein Kind?« fragte er geradeheraus.

Winter bewegte sich nicht. Aber er sah, wie ihr Gesicht in einer schrecklichen, stillen Maske erstarrte, und er fühlte den Schauder, der durch ihren Körper ging, so deutlich, als ob sie ihn berührt hätte.

Winter hatte diese Möglichkeit natürlich schon einmal überlegt, denn sie hatte sich oft als die Mutter von Conways Kindern gesehen. Aber das war vor ihrer Ehe gewesen. Danach war ihr dieser Gedanke unglaublicherweise nie mehr gekommen, vielleicht, weil sie im Unterbewußtsein einfach nicht glauben konnte, daß man bei den Geschehnissen, die in ihr nur Furcht und Ekel weckten, ein Kind empfangen konnte. Alex' abrupte Frage hatte sie mit etwas konfrontiert, das sie mit übelkeiterregendem Schrecken erfüllte. Es war ihr wie einer Schlafwandlerin, die aufwacht und am Rand eines gähnenden Abgrunds steht. Alle Farbe verließ ihr Gesicht, sie wirkte plötzlich schmal und weiß. Das – das konnte ihr nicht geschehen – das durfte nicht geschehen! Kinder empfing man nur aus Liebe!

Alex sagte: »Ist das so?« Die Grobheit seiner eigenen Stimme überraschte ihn.

Winter preßte ihre weißen Lippen mit Anstrengung zusammen. Sie war zu erschüttert, um sich über die Frage zu ärgern. »Nein.«

Alex stand abrupt auf. Er ging zum Tisch, auf dem noch immer die Karten und die Würfel lagen, und nahm seinen restlichen Drink. Der Brandy brannte in seiner Kehle, aber er trank den Schnaps, als ob sie vor Durst ausgetrocknet wäre. Er füllte sich das Glas an einem Seitentisch wieder, kam damit zurück und stellte sich neben sie. »Tut mir leid. Vielleicht hätte ich Sie das nicht fragen sollen.«

Winter schaute ihm nicht in die Augen. Sie heftete ihren Blick auf das Glas in seiner Hand, und Alex bemerkte, wohin sie schaute. Er lächelte ein bißchen wehmütig: »Nein, ich fürchte, ich werde nicht so schnell betrunken. Zufällig gehört das zu meinen Eigenschaften, deshalb kann ich mich nicht mit Trunkenheit entschuldigen. Ich dachte, mit Ihrer Bemerkung, nicht in die Berge zu fahren, hätten Sie das gemeint. Und wenn es der Fall wäre, dann hielte ich es für um so notwendiger, daß Sie vor dem heißen Wetter Lunjore verlassen.«

Winter schaute ihn nicht an. Sie sagte: »Ich habe nur gemeint, daß ich nicht fortlaufen werde.«

»Vor was?«

»Vor . . . vor irgend etwas.«

»Nein«, sagte Alex, »das glaube ich auch nicht.«

Er setzte sich wieder und streckte die Beine vor sich aus. Er lehnte den Kopf gegen die Rückenlehne des Sofas, und das Schweigen wurde länger und füllte sich langsam mit kleinen Geräuschen. Das Tikken der Uhr, das laute Schnarchen des Commissioners, das Girren eines Geckos und das monotone Flattern einer großen Motte, die aus der Nacht hereingekommen war und sich jetzt die Flügel am Glas der einzigen großen Öllampe zerschlug. Die Motte warf wirbelnde, zitternde Schatten an die Wände und die hohe, weiße Decke.

Winter saß bewegungslos da. Ihr Körper war noch immer starr vor Schrecken. Sie schaute Alex' Hände an, die das Glas hielten: braun, mager, langfingrig und nervös. Eine Hand, die unerwartete Kraft und gleichermaßen unerwartete Zärtlichkeit besaß. Und dann sah sie neben dieser Hand die feuchten, fleischigen, unsicheren Finger des Mannes vor sich, den sie geheiratet hatte. Sie wußte plötzlich, sie konnte Conway keine Kinder schenken. Das zu tun, das wäre eine absolute Unanständigkeit. Sie würde nach Lucknow gehen, wie Conway vorgeschlagen hatte. Hier in Lunjore konnte sie keinen klaren Gedanken mehr fassen, nicht, solange Alex da war und sie ihn so sehr brauchte. Auch nicht, solange Conway da war und solange der schaudernde Ekel vor ihm sie mit so schrecklicher Verzweiflung erfüllte. Sie würde nach Hause gehen ...

Der Salon roch fade nach Zigarettenrauch und Alkohol. Nach verwelkten Rosen und den schweren Veilchendüften, die Mrs. Wilkinson immer trug. Der Raum sah so unordentlich und schmutzig und leer aus, wie jeder Raum, wenn die Party vorüber ist. Aber trotz dieser Unordnung wirkte er auf Winter plötzlich seltsam friedlich. Alex hatte ihr immer dieses Gefühl der Sicherheit gegeben, und während Winter sein ruhiges Gesicht anschaute, fand sie es seltsam, daß das so war. Jetzt, wo sie entdeckt hatte, daß sie ihn liebte, mußte sie sich doch einfach in seiner Gegenwart verlegen oder schüchtern oder beschämt fühlen. Sie war verheiratet – und es war unanständig, sich in einen anderen Mann zu verlieben. Aber sie hatte es sich ja gar nicht erlaubt, sich in Alex zu verlieben. Sie hatte die Tatsache erst entdeckt, als es schon viel zu spät war, irgend etwas dagegen zu unternehmen. Als er sie geküßt hatte, da war sie auch nicht vernünftig genug gewesen, um es zu begreifen. War das damals bei ihm nur ein plötzlicher Impuls gewesen, geboren aus der romantischen Schönheit der warmen Mondnacht und den Tönen eines sentimentalen Liedes? Oder hatte er sie doch ein bißchen geliebt? Sie wußte, er hatte sich für sie verantwortlich gefühlt, und dieses Gefühl der Verantwortung hatte ihn geärgert. Sie wußte auch, daß dieses Gefühl nach ihrer Heirat nicht gestorben war. Sie saß entspannt und still da und beobachtete sein Gesicht, und sie fragte sich, was er jetzt wohl dachte.

Die Uhr auf dem Kaminsims schlug zwei, und Alex drehte sich zu Winter um und schaute sie an. Er sagte langsam: »Ich wollte Sie nicht so lange aufhalten. Tut mir leid. Reiten Sie morgen früh?«

»Ja.«

»Wohin?«

»Irgendwohin. Zum Parry-Hügel?«

»Gut. Um sechs Uhr dann.«

Sie lächelten einander an, ihre Gesichter waren dunkel und friedlich, und Alex trank aus und stand auf. Winter erhob sich mit rauschenden Seidenkleidern und ging neben ihm her in die Halle. Dort hockte ein schläfriger Diener neben der Speisezimmertür.

Alex sagte knapp: »Schick den Träger des Sahibs zu ihm«, und der Mann raffte sich auf und huschte in die Dunkelheit. Alex drehte sich zu Winter um und streckte die Hand aus. »Gute Nacht. Oder vielmehr: Guten Morgen. Ich nehme an, ich sollte auch sagen: Ich danke Ihnen für einen sehr angenehmen Abend.«

»War er angenehm?«

Alex dachte über die Frage nach und hielt noch immer die Hand, die sie ihm gegeben hatte. Es war seine Gewohnheit, eine Frage zu bedenken, ehe er sie beantwortete, anstatt eine konventionelle, leere Antwort zu geben. Er sagte: »Lehrreich, auf jeden Fall. Und auch einigermaßen amüsant, glaube ich.«

Es sah aus, als ob er noch etwas sagen wollte, aber dann schwieg er einen Augenblick, blickte auf Winter hinab und zeigte ein halbes Lächeln. Die Linie seines Mundes war plötzlich unerwartet zärtlich. Dann hob er die Hand, die er noch immer umschlossen hielt, und drehte ihre Handfläche nach oben. Er küßte sie ganz leicht, faltete Winters Finger über dem Kuß zusammen und ließ ihre Hand los.

An dieser Geste war nichts gewesen, was irgendwie leidenschaftlich wirkte. Die Geste hätte eine wortlose Entschuldigung sein können oder ein tröstendes Streicheln für ein Kind. Dann hatte er sich umgedreht und war hinaus in die Nacht gegangen, und Winter hatte ihn am Tor mit einem Diener reden hören. In der stillen Halle hatte sie gewartet, bis der Klang seiner Schritte in der Dunkelheit verhallt war.

29

Weniger als vier Stunden später hatte Alex an der Straße zur Residenz auf Winter gewartet. Sie waren zusammen durch die stillen Felder und über die Schießstände ins offene Land hinausgeritten. Niaz und Yusaf hielten sich hinter ihnen.

Das Übungsgelände für das Gewehrschießen war hart und eben, und die Pferde waren frisch, also sprachen Alex und Winter nicht viel miteinander. Aber hinter dem Schießplatz wurde der Boden uneben, und die Pferde gingen Schritt und suchten sich den Weg durch hohe Grasbüschel, Bäume und Dornensträucher, fedrige Dickichte von Pampasgras und Felsblöcken. Auf dem Gipfel eines einsamen Hügels, der von einem Banyam-Baum und dem verwitterten Stein eines uralten Grabes gekrönt wurde, zügelten sie ihre Pferde. Die Inschrift auf dem Stein war noch immer leserlich: Hier liegt Ezra Parry von der ehrenwerten Gesellschaft der Kaufleute von London, die mit Ostindien Handel treiben. Sohn des Thomas Parry und der Susanna. Er verließ diese Welt den elften Oktober 1666.

Ein Zug Wildenten flog hoch am Himmel über sie hinweg in Richtung des Sumpfgeländes, das zehn Meilen weiter nach Norden lag.

Winter schaute ihnen nach, und Alex, der der Richtung ihres Blickes gefolgt war, sagte: »Sie werden bald fortziehen. Diese Entenjagd markiert das Ende der Saison.«

»Wohin ziehen sie?«

Alex deutete mit dem Kinn nach Nordwesten. »Nach Zentralasien – in die Mongolei – nach Sibirien. Dort brüten sie. Sie kommen wieder zurück,wenn die nächste kühle Periode einsetzt.«

»Das ist Hazrat Bagh dahinten, nicht wahr? Was liegt auf der anderen Seite?«

»Suthragunj. Aber es gibt keine Straßen dorthin.«

»Sie bauen eine Straße«, sagte Winter und deutete mit der Reitgerte auf eine dünne braune Linie, die sich über die Ebene zog.

»Ja. Das ist eine provisorische Straße, damit die Damen der Garnison bequem hinausfahren und der Entenjagd zusehen können. Um Ihrem Mann und der Garnison zu beweisen, wie freundlich und kooperativ unsere Landbesitzer sind, werden keine Kosten und Mühen gescheut. Ich wüßte liebend gern . . .«

Er vollendete den Satz nicht, und Winter meinte neugierig: »Was wüßten Sie liebend gern?«

Alex antwortete nicht. Winter hatte entdeckt, daß er nur selten eine Frage beantwortete, wenn er das nicht wollte. Er überhörte sie dann einfach. Winter schwieg einen Augenblick und sagte dann nach kurzer Zeit: »Gestern hatten Sie doch eine Pistole, nicht wahr? Tragen Sie immer eine bei sich?«

»Nein. Erst in letzter Zeit.«

»Haben Sie jetzt eine mit?« wollte Winter wissen.

Alex nickte. Niaz saß am Fuß des Hügels auf seinem nervösen Pferd.

Winter sagte abrupt: »Wollen Sie mir die Pistole geben?«

Alex drehte sich ruckartig herum. »Was?«

»Würden Sie mir eine Pistole geben?«

»Wofür?«

»Ich würde mich dann . . . sicherer fühlen«, sagte Winter in leichtem Tonfall. Sie tat so, als ob ein Paar Webervögel sie interessierte, die ängstlich um ihr hängendes Nest an einem Dornbusch herumflatterten.

Alex beobachtete sie mit schmalen Augen und meinte trocken: »Denken Sie daran, irgend jemanden zu erschießen?«

»Nein«, sagte Winter nüchtern. »Noch nicht einmal mich selbst.«

Alex' Pferd schnaubte und tat ein paar Schritte rückwärts, als ob es einen plötzlichen Ruck am Zügel verspürt hätte. Als Alex das Pferd wieder beruhigt hatte, fragte er einfach, ob Winter schon einmal eine Feuerwaffe benutzt hätte. Winter schüttelte den Kopf. »Nein. Aber ich glaube nicht, daß es sehr schwierig ist.«

»Versuchen Sie's mal.«

Alex saß ab und zog dem Pferd die Zügel über den Kopf. Er pfiff nach Niaz und drehte sich dann um, um Winter aus dem Sattel zu helfen. Das Sonnenlicht glänzte auf dem Lauf des kleinen Revolvers, während er seinen Mechanismus erklärte.

»Ist er geladen?« fragte Winter.

»Liebes Kind«, antwortete Alex geduldig, »bilden Sie sich wirklich ein, daß ich einen Revolver mit mir herumtrage, der nicht geladen ist? Hier . . . nehmen Sie ihn mal. Nein, nicht so tief zielen. Schießen Sie in die Luft.«

Der Knall ließ Furiante zornig tanzen und schnauben. Ein Pfau und seine fünf bescheidenen braunen Frauen, die unsichtbar im Pampasgras gesessen hatten, stoben kreischend davon.

»Gut gemacht«, sagte Alex lobend. »Sie sind nicht zusammengezuckt. Aber Sie müssen auch den Rückstoß beachten.«

»Zeigen Sie es mir.«

Sie reichte Alex den Revolver zurück, und der sagte scharf: »Reichen Sie niemals wieder einem anderen eine geladene Waffe auf diese Weise!«

Eine hellblaue Finkenfeder hing an den Dornen eines Baumes, der weniger als ein Dutzend Schritte entfernt stand. Alex riß seine Hand hoch und feuerte. Die Feder verschwand, und Niaz, der hinter ihnen stand, brummte bewundernd.

Winter sagte: »Macht man es wirklich so? Zielt man gar nicht?«

»Nein«, gab Alex mit einem Grinsen zu. »Das war nur Angabe. Ich entschuldige mich. Das nächste Mal mach' ich's ganz langsam für Sie. Stellen Sie sich hinter meine Schulter und schauen Sie den Lauf entlang.«

Er senkte den Revolver und feuerte. »Glauben Sie, Sie können es jetzt besser machen?«

»Ja, ich glaube schon.«

Winter nahm die Waffe jetzt weniger zimperlich in die Hände, wählte ein Ziel und drückte den Abzug. Ihr schlankes Handgelenk ruckte beim Schuß, und die Kugel pfiff über das Ziel hinweg. Alex ließ sie noch fünfmal feuern und bemerkte dann: »Nicht schlecht. Sie können das Ding behalten.«

»Danke«, sagte Winter ernst. Sie hielt ihm den Revolver hin und sagte: »Wollen Sie ihn bitte für mich laden?«

Alex schüttelte den Kopf. »Nein. Nicht eher, als bis ich Ihnen beigebracht habe, wie man ihn benutzt. Im Augenblick ist es sicherer, wenn er nicht geladen ist. Und als Abschreckungswaffe ist er wahrscheinlich genauso effektiv.«

Er sah, wie heiße Farbe in einer Welle von ihrer Kehle bis zu ihren Haarwurzeln hochstieg, und plötzlich hatte er einen erschreckenden Verdacht, warum sie eine Pistole gewollt hatte. Winter schob die Waffe in die Tasche ihres Reitkleides und wandte sich zu ihrem Pferd um. Alex, der ihr folgte, half ihr in den Sattel und schaute dann mit gefurchter Stirn zu ihr auf. Winter erwiderte seinen Blick nicht. Die helle Farbe verschwand wieder aus ihrem Gesicht, und ihr Gesichtsausdruck verriet nichts. Nach einem Augenblick senkte Alex die Hand, ohne etwas zu fragen.

Sie galoppierten zwischen den hohen Grasbüscheln, den Felsen und den breiten Dornbüschen zurück, und als sie das flache Gelände erreichten, galoppierten sie. Alex hatte vor dem Tor zur Residenz angehalten, denn sein eigener Bungalow lag nur knapp hundert Meter dahinter. Er sagte kurz: »Bringen Sie den Revolver morgen mit, dann zeige ich Ihnen, wie man ihn benutzt. Wer weiß, vielleicht ist er Ihnen mal nützlich.« Er sah zu, wie sie unter dem Schatten des Torbogens hindurch zur Residenz ritt, und wandte sich dann seinem eigenen Bungalow zu. Auf seinem Gesicht lag ein Ausdruck, der alles andere als freudig war.

Winter erwies sich als eifrige Schülerin. Sie hatte ein ausgezeichnetes Auge und neigte nicht dazu, bei lauten Geräuschen zusammenzuzucken. Innerhalb einer Woche konnte man bei ihr sicher sein, daß sie ein kleines Ziel auf zehn Schritte traf und ein größeres auf zwanzig.

Alex hatte ihr keine weiteren Fragen mehr gestellt, warum sie eine Pistole wollte. Er wußte auch nicht, daß sie den Revolver schon drei Tage, nachdem er ihn ihr gegeben hatte, gegen seinen vorgesetzten Offizier benutzt hatte. Ungeladen zwar, aber mit einem zufriedenstellenden Abschreckungseffekt, wie Alex vorhergesagt hatte.

Conway besuchte das Zimmer seiner Frau nur selten, aber am Abend nach der Dienstagsparty hatte er es getan und dabei festgestellt, daß die Tür verschlossen war. Er hatte eine Szene gemacht, die ihm aber nichts genützt hatte. Am nächsten Abend, als die Tür noch immer verschlossen war, hatte er sich entschlossen, seiner Frau eine Lektion zu erteilen, und am folgenden Abend war er einfach hereingekommen, als sie sich zum Abendessen umzog. Er war ziemlich nüchtern gewesen und deshalb um so gefährlicher, und er hatte Johara angebrüllt, zu verschwinden und draußen zu bleiben. »Und jetzt, meine liebe Frau«, sagte Conway mit unangenehmer Stimme, und seine Augen waren rotgerändert vor Wut und Brandy, »jetzt wirst du herausfinden, daß es auch andere Tageszeiten gibt, wo ich deinen Gehorsam verlangen kann. Du kannst das Kleid wieder ausziehen. Du wirst es nicht brauchen.«

Winter war ganz ruhig geblieben. Sie hatte eine Schublade ihrer Kommode geöffnet und drehte sich dann zu Conway um, den Revolver in der Hand. Sie war vollkommen höflich, aber entschlossen gewesen. Er hätte sie nicht aus Liebe geheiratet, sondern um des Geldes wegen, und er hätte nun bekommen, was er wollte. Damit müsse er sich zufriedengeben. Sie würde ihre Pflichten als seine Frau in jeder Hinsicht erfüllen, nur nicht in dieser. Wenn er je den Versuch mache, sich ihr wieder aufzudrängen, dann würde sie auf ihn schießen.

»Nicht um dich umzubringen, Conway. Von Mord will ich absehen. Aber ich werde dich schmerzhaft genug verletzen, um sicherzustellen, daß so etwas nicht wieder vorkommt. Ich hoffe, es ist dir klar, daß ich es ernst meine.«

Wenn Winter geschrien oder getobt hätte, dann hätte ihr Conway vielleicht nicht geglaubt. Weil sie aber beides nicht tat, sondern ihn weißlippig und ruhig anschaute, hatte er getobt und gebrüllt und ihr unerwähnbare Namen an den Kopf geworfen. Aber am Ende war er rückwärts aus dem Zimmer gegangen und hatte nicht versucht, es jemals wieder zu betreten. Später hatte er versucht, den Revolver zu finden und zu entfernen, aber das war ihm nicht gelungen, denn weder Jasmin noch Johara hatten ihm bei der Angelegenheit geholfen. Danach ließ er seine Frau in Ruhe. Der Revolver hatte seinem Zweck gedient, aber Winter nahm weiterhin Unterricht im Schießen. Teils, weil es ihr Spaß machte, aber hauptsächlich, weil sie dadurch eine Entschuldigung hatte, Alex zu sehen.

Alex ritt in letzter Zeit immer weniger mit Winter aus. Und Winter vermißte die morgendlichen Ritte in seiner Gesellschaft und wußte nicht, warum er sich so rar machte.

Alex verbrachte viele Nächte an Orten, an denen niemand ihn vermutet hätte. Er hörte zu, er sah zu, und gelegentlich – sehr selten – stellte er auch Fragen. Bei Nacht war es leichter, in den überfüllten Basaren und Gäßchen der Stadt unbemerkt umherzugehen, und er besaß Informationsquellen, deren Nützlichkeit viel geringer gewesen wäre, wenn die Menschen, die die Berichte brachten, an seinem Haus gesehen würden. Auch Niaz verbrachte seine Zeit mit ähnlichen Beschäftigungen. Aber er war nicht oft in der Stadt. Niaz hatte Freunde unter den Sepoys, den indischen Soldaten, und er besuchte sie oft. Viele von seinen Informationen glichen dem, was Alex eingeholt hatte, und nichts davon war in irgendeiner Weise beruhigend.

An einem Abend war er zum Essen ausgegangen. Es war ein Gästeabend in der Einhundertfünften N.I. gewesen, und Alex hatte schon fast vorgehabt, sich zu entschuldigen. Aber dann hatte er eingesehen, daß seine Abwesenheit ihm ohne Zweifel als Beleidigung ausgelegt werden würde. Da es für ihn nötig war, sich mit den älteren Offizieren gutzustellen, hatte er die enge, goldbetreßte Ausgehuniform seines Regiments angezogen, die Jacke mit dem hohen Stehkragen und die Stiefel mit den klingelnden Sporen. Dann war er hinüber zur Kaserne gefahren, die zwei Meilen weiter auf der anderen Seite der Außenbezirke lag.

Der Abend war lang und laut gewesen, und weit nach Mitternacht konnte Alex erst wieder heimfahren. Der schläfrige Reitknecht ließ ihn an der Tür aussteigen und fuhr dann den leichten Wagen zum Stall. Alex ging steif die Verandastufen hinauf, zupfte an der Befestigung des goldbetreßten Kragens und riß ihn mit einem Gefühl der Erleichterung auf.

In seinem Zimmer brannte Licht. Sein Hausdiener hatte sich die Decke über den Kopf gezogen und lag schlafend in einer Hängematte auf der Veranda. Er rührte sich nicht, als Alex an ihm vorüberging. Aber als die Sporen in der Stille klingelten, erhoben sich zwei Schatten auf der anderen Seite des weichen Vierecks aus orangefarbenem Licht, das die Öllampe in seinem Schlafzimmer auf die Matten der Veranda warf. Einer der Schatten bewegte sich vorwärts und hob den Bambusvorhang, der über der Tür hing, damit Alex eintreten konnte.

»Wen hast du denn da?« fragte Alex mit einem seltsamen Unterton.

»Es ist der Dorfälteste von Jalodri«, sagte Niaz. »Er wäre ja weggegangen, und er hat gesagt, er würde morgen wiederkommen, aber ich habe ihm eingeschärft, er soll bleiben. Er hat Neuigkeiten, die dich in gewisser Hinsicht betreffen.«

»Schick ihn herein«, sagte Alex.

Der Mann schlüpfte durch den Bambusvorhang und blinzelte dann nervös ins gelbe Lampenlicht. Alex begrüßte ihn ernst und entschuldigte sich dafür, daß man ihn so lange aufgehalten hätte. »Welche Sorgen habt ihr, Chuman Lal?«

»Ich weiß nicht«, flüsterte der Dorfälteste und bekam kleine Vogelaugen. »Es ist etwas, das ich nicht verstehe, und darum brachte ich ein Ding zu dir, bei Nacht. Aber sie sagten mir, du seist ausgegangen, mit den Obersten zu essen, und ich wäre in mein Haus zurückgekehrt. Aber dein Diener gebot mir zu warten. Er . . . er sagte, dies sei eine Angelegenheit, von der du Kenntnis hättest. Wenn das wahr ist und wenn ein böser Zauber darin liegt, dann kann es sein, daß du ihn austreiben kannst.«

Der Mann schaute schnell über seine Schulter zurück, aber nur Niaz stand hinter ihm. Dann schob er eine zitternde Hand in die Falten seines Gewandes und zog eine Chappati heraus.

Alex' Gesichtsausdruck veränderte sich nicht. Aber es dauerte einen Augenblick, ehe er sprach: »Was für ein Übel soll darin liegen?«

»Ich weiß es nicht«, flüsterte der Älteste und schauderte. »Es wurde mir überbracht. In der letzten Nacht, durch einen Läufer aus Chumri. Das liegt vier Koß nach Norden. Er brachte mit sich fünf von diesen Dingen, zusammen mit einem Stückchen Ziegenfleisch. Er sagte mir, ich müsse noch fünf weitere bereiten. Ich müsse einen von diesen, die er mitgebracht hatte, zerkrümeln und ein wenig von den Krümeln mit den neuen fünf vermischen. Diese müsse ich mit einem Läufer zum nächsten Dorf senden und auch ein Stück Ziegenfleisch. Es solle in die Hände des Ältesten dieses Dorfes gelegt werden, und man solle ihm sagen, er müsse ein Gleiches tun und seinerseits die Chappatis in das nächste Dorf senden. Und damit auch müßten gewisse Worte gesagt werden, die der Läufer von Chumri zu mir gesprochen hat. ›Vom Norden zum Süden, vom Osten zum Westen.‹ Da wußte ich, daß es ein Zauber war.«

Alex streckte die Hand aus und nahm den dünnen, flachen Kuchen aus grobgemahlenem Mehl. Er stand da und schaute das Ding an, und er lächelte das Lächeln, das er für den Fall eingeübt hatte, daß er von verängstigten oder angespannten Männern beobachtet wurde. Niaz, der dieses schwache, nichtssagende Lächeln kannte, grinste breit, als er es erkannte, und der Dorfälteste, der aufgeregt von einem zum anderen schaute, entspannte sich sichtlich.

»Da ist es«, dachte Alex. »Das feurige Kreuz. Wie vor dem Mahratta-Aufstand. Damals wurden Kuchen und Hirse in den Dörfern verteilt. Dies ist die Frucht der Beschwörung in Khanwai . . . ›Für die Dörfer reicht das vielleicht aus, aber nicht für die Sepoys . . .‹ «

Er reichte dem Dorfältesten die Chappati zurück und sagte: »Und was hast du getan?«

»Ich tat, was mir befohlen wurde«, sagte der Dorfälteste. »Fünf bereitete ich und schickte sie mit dem Läufer weg. Jene, die ich empfing, habe ich in ein Tuch gewickelt und tief vergraben, außer dieser.

Herr, was bedeutet das alles? Ich bin ein armer, unwissender Mann, und ich fürchte, daß es Unglück auf mein Haus und meine Felder bringen wird.«

»Du hast nichts zu fürchten«, sagte Alex ruhig. »Nur, wie du weißt, ist letztes Jahr der Regen nicht gekommen, und viele Ernten blieben aus. Das Ding in deiner Hand, das ist Nahrung für uns alle, und wenn es ein Zauber ist, dann ist es ein guter Zauber. Eine Opfergabe, so daß dieses Jahr der Regen nicht ausfällt und daß die Ernten in jedem Dorf, durch welches die Chappati weitergegeben wird, gut sein mögen.«

»Ah!« sagte der Älteste dankbar. »Deine Rede ist gut. Ich werde es in meinem Dorf erzählen, denn sie fürchteten sich sehr und fragten sich, welches Übel dies vielleicht in sich trägt. Ich will die Chappatis auf den Feldern verstreuen, und sicher werden dann meine Ernten üppig sein. Und das Ziegenfleisch? Was ist die Bedeutung dessen? Tara Chand, dessen Felder bei meinen liegen, sagte, das Fleisch prophezeie den Fall der fremden Regierung, denn sagt man nicht, daß . . .« Der Älteste hielt abrupt inne und hustete ein kleines, trokkenes Husten der Verlegenheit.

». . . daß der, der einen Engländer tötet, damit Kali eine Ziege opfert«, beendete Alex grimmig den Satz. »Auch ich habe das gehört. Aber das Fleisch der Ziege, das dir geschickt wurde, ist nur ein Zeichen, daß die Herden zunehmen werden. Denn in einem guten Jahr gibt es Gras und Wasser für viele Tiere. Sag den Leuten im Dorf dieses, so daß sie wissen mögen, es ist ein gutes Zeichen.«

Der Älteste verbeugte sich tief. Er verstaute die zerkrümelte Chappati mit ehrfürchtiger Sorgfalt in den Falten der Decke, die er um sich gewickelt trug, zog sich rückwärts aus dem Zimmer zurück und stapfte über die Matte der Veranda hinaus in die Dunkelheit.

»So kommt es endlich doch«, sagte Niaz leise und gab Alex' eigene Gedanken wieder. »Das war schnelles Denken. Wird er glauben?«

»Wir wollen es hoffen. Die Regierung wird es nicht glauben!«

»Alle Regierungen«, meinte Niaz fröhlich, »sind so blind wie der Affe von Mataram, der nicht sehen wollte.« Und dann hockte er sich nieder, um Alex die Stiefel auszuziehen und ihm den Klatsch aus den Reihen der Soldaten zu erzählen.

Alex schrieb einen Bericht über die mysteriöse Verteilung der Chappatis. Am nächsten Morgen schickte er den Bericht in dreifacher Ausführung an den Commissioner. Dieser geruhte, das Thema am Abend einfach vom Tisch zu fegen.

»Ich will verdammt sein, wenn ich nicht auch langsam glaube, daß Fred Moulson bei dir recht hat, Alex. Du spinnst. Wenn du mich fragst, du spinnst wirklich! Ja, ja, ja – ich weiß, im vergangenen Jahr hast du 'ne wilde Geschichte erzählt über irgendeinen Hokuspokus in Khanwai. Aber schon damals habe ich dir gesagt, es ist 'n Fehler, bei den Eingeborenen in solchen Sachen rumzustochern. Hat wahrscheinlich überhaupt nichts zu tun mit diesen Chappatis. Viel wahrscheinlicher ist das bloß so'n örtliches Opfer an die Götter. Ist doch nicht ungewöhnlich – du solltest das doch wissen! Und wenn du glaubst, ich werde diesen hirnverbrannten Blödsinn dem Gouverneur weiterreichen, dann mußt du total verblödet sein! Feuriges Kreuz, haha! Ist ja 'n Witz! ... Mahratta-Aufstand? Was hat denn der damit zu tun? ... Ach, Blödsinn! Ich glaube kein Wort davon – alles nur Zufall. Das andere, das ist doch schon vor einem halben Jahrhundert passiert.«

Alex sagte langsam: »Die Leute in der Gegend sagen, daß die numerischen Werte dieser Jahreszahl ein Anagramm bilden: ›Angrez tabbah shood ba hur soorat‹.« Die Briten sollen vernichtet werden.

»Pah!« sagte der Commissioner. »'ne Bagatelle.«

»Oder Stroh im Wind?« suggerierte Alex.

»Unsinn! Quatsch! Ich sag' dir mal was. Du solltest ausspannen. Du wirst mir 'n bißchen zu überspannt. Besorg dir 'ne Frau – das tut dir gut! Kommst du morgen mit auf die Jagd? Gut, gut. Ein Tag in der frischen Luft, der bläst dir diese Spinnweben schon aus dem Gehirn.«

Alex, der den größten Teil des Tages im Freien verbrachte und sich mehr um Menschen als um Papierkram kümmerte, verkniff sich jeden Kommentar. Er lehnte das Angebot eines Whiskys ab, und dann ging er zu seinem Bungalow zurück. Er fragte sich, warum er sich tatsächlich einen Augenblick lang eingebildet hatte, daß der Commissioner irgendeine andere Haltung einnehmen könnte. Er schämte sich plötzlich auch, daß er diesen Bericht geschrieben hatte. Er begriff, daß er ihn nur schriftlich gegeben hatte, damit er sich später nach den Akten rechtfertigen konnte. Aber was würde ihm diese Rechtfertigung schon nützen. Er würde öfter in die Dörfer gehen müssen, öfter mit den Dorfältesten sprechen, er würde dafür sorgen müssen, daß durch die Verteilung der Chappatis keine Panik ausbrach.

Trugen die Chappatis auch eine besondere Botschaft? Oder sollten sie nur eine Atmosphäre des Mißtrauens und der Besorgnis erregen? Sollte dadurch ein fruchtbarer Nährboden für tiefere, wildere

Haßgefühle und Ängste hergestellt werden? Fünf ... bedeutete das irgend etwas? Alex kannte die indische Sitte, eine Botschaft in Form einer Handvoll kleiner Gegenstände zu senden – Blumen, Blätter, Früchte, Anhänger; Dinge, die alle in der Sprache der Zeichen eine eigene Bedeutung hatten. Häufig wurden solche Botschaften zwischen Liebenden ausgetauscht. In dieser Zeichensprache stand ein Gegenstand, der in mehrfacher Ausfertigung vorhanden war, für eine Zahl oder eine Zeit. Wenn eine Prise Safran oder Weihrauch dabei war, wurde ein Ort damit angedeutet. Fünf Chappatis ... der fünfte Monat? Das wäre Mai, und Kishan Prasad hatte gesagt: »In der heißen Jahreszeit«.

Ein offener Wagen fuhr an ihm vorüber. Captain und Mrs. Hossack saßen darin mit ihren vier Kindern und einer Kinderfrau. Mrs. Hossack war eine angenehme Frau, die immer etwas aufgeregt war, und die vier Kinder waren bleichwangige, dünnbeinige kleine Wesen, deren durchsichtige Zerbrechlichkeit ein Grund ewiger Angst für ihre Mama bedeutete. Die beiden älteren Kinder erkannten Alex und winkten enthusiastisch, als sie vorbeifuhren, und Mrs. Hossack lächelte und nickte.

»Gott sei Dank bin ich nicht verheiratet«, dachte Alex mit plötzlicher Erleichterung. »Wenigstens steht mir diese Angst nicht bevor.« Und dann folgte blitzschnell ein Gedanke: »Ich muß ihn dazu bringen, sie in die Berge zu schicken. Sie muß gehen, wenn er es befiehlt. Schließlich ist er ihr Mann.«

Er dachte nicht an Mrs. Hossack.

Am nächsten Tag brachte er ein Gewehr mit auf den Morgenritt. Er zeigte Winter, wie man damit schoß. Es sei, so sagte er, eins der neu eingeführten Gewehre, eine Enfield, die die altmodische Infanteriemuskete – die berühmte »Braune Bess« – ersetzen sollte.

Er hatte das Gewehr auch selbst abgeschossen, und Niaz, der die ferne Explosionswolke aus Staub sah, saugte hörbar die Luft ein und sagte: »Wah!« In seiner Stimme lag Ehrfurcht.

Sowohl Niaz als auch Yusaf betrachteten das Gewehr mit beträchtlichem Interesse. »Ist es wahr, daß dieses Ding eine Kugel viele Male weiter schleudern kann als die alten Gewehre?« fragte Niaz. »Wie kann das sein?«

»Es hat einen gezogenen Lauf«, sagte Alex.

»Dann wird es schwierig zu laden sein, besonders wenn der Lauf beschmutzt ist«, kommentierte Niaz und blinzelte in den Lauf hinein.

Alex schüttelte den Kopf. »Oh nein, denn das Papier an den Patronen ist gefettet.« Er nahm eine Patrone aus seiner Reitjacke, biß ein Loch in das Endpapier, schob die Patrone in den Lauf und schoß noch einmal.

»Darf ich auch versuchen?« wollte Niaz wissen.

Alex reichte ihm das Gewehr und eine neue Patrone, und Niaz biß das Endpapier ab und spuckte es auf den Boden. »Puh!« sagte er mit einer Grimasse. »Mit was ist das denn gefettet?« Er legte sich hin, schmiegte den Kolben an seine Wange, zielte sorgfältig und feuerte. Als ein Staubwölkchen bewies, daß die Kugel die Spitze eines Termitenhügels getroffen hatte, lachte Niaz. »Hai! Das ist in der Tat eine gute Waffe. Jetzt brauchen wir nur noch einen Krieg, so daß wir sie am Feind ausprobieren können!«

»Mag ein Mann wohl eine solche Waffe auch zum eigenen Gebrauch erwerben?« wollte Yusaf wissen. Seine Augen funkelten. »Hinter der Grenze wäre solch ein Ding wohl viele Male sein Gewicht in Silber wert.« Yusaf war Pathane von Geburt, und Blutrachen gehörten zu den Aufregungen und Gefahren des Lebens in seinem eigenen Land.

Alex antwortete nicht. Er starrte das kleine Schnipselchen gefettetes Papier an, das Niaz auf den Boden gespuckt hatte, und ein seltsamer, stiller Ausdruck war auf seinem Gesicht. Er nahm eine weitere Patrone aus der Tasche und schaute sie an. Er dreht sie in der Hand um und rieb mit dem Daumen langsam über die gefettete Papierumhüllung, bis endlich Winter fragte: »Was ist los?«

»Wie?« Er wandte sich ihr zu, aber seine Augen waren leer und unkonzentriert, und er schaute an ihr vorbei, als ob sie nicht da sei.

Yusaf sagte: »Herr, darf ich das Gewehr auch versuchen?« Alex' Augen wurden plötzlich schmal. Der leere Blick verschwand, und seine Hand krampfte sich hart über der Patrone zusammen. »Sicher.« Er drehte sich langsam um und streckte ihm die Patrone hin, und Winter, die ihn wie immer beobachtete, wenn er sie nicht anschaute, spürte plötzlich, daß trotz seiner lässigen Bewegung Alex' Nerven gespannt waren, als ob er auf irgend etwas wartete. Auf eine erwartete – oder unerwartete – Reaktion. Sie war so sicher, daß sie schnell den Kopf umdrehte und Yusaf anschaute und daß sie halb erwartete, daß Yusaf vor Alex' ausgestreckter Hand zurückzuckte. Aber der nahm die Patrone ohne Zögern, biß das Ende davon ab, wie Alex und Niaz das demonstriert hatten, und lud das Gewehr. Yusaf legte sich nicht hin, um wie ein Sepoy zu schießen. Er handhabte die Muskete wie ein Stammeskrieger. Die Kugel schlug in die Spitze des

Termitenhügels ein und die harte Erde spritzte nur so. »Shabash!« applaudierte Niaz.

Alex reichte Yusaf eine zweite Patrone, ohne seinen stillen, intensiven Blick von ihm zu nehmen. Ein seltsamer Funke flackerte plötzlich in seinen Augen auf, als Yusaf, der das Papierende abgebissen hatte, sich schnell mit dem Handrücken über den Mund fuhr.

Yusaf feuerte noch einmal und verfehlte das Ziel. »Ein schlechter Schuß«, sagte Niaz. »Du solltest mitkommen und auf dem Schießplatz üben. Der zweite Schuß sollte besser als der erste sein.«

»In meinem Land«, sagte Yusaf, »ist es der erste Schuß, der zählt. Wenn ein Mann mit dem ersten fehlschießt, dann lebt er vielleicht nicht lange genug, um noch einen zweiten abzufeuern. Wenn du das nächste Mal Urlaub hast, dann komm mit mir über die Grenze, Niaz Mohammed. Wir werden es dir schon zeigen!« Er reichte Niaz das Gewehr und fuhr sich wieder mit dem Handrücken über den Mund.

Alex sah die Geste, und er drehte sich um und steckte die Hände in die Taschen. Er schaute hinaus auf die Ebene, und nach einem Augenblick hörte Winter, wie er lautlos etwas vor sich hin murmelte. Es hörte sich an wie: ». . . und einen Vorwand dazu«.

»Was sagten Sie?« fragte Winter.

Alex drehte sich zu ihr um und runzelte die Stirn, als ob er vergessen hätte, daß sie da war. »Was soll ich gesagt haben?«

»Sie sagten etwas über einen Vorwand.«

»Wirklich? Ich habe wahrscheinlich laut gedacht.«

»Wofür?« wollte Winter wissen und war plötzlich unerklärlicherweise besorgt.

Alex lachte kurz auf. »Ich habe an ein Gedicht gedacht, das ich einmal gelesen habe. ›Wenn Diener gegen ihren Fürsten rebellieren, dann geb' ich ihnen Waffen und einen Vorwand noch, und im haßerfüllten Zeichen des Löwen sind der gekaufte Senat und die desertierten Truppen mein.‹ Das scheint mir bemerkenswert passend für die Situation.«

Er drehte sich auf dem Absatz um. Es war zwar noch früh, aber sie ritten an diesem Tag nicht weiter. Alex kehrte mit Winter so schnell wie möglich zur Residenz zurück, und er ritt mit einer Rücksichtslosigkeit, die er noch nie vorher gezeigt hatte.

Eine Stunde später führte man ihn in Colonel Gardener-Smiths Büro, wo er schon eine ganze Weile gezwungenermaßen gewartet hatte. »Guten Morgen, Captain Randall«, sagte der Colonel und betrachtete Alex beunruhigt. »Tut mir leid, daß ich Sie habe warten lassen. Aber Sie kommen auch ziemlich ungelegen . . .«

Alex hatte am Fenster gestanden, als der Colonel eingetreten war, und schaute hinaus auf den sonnengebackenen Paradeplatz. Er drehte andauernd etwas in seiner Hand. Er hatte den Gruß des Colonels kurz erwidert, und jetzt ging er zum Tisch hinüber, warf den Gegenstand hin und sagte ohne Vorwort: »Das ist eine Patrone für die neue Enfield, Sir. Können Sie mir sagen, womit sie eingefettet ist?«

Der Colonel starrte ihn an. Er nahm das Ding auf, betrachtete es und ließ es wieder fallen. Dann setzte er sich hinter den Schreibtisch und bot Alex keinen Stuhl an. Randall bekleidete vielleicht einen ziemlich wichtigen Zivilposten in Lunjore, aber in Gegenwart eines kommandierenden Offiziers war er nur ein Captain, und man mußte ihn daran erinnern, wie er sich zu benehmen hatte.

Ziemlich kalt sagte der Colonel: »Ich habe keine Ahnung. Und ich glaube kaum, daß die Zusammensetzung von Schmierfett für Patronenpapiere in Ihrem Arbeitsfeld liegt.«

Alex meinte: »Vielleicht nicht, Sir, aber sie gehört auf jeden Fall zu den Dingen, um die Sie sich kümmern sollten. Dieses Papier muß abgebissen werden, und wenn bei der Zusammensetzung des Fettes irgendein Zweifel besteht, dann ist diese Sache wichtig für jeden Sepoy, jeden indischen Soldaten jeder Kaste in der Armee. Ein gemeinsamer Nenner sozusagen – ein Ärgernis, durch welches sich die Männer aller Regimenter zusammenschließen werden.«

Der Colonel warf einen erschrockenen Blick auf das unschuldig aussehende kleine Ding, das Alex ihm auf den Schreibtisch geworfen hatte. Er schaute es eine Minute lang schweigend an, blickte dann zu Alex' ausdruckslosem Gesicht auf und sagte langsam: »Sie meinen, wenn es Tierfett wäre . . .?«

»Wenn es irgendein Schmalz oder tierisches Fett enthält«, sagte Alex grob, »dann sollte man keinem Sepoy befehlen, es auch nur zu berühren. Ganz zu schweigen vom Abbeißen. Das Schwein ist ein unreines Tier für den Moslem, und die Kuh ist ein heiliges Tier für den Hindu. Das Fett irgendeiner toten Kreatur aber ist beiden ein Ekel. Niemand weiß das besser als Sie, Sir.«

Colonel Gardener-Smiths besorgter Blick kehrte zu der Patrone zurück, er runzelte die Stirn und biß sich auf die Lippe. Dann sagte er unsicher und ohne Überzeugung: »Dieser Punkt kann den Verantwortlichen dafür nicht entgangen sein.«

»Warum nicht? Die Technik und die Herstellung dieser Patronen ist in England entwickelt worden, nicht in Indien. Es ist kaum wahrscheinlich, daß die Verantwortlichen irgendwelche Spezialkenntnisse über das Kastensystem haben, das hier herrscht.«

»Ich glaube nicht ...« begann der Colonel unglücklich, und dann kamen der Ärger und die Frustration wieder über ihn. Er knallte plötzlich die Faust auf den Tisch und sagte wütend: »Was soll ich denn Ihrer Meinung nach deswegen unternehmen? Es geht mich nichts an – und Sie auch nicht! Ich bin nicht verantwortlich für Waffenausgabe! Und diese Dinger werden in Kürze an jedes Regiment in Indien ausgegeben.«

»Ich weiß«, sagte Alex müde. Er streckte die Hand aus, nahm die Patrone auf, und sein Gesicht war plötzlich leer. »Aber es kann wenigstens nichts schaden, wenn man dieses Zeug einmal offiziell analysieren läßt. Inzwischen wäre es vielleicht möglich, hier in Lunjore eigene Patronenhüllen herzustellen, so daß die Männer selbst sehen können, welches Fett benutzt wird.«

»Das wäre unmöglich«, sagte Colonel Gardener-Smith, kurz angebunden.

»Heute ist nichts mehr unmöglich«, meinte Alex langsam. »Noch nicht einmal eine Meuterei der bengalischen Armee.«

Colonel Gardener-Smith stand ruckartig auf und schob seinen Stuhl mit unnötiger Heftigkeit von sich. »In diesem Punkt können wir unmöglich übereinstimmen. Wenn das alles ist, weswegen Sie mich sprechen wollten, dann muß ich Sie bitten, mich jetzt zu entschuldigen. Ich habe noch sehr viel anderes zu erledigen. Ich denke über das nach, was Sie mir gesagt haben, und ich frage auch einmal nach, wie das Fett zusammengesetzt ist. Sie können ganz zuversichtlich sein – genau wie ich –, daß Ihre Ängste sich als grundlos erweisen werden.«

»Danke, Sir«, sagte Alex mit farbloser Stimme und ging hinaus in die helle Glut der Vormittagssonne.

30

Die Entenjagd in Hazrat Bagh sollte kurz nach acht Uhr morgens beginnen, damit die Gäste und die Schützen sich noch versammeln und auf einem vorbereiteten Platz, eine halbe Meile vom See entfernt, frühstücken konnten.

Früher hatte man immer mehrere Stunden gebraucht, um über schwieriges Gelände zum See zu reiten, und eine Kutsche oder ein leichter Jagdwagen hätte gar nicht dorthin gelangen können. Aber die provisorische Straße, die die Gastgeber hatten erbauen lassen, erwies sich als bemerkenswert fest, und die Kutschen, die bei Tagesanbruch Lunjore verlassen hatten, erreichten den Treffpunkt zeitig genug zum Frühstück.

Zu Winters Überraschung waren ihr viele Gäste fremd, aber als sie nachfragte, sagte man ihr, es seien Offiziere und Beamte aus Suthragunj.

Suthragunj lag weniger als dreißig Meilen von Lunjore entfernt, aber die Hauptstraße verlief weit nach Süden und machte einen weiten Umweg, und eine Nebenstraße nach Suthragunj fügte dieser Entfernung noch weitere fünfzehn Meilen hinzu. Zwischen den Dörfern gab es viele kleine Fußpfade, aber da keiner für eine Kutsche breit genug war, trafen sich die britischen Einwohner von Suthragunj und Lunjore nur selten. Jetzt allerdings, da zwei der Gastgeber Bekannte in der Garnison von Suthragunj hatten, war die provisorische Straße bis über den See hinaus verlängert worden, so daß auch diese Bekannten teilnehmen konnten, und mindestens ein Dutzend Mitglieder der Garnison waren anwesend.

Außerdem waren drei außerordentlich lebendige Damen und vier »dunkle Ehrenmänner« von verschiedenartiger europäischer Herkunft anwesend: Es waren die Mitglieder einer sogenannten »Italienischen Operngesellschaft«, die den Osten bereisten und deren Erfolge in Kalkutta und Bombay sie mutig genug gemacht hatten, ihr Glück auch in anderen Städten zu versuchen. Aber in nur wenigen Städten gab es die Möglichkeit, eine Oper zu geben, und so spielten sie statt dessen Komödien und sangen auf privaten Partys. Neulich waren sie in Lucknow aufgetreten, und jetzt waren sie auf dem Weg nach Delhi. Mindestens ein Mitglied stammte aus Goa, ein zweites aus der französischen Siedlung Pondicherry, und keiner aus der Truppe war Italiener. Aber die leitende Dame, der Sopran, eine schmachtende, rothaarige Kokette, die den unwahrscheinlichen Namen Aurora Resina trug, war bemerkenswert hübsch, und die beiden älteren Damen waren trotz ihrer dunklen Hautfarbe auch in keiner Weise unattraktiv.

Sie waren zur Jagd völlig unpassend bekleidet und trugen die leuchtendsten Farben: Ihre Krinolinen für den Tag waren die riesigsten, die man je in Lunjore gesehen hatte, ihre unpassenden Hüte waren mit unzähligen Bändern, Fransen und Schleifen verziert, und sie schützten ihre Haut mit rüschenbesetzten Sonnenschirmen, die garantiert jedes Federwild in die nächste Provinz verscheuchen würden.

Der Commissioner, der die Damen schon am vergangenen Abend bei einer kleinen Abendparty bei Colonel Moulson kennengelernt hatte, war besonders den üppigen Reizen der ersten Dame verfallen. Nichtsdestoweniger riet er ihr, bei den Enten außer Sichtweite zu bleiben und nicht zu nah am See zu stehen. Die Operntruppe war auf Bitten von Colonel Moulson in allerletzter Minute eingeladen worden, und zwei der Herren blieben mit den Damen im Zelt. Die anderen beiden hatten sich Gewehre geliehen und äußerten die Absicht, auch mal einen Schuß zu probieren.

»Um Himmels willen«, bettelte Captain Garrowby von der Dreiundneunzigsten und beäugte mit lebhafter Besorgnis einen dieser Herren, der das Gewehr unmöglich hielt. »Schick die beiden irgendwohin, wo sie nichts anrichten können. Dieser Kerl dahinten, der erschießt uns glatt die Jäger, oder ich bin August der Starke!«

Der andere Herr – ein Mr. Juan Devant – handhabte sein Gewehr viel sicherer und in einer Art, die Alex dazu brachte, ihn mit plötzlichem Interesse zu beobachten. »Kosakentraining«, dachte Alex und murmelte Niaz unhörbar etwas zu. Der machte kurz danach anscheinend lockere Konversation mit einem der Dorfbewohner, die als Treiber fungieren sollten.

»Mullu wird ihn beobachten«, berichtete Niaz, als er wieder zu Alex trat. Sie nahmen ihre Standorte auf den baumbeschatteten Landstreifen ein, die sich kreuz und quer durch den See zogen.

Der See sah nicht im mindesten so aus, wie Winter sich ihn vorgestellt hatte. Sie hatte gedacht, es sei ein meilenlanges Gewässer, eingerahmt von Schilfrohr, aber die schmalen Landbrücken unterteilten das flache Wasser in zahllose Vierecke und Dreiecke, von denen wenige mehr als hundert Meter breit waren. Kikar-Bäume und hohes Gras wuchsen dicht auf diesen Landstreifen, die von Schilf und Wasser gesäumt wurden, und die Schützen mit ihren Ladern und Treibern nahmen ihre Positionen im Abstand von fünfzig oder hundert Metern ein.

Winter hatte sich mit dem Rücken gegen einen Baum auf den harten Boden gesetzt. Ein paar Meter weiter hatte ihr Mann seine Position bezogen. Winter nahm ihren breitrandigen Hut ab, damit die Brise ihr das Haar zerzausen konnte. Unter den Tausenden von Wasservögeln, die dichtgedrängt auf dem Wasser waren, herrschte ein dauerndes Kommen und Gehen, und das Geräusch der quakenden, zeternden Vögel und das Rauschen von Flügeln machten beruhigende, monotone Musik. Die helle Morgensonne betupfte die Ufer mit Mustern aus Licht und Schatten, und der Himmel wölbte sich hoch und kühl und wolkenlos über ihr. Er war so friedlich und heiter wie das ruhige Wasser, das ihn reflektierte.

Ein kleines, gestreiftes indisches Eichhörnchen huschte bis auf einen Meter an Winters Fuß heran und setzte sich auf. Die kleinen Pfoten und der helle, weiche Pelz an seinem winzigen Bauch bildeten einen weißen Fleck im Schatten der Bäume. Das Tierchen betrachtete Winter mit hellen, neugierigen Augen, und als sie sich nicht bewegte, ließ es sich wieder auf alle viere fallen und fuhr in seiner Suche nach Körnern fort. Ein Häher flog in der Nähe auf und stolzierte dann auf dem Boden herum. Seine Federhaube richtete sich auf, und ein Flügelrauschen fegte durch die Luft, als eine Kette Wildenten weiter den See hinabflog.

»Hier möchte ich ein Haus bauen«, dachte Winter, und ihre Gedanken bewegten sich so langsam wie die langsamen Schatten. »Nein, kein Haus ... eine Hütte aus Schilf. Und dann würde ich ganz allein hier leben und vor der Tür sitzen und zusehen und horchen, wie Nissa ...«

Eine grünbronzene Feder schwebte herab und fiel ihr in den Schoß.

Alex hatte gesagt, die Enten zögen nach Zentralasien und in die Mongolei und nach Sibirien. Aber in der nächsten kalten Saison kämen sie wieder zum Hazrat Bagh zurück – Wildenten, Wildgänse und langbeinige Störche, die ihre Nester in den einzelnen Kikar-Bäumen bauten, draußen im offenen Wasser des Sees. Und die dort ihre staksigen, flügelschlagenden Kinder großzogen. Und im Sommer waren noch immer die Tauben da und die Häher, die schwarzen und weißen Königsfischer, die grünen Tauben und die blauen Finken und hundert andere Vögel und Tiere, die ihr ruhiges Leben neben dem See führten ...

Das gestreifte Eichhörnchen huschte mit einem zornigen Girren fort, und Winter, die sich umdrehte, um zu sehen, was es erschreckt hatte, sah, daß der Gewehrlader ihrem Mann ein Gewehr reichte. Winter hatte plötzlich den absurden Wunsch, zu schreien, ihn zu bitten, nicht zu schießen.

Der erste Schuß zerriß den schläfrigen, von leisen Geräuschen erfüllten Frieden des Morgens wie ein schmetternder Schlag. Schlagartig war der Tag nicht mehr friedlich, und dem ersten Schuß folgte das Donnern von vielen Gewehren. Ein Geräusch war zu hören, das Winter noch nie vernommen hatte – das langsame, rauschende Dröhnen von tausend Schwingen, als die Vögel sich aus dem Wasser erhoben.

Die stille Luft wurde zerrissen von ohrenbetäubenden Gewehrschüssen, die wieder und wieder knallten. Die Vögel stoben in Panik auf die Landzungen zu, flogen hoch, wirbelten in die Luft und schwebten wie ein Spitzenmuster vor dem hohen blauen Himmel.

Und dann begannen sie zu fallen. Sie platschten ins Wasser, schwammen reglos oder flatterten verwundet im trügerischen Schutz des Schilfrohrs.

Winter sprang auf die Füße. Sie drückte sich mit dem Rücken gegen die rauhe Borke eines Baumes und preßte die Hände über die Ohren. Sie starrte in schauderndem Schrecken auf die fallenden Vögel, schloß die Augen und versuchte, dem Anblick zu entgehen. Aber den Geräuschen entging sie nicht. Und dann krachte etwas durch die dünnen Ästchen und streifte sie, und Winter öffnete die Augen und sah eine riesige Gans, die versuchte, auf die Beine zu kommen. Sie schleppte sich fort, ein Flügel schleifte hinter ihr her, und sie hatte den Schnabel vor Angst weit aufgerissen.

»Guter Schuß«, murmelte Conway und richtete sich auf. »Dreh dem Tier mal besser den Hals um, sonst haut es noch ab. Erstaunlich, wie zäh diese Viecher sind . . .«

Er bückte sich, aber Winter war schneller. Sie fing den großen Vogel in ihren Armen, und in ihrem weißen Gesicht zeigten sich aller Schmerz und aller Schrecken der letzten Monate. Sie schob sich rückwärts von ihm weg, und ihr Mund öffnete sich in einem tonlosen Schrei.

»Kannst sie ja nicht selbst umbringen. Dazu braucht man schon ein bißchen Mumm.«

»Rühr sie nicht an!« Die Worte waren fast wie ein Schrei. »Sie ist nur verletzt. Sie wird nicht sterben. Und du bringst sie nicht um!«

Conway starrte Winter an. Seine blassen Augen quollen vor Zorn hervor. »Sei nicht blöd! Setz das Vieh sofort ab, hörst du?«

Er sprang auf sie zu, und Winter wich ihm mit einem entsetzten Schritt aus. Sie drehte sich um und flüchtete die Landzunge hinab, und sie preßte den verwundeten Vogel an die Brust. Sein warmer Hals hing über ihrer Schulter, und ein riesiger, hilfloser Flügel streifte fast den Boden, während Winter weiterrannte.

Die Landzunge bog im rechten Winkel ab, weniger als fünfzig Meter von der Stelle, wo ihr Mann seine Position hatte. Das hohe Gras stand hier ganz dicht, es reichte fast bis zu den untersten Ästen des Dornbaumes. Winter rannte blindlings weiter, in ihr war eine atemlose, sinnlose, schreiende Angst. Sie sah Alex erst, als sie schon gegen ihn geprallt war.

Captain Randall hatte man eine weniger offene Schießstellung gegeben. Aber an diesem Morgen war ihm kein guter Schuß gelungen. Er hatte an andere Dinge gedacht. Endlich war ihm der Grund für diese ausgedehnte, aufwendige Jagd klargeworden, und er fragte sich, warum ihm dieser einfache, vollkommen offensichtliche Grund nicht schon früher eingefallen war. Zu spät. Er hätte die Pläne für die Jagd schon früher durchschauen sollen. Er hätte dafür sorgen sollen, daß die Jagd nicht abgehalten wurde. Aber Barton hätte das nie zugelassen.

Er wandte sich um und ging zum Knick auf der Landzunge, grub in seinen Taschen nach einer Zigarette, und dann kam Winter durch das Gras gerannt und stolperte gegen ihn.

Alex packte sie an den Schultern und starrte hinab in die großen, angsterfüllten Augen. Zuerst hatte sie versucht, sich loszureißen, aber dann hatte sie gesehen, wer sie da festhielt.

»Alex! – Alex, er soll sie nicht umbringen! Laß es nicht zu . . .« Sie hielt ihm den warmen Vogelkörper hin, und dabei glitt der weiche, befiederte Hals von ihrer Schulter und hing schlaff nach unten.

»Sie ist schon tot, meine Liebe«, sagte Alex ruhig und nahm ihr das Tier ab.

»Nein! Nein, sie kann nicht tot sein. Sie war ja nur verwundet.« Winters Kleid war mit hellroten Tropfen befleckt, und ein großer Blutfleck leuchtete hell auf der Brust ihres grauen Kleides. Es sah aus, als ob sie erschossen worden wäre und nicht der Vogel.

Alex ließ den Vogel ins Gras gleiten. Winter griff nach seinem Arm, und dann lehnte sie ganz plötzlich den Kopf an seine Brust und weinte.

Alex stand ganz still und hielt sie fest; er fühlte, wie ihr schlanker, warmer Körper unter seinen Händen zitterte. Ihr Haar roch nach Lavendel wie damals in Delhi, und er hielt sie ganz sanft, denn er sehnte sich so sehr danach, sie an sich zu pressen . . ., sie von sich zu stoßen! Das Geräusch ihres hilflosen, gebrochenen Schluchzens zerriß ihm das Herz, und sein Gesicht über ihrem gesenkten Kopf war verzerrt vor Schmerz und von rauhen Linien durchzogen, die früher nicht dagewesen waren. »Lieber Gott«, dachte Alex, »bitte nicht! Nicht jetzt. Ich kann's nicht ertragen.« Die Sonne brannte heiß auf seinen Schultern, und die warme Stille dröhnte vom schläfrigen Brummen der Bienen in den Blüten des Baumes und war schwer vom Duft des Lavendels. Das Krachen der Schüsse schien von weit her zu kommen wie aus dem Ende eines langen Tunnels. Endlich wurden die würgenden, schaudernden Schluchzer seltener und hörten dann ganz auf, und er schob sie sanft von sich.

Sie machte keine Anstalten, zurückzugehen. Sie stand da und schaute ihn an, und ihre langen Wimpern klebten vor Nässe zusammen, und ihr Gesicht war gestreift von Tränenspuren. Sie suchte in den Taschen ihres Kleides nach einem Taschentuch. Es war ein dünnes, spitzenbesetztes Ding, und es war ebenfalls vom Blut durchweicht, das von dem großen Flügel heruntergetropft war. Alex zog sein eigenes Taschentuch heraus und reichte es Winter. Seine Nasenflügel wirkten schmal, und eine weiße Linie zeigte sich um ihren Mund. »Versuchen Sie dieses mal«, riet er ihr. »Es ist größer und auch erheblich sauberer.«

Er betrachtete sie mit quälender Zärtlichkeit, während sie sich die Augen trocknete und sich ungeniert ihre kleine Nase putzte. Er fragte sich, wie viele Frauen wohl unbekümmert genug waren, ihn direkt anzusehen, anstatt sich umzudrehen, die Tränen abzuputzen und das Haar wieder in Ordnung zu bringen.

Winter faltete sein Taschentuch sorgfältig zu einem Quadrat und holte tief Atem. »Tut mir leid«, entschuldigte sie sich, und ihre Stimme war wieder unter Kontrolle. »Ich weiß nicht, warum ich mich so dumm benommen habe.«

Sie blickte auf den toten Vogel hinab, der neben ihnen im Gras lag und dessen starke Flügel und weichgefiederte Brust mit hellem Blut beschmiert waren. Langsam sagte sie: »Ich glaube, es kam nur daher, weil heute so ein herrlicher Tag ist. Als die Schießerei begann, war alles verdorben . . . Ich konnte es einfach nicht ertragen, daß dieser Tag . . ., und dann kam die Gans herunter, und sie war verletzt. Conway hat sie verwundet . . ., er wollte sie töten, und . . .«

»Ich hab' sie verwundet«, sagte Alex.

»Sie?« Sie blickte erschreckt zu ihm auf.

»Ja, ich hab' sie fallen sehen, und ich wollte sie gerade holen.«

»Ach so.« Sie schwieg für einen Augenblick, und Alex, der sie betrachtete, sagte sanft: »Ändert das die Sache?«

Sie schaute ihn wieder an und sagte gedankenverloren: »Ja. Aber ich weiß nicht warum.«

»Verschlechtert es sie? – oder macht es sie besser?«

Winter antwortete nicht. Alex hob eine Hand und berührte mit zitternden Fingern ganz leicht ihre Stirn. »Schauen Sie nicht so böse. So schlimm kann es ja nicht sein. Geben Sie mir das Taschentuch.«

Sie hielt es ihm hin, und er nahm es und drückte sich durch das Gras und die Schilfrohre zum Wasser. Er kam mit dem nassen Tuch wieder und wusch ihr die schlimmsten Flecken vom Kleid. Es würde sehr schnell in der Sonne trocknen, bemerkte er. »Und jetzt kommen

Sie, versuchen Sie einmal selbst, eine Ente zu schießen. Sie haben noch nie ein Jagdgewehr abgefeuert.«

Winter schauderte und zuckte zurück. Ihr Gesicht war leer vor Schmerz, und Alex begegnete diesem Blick fest. »Sie halten mich für sarkastisch und brutal, nicht wahr? Nach dem, was gerade passiert ist. Aber es ist vernünftig, wissen Sie. Wenn Sie vom Pferd gefallen sind, dann müssen Sie auch gleich wieder in den Sattel, wenn Sie reiten lernen wollen. Wissen Sie das nicht mehr? Außerdem werden Sie feststellen, daß ein bewegliches Ziel gar nicht so leicht zu treffen ist. Man braucht eine Menge Fertigkeit dazu, und das macht die Sache auch anders.«

Schaudernd sagte Winter: »Ich will nichts umbringen – gar nichts! Und wenn ich einen Vogel treffe, dann verwunde ich ihn vielleicht nur und töte ihn nicht sofort. Wie . . ., wie diese Gans.«

Alex sagte grob: »Was passiert wohl mit einem wilden Tier, wenn es alt wird? Neun von zehn sterben einen langsamen, sehr schmerzhaften Tod. Das ist bei allen Tieren in diesem Land das gleiche. Ich bin gestern an einem Büffel vorbeigekommen, der in einen Graben gestürzt war und zwei Beine gebrochen hatte. Die Krähen hatten ihm schon die Augen ausgepickt, und die Paria-Hunde rissen an ihm herum. Es war in der Nähe der Dorfstraße, und zwanzig Menschen in der Stunde kamen an ihm vorüber, aber obwohl das Tier noch lebte, hätte keiner von denen auch nur im Traum daran gedacht, es zu töten.«

Winter schluckte krampfhaft. »Haben Sie es getötet?«

»Ja. Und der Brahmane des Ortes hat mich dafür abgekanzelt. Er ist ein Freund, aber er hängt orthodox an seinem Glauben. Enten zu schießen, das ist kein Mord, was immer Sie vielleicht denken. Erstens kann man sie essen, und keine wird verschwendet. Zweitens braucht man Kenntnisse, um eine zu schießen. Vielleicht paßt es Ihnen nicht, das selbst zu versuchen, aber wenn Sie die Sache anders ansehen, verliert sich vielleicht der schlechte Geschmack in Ihrem Mund. Es ist ein Gegenmittel gegen Sentimentalität.«

Winter nickte. »Ja, aber ich will trotzdem nicht selbst auf irgend etwas schießen.«

»Dafür gibt's auch keinen zwingenden Grund. Aber es ist nützlich, beide Seiten an einer Sache im Auge zu behalten.« Er legte seine Schrotflinte weg und setzte sich neben sie auf den warmen Boden. »Ich mag diese riesigen Entenjagden selbst nicht. Ich ziehe es vor, allein oder mit höchstens einem zur Begleitung auf die Jagd zu gehen. Dieser Massenmord liegt mir nicht.«

»Warum sind Sie dann gekommen? – wenn Sie wußten, wie es sein würde?«

»Aus Neugier. Ich wollte sehen, ob ich herausfinden könnte, warum Kishan Prasad und seine Freunde diese Jagd inszeniert haben.«

»Und haben Sie es herausgefunden?«

»Ja.«

Dieser Bestätigung fügte Alex nichts hinzu, sondern er schaute hinaus über das sonnenerleuchtete Wasser, das hinter dem schmalen Gürtel aus Gras und Schilf lag. Seine Augen waren schmal. Winter zupfte einen Grasstengel aus und kaute gedankenverloren darauf herum. Sie betrachtete Alex' braunes Profil und die scharfen Zickzacklinien des Sonnenlichts, das durch die Äste des Baumes und die hohen Speere des trockenen Grases fiel. Nach kurzer Zeit sagte sie: »Warum ist denn wohl diese Entenjagd gegeben worden?«

»Hm?« brummte Alex abwesend. Winter wiederholte die Frage.

»Es ist keine Entenjagd«, meinte Alex, und sein Blick lag noch immer auf der glitzernden Fläche des Wassers. »Es war nur Mittel zum Zweck – möglicherweise auch eine Probe.«

»Eine Probe? Ich verstehe nicht. Was proben sie denn?«

»Sie proben gar nichts. Wir tun das freundlicherweise für sie.«

Er streckte den Arm ganz aus, drehte sich um und legte sich auf den warmen Boden. Er schaute sie an. »Es ist alles ganz einfach. Lunjore liegt an der Hauptstraße nach Oudh, und diese Straße führt über eine eiserne Brücke, zehn Meilen im Süden. Wenn im Panjab oder in Delhi ein Aufstand stattfinden sollte, dann können wir diese Brücke halten. Wenn es zum Schlimmsten käme, könnten wir sie in die Luft jagen und uns damit nicht nur von den Rebellen isolieren, sondern die Rebellen auch abhalten, die Straße nach Oudh zu benutzen. In Suthragunj gibt es ein Arsenal. Ein sehr großes, das meiner Meinung nach gegen einen Aufstand im großen Stil nicht gut genug geschützt ist. Ein paar von unseren örtlichen Landbesitzern haben das begriffen, und unter dem Deckmantel, für die Garnisonen und Beamten beider Bezirke eine große Jagd abzuhalten, haben sie eine sehr brauchbare Straße gebaut. Sie umgeht die Brücke und Suthragunj ist in unsere unmittelbare Nähe gerückt, in eine Entfernung von ungefähr zwanzig Meilen. Wir in Lunjore haben diese Straße für sie getestet, sowohl von der Benutzbarkeit her, als auch von der Fahrtzeit. Wir sind mit einer ganzen Menge Kutschen darübergefahren, und die Offiziere aus Suthragunj haben das gleiche aus der Gegenrichtung getan. Wo aber eine Kutsche fahren kann, da können auch Kanonen und Munitionswagen fahren.«

Alex rollte sich auf den Rücken und verschränkte die Hände unter dem Kopf. Er betrachtete eine Prozession von roten Ameisen, die eifrig an der Unterseite eines Astes entlangliefen. Nach kurzer Zeit sagte Winter ein bißchen unsicher: »Meinen Sie wirklich, daß es Ärger geben wird?«

Sie hatte halb erwartet, daß er nicht antworten würde. Aber Alex meinte grob: »Keinen Ärger. Einen Aufstand. Ja, das glaube ich. Ich glaube das schon seit fünf Jahren. Wir fordern ihn ja geradezu heraus. Wir sind gewarnt worden, daß es früher oder später zum Aufstand kommen mußte, wenn gewisse Reformen nicht durchgeführt wurden. Aber niemand hat sich darum gekümmert. Nach unserer Theorie darf man auf Warnungen weder hören noch handeln, denn das wäre ein Zeichen von Panik und Mutlosigkeit. Wir würden lieber das Leben verlieren als das Gesicht. Dieser Charakterzug ist zum Verzweifeln. Denn Vorsichtsmaßnahmen können dadurch in Friedenszeiten nicht unternommen werden, und wenn eine Krise bevorsteht, dann geht es auch nicht, aus dem einfachen Grund, daß man dann zu einer Zeit Mutlosigkeit und Panik riskiert, wo man sie sich am wenigsten leisten kann.«

»Was wird passieren?« fragte Winter.

Alex schwieg einen Augenblick. Als er wieder sprach, war in seiner Stimme eine wilde Bitterkeit, die Winter erschreckte. »In einem Tag oder in zwanzig Tagen werden wir den Ruin einer Armee erleben, die die beste Armee der Welt hätte sein können. Und wenn wir sie auch wieder aufbauen werden, sie wird nie mehr ganz die gleiche sein. Wir werden die Hälfte dieser Armee gegen die andere Hälfte richten, wir werden Sikh gegen Moslem und Moslem gegen Hindu ausspielen und die Gurkhas gegen beide. Auf beiden Seiten – auf allen Seiten werden Grausamkeiten vorkommen. Der Osten verfällt wieder in Barbarei, wenn man ihn ängstigt oder erzürnt, und wir, wir Engländer, werden seinem Beispiel folgen und es Rache nennen. Es wird Morde und Massaker geben, weil diese Menschen keinen Begriff davon haben, wie viele Streitkräfte wir aus Europa gegen sie heranführen können. Sie werden glauben, daß sie uns auslöschen können . . .« Wieder einmal sprach Alex mehr mit sich selbst als mit Winter. Er war voller Zorn und Verzweiflung. »Selbst Männer wie Kishan Prasad haben keine Ahnung, wen sie da herausfordern. Kishan Prasad hat das Debakel bei Sebastopol gesehen, als die Russen uns zurückwarfen. Er und Männer wie er begreifen nicht, daß England weiter Truppen schicken wird, bis alle Opposition zerschlagen ist. Und die Unterdrückung, die dann folgt, wird ein Erbe von Haß hinterlassen, das an zukünftige Generationen weitergegeben wird, vom Vater an den Sohn, von der Mutter an die Tochter. Wir werden vergessen – aber sie werden es nicht!«

Wieder knallten Schüsse. »Vielleicht sollte ich etwas tun, um die Ehre des Besucherteams hochzuhalten«, sagte Alex. Er blickte auf Winter hinab. »Ihr Kleid scheint getrocknet zu sein. Sollten Sie nicht auch besser zurückgehen?«

Winter überhörte die Bemerkung. »Wollten Sie deshalb, daß ich in die Berge gehe? Haben Sie mir deshalb Schießen beigebracht?« fragte sie.

»Ja«, sagte Alex kurz und ohne die Bemerkung noch in Einzelheiten zu erklären.

Winter stand auf und schüttelte die grauen Falten ihres Rockes aus. Ruhig sagte sie: »Ich werde darüber nachdenken.« Sie drehte sich schon um, aber dann fiel ihr die Gans wieder ein. Sie zögerte einen Augenblick und sagte dann etwas verlegen: »Die ..., diese Gans. Conway hat gedacht, er hätte sie geschossen. Kann ich sie mitnehmen? Vielleicht wird er dann nicht so ...«

Sie hielt inne, und peinliche Röte überflutete ihr Gesicht. Sie biß sich auf die Lippen. Sie schämte sich plötzlich, weil sie ihren Mann auf diese unehrliche Weise beruhigen wollte. Aber Conway würde so oder so zornig genug sein, und sie konnte eine weitere Szene nicht auch noch ertragen.

Alex beobachtete einen Zug Wildenten, die über das offene Wasser herüberzogen. Er sagte: »Aber natürlich« und drehte nicht einmal den Kopf um.

Er schaute sich auch nicht um, als sie wegging. Er hörte, wie das hohe Gras hinter ihr rauschte, und er stand ganz still und horchte, bis er sie nicht mehr hören konnte. Sein Gesicht wirkte im grellen Sonnenlicht hager und bleich.

»Warum«, stellte er sich die verzweifelte Frage, die er sich schon so oft gestellt hatte. »Warum muß gerade mir das passieren?«

Anderthalb Stunden später erklang ein Horn und rief merkwürdige Echos vom Wasser und den geschlängelten, sich überschneidenden Linien der Landzungen wach. Treiber sammelten die toten Vögel ein, und die Schützen gingen zurück zu den Zelten, wo Erfrischungen sie schon erwarteten.

Alex hatte sowohl mit Kishan Prasad als auch dem Brigadier aus Suthragunj an diesem Nachmittag eine Unterredung. Er war allein mit Kishan Prasad einen niedrigen, steinigen Hang hinaufgestiegen, von dem man den fernen See überblicken konnte, und hatte ganz offen mit ihm geredet. Er hatte Kishan Prasad gesagt, daß britische Regimenter über den Ozean kommen würden, wenn die Ostindische Gesellschaft fallen sollte.

»Wenn die Gesellschaft fällt, dann ist das genug«, sagte Kishan Prasad. »Wenn ich noch so lange lebe, um das zu sehen, dann werde ich zufrieden sterben.«

»Aber wir werden Indien trotzdem halten«, sagte Alex. »Auch wenn es ein Jahr dauert – fünf Jahre, zehn, zwanzig Jahre! Wenn es einen Aufstand gibt, dann werden unsere Frauen und unsere Kinder von Ihren Freunden ohne Gnade ermordet werden. Wer weiß das besser als Sie, die Sie in Khanwai waren? Sie werden es nicht verhindern können, und es ist das einzige, was meine Landsleute nicht verzeihen werden. Alles andere vielleicht, aber das nicht. Der Tod der Frauen und Kinder wird einen Haß, eine Wut erregen, die nur noch Rache sucht. Und die nicht ruhen wird, bis Vergeltung erreicht ist. Und diese Rache wird auf die Häupter der Unschuldigen wie der Schuldigen kommen, denn Männer werden geblendet von solchem Zorn. Ich habe schon gesehen, wie Truppen Amok gelaufen sind, und am Ende wird Ihr Volk am meisten leiden. Und es wird sinnlos leiden, denn ihr werdet uns nicht los.«

Er las den Ausdruck auf Kishan Prasads Gesicht und sagte ruhiger: »Sie glauben das nicht, weil Sie den Krimkrieg gesehen haben. Aber es ist wahr. Wir werden mehr und immer mehr britische Regimenter hier herüberschicken.«

»Das wird zu teuer für euch«, sagte Kishan Prasad. »Eure Königin und die Minister eurer Königin werden sagen: ›Laßt sie. Sie sind es nicht wert.‹ «

»Nie. Wir sind eine aufsteigende Macht, und mit jedem Tag werden wir reicher und mächtiger. Wir sind zu stolz, um diese Beleidigung zu verdauen. Wenn wir unsere Zeit gehabt haben, dann kommt es vielleicht so, wie Sie es vorausgesagt haben, und wir weigern uns zu kämpfen. Aber jetzt noch nicht.«

»Dann werde ich auf diesen Tag warten«, sagte Kishan Prasad leise. »Und wenn ich tot bin, dann wird mein Sohn bereit sein – und wenn er es nicht ist, dann der Sohn seines Sohnes – oder dessen Sohn! Würden Sie selbst es nicht genauso machen?«

Alex antwortete nicht. Kishan Prasad wiederholte die Frage in Hindustani und benutzte die wohlbekannte Anrede: »Sag mir, Sahib, wärst du von meinem Blut, und wäre dies dein eigenes Land, würdest nicht gleich wie ich handeln?«

Alex starrte ihn an, und seine Augen waren heiß vor hilflosem Zorn. Wild, als ob man ihm die Worte entrissen hätte, sagte er: »Ja – weiß Gott, ja!« Er drehte sich auf dem Absatz um und ging fort. Er schaute nicht ein einziges Mal mehr zurück, und Kishan Prasad folgte ihm bald langsam nach.

Der Brigadier war auch nicht zugänglicher gewesen. Er war vierundsiebzig, hatte weißes Haar und war fast taub. Länger als ein halbes Jahrhundert hatte er in Indien Dienst getan, und er war überzeugt, daß niemand das Land und seine Bewohner besser kannte als er selbst.

Er hatte zugehört, als Alex ihm seine Befürchtungen wegen der neuen Straße zwischen Lunjore und Suthragunj erklärte, und dann hatte er gesagt, seiner Meinung nach sei die Straße ein verdammt nützliches Ding. Wenn die Garnison in Lunjore jemals Ärger mit ihren Männern bekäme – er wisse genau, daß viele der neuen Colonels von schockierender Inkompetenz wären und nicht wüßten, wie man Eingeborene behandeln muß; seinerzeit sei das anders gewesen. Er, beim Himmel, er hätte jeden einzelnen seiner Männer mit Namen gekannt! – dann könnten die Regimenter in Suthragunj, die alle loyal seien, blitzschnell hinübergeschickt werden, um Ordnung zu schaffen. Nicht, daß es etwa die leichteste Gefahr eines Aufruhrs gäbe. Er selbst läge ja auch mit dem Ohr auf dem Boden, und er würde als erster Wind davon kriegen, wenn sich irgendein Ärger zusammenbraute. Captain Randall brauche da keine Angst zu haben.

Alex drehte sich um und ließ ihn allein. Er verschwendete keine weiteren Worte mehr.

31

Die Kutschen und die Damen hatten Hazrat Bagh schon früh verlassen, um noch vor der Dunkelheit zu Hause zu sein. Die Jäger dagegen waren drei Stunden später im Licht des Halbmonds zurückgeritten, um an einer großen Party teilzunehmen, die der Commissioner zum Abschluß des Tages in der Residenz gab.

Die Versammlung in der Residenz hatte zum größten Teil aus den Gästen von Hazrat Bagh bestanden, und dazu kamen noch die Mitglieder der selbsternannten Italienischen Operngesellschaft, die Auszüge aus einer Anzahl von Operetten gesungen hatten und danach eine Auswahl von populären Liedern.

Alex nahm an der Party aus Gründen teil, die mit Mr. Juan Devant zu tun hatten. Er war außerordentlich schlecht gelaunt, zum ersten Mal in seinem Leben hatte er sich vorgenommen, zuviel zu trinken.

Auch der Anblick von Mr. Barton, der ganz offen bei dem rothaarigen Schmuckstück der Operngesellschaft amouröse Annäherungsversuche machte, obwohl seine Frau anwesend war, besserte seine schlechte Laune nicht.

Es ging schon auf Mitternacht zu, als Mr. Juan Devant mit seinem nicht unangenehmen Bariton eine wohlbekannte Ballade sang:

»Auch wenn deine Schönheit, mein liebliches Kind,
die dich heute noch strahlend umgibt,
schon morgen dahinwelkt, vergeht und zerrinnt . . .«

Die Melodie und die Erinnerung trafen Alex wie ein unerwarteter, schmerzhafter Schlag. Irgend etwas schien in ihm zu zerreißen wie ein Draht, der zu straff gespannt ist. Er setzte sein Glas ab, ging quer durch den Raum und entführte dem Commissioner ganz ruhig die Signorina Aurora Resina. Er hatte einige Erfahrungen mit solchen Frauen, und er hatte genug getrunken, um sich jetzt nicht mehr darum zu kümmern, daß er die Feindseligkeit des Commissioners herausforderte. Das war ihm auf einmal ganz gleichgültig. Außerdem war noch Winter da, und man sollte sich nicht dazu zwingen, das beleidigende Benehmen ihres Mannes vor dieser dreisten Schauspielerin zu erdulden. Aber Alex wollte nicht an Winter denken . . .

Er konnte charmant genug sein, wenn er wollte, und jetzt wollte er. Er hatte ganz einfach den glühenden Ärger in den Augen seines Chefs übersehen, die Feindseligkeit bei Colonel Moulson und den schockierten Ausdruck in Winters Gesicht. Er hatte die Dame mitgenommen – angeblich, um ihr den Garten im Mondlicht zu zeigen. Sie waren nicht zurückgekommen, obwohl der größte Teil der Gäste bis weit nach zwei Uhr geblieben war.

Winter war in ihr Zimmer gegangen und hatte lange Zeit auf der Bettkante gesessen. Sie hatte vor sich hingestarrt und an Alex gedacht. Alex, der mit seinen harten, nervösen Fingern das Haar einer anderen Frau liebkoste; Alex, wie er langsam und genüßlich den Mund einer anderen Frau küßte, wie er seinen dunklen Kopf gegen die üppige, gepuderte Brust der Schauspielerin preßte oder das Gesicht in den verdächtig leuchtenden roten Locken vergrub.

Sie hatte erst am Morgen um einen toten Vogel geweint. Nein, nicht um den toten Vogel – sondern um den Tod eines schönen Wesens. Aber jetzt konnte sie nicht weinen, weil Alex wie Carlyon und Colonel Moulson sein konnte, wie Edmund Rathley, der sie vor so langer Zeit in Wair geküßt hatte, und . . ., und wie Conway.

»Ich muß fort«, dachte Winter wie an dem Tag, als sie zum ersten Mal entdeckte, daß sie Alex liebte. »Ich will nach Hause, ins Gulab Mahal. Wenn ich dorthin zurückkann, – dann kann ich auch wieder von vorn anfangen ...«

Sie war endlich eingeschlafen, und sie war an diesem Tag nicht ausgeritten, weder morgens noch abends. Sie hatte Angst gehabt, Alex zu sehen.

Winter bekam ihn ziemlich lange nicht mehr zu sehen. Dafür sorgte Alex. Die Nacht, die er in den Armen der Signorina verbracht hatte, löste keins seiner Probleme. Die Signorina hatte ihm noch nicht einmal Vergessen geschenkt, als er sie in den Armen hielt. Er hatte immer an Winters schlanken Körper gedacht. Im kalten, grauen Licht des frühen Morgens hatte die rothaarige Aurora aufgeschwemmt und grob ausgesehen – das Lippenrot, mit dem sie ihren Schmollmund bemalt hatte, war verschmiert und häßlich, und das Schwarz von ihren Wimpern hatte ihre Wangen verschmutzt. Sie roch schwach nach Schweiß und Reispuder und überwältigend nach Patchouli, und Alex hatte sie mit Ungeduld und Mitleid und einem Anflug von Ekel angeschaut. Er hatte an Winter gedacht, die zukkend an seiner Schulter um den Tod eines wilden Vogels geschluchzt hatte. Er hatte festgestellt, daß sein Zorn nicht verraucht war, sondern an diesem Morgen noch immer wie ein harter, heißer Stein in seiner Brust saß.

Die Leute aus dem Dorf brachten Alex Gerüchte – Geschichten wie die von dem Knochenstaub, der angeblich von der Regierung unter das Mehl gemischt worden sei. Alex bestritt diese Gerüchte dann, erklärte es immer und immer wieder, und seine Zuhörer stimmten ihm zu. Ja, ja, er habe recht. Der Herr habe recht. Es sei nur ein Märchen, es sei gar nicht wahr. Eine Geschichte, die von schlechten Menschen verbreitet wurde, um die einfachen Leute zu täuschen ... Aber Alex wußte, sie aßen das Mehl nicht, und es vermoderte in den von der Regierung gestempelten Säcken in Lagerhäusern und auf Karren.

Er konnte die Menschen nicht erreichen. Ihre Gedankengänge waren die Gedankengänge des Ostens. Sie akzeptierten einen Befehl, wenn Macht dahinterstand, aber das hieß nicht, daß der Befehl selbst akzeptierbar war. Sie respektierten Alex, und viele mochten ihn auch, aber er war ein Fremder. »Gibt es etwas Gemeinsames?« dachte Alex. »Gibt es wirklich neutralen Boden?« Aber da war noch Niaz, ein genauso guter Freund wie William Hodson. Wie konnte man seine starke Freundschaft mit diesem Mann erklären, der von gleichem Alter war und sich doch von seinem eigenen Volk abwandte, um den Fremden zu dienen?

Alex hatte Niaz diese Frage eines Abends gestellt, und Niaz hatte einfach erwidert: »Ich habe das Salz der Ostindischen Gesellschaft gegessen.«

»Das ist keine Antwort. Viele haben das getan, aber gegessenes Brot ist bald vergessen.«

Niaz zuckte die Achseln. »Wir sind Brüder, du und ich. Wer kann sagen, warum? Wäre ich ein Hund von einem Hindu, ich würde sagen, daß wir vielleicht in einem anderen Leben in der Tat Brüder waren, denn ich habe niemanden von deinem Volk kennengelernt, dessen Gedanken ich kannte – oder kennen wollte. Deine aber kenne ich.«

»Und wenn es zum Blutvergießen kommt, würdest du dann bei mir bleiben und gegen dein eigenes Volk kämpfen?«

»Beshak, ganz sicher!« Die Antwort kam prompt. »Ich verdanke dir mein Leben – und dein Leben ist mir verfallen. Schon dieses Seil allein wäre schwer zu durchtrennen. Still jetzt, nichts mehr davon . . .«

»Wer steckt wohl dahinter?« fragte Alex. »Sind es die Hindus oder die Moslems? Oder ist es das Werk von Fremden – Russen und Persern?«

Niaz lachte und machte eine verneinende Geste mit der Hand. »Es gibt viele russische Spione; auch persische. Die Russen stehen auf beiden Seiten, wie das ihre Sitte ist – aber immer gegen dein Volk! Und trotz der Polizei und der Spione der Company gehen sie immer noch im Land umher, selbst innerhalb der Mauern von Delhi. Sie bringen Geld und Waffen und viele Versprechen, und ihre Versprechen werden offen in den Zeitungen der Hindus gedruckt. Aber ihre Worte zählen nur wenig. Sie helfen mit, um den Topf zum Kochen zu bringen, das ist alles. Nein. Das, was kommt, wird aufgehen wie der Mond«, sagte Niaz in seiner orientalischen Bildersprache. »Wir waren einmal groß in diesem Land, und wir haben fast alles an Macht verloren. Eine Revolte wird uns dienen, wo uns der Frieden nicht dient. Dies wird ein Jehat – ein heiliger Krieg. Ich glaube, es geschieht bald. Erinnerst du dich noch an die Nacht vor dem Erdbeben in Hoti Mardan?«

Alex nickte. Er wußte nur zu gut, was Niaz meinte. Der gleiche Gedanke war ihm auch schon mehr als einmal in letzter Zeit gekommen. Mehr als sieben Jahre waren vergangen seit der Nacht, an die Niaz ihn erinnerte. Aber er hatte nie die unheimliche, erwartungsvolle Ruhe vergessen, die dem wilden Zittern der Erde vorangegangen war, und er hatte auch nie vergessen, wie die Pferde und Hunde mit Heulen, Zittern und Schweißausbrüchen gewarnt hatten. Eine Warnung, die niemand beachten wollte. Alex spürte jetzt wieder das gleiche, unheimliche, ominöse Gefühl einer erwartungsvollen Stille. Aber es war eine Stille, die nicht mehr lange dauern sollte, und das erste, warnende Gemurmel kam aus dem fernen Bengalen.

Alex hatte es in dem Augenblick begriffen, als Niaz die oberflächliche Bemerkung über das eingefettete Patronenpapier gemacht hatte: die Lunte, die jene gedankenlosen englischen Beamten Kishan Prasad in die Hände gegeben hatten, hatte den Zunder erreicht, der schon bereit lag. Und der Zunder war trocken und flammte hell auf.

Am gleichen Januarmorgen, an dem die Garnison von Lunjore zum Entenschießen zum Hazrat Bagh hinausgeritten war, hatte ein Mann von niedriger Kaste, ein Lascar, der in einer Munitionsfabrik in der Nähe von Kalkutta arbeitete, einen Sepoy aus einer hohen Kaste während der Hitze des Tages angehalten und ihn um einen Schluck Wasser aus seiner Lotah gebeten – der Wasserflasche aus Messing, die von Hindus aller Kasten immer bei sich getragen und für religiöse Waschungen benutzt wird. Der Sepoy hatte den Lascar mehr erstaunt als zornig über diese ungeheuerliche Bitte angestarrt. »Wie kannst du mich fragen, du Narr? Ich bin Brahmane, und meine Kaste verbietet es mir.«

»Kaste? Was bedeuten denn Kasten?« grinste der Lascar. »Die Patronen, die wir hier herstellen, werden mit dem Fett von Schweinen und Vieh besudelt, und bald werden wir alle wie eins sein – kastenlos. Bald, wenn die neuen Gewehre an die Soldaten ausgegeben werden und ihr täglich die Patronen aufbeißt.«

»Was sagst du da?« fragte der Sepoy entsetzt. »Erzähl mir das noch einmal!«

Der Lascar hatte es getan. Und der Sepoy hatte nicht bis zum Ende der Geschichte gewartet, sondern war zu seinen Kameraden gerannt. Hier war der Beweis für den letzten Verrat der Ausländer! Die verhaßte Politik der Annektierung, die Unterdrückung der Witwenverbrennung, die Enteignung, die Absetzung von Königen und das Abschneiden von Privilegien waren nichts gegen diese Ungeheuerlichkeit. Denn dies hier traf den tiefsten Glauben der Männer, dies zerstörte ihre Seelen.

Hindu und Mohammedaner gleichermaßen schreckten mit Entsetzen vor dem Sakrileg zurück. Panik verbreitete sich in den Reihen der Soldaten, und mit der unglaublichen Geschwindigkeit, die bösen Nachrichten eigen ist, gingen die Gerüchte durch ganz Indien. Die Flammen wurden geschürt von denen, die schon auf solch eine Gelegenheit gewartet hatten und die jetzt die Fackel, die man ihnen in die Hände gegeben hatte, aufs beste benützten.

Hundert Männer – hunderttausend Männer – nahmen das furchterfüllte Geflüster auf und gaben es weiter. »Es ist ein Befehl aus England! Von der Königin und ihrem Rat, durch die Patronen sollen alle Sepoys, sowohl Moslems als auch Hindus, entehrt werden – wie auch die Männer in den Städten entehrt werden, dadurch, daß sie Mehl mit Knochen essen. Wenn sie kastenlos sind, dann müssen sie den Willen der Sahibs für immer als Sklaven erfüllen! Wir werden betrogen von den Feringhis, die uns das Land gestohlen haben und die uns nun auch die Seelen stehlen wollen!«

Jetzt fingen die nächtlichen Brände an. Plötzlich stand der Bungalow eines Offiziers mitten in der Nacht in Flammen. Angezündet von einem Brandpfeil, der von unbekannter Hand abgeschossen worden war. Die Telegrafenstation in der Nähe von Kalkutta brannte bis auf die Grundmauern ab, und Nacht für Nacht glühten, trotz Wachen und aufgestellten Posten, die Flammen hell in der Dunkelheit. Und sie breiteten sich nach Norden aus, immer weiter nach Norden ...

Mitternächtliche Versammlungen wurden abgehalten von Männern mit verhüllten Gesichtern, die sich im Schatten der Mauern versteckten, wo keine Wachen sie aufhalten konnten. Briefe gingen mit jeder Post, in denen die Soldaten aufgefordert wurden, allen Versuchen zu widerstehen, sich zu besudeln. Das neunzehnte Regiment der einheimischen Infanterie in Berhampur, hundert Meilen nördlich von Kalkutta, meuterte, und die Meuterei verbreitete sich durch Indien und schürte die Panik noch.

Aber die Meuterei, die so plötzlich aufgeflammt war, verging genausoschnell wieder und ganz ohne Blutvergießen. Die Gerüchte starben, und der Commissioner von Lunjore, der die Möglichkeit eines ernsthaften Aufstandes schon immer einfach abgetan hatte, bemerkte selbstzufrieden, daß er das schon immer gewußt hätte. Nur ein Sturm im Wasserglas. Ja, er hätte sogar eine unwahrscheinliche Geschichte von einem heiligen Krieg gehört, die unter den Mohammedanern umginge! Wäre natürlich alles Unsinn. In seinem Bezirk sei so ein Ding wenigstens nicht umgelaufen.

»Ungefähr achthundert, Sir«, sagte Alex ausdruckslos.

»Was?« Die Stimme des Commissioners kippte vor zorniger Verblüffung fast um. »Wollen Sie mir damit sagen, wir hätten auch in

Lunjore solche Zettel gehabt? Zum Teufel, warum bin ich denn dann nicht informiert worden?«

»Sind Sie, Sir. Ich habe einen vollen Bericht geschickt, in dreifacher Ausfertigung. Liegt sicher irgendwo in den Akten.«

»Ach ja«, meinte der Commissioner zerstreut. Er schaute ihn einen Augenblick lang finster und zornig an und bemerkte dann schmollend, er hätte nicht die Zeit gehabt, jedes verdammte Papier durchzulesen, das in sein Büro flatterte.

Erleichtert darüber, daß die zeitweilige Unruhe über das Patronenpapier und die Meuterei der Neunzehnten N.I. vorübergegangen war, wandte er endlich seine Aufmerksamkeit der Frage zu, wann er die Casa de Ballesteros in Lucknow besuchen wollte.

32

Die Januarregenfälle waren in diesem Jahr üppig gewesen, und der Fluß führte Hochwasser.

Von der anderen Seite, von Oudh her, überquerten Karren den Fluß, und Winter, die es vorgezogen hatte, zu reiten, anstatt mit ihrem Mann in der Kutsche zu sitzen, wartete darauf, daß die Wagen vorüberfuhren. Sie mußte wieder mit unruhigem Gefühl an Amiras Brief denken.

Winter hatte an Amira geschrieben und ihr von dem bevorstehenden Besuch in Lucknow erzählt, und Amira hatte in ihrer Antwort ausgedrückt, daß sie sich sehr freue. Sie hatte versprochen, Winter dann so bald wie möglich zu besuchen. Aber sie hatte auch angedeutet – es war wenig mehr als eine Andeutung gewesen –, daß sie Winter noch immer nicht in das Gulab Mahal einladen konnte. Sie würden, so schrieb Amira, solche Dinge besprechen können, wenn sie sich trafen. Der Brief hatte mit der nackten Information geendet, daß ihr Bruder, der junge Khalig Dad, tot sei.

Winter hatte ein Kondolenzschreiben geschickt. Sie hatte nicht viel darüber nachgedacht, warum sie noch immer nicht im Gulab Mahal willkommen war. Aber jetzt fiel es ihr wieder ein. Es konnte doch nicht wahr sein, daß Amira sie im Gulab Mahal nicht haben wollte ... Oder war es die Frau eines britischen Beamten, die nicht willkommen war?

An der wunderschönen, barbarischen Stadt Lucknow war nichts, was in Winter ein Echo der Erinnerung erweckte.

Sie hatten die Stadt am Abend des folgenden Tages erreicht, und die breite Kurve des Flusses, das duftende Grün der Gärten, die phantastischen Silhouetten der goldenen Palastkuppeln und der schlanken Minaretts lagen wie gebadet im vollen Glanz des Sonnenuntergangs.

Auf den breiten, schattigen Straßen waren viele Engländer, die die Abendluft genossen, unterwegs. Offiziere und Zivilisten zu Pferd, Damen in hellen Kleidern, die in leichten Kutschen, Jagdwagen und Landauern ausfuhren, und Kinder, die unter den wachsamen Augen von Kinderfrauen oder Hausdienern spielten. Viele drehten den Kopf um und betrachteten das Mädchen in dem grauen Kleid, das vorüberritt, und sie wunderten sich über den strahlenden Ausdruck der Erwartung auf dem jungen Gesicht.

Alex hätte diesen Ausdruck erkannt, aber selbst er hatte ihn seit vielen Monaten nicht mehr gesehen, und niemand in Lunjore hatte ihn überhaupt je bemerkt.

Eine lange, hohe Mauer umschloß das Gelände der Casa de Ballesteros. Das Tor im maurischen Stil war umgeben von den strahlendroten Blüten der Bougainvillea. Der Torwächter machte eine tiefe Verbeugung, als Winter unter dem Bogen durchritt, und seine hellen, alten Augen folgten ihr erfreut. »Das ist in der Tat die Tochter von Marco Sahib«, sagte er zu einer Gruppe von Zuschauern, die sich am Tor versammelt hatte. »Ich, der ich viele Jahre im Dienst des Hauses stehe, weiß das noch. Sie ist das Ebenbild ihres Vaters! Wie schade, daß sie kein Sohn ist. Hai mai! Das Haus ist schon viel zu lange leer gewesen. Es ist nicht gut für ein Haus, wenn es leersteht . . ., auch nicht für ein Herz.«

Die Hitze und der Regen, die Staubstürme und das kalte Wetter von fast achtzehn Jahren hatten am Haus ihre Zeichen hinterlassen. Aber am ersten Abend war es schwierig, das Ausmaß der Schäden zu erkennen. Das freundliche Kerzenlicht versteckte viele Fehler. Erst im vollen Tageslicht wurde alles sichtbar, und Winter sah die Stellen, an denen der Brokat verschossen war, wo das Holzwerk sich verzogen hatte und wo die Balken gerissen waren, und sie bemerkte auch, daß die dunklen, wunderschönen spanischen Porträts an den Wänden von der Feuchtigkeit fleckig und verfärbt waren.

Menschen, die sich noch an den Hochzeitstag ihrer Mutter erinnern konnten, erzählten ihr, daß das Kleid der Braut von der Großmutter stammte. Denn die Braut habe nur ein Reitkleid bei sich gehabt, sonst nichts.

Das Brautkleid war weiß gewesen, sagten sie ihr, und das sei ein schlechtes Zeichen gewesen. Weiß, das wußten doch alle, war für Witwen und für die Toten. Rot, das sollte eine Braut tragen! Rot und Gold, die Farben der Freude. Und Winter hörte von den Lippen des alten Nachtwächters über die Geschichten, die Zobeida ihr erzählt hatte. Die Geschichten des Hauses der Pfauen.

Die Pfauen schrien immer noch in der Dämmerung und früh am Morgen, und manchmal fand Winter eine glitzernde, goldgepuderte Schwanzfeder auf dem Rasen oder auf den Steinplatten der Flußterrasse. Die Diener sammelten sie, banden sie zusammen und benutzten sie als Staubwedel, um die Bilder und Porträts, die Don Ramon aus Spanien mitgebracht hatte, zu säubern.

Sie waren nicht lange alleingeblieben, denn die Nachricht, daß der Commissioner von Lunjore und seine anglo-spanische Frau in der Casa de Ballesteros wohnten, brachte eine Menge Gäste ins Haus. Aber deshalb war Winter nicht nach Lucknow gekommen. Dies war wieder Lunjore – die endlosen Mittagessen, die Abendessen, die Partys, die Kartenspiele und die Pferderennen. Es gab nur einen Menschen, den sie in Lucknow hatte besuchen wollen, und das war Amira. Und es gab nur ein einziges Haus – das Gulab Mahal.

Hamida hatte eine Nachricht und ein Blumengesteck von Amira gebracht, am ersten Abend. Aber in dem Brief stand nur, daß Amira kommen und Winter besuchen würde, sobald sie das könne.

»Dann soll ich nicht zum Gulab Mahal kommen?« fragte Winter Hamida.

»Bald, mein Vögelchen, bald«, sagte Hamida. »Aber warte, bis du mit der Begum Sahiba gesprochen hast. Sie wird bald da sein.«

Amira war in der Dämmerung gekommen, eines Abends. Sie wurde in einer Sänfte gebracht, mit fransenbesetzten Vorhängen und getragen von Dienern in schäbiger Livree. Glücklicherweise war Conway ausgegangen. Amira hatte Winter mit Tränen in den Augen umarmt, und sie waren zusammen im kühlen Zwielicht auf der Flußterrasse spazierengegangen, während Hamida und zwei von den grauhaarigen Dienern aus dem Gulab Mahal Wache hielten.

Sie hatten von vielen Dingen geredet, aber die Neuigkeiten, die Amira brachte, waren bitter gewesen. Winter durfte nicht zum rosa Palast kommen. Noch nicht. Nicht jetzt. Eines Tages, versprach Amira, aber jetzt noch nicht.

Khalig Dad, der weniger als drei Monate vor Winter geboren war – Khalig Dad, der ein großer König werden und sieben Söhne haben sollte, war in einer Straßenschlägerei mit englischen Offizieren getötet worden. Genaueres über seinen Tod war nie bekannt geworden, und auch die Behörden hatten sich nicht eingemischt. Seit der Annektierung von Oudh gab es in Lucknow viele unangenehme Vorfälle, und diese Geschichte war nur eine von vielen. Aber der Zwischenfall hatte böses Blut gemacht, und die Leiche von Juanitas Sohn war von einem heulenden Mob durch die Straßen getragen worden, von wütenden Menschen, die mit Gewalt zerstreut werden mußten.

»Er war mein Bruder«, sagte Amira, »und ich sollte nicht schlecht von ihm sprechen. Denn er war noch jung, noch unerfahren. Wenn er älter geworden wäre, dann hätte sich seine wilde Art sicher gemildert. Aber ich habe von jemandem, der dabei war, gehört, daß Khalig Dad zuviel getrunken hatte, und er glaubte, die Offiziere der Angrezi machten sich über ihn lustig. Ich habe außerdem gehört, daß keine Schüsse abgefeuert wurden, obwohl die Sahibs wütend waren und mit ihren Reitgerten um sich geschlagen haben.«

Amira seufzte und dachte an ihren Mann, Walayat Schah. Sie dachte an den Haß, der in ihm gewachsen war, seit die Regierung der Ostindischen Gesellschaft den König von Oudh abgesetzt hatte. Amira hatte versucht, Winter Walayat Schahs Haltung zu erklären, aber es war schwierig gewesen. Denn er sprach jetzt nicht mehr mit seiner Frau . . .

»Selbst mir, seinem Weib gegenüber, hat er sich verändert. Denn meine Mutter war eine Feringhi«, sagte Amira traurig. »Und deshalb kann ich dich nicht bitten, mich im Gulab Mahal zu besuchen. Eines Tages wird es sicher möglich sein. Aber im Augenblick wäre es besser, fernzubleiben.«

Und so schloß sich diese Tür für Winter.

Sie war endlich nach Lucknow zurückgekommen. Aber nicht zu dem verzauberten, friedlichen Ausgangspunkt ihres Lebens, wo sie gehofft hatte, wieder Kräfte zu sammeln und einen Sinn für ihr Leben zu finden. Sie hatte geglaubt, daß sie noch einmal von neuem anfangen könne, nicht mehr als Kind, das den unverständlichen Befehlen Erwachsener ausgeliefert war, sondern als sie selbst, als Winter de Ballesteros, frei von ihrer dummen Abhängigkeit von der Pappfigur eines nicht existierenden Ritters, frei von Angst und Einsamkeit und den quälenden, würgenden, zerrenden Banden einer falschen Liebe, fähig, auf eigenen Füßen zu stehen.

Aber der Gedanke, daß sie eines Tages zum Gulab Mahal zurückkehren könne, war zu tief in ihr verwurzelt. Das Gulab Mahal war für Winter viel mehr als nur eine Erinnerung an Glück. Es war ein Bann . . ., ein Zauber . . ., ein Stein der Weisen, der unedles Metall in Gold verwandeln konnte. Der unerreichbare Mond. Es hatte so ausgesehen, als ob sie ihn endlich hätte fassen können, aber jetzt war ihr das Tor wieder verschlossen.

Conway und Winter waren zu verschiedenen Anlässen in der Residenz von Lucknow eingeladen worden, und Winter hatte mit einer Mrs. Daly Freundschaft geschlossen, die als Hausdame und Haushälterin für Sir Lawrence, den Commissioner von Oudh, fungierte.

Mrs. Daly, ihr kleiner Sohn und ihr Mann, Captain Harry Daly, der gerade das Kommando für die Guides übernommen hatte, wohnten in der Residenz, und Mrs. Daly führte zeitweise den Haushalt in dem riesigen, sparsam möblierten Haus. Sie mochte die junge Mrs. Barton sehr, und darum fragte sie, ob sie Winter einladen dürfe, einige Nächte bei ihr zu verbringen.

Conway hatte nichts dagegen. Denn die Abwesenheit seiner Frau würde ihm ausgezeichnete Gelegenheit bieten, ein paar eigene Abende in der Casa de Ballesteros zu gestalten. Nachdem er deshalb Winter zur Residenz geschickt hatte, ließ er sich mit einem großen Glas Brandy im Sessel nieder, um eine Woche voller angenehmer und unbeschränkter Amüsements zu planen.

33

Die Residenz von Lucknow war ein großes, dreistöckiges Gebäude, von dessen breiten Veranden und säulenbestandenen Vorhallen man auf die schöne Stadt und den gewundenen Fluß hinausschauen konnte. Die Residenz stand auf einem Hügel in grünen Rasenflächen und Gärten voller Rosen und blühender Bäume.

»Harry und ich mußten eine ganze Menge Möbel und Einrichtungsgegenstände für das Haus stellen«, erzählte Mrs. Daly Winter, »denn Sir Henry erklärte, er hätte nicht mehr als ein einziges Messer und eine Gabel in seinem persönlichen Besitz. Solche Kleinigkeiten kümmern ihn überhaupt nicht, die überläßt er anderen. Und ich weiß nie, wie viele Gäste zu erwarten sind. Er bittet mich dann, an fünfzehn Leute Einladungskarten zu verschicken, und dann kommt eine Stunde vor dem Essen George Lawrence herein und sagt mir, daß sein Onkel noch weitere zwanzig Personen eingeladen hat. Und daß er glatt vergessen hätte, das zu erwähnen! Und dann kommmen auch immer die unerwarteten Besucher.«

Einer dieser unerwarteten Gäste platzte am vorletzten Tag von Winters Aufenthalt zum Frühstück herein.

Das Frühstück in der Residenz war eine lange, angenehm ausgedehnte Mahlzeit. Es dauerte von zehn bis zwölf, und man diskutierte gerade angeregt über die Verdienste von Buddha und Konfuzius als Religionsstifter, als ein Besucher angekündigt wurde. Captain Daly hatte aufgeblickt und war dann aufgesprungen. »Alex – das ist aber eine herrliche Überraschung!«

Winter hatte sich gerade eine Orange geschält, und ihre Hände waren plötzlich still. So still wie ihr Herz. Alex' Stimme sagte hinter ihr: »Hallo, Harry. Ich hatte nicht gehört, daß du hier wärst. Ich hoffe, Sie verzeihen mir, daß ich Sie einfach so überfalle, Sir Henry? Ich bin vor einer Stunde angekommen, aber Mr. Barton kann mich erst später empfangen. Deshalb dachte ich . . .«

»Sie wissen, daß Sie sich nicht dafür entschuldigen müssen, daß Sie hereinplatzen. Zu mir können Sie zu jeder Zeit kommen, Alex«, sagte Sir Henry und lächelte.

Winter legte die Orange ganz vorsichtig auf den Teller und drehte sich langsam um. Aber Alex sah nicht zu ihr hin. Er hatte noch nicht einmal bemerkt, daß sie anwesend war. Er schaute seinen alten Chef an, und Winter ergriff hilflose, reine Eifersucht.

Sir Henry schob seinen Teller weg und stand auf. Er ergriff Alex' Hand, und Captain Daly bedeutete einem Diener, noch einen Stuhl zu bringen.

»Schon gefrühstückt?« wollte Sir Henry wissen.

»Ungefähr um fünf Uhr heute morgen, Sir.«

»Dann können Sie noch ein Frühstück brauchen. Was machen Sie in Lucknow, Alex?«

»Der Commissioner hat mich kommen lassen, Sir.«

Alex' Stimme war völlig ausdruckslos, aber Sir Henry betrachtete ihn mit zwinkernden Augen, in denen sehr viel Verständnis stand. »Jetzt soll'n Sie wieder was erklären, wie? Was haben Sie denn diesmal Großartiges geleistet, ohne vorher Ihren Vorgesetzten zu konsultieren?«

Alex lachte. »So ungefähr sieht's aus. Sie sind zu scharfsinnig, Sir.«

»Und völlig ohne Manieren. Ich habe Ihnen noch nicht mal meine Gäste vorgestellt. Aber ich glaube, Sie kennen sie alle. Mrs. Barton bleibt ein paar Tage bei uns und leistet Mrs. Daly Gesellschaft.«

Alex schaute sich um, und plötzlich war ein erschreckter, finsterer Blick in seinen Augen. »Tut mir leid, Mrs. Barton. Ich habe nicht gesehen, daß Sie da waren. Hallo, Mrs. Daly. Nett, Sie einmal wiederzusehen. Wie geht es Ihnen?«

»Wie lange wollen Sie denn bleiben?« wollte Sir Henry wissen.

»Nicht länger als einen Tag, glaube ich, Sir. Das hängt natürlich vom Commissioner ab, aber ich hoffe, ich kann morgen vor Tagesanbruch wieder zurück. Jetzt ist nicht die richtige Zeit, sich . . .«

Er brach den Satz selbst ab und schloß seinen Mund so fest, als ob er sich darüber ärgerte, daß er sich zu einer unüberlegten Bemerkung hatte hinreißen lassen. Sir Henry sagte: »Nur eine Nacht? Das ist nicht sehr lange. Sie wohnen natürlich hier.«

»Gerne, Sir, wenn Sie sicher sind . . .«

»Ach, Mrs. Daly wird das schon hinbiegen. Da brauchen Sie sich keine Sorgen zu machen. Sie macht hier im Augenblick alles. Ich weiß nicht, was ich tun werde, wenn sie mich verläßt, aber ihr Mann, der selbstsüchtige Mensch, nimmt sie mir am dreizehnten weg. Daly übernimmt das Kommando der Guides.«

Alex wandte sich schnell um. »Ist das wahr? Herzlichen Glückwunsch, Harry, ich hatte noch nichts davon gehört. Du warst immer ein Glückspilz. Freust du dich?«

»Na klar! Aber ich wünschte, die Beförderung wäre zu einer anderen Zeit gekommen. Es ist nicht schön, daß ich jetzt Lucknow verlassen muß, gerade, wo Sir Henry angekommen ist.«

Sir Henry lächelte. »Mein lieber Harry, glauben Sie nicht, daß ich Ihr Kompliment nicht zu schätzen weiß. Aber wie ich Ihnen schon sagte, Sie können sich einfach nicht weigern, die beste Stellung anzunehmen, die es für einen Soldaten gibt.«

Alex sagte: »Könnten Sie nicht ein paar Fäden für mich ziehen, Sir, so daß er hierbleiben kann und ich statt dessen gehe?«

Sir Henry schaute Alex nachdenklich an. »Ich könnte es versuchen, obwohl es wahrscheinlich nichts nützen würde. Aber würden Sie wirklich gehen, wenn ich es täte?«

Alex erwiderte den Blick, und sein Mund zuckte in einem sauren Lächeln. »Nein, Sir.« Ein seltsamer Unterton von Bitterkeit war in seiner Stimme, und Sir Henry nickte verständnisvoll. »Das hatte ich auch nicht gedacht. Nicht jetzt.« Er schob seinen Stuhl zurück und stand auf. »Nun, wenn Sie mich jetzt alle entschuldigen wollen, ich muß gehen. Sie sehe ich ja später noch, Alex. Wenn Sie sich Ihre Abreibung geholt haben!«

Nachdem Sir Henry gegangen war, wurde die Unterhaltung allgemein, und Winter stellte fest, daß Alex nicht einmal in ihre Richtung schaute. Während sie ihn über den breiten Tisch hinüber ansah, erfüllte sie plötzlich Verzweiflung. Nichts hatte sich verändert. Sie hatte für ihre Probleme keine Lösung gefunden und auch nicht für ihr

Unglück und ihre Liebe zu Alex. Vielleicht gab es keine Lösung. Vielleicht gab es keine andere Antwort als Ausharren.

Winter hatte ihren Mann nicht mehr gesehen, seit sie in der Residenz angekommen war. Er hatte seine Absicht angedeutet, herüberzufahren, aber er hatte es nicht getan, und Winter konnte dafür nur dankbar sein. Dies war das erste Mal seit ihrer Hochzeit, daß sie nicht mit Conway unter dem gleichen Dach wohnte, und die Erleichterung, mit der sie das empfand, war ein bißchen beängstigend. Würde es wirklich möglich sein, den Rest ihres Lebens in der Gesellschaft eines Mannes zu verbringen, dessen Abwesenheit ihr solche unendliche Erleichterung brachte? Konnte man die Ehe unter solchen Bedingungen wirklich als etwas Geheiligtes betrachten?

»Vielleicht ist es meine Schuld«, dachte Winter. »Wenn ich mich wirklich sehr bemühen würde, dann könnte ich ihn vielleicht dazu bringen, mich zu mögen, und er wendet sich ab von dem Leben, das er jetzt führt. Wenn ich es versuchen würde . . .« Aber für Conway bedeutete Liebe nur Lust. Es würde leicht genug sein, seine Gelüste zu wecken, aber wenn er die dann befriedigt hatte, würde er sich nicht mehr zu Winter hingezogen fühlen als in der Vergangenheit. Mr. Barton betrachtete Frauen nur von einer Seite. Sie waren entweder attraktiv oder nicht. So einfach war das. Und Conway Barton liebte nur eine einzige Person: sich selbst.

Winter war das in letzter Zeit ziemlich klargeworden, und dennoch hatte sie immer und immer wieder während der wenigen friedlichen Tage in der Residenz von Lucknow gedacht, daß es möglich sein müßte, ihn nach und nach von seinen Lastern zu entwöhnen, wenn sie sich zwang, ihren Ekel zu schlucken, und dagegen ankämpfte, schon beim Gedanken an seine Berührung eine Gänsehaut zu bekommen. Aber jetzt, wo sie Alex Randall über den kerzenerleuchteten Tisch in der Residenz anschaute, wußte sie mit hilfloser, verzweifelter Sicherheit, daß sie es nicht zustande bringen würde. Jedenfalls nicht, solange sie Alex nicht ansehen konnte, ohne daß sich ihr Herz zusammenkrampfte.

Es war schon spät, und in ein paar Stunden mußte Alex wieder nach Lunjore abreisen. Er wußte, daß er soviel schlafen sollte, wie er konnte, aber noch nie war ihm weniger nach Schlafen zumute gewesen. Das Haus war heiß, und selbst im Schatten der Veranda war es zu warm, aber der Garten sah kühl und einladend aus. Alex ging die Veranda entlang und stieg dann eine kleine Treppe hinunter ins stille Mondlicht.

Obwohl jetzt der April schon halb vorüber war, wehte die Nachtluft frisch und kühl, denn das heiße Wetter kam dieses Jahr ungewöhnlich spät. Es hätte auch Anfang März sein können, so grün und schön war das Gras und so üppig standen die blütenüberdeckten Bäume. Die Rosen wirkten im milchigen Mondlicht farblos, aber die Luft war schwer vom süßen Duft der Blumen und der gewässerten Erde.

Alex schlenderte über die weiten Rasenflächen, und seine Schritte waren auf dem Gras unhörbar. Zufällig kam er zu einer Gruppe Flammenbäume, deren Schatten samtschwarz im Mondlicht dalagen.

Jemand stand am anderen Rand dieses Gürtels aus sanfter Dunkelheit, die weißen, hellen Röcke leuchteten im Schatten. Trotz der Tatsache, daß ihre Umrisse kaum zu erkennen waren, trotz der Tatsache, daß sie ihm den Rücken zuwandte, wußte Alex, daß es Winter war. Er blieb stehen und hätte sich umgedreht, aber irgend etwas an der Haltung der undeutlichen Gestalt fesselte seine Aufmerksamkeit. Sie beobachtete etwas, und in der Neigung ihres Kopfes lag eine Andeutung von Aufmerksamkeit, die selbst die tiefen Schatten nicht verstecken konnten. Neugier überkam Alex, und er ging zu ihr hinüber und stellte sich neben sie.

Sie hörte die ruhigen Schritte und drehte den Kopf um. Aber sie machte keine überraschte Bewegung, und sie schien ihn genauso instinktiv zu erkennen, wie er sie erkannt hatte. Es war ihr, als ob sie auf ihn gewartet hätte, obwohl sie noch nicht einmal an ihn gedacht hatte. Aber es kam ihr ganz natürlich vor, daß er da war. Die warme Stille des Gartens war wie eine andere Welt, die mit der Welt des Tageslichts und ihrem Durcheinander und ihrer Anspannung und Rastlosigkeit nichts gemeinsam hatte. Sie akzeptierte seine Anwesenheit als eine Tatsache und wandte sich wieder der Betrachtung des Gartens zu.

Als Alex neben ihr stand, konnte er den blassen Umriß ihres Profils vor den dunklen Massen der Blätter sehen, und er roch den sauberen, kühlen Duft des Lavendels, den er, seit er sie kannte, mit Winter verband. Als seine Augen sich an den Schatten gewöhnten, konnte er auch die Kurve ihrer langen Wimpern ausmachen und die dünne Falte zwischen ihren Augenbrauen und ein dünnes Strähnchen schwarzen Haars, das sich kindlich über ihrem Ohr kräuselte.

Winter schien seinen Blick nicht zu bemerken, und nach kurzer Zeit fragte sie flüsternd: »Was machen die da?«

Alex wandte seinen Blick von ihr ab, und zum ersten Mal bemerkte er, was ihr Interesse gefangenhielt. Etwas bewegte sich auf dem offenen Gelände zwischen den scharfkantigen Schatten der Gebäude, die innerhalb der Mauern der Residenz lagen. Die Menschen bewegten sich in völliger Stille, sie hielten sich zum größten Teil in den Schatten und huschten geräuschlos durch das Mondlicht wie eine Reihe Trolle; gebeugt, bucklig und grotesk, flüchtige Silhouetten auf dem silberüberfluteten Gras oder der Mauer eines Hauses, Silhouetten, die sich wieder im Schatten verloren und auftauchten und dann wieder vom Boden geschluckt wurden.

Alex brauchte einen Augenblick, um zu begreifen, daß es Männer waren, die schwere Lasten trugen. Sie trugen Säcke auf der Schulter oder gingen gebückt unter schweren Kisten. Sie verstauten sie in unterirdischen Kellern, die unter irgendwelchen Gebäuden der Residenz lagen. Oberflächlich meinte Alex: »Das sind nur Männer, die Vorräte für den Sommer einlagern. Getreide und . . .«

». . . und Munition«, beendete Winter den Satz. »Warum? Und warum tun sie es bei Nacht? George Lawrence war vor einer Weile auch da. Ich habe ihn gesehen. Er sagte, er ginge zu Bett, aber dann kam er hier heraus, um nachzusehen, daß niemand draußen war. Letzte Nacht haben sie es auch gemacht. Und die Nacht davor. So viele Vorräte brauchen sie gar nicht . . . Es sei denn, sie halten es für möglich, daß die Residenz belagert wird. Kann es das sein?«

Alex beantwortete die Frage nicht. Statt dessen sagte er: »Warum sind Sie jede Nacht hier herausgekommen, um sie zu beobachten?«

»Das bin ich nicht. Ich meine, ich bin nicht herausgekommen, um sie zu beobachten. Ich bin nur herausgekommen, um im Garten spazierenzugehen.«

»Mitten in der Nacht? Es ist schon sehr spät.«

»Ich konnte nicht schlafen, und hier komme ich auf andere Gedanken«, sagte Winter einfach. »Wird es wirklich einen Aufstand geben? Amira sagt . . .«

Sie hielt inne, und nach einem Augenblick meinte Alex: »Was sagt Amira? Und wer ist Amira?«

Winter drehte sich um und schaute ihn überrascht an. Es kam ihr unglaublich vor, daß Alex das nicht wußte. Aber dann fiel ihr ein, daß sie ihn in letzter Zeit kaum gesehen hatte und daß er die Geschichte ihrer Anreise nach Lunjore gar nicht kannte. Also erzählte sie sie ihm jetzt. Sie erzählte von Juanita und Aziza Begum und dem Gulab Mahal, während sie im duftenden Schatten eines Gartens standen, von dem man die lebendige Stadt Lucknow und das Haus sehen konnte, in dem sie geboren war.

Danach schwieg sie eine Weile. Dann sagte sie langsam: »Ich glaube, Amira hat Angst. Ihr Mann liebt die Briten nicht, und ich glaube – ich glaube, er traut Amira nicht, weil sie westliches Blut hat. Amira will nicht, daß ich ins Gulab Mahal komme, und ich habe sie nur zweimal gesehen. Sie sagt, es ist nicht leicht für sie, mich zu besuchen, und ich glaube nicht, daß ihr Mann weiß, daß sie es schon getan hat. Vielleicht würde er sie bestrafen, wenn er es wüßte. Nila Ram hat seiner Frau die Hände abhacken lassen, weil sie ihm nicht gehorchte ...« Winters Stimme zitterte plötzlich vor Furcht, und sie streckte die Hand aus und ergriff Alex' Ärmel. »Alex, glauben Sie, Amiras Mann würde so etwas tun?«

Alex blickte hinab auf die kleine Hand auf seinem Arm, und er war unfähig, dem Drang zu widerstehen, sie zu ergreifen. Seine Berührung erschreckte Winter offenbar, denn Alex fühlte, wie die schlanken Finger sich versteiften und unter der leichten Berührung seiner Finger ganz still wurden. Winter entzog ihm ihre Hand sanft und ohne Hast, aber die gelöste Stimmung war vergangen.

Alex sagte nüchtern: »Nein, das glaube ich nicht. Ich nehme an, Nila Rams Frau hatte eine Affäre mit einem anderen Mann. Aber es ist kaum ein Verbrechen, eine Cousine zu besuchen, selbst wenn diese Cousine Europäerin ist. Hat Amira Angst, daß es einen bewaffneten Aufstand gibt?«

Winter schüttelte den Kopf. »Sie sagte, die Stadt wäre voller seltsamer Gerüchte, aber sie wollte mir nicht erzählen, um was es ging. Sie sagte nur, ich müsse ... ich müsse in die Berge gehen. Ich dürfe nicht in Lunjore bleiben.«

Alex meinte trocken: »Ich glaube, ich habe das selbst auch gesagt.«

»Ja. Aber in Lunjore sind zwanzig oder mehr Frauen, und ...« Winter brach abrupt ab, sie wünschte, sie hätte nichts gesagt. Der Hinweis war so deutlich, und was erwartete sie denn auch von Alex? Sollte er sagen, sie wäre die einzige, um deren Sicherheit er sich Sorgen machte? Das Blut stieg ihr heiß ins Gesicht und brannte in ihren Wangen, und Winter war dankbar für die Dunkelheit, die das verbarg. Aber Alex' Stimme war knapp und kühl. »Ich weiß. Und wenn ich etwas zu sagen hätte, dann würde ich jede einzelne, solange noch Zeit ist, in die Berge schicken, wo britische Truppen stationiert sind. Nicht nur zu eurer Sicherheit, sondern auch zu unserer.«

»Zu eurer Sicherheit?« fragte Winter unsicher. »Das verstehe ich nicht ...«

»Nein? Ich denke, das ist doch offensichtlich«, meinte Alex brutal. »Männer sind sentimental, wenn es um Frauen geht. Sie zögern und denken an Niederlage, wenn der Angriff ihre einzige Hoffnung ist. Sie verlieren die besten Gelegenheiten, weil sie ›an die Frauen und Kinder denken müssen‹. Männer, die nicht einmal im Traum an Kapitulation denken würden, schließen Verträge mit einem Feind, damit eine Handvoll Frauen sicher ist. Wenn ein Mann getötet wird, dann ist das eben der Krieg; aber wenn eine Frau oder ein Kind getötet wird, dann ist das ein barbarischer Mord. Hundert Leben – tausend Leben – werden geopfert, um Frauen und Kinder zu rächen.«

Verzweiflung und Bitterkeit lagen in seiner Stimme, als ob eine prophetische Vision der Zukunft sich vor ihm in all ihrer tragischen Hoffnungslosigkeit ausgebreitet hätte. Dann knirschte hinter ihnen ein trockenes Blatt, und er drehte sich schnell um. George Lawrence stand am Rand der Schatten.

»Wer ist da?« George Lawrence sprach mit leiser, aber scharfer Stimme. Als Alex sich bewegte, sagte er mit unverhüllter Erleichterung: »Oh, Sie sind's, Alex. Ich dachte . . .« Beim Anblick von Winter hielt er inne. »Mrs. Barton!«

Seine Augenbrauen zuckten, und er runzelte die Stirn. Winter sagte: »Tut mir leid, Mr. Lawrence. Haben wir Sie erschreckt? Ich bin in den Garten gekommen, weil ich nicht schlafen konnte, und Captain Randall hat mich hier gefunden.«

Der Neffe des Chief Commissioners räusperte sich in nervöser Verlegenheit und warf Alex einen schnellen Blick zu, der keiner Deutung bedurfte.

Alex grinste ein bißchen maliziös und sagte: »Pech gehabt«, als ob er eine ausgesprochene Frage beantwortete.

Das Mondlicht versteckte die dunkle Röte nicht, die sich kurz in George Lawrences Gesicht zeigte. Er sagte scharf: »Ich habe keinen Augenblick angenommen . . .«, und dann brach er wieder ab. Abrupt, als ob Winter nicht da wäre, fuhr er fort: »Wieviel hat sie gesehen?«

»Genug«, sagte Alex lakonisch. »Aber sie redet nicht.«

George Lawrence drehte sich um und schaute Winter an. Auch sie beantwortete eine unausgesprochene Frage, wie Alex das getan hatte. »Ich verspreche es Ihnen. Ich wollte nicht spionieren, und ich werde mit niemandem darüber sprechen. Ehrenwort.« Sie lächelte ihn an, und sein verkrampftes Gesicht entspannte sich ebenfalls in einem Lächeln.

»Danke. Mein Onkel würde es sicher nicht gern sehen, daß dies hier allgemein bekannt wird. Es ist nur eine Vorsichtsmaßnahme, verstehen Sie, aber wenn man darüber spräche, dann ergäbe sich daraus vielleicht eine Panik. Und im Augenblick ist es lebensnotwendig, ruhig zu wirken.«

Er wandte sich zu Alex und sagte ein wenig steif: »Ich dachte, Sie hätten vor, um fünf Uhr abzureisen, Alex? Es ist jetzt schon fast eins. Sollten Sie nicht besser schlafen gehen? Ich werde Mrs. Barton in ihr Zimmer bringen.«

Alex betrachtete ihn mit sardonischem Verständnis. George Lawrence meinte also, er hätte den Ruf der jungen Mrs. Barton in große Gefahr gebracht, weil er mit ihr im Garten um ein Uhr gesprochen hatte. Er fragte sich, welchen Eindruck ein anderer wohl bekommen würde, der zufällig sah, wie Mr. Lawrence Mrs. Barton zu dieser Stunde ins Schlafzimmer begleitete. Daran hatte George sicher nicht gedacht! Ernst sagte Alex: »Ich bin sicher, sie könnte in keinen besseren Händen sein. Gute Nacht, Mrs. Barton. Auf Wiedersehen, George. Und viel Glück.«

»Danke«, sagte George Lawrence nüchtern. »Ich kann's vielleicht brauchen.«

Alex machte eine kurze, grüßende Geste mit der Hand, drehte sich um und ging über den monderleuchteten Rasen. Bald schluckten ihn die Schatten des Residenzgebäudes.

34

Kurz nach zwölf Uhr mittags am folgenden Tag fuhr Winter in Sir Henrys Kutsche zur Casa de Ballesteros zurück.

Ihr Mann, so sagte man ihr, läge noch zu Bett. In der vergangenen Nacht habe eine Party stattgefunden, keine große, alles in allem nur ein halbes Dutzend Sahibs. Aber sie wären geblieben bis zu den frühen Morgenstunden.

Jede Tür, jedes Fenster in dem großen Salon stand weit offen, aber die heiße Luft und der Duft von frischgeschnittenen Blumen konnten den faden Geruch nach Zigarrenrauch und verschüttetem Brandy nicht verstecken. Außerdem war etwas im Zimmer, das vorher nicht dagewesen war: Ein großes Quadrat aus verschossenem Samt hing säuberlich über dem Velazquez-Porträt von Don Cristobal de Ballesteros.

Winter schaute es verwirrt und mit gerunzelter Stirn an und schickte dann nach Muddeh Khan, dem Butler. Muddeh Khan sah unglücklich aus. Er wich Winters Blick aus. Die Herren, so erklärte er bedauernd, waren sehr lustiger Stimmung gewesen, und sie hätten das Porträt aus Spaß ein bißchen beschädigt. Er hätte es ja entfernen lassen, aber die Wand sei auch . . .

Winter schickte ihn wieder fort. Als er gegangen war, ging sie zu dem Porträt hinüber und entfernte das olivgrüne Samttuch. Jetzt wußte sie, warum noch ein anderer, fremder Geruch im Raum hing. Conway und seine Gäste hatten das große Gemälde als Zielscheibe benutzt, und die dunkle Schönheit des herrlichen Bildes war von Kugellöchern zerfetzt. Auch die Wand dahinter war durchlöchert. Das hochmütige, hohlwangige spanische Gesicht mit seiner schwachen Andeutung aristokratischen Amüsements war völlig zerrissen, und von dem Porträt war nichts übrig, das eine Reparatur wert gewesen wäre.

Während Winter das Bild anschaute, stieg hilflose Wut in ihr auf. Wie konnte Conway dies ihrem Vaterhaus antun! Wie konnte er seine groben, betrunkenen Freunde und seine billigen, kreischenden Frauen in dieses wunderschöne, stille Haus bringen und es besudeln, wie er das letzte Nacht getan hatte.

Sie drehte sich um und ging hinaus. Sie wanderte langsam über die Flußterrasse, und sie zitterte vor Schrecken und Zorn und Ekel, wie sie an dem Morgen gezittert hatte, der dem Alptraum ihrer Hochzeitsnacht gefolgt war.

»Ich kann es nicht ertragen!« dachte sie und starrte über den weiten Fluß hinaus. Sie dachte wieder an die sinnlose Zerstörung des herrlichen Gemäldes. »Ich kann es nicht ertragen . . .!« Aber was sollte sie tun? Weder Kirche noch Gesetz würden sie frei machen, und sie erinnerte sich an Mrs. Gardener-Smiths Worte. Das Gesetz war auf Conways Seite.

»Ich gehe in die Berge«, dachte Winter. »Sofort – noch heute! Wenigstens würde das Alex Freude machen. Oder . . ., oder nicht? Nein, es macht ihm keine Freude. Er will nicht, daß ich gehe, weil ich ich bin, sondern weil ich nur eine von all den Frauen bin, die er gerne loswerden möchte. Alex glaubt, es wird eine Krise geben. Amira glaubt das auch – oder hat sie nur Angst vor ihrem Mann? Oder um ihren Mann?« Was hatte doch Alex gesagt? Frauen sind in einer Krise immer ein Handicap für Männer.

Ganz plötzlich fielen aller Ärger und alle Verzweiflung von ihr ab. Conway hatte vor, am Ende des Monats nach Lunjore zurückzukehren, und sie würde mit ihm fahren und dann Mitte Mai nach Simla in die Berge abreisen. Daraus würde sich auf jeden Fall kein Skandal ergeben, und Conway konnte sich auch nicht weigern, sie gehen zu lassen. Bis dahin durfte sie nichts tun. Aber das Härteste stand ihr bevor. Sie mußte warten . . .

Es war Frühnachmittag und die stillste Zeit des Tages. Der Fluß und die steingepflasterte Terrasse lagen leer im Sonnenglanz, und das andere Ufer war verlassen. Eine Meile stromaufwärts schimmerte die Stadt in der flimmernden Hitze, und keine Wolke stand am Himmel. Nichts bewegte sich, außer dem geräuschlosen Fluß und einem einzelnen Boot, das den Strom heruntertrieb.

Es war ein flaches Boot mit einem Dach aus Matten, das sich darüber wölbte und die Sonne abhielt. Es wurde von einem uralten Mann in der spärlichen Bekleidung eines Fischers mit einem Stechpaddel vorwärts gerudert, und es kam immer näher und näher ans Ufer und stieß dann sanft an die Steinmauer der Flußterrasse an. Sein Kiel schürfte über die Stufen zum Wasser. Das Geräusch war leise, aber in der heißen Stille des Nachmittags war es erstaunlich deutlich zu hören. Winter ging zum Geländer und blickte nach unten.

Das teilweise verschleierte Gesicht einer Frau spähte unter den Matten heraus. Die Frau schaute sich vorsichtig auf dem Fluß um, kniff die Augen im Sonnenglanz zusammen und blickte dann nach oben. Sie sah Winter. Ihre Augen weiteten sich plötzlich, und eine dunkle, klauenartige Hand winkte. In dieser Geste war etwas so Geheimnisvolles und dennoch so Dringendes, daß Winter sich unwillkürlich umdrehte und hinter sich schaute. Aber die Terrasse und der Park lagen verlassen, und nicht einmal ein Schmetterling bewegte sich im blendenden Sonnenlicht.

Winter ging schnell zu den Wasserstufen. Aber oben auf der Treppe zögerte sie einen Augenblick. Niemand war in Ruf- oder Sichtweite, und sie wußte nicht, wer im Boot saß. Die Hand winkte wieder, diesmal befehlend, und Winter stieg langsam die Stufen hinab und bückte sich und spähte in den Schatten des gewölbten Mattendaches. Das Gesicht, das zu ihr aufschaute, enthüllte sich für einen kurzen Augenblick. Es war Hamida.

Winter raffte die Röcke und krabbelte hinein in die Dunkelheit des zeltartigen Daches. Silberne Armbänder klingelten, und es duftete nach Rosen, und eine weiche, schlanke Hand, die nicht Hamida gehörte, streckte sich aus der Dämmerung und ergriff sie an ihrem nackten Arm.

»Amira! Du bist es?«

»Ja, ich bin es, Querida . . .« Amira sprach in stockendem Spanisch. »Das Glück ist in der Tat mit mir, denn ich glaubte nicht, dich hier zu finden. Hamida sollte dich aus dem Haus holen. Ich bin zu dieser Tageszeit gekommen, weil ich wußte, zu solcher Stunde würden nur wenige unterwegs sein, und ich kann nicht lange bleiben.«

Sie sprach mit leiser, atemloser Hast, und Winter fragte scharf: »Was ist? Was ist passiert?«

»Nichts. Noch nichts. Aber ich kann dich nicht wieder besuchen. Es ist nicht sicher, weder für dich noch für mich. Wenn es bekannt würde, daß ich jetzt gekommen bin . . .«

Sie brach zitternd ab, und plötzlich wirkten die heiße Dämmerung unter dem Mattendach, die strahlende Stille des Landes und der weite, langsam fließende Fluß furchteinflößend. Selbst das heimliche Glucksen des Wassers unter dem hölzernen Boot klang wie eine Drohung.

Winter nahm Amiras Hand zwischen ihre kühlen Handflächen und hielt sie fest. »Sag mir, was geschehen ist.«

Amira senkte ihre Stimme zu einem Flüstern. »Ich darf nicht wiederkommen. Aber ich konnte nicht . . ., ich habe es nicht gewagt, dir eine Nachricht zu schicken, aus Angst, sie könnte dich nicht erreichen. Du mußt gehen, Querida. Schnell! Sehr schnell. Für alle deines Blutes droht Gefahr. Nicht nur in Lucknow oder in Oudh, sondern in ganz Indien. Ich habe . . ., ich habe vieles gehört. Dinge, die ich nicht wage, dir zu erzählen. Aber was ich sage, ist wahr. Erst gestern fand man eine Proklamation, die am Tor in Delhi angeschlagen war. Der Schah-in-Roos – der Zar – würde eine Armee schicken, die alle Engländer ins Meer wirft, und . . .«

»Gestern?« fragte Winter. »Wie kannst du das wissen? Bis Delhi sind es zweihundert oder mehr Meilen.«

»Es gibt Möglichkeiten«, flüsterte Amira. »Böse Nachrichten reisen schnell, und es gibt viele böse Nachrichten. Deshalb komme ich, um dir zu sagen, daß du nicht in die Berge gehen sollst, sondern ans Meer. Nimm ein Schiff und kehre sofort in dein Land zurück.«

»Aber dies ist mein Land.«

»Oh nein – oh nein!« sagte Amira leidenschaftlich. »Ich bin aus diesem Land, aber du bist es nicht! Um unserer beider Kindheit willen, weil wir als Kinder zusammen spielten und weil dein Vater ein Bruder meiner Mutter war, so verrate ich meine Landsleute und warne dich.«

Winter sagte langsam: »Liebes, du mußt mir mehr erzählen. Nur aufgrund dieser Worte kann ich nicht gehen. Ich . . ., ich bin verheiratet. Es gibt meinen Mann hier – kannst du mir nicht sagen . . .«

»Ich kann dir nichts sagen – nichts! Schon habe ich dir zuviel gesagt. Auch ich liebe meinen Mann, obwohl sein Herz sich von mir abgewandt hat, weil das Blut meiner Mutter in meinen Adern fließt. Glaubst du, ich würde dieses Blut nicht verleugnen, wenn ich könnte? Er wird sich mir wieder zuwenden, dessen bin ich sicher. Wie könnte ich leben, wenn ich das nicht wüßte? Aber Männer sind nicht so wie wir. Für uns, für uns sind sie das ganze Leben. Aber für sie ist die Liebe nur ein kleiner Teil des Lebens, vergessen, wenn der Kuß vergangen ist. Mein Mann denkt zuerst an sein Volk und seinen Padischah und an das, was ihm geschehen ist. Wenn er wüßte, daß ich dir etwas gesagt hätte, dann würde er mich umbringen. Selbst mich, die ich die Mutter seiner Söhne bin und die er liebt.«

Winters Augen, die sich an die Dämmerung gewöhnt hatten, konnten jetzt sehen, daß Amiras Gesicht vor Furcht und Sorge bleich und eingefallen war. Die gleiche Angst zeigte sich auch auf Hamidas Gesicht. Winter mußte mehr wissen. Sie mußte wissen, wann. Aber vom Westen waren nur noch wenige Spuren in Amira, die einmal »Anne Marie« gewesen war. Ihre Liebe, ihre Loyalität gehörte dem Volk ihres Mannes, und sie würde nicht mehr sagen, als sie mußte . . .

Vorsichtig sagte Winter: »Es wird nicht leicht sein, bald abzureisen. Wir kehren erst Ende dieses Monats nach Lunjore zurück, und ich hatte geplant, Mitte Mai in die Berge zu fahren.«

Amira sagte: »Nein! Nicht in die Berge! Nach England. Selbst in den Bergen ist es nicht sicher!«

»Man braucht drei Wochen, um Kalkutta zu erreichen«, antwortete Winter langsam.

»Das weiß ich. Habe ich nicht gesagt, du mußt sofort gehen? Ehe die erste Maiwoche vergangen ist!«

Winter ließ die schlanke Hand los, die sie hielt, und sagte angstvoll: »Aber ist es sicher, zu reisen? Wenn Gefahr herrscht, wäre es dann nicht sicherer, zu bleiben, wo es Regimenter gibt?«

»Nichts wird geschehen, ehe der letzte Tag des Mai nicht vergangen ist. Aber danach wird es nirgendwo mehr sicher sein – am wenigsten da, wo die Regimenter sind! Wirst du gehen? Versprich mir, daß du gehen wirst!«

Winter holte tief Atem. Sie stellte fest, daß ihre Handflächen naß waren. Es war eine Nässe, die mit der luftlosen Hitze in dem kleinen Boot nichts zu tun hatte. Sie hatte die Information, die sie brauchte. Sie beugte sich nach vorn und küßte Amira schnell. »Ich will's versuchen, Querida. Aber wenn mein . . ., mein Mann nicht gehen will, dann kann auch ich nicht gehen.«

»Dann fahr in die Berge. Das reicht vielleicht ... Ich weiß es nicht. Und ich muß jetzt fort. Schon bin ich viel zu lange geblieben. Auf Wiedersehen, Querida ...« Sie verfiel in Hindustani: »Leb wohl, kleine Perle. Vergiß mich nicht. Ich will ein Gebet sprechen an meinen Gott und auch an Bibi Miriam – an die Jungfrau Maria –, denn sie ist eine Frau und hört mich vielleicht. Ich will sie bitten um deine Sicherheit.« Tränen liefen ihr über die Wangen, und sie klammerte sich einen Augenblick an Winter. Dann riß sie sich los und stieß Winter fort. »Geh jetzt – geh schnell! Es ist spät. Hamida, sag dem Ruderer, er soll sich beeilen!«

Winter stand auf den Wasserstufen im grellen Sonnenlicht und sah, wie der alte Mann mit seinem Stechpaddel abstieß. Er trieb das schmale Boot wieder in den Strom. Winter hob die Hand und winkte, und dann hatte das Boot gewendet, und der alte Mann ruderte es stromaufwärts zur Stadt.

Hatte jemand gesehen, wie Amiras Boot an den Stufen zum Wasser angelegt hatte? Es gab so viele Augen in Indien. Aber Amira hatte recht gehabt. Jetzt, wo die heiße Jahreszeit eingesetzt hatte, war dies die sicherste Zeit des Tages. Sicherer als die Nacht, wo jeder Baum und jeder Strauch und jeder Schatten ein Paar Augen verbergen konnten. Nein, niemand war auf der Flußterrasse, und es war auch niemand in den Gärten oder im Park. Nur Winter und der Pfau. Es war absurd, Angst zu haben. Und dennoch hatte sie Angst.

»Ich muß vorsichtig sein«, dachte Winter. »Ich muß sehr vorsichtig sein. Nicht meinetwegen, sondern wegen Amira.«

Wenn nur Alex noch da wäre. Sie fragte sich, ob sie ihm wohl schreiben könne, und dann wußte sie, das Risiko war zu groß. Winter hatte keine Angst um sich selbst. Vielleicht, weil sie zu jung war, um sich ihren Tod vorzustellen. Vielleicht auch, weil sie im Augenblick so wenig hatte, für das es sich zu leben lohnte. Aber Amira hatte so viel, für das sie leben mußte, und Winter fürchtete für Amira, wie sie noch nie für sich selbst gefürchtet hatte.

Drei Tage lang tat sie nichts. Sie zwang sich, zu lächeln, aus Angst, daß ihr Gesichtsausdruck beobachtet wurde. Sie schrieb keine Briefe und besuchte niemanden. Sie empfing nur die Gäste ihres Mannes und gab nach außen hin kein Zeichen von Unruhe oder Sorge. Sie fühlte sich wie eine Verräterin gegenüber ihren eigenen Leuten, weil sie mit der lebenswichtigen Information nicht sofort zu Sir Henry rannte.

Am vierten Tag kam ihre Chance. Winter und ihr Mann nahmen an einer Party in der Residenz teil. Es war eine sehr große Party, und auf den Rasenflächen waren Baldachine errichtet worden. In den Bäumen hingen farbige Laternen. Der Chief Commissioner war die ganze Zeit von einem Kranz aus Gästen umgeben gewesen, aber Winter hatte es geschafft, mit George Lawrence zu sprechen. Sie hatte ihn gebeten, ihr den Rosengarten zu zeigen, und war mit ihm dorthin gegangen. Auch im Rosengarten gab es Spaziergänger, aber es waren sehr viel weniger Menschen, und deshalb konnte man hier miteinander sprechen, ohne gehört zu werden.

»Ich habe Ihnen etwas zu sagen«, sagte Winter und legte die Hand dringlich auf George Lawrences Arm. »Eigentlich möchte ich mit Sir Henry sprechen, aber die Leute folgen ihm, und deshalb müssen Sie es ihm sagen.« Sie blickte in das Gesicht ihres Begleiters und sagte: »Bitte, wollen Sie lächeln, als ob ich Ihnen irgend etwas Belangloses erzähle?« Und während sie ihm alles erzählte, lachte sie selbst.

George Lawrence lächelte gehorsam. Er fand die Information, die Winter ihm gab, ein bißchen verwirrend. Aber wenigstens fiel ihm auf, daß die junge Mrs. Barton es tödlich ernst meinte. Ach, es gab ja in letzter Zeit so viele Gerüchte. Er neigte nicht dazu, die Information für viel mehr als noch ein weiteres Gerücht zu halten. Aber er versprach trotzdem, die Geschichte an Sir Henry weiterzugeben.

»Sie dürfen ihm nichts sagen, wenn mitgehört wird«, bat Winter ihn. »Und Sie dürfen ihm auch nicht sagen, woher es stammt. Es ist wahr – sagen Sie ihm, daß ich sicher bin. Amira hat ihr Leben riskiert, um mir zu erzählen, und ich riskiere Amiras Leben, indem ich die Geschichte an Sie weitergebe.«

»Ich werde es ihm sagen«, versprach George Lawrence. »Aber ich glaube, Sie werden feststellen, daß es Tage gibt, wo die Wolken sich sammeln und der ganze Himmel bedeckt ist. Es sieht dann so aus, als ob es regnen müßte, und dennoch vergehen die Wolken wieder, ohne daß ein Tropfen fällt. Sie werden feststellen, mit diesen Gerüchten ist es das gleiche. Sie vergehen.«

Es wird vorübergehen . . ., es ist vorübergegangen . . .

Überall, wo Engländer sich trafen und miteinander sprachen, wurden diese beruhigenden Worte ausgesprochen. Immer und immer wieder. Generell war man überzeugt, daß der Höhepunkt der allgemeinen Unruhe und jede ernste Gefahr – wenn es jemals eine gegeben hatte – jetzt vorbei waren.

Winter erhielt keine weiteren Nachrichten von Amira mehr, aber Lottie schrieb aus Delhi. Edward sei von Meerut zum Sonderdienst dorthin versetzt worden, aber sie wohnten nicht in den Außenbezirken, sondern hätten ein wunderschönes Haus in der Stadt gemietet, nicht weit vom Kaschmir-Tor:

»Ich fürchte, Mama ist ein bißchen enttäuscht, weil wir nicht bei Papa und ihr wohnen wollten«, schrieb Lottie. »Aber ich sehe Edward so selten, daß ich ihn gerne für mich selbst habe, wenn er keinen Dienst hat. Sophie besucht eine Freundin in Cawnpore, und sie kommt am Fünfzehnten nächsten Monat zurück. Es ist wirklich jetzt noch nicht so sehr heiß, und ich beginne zu glauben, daß die Berichte von der Hitze in den Ebenen im höchsten Grade übertrieben sind. Andererseits erzählt man mir aber, daß dieses Jahr außerordentlich kühl ist, und viele alte Hausdiener sagen, sie haben so etwas noch nie erlebt. Wenn es nicht schlimmer wird, dann glaube ich kaum, daß ich mich sehr ungemütlich fühlen werde. Ich wünschte, Du könntest kommen und uns besuchen. Es wäre so herrlich, Dich wiederzusehen. In der nächsten kalten Saison mußt Du kommen, und denk nur! Wir werden Dir dann einen kleinen Edward zeigen können! Ich kann es selbst noch kaum glauben. Mama läßt Dich herzlich grüßen . . .«

Winter las den Brief und dachte wieder an Amira . . . und an George Lawrence. Wer von den beiden hatte recht?

Lotties Neuigkeiten verstörten Winter. Denn sie hatte gedacht, Lottie wenigstens wäre sicher. In Meerut gab es über tausend britische Soldaten, die stärkste europäische Garnison im Nordwesten. Jede Frau wäre dort sicher. Aber in Delhi . . .

Sie schrieb an Lottie und drängte sie, um des kommenden Kindes willen in die Berge zu reisen und Sophie mitzunehmen:

»Du weißt ja gar nicht, wie heiß es in der Ebene werden kann, und diesmal wird es für Dich so schlimm werden. Du solltest an Dein Kind denken. Ich werde auch Mitte Mai in die Berge fahren, und es wird so einsam dort sein. Wenn Du kommst und bei mir als mein Gast wohnst, wenn Du mir Gesellschaft leistest, dann tätest Du mir damit einen großen Gefallen.«

Sie schrieb auch an Edward English und an Mrs. Abuthnot. Aber Lottie wollte ihren Edward nicht verlassen, und auch Mrs. Abuthnot wollte nicht in die Berge. Es wäre zu freundlich von der lieben Winter, aber sie wären sicher, Winter würde verstehen. Vielleicht konnte Sophie sie später besuchen?

Winter schrieb noch einmal, diesmal dringlicher. Aber sie waren nicht zu überreden. »Selbst wenn ich ihnen alles erzählte, was Amira mir gesagt hat, sie würden trotzdem nicht kommen«, dachte Winter. »Es gibt nichts, was ich noch tun kann.«

Die Reise nach Lunjore war heiß und strapaziös gewesen, und trotz der kurzen Entfernung hatten sie vier Tage gebraucht, denn in der Hitze ermüdeten die Pferde zu rasch. Conway hatte gemurrt und geflucht und sich immer beklagt, und er hatte sich dann mit reichlich Brandy getröstet. Auf den Bergen im Norden schmolz der Schnee, und der Fluß war angeschwollen, und die Brücke klang hohl unter den Hufen der Pferde. Dann waren sie hinüber, und Oudh lag hinter ihnen.

35

Es war abends am letzten Apriltag, als der Commissioner mit seiner Frau wieder durch das massive Tor der Residenz von Lunjore fuhr. Knapp zwei Stunden später aßen sie mit der gleichen liederlichen Gesellschaft zu Abend, die auch auf der Hochzeit des Commissioners zu Gast gewesen war.

Sie waren alle da. Nur Mr. Josh Cottar fehlte. Der war nach Kalkutta auf Geschäftsreise. »Ich hab' schon geschrieben und sie eingeladen«, sagte Conway. »Es gibt doch nichts Schöneres, als 'ne Willkommensfeier, was?«

»Ich versichere Ihnen, das Haus war wie 'ne Leichenhalle, während ihr weg wart«, sagte Lou Cottar. »Ich hatte so einen Anfall von Langeweile, daß ich mir zwei neue Falten ins Gesicht gegähnt habe. Und weiß der Himmel, ich habe schon genug. Es gibt so wenige amüsante Partys, wenn du weg bist, Con, denn die Majorität deiner weiblichen Gemeindemitglieder hält mich für nicht ganz respektabel. Komisch, nicht? Vielleicht trauen sie auch ihren Männern nicht! Ich kann mir allerdings nicht vorstellen warum, denn ihre Männer sind fast ohne Ausnahme langweilig genug, um einen umzubringen!«

»Wer sind denn die Ausnahmen, Lou?« wollte der Commissioner schmunzelnd wissen. »Bin ich eine?«

Mrs. Cottar hob eine Augenbraue. »Jetzt nicht mehr. Aber wenigstens hältst du die einzigen einigermaßen amüsanten Partys in Lunjore ab.«

»Früher waren es nicht nur meine Partys, die du amüsant fandest«, sagte der Commissioner und tätschelte ihr den Arm. »Was, Lou?«

»Ja, aber das ist schon mindestens fünf Jahre her. Oder mehr? Damals warst du noch ein schwergewichtiger, gutaussehender Wilder, und ich glaube, ich habe damals tatsächlich deinetwegen fast zwei Nächte Schlaf verloren.«

»Wollen wir mal sehen, ob du noch zwei weitere verlierst?«

»Das schaffst du nicht. Du bist fett, Con. Du bist fett, und du hast 'ne Glatze, und du trinkst viel zuviel, und wenn es deine Partys nicht gäbe, dann würde ich dich fallenlassen. Aber du bist eine üble Gewohnheit, und ich bin zu faul, mir diese Gewohnheit abzugewöhnen.«

Der Commissioner schaute sie böse an. »Du hast die gefährlichste Zunge von allen Weibern, die ich kenne, Lou. Mann, ich weiß nicht, warum ich dich überhaupt ertrage!«

»Weil ich bei dir Gewohnheit bin, und du warst noch nie in der Lage, dir üble Dinge abzugewöhnen«, sagte Mrs. Cottar. Sie lachte ihr kehliges Lachen, ging zum Klavier, warf den Deckel hoch und begann, zur eigenen Begleitung ein populäres Lied zu singen.

»Nichts hat sich verändert«, dachte Winter. »Alles ist gleichgeblieben. Es ist, als ob ich nie in Lucknow gewesen wäre . . .«

Aber das stimmte nicht. Sie selbst hatte sich verändert. Die laute, liederliche Party und der Anblick ihres Mannes, der seinen Arm um Crissy Wilkinsons Hüfte gelegt hatte, das alles hatte nicht mehr die Macht, Winter zu verletzen oder anzuekeln. Denn die Nacht im Garten der Residenz von Lucknow und der Nachmittag auf der Flußterrasse im Haus der Pfauen hatten alles geändert. Jetzt konnte auch Winter den Wind fühlen und den Donner hören.

Morgen war der Erste Mai. In englischen Dörfern würde man früh zu Bett gehen, damit man bei Sonnenaufgang wieder aufstehen konnte, um Blumen zu pflücken. Maiköniginnen würden gekrönt werden, Hecken und Obstbäume würden in voller Blütenpracht strahlen, und Primeln und Buschwindröschen blühten in Wäldern und Feldern. Maibäume mit Bändern standen auf den Dorfangern. Der Erste Mai. Und dann noch dreißig Tage. Hatte Amira recht? Es wird vergehen . . ., es wird vergehen . . ., es ist vorbei. War es wirklich vorbei?

Winter ritt am folgenden Morgen nicht aus. Die Pferde brauchten Ruhe, und sie schlief lange, aber nachdem sie gefrühstückt hatte, schrieb sie an Alex.

Es war ein kurzer Brief, der erste, den sie ihm je geschrieben hatte. Sie gab ihn einem Diener, der ihn abgeben sollte, aber der Mann sagte, Randall Sahib sei im Camp, draußen in den Dörfern. »Dann muß jemand den Brief hinbringen«, meinte Winter. »Schick mir Yusaf.« Der Mann schaute sie mit schrägen Augen unter gesenkten Augenlidern an und ging fort, um den Pferdeknecht zu rufen. Aber der Ausdruck auf dem Gesicht des Mannes machte Winter angst.

Yusaf war mit dem Brief losgeritten, und Alex hatte ihn spät am Abend im Licht einer flackernden Öllampe gelesen. Es waren nur zwei Zeilen gewesen, aber er hatte sie wieder und wieder gelesen und dann das Papier sorgfältig zusammengefaltet und in dic Innentasche seiner Jacke gesteckt. Er pfiff leise, und Niaz tauchte aus der Dunkelheit auf. »Wir kehren morgen zurück«, sagte Alex.

Niaz hob die Augenbrauen, aber er gab keinen anderen Kommentar zu dem unerwarteten Befehl ab, sondern fragte nur, wann Alex losreiten wolle.

»Um fünf. Das sollte reichen.«

Er und Niaz ritten hart durch die Hitze des Tages bis zum staubigen Sonnenuntergang und der kurzen, grünen Dämmerung. Als die Sonne unter den Horizont sank, hatten sie angehalten, um zu essen und zu trinken. Die mohammedanische Fastenzeit des Ramadan hatte mit dem Neumond begonnen, und solange sie dauerte, durften Niaz und die anderen Gefolgsmänner des Propheten zwischen Sonnenaufgang und Sonnenuntergang weder essen noch trinken. Auch Alex hielt die Fastenzeit ein, wenn er draußen in den Dörfern war, denn er hatte festgestellt, daß es ein gutes Training war, und es gab ja Zeiten, wo so etwas einmal notwendig werden konnte.

Als Alex seinen Bungalow erreichte, war es schon dunkel. Nachdem er ein heißes Bad genommen hatte, um den Staub und den Schweiß des langen Ritts zu entfernen, zog er seine weiße Jacke an, die Uniform für die warme Jahreszeit, und ging im Sternenlicht zur Residenz hinüber.

Das große Haus strahlte vor Licht, und ein Jagdwagen und eine zweirädrige Kutsche standen auf der breiten Einfahrt. »Wieder Moulson«, dachte Alex, »und Gidney und Mottisham, nehme ich an.« Ein Diener hob den Bambusvorhang vor der Hallentür zur Seite und murmelte, die Herren spielten Karten im kleinen Salon. Die Memsahib sei im großen Salon.

Winter saß auf dem Sofa in der Mitte des Raumes, und die langsam auf und ab klappende Pankah bewegte die Luft über ihr. Sie hielt ein Buch in der Hand, aber sie hatte ihn in der Halle offenbar gehört. Ihre schlanke Gestalt zeigte eine gewisse Starre, und sie lächelte. Es war ein angenehmes Lächeln; ein Lächeln, das eine Schauspielerin vielleicht dazu benutzt hätte, erfreute Überraschung anzudeuten. Aber generell war es nicht ihre Art, oft zu lächeln, und Alex, der gemächlich auf sie zu ging, fragte sich, ob dieses Lächeln wohl für Rassul, den Diener, gedacht war, der ihn hereingeführt hatte. Irgendein Instinkt für Gefahr brachte ihn dazu, das Lächeln zu erwidern, und als er ihre Hand nahm, wußte er, daß er recht gehabt hatte. Denn ihre Finger waren kalt und nicht ganz ruhig, und sie krampften sich einen Augenblick zusammen, ehe sie ihre Hand zurückzog.

Fröhlich und mit dem gleichen Unterton erfreuter Überraschung, der in ihrem Lächeln lag, sagte sie: »Wie freundlich von Ihnen, so schnell zu kommen! Ich hoffe, es war Ihnen nicht unbequem? Einer Ihrer Freunde, den ich in Lucknow getroffen habe, hat mir eine Nachricht für Sie mitgegeben.« Ihr Blick ging an Alex vorbei, und sie sagte zu dem Diener: »Bring etwas zu trinken für den Sahib, Rassul.«

»Hakkam«, murmelte Rassul, und die Tür schloß sich leise hinter ihm.

Winter sagte: »Setzen Sie sich doch, Captain Randall. Sind Sie heute weit geritten? Ich fürchte, mein Mann ist im Augenblick beschäftigt. Ein Kartenspiel, wissen Sie. Wieviel Englisch verstehen diese Leute? Ich hatte Sie erst morgen erwartet.« Sie lachte, als ob sie einen Witz gemacht hätte.

Alex' Augen wurden plötzlich schmal, aber er antwortete ohne das mindeste Zögern: »Es war nicht viel zu erledigen, und im Camp war es einfach zu heiß. Und Englisch verstehen die Männer viel mehr, als die meisten Leute denken.«

Er sah, wie Winter erleichtert aufatmete und lächelte. Hatte sie wirklich gefürchtet, er würde sie mißverstehen und Erklärungen verlangen? Sie warf einen ängstlichen Blick auf die beiden Türen, die sich zur Veranda öffneten. Alex wußte, es waren mindestens drei Diener auf der Veranda. Er schüttelte den Kopf ganz leicht, und dann schwang hinter ihm die Tür leise auf, und Rassul war mit einem beladenen Tablett zurück.

Winter sagte: »Ja, das habe ich auch gedacht. Mr. . . . Brown wollte wissen, ob man hier in Lunjore um diese Jahreszeit noch gut zum Schuß käme. Er hat bald ein paar Wochen Urlaub, und er hatte daran gedacht, hierher zu kommen. Ich sagte ihm, ich könnte ihm deswegen keine Auskunft geben, aber Sie würden schreiben.«

Rassul schenkte Alex ein, und dann zog er sich wieder zurück. Eine Viertelstunde lang redete Alex über Trivialitäten, denn was immer Winter ihm sagen wollte, er hatte nicht die Absicht, es sich jetzt anzuhören. Er trank aus und erhob sich. »Ich muß noch ein paar Worte mit dem Commissioner wechseln, bitte entschuldigen Sie mich. Reiten Sie morgen aus?«

»Ja. Kurz vor fünf. Wenn die Sonne da ist, wird es zu heiß.«

Alex sagte: »Sie sollten den Fluß entlangreiten. Dort ist es kühler. Vielleicht sehe ich Sie. Gute Nacht, Mrs. Barton.«

Er ging in den kleinen Salon, der neben dem größeren lag, und der Commissioner begrüßte ihn ungnädig. Er blieb auf ein Spiel, und dann ging er wieder.

Das Land, der Fluß und der Himmel, alle hatten die gleiche Farbe in der Dämmerung: Es war ein klares, opalschimmerndes Grau, und nur der Morgenstern zitterte noch als heller Punkt am klaren Himmel. Ein paar Kraniche stießen in den Feldern ihre rauhen Schreie aus, als Alex und Niaz die schmale, mit Steinen eingefaßte Straße entlangritten, die sich über die Ebene schwang.

Winter war über die hölzerne Brücke hinausgeritten, die hinter dem Haus den Wassergraben überspannte. Sie sah die beiden Reiter, die weit hinten auf der Ebene aus dem dichten Buschgürtel auftauchten und aus dem Dschungel, der die andere Seite des Kanals bedeckte. Dichterer Dschungel erstreckte sich von dort nach Osten bis zum Flußufer, drei Meilen weiter, wo der Fluß in den Strom mündete, der die Grenze zwischen Lunjore und Oudh bildete. Die fernen Reiter waren so klein wie Marionetten, und obwohl sie sich langsam zu bewegen schienen, deutete eine lange, weiße Staubwolke hinter ihnen an, daß ihre Pferde galoppierten. Winter ließ Furiante zwischen den großen Grasbüscheln seinen eigenen Weg suchen, und dann gab sie ihm den Kopf frei. Der Rausch der Geschwindigkeit und das Brausen der Morgenluft ließen ihre Wangen flammen, und sie lachte, als sie ihr Pferd neben einer Gruppe aus drei hohen Palmen zügelte, wo Alex schon auf sie wartete.

»Guten Morgen, Captain Randall. Haben Sie die Schrotflinte wieder mitgebracht, für Zielübungen?«

»Vielleicht«, sagte Alex, aber er lächelte nicht. »Was wollten Sie mir sagen?« Winters Gesicht wurde wieder nüchtern, und sie warf ihm einen schnellen Blick über die Schulter zu. »Alles in Ordnung«, sagte Alex. »Niaz und Yusaf können uns nicht hören, und es würde auch keine Rolle spielen, wenn sie doch etwas hörten. Um was geht es?«

»Amira hat mir etwas gesagt«, erwiderte Winter. Dann erzählte sie ihm von dem heißen, stillen Nachmittag auf der Flußterrasse von Pavos Reales. Von dem kleinen, überdachten Boot, das an die Wasserstufen angelegt hatte, und davon, was Amira ihr in stockendem Spanisch berichtet hatte. Alex sagte keins von den beruhigenden, tröstlichen Worten, die George Lawrence gesagt hatte. Lange Zeit sagte er überhaupt nichts, sondern er ritt schweigend neben ihr her und schaute mit schmalen Augen hinaus auf den leuchtenden Fluß.

Er hatte also recht gehabt. Ein Tag und ein Datum. Er war sicher. Denn Männer wie Kishan Prasad und der Mulla von Faizabad gaben sich nicht damit zufrieden, nur eine allgemeine Unruhe anzuzetteln. Das war leicht – zu leicht. Es war die allgemeine Meuterei der bengalischen Armee, verbunden mit einem Volksaufstand, und so etwas verlangte einen Tag und ein Datum . . .

Der letzte Tag im Mai . . ., und jetzt war schon der dritte vergangen. Drei Tage weniger. Siebenundzwanzig übrig. Siebenundzwanzig Tage, um den Wind abzulenken, der an Kraft gewann und heiß und böig durch jedes Dorf in Indien blies. Wie konnte man so einen Sturm aufhalten?

»Wegen der Regimenter kann ich nichts unternehmen«, dachte Alex. »Aber ein paar der Landbesitzer werden hinter mir stehen – oder wenigstens Stille bewahren. Und die Dörfer glaube ich auch. Nur die Stadt . . . Der Abschaum aus den Basaren und Seitenstraßen erhebt sich ohne Grund auf ein einziges Wort, nur um zu morden und zu plündern . . . Wird die Polizei standhalten, wenn die Armee zusammenbricht? Kann ich Barton dazu kriegen, mehr Truppen für Lunjore anzufordern? Ich könnte ihn betrunken genug machen, damit er alles unterschreibt, und die Arbeit dann selbst machen. Aber wie kann man es einer Horde von mutigen, starrköpfigen, sturen alten Militärs beibringen, daß ihre geliebten Männer aus den Regimentern jede Nacht verräterischen Reden zuhören? Das einem Kerl wie Gardener-Smith beizubringen, das wäre fast das gleiche, als ob man ihm sagte, seine Frau sei ihm untreu.«

Abrupt meinte Alex: »Haben Sie es schon irgendeinem anderen gesagt?«

»Ich habe es George Lawrence erzählt, aber er hat mir wohl nicht geglaubt. Nein, das meine ich nicht . . . Ich meine, er hat schon geglaubt, daß Amira es mir erzählt hat, aber er dachte, es sei nur ein weiteres Gerücht aus den Basaren. Meinen Sie das auch?«

»Ich wünschte, es wäre so. Aber es paßt zu gut zu meiner eigenen Sicht der Situation.« Er verfiel wieder in Schweigen, er ritt mit schlaffem Zügel.

Das Land und der Himmel und der stille Fluß waren nicht mehr grau, sondern erfüllt von einem weichen, leuchtenden Strahlen. »Die Flügel des Morgens«, dachte Winter, »es ist wie Flügel . . ., unsichtbare Flügel . . ., oder wie jemand, der läuft . . ., mit Flügeln an den Füßen.«

Auf den Straßen in den Außenbezirken der Stadt waren viele Menschen unterwegs, denn der frühe Morgen war mit Abstand die angenehmste Tageszeit zum Gehen oder Reiten. Heute war Sonntag, und die Glocken läuteten zum Sechs-Uhr-Gottesdienst, und eine Menge frühe Kirchgänger fuhren über die schattigen Straßen. Alex begleitete Winter zur Residenz zurück, nahm Akbar Khans würdigen Gruß zur Kenntnis und kehrte zum Frühstücken zu seinem eigenen Bungalow zurück. Wenn er in der Nähe seiner eigenen Landsleute war, hielt er den Ramadan nicht ein.

Niaz, der schon vor der Dämmerung gegessen hatte, saß mit untergeschlagenen Beinen auf der Veranda und rollte einen Vorrat an Zigaretten, als Alex herauskam. Niaz stand auf, klopfte sich den Tabak von der Kleidung und sagte, als ob er eine Unterhaltung weiterführe: »Ich werde Amir Nath Bescheid sagen. Ich glaube nicht, daß er reden wird. Aber wir müssen es auf dem anderen Ufer tun. Das war zu nah.«

Alex nickte; er verschwendete nur selten Worte auf das Offensichtliche. »Sag ihm, morgen um fünf«, antwortete er.

Es war kaum hell, als er am folgenden Morgen ausritt. Er war nicht sehr erfreut darüber, als er Winter auf der anderen Seite der hölzernen Brücke jenseits des Flusses antraf. Er zügelte sein Pferd mit unnötiger Heftigkeit, und er wollte wissen, was sie da draußen machte.

Winter hob die Augenbrauen und schaute ihn an. »Ich reite aus«, sagte sie leichthin. »Warum fragen Sie?« Alex beehrte sie mit einem durchdringenden Blick, und sie lachte und sagte: »Na gut – ich bekenne, ich wollte zusehen.«

»Bei was?« Alex' Stimme und Gesichtsausdruck waren nicht sehr ermutigend.

»Vielleicht wußten Sie das nicht«, sagte Winter freundlich, »aber Amir Nath ist einer meiner Freunde. Er hat mich einmal seinen Falken fliegen lassen.« Sie sah, wie Alex' Mund sich ominös verzog, und sagte schnell: »Er hat's mir nicht gesagt. Wirklich nicht. Ich habe ihn gestern abend hier gesehen, und ich habe angehalten und mit ihm gesprochen. Er meinte nur, er hätte schon daran gedacht, seine Falken hinaus ins offene Land zu bringen, auf das andere Ufer, um Rebhühner zu jagen. Und deshalb bin ich hierhergeritten, um zuzusehen.«

»Hm«, brummte Alex.

»Kann ich mitkommen? Ich tue es nicht, wenn Sie es nicht . . .«

»Das ist jetzt schon egal«, sagte Alex unhöflich. Er setzte Chytuk die Hacken in die Flanken.

Anderthalb Meilen weiter am anderen Flußufer wandten sie sich landeinwärts durch Gras und niedriges Gebüsch und Treibsand. Nach kurzer Zeit tauchte ein kleiner, weißbärtiger Mann auf. Alex hielt an und saß ab.

»Der Herr ist früh«, sagte Amir Nath. »Will er den Falken selbst fliegen lassen?« Er hob den Falken, der noch die Haube trug, auf dem Handgelenk hoch, und der Vogel drehte den Kopf. Ein paar Glöckchen klingelten leise, und das Tier spannte und entspannte seine krallenbewehrten Füße, streckte sich ein wenig und plusterte die Federn auf.

Alex schüttelte den Kopf. »Nein. Ich habe zu lange keinen mehr auf der Hand getragen, und es wäre zu schade, wenn er die Beute verpaßt.« Er streckte die Hand aus, nahm den Falken von dem alten Falkner auf seinen schweren ledernen Reithandschuh, streichelte den Vogel und sprach leise mit ihm. Auch Winter saß ab.

Sie setzten sich auf das Gras und unterhielten sich, während der Himmel über ihnen heller wurde und die Rebhühner erwachten. Der Falke auf Alex' Hand streckte den Hals, drehte den Kopf eifrig von links nach rechts und zerrte an seiner Fessel. Alex gab ihn an Amir Nath zurück. Fünfhundert Meter über ihnen stellte sich Yusaf, der noch immer zu Pferd saß, in den Steigbügeln auf und hob den Arm. Niaz, der dreihundert Meter weiter auf seinem Pferd saß, pfiff. Alex sagte: »Er wird hoch herüberkommen.«

»Hoch und linker Hand«, stimmte Amir Nath zu. »Aber dieser Falke ist ein König unter den Vögeln.«

Alex hatte ein Gewehr mitgebracht, aber die Taube war außer Schußweite. Sie flog mit gleichmäßigem Flügelschlag wie die Taube, die sie am vergangenen Morgen gesehen hatten und die über die Grenze nach Oudh geflogen war.

»Sie fliegt zu hoch«, dachte Alex. »Der Falke wird sie nicht sehen . . .« Amir Nath hatte dem Falken jetzt die Haube abgenommen, und mit schrillem Schrei warf er den Vogel in die Luft. Ein Rauschen ertönte, ein Schwirren von Flügeln, und der Falke stieg mit der Geschwindigkeit eines befiederten Pfeils. Einen Augenblick lang hing er bewegungslos zwanzig Meter über ihnen in der Luft, und dann hatte er die Taube gesehen und war fort.

»Sagte ich nicht, er sei ein König unter den Vögeln?« meinte Amir Nath. »Sieh, wie er sein Opfer greift. Maro! Maro!«

Niaz, der herbeigeritten war, beugte sich aus dem Sattel nieder. Die Taube flatterte und schlug Haken, sie kreiste, sie suchte Deckung in dem dichten Dschungel, der die Grenzen von Lunjore und Oudh verwischte. Aber sie erreichte den Dschungel nicht. Der Falke schwebte über ihr, packte sie, hielt sie fest und fiel mit ihr zu Boden.

Drei Stunden später hielt Alex dem Commissioner einen kleinen Streifen einheimisches Papier unter die Nase. Ein paar Zeilen Hindustani standen auf dem Zettel. »Und so, Sir«, sagte Alex, »werden die üblen Nachrichten so schnell in diesem Land verbreitet. Wahrscheinlich gibt es ein Kettensystem.«

»Was zum Teufel steht denn drauf?« wollte der Commissioner mürrisch wissen.

»›Es ist zu früh. Seid geduldig und wartet auf den vorgeschriebenen Tag.‹ «

»Na und? Was ist denn dran? Das ist doch wohl harmlos. Zu früh für was? Ergibt überhaupt keinen Sinn!«

»Es bezieht sich wohl auf einen verfrühten Ausbruch in Oudh, meine ich«, sagte Alex mit exemplarischer Geduld. »Wenn wir innerhalb des nächsten Tages hören, daß so ein Zwischenfall passiert ist, dann können wir annehmen, daß ich recht habe. Ich weiß, der Zettel selbst beweist nicht viel, aber . . . er bestätigt die Theorie, daß überall in Indien ein gleichzeitiger Aufstand an einem ganz bestimmten Tag geplant ist . . ., an dem ›vorgeschriebenen Tag‹.«

»Blödsinn!« sagte der Commissioner. »Hat wahrscheinlich nur was mit 'ner Hochzeit zu tun.«

»Wie Sie meinen, Sir«, sagte Alex mit seiner ausdruckslosesten Stimme.

»Warum mache ich mir bloß die Mühe?« dachte er, während er zurück zu seinem Bungalow ging. »Warum, in Dreiteufelsnamen, mache ich mir die Mühe? Ich verschwende nur meine Zeit, und der blöde Kerl wehrt sich bloß dagegen. Dennoch, ich kann ihn nicht im dunkeln tappen lassen. Er soll nicht sagen, wenn die Mine hochgeht, ›warum bin ich nicht informiert worden?‹ Da, ich rechtfertige mich schon wieder im voraus! Als ob das noch eine Rolle spielte. Na, ich nehme an, ich kann die Sache genausogut gründlich machen . . .«

Er verbrachte anschließend noch ein paar nutzlose Stunden damit, seine Ansichten den drei kommandierenden Offizieren der Regimenter von Lunjore darzulegen. Aber Colonel Gardener-Smith weigerte sich noch immer standhaft, Schlimmes über seine Männer zu glauben, und Alex tat der alte Mann leid.

»Sie verstehen nicht, Randall«, hatte der Colonel gebrüllt. »Sie sind jung, und Sie haben noch nie ein Regiment kommandiert – Sie haben ja noch nicht einmal in einem gedient! Sehen Sie denn nicht ein, daß es Männer wie Sie sind, die das Gefühl der Unruhe in der bengalischen Armee erregen? Wo volles Vertrauen herrscht, da kann kein Mißtrauen herrschen, und es ist dieses Mißtrauen – das Mißtrauen, das Sie nach Kräften schüren –, aus dem sich das böse Blut ergibt! Ich kann meinen Männern nicht mißtrauen. Wenn ich das täte, würde ich sie vernichten – und mich selbst auch!«

Colonel Moulson hatte rundweg abgelehnt, es zu glauben, und Colonel Packer hatte verkündet, er vertraue in den Herrn und fürchte deshalb nichts Übles. Alex ging zur Polizeigarnison und diskutierte die Möglichkeit von Störungen unter den Polizeibeamten mit Major Maynard, der das Kommando über die Polizei hatte.

Major Maynard war der einzige, der eine gewisse Unsicherheit zugab. Aber diese Unsicherheit herrsche nicht bei der Polizei, die stände schon fest. »Es ist der alte Packer«, sagte Maynard. »Wenn wir nicht bald etwas dagegen tun, daß er seinen Männern die Heilige Schrift auslegt, dann haben wir es alle hinter uns. Kann denn keiner dem alten Narren mal den Mund zubinden?«

»Ich hab's versucht«, sagte Alex müde. »Aber er ist nur von oben abgekanzelt worden. Das trägt er mir nach.«

»Anscheinend hat das seinen Missionsgeist aber nicht gedämpft«, brummte Major Maynard. »Vielleicht sehnt er sich danach, Märtyrer zu werden?«

»Das kann sein – und wenn er so weitermacht, dann wird er auch einer! Er hat mir gesagt, er ›gäbe dem Kaiser, was des Kaisers ist, und Gott, was Gottes sei‹, und als Soldat Christi gehorche er den Befehlen des Herrn. Danach müsse er die Heiden vor der Verdammnis retten. In Lunjore bekommt er sehr viel Unterstützung.«

»Von den Soldaten?«

»Lieber Himmel, nein! Von den Damen. Sie halten ihn für einen Heiligen, für ein leuchtendes Beispiel.«

»Ach, Sie werden wohl recht haben«, meinte Major Maynard abschließend. »Ich werde jedenfalls auf meine Leute ein scharfes Auge halten. Ich persönlich meine, das Schlimmste ist schon vorbei. Den Kerl, der die Sache in Kalkutta angezettelt hatte, haben sie ja schon gehenkt, nicht? Damit hört der Unsinn wohl auf.«

»Ich beneide Sie um Ihren Optimismus«, sagte Alex trocken und ritt langsam zu seinem Bungalow zurück.

In Lunjore gab es noch kein Telegrafenbüro, und deshalb tröpfelte erst zwei Tage später die Nachricht über die Grenzen von Oudh, daß am Sonntag, dem dritten Mai, die Soldaten des siebten Regiments von Oudh sich geweigert hätten, die neuen Patronen anzunehmen. Sie hätten gemeutert. Sir Henry Lawrence hatte offensichtlich mit großer Schnelligkeit gehandelt und das Regiment entwaffnet. Fünfzig der Rädelsführer hatte man gefangen.

»›Es ist zu früh‹«, sagte Alex und las den nüchternen Bericht noch einmal. »›Seid geduldig und erwartet den vorgeschriebenen Tag.‹« Er zerknitterte das winzige Stückchen Papier und warf es mit einem plötzlichen Wutausbruch von sich. In der Hitze des Tages ritt er hinaus, um ein paar einflußreiche Landbesitzer in seinem Bezirk zu besuchen.

Das Wetter blieb weiterhin ungewöhnlich mild, und überall in Indien verschoben die Frauen, die in die Berge fahren wollten, ihre Abreise immer wieder, solange die Nächte noch kühl waren. Der Commissioner von Lunjore informierte seine Frau darüber, daß sie erst am Zweiundzwanzigsten des Monats in die Berge fahren könne. Anscheinend fuhren Mrs. Gardener-Smith und Delia, Mrs. Hossack und ihre vier Kinder und ein Captain und Mrs. Batterslea alle an diesem Tag ab, und deshalb war es bequemer, wenn Winter mit ihnen reiste. Captain Battersleas Anwesenheit ersparte dem Commissioner die Mühe, eine Eskorte für Winter zu suchen.

Winter gab sich ohne Interesse damit zufrieden. Wenn Lottie oder Sophie oder Mrs. Abuthnot mitgefahren wären, dann wäre sie willig genug abgereist. Aber um ihrer selbst willen befürchtete sie nichts. Sie ritt noch immer jeden Morgen vor Sonnenaufgang aus; und auch in der Kühle des Abends. Aber mehrere Tage lang sah sie Alex nicht. Colonel Moulson sagte eines Abends, soweit er wüßte, hätte Captain Randall Jagdurlaub genommen.

»Das also steckt hinter all dieser heißen Luft, die er in letzter Zeit ausgeblasen hat«, meinte Colonel Moulson wütend. »Das zeigt uns doch, wieviel er selbst davon glaubt. Schiebt einfach seine Pflichten von sich und läuft hinter Wildhühnern her. Der wollte uns doch nur 'nen Bären aufbinden, und als wir keine Angst bekommen haben, saust der Kerl los und schmollt irgendwo draußen im Gelände. Ich frag' mich, warum du ihn hast laufen lassen, Con. Verdammt, ich hätte das nicht getan! Was dieser grüne Junge braucht, sind fünf Jahre harter Dienst im Regiment unter einem Offizier, der ihm den

Hochmut schon austreiben würde. Ich wünschte, er stände unter meinem Kommando!«

»Du hast ihn aber wirklich auf dem Kieker, was, Fred?« sagte Mrs. Cottar überfreundlich. »Warum bloß? Hat er dir irgendein süßes Wesen unter der Nase weggeschnappt? Con hatte ihn eigentlich ganz gern, bis die Aurora borealis ihn seiner Exzellenz dem Commissioner vorgezogen hat – nicht wahr, Con? Aber seit damals ist er sauer auf ihn – genau wie du. Wie eitel ihr Männer doch seid!«

Der Commissioner warf Lou einen mißbilligenden Blick zu und sagte säuerlich: »Ich weiß nicht, warum ich dich immer noch einlade, Lou. Und was dich betrifft, Fred, wenn man dich so reden hört, dann hättest du, glaube ich, dem Mann statt drei Tagen einen Monat Urlaub gegeben.«

»Meinetwegen kannst du ihm auch drei Jahre geben«, sagte Colonel Moulson. »Ohne den geht's hier sehr viel besser. Du gibst . . .«

Alex saß an seinem Schreibtisch in dem Zimmer, das er als Büro benutzte, und hörte mit halbem Ohr der brummenden Stimme des Sekretärs zu, der eine lange, ausführliche Petition vorlas. »Wir haben nur eine Chance«, dachte Alex, »und die besteht darin, daß die Rädelsführer sie nicht halten können bis zu dem Tag, den sie sich angesetzt haben. Sie sind zu aufgehetzt. Irgendein Dummkopf wird mit dem Fuß voll ins Fettnäpfchen treten, und dann gibt es eine verfrühte Explosion. Wenn das Ganze aber zur festgesetzten Zeit stattfindet, in ganz Indien, dann können sie uns schon jetzt auf die Verlustliste setzen . . .«

Im fernen Kalkutta beendete gerade ein Mitglied des Obersten Gerichtshofs die Verlesung eines telegrafierten Reports von Sir Henry Lawrence. »Je früher diese Epidemie der Meuterei zum Halten gebracht wird, desto besser«, schrieb das Mitglied des Obersten Gerichtshofs dann zurück. »Milde Maßnahmen reichen nicht. Wir brauchen ein Exempel . . . Ich bin überzeugt davon, daß in diesem Fall eine angemessene Strenge letzten Endes milde sein wird . . .«

In einem großen Bungalow in den Außenbezirken von Meerut, vierzig Meilen nordöstlich von Delhi, saß der kommandierende Offizier der Dritten Leichten Kavallerie beim Frühstück. »Das Urteil war durch und durch gerecht!« sagte der Colonel. Der Colonel war ein Mann, dessen Ansichten mit denen des Mitglieds des Obersten Gerichtshofs identisch waren. Um das Exempel zu statuieren, war er aus dem Urlaub zurückgeeilt und hatte aus jeder Truppe fünfzehn Männer ausgesucht. Sie sollten am Morgen antreten, um den Gebrauch der neuen Patronen einzuüben. »Ich lasse mir von meinen Männern diesen Blödsinn nicht bieten!« meinte der Colonel.

Die neunzig Männer traten also an – und fünfundachtzig von ihnen weigerten sich, die kastenbesudelnden Patronen zu berühren. Die Männer mußten sofort vors Kriegsgericht und bekamen zehn Jahre Gefängnis. Stunde für Stunde standen die Regimenter auf dem Paradeplatz von Meerut in der glühenden Sonne und sahen mit steinernem Schweigen zu, wie fünfundachtzig ausgesuchte Männer aus einem ebenfalls ausgesuchten Regiment ihre Uniformen ausgezogen bekamen und einer nach dem anderen an Fußfesseln angeschlossen wurden. Eiserne Ketten, die sie zehn Jahre lang in trostloser Gefangenschaft mit sich schleppen würden. Als endlich die Quälerei vorüber war, marschierte die schreckliche, kettenklirrende Reihe der gefesselten Männer im strahlenden, gnadenlosen Sonnenlicht davon. Die Männer schrien zu ihren Kameraden hinüber: »Ist das Gerechtigkeit? Weil wir unsere Kasten nicht verlieren wollen, weil wir nicht wollen, daß Leute unserer Art nicht mehr mit uns essen oder sprechen, müssen wir dieses Schicksal erleiden! Gibt es keine Gerechtigkeit? Helft uns, Brüder! Helft uns!«

»Vollkommen gerecht!« schnappte der Colonel und nahm sich noch etwas Rührei. »Zu hart? Blödsinn! Diese meuternden Narren brauchen eine Lektion. Jetzt hört der Mist schon auf.«

»Wartet, Brüder! Wartet . . ., wartet! Habt Geduld! Denkt an den festgesetzten Tag! Es ist zu früh!« drängten die Abgesandten des Ahmad Ullah, des Mulla von Faizabad, drängten die Abgesandten von Kishan Prasad . . .

»Seid ihr aus der dritten Rissala?« kreischte ein Weibsstück in der Straße der Freudenmädchen in Meerut zu einer Gruppe von mutmaßlichen Kunden hinüber, als es Nacht wurde. »Die dritte Rissala, sagst du? Dann darfst du hier nicht rein. Raus . . ., raus! Wir treiben es nicht mit Feiglingen! Wo sind deine Kameraden, die Dreck essen und in Ketten gehen? Das sind Männer! Aber ihr . . .! Feiglinge . . . Feiglinge seid ihr alle! Igitt!« Sie spuckte verächtlich aus, und ein Chor aus kreischenden, bemalten Weibern applaudierte ihr von einem Dutzend Fenstern und Balkonen. Sie kreischten mißtönend wie Pfauen: »Raus! Raus! . . . Wir treiben es nicht mit Feiglingen! Wenn ihr wirklich Männer seid und keine knochenlosen Schwächlinge, dann befreit erst eure Brüder!«

Ihr Gekreische und Geschimpfe verfolgte die Männer der dritten Kavallerie durch die heißen, überfüllten Basare von Meerut, und der Zorn, der in den Soldaten kochte, wurde zu mörderischer Wut.

Winter tauchte ihre Feder wieder in das Tintenfaß und fügte dem Brief, den sie schon geschrieben hatte, noch das Datum hinzu: »Sonntag, den zehnten Mai 1857. Liebe Lottie . . .«

37

Die Nacht war heiß und sehr still. So still, daß jedes kleine Geräusch von all den kleinen Geräuschen, die die Stille ausmachen, sich von den anderen trennte und die Stille noch unterstrich. Das Pfeifen einer Ratte, das trockene Kratzen eines Skorpions, der die Mauer hinaufkroch, das Flattern von Fledermausflügeln auf der dunklen Veranda, das Summen der Moskitos und aus weiter, weiter Ferne das Echo eines heulenden Schakals.

Winter lag wach und horchte auf diese Geräusche und sie konnte nicht schlafen. Einmal hatte sie gedacht, sie hörte flüsternde Stimmen, und da war sie geräuschlos aus dem Bett geschlüpft und auf Zehenspitzen zur Badezimmertür gegangen. Aber es waren keine Stimmen. Nur das trockene Flüstern toter Blätter, die durch die heiße, unbewegte Luft trieben und auf dem ausgetrockneten Stein des Baches zur Ruhe kamen.

Irgendwo in den dunklen Winkeln des Hauses schlug eine Uhr eins. Noch drei Stunden, bis Winter sich anziehen und hinaus an den Fluß reiten konnte. Würde es wohl am Fluß kühler sein? Hier war es so heiß, so luftlos. »Ich will hinaus aufs Dach gehen«, dachte sie und wandte sich rastlos vom Fenster ab. »Da oben auf der Dachterrasse wird es kühler sein.« Sie tastete in der Dunkelheit nach ihren Schuhen, schüttelte sie mechanisch aus, falls Tausendfüßler oder Skorpione darinsaßen, zog sie an und schlüpfte in eine weitärmelige Jakke aus Musselin, die am Fuß des Bettes lag. In der Halle brannte ein schwaches Licht, und ein langsames, regelmäßiges Schnaufen und Schnarchen kam von der leichenhaften Gestalt, die auf einer dünnen Baumwollmatte in der Nähe der Haustür zusammengerollt lag. Winter ging leise an dem Mann vorbei, hob den Bambusvorhang, ging hinaus auf die Veranda und stieg dann die steile Steintreppe hinauf bis zum ersten Stock des flachen Daches.

Es war hier allerdings kühler, aber die Ziegel und der Stein waren noch immer warm, und die Wand, die das zweite und dritte Stockwerk des Daches trug, gab Wellen von aufgespeicherter Hitze ab. Ein Schatten bewegte sich an dem steinernen Geländer, und Winter schaute erschreckt hin. Sie sah eine kleine weiße Gestalt, die über ihr an der schmalen Brüstung stand, die die obere Dachterrasse umgab. Es war Nissa.

Winter rief sie leise an, aber das Kind antwortete nicht. Es bewegte sich auch nicht, um anzudeuten, daß es Winter gehört hatte. Es starrte hinaus in den Garten, auf den fernen, dunklen Schatten des Residenztores im Südwesten. Nissas Gesicht und Körper sahen seltsam starr aus, als ob sie sich anstrengte, einen fernen, fast unhörbaren Klang aufzufangen.

»Ich glaube, sie schlafwandelt«, dachte Winter mit plötzlicher Angst. Sie wartete einen Augenblick, schaute in das starre Gesicht des Kindes auf und ging dann sehr leise die Stufen hinauf, um Nissa nicht zu erschrecken. Sie hatte gehört, es sei schädlich, einen Schlafwandler zu plötzlich aufzuwecken. Nissa bewegte sich nicht. Ihre Augen waren groß und starr, und als Winter neben ihr stand, konnte sie sehen, daß ihr kleines Gesichtchen kalkweiß vor Angst war. Sanft legte Winter eine Hand auf den mageren Arm des Kindes und sagte leise: »Nissa ...«

Nissa fuhr nicht zusammen. Sie drehte sich auch nicht um, sondern sie bewegte nur den Kopf ein wenig und schaute Winter an, als ob sie sie längst erkannt hätte. Nissas Augen waren voller Schrecken. »Horch«, sagte sie mit rauhem Flüstern. »Hörst du sie nicht?« Sie begann zu zittern, und Winter legte einen Arm um die zerbrechlichen kleinen Schultern und zog das Kind an sich. »Was hast du denn, Liebling? Was gibt es denn zu hören?«

Das Kind riß sich los und wandte sich wieder dem Geländer zu. Es klammerte sich mit kleinen, klauenartigen Händen an den Stein und horchte auf ein Geräusch, das Winter nicht hören konnte.

»Es sind die Frauen – die Memsahibs. Sie schreien. Kannst du nicht hören, wie sie schreien? Sicher mußt du sie hören – auch Kinder sind dabei ..., hör nur! Hör! Sie bringen die Frauen um. Man kann die Schwertschläge hören ... und die Flammen. Da! Das war ein Kind! ... Hör, wie seine Mutter schreit! Ai! Ai! ...« Nissa weinte laut auf und preßte die Hände auf die Ohren. Sie hockte sich an das Geländer und schluchzte. »Ich kann es nicht ertragen, sie schreien zu hören! ... Sie bringen die Frauen um ..., sie bringen die Frauen um!«

Winter ließ sich auf die Knie fallen und nahm die kleine weinende Gestalt in die Arme. »Nissa – Nissa! Niemand schreit da draußen.

Alles ist still. Hör – kein Geräusch. Es ist nur ein Traum, Liebling. Nur ein böser Traum. Niemand wird umgebracht . . .«

Winter hatte kein Geräusch hinter sich gehört, aber jetzt fiel ein Schatten über sie, der im Mondlicht schwarz aussah. Sie drehte sich schnell um, und das Herz saß ihr in der Kehle. Es war Akbar Khan, der Torwächter, der sich unterwürfig hinter ihr verbeugte. Vor dem Mond und dem Nachthimmel wirkte sein Gesicht dunkel, aber Winter konnte seine Zähne und seine Augen glitzern sehen. Obwohl die erste Angst bei seinem Anblick vergangen war, ging plötzlich ein seltsames Flackern der Furcht durch sie und zwang sie dazu, das Kind noch fester an sich zu pressen.

»Die Unwürdige ist von ihrer Mutter vermißt worden«, sagte Akbar Khan leise. »In den letzten paar Tagen hat sie mit Fieber zu Bett gelegen, und sie muß das Bett verlassen haben, während ihre Mutter schlief. Es tut mir leid, daß das Kind der Lady Sahib Ärger gemacht hat.«

»Sie hat mir keinen Ärger gemacht«, sagte Winter. »Laß sie zufrieden. Den Rest der Nacht kann sie in meinem Zimmer schlafen.«

»Nein, nein!« sagte Akbar Khan schockiert. »Die Lady Sahib ist ein Brunnen der Güte, aber das würde sich nicht ziemen. Auch hat ihre Mutter mich ausgeschickt, das Kind zu suchen.«

Winter spürte, wie der zerbrechliche Körper in ihren Armen starr wurde, zuckte und sich verkrampfte. Dann, ganz plötzlich, entspannte sich Nissa wieder. Sie seufzte und lehnte sich mit dem Kopf an Winters Schulter, und als Winter in das kleine Gesicht hinabschaute, spürte sie, wie die Kleine flach, aber gleichmäßig atmete. Sie war eingeschlafen.

Akbar Khan bückte sich und nahm ihr das Kind ab. »Es war ein Anfall«, sagte er ruhig. »Nissa ist immer ein kränkliches Kind gewesen, und ich fürchte, die Zeit ihrer Erlösung ist nah. Ihre Mutter wird trauern, aber was geschrieben steht, das steht geschrieben.« Er bettete den mageren Körper seines Enkelkindes bequem in den Armen und sagte: »Ihre Mutter wird sehr geehrt sein, daß die gnädige Lady Sahib sich um ihr Kind gekümmert hat. Soll ich einen Diener schikken, der der Lady Sahib wieder zurück ins Zimmer leuchtet?«

»Nein«, sagte Winter kurz. »Ich will hierbleiben. Sag Nissas Mutter, daß ich morgen kommen werde, um nachzusehen, wie es dem Kind geht.«

»Die Lady Sahib ist mein Vater und meine Mutter«, murmelte Akbar Khan höflich und ging fort. Seine nackten Füße machten auf dem warmen Stein kein Geräusch.

Winter betrachtete ihn, als er fortging, und sie zitterte in der heißen Nachtluft. Es war kein Zittern der Kälte, sondern ein Zittern der Unruhe und Vorahnung. Akbar Khan war immer höflich und ruhig gewesen, und sein Gruß am Tor enthielt keine Spur der verschleierten Unverschämtheit, die sie manchmal im Benehmen der anderen Dienstboten Conways entdeckt hatte. Aber heute war in seinem Benehmen etwas gewesen, das ihr angst machte. Nein – nicht in seinem Benehmen. Damit war alles in Ordnung. Aber was war es dann? War es das Glitzern in seinen Augen, als er auf das weinende, murmelnde kleine Mädchen hinabgeschaut hatte? Nein, das war nur dumme Einbildung. Aber er hatte gelogen, als er sagte, daß Nissa seit einigen Tagen krank gewesen wäre. Das stimmte nicht, denn Winter hatte Nissa jeden Tag bei Sonnenaufgang gesehen.

Was hatte das Kind wohl gehört? Es war natürlich ein Traum. Sie hatte geträumt. Und dennoch hatte sie sich nicht so benommen, wie Winter sich einen Schlafwandler vorstellte. Nissa hatte Winter offenbar bemerkt, und sie war wach gewesen. Sie war voller Entsetzen gewesen, aber wach.

Die Dienstboten sagten, daß Akbar Khans kleine Enkeltochter das Zweite Gesicht hätte. Die Dienstboten hatten Angst vor ihr. Und damals hatte Nissa auch gesagt, Alex würde nichts geschehen. Und es war ihm nichts geschehen. Aber sie hatte ja nicht wissen können, daß er in Gefahr war. Es war Zufall gewesen. »Sie bringen die Frauen um – sicher hörst du auch, wie sie schreien?« Aber Winter hatte keinen Schrei gehört – kein Geräusch. Alles war still gewesen.

»Sie hat geträumt!« sagte Winter laut und fest. Aber dann zitterte sie wieder und zog die dünne, rüschenbesetzte Jacke enger um sich. Sie verließ das Dach und kehrte in ihr heißes, dunkles, stilles Zimmer zurück.

Um elf Uhr am folgenden Morgen hörte Alex die hastigen Schritte auf der Veranda seines Bungalows, und er wußte, noch ehe der Bambusvorhang sich hob, wer es war. Angespannt, mit weißem Gesicht stand sie vor ihm, und ihre Hände klammerten sich um die Schreibtischkante.

Noch fünf andere Männer waren in dem Büro, aber Winter schien sie überhaupt nicht bemerkt zu haben. Alex stand schnell auf und entließ die Männer mit einem kurzen Wort, und sie verschwanden hinaus in die Sonne. Winter sah nicht, wie sie gingen. Mit harter, atemloser Stimme, die sie verzweifelt zu beherrschen suchte, sagte sie: »Alex, tun Sie etwas! Sie haben sie umgebracht! Ich weiß es!

Conway will nichts unternehmen. Er sagt, es sei alles Blödsinn. Ihr Großvater . . . Akbar Khan hat's getan. Ich weiß, daß er es getan hat! Alex, Sie können das nicht zulassen und . . . und . . .«

Alex ging um den Schreibtisch herum und packte sie an den Schultern. Er schob sie mit Gewalt aus dem Büro ins Wohnzimmer. Er drückte sie in einen Sessel, goß eine großzügig bemessene Menge Brandy in ein Glas und hielt es ihr zum Trinken an den Mund. Winter würgte und keuchte, aber die zitternde Starre wich von ihr.

»Und jetzt erzählen Sie mal.«

»Es geht um Nissa«, sagte Winter, und plötzlich standen Tränen in ihren Augen. »Nissa hatte in der vergangenen Nacht einen Alptraum. Ich glaube wenigstens, es war ein Alptraum. Akbar Khan sagte, es sei ein Anfall –« Winter erzählte das Geschehnis auf dem Dach. »Und dann hat er sie mitgenommen, und ich wollte sie heute morgen besuchen, und . . ., und sie sagten mir, sie wäre tot. Sie wollten nicht, daß ich sie sehe, aber ich hab' sie gezwungen. Ihre Mutter weinte, und sie wollte mir etwas sagen, aber sie haben sie weggezogen und gesagt, sie sei hysterisch. Ich . . ., ich habe noch nie einen Toten gesehen, außer meinem Großvater, und der . . . Aber ich glaube es nicht – ich glaube, sie haben Nissa erstickt . . .« Ihre Stimme brach plötzlich in einem Schauder des Schreckens.

Alex meinte ruhig: »Das vermuten Sie doch nur.«

»Nein. Sie sagten mir, Nissa hätte noch einen Anfall gehabt, und . . ., aber ich glaube es nicht! Er hat gehört, was sie gesagt hat – Akbar Khan. Und er hatte Angst. Ich weiß, daß er Angst hatte. Ich habe es letzte Nacht gemerkt.«

Alex sagte: »Ich werde sehen, was ich tun kann.«

Er ging mit ihr in den flammendheißen Morgen hinaus und brachte sie zurück in die Residenz. Eine Stunde später schickte er ihr eine kurze Notiz, in der er sie bat, am Abend mit ihm auszureiten.

Winter hörte einen halben heißen Nachmittag lang die Totenklage in den Gebäuden der Dienstboten, und später wurde durch eine Seitentür in der Mauer eine kleine hölzerne Kiste hinausgetragen. Sie brachten sie zum mohammedanischen Begräbnisgelände außerhalb der Stadt.

»Es gibt nichts, was wir tun können«, sagte Alex. »Das Kind hat offenbar epileptische Anfälle gehabt, und Dr. O'Dwyer, den ich geholt habe, um sich die Leiche anzusehen, sagt, daß sie wirklich möglicherweise an einem solchen Anfall gestorben ist – die Hitze und allgemeine Hinfälligkeit haben möglicherweise dazu beigetragen. Dr. O'Dwyer wollte nichts weiteres in der Angelegenheit unternehmen.

Er sagte ganz richtig, die Leute seien schon angespannt genug, ohne daß man ihnen noch einen Anlaß für weitere Aufregungen geben solle. Tut mir leid, aber mehr war an der Geschichte nicht dran.«

Mit dünner, harter Stimme sagte Winter: »Und was glauben Sie selbst?«

»Was ich glaube, hat nichts damit zu tun«, sagte Alex.

»Dann wollen Sie nichts unternehmen?«

»Außer dem, was ich schon unternommen habe, kann ich nichts tun. Das Kind ist um vier Uhr beerdigt worden. Ab khutam hogai, jetzt ist es zu Ende.« Er drehte sich um und schaute in Winters angespanntes, weißes Gesicht. Nach einem Augenblick fügte er hinzu: »Tut mir leid, Winter.«

Winters Zusammenfassung von dem, was das Kind in der vergangenen Nacht gesagt hatte, beunruhigte ihn. Er glaubte zwar nicht, daß Nissa das Zweite Gesicht hatte, aber es kam ihm ganz wahrscheinlich vor, daß sie irgend etwas wiederholte, das sie einmal gehört hatte. Wenn Akbar Khan gedacht hatte, das Kind erzählte etwas, das es gehört hatte, dann war es gut möglich, daß man dem kleinen Mädchen beim Sterben geholfen hatte. Wie auch immer, Dr. O'Dwyer wollte sich nicht einmischen. Aber die Worte, die das Kind gesagt hatte, wiederholten sich in Alex' Gehirn immer und immer wieder. »Sie bringen die Frauen um! – Sie bringen die Frauen um! ...«

Vielleicht war es gut, daß Nissa tot war. Vielleicht war es gut, daß an diesem brennendheißen Tag sonst niemand die Frauen schreien hören konnte.

Delhi war weit fort, verborgen hinter dem Staub und den tanzenden Hitzewirbeln und der ausgetrockneten, flammenden Ebene. Mrs. Abuthnot hatte nicht geschrien, als sie am Kaschmir-Tor in der heißen Sonne gestorben war. Aber die kleine Miss Jennings, die Tochter des Pfarrers, und Miss Clifford, die zur Begleitung ihrer Mandoline gesungen hatte, die hatte geschrien und aufgekreischt, als die klauenhaften, blutbefleckten Hände nach ihr griffen und die roten Säbel zischten und schnitten. Und während dieses ganzen langen, heißen Tages hatten sich die Schreie der Frauen und das entsetzte Kreischen der Kinder, das Knistern der Flammen und das Heulen des Mobs in Duryagunj erhoben, dem einst friedlichen Viertel von Delhi, wo die Europäer und die Eurasier und die indischen Christen lebten und jetzt in Qual und Angst im blendenden, gnadenlosen Sonnenlicht starben.

Während des ganzen langen, heißen Tages wartete die Garnison in Delhi und hoffte und beobachtete die Straße nach Meerut. Sie hofften auf die Hilfe, die ohne Zweifel kommen mußte. Und mit jedem Augenblick, in dem die Hilfe ausblieb, wurden die Meuterer der dritten Kavallerie dreister und dreister, und mehr und mehr Menschen versammelten sich vor dem Palast, wo der Hofstaat des alten Königs von Delhi jede Stunde zuversichtlicher wurde.

»Es ist wahr – es ist wahr!« sagten die Ratgeber des alten Bahadur Schah. »Sie sagen, sie haben jeden Ausländer in Meerut getötet. Männer, Frauen und Kinder. Es muß wahr sein, denn siehe – keine Staubwolke ist auf der Straße nach Meerut. Wenn noch welche am Leben wären, würden sie dann nicht so schnell wie möglich nach Delhi reiten, um Rache zu nehmen? Sie sind tot. Sie müssen alle tot sein. Laßt uns auch die Feringhis in Delhi töten, dann wirst du wieder König sein!«

»Es ist wahr – es muß wahr sein«, sagte der Abschaum der Stadt und schärfte die Schwerter und Messer zum Gemetzel. »Sie haben jeden Feringhi in Meerut getötet! Laßt uns hier ein Gleiches tun.«

»Es ist wahr!« brüllten die Männer der dritten Kavallerie, die nach Delhi geflüchtet waren, aus Angst vor Verfolgung und Rache. Ungläubig staunend sahen sie jetzt, daß niemand sie verfolgte. »Haben wir euch nicht gesagt, wir hätten sie alle erschlagen? König von Delhi! Hilf uns, o König! Maro! Maro!«

Lottie hatte gesehen, wie ihr Vater von seinen eigenen Männern niedergemacht wurde, und auf seinem runden, cherubinischen Gesicht lag ein Ausdruck völliger Ungläubigkeit. Er konnte und wollte nicht glauben, selbst nicht im Augenblick seines Todes, daß so etwas möglich war. Lottie hatte nicht geschrien, denn sie selbst glaubte nicht, was sie sah. Sie stand mit ihrer Mutter und einem Dutzend anderer Frauen und Kinder am Kaschmir-Tor, und sie hatte gesehen, wie ihr Vater mit seinen Männern zum Tor ritt. Sie hatte seine bedächtige, väterliche Stimme gehört – der freundliche, liebenswürdige Mann, von dem sie so wenig wußte, hatte sich mit einem Befehl im Sattel erhoben, als seine Männer am Tor anhielten. Und eine Minute später hatte Lottie gesehen, wie er vom Pferde gerissen wurde und wie drei Bajonette sich in seinen Körper bohrten.

Sein Major und sein indischer Bursche hatten auf die Mörder geschossen und waren selbst niedergemacht worden, und Lottie, die von den rosenroten Mauern wie betäubt hinabschaute, hatte nur gedacht, wie rot und hell das Blut aussah auf dem heißen, weißen Staub.

»Es kann nicht sein«, dachte Lottie. »Es kann einfach nicht wahr sein ...«

»Ich glaub' nich', daß wir noch viel länger aushalten können, Sir«, sagte Feldwebel Buckley zu Lieutenant Willoughby, der das Kommando über das Magazin von Delhi hatte. »Die Brüder haben Leitern bei sich ...« Seine Worte waren im Heulen des Mobs und im unaufhörlichen Gerassel und dem Krachen der Gewehrschüsse kaum zu hören.

Sie hatten das Magazin seit dem Morgen gehalten, und jetzt senkte sich die Sonne wieder dem Horizont zu. War es erst vier Uhr? Neun Mann gegen einen heulenden, brüllenden Mob von Tausenden. Neun Mann mit zehn Gewehren ...

»Scully sagt, der Zug ist aufgehalten worden, Sir!« schrie Feldwebel Buckley. »Schon irgendwas auf der Straße nach Meerut zu sehen, Sir?«

Der junge Lieutenant Willoughby lief hinüber zur Flußbefestigung und strengte die Augen an. Er schaute zum letzten Mal die heiße, leere Straße hinunter, wo der Hitzenebel tanzte und unter dem messingfarbenen Himmel schimmerte. »Nein. Sie kommen nicht. Vielleicht sind sie alle tot. Wir können nicht länger warten.«

Er schaute in den blauen Himmel hinein, und seine Augen standen ruhig und jung in dem verschwitzten, staubverschmierten, pulvergeschwärzten Gesicht, das wie eine Maske aussah. Dann warf er einen Blick auf die schwärmenden Tausende von Leuten, die wie die Affen über die Mauern kletterten und die Verteidiger immer weiter zurückdrängten.

»Wir werden eine ganze Menge von denen mitnehmen«, sagte Lieutenant Willoughby. »Gut, Buckley. Geben Sie ihm das Signal zum Anzünden.«

Der Boden und die Gebäude, selbst der Himmel, schienen zu schaukeln und zu schwanken bei dem gewaltigen Donner, der das wilde Brüllen der verrückt gewordenen Stadt zum Schweigen brachte. Eine riesige Wolke, rosenrot und herrlich im schrägen Sonnenlicht, hob sich über den Kuppeln und Minaretten. Sie erstreckte sich immer höher und höher in die stille Luft und breitete sich aus wie eine blühende Blume auf einem hohen, weißen Stengel.

Stundenlang hing sie da, ein zartes, durchsichtiges Denkmal der Tapferkeit. Aber als ob die Explosion ein Signal gewesen wäre, so wandten sich jetzt die mißmutigen, noch zögernden Sepoys an den Toren gegen die Menschen, die dort Schutz gesucht hatten. Lottie, die beim Anblick von Edward von der Mauer heruntergerannt kam, sah, wie ihre Mutter mit einem Loch in der Schläfe geräuschlos zusammensackte, und sie sah auch, wie ein Säbel den Kopf ihres Mannes spaltete.

Da hatte Lottie aufgeschrien und mit aller Kraft versucht, zu ihm zu gelangen. Aber jemand hatte sie an den Armen gepackt und sie trotz ihrer Gegenwehr zu den Zinnen geschleppt. Dort packten Hände ihre Handgelenke, und sie wurde die Wand hinuntergelassen. Sie schwankte an der provisorischen Rettungsleine aus hastig zusammengeknoteten Gürteln, sie drehte sich, sie knallte gegen den heißen Stein und schrie nach Edward. Dann rissen die Gürtel, und sie fiel und prallte auf den harten Boden auf. Sie rollte in den Graben, wurde wieder aufgefangen und weitergezerrt. Sie rannte, sie stolperte über den rauhen Boden, sie stürzte mit dem Kopf voran in das verwachsene Dickicht der Kudsia Bagh . . .

»Wir können nicht länger warten«, sagte ein Offizier mit eingefallenem Gesicht, der auf der Ridge hin und her ging. »Was in Dreiteufelsnamen machen die in Meerut bloß? Sie können doch nicht alle tot sein! Um Gottes willen, warum machen wir denn nichts, um diesen armen Teufeln in der Stadt zu helfen? Wir können doch immer noch auf das Arsenal am Fluß zurückgreifen. Statt dessen lassen wir sie einfach abschlachten!«

»In Meerut scheint niemand auch nur den kleinen Finger zu rühren. Und hier macht auch keiner etwas – außer dem jungen Willoughby, der offenbar genug Mumm hatte, um das Magazin zu sprengen. Da! Was ist denn das . . .? Da kommt ein Karren die Straße herauf! Ob die wohl eine Nachricht bringen?«

Ein Ochsenkarren quietschte langsam in einer Staubwolke die Straße herauf. Er hielt beim Flaggenturm, und die sinkende Sonne beleuchtete mit brutaler Deutlichkeit die Ladung. Es waren die zerschlagenen, schon steifen, blutbefleckten Leichen von einem halben Dutzend britischer Offiziere. Man hatte sie so nachlässig hineingeworfen, als ob es Strohballen gewesen wären. Eine Herausforderung von der triumphierenden Stadt. Eine Herausforderung, die viele Tage lang nicht angenommen werden würde.

»In einer halben Stunde wird es dunkel«, sagte der Brigadier, der immer noch angestrengt die leere Straße nach Meerut beobachtete. »Die Frauen sollten besser wegfahren, und sie werden auch Schutz brauchen. Ihr solltet alle besser wegfahren, solange die Straße nach Karnal noch offen ist.«

Die Flammen der brennenden Bungalows in den Außenbezirken machten am Himmel einen zweiten Sonnenuntergang, während Kutschen und Jagdwagen und Männer zu Fuß und zu Pferd in der sinkenden Dunkelheit davonströmten. Der Brigadier wartete, bis sie fort waren, und sagte dann müde: »Zum Sammeln blasen«, und dann hörte er, wie das Trompetensignal in der Stille erklang.

Eine einzelne Gestalt, ein Sepoy von der Vierundsiebzigsten Bengalischen Infanterie, folgte dem Ruf. Er stand stramm, einsam und gehorsam in der sinkenden Dämmerung. Der einzige, der treu geblieben war von all denen, die vor vierundzwanzig Stunden dem Ruf noch gefolgt wären.

Der Brigadier ließ müde die Schultern hängen, und endlich wendete er sein Pferd und ritt vom Hügel hinab. In den ersten Strahlen des Mondes hing noch immer die langsam verschwimmende Wolke, das Zeichen der einzigen Entscheidung, die an diesem schrecklichen Tag gefallen war.

Winter schlief tief in dieser Nacht, trotz der Hitze und des Quietschens der Pankah. So tief wie Nissa, die auf dem mohammedanischen Friedhof lag und das Heulen der Schakale nicht hörte, die um die Gräber schlichen. So erschöpft wie Lottie, deren dünne Schuhe und rüschenbesetzte Röcke von Dornen zerrissen und mit Staub und Blut befleckt waren und die schlafend in einem verhangenen Wagen lag, dessen freundlicher Besitzer sie und ihre beiden Gefährten in einem Graben neben der Straße gefunden hatte. »Ich fahre nach Lunjore – und so schnell wie möglich«, hatte der Fahrer des Wagens gesagt. »Delhi wird viele Monde lang kein Ort mehr sein für Männer des Friedens. Ich habe einen Bruder in Lunjore, bei dem bleibe ich, bis dieser Wahnsinn vergangen ist.«

38

Am Abend war in der Residenz eine Party gewesen. Die letzte der Dienstagspartys, obwohl noch niemand wußte, daß es die letzte sein würde. Es war spät geworden, und Alex, der um vier Uhr morgens zu seinem Bungalow zurückging, als der Himmel schon grau wurde, hörte die Stimmen und das Gelächter der Gäste, die von der Residenz wegfuhren. Er fiel in einen erschöpften Schlaf.

Lottie war in dieser Nacht Lunjore schon fast dreißig Meilen nähergekommen. In Meerut verhielten sich General Hewitt und Brigadier Wilson mit einer starken britischen Truppe noch immer hilflos und inaktiv, und in Delhi waren die verwesenden Leichen von sechs Offizieren, die noch immer in dem verlassenen Wagen aufgehäuft lagen, die einzigen Briten, von all denen, die noch vor zwei kurzen Tagen in dem leeren, zerstörten Vorort gelebt und gelacht hatten.

Am Mittwoch um die Mittagszeit kam aus Suthragunj ein Meldereiter auf einem schäumenden Pferd an. Er hatte nur lange genug gewartet, um den versiegelten Brief an den Commissioner auszuliefern und sein Pferd zu tränken, und dann war er wieder zurückgeritten. Alex hatte man von seiner Ankunft nichts gesagt, und der Commissioner, dem man den Brief beim Mittagessen auf einer silbernen Platte gereicht hatte, stopfte das Papier einfach ungelesen in die Tasche. Erst am nächsten Mittag las er es, und zuerst konnte er den nüchtern formulierten Bericht überhaupt nicht begreifen.

Seine erste Reaktion war Ungläubigkeit gewesen. Das mußte ein Witz sein – ein lächerlicher, ekelhafter Scherz. Es war nicht möglich, daß das stimmte. Dennoch, es war auf offiziellem Papier geschrieben, und er kannte die gekrakelte Unterschrift. Auf einmal verließ alles Blut sein Gesicht. Seine blassen Augen quollen ihm vor Schrekken aus den Höhlen, und das Papier fiel ihm aus der schlaffen Hand und glitt zu Boden. Die Zugluft von der Pankah ließ es träge auf dem Teppich umherflattern wie einen Vogel mit gebrochenem Flügel.

Es war Winter gewesen, die den Zettel aufhob, und Winter hatte auch nach Alex geschickt. Alex kam und sah gerade noch, wie der Commissioner sein drittes Glas Brandy kippte. »'n Witz«, sagte Mr. Barton mit undeutlicher Stimme. »Kann gar nichts anderes sein.«

»Ich fürchte, es ist kein Witz, Sir«, sagte Alex und überflog das Blatt Papier. Dann schaute er zu dem zitternden Haufen hinüber, der sich auf das Sofa hatte fallenlassen und das Glas noch immer in der Hand hielt. Knapp meinte er: »Wo ist der Mann, der den Bericht gebracht hat? Wann ist er angekommen?«

Der Commissioner schluckte den Rest des Brandys in seinem Glas und goß sich einen vierten ein. Er schlabberte die Flüssigkeit auf den Teppich. »Kann mich doch nicht um alles kümmern!« sagte er laut und wie zur Verteidigung. »Wie sollte ich denn wissen, daß es wichtig war? Hätte ja auch 'ne Einladung zur Jagd sein können, was weiß denn ich? Hab' das Ding in die Tasche gesteckt. Vergessen. Ist doch nur natürlich.«

»Die Nachricht ist gestern während des Mittagessens angekommen«, sagte Winter ruhig. »Ich glaube, der Mann ist sofort wieder umgekehrt.«

Alex sagte nichts. Er sah seinen Chef mit Verachtung und Zorn an, und er machte keine Anstalten, diesen Blick zu verbergen. Dann drehte er sich um und verließ das Zimmer.

»Verdammte Impertinenz!« meinte Mr. Barton quengelig und trank seinen vierten Brandy aus.

Weniger als eine Stunde später kamen in aller Eile ein Dutzend Männer im Eßzimmer des Commissioners zusammen, um den Notfall zu diskutieren, der sich aus dieser unglaublichen – dieser unmöglichen Nachricht ergab. Sie wollten entscheiden, welche Maßnahmen man verspätet noch treffen konnte, um Lunjore vor der Meuterei und dem Massaker zu schützen, die in Meerut und Delhi stattgefunden hatten. Alex hatte darauf gedrungen, die Regimenter zu entwaffnen, aber dieser Vorschlag war als Unverschämtheit betrachtet worden. »Wenn mir je mein General befehlen würde, meine Männer auf diese Weise zu beleidigen«, erklärte Colonel Gardener-Smith, »dann würde er mich zuerst entwaffnen müssen. Und nach mir jeden einzelnen meiner Offiziere!«

»Ihr Vorschlag, Captain Randall«, meinte Colonel Moulson, »ist nicht nur nicht diskussionswürdig, sondern Sie haben auch gar nicht das Recht, ihn zu machen.«

Alex zuckte die Achseln. »Tut mir leid, Sir. Darf ich dann wenigstens vorschlagen, daß wir die Frauen und Kinder augenblicklich nach Naini Tal schicken? Noch heute, wenn möglich. Vielleicht ist noch Zeit.«

Sofort brachen alle in Protest aus. Das Reisen wäre gefährlich und schwierig. Die Frauen waren sicherer da, wo sie jetzt waren. Man konnte keine angemessene Eskorte stellen. Sie in die Berge zu schikken, das wäre ein zu großes Risiko.

»Sie hierzulassen, bis es zu spät ist, ist noch ein viel größeres Risiko«, sagte Alex. »Die Meutereien in Meerut und Delhi waren verfrüht. Ich bin ganz sicher. Wie ich schon sagte, ich habe Grund zu glauben, daß für den allgemeinen Ausbruch des Aufstandes das Ende dieses Monats geplant ist. Sie haben noch Zeit, die Frauen und die Kinder in Sicherheit zu bringen.«

»Es geht nicht«, sagte Colonel Gardener-Smith mit schwerer Stimme. »Es ist zu spät.«

»Es ist nicht zu spät!« sagte Alex leidenschaftlich. »Wenigstens haben Sie dann eine Chance.«

»Kann sein. Aber das Risiko ist zu groß. Im Augenblick ist es sicher lebenswichtig, kein Zeichen von Panik zu zeigen. Das müssen Sie doch einsehen.«

»Ich bezweifele das«, sagte Colonel Moulson abfällig. »So etwas hat Captain Randall noch nie einsehen können. Und ich stimme Ihnen zu, Colonel. Es steht ganz außer Frage, daß die Frauen abreisen. Das würde man sicher so deuten, daß wir die Nerven verloren hätten, und ich bin sicher, ich spreche hier für die Majorität, wenn ich sage, daß dies in keiner Weise der Fall ist.«

»Richtig. Da stimme ich Ihnen auch zu«, sagte Colonel Packer. »Jetzt Panik zu zeigen, das führt uns vielleicht genau in die Krise, die wir vermeiden wollen. Wir müssen unser Vertrauen auf den Herrn setzen. Sein Stecken und Stab tröstet uns.«

»Kann sein, Sir«, meinte Alex trocken, »aber werden die Sepoys auch bei der Stange bleiben? Sie glauben doch, die Soldaten sind loyal?«

»Die Loyalität meines Regiments«, sagte Colonel Gardener-Smith ruhig, »ist noch nie in Frage gestellt worden. Wenn ich meine Frau und meine Tochter fortschicke, dann käme das einer öffentlichen Mißtrauenserklärung gleich. So etwas werde ich nicht tun. Gerade jetzt ist es doppelt notwendig, nicht nur Zuversicht zu zeigen, sondern auch jede Handlung zu vermeiden, die als Angst ausgelegt werden könnte.«

Mit zusammengebissenen Zähnen sagte Alex: »Dann werden also keine Vorsichtsmaßnahmen getroffen?«

»Sie übertreiben, Captain Randall«, meinte Colonel Gardener-Smith kalt. »Vernünftige Vorsichtsmaßregeln werden natürlich unternommen werden.«

»Wollen Sie mir eine nennen, Sir?« wollte Alex wissen.

Alle am Tisch schwiegen plötzlich. Nur Colonel Packer bemerkte priesterlich, daß jene, die ihr Vertrauen in den Herrn setzten, keine andere Bewaffnung brauchten.

»Unsinn!« schnappte Colonel Gardener-Smith. »Der Herr hilft denen, die sich selbst helfen, Packer. Und aus diesem Grund ist es notwendig, ruhig zu bleiben. Und aus diesem Grund bin ich auch selbst dagegen, die Frauen und Kinder wegzuschicken. Was sagen Sie dazu, Barton?«

»Gan-z-z richtig, ganz ri-richtig«, sagte Mr. Barton. »Nur-nur die Ruhe bewahren. 'ss-'ss unwahrscheinlich wichtig, ruhig zu bleiben. Wo ist der Brandy?«

Alex sprang auf und lehnte sich gegen den Tisch. Seine Hände umklammerten die Tischkante. »Es sollte doch möglich sein, es den Regimentern klarzumachen, daß die Familien nur weggeschickt werden, weil jeder Offizier und jeder Sepoy vielleicht für Kampfhandlungen gebraucht wird. Kein Soldat kann es sich leisten, in den Städten dadurch aufgehalten zu werden, daß er eine Handvoll Frauen schützen muß.«

»'ne Frechheit«, sagte der Commissioner mit Würde. »Wa-was meinen Sie da-damit, 'ne Hand-Handvoll Frauen? Sss-ss-süße Wesen . . ., is'n Privileg, sie zu sch-sch-schützen!«

Alex überhörte die Unterbrechung. »Ich bitte Sie, die Frauen wegzuschicken, solange noch Zeit ist. Die maximale Kampfkraft kann nicht erreicht werden, solange die Garnison noch von einer Horde Frauen behindert wird, deren persönliche Sicherheit man über die militärischen Notwendigkeiten stellen muß . . .«

Er schaute den Kreis der grimmigen, ernsten Gesichter an und sah plötzlich Zögern und Zweifel. Einen Augenblick lang hoffte er. Dann sagte Colonel Moulson: »Mein lieber Captain Randall, Ihre Angst läuft mit Ihnen davon. Eine Schande.«

Alex sagte sanft: »Ich kann nur sagen, Sir, daß ich hoffe, falls meine Ängste sich als gerechtfertigt erweisen, daß Sie etwas Trost aus der Tatsache schöpfen können, daß Sie das Leben der Frauen geopfert haben, um Ihr Vertrauen in die Sepoys zu demonstrieren, deren Vertrauen Sie eigentlich gar nicht besitzen.«

Colonel Moulsons Gesicht war plötzlich rot vor Wut, und er erhob sich halb aus dem Sessel. »Sie sind unverschämt, Captain Randall! Ich muß Sie noch einmal daran erinnern, daß Sie ein Subalterner sind – man kann Sie disziplinieren!«

»Warum? Weil ich die Wahrheit sage, Sir?« Alex konnte sich nicht mehr beherrschen. Seine Stimme zitterte von einer Wut, die Colonel Moulsons Wut gleichkam. »Sie alle haben Ihre Zweifel! Jeder einzelne von Ihnen! Aber keiner von Ihnen will sie zugeben. Sie ziehen es vor, die Augen zuzukneifen, anstatt es in Betracht zu ziehen, daß Ihre Regimenter doch nicht ganz so treu sind.«

»In der augenblicklichen Krise«, sagte Colonel Moulson wütend, »sind es die Panikmacher, die wir zu fürchten haben! Wir wären sehr viel besser dran, wenn wir die loswerden könnten! Bei uns gibt es keinen, der die Zuversicht verloren hätte. Aber da Sie selbst sich ja so unsicher fühlen, kann ich Ihnen nur vorschlagen, sich selbst krank zu melden und sofort nach Naini Tal abzureisen!«

Alex' rechte Hand, die flach auf dem Tisch gelegen hatte, ballte sich langsam zur Faust. Und dann entspannte sie sich genauso langsam wieder. Es hatte keinen Zweck. Sie begriffen einfach nicht, wie groß die Sache war, die da über sie hereinbrach. Sie hatten sich geweigert, Vorsichtsmaßnahmen zu ergreifen, solange alles noch so weit weg lag. Und jetzt, wo es heranrollte, ergriffen sie auch keine Vorsichtsmaßnahmen – aus Angst, Angst zu zeigen.

»Gan-ganz richtig«, wiederholte der Commissioner mit einem Schluckauf. »Stimme Ihnen da v-v-vollkommen zu. Mü-müssen nur die Ru-Ruhe behalten!«

Alex setzte sich ohne weitere Worte wieder hin und sagte nichts mehr, bis die Konferenz ohne Beschluß zu Ende ging. Aber als sie vorüber war, schickte er im Namen des Commissioners von Lunjore ein Telegramm an den Generalgouverneur, in dem er weiteres Militär anforderte. Die nächste Telegrafenstelle war bis vor kurzer Zeit fünfundsiebzig Meilen entfernt gewesen, in Suthragunj. Aber über Hazrat Bagh waren es jetzt nur noch zwanzig. Alex dachte grimmig daran, daß Kishan Prasads Straße ihre Nützlichkeit in einer Weise bewies, die von ihren Erbauern nicht bedacht worden war.

In dieser Nacht rauchten die ersten Feuer in Lunjore. Dem Arzt der Einundfünfzigsten N.I., Colonel Packers Regiment, wurde der Bungalow bis auf die Grundmauern niedergebrannt.

Weniger als fünfzig Meilen südwestlich waren Lottie und ihre Begleiter trotz der quälenden Hitze in dem geschlossenen Wagen noch immer sicher und kamen mit jeder Stunde näher an Lunjore heran. Aber hinter ihnen, verstreut im sonnenverbrannten Gelände, das die eingenommene Stadt der Moguln umgab, versteckten sich die Flüchtlinge aus Delhi, und sie verhungerten, und sie starben.

Wenige – sehr wenige – trafen auf freundliche Menschen, die ihnen Nahrung und Schutz boten und das eigene Leben und das Leben ihrer Familien riskierten, um einem gejagten, hilflosen Mitmenschen zu helfen. Und in den Mauern von Delhi, in einem erstickenden, fensterlosen Kerker unter dem Palast des alten Bahadur Schah, des neuausgerufenen Königs von ganz Hindustan, hatten fünfzig Gefangene – die letzten Briten und Christen aus Delhi – noch zwei Tage zu leben.

39

Captain Randall ritt mit Niaz durch die Dörfer.

Den größten Teil jedes Tages saßen sie im Sattel, denn Alex kehrte jede Nacht nach Lunjore zurück. Und wenn er die Gesichter der Dorfbewohner sah, da bemerkte er auch die ominösen Zeichen der Krankheit, die ganz Indien überkommen hatte. Er bemerkte die offene Unverschämtheit und Feindseligkeit, die man nicht beachten durfte.

Das stille Land war voller Gerüchte. »Der Schah von Persien hat eine Armee ausgeschickt, die Bahadur Schah helfen soll, dem König von ganz Indien. Diese Armee hat Delhi schon erreicht!« . . . »Nur noch eine Handvoll Feringhis sind im Land übrig, und die besiegten Reste der Angrezi-Regimenter sind zurückgedrängt worden. Immer weiter, bis sie im Meer ertranken!« . . .

Als Alex und Niaz wieder einmal ein Dorf voller Feindseligkeit verließen, hob Niaz die Hand und wischte sich den Schweiß von der Stirn. »Hoh!« sagte er. »Ich dachte, wir kommen da nicht wieder lebendig heraus. Nur einer von ihnen hätte die Zähne zeigen müssen, und sie hätten uns an der Kehle gehangen wie Wölfe. Hattest du nicht auch Angst?«

Alex lachte kurz auf und streckte eine Hand aus. Sie zitterte unkontrollierbar.

»Auch meine zittert!« sagte Niaz. »Ich habe jeden Atemzug genossen, als ob es mein letzter wäre. Ist es wahr, daß deine Leute durch Indien gejagt werden?«

»Es ist wahr. Aber es ist noch nicht das Ende. Am Ende wird eine Rache stehen, die fürchterlicher als der Angriff ist. Das ist das Böse, das sich aus solchen Morden ergibt.«

Alex' Stimme war plötzlich rauh vor Zorn und vor Verzweiflung. Niaz sagte ruhig: »Du hast es nicht getan, Bruder. Was geschrieben steht, steht geschrieben.«

»Dein Prophet lehrt das, nicht meiner«, meinte Alex bitter. »Meiner wollte, daß ich meines Bruders Hüter bin. Hier – nimm die Pistole.«

Sie ritten zusammen durch die Backofenhitze der Mittagssonne nach Hause.

Die gleiche Sonne flammte jetzt auch auf einen offenen Hof im Bereich des Palastes des Königs von Delhi herab – dort stand eine kleine Zisterne, beschattet von einem großen Baum . . .

An die fünfzig vor Angst halbbetäubte Menschen waren wie Schafe in diesem heißen Hof zusammengetrieben worden, und alle außer sechs waren Frauen oder Kinder. Es waren die letzten Europäer und Christen, die in Delhi noch lebten. Man hatte sie aus der Hitze und dem Gestank und der Dunkelheit des Kerkers hervorgezerrt, in dem sie die letzten fünf Tage verbracht hatten, um sie im grellen Sonnenlicht von Männern abschlachten zu lassen, die der Anblick und der

Geruch von Blut in Tiere verwandelt hatten. Männer, die hieben und stachen und im Blutrausch heulten, bis der letzte Schrei, der letzte Seufzer verklungen war, Männer, die dann voller Schaudern zurückwichen vor dem Geruch des frisch vergossenen Blutes, das von dem Haufen der gerade Erschlagenen zum Himmel dampfte.

Jetzt endlich waren keine Feringhis mehr in Delhi! Jetzt endlich waren der zögernde, zitternde alte König und jeder Mann, jede Frau und jedes Kind der Stadt dazu verpflichtet, unweigerlich den Pfad zu gehen, der vorgeschrieben war. Es gab jetzt kein Zurück mehr, denn das Massaker an den Frauen und Kindern, deren verstümmelte Körper auf dem Hof herumlagen und deren Blut in die stillen Steine versickerte und in der brennenden Hitze trocknete, zwang sie dazu, den Pfad zu gehen. Dies hier, dies war unwiderruflich. Die Form war gegossen.

An diesem ganzen Tag, während die Schatten des Baumes und der Zisterne über die Pflastersteine und die stillen Toten krochen, drängte sich eine wabernde, spähende Menschenmenge am Hof vorbei, und die Menschen starrten hin und flüsterten. Gegen Abend kamen ein halbes Dutzend Mehtars, Männer von niedriger Kaste, die als Straßenkehrer fungieren, häuften die erstarrten, zerstückelten Leichen auf Karren und fuhren damit zum Ufer des ruhigen Jumna-Flusses. Eine Leiche nach der anderen wurde in den Fluß geworfen. Futter für die Krokodile und die Schlammschildkröten, die Schakale und die aasfressenden Vögel. Eine Warnung für hundert Dörfer, wenn die Leichen mit dem langsamen Strom vorübertrieben und auf Sandbänken, an Verbrennungsplätzen und in Fischreusen strandeten oder sich in den Wassergräben verfingen, die an den Mauern der befestigten Städte lagen.

Lottie war endlich in Lunjore angekommen. Lottie und Mr. Dacosta und Mrs. Holly – die gleiche Mrs. Holly, die auf dem Dampfer Sirius Mrs. Abuthnot und ihre Töchter während der Seekrankheit gepflegt hatte.

Die handfeste, fröhliche, vernünftige Mrs. Holly war jetzt sehr viel weniger handfest und auch nicht mehr fröhlich. Ihre Kleider hingen in Falten um ihre Figur, und ihr rundes, freundliches Gesicht hatte tiefe, traurige Furchen bekommen. Denn sie hatte gesehen, wie der Kopf ihres Mannes mit einem einzigen Schlag eines Krummschwertes vom Körper abgetrennt worden war in dem flammenden Totentanz von Duryagunj. Nur die Tatsache, daß plötzlich ein brennender Dachbalken heruntergefallen war, hatte Mrs. Holly vor einem ähnlichen Schicksal bewahrt. Irgendwie – sie wußte nicht mehr, wie es geschehen war – hatte sie es geschafft, mit Mr. Dacosta zu entfliehen und das Kaschmir-Tor zu erreichen. Dort waren sie Zeuge der letzten Tragödie gewesen und hatten dann über die Zinnen und Befestigungsanlagen entkommen können. Aber obwohl Mrs. Hollys Kraft und Fröhlichkeit verschwunden waren, ihr ruhiger Menschenverstand blieb ihr noch. Sie hatte Lottie und Mr. Dacosta unter ihre Fittiche genommen, und sie war es auch gewesen, die den Fahrer des Ochsenkarrens dazu gebracht hatte, alle mitzunehmen. So hatten sie endlich Lunjore erreicht.

Mr. Dacosta war ein Eurasier im mittleren Alter mit olivfarbener Haut. Er war Beamter bei der Regierung gewesen. Auch er war durch einen Schwertschlag verwundet worden, aber er hatte sich tapfer vorwärtsgekämpft und sich nie beklagt. Mrs. Holly hatte ihm die Wunden verbunden und genauso für ihn die Verantwortung übernommen wie für Lottie. »Wissen Sie, Ma'am«, erklärte sie Winter, »daß die beiden krank sind, ist gar nicht so übel. Ich hatte was zu tun, und ich konnte auch an was anderes denken – und nicht an . . . die Dinge, die ich da gesehen hab'. Miss Lottie hat mir gesagt, Sie wären hier, als der Ekka-Wallah meinte, er führe nach Lunjore. Miss Lottie hatte es sich einfach in den Kopf gesetzt, daß wir hierher müßten, und ich weiß nicht, aber eigentlich hatte sie recht. Wissen Sie, wir hatten ja nichts Besonderes vor, von wegen Reisen . . . Miss Lottie sagte – Sie hätten sie mal zu Besuch eingeladen, armes kleines Ding.«

»Mrs. Holly«, sagte Winter unglücklich, »glauben Sie . . ., glauben Sie, Lottie wird sich eines Tages wieder erinnern?«

»Eines Tages ja«, sagte Mrs. Holly. »Aber wenn es soweit ist, dann wird's schlimm. So isses viel besser, wirklich wahr.«

Lottie war entzückt gewesen, Winter wiederzusehen, und sie hatte Delhi vergessen. Manchmal hatte sie sich ein bißchen verwirrt gefragt, woher es kam, daß sie sich so plötzlich entschlossen hatte, nach Lunjore zu reisen. Irgend etwas mußte doch sicher passiert sein? Aber sie hatte ja immer vorgehabt, Winter eines Tages zu besuchen, und Edward . . . Warum hatte sie es Edward erlaubt, sie gerade jetzt zu Besuch irgendwohin zu schicken? Sie hatte Edward doch gesagt, sie dächte gar nicht daran, ihn zu verlassen. Edward mußte darauf bestanden haben. Seltsam, daß sie sich nicht erinnern konnte. Vielleicht hatte es etwas damit zu tun, daß sie ein Baby erwartete und deshalb so schlecht denken konnte? Es war leichter, nicht zu denken – soviel leichter. Denken brachte Kopfschmerzen, und mit diesen Kopfschmerzen wallten auch, wie eiskaltes Wasser aus einer unsichtbaren Quelle, Ängste in ihr auf, und ihr Herz begann zu hämmern, und ihr Atem wurde kurz. Aber es gab ja nichts, wovor sie sich fürchten mußte. Nichts. Winter war da. Sie besuchte ja nur Winter, und bald würde sie wieder in ihren hübschen Bungalow nach Meerut zurückfahren, bald würde sie wieder bei Edward sein. Sie durfte nicht denken. Denken machte sie krank, und das war schlecht für das Kind. »Du darfst nicht an dich selbst denken, Lottie; denk an das Kind« ... »Du mußt dich mehr ausruhen, Lottie; denk an das Kind« ... »Du ißt nicht genug, Lottie; denk an das Kind«. Edward und Mama und Mamas Freundinnen hatten das oft gesagt, und sie hatten recht. Sie mußte an das Kind denken. An Edwards Kind ...

»Edward will ein Mädchen haben, weißt du«, vertraute sie Winter an. »Aber ich will, daß das erste ein Junge wird. Genau wie Edward. Er soll Edward getauft werden – das steht schon fest. Aber wir werden ihn Teddie nennen müssen – wir können ja keine zwei Edwards im Haus haben. Ich bin sicher, Teddie wird genau wie sein Papa. Edward sagt, rotes Haar ist sehr ansteckend!«

»Alex«, sagte Winter verzweifelt. »Glaubst du, sie wird sich je wieder daran erinnern?«

»Eines Tages«, sagte Alex und wiederholte Mrs. Hollys Worte: »Im Augenblick ist es besser so. Wann soll denn das Baby kommen?« Bei der plötzlichen Röte, die in Winters Wangen brannte, hatte er die Stirn gerunzelt und ungeduldig gesagt: »Sie glauben doch nicht etwa, daß man so etwas mit einem höhergeschnallten Reifrock und einer umgewickelten Stola verstecken kann, oder?«

Winter hatte man beigebracht, daß Babys, ehe sie geboren waren, in Anwesenheit von Herren unerwähnbar waren. Aber als sie die Ungeduld in Alex' Stimme hörte, schämte sie sich, daß sie errötet war. Mit aller Beherrschung, die sie aufbringen konnte, sagte sie: »Ich glaube, Lottie erwartet es in etwa zwei Monaten. Aber Mrs. Holly sagt, beim ersten Kind kann man nie sicher sein. Es wird vielleicht erst im ...«

Sie hielt abrupt inne und legte die Hände auf ihre heißen Wangen. Eine direkte Frage zu beantworten, das war ja nicht so schlimm, aber man konnte einfach nicht solche Dinge mit einem Mann diskutieren!

Alex' linker Mundwinkel krümmte sich und zeigte den Schatten eines Grinsens, und dann sagte er: »Seien Sie nicht zimperlich, Mrs. Barton. Es ist eine völlig natürliche Angelegenheit. Wann wird es Ihnen möglich sein, abzureisen?«

»Abzureisen? Ich kann doch jetzt nicht abreisen! Lottie kann nicht weiter. Nicht nach dem, was sie durchgemacht hat. Dr. O'Dwyer sagt, sie soll sich nicht bewegen, sondern sich völlig ruhighalten. Er sagt, in dieser Hitze dürfe sie auf keinen Fall mehr eine weite Reise machen, und er kann nicht verstehen, warum sie nicht schon längst eine . . ., eine . . .«

». . . eine Fehlgeburt gehabt hat«, beendete Alex ungeduldig den Satz. »Ja, auch von denen habe ich schon gehört. Dann werden Sie also auch nicht abreisen?«

»Wie könnte ich das?«

»Nein«, sagte Alex mit leerem Blick, »das können Sie nicht. Und ich glaube, es ist in jedem Fall auch schon zu spät.«

Denn Alex hat mit Mr. Dacosta gesprochen – Mrs. Holly ging jeder Frage aus dem Weg. Zum ersten Mal hatte er einen wirklichen Bericht des letzten Tages der Briten in Delhi bekommen. Die Leichtigkeit, mit welcher Delhi eingenommen worden war, hatte Alex entsetzt. Und obwohl der junge Willoughby das Magazin der Stadt in die Luft gejagt hatte, anstatt es dem Abschaum zu überlassen, war das viel größere Magazin am Fluß offenbar nicht in ähnlicher Weise zerstört worden. Das bedeutete, daß den Meuterern jetzt ein riesiger Vorrat an Munition jeden Kalibers zur Verfügung stand.

»Wir haben den ganzen Tag Ausschau gehalten – für die Truppen aus Meerut«, flüsterte Mr. Dacosta, dessen Stimme vor Schwäche und Fieber heiser war. »Aber sie nicht sind gekommen. Nur zwanzig Briten, nur zwanzig Briten, wenn die wären erschienen am Morgen vor die Tor – und die Meuterer, sie wären fortgelaufen. Sie hatten sehr große Angst. Oh ja, sie hatten Angst vor die Verfolgung. Aber es ist alles verloren – alles verloren. Mein ganze Familie – Mama und Clara und die kleine Kinder. Zwölf hatten wir, aber fünf sind gestorben, als sie waren noch klein. Meine Clara, sie hat um die Kinder geweint. Sie hätte nicht geweint, wenn sie hätte gewußt, wie sie selbst und die anderen würden sterben. Es ist nicht recht, daß ich das sehen sollte und noch lebe. Ich war in die Büro, Mr. Randall, und als ich habe gehört, daß es Unruhe gäbe in der Stadt, da hab' ich nicht geglaubt, es wäre sehr schlimm. Ich habe die junge Pereira ausgelacht und gesagt: ›Unsinn, Mann! Es ist nichts!‹ Und ich bin geblieben in meine Büro. Das ist doch recht, nein, Mr. Randall? Einer muß bleiben bei die Arbeit und setzen eine Beispiel, wenn andere haben Angst. Wir können nicht laufen weg und lassen die Arbeit. Aber wenn ich gelaufen wäre, dann ich hätte sie vielleicht gerettet! Nein, nein . . ., das ist nicht wahr. Aber ich wäre gestorben mit ihnen. Meine arme Clara! Sie war sehr fröhlich, immer. Immer lachen und scherzen. Später . . ., später bin ich gerannt durch die Straßen und suchen meine Haus, und ich habe gesehen . . ., und ich habe gesehen . . . Mr. Randall, sie waren tot. Alle. Sogar Chiri, die ganz Kleine. Sie war zwei Jahre erst, wissen Sie. Sie hatten sie . . . Nein, es ist nicht gut, wenn man hat gesehen, was ich habe gesehen, und lebt noch immer. Es ist nicht recht!«

Zwei Tage später war er gestorben. Und Mrs. Holly, die um ihren Alfred nicht hatte weinen können, weinte um den zerbrechlichen kleinen Mr. Dacosta, der es für seine Pflicht gehalten hatte, an der Arbeit zu bleiben und ein Beispiel für Mut zu setzen.

Fast jede Nacht brannten jetzt mysteriöse Feuer in den Vororten, und obwohl zusätzliche Wachposten die Gegend patrouillierten, verhafteten sie nie einen. Es war schwierig, bei den Familien der Offiziere, die in ihren Bungalows draußen in den großen Gärten wohnten, Panik zu vermeiden. Nur wenige Frauen schliefen noch bei Nacht, und Eltern von Kindern lagen wach und fuhren bei jedem nächtlichen Geräusch vor Schrecken hoch.

Nur die Kinder zeigten keine Angst. Sie wurden zwar blaß, weil man sie zwang, während des Tages drinnen zu bleiben, aber die Kinder waren bei den Dienstboten in den Bungalows und bei den Sepoys in den Reihen der Regimenter immer beliebt gewesen. Die Kinder liebten sie, vertrauten ihnen, sprachen ihre Sprache viel besser als ihre Muttersprache, hingen ihnen an den Rockzipfeln und rannten zu ihnen, wenn sie einen Kummer hatten. Die Inder – alle Inder – waren ihre Freunde und Verbündeten und Spielgefährten, denn die Eltern konnten manchmal streng sein und Strafen oder Tadel austeilen. Aber Mali-Ji und Ayah-Ji und Makhan Khan und Piari Lal und Sobra Singh, der Havildar Jewrakan Tewary und der Sepoy Dhuli Sukul, der Dhobi, der Dazi, der Süßigkeitenverkäufer und der alte Kahndu, die waren immer freundlich! Von all diesen Menschen und noch hundert anderen hatten die Kinder niemals etwas anderes als Freundlichkeit empfangen. Aber ihre Mütter wurden mager vor Angst, und ihre Väter gingen mit gestreßter Wachheit umher.

Der Commissioner hatte offenbar nicht bemerkt, daß seine Frau die Abreise verschoben hatte. Er bemerkte nur wenig in den letzten Tagen, und das wenige auch nur durch einen Alkoholnebel. Die ganze Situation ging über seinen Begriff. Er hatte Angst, und seine Angst trieb ihn in sein letztes Refugium, zur Flasche. Selbst Jasmin hatte ihn verlassen. Sie hatte ihre Kleider, ihre Juwelen und alles andere, was sie in die Finger kriegen konnte, zusammengepackt und war eines Nachts mit ihren drei fetten Mischlingskindern, ihren Verwandten und ihren Dienern verschwunden. Sie war nicht zurückgekommen. Ihr Verrat hatte den Commissioner viel mehr verängstigt als die nächtlichen Feuer und die Nachrichten von Delhi. »Die Ratten verlassen das sinkende Schiff!« flüsterte der Commissioner rauh und starrte mit Augen ins Leere, die den hinterhältigen Blick auf dem Gesicht von Iman Bux, der ihm die Nachricht gebracht hatte, nicht sahen. »Das isses. Sie wissen es. Die Ratten wissen es! Wir sinken. Die hat's auch gewußt, und jetzt is' sie fort – das lügnerische, betrügerische schwarze Mistvieh!«

Er hatte das Glas wütend nach dem Butler geworfen, der ganz ruhig dastand und war dann betrunken in sich zusammengesackt.

Am ersten Tag der neuen Woche wurde ein Ball zur Feier des Geburtstags der Königin abgehalten. Victorias Geburtstag fiel in diesem Jahr auf einen Sonntag, und der Ball wurde am folgenden Tag abgehalten. Er war gleichzeitig auch das Ende des Ramadan, und am Himmel stand eine schmale, neue Mondsichel. Sie hing im Grün des Abendhimmels wie ein geschwungener Silberfaden, wie der Halbmond des Islam, der auf dem grünen Banner der Gläubigen gestickt ist.

»La ill-ah ha! Il ill-ah ha!« riefen die Muezzins von den Minaretten der Moscheen in der Stadt. »Es ist kein Gott außer Gott!«

Die Kapelle des ersten einheimischen Regiments von Lunjore stand stramm, und die dunklen Gesichter der Männer waren faltig vor Konzentration, als der Stab des Dirigenten fiel. »God save our gracious Queen . . .« Die wohlbekannte Melodie, die Nationalhymne eines fremden Volkes dröhnte durch die offenen Fenster über den dunklen Paradeplatz und durch die Reihen der Sepoys.

Sie war achtunddreißig geworden, die Königin – die unscheinbare, herrschsüchtige, selbstsichere Hausfrau, die den Thron als schlankes, selbstsicheres Mädchen bestiegen hatte, im gleichen Jahr, in dem Sabrina Grantham Marco de Ballesteros kennengelernt hatte. Im gleichen Jahr, als Anne Marie die Zweite, die jetzt Amira hieß, als Tochter von Juanita in dem kleinen rosa Palast in Lucknow geboren worden war.

Sabrinas Tochter tanzte auf dem Geburtstagsball der Königin in einem weiten Ballkleid aus wassergrünem Taft, das mit Girlanden aus Kamelien besetzt war. Sie lächelte beim Tanzen – und es war das gleiche Lächeln, das jede Frau in dem flaggen- und blumengeschmückten Saal zeigte. Ein Lächeln, das nicht ganz die Augen erreichte und das dem Herzen weh tat. Das Lächeln von Frauen, die ihre Männer beobachten und horchen – und die nicht zeigen wollen, daß sie Angst haben.

Alex nahm auch am Ball teil. Nichts in seinem Gesicht zeigte, daß er den größten Teil des Nachmittags fruchtlos damit verbracht hatte, zu drängen, zu bitten, die Sepoys ihre Waffen abgeben zu lassen.

»Es muß doch möglich sein«, hatte Alex gesagt. »Es sind genug von uns da, die es tun könnten, und der Ball bietet Gelegenheit. Niemand erwartet so etwas am Abend eines Balles.« Er hatte seinen Plan dargelegt, es müsse hastig geschehen, aber es war möglich. Und man war einstimmig dagegen gewesen.

»Meine Sepoys meutern nicht«, sagte Colonel Gardener-Smith stur. »Darauf verwette ich mein Leben.«

Alex hatte darauf nichts mehr gesagt. Er war es leid, sich zwecklos immer zu wiederholen. Er war zur Residenz gegangen und hatte mit Winter gesprochen. »Ich nehme Yusaf noch einmal mit. Ich brauche ihn. Was haben Sie mit dem Revolver gemacht, den ich Ihnen gegeben habe?«

»Ich habe ihn noch.«

»Gut. Sorgen Sie dafür, daß er geladen ist, und halten Sie ihn in Reichweite. Ich habe Ihnen etwas Munition mitgebracht. Und sorgen Sie dafür, daß immer ein Pferd gesattelt steht, und ...« Er beendete den Satz nicht, sondern schaute eine lange Minute über Winters Schulter die leere Wand an. Was hatte es noch für einen Sinn, mehr zu sagen? Er hatte getan, was er konnte. Hatte diese Frau – Amira? – die Wahrheit gesagt? War ein Tag angesetzt, und war der Aufstand in Meerut verfrüht gewesen? Er war bemerkenswert erfolgreich gewesen, und dieser Erfolg hatte eine Serie von anderen kleinen Aufständen verursacht. Waren auch die verfrüht gewesen? »Erwartet den angesetzten Tag« ...

»Noch zwei Tage«, dachte Alex in dieser Nacht, während er sich gegen die Wand lehnte und auf dem Geburtstagsball der Königin die Quadrille beobachtete. Aber es waren keine Tage mehr, nur noch Stunden.

Buch 5
Der Turm der Hirsche

40

Es war Major Beckwith, der zweite im Kommando unter Colonel Gardener-Smith, der seinen Kommandierenden Offizier eine halbe Stunde vor Sonnenaufgang am Morgen nach dem Ball darüber informierte, daß das Regiment nach der Parade nicht weggetreten war. Man könne den Männern nicht länger trauen. Major Beckwith hatte geweint, als er das gesagt hatte, denn er hatte wie sein Colonel von ganzem Herzen an die Treue seiner Männer geglaubt.

»Ich gehe hin und rede mit ihnen«, sagte Colonel Gardener-Smith.

»Es hat keinen Zweck, Sir. Die hören auf niemanden.«

»Sie werden auf mich hören«, sagte Colonel Gardener-Smith störrisch.

Aber sie hatten nicht gehört.

»Wir werden Ihnen nichts tun, und wir werden es auch nicht zulassen, daß man Ihnen etwas tut«, sagte ihr Sprecher. »Denn Sie sind ein guter Mensch. Aber wir nehmen keine Befehle mehr an von Feringhis, die planen, unsere Kasten zu zerstören und uns zu versklaven. Gehen Sie schnell, solange noch Zeit ist. Denn wir wissen, was wir wissen, und die Männer der Hundertfünften sind nicht wie wir. Wenn sie können, dann erschlagen sie Sie.«

Die Männer hatten ihn aus den Reihen gestoßen, sie hatten seine Worte niedergebrüllt. Dann waren sie in die Waffenkammer gerannt und hatten die Gewehre gegriffen. Sie wollten sofort nach Delhi losmarschieren und ihre Dienste dem Mogul anbieten. Sie hatten das Feuer auf die eigenen Offiziere eröffnet, und es war dem Colonel nichts anderes übriggeblieben, als zu gehen.

Sein Bungalow war leer; seine Frau und seine Tochter waren schon in der Residenz, und das Haus wirkte unerträglich dunkel und still. So still wie das Grab. So still wie das Alter. »Ich bin ein alter Mann«, dachte Colonel Gardener-Smith. »Ein alter Mann und ein alter Narr. Ich habe mein Leben einer Lüge gewidmet. Sie werden die Dreiundneunzigste auflösen und ihren Namen aus den Listen der Armee tilgen. Meine Dreiundneunzigste!«

Er erinnerte sich wieder an Männer, die schon lange tot waren, an Sepoys und Subadars, an Männer, die mit ihm gekämpft hatten und ihm gefolgt waren. Die Namen alter Kämpfe und alter Schlachten rollten in seinem Gehirn wie Trommeln. Er vergaß seine Frau und Delia. Ihre Gesichter, ihre Namen bedeuteten ihm nichts mehr, und nur noch die Erinnerung an die Männer, die um ihn gewesen waren, die neben ihm gekämpft hatten und mit denen er sein Leben verbracht hatte, bedeuteten ihm etwas.

»Sie werden die Dreiundneunzigste auflösen wie die Neunzehnte. Es wird in den Berichten stehen – aufgelöst wegen Meuterei. Meine Dreiundneunzigste . . .«

Er verließ den Bungalow und ging in die verlassene Offiziersmesse. Er ging ohne Kopfbedeckung durch die flammende Morgenhitze, holte die Farben des Regiments herunter und verbrannte sie auf dem Fußboden. Er goß Lampenöl darauf und sah zu, bis nichts mehr übrig war als ein Haufen stinkender, schwarzer Asche. Und dann erschoß er sich.

Colonel Moulson hatte in der Residenz beim Frühstück gesessen, zusammen mit mehreren Offizieren, die gerade damit beschäftigt waren, den Damen zu versichern, es gäbe keinen Grund zur Sorge. Sie sollten nur zur Vorsicht einen Tag oder zwei in der Residenz bleiben, nur zur Vorsicht.

Die Residenz schallte von den Stimmen der Frauen und dem Gelächter der Kinder, von rauschendem Popeline, Musselin und Taft, von rüschenbesetzten Unterröcken. Fast jede Frau, die da war, hatte bis in die frühen Morgenstunden auf dem Ball getanzt, und viele hatten vor der Fahrt zur Residenz nicht geschlafen. Aber alle waren fröhlich und in guter Stimmung, denn die Anwesenheit der Polizeiwache, die hohe, weiße Mauer der Residenz und vor allem die Gesellschaft ihrer Männer hatten bei den Mutlosen Wunder gewirkt. Zusammen fühlten sie sich sicherer als in ihren weitverstreuten Bungalows, und in den überfüllten Zimmern herrschte eine leichte, picknickhafte Atmosphäre.

Delia hatte zum Ball die weiteste Krinoline und das schönste Kleid angezogen. Sie trug es auch jetzt, beim Frühstück. Vier luftige Volants aus blaßblauem Musselin, die mit schmalem Samtband besetzt waren, bildeten den weiten Rock, und an dem enggeschnürten, schmalen Mieder waren kleine Puffärmel und eine breite, passende Schärpe aus Moiréseide. Delias schönes Haar war nicht von einem Netz umschlossen, sondern mit einem bescheidenen Samtband im Nacken zusammengebunden, so daß es in glänzenden, kastanienbraunen Locken den Rücken hinunterfallen konnte.

Colonel Moulson fand sie bezaubernd, und er wollte es ihr gerade sagen, als das Geräusch galoppierender Hufe ihn unterbrach ...

»Ich hätte es wissen müssen!« schäumte Colonel Moulson. »Hab' ja schon immer gesagt, dieser Gardener packte seine Männer zu weich an. Ich zeig' es ihnen schon! Marschieren nach Delhi, was? Wo zum Teufel ist mein Pferd! Wenn wir ihnen den Weg über den Schießplatz abschneiden, dann schlagen wir sie noch alle zusammen!«

Er galoppierte hinaus in die grelle Morgensonne, und sein Adjutant und ein älterer Captain ritten mit ihm. Sein Regiment empfing ihn schweigend. Die Männer hörten seinen gebrüllten Kommandos zu, und keiner bewegte sich – ihre Schatten lagen bewegungslos auf dem heißen Boden. Dann lachte einer laut und wütend. Und ein anderer zielte und schoß.

Zehn Minuten später glitt der Adjutant, schwer blutend, von seinem verwundeten Pferd auf Alex' sonnige Veranda. Keuchend erzählte er alles.

»Sie haben ihn niedergeschossen ..., auch Mottisham ... und Halliwell und Reeves und Charlie und den kleinen Jenks. Sie sind alle tot. Packers Burschen haben auch mit uns gebrochen. Sie haben Packer umgebracht ..., hab' seine Leiche gesehen. In Stücke geschnitten. Und der alte Gardener hat sich ...«

»Ich weiß«, sagte Alex und verband mit wilder Hast den zerschmetterten Arm des Mannes. Er drehte sich um und rief Niaz, der in vollem Galopp um die Ecke des Bungalows hergeritten kam. »Die Sepoys in Lunjore auch! Reite zum Fluß. Hol den Sprengstoff aus dem Hirren Minar. Ich treffe dich dort. Mach schnell!«

Niaz hob grüßend die Hand und wendete sein nervöses, tanzendes Pferd, während Alex dem Adjutanten wieder in den Sattel half. »Wenn Moulsons Männer gemeutert haben, dann gehen die Kanoniere auch«, sagte Alex. »Reiten Sie hinüber zur Residenz und sagen Sie dort, die Frauen und Kinder sollen sofort über den Kanal in den Dschungel gehen – sofort, hören Sie? Glauben Sie, Sie können es schaffen? Gut. Alam Din, geh mit dem Sahib – beeil dich!«

Er sprang die Veranda hinunter und packte sein Pferd beim Zügel.

»Wohin . . ., wohin wollen Sie?« keuchte der Adjutant und riß sein eigenes verwundetes Pferd herum.

»Zum Magazin.«

Niaz, der schon halb am Tor war, erhaschte das Wort noch und zügelte sein Pferd. »Was hast du?« rief Alex und galoppierte die Einfahrt hinunter.

»Ich gehe mit dir«, sagte Niaz mit zusammengebissenen Zähnen und ritt neben Alex her.

»Tu, was ich dir sage!« sagte Alex wild und auf englisch. Er schlug mit seiner Gerte auf Niaz' Pferd ein und spornte sein Pferd zu wildem Galopp an. Über die Schulter rief er zurück: »Das ist ein Befehl! Ich übertrage dir die Verantwortung. Versag mir deine Hilfe nicht, Bruder!«

Das Magazin war ein kleines, viereckiges, unscheinbares Gebäude aus gekälktem Stein und war umgeben von einer hohen Mauer und mehreren Schattenbäumen. Eine brüllende Menge von Sepoys wimmelte um das Gebäude herum, und Alex hörte das Krachen von Musketen und zügelte sein Pferd im Schatten eines Bambusdikkichts. Jemand hielt also das Magazin. Ganz kurz konnte er ein rosiges, jungenhaftes Gesicht sehen, ohne Hut. Das rote Haar flammte vor dem gekälkten Stein der inneren Umfassungsmauer, und er erkannte den jungen Eyton, einen der neuen Offiziere, die gerade vor einem Monat aus England gekommen waren. Der andere lag mit dem Gesicht nach unten, dreißig Meter vom Tor entfernt, am Rand der heulenden Menge. Sein Blut war in einer seltsam sternförmigen Lache auf den heißen Staub gespritzt.

Ein anderes Gesicht erschien neben dem jungen Eyton, ein dunkles, bärtiges Gesicht, in dem weiße Zähne glänzten. Ein Gewehr krachte, und ein Mann in der Menge fiel. Alex konnte Worte hören, lauter als das heulende Durcheinander: »Komm zu uns! Kämpfe nicht für jene, die uns betrogen haben! Wir sind deine Brüder! Bring die Feringhis um und komm zu uns!« Die Antwort war ein weiterer Schuß, der mitten in den Mob hineingefeuert wurde. Es gab also noch ein paar Männer, die treu geblieben waren. Aber der Kampf war ungleich, denn schon waren fünfzig oder mehr über die äußere Mauer gestürmt, und das Tor krachte unter einem schweren Balken, der von einem Dutzend Männer als Rammbock benutzt wurde.

Alex wußte, er mußte jetzt gehen. Es gab nichts, was er tun konnte. Aber er bewegte sich nicht. Er sah, wie der Junge noch einmal kurz auf der Umfassungsmauer erschien und auf die brüllenden Belagerer hinabschaute. Er duckte sich, um den Schüssen zu entgehen, und streckte die Hand aus, als ob er ein Signal gäbe – und Alex wußte plötzlich, was dieses Signal bedeutete. Er wendete sein Pferd, übersprang eine niedrige Mauer, die fünfzig Meter entfernt war, und galoppierte dann über ein Stück offenes Gelände. Als er die andere Seite erreichte, hörte er das Brüllen der Explosion und fühlte die Druckwelle wie einen Schlag zwischen die Schulterblätter. »Gut gemacht!« schrie Alex und bemerkte gar nicht, daß er laut schrie. »Gut gemacht!« Er überquerte noch ein Stück offenes Gelände, übersprang eine Umfassungsmauer und befand sich mitten zwischen den Blumen in Captain Battersleas Garten.

Mrs. Batterslea war eine der fünf Frauen gewesen, die den Umzug in die Residenz für ganz unnötig gehalten hatten. Sie wollte lieber in ihrem eigenen Bungalow bleiben. »Den Kindern geht es hier viel besser. Meine Dienstboten beten die Kleinen doch an! Ich bin ganz sicher, die würden für die Kinder sterben.«

Mrs. Battersleas ungewöhnliche Behauptung hatte sich als wahr erwiesen. Die Kinderfrau lag zusammengekrümmt unter den Mandelbäumen an der Veranda, und im Tod wie im Leben hatte sie sich bemüht, die kleine, stille Gestalt in dem weißen Kleidchen mit der blauen Schärpe zu beschützen, die ihr erstarrender Körper und die ausgestreckten Arme noch immer bedeckten. Im Dienstbotengebäude hinter dem Bungalow waren der dicke Farid, der Butler, der dünnbeinige Rasenmäher, Captain Battersleas brahmanischer Bursche und Bulaki, der Hausbursche, Seite an Seite gestorben, während sie versuchten, die drei kleinen Jungen zu schützen. Man hatte die Kinder erst über die Leichen der vier Männer erreicht, die einem fremden Volk und verschiedenen Religionen angehörten und die trotzdem, um die Kinder eines Fremden zu schützen, gegen ihre eigenen Landsleute gekämpft hatten.

Der Bungalow brannte, und die Hitze der Flammen vereinigte sich mit der Ofenhitze der Sonne, um die letzten paar Pflanzen noch zu verderben, die auf den Blumenbeeten blühten. Die Blumenbeete waren immer Mrs. Battersleas besonderer Stolz gewesen, denn dort hatte sie – nicht immer mit Erfolg – versucht, die Blumen zu ziehen, die sie an Zuhause erinnerten – Rittersporn und Mignonnelke, Astern, Goldlack und Rosen. Nur die Rosen waren jetzt noch da und welkten in der gnadenlosen Hitze. Die Rosenbüsche und Mrs. Batterslea selbst, die mit aufgerissenen Augen und offenem Mund inmitten der Blumen lag und zum messingfarbenen Himmel hinaufstarrte. Das rüschenbesetzte, rosaweiße Kleid, das sie getragen hatte, war zerrissen, und wo einmal ihre Brust gewesen war, da war jetzt nur noch

Blut. Sie war vergewaltigt worden, ehe sie starb. »Das bedeutet, daß der Abschaum und das Gesindel aus der Stadt auch schon mitmachen«, dachte Alex automatisch, denn er wußte, kein Sepoy hätte so etwas getan. Damit hätte er sich verunreinigt.

Er mußte nicht zweimal hinsehen, um festzustellen, daß sie tot war. Aber der Anblick ihres verstümmelten Körpers brachte Alex dazu, eine andere Straße zu reiten, als er ursprünglich vorgehabt hatte.

Jetzt, wo er auf Mrs. Battersleas totes, starrendes Gesicht und den brustlosen, zerschmetterten Körper hinabstarrte, sah er ein anderes Gesicht. Winters Gesicht. Er sah es so deutlich, als ob sie und nicht Mrs. Batterslea dort zu seinen Füßen zwischen den zertrampelten Rosenbüschen läge. Und dann ritt er zur Residenz. Er fluchte laut mit atemlosem, blasphemischem Geflüster, aber er wurde getrieben von Gefühlen und Ängsten, die er nicht kontrollieren konnte.

Die schweren, mit eisernen Nägeln besetzten Tore der Residenz waren geschlossen worden, und die Polizeiwache hatte befohlen, sie auch zu verriegeln. Aber die kleine Tür im Haupttor, durch die nur ein einzelner Mann auf einmal eintreten konnte, stand offen. Eine Menschenmenge war vor dem Tor, eine schwankende, brüllende Menge, die von einer Gestalt in grünem Turban und mit wilden Augen angeführt wurde – Akbar Khan, dem Torwächter.

»Bringt sie um!« schrie Akbar Khan. »Erschlagt sie alle, und laßt niemanden entkommen! Für den Glauben! Für den Glauben!«

Sie hörten das Geräusch der wildgaloppierenden Hufschläge und zerstreuten sich wie wirbelnde Blätter, als Alex in sie hineinritt. Er feuerte nur einmal und sah Akbar Khan, der mit einem lächerlich überraschten Gesichtsausdruck vornüberfiel. Dann hatte er sich aus dem Sattel geworfen. Der aufbäumende Körper des Pferdes schützte ihn einen Augenblick vor der Menschenmenge, und in diesem winzigen Moment hatte er sich durch das schmale Türchen gedrängt. Eine Kugel, die von jemandem innerhalb des Tors abgefeuert worden war, knallte einen Zentimeter neben ihm in das Holzwerk, und Alex stolperte über die Leiche eines Mannes, die quer über der Schwelle lag. Er drehte sich um, warf sich gegen die schmale Tür und ließ den schweren Riegelbalken in die Halterung fallen.

Mit dem Revolver in der Hand drehte er sich um. Er sah die Gesichter der Polizeiwachen, die mißmutig und unsicher mit ihren Musketen herumfummelten. Er wußte, daß auch hier keine Sicherheit war. »Tut mir leid, Randall«, sagte eine keuchende Stimme aus den Schatten am Tor. »Hab' Sie fast erwischt. Dachte, es wäre noch einer von den Schweinen da draußen.«

Major Maynard, der Kommandeur der Militärpolizei, saß mit dem Rücken gegen die Wand auf dem Boden. Eine Hand preßte er sich in die Seite, in einem fruchtlosen Versuch, die rote Flut aufzuhalten, die ihm zwischen den Fingern durchquoll. In der anderen Hand hielt er einen rauchenden Revolver, und seine Männer beobachteten ihn und bewegten sich nicht.

»Gerade noch richtig«, sagte Major Maynard. »Sagen Sie denen da oben im Haus – sie sollen rennen.« Er sah die Bewegung des Revolvers in Alex' Hand und meinte: »Nein. Die waren's nicht. Soweit sind sie noch nicht. Es war dieser Torwächter.«

Alex drehte sich zu den Männern um und sagte grob: »Hebt den Sahib auf und tragt ihn ins Haus. Schnell!«

»Nein!« keuchte Major Maynard. »Nein . . ., hätte keinen Zweck. Ich weiß Bescheid . . . Sie auch. Ich hab' noch . . . fünfzehn Minuten vielleicht . . ., und solange . . . ich noch hier bin . . ., machen sie nichts. Wenn ich weg bin . . ., öffnen sie das Tor, und rennen weg. Gehen Sie ins Haus . . ., sagen Sie denen, sie sollen abhauen. Ich halte die hier . . . noch ein paar Minuten . . .«

Alex wartete nicht. Er hatte Wardale schon vor zwanzig Minuten gesagt, er solle die Frauen wegschaffen, und sie mußten eigentlich schon fort sein. Aber er mußte sich vergewissern. Er drehte sich um und rannte zu dem fernen Haus hinüber, über den eisenharten Rasen und über die Blumenbeete. Als er die Veranda erreichte, sprang er die Stufen hinauf, und das Geräusch, das der Mob vor dem Tor der Residenz machte, erhob sich hinter ihm zu einem Brüllen. Aber niemand war gegangen. Sie waren noch alle da. Vielleicht ein Dutzend Männer und mehr als zweimal soviel Frauen und Kinder. Ein Blumengarten von Frauen in großartigen, pastellfarbenen, weiten Reifröcken, mit schmalen Miedern und dünnen, unpassenden, flachen kleinen Schühchen. Frauen, deren Gesichter von der Hitze und der Untätigkeit im heißen Wetter blaß geworden waren und die jetzt grünweiß vor Angst waren.

»Lieber Himmel!« sagte Alex wütend, »was zum Teufel macht ihr denn hier? Los . . ., schafft diese Frauen weg! Wardale, ich dachte, ich hätte Ihnen doch gesagt . . .«

»Sind hier sicherer«, schnaufte Captain Wardale. »Die Kanoniere sind loyal, und die Polizei hält . . .«

»Die Kanoniere haben gemeutert, und die Polizei läuft innerhalb der nächsten fünf Minuten weg – und das halbe Gesindel aus der Stadt ist da draußen«, schnappte Alex. »Los – hinten raus, über die Brücke. In den Dschungel! Es ist eure einzige Chance. Los, lauft!«

Er sah Winters Gesicht auf der anderen Seite des Raumes. Sie hatte einen Arm um Lottie gelegt, und ihre Augen waren groß, aber sehr ruhig. Plötzlich war ein lauteres Gebrüll von draußen zu hören – und ein krachendes Geräusch, das seine eigene Geschichte erzählte. Alex rannte zum Fenster, warf einen Blick hinaus, war dann wieder quer durchs Zimmer gerannt und hatte die Tür aufgerissen, die aus dem Wohnzimmer zum Hinterausgang des Hauses führte: »Lauft!«

Sie rannten. Sie nahmen schreiende Kinder auf, sie umklammerten ihre Babys, sie schluchzten und schnauften, und sie stolperten über ihre weiten Röcke. Winter sagte: »Nehmen Sie Lottie mit, Mrs. Holly«, und schob die beiden durch die Tür hinaus. »Sie kennen ja den Weg.« Winter hielt sich zurück und drängte die Frauen, schneller zu laufen. Dann hatte Alex sie am Handgelenk gepackt und rannte mit ihr, zerrte sie hinter sich her. Er riß sie die Stufen der hinteren Veranda hinunter und schob sie vor sich her. Atemlos sagte er: »Über die Brücke . . ., so schnell du kannst!« Und dann war er fort.

Nach der Dämmerung in dem verbarrikadierten Haus war das Sonnenlicht draußen unglaublich heiß und strahlend. Die Hitze und die blendende Helle schlugen Winter entgegen wie die Hitze aus einem Hochofen. Alles kam ihr irreal vor. Weit hinten im Garten, durch die Bäume und Schatten, konnte sie sehen, wie eine Menge von kleinen Gestalten durch das Tor hereindrang. Denn Major Maynard hatte recht gehabt. Er hatte erheblich weniger als die fünfzehn Minuten gelebt, auf die er gehofft hatte. Und als seine Männer sahen, daß er tot war, hatten sie ihre Musketen weggeworfen und die Tore aufgemacht. Sie ließen die halbverrückten Sepoys ein, die jetzt durch den Auswurf aus der Gosse der Stadt noch verstärkt worden waren.

»Lauft, verdammt nochmal!« brüllte Alex vom Haus her. Winter sah, wie er den Arm hochriß und feuerte, und dann hob sie ihre weiten Röcke hoch und rannte, wie er es gesagt hatte. Sie rannte hinter Lottie und Mrs. Holly und einem Dutzend anderen her, die zur Brükke hinüberliefen.

Aber nicht alle waren zur Brücke gelaufen. Viele hatten angehalten und sich wieder umgedreht. Die blendende Sonne, die Leere und das Brüllen des Mobs verwirrte sie, und das Haus mit den zugezogenen Vorhängen kam ihnen plötzlich sicherer vor. Sie liefen wieder hinein und versteckten sich in Schränken und Abstellkammern und unter den rüschenbesetzten Tagesdecken der Betten, sie schlossen sich in dunkle Zimmer ein und drückten sich hinter die Schränke. Andere, verwirrt durch den Schrecken und das blendende Sonnenlicht, hatten die Richtung verloren und liefen hilflos in panischer

Angst wie Tiere hin und her und versteckten sich hinter Bäumen und Sträuchern.

Winter sah, wie Lottie und Mrs. Holly die Brücke erreichten, sie überquerten und auf das verwachsene Dickicht zuliefen, das dreißig Meter dahinter lag. Winters weite Röcke schwankten, und der Boden unter ihren dünnen, flachen Tanzschuhen war unglaublich heiß. Sie hatte schon fast die Brücke erreicht, als sie einen Reiter von der anderen Seite des Kanals auf sich zureiten sah. Es war ein blondes Mädchen auf einem braunen Pferd. Das schattenhafte Pferd – man konnte die Bäume hindurchschimmern sehen – sah sie und scheute wild, und instinktiv warf sich Winter auf die Seite. Eine Kugel, die sie getroffen hätte, flog harmlos an ihr vorüber.

Winter sah nicht, was mit dem Pferd und der Reiterin geschah, denn hinter ihr erklang ein Schrei, und sie drehte sich um und blieb stehen. Es war Delia, die vom Haus her auf sie zulief.

Delias Rüschen aus Musselin flatterten um sie her wie die Blütenblätter einer riesigen Pfingstrose im Wind. Das Band war ihr aus dem Haar gefallen, so daß ihre langen, rotbraunen Locken hinter ihr im Wind flatterten. Ihr Gesicht war eine Maske des Schreckens – und ihr Mund ein schreiendes Quadrat. Männer rannten hinter ihr her, holten sie ein mit Riesensprüngen – zwei Männer mit schmutzigen Turbanen und zerrissenen Gewändern, die schon mit Blut bespritzt waren. Einer trug eine Sichel bei sich. Seine Zähne sahen in dem dunklen Gesicht erstaunlich weiß aus, und er holte Delia mit Leichtigkeit ein.

Dies passiert überhaupt nicht, sagte irgend etwas in Winters Gehirn. Ihre Hand fuhr in die tiefe Rocktasche, und sie zog den Revolver heraus und zielte. Aber sie konnte nicht schießen, weil Delia direkt zwischen ihr und dem Verfolger stand. Noch als Winter zögerte, wurde Delia ergriffen. Eine dunkle, sehnige Hand packte Delias Locken, riß ihr den Kopf zurück. Die Sichel fuhr hernieder, und Delias abgeschlagener Kopf, dessen Mund noch immer offenstand und dessen blaue Augen vom Schrecken geweitet waren, hing an seinen Locken in der Hand des Mannes. Der Körper fiel in einer schäumenden Woge von fröhlichen Musselinrüschen zur Seite.

Winter feuerte, und der Mann stolperte und stürzte. Delias Kopf, der plötzlich losgelassen wurde, traf auf die Brücke auf, rollte und blieb kurz vor Winters Füßen liegen. Der zweite Mann stolperte über die Leiche des ersten und stürzte auch, aber er richtete sich auf den Knien wieder auf. Er trug ein Metzgermesser in der Hand, und es waren frische Blutflecken daran. Winter erkannte ihn als einen Metzger aus dem Basar, und während er auf die Füße stolperte, feuerte sie wieder und verfehlte ihn. Dann hatte der Revolver Ladehemmung. Der Mann rannte weiter vorwärts, heulte Drohungen und Obszönitäten, und Winter warf ihm die nutzlose Waffe ins Gesicht. Sie hörte einen Schuß und sah, wie er schwankte und fiel, und dann tauchte aus dem Nichts Alex auf und rannte schnell auf sie zu. Er sprang über den ausgespreizten Körper des Mannes auf der Brücke, bückte sich schnell und schnappte den hingefallenen Revolver, und dann sagte er atemlos: »Lauf . . .«

»Nein!« keuchte Winter und klammerte sich ans Geländer. »Wir können nicht weg! Sieh doch . . .«

Im Garten der Residenz waren schreiende Kinder und Frauen. Sie rannten blind vor Schrecken über den Rasen. Sie liefen im Zickzack wie gejagte Hasen, während Musketen krachten und dunkle, blutbefleckte, vom Blutrausch gepackte Männer sie verfolgten und brüllten und lachten.

Alex schob den Revolver in den Gürtel, packte sie am Arm und zerrte sie mit Gewalt über die Brücke den Pfad hinunter, der sich dreißig Meter weit über offenes Gelände zog und dann in dem schmalen Arm des Dschungels verschwand, der zwischen der Residenz und der Ebene lag. Er hielt sich nicht auf dem Pfad, sondern zerrte Winter mit und schob sie zwischen hohen Grasbüschen und dichten Sträuchern, Bambusdickichten und Bäumen hindurch. Als er stehenblieb, war es nur deshalb, weil Winters Krinoline ihr Fortkommen hoffnungslos verhinderte. Hinter sich konnten sie noch immer das Durcheinander von Schüssen und Schreien und Rufen hören, aber anscheinend wurden sie nicht verfolgt. Auf dem Gelände der Residenz waren zu viele Opfer, und die Aussichten auf Beute waren allzu verlockend. Keiner dachte daran, die paar Flüchtlinge zu verfolgen, die im Dschungel verschwunden waren.

Winter schluchzte und wehrte sich. »Laß mich los! Du kannst sie doch nicht alleinlassen! Das kannst du nicht! Es sind Kinder dabei – hör doch –, hör zu! Du Feigling – du Feigling!« Sie schlug wild auf ihn los und versuchte, sich loszureißen.

Alex schlug ihr mit der flachen Hand ins Gesicht. Es war ein harter Schlag, und Winter wurde gegen einen Baumstamm geschleudert. Aber der Strom ihrer Worte und ihrer Hysterie verebbte. »Ich bin lebendiger vielleicht noch nützlicher als tot«, sagte Alex brutal. »Zieh diese blöden Reifen aus – los!« Er ließ ihr Handgelenk los und stand wartend da. Er atmete schnell und horchte, und er hielt den Revolver in der Hand.

Durch die harte Ohrfeige klangen Winter die Ohren. Alex' knapper Befehl ließ kein Zögern zu. Winter hob die voluminösen Popelineröcke und den rüschenbesetzten Unterrock und band mit fiebriger Hast den Reifrock los. Immer wieder zuckte sie bei den fernen, schrecklichen Schreien zusammen, die wie dünne, scharlachrote Schnittwunden durch den heißen, sonnenbestrahlten Morgen rissen. Sie sah, wie auch Alex' Gesicht zuckte und erstarrte, aber er machte keine Anstalten, zurückzukehren. Er lud ihren Revolver mit ruhigen Fingern und reichte ihn Winter zurück. »Komm weiter!«

Es war leichter, ohne den Reifrock zu gehen. Aber das Kleid mußte trotzdem gerafft werden, damit es nicht am Boden schleifte. Winters Schuhe waren für Wanderungen nicht gemacht, und sie wußte, die Schuhe würden nicht lange halten. Irgend etwas raschelte in den Schatten, und zwei Frauen, die zwischen Gras und Schlingpflanzen gehockt hatten, standen auf. Ihre Gesichter waren kreideweiß, und sie atmeten kurz und keuchend. Lottie und Lou Cottar. Und hinter ihnen, ein keuchendes Bündel auf dem Boden, saß Mrs. Holly.

»Winter!« schrie Lottie schluchzend. Sie rannte zu Winter hinüber und umklammerte sie, und ihre Augen waren geweitet und glitzerten. »Ich dachte . . ., ich dachte . . . Was ist passiert? Warum haben sie mich gezwungen, zu rennen? Warum? Warum?« Ihre Stimme wurde zu einem Schreien, und Winter, die sich an die Mordbande erinnerte, die noch so dicht in der Nähe war, sagte entsetzt: »Still, Lottie! Du mußt still sein. Still, Liebes!«

»Warum?« schluchzte Lottie. »Warum?«

Alex nahm sie in die Arme und preßte sie an die Brust. Er hielt sie mit einer Hand umfaßt. Seine Augen waren wachsam, aber seine Stimme verriet nichts. Er sagte Lottie ganz nüchtern wie jemand, der völlig von sich selbst überzeugt ist: »Wir müssen nach Meerut, Lottie. Du willst doch Edward wiedersehen, nicht wahr? Die Kutsche ist zusammengebrochen, weißt du, und ich fürchte, wir werden gehen müssen. Wir rennen nur, damit wir aus der Sonne kommen. Du willst doch nicht etwa, daß du einen Sonnenstich kriegst, gerade jetzt, wo du nach Meerut gehst, was? Ich kenne eine Abkürzung. Und du darfst auch nicht soviel Krach machen, – weil – weil ich schreckliche Kopfschmerzen habe.«

Über Lotties kleinen Kopf begegneten seine Augen dem flammenden Zornesblick in Winters Gesicht. »Wie konntest du! Wie konntest du nur!« Winters Lippen formten die Worte tonlos. Er wandte den Blick ab und schaute auf Lottie hinab. Die hysterische Spannung verließ Lotties Körper, und sie hob den Kopf und lächelte ihr süßes, verwirrtes Lächeln. »Das wußte ich nicht. Tut mir so leid. Natürlich will ich Edward wiedersehen! Mrs. Holly hat mir nicht gesagt, daß wir nach Meerut gehen, und ich dachte ... Wir wollen uns beeilen!«

Alex schloß einen kurzen Moment die Augen, dann ließ er Lottie los und sagte ruhig: »Sind hier noch mehr Frauen?«

Mrs. Cottar schüttelte den Kopf und antwortete flüsternd: »Nur wir drei. Ich glaube, im Kanal verstecken sich noch andere, und manche rannten auch den Pfad hinunter.« Ihr Gesicht war kalkweiß, und sie hatte nur einen tiefen Kratzer von einer Dorne im Gesicht. Das Haar hatte sich gelöst und fiel über ihren Rücken. Ihr elegantes Vormittagskleid – auch sie hatte den Reifrock ausgezogen – war zerrissen, und sie zitterte. Aber ihre Augen und ihre Stimme waren ruhig.

»Sie werden ihr Risiko selbst tragen müssen«, sagte Alex knapp. »Wir können nicht warten.« Er warf einen Blick auf Lottie und sagte: »Sie wird diesen Reifrock ausziehen müssen. Und Sie kümmern sich mal besser um Ihre Schuhe, oder wir kommen nicht weit. Binden Sie sie mit Streifen von Ihren Röcken zusammen – ein paar Minuten haben wir schon übrig. Ich glaube nicht, daß sie schon nach uns suchen, sie haben zuviel anderes zu ...« Er beendete den Satz nicht, sondern er kniete sich schnell nieder, um Mrs. Cottar zu helfen. Die riß schon mit flinken, aber unsicheren Fingern die Rüschen von ihrem Unterrock ab. »Ich sehe, Sie haben eine Pistole. Können Sie damit umgehen?«

»Ja«, sagte Mrs. Cottar, und dann setzte sie sich hin und band sich die Stoffstreifen um die Schuhe. Alex tat das gleiche mit Lotties Schuhen, und Winter bat Lottie darum, die Krinoline abzulegen. Dann wandte sie sich Mrs. Holly zu, die sich nicht bewegt hatte.

»Schnell, Mrs. Holly – Sie müssen Ihre Reifen ausziehen. Lassen Sie mich helfen ...«

»Hat keinen Zweck mehr, Schätzchen«, meinte Mrs. Holly rauh. »Ich kann nicht weiter.«

»Aber natürlich können Sie weiter!« begann Winter, aber Lou Cottar, die die Worte gehört hatte, fuhr herum. Sie sagte rauh und flüsternd: »Er hat sie also erwischt? Ich ..., ich dachte ...«

»Ja, Schätzchen«, sagte Mrs. Holly.

Winter ließ sich neben der zusammengekrümmten Gestalt im dichten Gras auf die Knie fallen. »Was ist denn? Ich verstehe sie nicht. Stehen Sie auf, Mrs. Holly – bitte! Wir müssen weiter.«

Lou Cottar sagte: »Im Dienstbotengebäude war ein Mann. Er hatte eine Muskete und schoß auf uns, als wir vorbeiliefen. Ich habe ihn erschossen. Ich dachte, er hätte uns verfehlt ...«

Alex schob Winter zur Seite und kniete nieder. Er legte einen Arm um Mrs. Holly und hob sie ein bißchen hoch. Seine Hand fühlte warme Nässe, die nicht mißzuverstehen war, und er sah auch den grauen Ausdruck auf dem runden, lieben Gesicht, und er erkannte ihn wieder.

Plötzlich erklangen wieder Schüsse und Rufe aus der Richtung der Residenz. Jemand schrie, als ob er unerträgliche Schmerzen hätte. Lottie zuckte zusammen und begann, wieder schnell zu atmen, und Mrs. Holly sagte dringlich: »Gehn Sie weiter, Sir. Bringen Sie die beiden dazu, mitzulaufen. Noch länger warten ist nicht sicher. Schaffen Sie die Damen hier weg. Für mich kann keiner mehr was tun. Ich weiß das. Laufen Sie schnell weiter.«

Alex legte Mrs. Holly sehr sanft hin und stand auf. Bei seinem Anblick hielt Winter den Atem an und packte seinen Ärmel. »Nein, Alex! Nein. Du kannst sie nicht allein hier lassen – das kannst du nicht. Sie werden uns suchen, und sie wird dann gefunden. Und wenn sie nicht gefunden wird, dann . . . Mrs. Holly, bitte stehen Sie doch auf – bitte! Wir können Sie tragen . . ., wir . . .«

»Hat keinen Zweck, Kleines«, sagte Mrs. Holly. »Bin zu schwer – und es is' auch zu schlimm. Und Sie müssen an Miss Lottie denken. Ich weiß nich', wie ich ihrer Mama nochmal ins Gesicht sehen sollte – oder ihrem Mr. Edward, wenn ich es zulassen würde, daß sie geschnappt wird. Lauft ihr weiter, Schätzchen . . . Mir ist bald wieder wohl.«

Winter warf die Arme um Mrs. Holly und hielt sie ganz fest. Sie fühlte wie Alex die warme Flut, die sich ins Gras ergoß. Sie schaute zu Alex auf und sagte mit zitternder Stimme: »Du und Lou, ihr könnt euch um Lottie kümmern. Ich bleibe hier.«

»Das werden Sie nicht tun!« sagte Mrs. Holly mit plötzlicher Energie. Die Instinkte aus den alten Tagen, als sie Kinderfrau gewesen war, kamen wieder zum Vorschein. »Sie tun, was Ihnen gesagt wird, Miss Winter!« Sie blickte in das junge, eingefallene Gesicht auf, das über ihr war, und ihre Stimme wurde wieder weicher: »Ich will's nicht haben, Kleines. Mit mir is' alles in Ordnung. Seit mein Alfred gegangen ist, bin ich nicht mehr glücklich gewesen. Und es wird schön sein, festzustellen . . .« Die Worte kamen jetzt schwieriger, und sie kämpfte um Atem.

Alex warf einen unruhigen Blick zur Residenz hinüber. Er streckte die Hand aus, als ob er Winter fortziehen wollte, und dann ballte er sie und ließ sie wieder fallen. Er wußte, seinetwegen würde Winter nicht mitkommen. Mrs. Holly sagte dringlich: »Miss Lottie ist doch auch noch da. Sie kennt sie. Und sie hätte solche Angst ohne sie. Ihre Mama war gut zu Ihnen. Sie schulden ihr was. Los jetzt, Schätzchen . . ., schnell weiter.«

Winter schaute zu Lottie hinüber, die sie verwirrt anschaute und auf deren Gesicht sich neue Angst zeigte. Mit großen, bittenden Augen blickte Winter zu Alex auf, und er schüttelte den Kopf zur Antwort auf die Frage, die nicht gestellt wurde. Winters Wangen waren plötzlich tränennaß, und sie bückte sich und küßte Mrs. Holly. Dann ließ sie sie los und stand auf.

»Das ist ein braves Mädchen«, sagte Mrs. Holly zufrieden. »Nur keine Angst.« Sie schaute Alex an, und ihre Lippen bewegten sich. Er bückte sich schnell. »Nehmen Sie meine Schuhe mit«, flüsterte Mrs. Holly. »Sie wird sie brauchen. Sind ordentliche Schuhe. Nicht wie die dünnen kleinen Dinger . . . Ich komm' nicht dran . . .« Alex drehte sich wortlos um, zog ihr die festen Schuhe aus und schob sie in die Tasche. Dann riß er den Revolver aus dem Halfter, schaute ihn für den Bruchteil einer Sekunde an und legte ihn dann neben ihr ins Gras.

»Nein, Sir«, flüsterte Mrs. Holly. »Sie können ihn vielleicht brauchen, aber ich nicht.«

»Vielleicht doch«, sagte Alex mit harter Stimme.

»Lieber nicht, Sir. Vielleicht nehme ich ihn wirklich, wenn sie kommen, und . . . Ich glaube nicht dran. Die Gebote sind ganz klar. Der Herr hat nicht gesagt, bring sie um, wenn sie dich umbringen. Er hat nur gesagt, . . . nicht töten! Ich weiß, bei Ihnen ist das anders, Sir . . . Und wenn ich hätte töten können, um Alfred zu retten, dann hätte ich das auch getan, das weiß ich. Und . . ., und sehen Sie . . ., vielleicht komme ich auch in Versuchung, mich selbst damit umzubringen, Sir, und das wär' auch nich' recht. Nehmen Sie's mit . . .«

Alex nahm den Revolver wieder. Er hob eine der rauhen, verarbeiteten Hände hoch, küßte sie schnell und stand auf. Er wußte, sie hatte keine Chance; er wußte, es würde vielleicht Stunden dauern, bis sie starb; aber er hatte anderes, an das er denken mußte, und er mußte den Fluß erreichen. Er hätte sie selbst erschossen und ihren Tod auf sein Gewissen genommen, aber er wagte es nicht. Denn er wußte nicht, ob man den Schuß hörte und ihm folgte.

Er drehte sich zu den drei weißlippigen Frauen um, die ihn beobachteten, und sagte wild: »Steht nicht da rum! Um Himmels willen, geht weiter . . ., schnell.« Er schob sie vor sich her durch das heiße, raschelnde Gras und die Schatten der Bäume, und er blickte nicht zurück.

Zweieinhalb Stunden später hatten sie erst weniger als vier Meilen geschafft. Die unerträgliche Hitze, das Fehlen von Pfaden und die Notwendigkeit, sich mit Gewalt durch hohes Gras und Gebüsch zu arbeiten, die unpassenden Schuhe und Kleider der Frauen, dies alles hatte sie langsam gemacht.

Lottie hatte tapfer gekämpft. Zuerst hatten Winter und Lou Cottar sie gestützt, während Alex vorausging, aber bald wurde es offensichtlich, daß Lottie nicht schritthalten konnte. Schließlich hatte Alex sie getragen. Lottie wog selbst im siebten Monat ihrer Schwangerschaft erstaunlich wenig, aber selbst das leichteste Gewicht wird mit der Zeit schwer, und Alex' Muskeln schmerzten, und das Blut trommelte in den Ohren. Er war gezwungen gewesen, sie in immer kürzeren Intervallen hinzulegen und sich auszuruhen. Winter, die sein grimmiges, erschöpftes Gesicht betrachtete, fragte ihn plötzlich: »Wohin gehen wir? Was hast du eigentlich vor?«

Mit trockenem Flüstern antwortete er: »Ich kenne diesen Dschungel – er führt zum Fluß ... Hier gibt's eine Ruine – benutze sie für Shikar – Meile oberhalb der Brücke. Hab' das Zeug schon ... vor Wochen hingebracht.« Er schloß die Augen wieder.

»Welches Zeug? Was für ein Zeug, Alex?« Winter kniete sich neben ihn und schüttelte ihn.

»Schießpulver«, sagte Alex, ohne die Augen zu öffnen.

»Schießpulver? Wozu?«

»Um die Brücke zu sprengen«, sagte Alex kurz.

Winter schaute Lou Cottar an. Sie hatte Lou nie gemocht, aber etwas in der Älteren, das auch in Winters Charakter vorhanden war, hatte plötzlich eine Verbindung zwischen ihr und Lou hergestellt. Sie schauten einander eine Weile an, als ob sie sich gegenseitig eine Frage gestellt und sie auch beantwortet hätten.

Winter drehte sich wieder zu Alex um. »Wie weit ist es noch?«

»Hm? Ach – 'ne Meile. Sind bald da.« Er bewegte die Schultern und stand mühsam wieder auf.

Es ging alles quälend langsam, aber sie schleppten sich weiter. Die Sonne verbrannte sie, und Blasen bildeten sich auf Lous Armen und im Gesicht – Winter, die sich in letzter Zeit mehr an die Sonne gewöhnt hatte, litt weniger. Einmal bewegte sich etwas vor ihnen, das kein Schatten war, und Winter, die vorausging, blieb mit einem Keuchen des Schreckens stehen. Ein Tiger betrat den Pfad und stand still. Er starrte sie an. »Was ist«, flüsterte Lou, die nichts sehen konnte. Winter antwortete nicht. Sie wagte nicht, sich zu bewegen oder zu sprechen. Sie wagte es kaum, zu atmen. Auch der Tiger rührte sich nicht. Erst als Lottie plötzlich stöhnte und sagte: »Wasser!«, drang aus der Kehle der großen Katze ein tiefes Grollen. Winter hörte, wie Lou Cottar den Atem anhielt. Sie hatte begriffen. Der Schwanz des riesigen Tieres zuckte im trockenen Gras, und sie starrten einander an, und der kurze Augenblick kam ihnen wie eine Stunde vor. Sie fühlten, wie der Schweiß ihnen übers Gesicht tröpfelte und in kleinen, kalten Bächen den Nacken hinabrieselte, und dann zog der Tiger sich zurück, und das Gras schloß sich über der Stelle, wo er gestanden hatte.

Mehrere Minuten lang hörten sie kein weiteres Geräusch. Noch nicht einmal das Gras rauschte. Dann hob Winter zitternd eine Hand hoch und wischte sich den Schweiß aus den Augen, und die beiden Frauen setzten sich schnell hin.

»Ist er fort?« flüsterte Lou Cottar mit trockenen Lippen.

»Ja.«

»Vielleicht wartet er noch auf uns; warum hast du nicht geschossen?«

Winter drehte sich um und schaute sie an. Sie sagte: »Du hast nicht gesehen, was mit anderen heute morgen passiert ist, aber ich hab's gesehen. Bei den Tieren sind wir sicherer. Ein Schuß kann gehört werden.«

Mrs. Cottar leckte sich über die trockenen Lippen und zitterte plötzlich in der erstickenden Hitze. »Ja. Du hast recht. Wir müssen weiter. Hilf mir auf, meine Muskeln sind so steif.«

Sie hörten keine weiteren Geräusche mehr im Dschungel, und fast eine Stunde später sahen sie, wie vor ihnen aus dem dicht wuchernden Gestrüpp der Büsche und Bäume eine dicke Mauer aufragte, die von Schlingpflanzen überwuchert war. Da wußten sie, sie hatten das Ende dieser Tagesreise erreicht.

Winter sagte: »Alex, du kannst uns jetzt alleinlassen. Wir packen es jetzt schon. Wir kümmern uns um Lottie. Geh, so schnell du kannst.«

Alex gab keine Widerrede. Er schaute Lottie an, die sich todmüde an Lou Cottar lehnte, und dann schaute er Lou Cottar und Winter an. Sie waren erschöpft von der Hitze und dem Durst und den Meilen, die sie gegangen waren. Ihre Gesichter und Hände waren von Dornbüschen und scharfkantigen Gräsern zerschnitten und zerkratzt, ihre Füße hatten Blasen. Lou trug schon Mrs. Hollys Schuhe. Aber Lous und Winters Augen waren ruhig, und beide schauten Alex fest an. Zwei Augenpaare, die sich so sehr unterschieden und doch so völlig gleich waren.

Er sagte: »Versteckt euch, wenn ihr jemanden hört. Schießt nicht, außer wenn es gar nicht anders geht. Ein Schuß ist weit zu hören.« Er drehte sich um, und das hohe Gras, die verwachsenen Bambusdikkichte und Schlingpflanzen und die fleckigen Schatten schlossen sich hinter ihm. Dann war er fort.

Sie horchten, wie das Geräusch seiner Schritte sich verlor, und auf einmal war der Dschungel unerträglich still. Nichts schien sich in dieser heißen, atemlosen Stille zu bewegen, noch nicht einmal ein Zweig oder ein Blatt oder ein trockener Grashalm. Nichts schien hier lebendig zu sein, außer ihnen selbst.

Die Ruine, die Alex und Niaz vor drei Jahren bei der Verfolgung eines verwundeten Leoparden durch den dichten Dschungel zufällig entdeckt hatten, war vielleicht einmal das Jagdhaus eines vergessenen Königs gewesen. Niaz hatte das zerfallene Gebäude Hirren Minar genannt – den Turm der Hirsche. Denn an der Schwelle hatten sie das Geweih eines Hirsches im Gras gefunden, und sie hatten die Entdeckung für sich behalten. Niemand wußte von der Ruine, denn trotz der Tatsache, daß sie kaum eine Meile von der Brücke entfernt lag, war der Dschungel hier nicht nur dicht und verwachsen, sondern auch von tiefen Wassergräben durchzogen. Ein perfektes Gelände für Tiger. Alex und Niaz hatten die Ruine häufig bei ihren Jagdausflügen benutzt, und in den letzten drei Jahren hatte sich bei Alex mehr und mehr der Gedanke verfestigt, daß eines Tages so ein Versteck vielleicht mehr als nützlich sein würde.

Alles, was von dem Gebäude noch blieb, war ein zweistöckiger Turm, der von einer niedrigen, zerfallenen Kuppel gekrönt wurde. Bambusdickichte wuchsen dicht um den Turm herum, und Schlingpflanzen und langes Dschungelgras hatten die gefallenen Steinblökke überwuchert und schoben sich zwischen den Pflastersteinen durch. Drinnen war es heiß und sehr dunkel, und es roch stark nach dem wilden Eber und seiner Familie, die in letzter Zeit darin gewohnt hatten. Außerdem roch es auch deutlich nach Leopard. Die Treppe, die zum oberen Stockwerk hinaufführte, war schon vor Jahrhunderten verfallen, und nur ein gähnendes Loch war noch in einer Ecke der schwarzen, fledermausbehangenen Decke des einzigen, zellenartigen unteren Raumes.

Die Ruine lag so still wie der stille Dschungel, das heiße Sonnenlicht und die gefleckten Schatten.

»Es ist niemand da«, flüsterte Lou Cottar, und die dunklen Steinmauern um sie herum flüsterten zurück: ». . . niemand da.«

»Aber da hängt eine Leiter«, sagte Winter. »Sieh nur!«

Aus dem zerkrümelnden Loch in der Decke des Raumes hing eine brauchbare Strickleiter herab, und sie zogen vorsichtig daran. Sie schien fest zu sein. Winter setzte den Fuß darauf, aber Lou Cottar packte sie am Arm. »Sei vorsichtig! Es könnte jemand oben sein.«

Sie standen still und horchten und hielten den Atem an, aber sie hörten kein Geräusch. »Wasser . . .«, stöhnte Lottie, ». . . Wasser«, flüsterte das Echo. Winter zuckte mit den Schultern und stieg nach oben, und eine Minute später war sie durch die Öffnung verschwunden. Kurz darauf war ihr Kopf wieder zu sehen. »Alles in Ordnung. Kannst du Lottie heraufhieven? Hier oben ist Wasser. Hier . . ., hier ist alles!« Ihre Stimme brach.

Zwei Feldbetten, eine Rolle Matten, ein paar Blechdosen, eine Öllampe und ein Tontopf, der Wasser enthielt; noch vor ein paar Stunden hätte man das nicht als »alles« bezeichnen können. Es wäre nichts gewesen. Aber in diesen Stunden war die ganze Welt zusammengebrochen, und der Anblick dieser wenigen, bekannten Gegenstände half ihnen irgendwie, sich wieder zu fassen.

Das Wasser im Tonkrug war warm und abgestanden, und es war auch nicht viel da. Eine Blechtasse, die erst kürzlich benutzt worden war, stand daneben. Sie sahen zu, wie Lottie trank, und dann tranken sie selbst. Aber sie sparten mit dem Wasser und benetzten auch ihre Taschentücher, um Lotties heißen Körper damit zu kühlen.

»So, Liebes«, sagte Winter und zwang sich, ruhig und sicher zu sprechen. »Jetzt ist alles wieder gut. Du mußt dich ausruhen. Wir sind jetzt sicher . . ., wir sind sicher.«

Aber wie lange?

41

»Wie lange noch – lieber Gott, wie lange noch?« wimmerte Chrissie Wilkinson, die auf dem Fußboden lag. Dort war sie hingefallen, als die Tür zu Winters Schlafzimmer eingeschlagen worden war und man sie schreiend unter dem Bett hervorgezogen hatte.

Das Blut aus ihren Wunden trocknete schon, und es schien unmöglich, daß jemand so verstümmelt sein konnte, solche Qualen ertragen konnte und trotzdem lebte.

Sie hatte stundenlang da gelegen und die Schreie und das Rufen und die schrecklich verworrenen Geräusche gehört. Endlich hörte sie nur noch ihr eigenes rauhes, qualvolles Atmen – und jeder Atemzug war eine unglaubliche Qual. Jemand lag neben ihr, dessen Kopf auf ihr ruhte und dessen ausgestreckter Arm quer über ihrem Bauch lag. Sein Gewicht machte ihre Qual noch größer. Sicher war dieser Jemand auch am Leben? Ihre glasigen Augen leuchteten in einem letzten Flackern des Erkennens auf. »Con«, wimmerte sie. »Con . . .« Aber er bewegte sich nicht. Nichts bewegte sich in dem stillen Haus, außer den scharlachfarbenen Wellen des Schmerzes, die sie überfluteten und sie doch nicht ertrinken ließen.

»Sie sind alle tot«, dachte Chrissie Wilkinson. »Alle tot . . . Wie lange noch . . .?«

Sie versuchte, den Kopf zu bewegen, und starb.

Aber sie waren nicht alle tot. Siebenundzwanzig von denen, die am Morgen in der Residenz Zuflucht gesucht hatten, waren tot, aber andere waren in den Dschungel entkommen, und einer hatte sich auf andere Art gerettet.

Die Meuterer und der Mob, die die Residenz gestürmt hatten, waren in die leere Halle eingebrochen und trafen dort auf den Commissioner von Lunjore, der nur eine dünne Baumwollhose und einen buntfarbigen Schlafrock trug und der gefährlich auf den Füßen schwankte.

»Komm'se rein!« drängte der Commissioner mit großartiger Handbewegung. »Schnaps satt! Willkommen!«

Er war unsicher auf sie zugewankt, und die Männer wichen zurück. »Er ist verrückt!« murmelte einer. »Er ist sicher verrückt.«

Im Osten toleriert man die Wahnsinnigen, denn man glaubt, daß sie von Gott geschlagen sind und deshalb unter göttlichem Schutz stehen. Keiner rührte den Commissioner an, aber einer der Männer drängte sich an den anderen vorbei und schlug mit einem Krummsäbel auf ein großes Ölgemälde ein, das an der Wand hing. Er zerriß die Leinwand von oben bis unten.

»Klasse Idee!« brüllte der Commissioner begeistert. Der zerstörerische Instinkt, den der Brandy immer in ihm entfesselte, kam zum Vorschein. Er stürzte sich auf eine große Tonvase voller Canna-Lilien, die auf dem Tisch in der Halle stand, und warf sie um. Sie knallte auf den Boden, und Wasser, Blumen und Tonsplitter flogen umher. Der Commissioner brüllte vor Lachen, stolperte auf die Tür zum Salon zu, trat sie auf und winkte den Mob herein. »Kommt! Wi-wir wolln alles ru-runterreißen – klasche Idee!«

Er war durch das Haus getobt, hatte gebrüllt und geschrien, wie die heulende Horde schrie. Er hatte ihnen mit heulendem, betrunkenem Gelächter geholfen, zu zerschlagen und zu zerstören. In dem Tumult hatte er die Schreie der Frauen und Kinder gar nicht bemerkt, die aus ihren Verstecken gezerrt und inmitten der Zerstörung hingeschlachtet wurden. Er war blind für das Blut und die Qual, und er sah nur einen lauten, betrunkenen Mob von gleichgesinnten Vandalen, die, fröhlich und alles zerschlagend, durch die Zimmer tobten.

»Er ist wahnsinnig . . .« – »Allah hat ihn geschlagen . . .« Sie hatten ihm nichts getan, und endlich waren sie gegangen. Sie hatten eilig die blutbefleckte Zerstörung verlassen, die sie angerichtet hatten, ihre Arme waren mit Beute beladen. Sie suchten andere Opfer und zerschlugen andere Bungalows.

Der Commissioner von Lunjore, der jetzt in dem stillen Haus allein war, hatte sich torkelnd in seine Zimmer geschleppt und schrie nach seinem Diener. Aber niemand hatte ihm geantwortet.

Wo zum Teufel waren sie denn alle hin? Das war Winters Schuld . . . Wo war die bloß? Es war doch die Pflicht einer Ehefrau, dafür zu sorgen, daß ein Haus ordentlich geführt wurde – daß die Diener auch dienten. Beschämend! – Er würde ihr das sofort ins Gesicht werfen.

Der Commissioner stolperte über die Schwelle ins Zimmer seiner Frau und blieb stehen. Na, da war doch Chrissie! Die liebe Chrissie. Chrissie hatte er immer gemocht – die war echt was wert. Sechsmal soviel wie seine Frau . . .

Er schwankte auf sie los, stolperte, sackte auf dem Boden neben ihr zusammen und schlief völlig betrunken ein.

Der Fluß floß in einer Entfernung von weniger als zweihundert Meter am Hirren Minar vorüber, aber die Ufer waren steil und überhangen von dichtem Dschungelgebüsch. Niemand kam hier durch, und die Straße und die Brücke lagen eine knappe Meile von der verborgenen Ruine entfernt. Keine Pfade führten dorthin, aber Alex und Niaz kannten diesen Teil des Dschungels gut, und sie hatten im scheinbar weglosen Dickicht und in dem mannshohen Gras, zwischen den Bäumen und im Schilfrohr ihre eigenen Pfade.

Sie hatten sich am Fluß getroffen und bewegten sich mehr und mehr mit Vorsicht, als sie sich der Straße näherten. Dann wurde der Dschungel weniger dicht, und sie hörten das Gurgeln des Flusses, der zwischen den Schwimmern der Brücke hindurchfloß, und das Quietschen und Knarren der hölzernen Bohlen.

Niaz packte den Sack mit den Sprengstoffen fester. »Warte hier«, flüsterte er. »Ich gehe weiter vorwärts und sehe, ob die Straße frei ist.« Er legte die Last nieder, die er trug, und schob sich wie eine Eidechse durch das dichte Gebüsch.

Alex setzte sich nieder und lehnte sich an einen Baumstamm. Er versuchte, nicht an die Dinge zu denken, die er an diesem Morgen gesehen hatte. Dinge, die ihm den Magen zusammenschnürten, die ihm den Zorn ins Gehirn trieben wie einen roten Nebel. Er stellte fest, daß er unfähig war, klar zu denken, und er wünschte sich, daß er nie wieder denken mußte.

Das Gebüsch rauschte, und Niaz tauchte wieder auf. Fröhlich und ohne die Stimme zu senken, sagte er: »Ich hab' den Zollbeamten und den Polizisten im Zollhaus eingeschlossen, und ihre Musketen habe ich auch. Bleiben nur noch die auf der anderen Seite.«

Alex sagte: »Hatten sie etwas gehört?«

»Nein. Denn zwei schliefen, und das hätten sie nicht getan, wenn sie die Nachricht gehört hätten.« Niaz nahm seine Bürde wieder auf und sagte: »Warum schneiden wir nicht einfach die Schwimmer los? Das würde reichen.«

»Aber nur eine Zeitlang. Denn die Boote, die die Brücke tragen, würden irgendwo stranden, und man könnte sie wieder benutzen. Und ich wollte diese Straße unbenutzbar machen.«

Sie traten vorsichtig hinaus auf den dünneren Dschungelgürtel am Kopf der Brücke. Das Gras war niedergetrampelt, und die Asche von alten Feuern zeigte noch an, wo Reisende die Nacht verbracht hatten. Die Straße lag lang und leer unter den tanzenden Hitzewellen, und das kleine, steinerne Zollhäuschen lag ruhig da. Kein Geräusch war zu hören, nur das Gurgeln des Wassers zwischen den fest angebundenen Booten.

Alex schaute mit gerunzelten Augenbrauen zum Zollhaus hinüber, und Niaz säuselte: »Sie werden nicht schreien. Ich habe ihnen den Mund verbunden.«

»Und die anderen in den Hütten dahinter?«

»Sie schlafen. Und alle Musketen waren im Zollhaus. Ein paar Stunden lang werden sie sich noch nicht bewegen. Warum sollten sie auch? Es hat ja keiner geschrien.«

Sie gingen den Hang hinunter auf die Brücke. Im vollen Sonnenglanz des blendenden Mittags quietschten die Planken heiß unter ihren Füßen. Die Hitze schimmerte in zitternden Wellen auf dem Holz, das nach Teer roch, und der glitzernde Fluß unter ihnen kühlte sie nicht. Oberhalb der Brücke wurde der Fluß schmaler, und die Brükke überspannte ihn an seinem schmalsten Punkt. Aber stromaufwärts weitete er sich wieder, und die Sandbänke und die seichten

Wasserflächen verloren sich im Hitzenebel. Viele Reihen von Schlammschildkröten badeten am Rand der Sandbänke auf der anderen Seite des Flusses in der glühenden Sonne, aber außer den Schildkröten schien im Umkreis von vielen Meilen kein lebendiges Wesen zu sein. Der hohle Klang ihrer Schritte auf den Planken der Brücke klang laut durch die heiße Stille.

Ein schläfriger Zollbeamter hörte die Schritte und kam zögernd zur Tür der Lehmhütte, die auf der anderen Seite des Flusses als Zollhaus fungierte. Als er den Sahib sah, machte er eine tiefe Verbeugung und rückte sich schnell den Turban gerade. Alex erwiderte den Gruß. Fünf Minuten später saßen der entsetzte Zollmann und die beiden Brückenwächter gefesselt und geknebelt im Innenraum, und Niaz verbarrikadierte die Tür. Er hatte die beiden antiquierten Musketen mitgenommen und warf sie ins Wasser, und dann rannten er und Alex wieder den Weg zurück auf die Brücke.

Schnell und methodisch arbeiteten sie in der kochendheißen Sonnenhitze. Sie legten die Zündschnüre, sie verbanden die Sprengstoffpakete miteinander, und sie waren nie sicher, daß die intensive Hitze des Holzes und das glühende Metall nicht von sich aus schon den Sprengstoff in die Luft jagten. Der Schweiß lief ihnen am Körper hinab, und das blendende Glitzern des Flusses verbrannte ihre Gesichter und tat den Augen weh.

»Horch!« sagte Niaz plötzlich. »Pferde auf der Straße.«

Alex sprang hoch und stand einen Augenblick da. Er spannte sich an und horchte. Dann hörte auch er den schwachen, fernen Klang, den Niaz gehört hatte. Er riß sein Gewehr hoch und warf es Niaz zu. »Vier weitere, und wir haben es geschafft. Halt sie ein bißchen auf . . .«

Niaz drehte sich um und rannte zum Brückenkopf. Alex beugte sich wieder über die Sprengstoffpakete und arbeitete mit fiebriger Hast. Die Hufschläge waren jetzt deutlicher zu hören, und nach kurzer Zeit knallte auch ein Gewehrschuß. Aber er hob den Kopf nicht und drehte sich auch nicht um. Er brauchte Zeit – nur noch ein bißchen mehr Zeit. Der Fluß rauschte erstaunlich laut unter seinen Füßen, und die Eisenbänder, mit denen die Planken verstärkt waren, brannten unter seinen Händen, als ob sie rotglühend wären. »Nur noch fünf Minuten!« betete Alex. »Das ist doch nicht zuviel verlangt – nur noch fünf Minuten . . .«

Dann hörte er eine ganze Serie von Schüssen, und eine Kugel summte an seinem Kopf vorbei wie eine Hornisse. Aber er drehte sich noch immer nicht um.

Niaz erreichte das Zollhaus, sprang mit einem Schritt auf die niedrige Veranda, entriegelte die Tür und rannte zu dem kleinen Fenster, von dem man die lange Straße nach Lunjore sehen konnte. Er kümmerte sich nicht um das Stöhnen der drei gebundenen und geknebelten Männer, die ihn vom Fußboden aus mit aufgerissenen Augen anstarrten.

Es waren vielleicht zwölf oder fünfzehn Reiter, Sepoys aus Lunjore. Entweder brachten sie die Nachricht vom Aufstand nach Oudh, oder es war ein Stoßtrupp, der die Brücke für den Hauptstrom der Meuterer sichern sollte. Niaz wartete, bis sie in Schußweite waren, und feuerte dann. Er zielte auf das erste Pferd, um die größtmögliche Verwirrung zu stiften. Er sah, wie das Pferd sich aufbäumte und stürzte, und in der Staubwolke, die sich würgend erhob, zügelten die anderen und hielten plötzlich an. Dann sah er, wie die Reiter sich zu beiden Seiten der Straße zerstreuten.

Er wußte, sie würden ein paar Minuten lang nicht näherkommen. Das wäre unwahrscheinlich. Er nahm die Musketen, die der Polizeiwache gehörten und die er außer Reichweite an der Wand aufgestapelt hatte. Er schaute sich eins der Gewehre an und bemerkte ärgerlich, daß sein Besitzer die Waffe hatte verkommen lassen. Sie war völlig von Schmutz überzogen. »Polizei!« sagte Niaz und spuckte verächtlich aus, um seinen Abscheu zu zeigen.

Er lud das Gewehr wieder und sah mit Interesse zu, wie der Sturmtrupp am Rand der Straße sich besprach. Endlich legte einer von ihnen die Hände um den Mund und brüllte, sie seien Freunde und bäten die Brückenwache, sich ihnen anzuschließen – die Feringhis seien tot, und ganz Lunjore wäre in Händen seiner rechtmäßigen Besitzer.

Der Mann trat unvorsichtig auf die Straße hinaus, und Niaz erschoß ihn. Das reiterlose Pferd stürmte die Straße hinab und galoppierte wild am Zollhaus vorbei. Dann sah er, wie die übrigen Reiter eilig absaßen und im Dschungel verschwanden.

»Jetzt werden sie in Deckung gehen – auf beiden Seiten der Straße«, dachte Niaz und erinnerte sich voller Angst daran, daß Alex allein auf der leeren Brücke arbeitete. Er würde ein wunderbares Ziel bieten. Niaz feuerte ziellos in den Dschungel hinein, etwas vor der Stelle, wo die Männer ihn betreten hatten. Er lud mit fiebriger Hast nach.

Drei weitere reiterlose Pferde galoppierten mit schleifenden Zügeln vorüber. Er hörte ihre Hufe auf den Planken donnern und hoffte, daß sie Alex nicht ins Wasser warfen.

Auch im gegenüberliegenden Dschungel waren jetzt Männer, und eine Kugel flog durch die offene Tür und pfiff durch den kleinen Raum.

Niaz wandte sich von dem schmalen, eisenvergitterten Fenster ab und rannte zur Tür. Er feuerte einen Schuß in das dichte Gebüsch auf der anderen Seite der Straße. In diesem Augenblick traf etwas seine Brust, und er stürzte zur Seite. Das Gewehr flog aus seiner Hand und glitt den Fußboden entlang, und es blieb an der anderen Wand liegen.

Nach einem Augenblick richtete er sich schwindlig auf den Knien auf und krabbelte auf das Gewehr zu. Aber er konnte es nicht erreichen. Er tastete statt dessen nach seinem Revolver, zerrte ihn unter Schmerzen aus dem Halfter, hob sich ein wenig und zielte auf das Gesicht, das durch das hohe Gras am Rand der Straße spähte. Er sah, wie ein Mann vorwärtsschoß und mit dem Gesicht in den Staub stürzte. Dann hörte er das Geräusch laufender Füße, ein Krachen von Schüssen, und Alex sprang die Steinstufen der Veranda herauf. Er stolperte, drehte sich wieder um, feuerte seinen Revolver auf einen Mann zu Pferd ab, der brüllend auf die Brücke zuhielt.

Die rufende Stimme wurde wie mit einem Messer abgeschnitten. Jemand fiel. Hufe klapperten – dann ein kurzer Augenblick der Stille. Und dann das Krachen einer Explosion. Und noch einmal – und noch einmal. Und dann war der grelle Tag dunkel von fliegenden Holzsplittern und dem scharfen Geruch des Sprengstoffes.

Und dann schloß sich die Stille wie eine Eisenklappe, und der Fluß gurgelte nicht länger, sondern er floß ruhig und unbehindert von Ufer zu Ufer.

Atemlos sagte Alex: »Schnell, ehe sie sich wieder erholen – durch die Hintertür!« Er hatte die vordere Tür verriegelt und rannte durchs Zimmer. Er riß die schweren Bolzen zurück, die die hintere Tür verschlossen. Er öffnete sie einen Spalt und sagte: »Es ist niemand draußen – schnell!«

»Ich kann nicht«, sagte Niaz.

Alex fuhr herum. Er bemerkte zum ersten Mal, daß Niaz sich nicht einfach zum Schießen hingekniet hatte, sondern daß er verwundet war. Mit einem einzigen Sprung war er da. Er kniete sich schnell hin, warf einen Arm um Niaz und hob ihn hoch. »Halt dich an meinem Nacken fest. Ich kann dich tragen.«

»Nein«, sagte Niaz dringlich. »Dies ist das Ende für mich. Geh – geh schnell, solange noch Zeit ist. Meine Arbeit ist beendet.«

Alex schaute hinab in das graue Gesicht, das an seinem Arm lehnte, und er bemerkte den leuchtenden, schnell größer werdenden Fleck, der das staubige Hemd durchweichte. Er schob das rote Tuch zurück und sah, daß es nichts mehr zu tun gab. Niemand konnte mehr etwas tun. Eine Verzweiflung, eine zerstörerische Wut, schlimmer als jede Wut, die er je verspürt hatte, riß an ihm mit der Wildheit einer krallenbewehrten Tatze. Ganz schwach, wie durch einen brüllenden Nebel, hörte er das Krachen von Gewehrfeuer, aber er bewegte sich nicht.

Niaz sagte: »Du hast gesehen, wie es mit mir steht ... Geh jetzt. Ich kann noch ... immer ein Gewehr abfeuern ... Das wird sie ... eine Weile aufhalten. In den Dschungel ..., dort sind noch die Memsahibs, an die du ... denken mußt ...«

Winter – Lottie – Lou Cottar ... Wenn die nicht gewesen wären, dann hätte Alex den Fluß schon vor einer Stunde erreicht. Dies wäre nie geschehen. Wie lange würden sie wohl noch leben, wenn er starb? Er hatte Mrs. Holly zurückgelassen, und sie war allein und langsam gestorben. Wegen dieser drei Frauen. Und wegen der Brücke. Aber die Brücke war fort. Die Straße nach Oudh wenigstens war versperrt, aber das bißchen Zeit hatte er mit dem Leben seines Freundes bezahlt. Und es gab noch so viele andere Straßen. Winter hatte Mut wie auch Lou Cottar. Und Munition und eine gewisse Menge an Lebensmitteln gab es im Hirren Minar.

Einen kurzen Augenblick lang sah Alex Winters Gesicht ganz deutlich vor sich. So deutlich, wie er es in Alice Battersleas Garten gesehen hatte. Aber es bedeutete ihm nichts mehr. Winter würde das Risiko selbst tragen müssen. Er konnte Niaz nicht zurücklassen, damit er allein starb wie Mrs. Holly.

Alex zog ganz sanft den Arm fort und legte Niaz auf den Rücken. Er stand auf, verriegelte die Hintertür und ließ die Schlagläden vor die beiden Fenster fallen. Dann nahm er die Gewehre, eins nach dem anderen, auf und lud sie methodisch. Im Raum war ein Steintopf mit Wasser, und er nahm eine Feldflasche aus Messing, stieg über die drei Männer, die entsetzt in ihren Fesseln am Boden lagen, füllte die Flasche und brachte sie zu Niaz.

Er lehnte ihn vorsichtig gegen seine Schulter, und Niaz' Augen wurden schmal in der Dämmerung, während er sich bemühte, Alex anzuschauen. Er trank einen Schluck Wasser und sagte dann dringlich: »Geh!«

»Wir gehen zusammen«, sagte Alex. »Steht nicht geschrieben, daß der Tod in Gesellschaft von Freunden ein Fest ist?«

Eine Kugel schlug in das schwere Holz der Tür ein, und eine zweite krachte gegen den Stein. Alex blickte zu Niaz hinab und lächelte, und Niaz grinste zurück. Es war das alte, sorglose Grinsen, mit dem er jedes Glück und jedes Unglück in seinem Leben während der elf ereignisreichen Jahre begrüßt hatte, die sie sich jetzt kannten. Mit klarer, kräftiger Stimme sagte er: »So ist es besser. Es ist nicht gut, ein geteiltes Herz zu haben, und es gibt einen Teil in mir, der mich dazu gebracht hätte, solchen Männern wie dem Mulla von Faizabad zu folgen, wenn es dich nicht gäbe. Wir hatten ein gutes Leben, Sikander – ein gutes Leben –, und obwohl du ein Ungläubiger bist und deshalb in die Hölle kommst, bist du mir wie ein Bruder gewesen. Heb mich hoch, Bruder – es wird ein guter Kampf ...«

Seine Stimme versagte, und nach kurzer Zeit begann er Namen und seltsame Wortfetzen zu murmeln, und plötzlich begriff Alex, daß er in seiner Phantasie wieder in einer längst vergangenen Schlacht war. Dann plötzlich lachte er und richtete sich in Alex' Armen auf; er drückte sich hoch, als ob er in den Steigbügeln stände, und rief laut: »Shabash baiyan! Dauro! ... Dauro! – Da ...« Eine Sturzwelle aus Blut ergoß sich aus seinem Mund und färbte Alex' Jacke und Hände, und Niaz sackte zurück und war still.

Eine Musketenkugel schlug in die hölzernen Schlagläden des Fensters ein und füllte den Raum mit fliegenden Splittern. Rufende Stimmen waren zu hören, und eine Serie von Schüssen vor dem Zollhaus. Die gebundenen Männer auf dem Fußboden bewegten sich und stöhnten vor Angst, als eine zweite Kugel durch die hölzernen Läden schlug und die Wand über ihren Köpfen traf. Aber Alex bewegte sich nicht. Er blieb ganz still und hielt Niaz' Leiche in den Armen. Sein Gehirn war völlig leer.

Die Geräusche draußen vor dem Zollhaus schienen von sehr weit her zu kommen, und sie hatten nichts mit ihm zu tun. Er kam erst wieder zu sich, als eine Kugel, die aus nächster Nähe abgefeuert worden war, die Tür durchschlug und zentimeterdicht an seiner Schulter vorbeiflog.

Da legte er Niaz sehr vorsichtig hin und stand auf. Sein Blick fiel auf den Wassertopf, und er hob ihn auf und trank durstig daraus. Den Rest des Wassers goß er sich über Nacken und Kopf. Er wußte nicht, wieviel Männer draußen waren. Ein Dutzend? Zwanzig? Am Ende würden sie ihn doch kriegen, aber ein paar würde er sicher auf dem Gewissen haben, ehe die Munition aufgebraucht war. Er entdeckte, daß die Polizeiwachen nur ein paar Schuß hatten, es sei denn, sie bewahrten ihre Munition anderswo auf. Aber es gab ja noch immer die Patronen, die er für sein Gewehr mitgebracht hatte.

Er hob Niaz' Revolver auf und lud die Kammer, die abgeschossen worden war. Ein Gewehr, fünf Musketen, zwei Revolver. Eine Tasche voll Munition. Er konnte sie vielleicht eine Stunde lang aufhalten – vielleicht auch ein bißchen länger . . .

In dem erstickend heißen Raum waren zwei Hängematten. Alex bückte sich und legte Niaz in eine von ihnen. Dann nahm er das Gewehr und lud es, ging hinüber zum Fenster, zog den Riegel weg und öffnete den Schlagladen. Drei Sepoys standen keine zwölf Meter entfernt, und Alex stellte das Gewehr hin, riß den Revolver aus dem Halfter und feuerte. Er tötete einen und verwundete einen zweiten.

Es war fast fünf Uhr, als Alex den letzten Schuß abfeuerte und die nutzlose Waffe auf den Boden fallen ließ.

Die Hitze in dem geschlossenen Steingebäude war entsetzlich, und sein Kopf und jeder Muskel in seinem Körper schmerzten. Die drei gebundenen Männer, die an der Wand lagen, hatten aufgehört zu wimmern, und Alex fragte sich ohne Neugier, ob sie wohl vor Angst gestorben waren oder vor Durst. Er schloß die Schlagläden wieder, setzte sich auf die Matte neben Niaz, lehnte den Kopf gegen die Wand und wartete. Im Augenblick war es draußen still, aber er wußte, es würde nicht lange dauern, ehe denen da draußen klar wurde, daß er keine Munition mehr hatte.

Bis jetzt hatte er jede Bewegung mit einem Schuß vergolten, und es war im offenen Gelände zu gefährlich gewesen. Aber bald würden sie herausfinden, daß sie sich bewegen konnten, ohne daß geschossen wurde. Dann würden sie ihre Schlüsse ziehen.

Er hörte Hufschläge auf der Straße von Lunjore. Sie kamen auf den Fluß zu. Er hörte, wie die Pferde ein Stückchen vor dem Zollhaus angehalten wurden. Verstärkung? Er fragte sich, wann die meuternden Regimenter wohl ankommen würden. Sie sollten eigentlich schon da sein. Es sei denn, jemand war zurückgeritten und hatte berichtet, die Brücke sei zerstört. Aber das war unwahrscheinlich.

Alex fragte sich, wie es Yusaf wohl ergangen war. Ob die Zerstörung der Straße über Hazrat Bagh genauso erfolgreich verlaufen war wie die Sprengung der Brücke. Eigentlich mußte es gutgegangen sein – sie hatten den Plan mit beträchtlicher Sorgfalt ausgearbeitet. Alex hoffte, daß Yusaf nicht zu ungeduldig gewesen war, sondern gewartet hatte, bis alle Kanonen und Wagen die verminte Strecke der Straße befahren hatten. Aber würden sie überhaupt heute dort herfahren? Oder würden sie warten bis zum Einunddreißigsten?

Der heiße Raum stank nach Schweiß, Schwarzpulver, Betelnüssen und Blut, und in der Dämmerung brummten die Fliegen. Alex zog einen Zipfel von Niaz' Turban herab, so daß er sein Gesicht verdeckte, und faltete ihm die stillen Hände über der Brust. Sie begannen jetzt schon steif zu werden. Es wurde anscheinend spät. Alex erhob sich und drehte die Hängematte um, so daß der Kopf des Toten nach Mekka gerichtet war. Es war kein Wasser mehr da, und er konnte das vorgeschriebene Waschungsritual nicht vollziehen. Aber er rieb sich die Hände an seinem schmutzigen Taschentuch teilweise sauber und sprach die Worte des Korans über dem stillen Körper. Es war niemand da, der sie sonst für Niaz hätte sprechen können.

»Möge Gott, der Allweise, der Quell der Gnaden, deiner Rede Wahrheit schenken. Möge er dich den rechten Pfad führen, möge er dir die Gnade erweisen, ihn und seine Propheten zu sehen. Möge die Gnade Allahs immer auf dir ruhen. O großer, allmächtiger Gott, wir bitten dich in Demut, laß die Erde sanft auf diesem deinem Diener ruhen, und erhebe seine Seele zu dir, und möge er bei dir Gnade und Verzeihung finden.«

Die gemurmelten Worte erweckten ein sanftes Echo in dem verschlossenen, steingemauerten Raum, und als sie zu Ende waren, hörte man nur noch das Brummen der Fliegenschwärme. Alex setzte sich wieder, und nach kurzer Zeit war aus weiter Ferne, getragen von der heißen Stille, das schwache Donnern einer Explosion zu hören. Ihr folgte eine zweite, dann eine dritte und vierte ... »Yusaf!« dachte Alex zufrieden. Die Straße durch Hazrat Bagh war fort – und damit auch ein großer Teil des Inhalts aus dem Arsenal von Suthragunj. Denn der Sprengstoff, den er mit Niaz und Yusaf ausgelegt hatte, reichte nicht, um ein so lautes Donnern zu verursachen. Das waren Munitionswagen gewesen, die in die Luft flogen. Er lehnte sich gegen die Wand und schloß die Augen.

Eine Stimme von draußen vor dem Zollhaus rief etwas. Die, die sich im Haus versteckten, sollten herauskommen und aufgeben. Alex antwortete nicht. Ermutigt durch das Schweigen, klapperten endlich Schritte auf der flachen, steinernen Veranda, und Gewehrkolben donnerten gegen die Tür und die Fensterläden. Danach war ein anderes Geräusch zu hören. Ganz plötzlich begriff Alex, was die da draußen taten. Sie häuften Holz und trockenes Gras vor den Türen und Fenstern und um das Haus auf. Sie wollten einen Scheiterhaufen daraus machen. Nun, diese Todesart war genausogut wie jede andere. Ein Scheiterhaufen – für seine und Niaz' Beerdigung. Alex lehnte sich bequemer gegen die Wand, und in diesem Augenblick rührte sich einer der Männer auf dem Fußboden und stöhnte.

Das Stöhnen drang bis zu Alex' betäubtem Gehirn durch. Ihm fiel ein, daß er und Niaz nicht die einzigen Insassen des Zollhauses waren. Es waren noch drei andere da, und er konnte es nicht zulassen, daß sie lebendig verbrannten. »Wartet einen Augenblick . . .«, sagte Alex laut. »Wartet einen Augenblick . . .«

Er stand mühsam auf und ging mit unsicheren Schritten zur Tür. In diesem Augenblick hörte er, wie draußen triumphierend einer sagte: »Hab' ich es nicht gesagt? Es ist ein Sahib! Da drinnen sind Sahibs!« Da begriff Alex, daß er Englisch gesprochen hatte und daß die Männer draußen nicht wußten, wer drinnen war.

Eine Stimme unmittelbar draußen vor der Tür sagte laut: »Wer ist da? Wer ist da drinnen?« Alex ließ die Hände vom Riegel sinken. Er kannte diese Stimme. Er lehnte sich gegen die Tür, weil es schwer war, aufrecht zu stehen, und sagte: »Ich bin es, Rao Sahib. Ruf deine Metzger zurück, denn hier drinnen sind drei, die an Hand und Fuß gebunden sind, und die nichts damit zu tun haben. Du kannst sie nicht lebendig verbrennen. Ich werde herauskommen.«

Alex hörte, wie Kishan Prasad den Atem anhielt. »Wer ist noch bei dir?«

»Niemand außer Niaz Mohammed Khan, und der ist tot.«

Rufe erklangen, und Füße rannten, und Alex hörte, wie Kishan Prasad wütend sagte: »Zurück! – Zurück, sage ich!« Einen Augenblick später hörte man zorniges Murmeln, und zögernd wichen die Männer zurück.

»Öffne also«, sagte Kishan Prasad.

Alex nahm den leeren Revolver vom Fußboden auf und schob ihn mit einer rein mechanischen Geste in den Gürtel. Er streckte mit Anstrengung die Schultern, zog die Riegel zurück und öffnete die Tür.

Kishan Prasad starrte ihn lange an. Dann trat er über die Schwelle und warf einen Blick in den kleinen Raum. Er schaute wieder Alex an, drehte sich dann um und blockierte die schmale Tür. Er schaute zu den Männern hinaus, die Alex nicht sehen konnte.

»Es ist nur ein Sahib hier«, sagte Kishan Prasad. »Der andere Mann ist tot, und die drei Männer, die sie gebunden haben, leben noch. Diesen Sahib kenne ich. Und weil er einmal sein Leben für mich gewagt hat, so sage ich, daß er frei sein soll. Zurück!«

Ein häßliches Grollen, ein Durcheinander von Stimmen war zu hören. »Und was ist mit Lal, der tot ist? Und mit all den anderen und mit Mohan, dessen Bein gebrochen ist? Er ist ein Feringhi – töte ihn! Töte ihn!«

Aber Kishan Prasad verließ die schmale Tür nicht, und seine Stimme war deutlich durch den Tumult zu hören. »Zurück!« schrie Kishan Prasad. »Ich bin Brahmane, und wenn ihr diesen Mann töten wollt, dann werdet ihr mich zuerst töten müssen.«

Das Stimmengewirr starb augenblicklich ab, und die Männer zogen sich zurück, denn sie waren Hindus. Einen Brahmanen zu töten, das wäre ein unaussprechliches Sakrileg, damit würden sie in die Hölle verdammt, wären Ausgestoßene unter ihren Mitmenschen.

»Geh«, sagte Kishan Prasad über die Schulter zu Alex. »Halte dich hinter mir, geh zur Tür hinaus und lauf in den Dschungel. Mehr kann ich nicht tun. Die Schuld ist bezahlt.«

Müde und ohne Gefühle sagte Alex: »Rao Sahib, wenn ich in dieser Pistole noch eine Kugel übrig hätte, dann würde ich dich jetzt erschießen für das, was heute durch Männer wie dich verursacht wurde.«

»Dieser Tag kann noch kommen«, sagte Kishan Prasad. »Geh jetzt . . .«

Alex drückte sich durch die Tür an Kishan Prasad vorbei und erreichte das Ende der Veranda. Er sprang hinab und ging auf der anderen Seite hinter dem Haus in Deckung. Dann drehte er sich um und rannte zu dem Dschungel hinüber, der hinter dem Zollhaus und den Hütten lag.

Hinter ihm brach ein Gebrüll los. Eine einzelne Kugel zischte an seinem Kopf vorbei. Und dann war er im hohen Gras, parallel zur Straße, und stolperte durch das Dickicht. Sie würden ihn beobachten, sie würden darauf achten, daß er die Straße nicht überquerte, und auf der anderen Seite würden sie nicht suchen. Also mußte er sie überqueren, sobald er das tun konnte, ohne gesehen zu werden.

Es waren keine weiteren Schüsse mehr zu hören. Er hatte recht gehabt, sie hatten erwartet, daß er in gerader Linie flüchtete und nicht an der Straße blieb. Sie durchsuchten den Dschungel hinter dem Zollhaus. Nach einer Weile hörte er Hufschläge auf der Straße, die knapp ein Dutzend Meter von seinem Versteck entfernt lag. Zwei der Männer wenigstens ritten nach Lunjore zurück, und die hohe, zornige Stimme des einen war deutlich zu hören: »Was spielt das schon für eine Rolle? Er kann nicht über den Fluß, und Nahrung und Waffen hat er auch nicht. Er wird langsam im Dschungel sterben. Ich reite nach Delhi; das ist der richtige Ort für Menschen wie . . .« Die Stimmen verebbten. Die Sonne berührte den Rand des Dschungels und glitt langsam tiefer, und ein Pfau schrie aus dem Dickicht hinter ihm. Ein Reiter galoppierte vom Fluß her zu ihm herüber und zog eine lange Staubwolke hinter sich her. Und plötzlich war alles einfach.

Der Reiter passierte Alex, und Alex sprang auf die Füße und rannte, geschützt durch die würgende Wolke aus Staub, auf die andere Seite der Straße.

42

In Lunjore dröhnten die Hörner in den Tempeln. Tamtams schlugen, Raketen flammten auf, während die Menschen durch die Straßen rannten und schrien, ganz Indien sei jetzt für immer frei. Alle Feringhis seien tot, und die großen Tage seien wieder da. Sie machten wilde, grandiose Pläne für die Zukunft, und sie stritten sich schon jetzt darüber, wer in den Provinzen Gouverneur werden sollte.

Eine Meile außerhalb der Stadt lagen die Wohnbezirke der Ausländer still und verlassen. Hier und da brannte noch ein Bungalow, und schattenhafte Gestalten schlichen zwischen den stillen Häusern umher und suchten nach Beute, die während der langen Mord- und Rauborgie übersehen worden war. Aber als die Abendschatten länger wurden, erfüllte der Anblick der Toten, die überall umherlagen, selbst den Abschaum der Stadt mit Unruhe und abergläubischer Angst, und sie zündeten noch ein paar Bungalows an, überließen es dem Wind, die Funken weiterzutragen, und rannten schaudernd weg.

Die Sepoys, die vorgehabt hatten, nach Oudh zu marschieren und die Provinz wieder einzunehmen, hatten sich nach Westen, nach Delhi gewandt. In der stillen Residenz, wo die Toten in den stillen Gärten und den dämmrigen Räumen verstreut lagen, lag auch der Commissioner von Lunjore, tief, tief versunken im Schlaf der Trunkenheit, und eine Viertelmeile weiter, im Dschungel hinter dem Kanal, starb endlich Mrs. Holly.

Die Schakale und Hyänen, die Krähen, die Raben und die nackthalsigen Geier würden noch viele Tage lang ihr Fest halten können, denn andere Tote lagen auf der Ebene, die sich zum Hazrat Bagh erstreckte. In der Garnison von Suthragunj hatten sich die Sepoys bei der Nachricht der Meuterei in Lunjore ebenfalls erhoben, ihre Offiziere getötet und das Arsenal an sich gebracht. Sie waren, wie Kishan Prasad und seine Freunde das geplant hatten, über die provisorische Straße gezogen, um sich mit ihren Kameraden zu verbünden und nach Oudh zu marschieren.

Sie hatten die Kanonen und Wagenladungen voll Pulver und Munition mitgenommen, und Yusaf hatte gewartet, bis diese Kanonen und Wagen die markierte Strecke erreicht hatten. Da hatte er gefeuert; auf ein Ziel, das Alex ihm angegeben hatte. Und, wie er einmal Niaz gesagt hatte, er verfehlte sein Ziel nicht mit dem ersten Schuß, wenn er auch mit dem zweiten vielleicht nicht so genau traf. Die Minen explodierten nacheinander auf einer Strecke von einer Fünftelmeile, und die Wagen mit der Munition gingen mit einer Detonation in die Luft, die zehn Meilen weit zu hören war. Als der Rauch und die Flammen sich wieder verzogen hatten, gab es keine Straße mehr, und was noch übrig war, das bot keinen angenehmen Anblick.

Yusaf wartete, bis die Schatten länger wurden und die Rebhühner im Gras zu rufen begannen, und dann trank er aus seiner Wasserflasche, aß sich satt und schob sich rückwärts zwischen den Felsbrokken wieder hinaus.

Er kehrte nicht nach Lunjore zurück, sondern er zog nach Westen. Wie eine Brieftaube zog es ihn nach der nordwestlichen Grenze. Wer weiß – die Guides marschierten vielleicht schon nach Delhi, um die Stadt zurückzuerobern. Und wenn das der Fall war, dann würde er sich den Guides auf diesem Marsch anschließen.

Yusaf schwang sich das Gewehr nach Art der Bergbewohner quer über die Schulter und machte sich auf den Weg, dem roten Ball der untergehenden Sonne entgegen.

Winter und Lou Cottar hatten das schwache, ferne Knallen des Gewehrfeuers am Brückenkopf gehört; und auch das Brüllen der Explosion. Den ganzen Nachmittag war weitergeschossen worden, und sie hatten erraten, was das bedeutete. Sie hatten gewartet und gehorcht und gewartet.

Bambus und trockenes Gras waren zu primitiven, aber brauchbaren Besen zusammengebunden worden, die Frauen hatten gekehrt und Staub gewischt, geputzt und alles saubergemacht, in einem verzweifelten Versuch, sich zu beschäftigen, damit sie nicht mehr an die vielen Dinge denken mußten, an die zu denken unerträglich war. An Mrs. Holly, die allein im Dschungel gestorben war. An Delia Gardener-Smiths hübschen Kopf, der mit weit offenen Augen und aufgerissenem Mund über die Planken der Brücke am Kanal gerollt war. Und an das, was so vielen anderen Bekannten geschehen war, die in Lunjore zurückgeblieben waren. Wie viele waren wohl gestorben? Wie viele – oder wie wenige – versteckten sich wie gejagte Tiere und hatten kein Versteck?

Die Sonne stand schon fast über den Gipfeln der Bäume, und sie hatten eine Zeitlang keine Schüsse mehr gehört. Sie schauten einander an, wichen einander wieder aus, und sie sagten nichts, weil sie beide das gleiche dachten – daß Alex tot sein mußte.

»Wir sind jetzt auf uns selbst gestellt«, dachte Lou Cottar. »Wir müssen uns selbst herausarbeiten – wenn es einen Weg gibt. Ich nehme an, wir können es schaffen. Nur schade, daß Lottie English dabei ist. Mit ihr wird es schwierig werden. Ob Josh wohl weiß, was passiert ist? Ob er wohl . . .? Nein. Ich will nicht daran denken. Ich will nicht daran denken!«

»Er ist tot«, dachte Winter. »Wenn er nicht tot wäre, dann wäre er jetzt zurück. Die Brücke ist schon vor Stunden in die Luft gegangen – vor Stunden. Und ich habe ihn einen Feigling genannt, weil er sich nicht in der Residenz hat umbringen lassen. Weil er etwas Vernünftiges tun und an der Brücke sterben wollte. Ich wünschte, ich hätte das nicht gesagt. Ich wünschte, ich hätte ihm wenigstens gesagt, daß ich es nicht so meinte. Ich wünschte, ich wäre auch tot. Es wäre soviel leichter, wenn ich tot wäre. Aber Lottie ist noch da – und Mrs. Cottar. Und vielleicht auch noch andere. Irgendwo. Oder sind sie alle tot?«

Conway mußte tot sein . . . Wenigstens war er nicht in dem Zustand gewesen, zu flüchten. Seltsam, er war ihr Mann gewesen, und jetzt war er tot – und sie fühlte nichts. Das einzige Gefühl, das sie hatte, war ein dumpfes Bedauern, daß sie sich bei Alex nicht entschuldigt hatte. Ein triviales Gefühl eigentlich. Aber alles andere war abgestumpft und wie betäubt. Alex hatte ihr einmal gesagt, daß man, wenn man von einer Kugel getroffen wurde, nichts anderes als den Stoß verspürte. Der Schmerz kam erst später, wenn Luft an die Wunde gelangte. Aber ihr Herz und ihr Gehirn hatten den Hauch noch nicht verspürt, denn Winter fühlte keinen Schmerz. Nur Betäubung.

In weiter Ferne war ein einzelner Schuß zu hören. Der Knall drang durch die brütende Stille, und die beiden Frauen drehten die Köpfe um und horchten. Aber es fielen keine weiteren Schüsse mehr. Irgendwie klang das Geräusch sehr endgültig. Wie ein Punkt am Ende eines Kapitels.

»Ich nehme Lotties Kleid und wasche es im Fluß«, sagte Winter abrupt. »Meine eigenen auch. Die Sachen sind in einer Stunde trokken.«

Sie zog ihr eigenes zerrissenes, staubiges, schweißdurchweichtes Kleid aus und wickelte sich in ein großes, verschossenes blaues Baumwolltuch, das, zum Bündel gerollt, in der Ecke gelegen hatte. Man konnte einen kurzen, aber passenden Sari daraus machen, und Winter wickelte es um sich, wie das die indischen Frauen taten.

»Weißt du«, sagte Lou Cottar gedankenverloren, »du könntest

fast als eine Inderin durchgehen, wenn du ein bißchen brauner wärst. Die Haare und die Augen, die machen das aus. Vielleicht hilft es dir noch mal weiter.«

Sie drehte sich um und sammelte noch Lotties Unterwäsche ein, damit Winter sie auch im Fluß ausspülen konnte.

Winter nahm den geladenen Revolver und das Kleiderbündel und stieg die Strickleiter hinab. Der Dschungel war den ganzen Tag still gewesen, und er erwachte jetzt, wo die Schatten länger wurden. Im trockenen, goldenen Gras raschelte es, und Vögel zwitscherten und riefen aus den Dickichten. Ein Pfau flatterte auf einen niedrigen Ast hinauf, und sein herrlicher, metallisch schimmernder Schwanz glänzte in den niedrigen Sonnenstrahlen. Ein Hirschkalb schaute Winter mit sanften, erschreckten Augen an und sprang dann zum Fluß davon.

Das Wasser floß golden im Abendlicht dahin, und das andere Ufer lag schon in Schatten. Die Flut glitt wie Seide vorüber, so glatt und so still, daß es unmöglich schien, daß unter der ruhigen Oberfläche starke, trügerische Strömungen waren. Das Wasser gluckerte leise zwischen den Wurzeln eines riesigen Baumes, die vom Wasser ausgewaschen worden waren, und kleine Wellen plätscherten auf einen schmalen Strand unterhalb des steilen Ufers.

Winter kletterte vorsichtig das steile Ufer hinab, zog den provisorischen Sari aus, steckte ihn mit dem Bündel schmutziger Kleider unter die Baumwurzeln und glitt ins Wasser.

Es war kühl und köstlich, und Winter lag auf der Sandbank und ließ den Fluß über sie fließen. Hitze und Schmerz verließen ihren müden Körper.

Sie wußte nicht, wie lange sie dort ohne Gedanken und in Stille lag, wie lange sie die Augen geschlossen hielt. Aber bald kam ihr langsam der Gedanke, daß es leicht sein würde – leicht und angenehm –, sich in den Strom gleiten zu lassen und sich vom Fluß hinaus in die kühle Dunkelheit des tiefen Wassers tragen zu lassen. Es gab ja nichts mehr, für das man leben konnte, und sie war sehr müde . . .

Aber in diesem Augenblick flüsterte die Stimme des Wassers ihr etwas ins Ohr. Das Geflüster wurde zu einer anderen Stimme, einer mühsamen, flüsternden Stimme, die an diesem Morgen zu ihr gesprochen hatte – ». . . ihre Mama war gut zu Ihnen. Sie schulden ihr etwas. Gehen Sie jetzt weiter, mein Kind . . .«

Die liebe Mrs. Holly! War sie tot? Oder lebte sie noch, war allein und voller Angst? »Sie war tapferer als ich«, dachte Winter. »Tapferer als wir alle. Ich hätte das nicht geschafft. Und wegen Lottie und wegen Mrs. Holly muß ich am Leben bleiben, solange ich kann. Denn Lottie wird meine Hilfe brauchen. Sonst gibt es nichts, um das es sich zu leben lohnt . . .«

Sie drehte den Kopf um und öffnete die Augen. Der Himmel und der Fluß waren nicht länger golden, sondern rosenrot. Die Blätter und Blumen der Bäume, die über ihr hingen, wirkten wie ein steifes Muster vor der wäßrigen Farbe des Himmels. Etwas bewegte sich in diesem Muster, ein grüner Papagei mit rotem Schnabel und langen grünen und blauen Schwanzfedern . . . Und auf einmal stand das Gulab Mahal wieder vor ihrem inneren Auge. Der Zaubergarten ihrer Kindheit. Das strenge Muster aus Blättern und Blumen und buntfarbigen Vögeln, die sich vor dem Sonnenuntergangshimmel bewegten. Das Flüstern des Wassers war nicht länger Mrs. Hollys Stimme. Es gab noch etwas, um das es sich zu leben lohnte. Irgendwie – eines Tages würde Winter den Palast der Rosen erreichen. Sie hatte es sich so lange versprochen, daß sie es jetzt nicht mehr aufgeben konnte.

Mit diesem Gedanken flutete neue Energie durch ihren Körper. Sie stand auf und wrang das nasse Haar aus. Sie langte nach dem Kleiderbündel und wusch die zerrissenen, verschmutzten Stücke im Fluß aus. Dann machte sie ein feuchtes, schweres Bündel und kletterte wieder das Ufer hinauf. Oben wickelte sie sich ihren Sari wieder um und ließ ihr nasses Haar lose hängen.

Ein Pfau schrie im Dschungel, und der Ruf hallte über den weiten Fluß und wurde auf der anderen Seite beantwortet. Der Schrei unterstrich die Einsamkeit des schweigenden Flusses und des dichten Dschungels, er weinte um all jene, die tot lagen und die gelebt hatten, als die Sonne an diesem Morgen aufging. Ein wilder, unerträglicher Schmerz zerriß plötzlich Winters Herz. »Die Luft ist drangekommen«, dachte sie und nahm das nasse Bündel und den Revolver auf. Sie drehte sich um und ging den Weg zurück zum Hirren Minar. Sie war viel länger am Fluß geblieben, als sie vorgehabt hatte. Und jetzt war die Sonne gesunken und das schnelle Zwielicht senkte sich über die Erde. Winter hatte sich den Weg sorgfältig gemerkt, aber in dem schwächer werdenden Licht war nicht mehr viel zu sehen, und sie war nicht sicher, ob die Richtung stimmte. Angst stieg jetzt in ihrer Brust auf, und sie blieb stehen und versuchte, sich an den Weg zu erinnern und an die Markierungen, die sie hinterlassen hatte. Nach kurzer Zeit ging sie weiter, aber sie war weniger als ein Dutzend Schritte gegangen, als sie am Rand einer kleinen Lichtung wieder stehenblieb.

Irgend etwas bewegte sich im Dschungel vor ihr. Ein großes Tier, das langsam durch das trockene, rauschende Unterholz kam. Winter fiel der Tiger wieder ein, und sie gefror. Ihre Hand packte den Revolver. Das Geräusch kam näher und näher, und jetzt konnte sie das Gras und die Büsche auf der anderen Seite der Lichtung schwanken sehen. Etwas oder jemand bewegte sich direkt auf sie zu. Jemand – waren die Jäger so nah?

Winter hockte sich, sah wieder den dunklen Blitz der Erinnerung vor sich. Das verzerrte Gesicht des Mannes, der die schreiende Delia verfolgt und ermordet hatte. Ihr Finger krümmte sich um den Abzug des Revolvers, und dann teilte sich das hohe Gras, und Alex trat hinaus auf die Lichtung.

Einen Augenblick lang glaubte Winter es nicht. Sie hatte ihn für tot aufgegeben, und sein Anblick – schmutzig, blutbefleckt, aber lebendig – war für sie ein viel größerer Schock, als es der Anblick seiner Leiche gewesen wäre. Der Revolver fiel ihr aus der Hand, sie stand mit einem würgenden Schrei auf und machte schnell einen Schritt vorwärts. Das Kleiderbündel fiel auf den Boden.

Alex blieb stehen. Er schwankte, und seine Hand fuhr automatisch zum Kolben seines nutzlosen Revolvers. Durch den Nebel vor seinen Augen sah er ein schlankes indisches Mädchen, das ihm in der Dämmerung gegenüberstand. Das Blau ihres dünnen Baumwollsaris und das Blauschwarz ihres langen, ungeflochtenen Haars verschmolzen mit den Schatten des dunkelnden Dschungels hinter ihr. Dann klärte sich der Nebel, und es war Winter.

Sie standen da und starrten einander eine Minute lang an, die ihnen wie eine Stunde erschien. Dann stolperte Alex vorwärts, und während sie ihm entgegenrannte, fiel er auf die Knie, und sie fing ihn auf. Sie preßte ihn an sich, und sie spürte, wie seine Arme sich verzweifelt um sie schlossen.

Sie preßte seinen Kopf an sich, wiegte ihn, als ob er ein Kind gewesen wäre. Sein Haar strömte den Geruch nach Staub und Schweiß und Schwarzpulver aus, und sie fuhr mit den Fingern hindurch und flüsterte Zärtlichkeiten, die er nicht hörte. Sie horchte auf die schrecklichen, knirschenden Schluchzer, die seinen Körper zerrissen. Sie konnte die Hitze der Tränen spüren, die durch das dünne Tuch drangen und ihren Körper benetzten, und sie hielt ihn fester, preßte ihn hart an sich, bis endlich die Schluchzer aufhörten. Die gequälten Schauder vergingen, und dann hob er den Kopf und schaute ihr ins Gesicht.

Seine Augen zeigten im verschwimmenden Zwielicht einen seltsamen, blinden Zorn. Seine Arme zogen sie auf das Gras hinab. Sie fühlte seine Hände auf dem dünnen Stoff des Sari, fühlte, wie er das Tuch wegriß und sein verschmutztes, rauchgeschwärztes Gesicht zwischen ihren kleinen, festen Brüsten versteckte. Ihre Haut war kühl vom Fluß und glatt und süß, und er küßte sie mit offenem Mund und preßte seine rauhe Wange, seinen schmerzenden Kopf dagegen. Er zog sie fester an sich. Dann bewegten sich seine Hände wieder, und einen flüchtigen Moment lang kehrten die Angst und der Schrekken ihrer Hochzeitsnacht zu Winter zurück. Aber dies war nicht Conway, Conway, betrunken und tierisch. Dies war Alex – Alex –

In Alex' Händen oder in seinen Küssen waren weder Liebe noch Zärtlichkeit. Seine Berührung war verzweifelt, quälend körperlich, und sie wußte, daß ihm im Augenblick ihr kühler Körper nicht mehr bedeutete als ein Gegenmittel gegen den Schmerz. Ein zeitweiliges Vergessen, eine Erlösung von unerträglicher Anspannung. Aber daß sie ihm das geben konnte, das war genug.

Conway war tot – sie waren alle tot. Alle die Menschen, die in den Wohnbezirken der Weißen in Lunjore und in Delhi gelebt und gelacht hatten. Mrs. Abuthnot, Colonel Abuthnot, Delia, Nissa, vielleicht auch Amira. Die ganze Welt brach zusammen, löste sich auf in Blut und Tränen und Schrecken. Aber hier in der Stille des Waldes waren nur sie und Alex – Alex' Arme, sein Mund, seine Sehnsucht nach ihr. Alex, der Lebendige . . .

Endlich wurde der Griff, mit dem er sie hielt, lockerer, und er lag still. Der Himmel dunkelte über ihnen, verwandelte sich von Grün in ein violettes Blau, das mit Sternen bestreut war. Das Sternenlicht und der schmale Mond machten seltsame Schattenrisse aus den Bäumen und den Dickichten und den Grasbüscheln, und manchmal raschelte etwas im Dschungel, oder eine Eule rief in der Dunkelheit. Alex schlief den Schlaf der völligen seelischen und körperlichen Erschöpfung, und Winter hielt ihn in den Armen und betrachtete die Sterne, und sie fürchtete sich nicht vor den Nachtgeräuschen oder vor irgend etwas anderem.

Nur flüchtig dachte sie an Lottie oder Lou Cottar. Die beiden würden denken, sie hätte sich verirrt oder einen Unfall gehabt, und Mrs. Cottar würde es nicht wagen, sie zu rufen oder ein Licht zu zeigen. Sie würden Angst haben, aber dagegen konnte man nichts machen. Alex schlief, und Winter wollte ihn nicht aufwecken, selbst wenn sie das gekonnt hätte.

Sein Kopf lag schwer auf ihrer Brust, und das Gewicht seines Armes, der über ihr lag, preßte sie in das warme, trockene Gras und schien mit jedem Atemzug schwerer zu werden. Aber sie bewegte sich nur einmal, um ihn fester an sich zu pressen, und vergrub ihre Wange in seinem Haar, und bald erhob sich eine Brise. Ein heißer Atemzug des Windes, den der Fluß gekühlt hatte und der jetzt angenehm mit einem schläfrigen, beruhigenden, rauschenden Wispern durch den Dschungel blies. Er vertrieb die Moskitos und die Nachtinsekten, und endlich schlief Winter ein, so tief wie Alex.

Selbst das Kreischen einer Eule aus dem Baum am Rand der Lichtung weckte sie nicht auf. Fünf Meilen weiter, auf der anderen Seite des Dschungels und des tiefen Grabens, heulte ein Schakal in den Gärten der Residenz und weckte den Commissioner von Lunjore.

Der Commissioner kam langsam wieder zu Bewußtsein, mit all den allzu bekannten Gefühlen des Kopfschmerzes, der rotglühenden Augen und einer Zunge, die für den trockenen Mund viel zu groß zu sein schien.

Eine Weile lag er still und spürte, wie die Übelkeit in Wellen in ihm hochstieg. Sein Kopf lag auf etwas Klumpigem, Steifem. Kein Kissen . . . Was war es bloß? Er versuchte, den Kopf umzudrehen, und stellte fest, daß es nicht ging. Aber es war nicht der blendende Schmerz, der durch seinen Schädel schoß, sondern die Tatsache, daß seine Wange an irgendeiner getrockneten, gummiartigen Substanz festklebte.

In seinen Ohren war ein dröhnendes Geräusch. Er entdeckte, daß sein Arm über einem Körper lag – dem Gefühl nach war es der Körper einer Frau. Rüschen und solches Zeug. Locken kitzelten ihn an der Stirn, und es roch nach Veilchen – Chrissie! Mußte doch besoffener gewesen sein, als er dachte, wenn er mit Chrissie ins Bett gegangen war und sich nicht dran erinnern konnte! Bett? Lieber Himmel, er lag ja auf dem Fußboden! Chrissie mußte auch betrunken gewesen sein – verdammt betrunken. Mann, das war aber eine Mordsparty gewesen! Was war bloß mit den anderen? Der Commissioner öffnete mühsam seine Augen. Verdammt, es war schon Morgen! – So ein Mist!

Der Raum war angefüllt von einem heißen, gelben Glanz, der anschwoll und wieder abflaute, flackerte und wieder strahlte. Die Sonne ging auf. Der Commissioner schloß wieder die Augen und begriff, daß er sich jetzt bewegen mußte. Es ging auf keinen Fall, daß man ihn so fand, wie er bei hellichtem Tag Chrissie Wilkinson auf dem Fußboden umarmte. Mit einer wilden Anstrengung hob er den Kopf, riß ihn los von der klebrigen Geschichte und warf einen kurzen Blick auf Chrissie Wilkinsons Gesicht und ihre wirren, allzu leuchtenden

Locken. Dann mußte er von dem Schmerz der plötzlichen Bewegung würgen und wieder würgen.

Hilflos erbrach er sich. Aber selbst durch die quälenden Wellen der Übelkeit bemerkte er, wie seltsam das heiße Sonnenlicht vor den Fenstern waberte und flackerte. Nach kurzer Zeit war das Schlimmste vorbei, und er hob endlich den Kopf und hielt sich mit den Fingern die schmerzenden Augen auf. Endlich dämmerte es ihm, daß das da draußen vor dem Fenster nicht das Sonnenlicht war. Noch nicht einmal das Tageslicht. Es war Nacht, und irgend etwas brannte. »Dienstbotengebäude«, dachte der Commissioner. »Blöde Affen! – Das können sie selbst ausmachen, verdammt nochmal!« Er stolperte auf die Füße und schwankte durch das Zimmer zum Fenster.

Die Dienstbotengebäude hatten schon seit vielen Stunden vor sich hin geglimmt, und erst der unerwartete Nachtwind hatte die Flammen angefacht. Der Commissioner starrte mit stumpfen Blicken in das brüllende Feuer. Der Glanz tat ihm in den Augen weh, und er nahm an, daß jetzt das halbe Haus schon wach war und daß das Feuer bald unter Kontrolle sein würde. Er wandte sich wieder Chrissie Wilkinson zu. Er mußte sie aufwecken und nach Hause schicken. Ein offener Skandal, das wäre nichts. Plötzlich bemerkte er, daß er noch nicht einmal in seinem eigenen Schlafzimmer war, sondern im Schlafzimmer seiner Frau. Wo war bloß Winter? Mensch, wenn die hier hereinkam und alles mitbekam! Der Commissioner bezweifelte, daß sie sich das bieten ließ. Er stolperte wieder auf die andere Seite des Zimmers und ließ sich neben der stillen Gestalt auf dem Fußboden auf die Knie fallen.

»Auf, Chrissie. Wach auf – die Party ist aus. Draußen brennt's, und bald kommen hier Leute rein. Chrissie!« Er schüttelte sie. Sie fühlte sich so komisch an. Nicht warm und rund und weich, wie Chrissie immer gewesen war, sondern steif – steif und kalt.

Ein Schauder lief über den fetten Körper des Commissioners. Der Schock klärte einen Teil des Nebels in seinem Gehirn. Er bewegte sich zur Seite, so daß sein Schatten nicht länger über sie fiel, und sah, daß sie tot war. Nicht nur tot, sondern auch noch ekelhaft verletzt. Der Commissioner faßte mit zitternder Hand sein Gesicht an, tastete darin herum und bemerkte, daß es das Blut aus diesen Wunden gewesen war, an dem er mit seiner Wange an ihrer Brust festgeklebt war. Ob er sie wohl umgebracht hatte? Er konnte sich nicht dran erinnern. Er konnte sich überhaupt an nichts erinnern. War er endlich zu weit gegangen und hatte sie in besoffener Raserei umgebracht?

Er wimmerte ihren Namen, zupfte an ihrem kalten Körper.

»Chrissie! ... Chrissie!« Er versuchte aufzustehen und stellte fest, daß es nicht ging. Auf Händen und Knien krabbelte er zur Tür. Jede Tür, jedes Fenster im Haus stand weit offen, und der Glanz von den brennenden Gebäuden füllte die Zimmer mit heißem Licht. Er sah das Durcheinander in der Halle und zog sich mühsam hoch.

Quer vor der Tür, zu seinen Füßen, lag eine Leiche. Alex' Diener, Alam Din. In Alam Dins Hand war ein zerbrochenes Schwert, denn er hatte versucht, die Tür gegen den heulenden Mob der Mörder zu halten. Drei hatte er mitgenommen, als er gestorben war. Ihre Leichen lagen noch da, wo sie hingefallen waren, denn der Mob hatte sich nicht einmal die Zeit genommen, die eigenen Toten zu entfernen. Der Commissioner hielt sich an der Türfüllung fest, und nach langer Zeit kroch er weiter und lehnte sich dabei gegen die Wand.

Im Haus war es totenstill, und nur das Licht der brennenden Gebäude durchflackerte manchmal die undurchdringliche Dunkelheit. Eine Dunkelheit, die vieles verbarg, während die flackernden Flammen anderes enthüllten. Die Leiche eines Kindes, die durch einen Schwerthieb fast halbiert worden war, lag direkt vor der Tür zum Speisesaal. Über seiner Leiche, wie zum Schutz, lag seine Mutter, Harriet Cameron.

Harriet Cameron – was machte die denn hier? Der Commissioner starrte mit glasigen Augen auf sie hinab. Sie kam doch nie zu seinen Partys, die war viel zu prüde. Harriet Cameron ... Das war ein Traum – ein furchtbarer Alptraum, aus dem er wieder wach werden würde. Endlich, endlich hatte ihn das Delirium tremens gepackt! Er würde nie wieder ein Glas anrühren – nie wieder. Er würde sich bessern; er würde Frauen und Drogen in Ruhe lassen; und auch den Alkohol – er würde ein neues Kapitel anfangen. Lieber Himmel! Was war denn das? ... ein Kopf ohne einen Körper! Captain Wardales Kopf, der ihn vom blutbefleckten Teppich her angrinste ... Die weißen Zähne glänzten in dem flackernden Licht, die starrenden Augen glänzten auch. Der kopflose Körper in seiner rotgoldenen Uniform lag einen Meter dahinter ...

Die stillen, zerschlagenen Räume, die schwarzen Schatten und die erleuchteten Stellen, wo das pulsierende Glühen des Feuers durchdrang, waren bevölkert von den Toten. Blut war in jedem Zimmer; und Leichen – Leichen. Steife, kalte Leichen von Frauen und Kindern, die mit offenen, schreienden Mündern gestorben waren – und mit starrenden Augen. Frauen und Kinder, deren Münder noch immer schweigend zu schreien schienen, während ihre toten Augen in Entsetzen starrten. Alte, getreue, liebende Kinderfrauen, die ihr Leben weggeworfen hatten, in dem Versuch, ihre kleinen Schützlinge zu bewahren. Männer, braun und weiß, deren Gesichter noch vor Wut grinsten und vor Lust am Töten.

Die starrenden Augen schienen den Commissioner zu beobachten, und es kam ihm so vor, als ob sie still mit ihm sprächen. Er torkelte hinaus, um ihnen zu entfliehen, aber auch da waren sie. Natürlich war dies ein Traum! Deshalb war es so still, deshalb bewegte sich nichts, außer dem flackernden Licht und den Schatten, die mit ihm flackerten. Aber dreierlei konnte er ganz deutlich hören. Das Knistern des Feuers, seine eigenen Schritte und seinen eigenen, rauhen, keuchenden Atem.

Das ausgetrocknete Gras der Rasenflächen und die toten Blätter knirschten unter seinen Füßen. Er stolperte über irgend etwas, etwas, das einmal Mrs. Gardener-Smith gewesen war. Die Plünderer hatten ihr die Kleider ausgezogen, und die Art, wie ihr üppiger Körper so unanständig dalag, kam dem Commissioner komisch vor. Schrilles Gelächter brach aus ihm hervor, weil der Alptraum – oder der Brandy – so ein verrücktes Bild heraufbeschworen hatte, wie Mrs. Gardener-Smith, die nackt auf seinem Rasen lag.

Aber beim Klang des hohen, hysterischen Gelächters bewegte sich endlich etwas. Drei unschöne, schleichende Schatten: Hyänen, die vom Geruch des Todes angelockt worden waren. Sie hatten sich von dem grellen Licht nicht stören lassen und galoppierten jetzt über den Rasen davon, in den Schutz der Schatten.

Diese Bewegung und der Klang seines eigenen Gelächters waren zuviel. Eiskalter Schweiß begann, dem Commissioner am Körper entlangzulaufen, und er fiel neben der nackten Leiche auf die Knie nieder. Er berührte sie mit einer zitternden Hand, packte das kalte Fleisch. Es war kein Traum. Es war Wirklichkeit. Dies war alles wirklich wahr. Sie waren alle tot. Er hievte sich mühsam wieder auf die Füße und stand schwankend da und horchte. Aber die Nacht und der Garten und das dunkle Haus waren so still wie ein frisches Grab. Nur der Nachtwind und die knisternden Flammen und sein eigener keuchender Atem. Auf der ganzen Welt war keiner mehr am Leben, außer ihm selbst – Conway Barton, der Commissioner von Lunjore.

Der entsetzliche Schrecken dieses Gedankens packte ihn an der Kehle wie eine Hand, die sich aus der Dunkelheit vorstreckte. Das Dach eines der Dienstbotenhäuschen fiel in einem plötzlichen Flammenstoß zusammen, und das Glühen wurde schwächer. Das Licht starb, und wenn es gegangen war, dann würde er allein in der Dunkelheit sein – allein mit den stillen, steifen, verwesenden Toten und den schleichenden Hyänen. Er schrie laut, er schrie nach Ismail, nach Iman Bux, nach Winter, nach Alex. Aber nur das Echo antwortete ihm.

Das Licht flackerte noch schwächer, und er begann zu rennen. Er stolperte, er heulte, er kreischte. Er fiel über einen Körper, der vor der gähnenden Dunkelheit des Tores auf dem Gesicht lag. Seine Hand berührte einen anderen, der im Schatten lag. Conway Barton raffte sich wieder auf und rannte, noch immer kreischend, auf die dunkle Straße hinaus, die durch die stillen, verlassenen Wohnquartiere der Engländer führte.

Der Himmel wurde schon bleich, und das erste Licht der Dämmerung zeigte sich, als Winter erwachte. Sie spürte, wie Alex sich bewegte und von ihr abrückte. Einen Augenblick später öffnete sie die Augen langsam und schläfrig und hatte trotz des rauhen Grases unter ihr das Gefühl, wunderbar ausgeruht zu sein und sich wohlzufühlen. Alex war aufgestanden und stand neben ihr, sein Profil hob sich dunkel vor dem grauen Himmel ab, und obwohl es kaum hell genug war, als daß man mehr als nur den Umriß seines Gesichtes sehen konnte, wußte Winter, daß er die Stirn runzelte.

Er schaute sie nicht an. Und während sie dalag und ihn mit schmerzhafter, besitzergreifender Liebe anschaute, wurde das Licht heller, und sein Gesicht war nicht länger eine flache Silhouette. Sie berührte seinen Arm. Alex drehte langsam den Kopf um und schaute sie an. Winter ließ die Hand wieder sinken. Er sagte: »Tut mir leid wegen gestern abend.«

Aber seine Stimme drückte keinen Kummer aus – und auch nichts anderes. Winters Herz zog sich in demselben, wohlbekannten Schmerz zusammen, den sie so oft verspürte, wenn sie Alex anschaute. »Tut es dir wirklich leid, mein Liebster?« dachte sie. »Wirklich? Es muß dir nicht leid tun, du Lieber. Es muß dir nicht leid tun . . ., mein Liebster, mein Liebster.«

Sie sehnte sich verzweifelt danach, die Arme um ihn zu legen und ihm zu sagen, daß sie ihn liebte. Aber sie wußte, sie durfte das nicht. Er wollte es nicht hören, und er würde es auch nicht verstehen.

Sie machte das blaue Baumwolltuch von den Gräsern und Sträuchern los und wickelte es wieder um ihren schlanken Körper. Diese Bewegung brachte wieder Leben in den Arm, der ihr eingeschlafen war, und rang ihr einen kleinen Schmerzensschrei ab. Alex hörte ihn und verstand ihn falsch. Winter sah, wie er zusammenzuckte, aber er drehte sich nicht um. Er ging schweigend zum Fluß hinunter.

Es wurde jetzt jeden Augenblick heller, und nach kurzer Zeit begann ein Vogel in den Bäumen zu zwitschern. Winter knotete ihr schweres, verwirrtes Haar hoch und suchte im hohen Gras nach dem Revolver und nach dem Wäschebündel.

Endlich kam Alex wieder zurück. Er hatte offenbar im Fluß gebadet, denn er war wieder sauber, und der Schmutz und die Schwarzpulverflecken waren nicht mehr in seinem Gesicht. Sein Haar war schwarz und glatt vom Wasser, und er hatte sein Hemd und seine Hose gewaschen und sich wieder angezogen. Der nasse Stoff klebte an ihm und zeigte seinen schlanken, sehnigen Körper, aber er begann schon jetzt in der Hitze zu trocknen. Alex nahm den Revolver und das Wäschebündel und sagte: »Was hast du mit Lou Cottar und Lottie gemacht? Und was hast du gestern abend hier gemacht?«

»Denen geht's gut – wenigstens glaube ich das«, sagte Winter und folgte ihm. »Ich wollte im Fluß baden, und auf dem Rückweg habe ich mich verirrt. Es wurde schon dunkel . . .«

Alex schien den Dschungel genau zu kennen, denn trotz der fehlenden Pfade ging er ohne Zögern Winter vorauf, und plötzlich war der dunkle Eingang zum Turm der Hirsche wieder vor ihnen.

Alex schob den Bambusvorhang zur Seite, den die Frauen unter den offenen Torbogen gehangen hatten, und ging hinaus auf das flache Dach. Der Himmel war jetzt hell, und der Tag schon jetzt atemlos heiß. Die hohen Bambussträucher, die den Turm der Hirsche verbargen und die bis zu der verfallenen Kuppel aufragten, ließen nur einen kleinen Teil des Daches frei, einen schmalen Schlitz, durch den man den Fluß sehen konnte. Alex setzte sich auf die zerkrümelnde Brüstung und starrte durch das kleine Quadrat leuchtenden Lichts hinaus. Es gab Dinge, die er zu bedenken hatte. Dinge, die bald überdacht werden mußten. Aber auf einmal wußte er, daß er es nicht konnte. Er konnte an nichts denken. Er hatte seit vierundzwanzig Stunden nichts gegessen, und seit Monaten hatte er über Problemen gebrütet, die jetzt nicht mehr wichtig waren. Er würde sich einen Tag lang ausruhen, so gut er konnte. Wenigstens war er wieder sauber, und diese Tatsache war ihm als Leistung für einen einzigen Tag groß genug. Er hatte nicht erwartet, daß er je wieder sauber sein würde. Er hatte erwartet, verdreckt und schmutzig zu sterben, mit steifem Gesicht, überzogen von Staub und Blut und Schweiß.

Das Problem der drei Frauen würde warten müssen. Sie konnten hier nicht unbegrenzt bleiben, aber sie konnten wenigstens einen oder zwei Tage bleiben, vielleicht länger. Der Gedanke lag wie ein schweres Gewicht auf seinen Schultern, und er wandte sich müde ab.

Winter trat hinter ihm auf das Dach hinaus. Ein Strahl der Morgensonne, der durch das dichte Bambusgebüsch drang, umfing sie mit strahlendem Licht. Alex drehte sich um und betrachtete sie mit vager Überraschung, als ob sie jemand wäre, den er noch nie gesehen hätte. Sie trug noch immer den blauen Baumwollsari, den sie in der vergangenen Nacht getragen hatte. Der Stoff war ein bißchen zu kurz, und er betonte die schlanke Schönheit ihres Körpers mit klassischer Vollkommenheit. Ihre Haut glänzte golden in der goldenen Sonne, und ihr schwarzes Haar hatte blaue Lichter. Völlig ohne Gefühle dachte er, sie sei das schönste Wesen, das er je gesehen hatte – und eine Fremde.

Das wachsame, zurückgezogene Wesen, das er in Wair kennengelernt hatte, das seekranke Kind in der Kabine der Sirius, die Condesa de los Aguilares, Mrs. Conway Barton – sie alle waren fort. Auch die Wachsamkeit, der Abstand war fort. Die großen dunklen Augen waren nicht länger unsicher, sondern ruhig und unbesorgt. Eine Heiterkeit, ein Frieden umgab sie wie ein Glanz. Etwas, das fast wie Glück wirkte.

Wie kann sie so aussehen? dachte Alex mit einer Spur von Ärger. Als ob sie völlig zufrieden wäre, als ob sie keine Probleme mehr hätte, die noch eine Rolle spielten. Hatten Frauen denn keine Phantasie? Nach allem, was sie gesehen hatte. Begriff sie denn nicht, daß ihr Leben von jetzt an nur noch eine Frage von Stunden oder Tagen war, daß es abhing von Glück, von Schlauheit oder von der Gnade Gottes?

Winter sagte: »Frühstück ist fertig.«

Diese gleichmütige, nüchterne Bemerkung, zu dieser Zeit und in diesem Zusammenhang, wirkte komisch auf ihn. Er lachte zum ersten Mal seit vielen Tagen.

43

Alex lag flach auf dem Bauch in einem Gebüsch am Rand einer Lichtung im Dschungel. Er hielt das eine Ende einer dünnen Schnur in der Hand und beobachtete, wie ein Pfau mit seinem Harem langsam herankam. Die Schnur war mit einer primitiven Falle verbunden, die vier Meter vor Alex lag. Während der letzten vierzehn Tage hatte er Dschungelhühner, zwei grüne Tauben, eine Pfauenhenne und ein unvorsichtiges Stachelschwein damit gefangen. Das Stachelschwein hatte sich als unlösbares kulinarisches Problem erwiesen, und nach einer Stunde hatte Winter Alex die verkohlten, nicht eßbaren Reste zur sofortigen Beerdigung übergeben.

Im Turm der Hirsche gab es Salz und Getreide und eine ganze Anzahl von anderen, dauerhaften Vorräten. Aber sie brauchten frische Nahrung, und Alex wagte es nicht, mit dem Gewehr zu schießen. An den heißen, stillen Tagen würde der Schuß weit zu hören sein. Aber sie besaßen Angelhaken und Leinen, und die hatten sich als mehr als nützlich erwiesen, und es war auch möglich, mit der Falle Vögel zu fangen.

Kochen war schwierig. Denn Rauch durfte nicht zu sehen sein. In der stillen Luft wäre er hochgestiegen und hätte sie verraten. Also kochten sie nur nach Einbruch der Dunkelheit oder vor dem Sonnenaufgang im unteren Raum der Ruine. Sie verhängten die Tür mit einem selbstgemachten Vorhang aus Gras und Bambus, damit das Licht nicht zu sehen war. Es war eine heiße, erstickende Angelegenheit, aber Winter und Lou Cottar erledigten sie, ohne zu klagen.

Sie wohnten jetzt seit über zwei Wochen im Turm der Hirsche. Sie hatten sich eine Routine angewöhnt, hielten sich mit einfachen häuslichen Arbeiten beschäftigt. Sie lebten ein seltsames Traumleben in dem heißen, stillen, schattigen Dschungel. Sie sprachen nie von Lunjore oder von dem, was dort geschehen war.

Lotties sanfter, tranceartiger Zustand hatte auch die zweite Flucht vor dem Massaker überlebt. Obwohl sie dauernd von Edward sprach, akzeptierte ihr umwölktes Gehirn die einfachste Lüge, und die Anwesenheit von Winter und Alex überzeugten sie, daß alles in Ordnung war. Das Leben in Indien war so anders als das Leben in England – nicht im mindesten so, wie Lottie es erwartet hatte. Aber man mußte sich eben an die fremden Sitten gewöhnen, und wenn Edwards Manöver vorbei waren, dann würden sie wieder in ihrem eigenen Bungalow in Meerut wohnen. Lottie mußte geduldig sein, durfte sich nicht beklagen.

Auch Lou Cottar übte sich in Geduld. Zuerst hatte es ihr gereicht, noch am Leben zu sein. Aber während die Tage vergingen, begann sie, die Sicherheit wieder als selbstverständlich hinzunehmen und sich danach zu sehnen, aus dem Dschungel zu flüchten und wenigstens zu versuchen, die Zivilisation zu erreichen. Die Briten konnten doch nicht alle tot sein! Das war Unsinn. Wenn sie nur entkommen konnten, dann würden sie mit Sicherheit feststellen, daß das Leben anderswo weiterging wie zuvor.

Lou hatte immer nur für ihr Vergnügen gelebt. Und für Männer. Sie sehnte sich danach, wieder mit ihrer eigenen Art Menschen zusammenzusein. Nach Lichtern, nach Krach, nach Musik und Gelächter. Josh wäre in Kalkutta, und Lou war sicher, daß Kalkutta noch immer in britischen Händen war. Sie hatte ihren Mann nie besonders gemocht, aber Josh verkörperte eine Lebensweise, die Lou genau paßte. Für ihr eigenes Geschlecht hatte sie nicht viel übrig, und in der Gesellschaft zweier jüngerer Frauen zu leben, mit denen sie nichts gemeinsam hatte, das war sowohl ermüdend als auch ärgerlich für sie. Aber Lou besaß Vernunft und Mut, und sie wußte, daß wegen Lottie English kein Risiko eingegangen werden durfte. Sie war nicht für Lottie verantwortlich, aber überraschenderweise hatte sie mit der Zeit eine seltsame Zuneigung zu dem kleinen Ding gefaßt. Ein Gefühl, das ans Mütterliche grenzte. Lottie ärgerte sie häufig, aber Lou wußte, sie konnte Lottie nicht verlassen – keiner würde sie verlassen.

Außerhalb des Dschungels, der sie schützte, gab es soviel, was getan werden mußte. Delhi mußte zurückerobert werden. Irgendwo jenseits der Grenze von Lunjore machte William Hodson die Arbeit von zehn Männern. Und hundert andere mit ihm. Keiner von diesen Männern stand still da, und man brauchte jede Hand, jedes Gehirn, jedes Herz, um das Land davor zu retten, wieder in Anarchie zu versinken. Und dennoch saß er, Alex Randall, hier herum, gebunden an Händen und Füßen durch die Notwendigkeit, das Leben dreier Frauen zu schützen.

Wenn er sie doch nur loswerden könnte! Wenn er sie doch nur in Sicherheit bringen konnte. Dann konnte er zu Henry Lawrence stoßen, zu den Truppen, die sicherlich jetzt auf dem Marsch waren, um Delhi anzugreifen. Und dann war da noch sein eigener Bezirk . . . Dennoch, jetzt konnte er nichts tun. Im Augenblick wenigstens waren die Frauen sicher, aber er konnte sie nicht weiterführen, ehe er nicht verläßliche Nachrichten hatte.

Er mußte die Verantwortung für sie übernehmen. Wenn er sie verließ, dann waren sie verloren. Er konnte sie nicht alleinlassen, denn dann würden sie alle sterben.

An einem Tag war Alex zurück zur Residenz gegangen.

Die Residenz war verlassen gewesen, abgesehen von den Krähen und Habichten und den Paria-Hunden, und der süßliche Gestank der Verwesung hatte in einer dichten Wolke über dem Haus gehangen, fast so dicht wie die Wolken von geschwollenen Fliegen, die über den Toten brummten. Aber er hatte nichts Neues erfahren. Noch nicht einmal die Namen derjenigen, die gestorben waren, denn nur noch wenige waren kenntlich.

Alex hatte sich gezwungen, sie zu identifizieren, festzustellen, wer sie einmal gewesen waren. Aber dann mußte er diesen Gedanken wieder fallenlassen. Sein eigener Bungalow war leer, und auch er war systematisch ausgeraubt worden. Man hatte versucht, das Haus anzustecken, aber die Flammen hatten nicht weiter um sich gegriffen. Das Büro war sogar noch ziemlich unbeschädigt, denn der Mob konnte mit Akten und Papieren nichts anfangen und hatte sich nicht die Mühe gemacht, sie zu zerstören. Im Büro war allerdings ein unerwartetes Objekt gewesen. Die Leiche des Commissioners von Lunjore.

Conway Barton hatte auf dem Fußboden zwischen der Innentür und dem Schreibtisch auf dem Boden gehockt. Alex hatte ihn umgedreht und keine Wunde gefunden. Er hatte wenig auf dem Leib, außer einem buntfarbigen Schlafrock und einem Pantoffel, und es gab keinen Hinweis darauf, was er hier wohl machen wollte. Auch nicht darauf, wie er hierhergekommen war – ob aus freiem Willen oder mit Gewalt. Eins allerdings war offensichtlich; er war noch nicht so lange tot wie die anderen in der Residenz. Und nach dem entsetzten Ausdruck auf seinem zerfurchten Gesicht zu schließen, war er anscheinend aus Angst gestorben.

Es hätte zu lange gedauert, ein Grab für diesen fetten, ungelenken Leichnam zu graben. Und Alex, nachdem er gewisse Akten und wichtige Papiere eingesammelt hatte, schloß die Tür hinter dem Commissioner und ließ ihn zurück.

Alex war nicht wieder in den Wohnbezirk der Engländer gegangen. Er hatte auch nicht wieder bei Tag die Straße benutzt. Wenn er ging, dann ging er immer bei Nacht und kehrte am Morgen zurück und schlief dann den größten Teil des Tages.

In der Nacht, nachdem er von der Residenz zurückgekehrt war, hatte er ein Dorf besucht, wo sein Jäger Kashmera wohnte. Es war ein großes Risiko gewesen, denn er war im Dorf gut bekannt. Dennoch mußte dieses Risiko eingegangen werden, denn ohne Nachrichten konnte er nichts unternehmen. Der alte Jäger war zur Tür seiner Hütte gekommen und hatte selbst im schwachen Sternenlicht gewußt, wer draußen stand. Er hatte wie Niaz in der Dunkelheit die scharfen Augen einer Katze. Er war Alex hinaus in die Nacht gefolgt, und sie hatten sich im Schatten eines Kornfeldes eine halbe Stunde lang hingehockt und miteinander geflüstert.

Es wäre noch nicht sicher, herauszukommen, sagte man ihm. Es gäre im Land, denn Banden von bewaffneten Sepoys durchkämmten noch immer die Dörfer. »Wenn deine Leute nicht bald Delhi zurückerobern«, sagte Kashmera, »dann werden sich die Menschen in Delhi mit ihnen zusammentun. Wenn Delhi aber genommen wird, dann werden viele ruhig bleiben, die jetzt noch schwanken. Bleibe auch du ruhig, versteck dich, bis das Schlimmste vorüber ist . . .«

Keine der Neuigkeiten war beruhigend, und es war offensichtlich unklug, die relative Sicherheit des Turms der Hirsche gegen die Gefahren auszutauschen, die eine Flucht über Land mit sich brachte. Die Berichte, die Alex bekam, handelten alle von Katastrophen, die die Briten zu erdulden hatten. Ganz Oudh gäre. In Agra habe es auch einen Aufstand gegeben, und in Allahabad hätten die Truppen gemeutert und die Engländer umgebracht. Ja, Nachrichten gab es massenhaft – und alle waren schlecht. Man konnte nichts anderes tun, als die Frauen versteckt zu halten, und Alex fühlte sich so inaktiv nicht wohl und beschäftigte sich damit, Vögel zu fangen.

Winter war die einzige der vier Bewohner des Turms der Hirsche, die nicht um Geduld beten mußte. Sie war, vielleicht zum ersten Mal in ihrem Leben, völlig zufrieden.

Die Hitze machte ihr nicht soviel aus wie Lottie oder Lou Cottar, und der Dschungel und der Fluß und die uralte, verborgene Ruine hatten einen seltsamen Zauber für sie. Sie gehörten nicht zur normalen Welt. Sie waren etwas Verlorenes, Vergessenes, sie befanden sich außerhalb der Realität. Winter verschloß ihr Gedächtnis gegen alles, was in Lunjore geschehen war – gegen die langen Monate der Erniedrigung und des Elends, gegen die Schrecken des letzten Tages und gegen die Gedanken an Schlimmeres, das jetzt vielleicht in der Welt außerhalb des Waldes geschah. Sie wollte nicht an die Vergangenheit denken und auch nicht an die Zukunft. Nur an die Gegenwart. Und die Gegenwart war Alex.

Es machte ihr nichts aus, daß Alex sie kaum anschaute und auch selten mit ihr sprach. Sie hatte das Gefühl, als ob sie ihn schon ihr ganzes Leben lang geliebt hätte, und seit der Nacht nach ihrer Flucht aus Lunjore hatte sie sich so sehr als ein Teil von ihm gefühlt, daß sie manchmal seinen Gedankenprozessen folgen konnte, als ob es ihre eigenen gewesen wären. Böse Erfahrung hatte sie gelehrt, wenig vom Leben zu erwarten, und jetzt war sie damit zufrieden, daß Alex lebte und in ihrer Nähe war. Und sie fühlte seine Gegenwart, selbst wenn sie ihn nicht sah.

Sie bemerkte, daß er viel öfter mit Lottie sprach als mit ihr oder Lou. Für Lottie hatte er auch eine ganz besondere Stimme. Eine Stimme, die fröhlich war und sanft und seltsam beruhigend. Diese Stimme beruhigte Lottie immer, und für Winter bedeutete es Sicherheit, diese Stimme zu hören.

Lottie und Lou Cottar trugen trotz der fürchterlichen Hitze immer noch die Kleider, die sie auf ihrer Flucht aus Lunjore getragen hatten. Von einer seiner nächtlichen Ausflüge brachte Alex einmal Nadeln und Faden mit, und sie hatten ihre Kleider säuberlich geflickt. Unerwarteterweise hatte er auch einen dunkelroten Baumwollsari mit tiefblauer Borte mitgebracht und ein passendes Ärmeljäckchen aus Baumwolle. Ein Kleidungsstück, wie es die Frauen aus dem Dorf trugen, für Winter.

Lottie und Lou Cottar ließen sich nicht überreden, solche Sachen zu tragen. Sie hatten zwar ihre Unterröcke, die Fischbeinmieder und die rüschenbesetzte Unterwäsche aufgegeben, aber an dem, was sie als zivilisierte Kleidung betrachteten, hingen sie fest. Sie aufzugeben, das hätte für die anderen beiden den Verlust ihrer Hoffnung bedeutet.

»Du läßt dich gehen, Winter, du wirst wie eine Eingeborene«, schnappte Lou Cottar eines heißen Abends. Sie schaute Winter verärgert an und bemerkte im gleichen Augenblick, wie gut die drapierten Falten des billigen Saris ihr standen und wieviel schöner ihr seidiges, blauschwarzes Haar wirkte, wenn es in einer dicken Flechte fast bis zu ihrem Knie hinabhing.

Mrs. Cottar hatte die kleine Mrs. Barton nie für besonders hübsch gehalten, aber als sie sie jetzt anschaute, wurde ihr plötzlich klar, daß Winter schön war. Wie eine Gestalt aus einem östlichen Märchen – eine Prinzessin aus Tausendundeiner Nacht. Verärgert sagte sie: »Du bist die einzige von uns, die in diesem gottverlassenen Loch nicht fehl am Platze wirkt – und es scheint dir auch nichts auszumachen, daß du hier bist.«

»Es macht mir nichts aus«, sagte Winter träumerisch.

Lou Cottar starrte sie mit Verärgerung an, und plötzlich begriff sie. Abrupt sagte sie: »Du liebst ihn, nicht wahr?«

Vor nicht allzu langer Zeit hätte Winter diese Frage als eine Unverschämtheit von ungeheurer Geschmacklosigkeit betrachtet, und die Frage ehrlich zu beantworten wäre undenkbar gewesen. Aber hier war nicht die zivilisierte Welt. Hier war Eden. Sie lächelte Lou an und sagte: »Ja.«

»Liebt er dich auch?«

Winter schüttelte den Kopf, und Lou sagte herb: »Dann ist er ein Narr.«

Eines Abends waren sie wieder zum Fluß gegangen, alle vier, wie sie es jeden Abend taten. Es war dort kühler, und Kleider und Kochtöpfe mußten immer gewaschen werden. Man mußte sich auch um die Angelruten kümmern. Winter hatte die Kobra erst gesehen, als sie zischend auf sie zuschoß. Winters Sari hatte sich in einem Dornbusch verfangen, und sie wollte gerade den Zipfel wieder losmachen, da berührte ihr Fuß die kalten Spiralen der Schlange, und die Fangzähne bohrten sich in ihren linken Arm, direkt über dem Ellbogen.

Alex war weniger als einen Meter von ihr entfernt gewesen und fuhr herum, als Winter aufschrie. Dann sah er, wie die Schlange über den Pfad glitt, und er bemerkte die zwei kleinen runden Bißlöcher auf der glatten, sonnengebräunten Haut. In der nächsten Sekunde war er auf Winter zu gesprungen und hatte sie gepackt. Seine Finger bohrten sich über der Wunde ins Fleisch, preßten das Blut heraus, und dann war sein Mund an ihrem Arm und saugte mit aller Kraft.

Lou war herangelaufen und hatte das Gras mit einem Stock geschlagen, und dann packte sie einen Unterrock, der gewaschen werden sollte, und riß hastig mit den Zähnen daran. Endlich ging er entzwei, und sie wand einen Streifen des Stoffes über Alex' pressenden Händen um den Arm und zog ihn mit einem Knebel fest.

Alex hob den Kopf und sagte mit rauher Stimme: »Permanganat – auf dem Stein am linken Ufer – schnell!« Und Lou rannte und stolperte über das Gras und die Dornen und die Schlingpflanzen, während Lottie die Hände rang und weinte.

Alex riß das Messer aus der Scheide, packte Winter, hielt sie ganz fest, so daß sie sich nicht bewegen konnte, und schloß seine Hand wie einen Schraubstock um ihr Handgelenk. Er sagte: »Es wird weh tun. Beweg dich nicht«, und dann schnitt er zweimal tief durch die Wunde. Er spürte, wie sie auf dem dünnen Stoff seines Hemdes fest die Zähne zusammenbiß und wie ihr Körper sich vor Schmerzen wand. Aber sie schrie nicht auf, und er ließ das Messer ins Gras fallen. Das Blut rann in einer roten Flut über ihren Arm und über seinen, und er hob sie hoch und trug sie schnell zurück zum Turm der Hirsche.

Lou begegnete ihnen ein Dutzend Schritte vom Eingang. Sie hielt die kleine Blechdose mit den Permanganatkristallen fest in der Hand. Sie füllten die Wunde mit den Kristallen und schafften Winter die Strickleiter hoch. Alex hatte den Arm bluten lassen, und sie hatte ihn mit schmerzverzogenem Gesicht angesehen und mit wirrem Flüstern gesagt: »Ihr macht solch eine Schweinerei auf dem Fußboden.«

»Das können wir auch aufwischen«, sagte Alex kurz und mit weißen Lippen. »Lou, um Gottes willen, zurück zu Lottie!«

Nach kurzer Zeit hatte Alex Winter den Arm verbunden und ihr Opium gegeben, soviel er wagte. Später, als Lou und Lottie zurück waren und als ihm klargeworden war, daß sie nicht sterben würde, war er hinausgegangen. Hinter einem undurchdringlichen Bambusdickicht war ihm furchtbar übel geworden.

In der ersten Nacht hatte Winter hohes Fieber. Alex hielt ihre verkrampften Hände, während sie sich hin und her wälzte und unverständliche Worte murmelte. Lou Cottar kühlte ihren brennenden Körper mit Wasser. »Wird sie sterben?« hatte Lou einmal gefragt. »Nein. In ein paar Stunden wird's ihr wieder bessergehen«, hatte Alex mit mehr Zuversicht gesagt, als in ihm war. »Gib mir das Tuch, und dann leg dich hin, Lou. Wenn du mir auch noch durchdrehst, dann geh' ich hinaus und erschieße mich, das schwöre ich dir!«

Lou hatte gelacht und erleichtert aufgeatmet, und dann hatte sie ihm gehorcht. Und Alex hatte den schlanken, von Fieber geschüttelten Körper in die Arme genommen und Winter ganz fest gehalten. Er hatte seine Wange an ihre brennende Stirn gepreßt. Die mondererleuchtete Nacht war atemlos heiß gewesen, und Alex' Körper war naß vor Schweiß, aber seine Umarmung schien sie zu beruhigen, und nach einer Weile spürte er, wie sie sich entspannte und still in seinen Armen lag. Er wußte, daß sie endlich schlief und daß das Fieber den Höhepunkt überschritten hatte.

»Mein Liebes«, dachte Alex und berührte mit den Lippen die glatte, heiße Haut und die feuchten Wellen ihres seidigen Haares, die so dunkel waren wie die Dunkelheit um ihn. »Winter, Winter, ich liebe dich . . .«

Ganz plötzlich fiel die nagende Rastlosigkeit, die ihn während der letzten Wochen begleitet hatte, von ihm ab, und es interessierte ihn nicht mehr, was aus allen anderen wurde – oder aus Indien. Solange nur Winter sicher war. Er konnte jetzt geduldig warten. Sie war ihm keine Bürde mehr, sondern ein Teil seines Herzens, wie sie es immer gewesen war. Was kümmerte es ihn, wenn sie hier monatelang, jahrelang warten mußten? »Jetzt«, dachte Alex, »darf ich dich nicht mehr küssen, darf ich dich nicht mehr berühren. Denn wenn ich es doch tue, dann würde ich dich nur wieder nehmen – ich könnte nicht anders. Und es dauert vielleicht Monate oder ein Jahr, ehe wir hier fortkönnen.«

Er dachte an Lottie und zitterte. Eines Tages, eines Tages würden die Nachrichten besser sein. Deswegen hatte er keine Zweifel. Denn das, was er einmal Kishan Prasad gesagt hatte, entsprach der Wahrheit. Selbst wenn jeder Europäer in ganz Indien getötet würde, die

Briten würden, falls nötig, jeden Mann herschicken, den sie hatten. Um Rache zu nehmen. Der Mord an ihren Frauen und Kindern würde sie dazu bringen. Das konnten sie nicht verzeihen, und sie konnten auch nicht ruhen, bis dieser Mord gerächt war.

Eines Tages, vielleicht schon sehr bald, werden die Engländer wieder herrschen. Es würde wieder sicher sein, den Dschungel zu verlassen. Dann konnten sie fort . . ., konnten heiraten. Barton war tot. Es war nur eine Frage des Wartens.

44

Winter hatte sich schnell erholt und litt bemerkenswert wenig unter den Nachwirkungen des Vorfalls. Die Wunde, die Alex mit dem Messer gemacht hatte, heilte sauber zu, und Winter war bald wieder auf den Beinen.

Danach sah sie nur noch sehr wenig von Alex. Sie hatte den Verdacht, daß er ihr absichtlich aus dem Weg ging, aber sie wußte, daß er viel entspannter war und nicht länger ungeduldig oder verärgert. Sie spürte auch, daß er sie in letzter Zeit unter gesenkten Augenwimpern beobachtete. Er lag vielleicht am Abend am Ufer des Flusses, während sie mit Lottie und Lou die Kleider wusch, und dann blickte sie auf und stellte fest, daß sein Blick auf ihr ruhte. Und wie immer spürte sie dann, wie ihr Herz sich zusammenzog.

Eines Nachts war er wieder in der Stadt gewesen, und als er in der Dämmerung zurückkehrte, war in seinen Augen wieder das heiße Feuer der Rastlosigkeit. Denn es schien, als ob sich das Blatt jetzt endlich wendete.

Die Briten, die angeblich alle tot waren, lagerten wieder auf dem Bergrücken vor Delhi. Die Guides waren von Mardan heranmarschiert und hatten sich mit der Streitmacht vor Delhi vereinigt. Hodson Sahib, der »Burra-Lerai Wallah« war auch dort, er kommandierte ein Reiterregiment, das er selbst ausgehoben hatte.

»Es wird jetzt nicht mehr lange dauern«, sagte Alex, und seine Augen flammten im grauen Tageslicht. »Ein bißchen länger werden wir hier noch aushalten müssen, aber bald kommt der Monsun, und dann wird es kühler. Und wenn Delhi eingenommen ist, dann können wir fort. Eine Menge von denen, die jetzt noch schwanken, werden dann auf unserer Seite sein, und wir werden auf der Straße Hilfe bekommen.«

Noch zehn Tage, vielleicht noch vierzehn Tage – oder einen Monat. Was spielte das noch für eine Rolle, jetzt, wo das Ende der Wartezeit in Sicht war? Sie konnten es sich leisten, noch eine oder zwei Wochen länger zu warten. »Wir werden warten müssen, das sehe ich ein«, sagte Lou und wischte sich den Schweiß vom Gesicht. »Wir haben Glück gehabt – viel mehr Glück als andere. Vielleicht hält unser Glück noch ein bißchen länger.«

Aber es hielt nicht mehr länger.

Am gleichen Abend war Lottie losgegangen, um Beeren im Dschungel zu pflücken, und sie hatte gehört, wie jemand sich in den Büschen bewegte. Sie hatte sich umgedreht, weil sie Lou erwartete, die Wasser holen wollte. Aber es war nicht Lou. Es war ein bärtiger, barhäuptiger Eingeborener in zerrissenen, beschmutzten Kleidern, der auf einer Schulter ein schweres Bündel trug – und am Handgelenk und an den Knöcheln die Spuren, die Eisenfesseln hinterlassen.

Sie konnte nicht wissen, daß dies einer der Verbrecher war, die der Mob aus dem Gefängnis der Stadt befreit hatte. Sie konnte auch nicht wissen, daß dieser Mann vor kurzer Zeit einen indischen Händler und seine Familie ermordet hatte und jetzt mit der Beute in den Dschungel geflüchtet war. Aber über seine Absichten machte sich Lottie keine Illusionen.

Die Augen des Mannes glitzerten, und seine Lippen streckten sich zu einem bösen Grinsen. Er ließ das Bündel fallen, das er bei sich hatte, und zog ein fleckiges Schwert aus der Scheide. Er ging ganz langsam auf Lottie zu, er duckte sich ein bißchen, und das trockene Dschungelgras rauschte und knisterte um ihn her. Lottie machte keine Anstalten, sich umzudrehen und wegzulaufen. Sie stand wie eingefroren da, und sie starrte den Mann an wie ein Kaninchen in der Falle. Sie hörte nicht, wie Lou vom Fluß heraufkam. Auch der Mann hörte sie nicht.

Lou verließ den Hirschturm nie ohne einen Revolver. Sie ließ den Wassertopf fallen, und als der Mann sich, aufgeschreckt durch das plötzliche Geräusch, umdrehte, zog sie den Revolver und feuerte. Der Mann zuckte hoch, und seine Augen und sein Mund öffneten sich in einem Ausdruck ungläubigen Erstaunens. Dann schwankte er, hustete, knickte ein und stürzte zur Seite. Blut ergoß sich aus seinem Mund.

»Nein!« schrie Lottie. »Nein! Nein! Nein . . .!«

Alex hatte gerade die Bambusleiter verstärkt, die er als Ersatz für die Strickleiter hergestellt hatte. Er hatte den Schuß und die Schreie gehört, ließ die Leiter fallen und rannte. Er hatte nur einen Blick auf den Mann geworfen, der am Boden lag, und dann packte er Lou, die die schreiende Lottie im Arm hielt, und sagte: »Wo ist Winter?« Und dann war Winter durch die Büsche herangelaufen, und er hatte Lous Schultern gepackt und sie geschüttelt und gesagt: »Waren noch andere dabei?«

»Nein«, sagte Lou mit zuckenden Lippen. »Er ist mit einem Schwert auf Lottie losgegangen. Ich hab' ihn erschossen. Lottie – Lottie! Es ist alles in Ordnung, Liebes, alles in Ordnung.«

Alex sagte: »Los, geht zurück in den Turm – ihr alle.« Aber Lottie wollte nicht gehen. Sie hatte sich gewehrt und geschrien, und Alex hatte sie Lou aus den Armen genommen und sie zurück zum Turm der Hirsche getragen. Als er sie die Leiter hinaufschaffen wollte, hatte sie erstaunliche Kräfte gezeigt, aber endlich hatte er es geschafft, sie in den oberen Raum zu bringen.

Lottie hatte geschrien und sich gewehrt wie am Kaschmir-Tor in Delhi, als der grinsende, bärtige Mann mit dem Schwert auf Edward zu lief. Als sie gesehen hatte, wie ihr Mann fiel. Als das Blut aus seiner schrecklichen Wunde schoß und als man sie über die Zinnen in den trockenen Graben gelassen hatte. »Laßt mich los! Laßt mich los! Sie bringen ihn um! Edward – Edward!« schrie Lottie. Und dann, ganz plötzlich, war sie in Alex' Armen schlaff geworden, und sie sahen mit unaussprechlicher Erleichterung, daß Lottie ohnmächtig geworden war.

Alex legte sie auf das schmale Feldbett. Er ließ die Strickleiter hinunter und befahl Winter, sie hinter ihm wieder hochzuziehen. Dann ging er hinaus in den dämmrigen Dschungel.

Das Bündel, das der Mann bei sich gehabt hatte, war voller Wertsachen. Silbermünzen, eine Menge indischer Schmuck und ein Objekt, das seine eigene Geschichte erzählte. Die Hand einer Frau, die man abgehackt hatte, um an die Ringe zu kommen, die daran waren. Es war offenbar schwierig gewesen, sie abzukriegen. Alex packte die Leiche, zerrte sie zum Fluß und warf sie ins tiefe Wasser. Dann nahm er das Bündel und trug es zum Turm der Hirsche. Das Geld konnte einmal sehr nützlich werden.

Als er zurückkam, war Lottie noch immer bewußtlos. Lou und Winter machten verzweifelte Anstrengungen, sie wiederzubeleben.

»Laßt sie in Ruhe«, riet Alex. »Wenn sie sich an Delhi erinnert hat, dann ist es so besser. Wir sollten die Lampe anzünden.«

Sie benutzten die Lampe sowenig wie möglich, teils, um Lampenöl zu sparen, aber hauptsächlich, damit man kein Licht sah. Winter ging nach unten, um das Abendessen herzurichten, und Alex reichte ihr ohne Kommentar den Revolver. Er war noch immer nicht ganz sicher, daß der tote Plünderer allein gewesen war, und er wußte auch nicht, ob der Schuß oder Lotties Schreie gehört worden waren.

Lou zündete die kleine Öllampe an, während Alex Brandy und Opium mit Wasser mischte. »Wenn sie wieder zu sich kommt, hält sie das vielleicht eine Weile ruhig«, sagte er und schob Lou die Brandyflasche zu. »Du trinkst auch besser einen Schluck davon. Du siehst aus, als ob du ihn brauchen könntest.« Sie hatten mit dem Brandy genauso gespart wie mit dem Öl, aber Lou trank und war dankbar für die feurige Flüssigkeit.

Eine weitere Stunde lang war Lottie bewußtlos gewesen, und als sie endlich stöhnte und sich rührte, hatten die anderen es geschafft, ihr ein bißchen von der Opiumflüssigkeit einzuflößen. Lottie hatte sich aufgesetzt, hatte sich gegen Lou Cottars Schulter gelehnt und alle angestarrt. Ihre Augen hatten die verwirrte Süße verloren, die so lange darin gelegen hatte.

Endlich sagte sie: »Edward ist tot, nicht wahr? Sie haben ihn umgebracht. Es . . ., es ist mir wieder eingefallen. Und sie haben Mama erschossen – und Papa. Wo ist Sophie?«

»Sophie ist in Sicherheit, Liebes«, sagte Winter. »Sie ist in Cawnpore.«

»Sie haben Edward umgebracht«, flüsterte Lottie. »Sie . . ., sie haben ihn mit dem Schwert niedergeschlagen, und ein Mann mit einem Messer war auch da, der . . .«

Winter sagte: »Denk nicht daran, Liebes – denk nicht daran.«

»Wie könnt ihr mich davon abhalten, an so etwas zu denken? Ich hätte bei ihm bleiben sollen, aber sie wollten mich nicht bei ihm lassen. Ich hätte bei ihm bleiben sollen . . .« Sie lehnte ihren Kopf gegen Lou Cottars Schulter und weinte, und Alex stand auf und ging hinaus.

In dieser Nacht hatte er im Dschungel geschlafen. Im Gras vor dem Eingang zum Turm der Hirsche. Hin und wieder konnte er das Stimmengemurmel aus dem oberen Raum in der Ruine hören, aber die Intervalle wurden immer länger und länger, und schließlich war alles still.

Als Alex aufwachte, war der Himmel klar. Es war die neblige Klarheit, die einem Tag voll zermürbender Hitze vorangeht.

Alex ging zum Fluß hinunter und legte sich auf dem schmalen Rand unterhalb des Ufers ins Wasser. Er sah zu, wie die Farbe des Himmels sich von blassem Grün zu Safrangelb veränderte, während die Vögel in den Dickichten über ihm erwachten und ein Trupp Affen zum Trinken herabkam. Lange Zeit lag er da, bis die Sonne über den Horizont sprang und der brennende Tag voll über den gnadenlosen Himmel flutete. Erst dann, als die Sonne über den Gipfeln der Bäume flammte, fiel ihm auf, daß heute morgen keine der drei Frauen zum Fluß gekommen war. Gewöhnlich waren sie schon vor Sonnenaufgang hier, und er überließ ihnen dann den kleinen Strand und kehrte zum Hirren Minar zurück. Aber heute waren sie nicht gekommen.

Widerstrebend verließ er das Wasser. Er fühlte, wie es schon auf seinem Rücken trocknete, ehe er den oberen Rand des Ufers erreicht hatte. Zwischen den Schatten der Bäume brannte die Sonne wie eine Flamme auf seinen Schultern, während er zum Turm der Hirsche zurückkehrte. Er hatte den Eingang gerade erreicht, als er das qualvolle Stöhnen hörte.

Er blieb stehen. Fast fünf Minuten stand er ganz still da. Er wußte, was das Stöhnen bedeutete. Verzweiflung, Zorn und Mitleid wallten in ihm auf. Da wandte er sich ab und setzte sich in den Schatten auf einen verwitterten Steinblock, der vor der niedrigen Steintreppe am Turm der Hirsche lag. Dies wenigstens war nicht seine Angelegenheit. Es waren zwei andere Frauen bei ihr.

Während er dem Stöhnen zuhörte, fragte er sich, warum der Allmächtige es wohl für richtig gehalten hatte, den Frauen so eine lange, schmerzhafte Methode auferlegt hatte, um die Erde zu bevölkern. Und warum im Namen Allahs, des Gnädigen und Barmherzigen, dies ausgerechnet jetzt passieren mußte.

Wahrscheinlich konnte man es genausogut jetzt hinter sich bringen, dachte Alex. Schließlich war das ja eine völlig natürliche Angelegenheit. Nichts, worüber man sich aufregen müßte. Das passierte eine halbe Million mal am Tag, und es war eine einfachere Angelegenheit, als man annehmen sollte. Er war bei der Geburt von Chytuk dabeigewesen und hatte auch einer Hündin geholfen, die bei ihrem Wurf Schwierigkeiten gehabt hatte. Einmal hatte er die ganze Nacht aufgesessen und hatte beim Licht einer Öllampe ein Handbuch für Hebammen gelesen. Einmal auch war er vierzig Meilen weit geritten, um der Frau eines an Typhus erkrankten Landvermessers in einem einsamen Waldcamp zu helfen, die ihr erstes Kind bekam. Es war eine langwierige, aber vergleichsweise einfache Sache gewesen. Nur, die Frau damals hatte breite Hüften gehabt und war gesund gewesen. Sie war in keiner Weise vergleichbar mit Lottie, die so kindlich klein und zierlich war.

»Was machen diese Frauen bloß mit ihr?« dachte Alex ungeduldig. Er konnte Winters und Lous Stimme hören, und Lotties qualvolles Stöhnen ging immer weiter. Dann ertönte ein Schrei, ein Angstschrei, und plötzlich hielt es Alex nicht mehr aus. Er sprang von der steinernen Stufe auf und stieg über die Leiter in das obere Zimmer.

Lottie lag auf dem Feldbett. Sie war voll angekleidet und klammerte sich an die Seiten des Bettes, und ihre Augen waren aufgerissen vor Schrecken. Winter kniete neben ihr, und Lou Cottar beugte sich mit einer Blechtasse über sie. Die beiden drehten die Köpfe zu Alex um, und in beiden weißen Gesichtern lag die gleiche Angst vor dem Unbekannten, die auch Lottie zeigte. Alex begriff in diesem Augenblick, daß keine der drei Frauen vom Verlauf einer Geburt auch nur die mindeste Ahnung hatte.

Die erstickende Prüderie dieser Zeit brachte es mit sich, daß der größte Teil der jungen Frauen über solche Angelegenheiten völlig im unklaren gelassen wurde. Weder Winter noch Lottie hatten je gesehen, wie eine Katze wirft, und Lou Cottar, die mit Sicherheit nicht als jung oder unschuldig bezeichnet werden konnte, hatte nie eigene Kinder gehabt. Alle drei hatten nur eine ganz unklare Ahnung von dem, was passierte, wenn ein Kind geboren wird. Die ganze Angelegenheit wurde ja stets in tiefstes Geheimnis gehüllt, und man unterhielt sich nur im Flüsterton darüber. Je weniger eine junge Mutter über die Geburt wußte, desto weniger würde sie sich auch vorher Sorgen darüber machen, so dachte man. Und wenn eine Geburt erst mal angefangen hatte – nun, dann konnte man sie nur noch ertragen.

All diese Dinge sah Alex deutlich im Gesicht der drei verzweifelten, entsetzten Frauen geschrieben. Plötzlich packte ihn Wut. Er schob Winter und Lou zur Seite und sagte wild: »Was zum Teufel glaubt ihr eigentlich, was ihr hier macht? Los! Zieht ihr diese Klamotten aus!« Wieder sah er den gleichen Ausdruck auf ihren Gesichtern. Selbst jetzt hielten sie es noch für unaussprechlich schockierend, Lottie in seiner Gegenwart auszuziehen, und sein Zorn stieg. Er beugte sich über Lottie und nahm ihre Hände. Er spürte, wie sie sich voller Angst an ihn klammerte, und er sagte: »Hör mir zu, Lottie. Du wirst jetzt an dein Baby denken. An nichts anderes. Vergiß, daß ich ein Mann bin – vergiß auch, daß du mich kennst. Versuch nur, das zu tun, was ich dir sage. Wirst du das tun?«

Lottie nickte. Sie klammerte sich weiterhin an seine Hände. Er machte sich los und sagte kurz zu Lou: »Fächle ihr Luft zu. Sorg dafür, daß die Fliegen wegbleiben. Haben wir genug Wasser hier?«

»Ich glaube ja«, sagte Lou. Ihr Gesicht war ganz weiß, und ihre Selbstsicherheit hatte sie plötzlich verlassen. Lou hätte sich einem heulenden Mob ruhig und mutig gegenübergestellt, aber Lotties Schmerzen, Lotties Angst waren etwas, wogegen sie nichts unternehmen konnte. Und davor hatte sie Angst.

»Nun, sieh noch einmal nach. Und wenn nicht genug da ist, dann hol es.« Er drehte sich zu Winter um, die Lottie ausgezogen hatte, und sagte: »Geh nach unten und koch Wasser. Koch das Messer fünf oder zehn Minuten aus, nimm dann den Topf vom Feuer und laß das Messer im Wasser liegen.«

Winter drehte sich wortlos um und stieg die Leiter hinab. Und dann hörte Winter, wie er beruhigend mit Lottie sprach und ihr von dem Baby erzählte. Was es machte und was in Lotties eigenem Körper vorging und was sie tun mußte, um dem Baby bei seinem Weg nach draußen zu helfen. Ganz plötzlich hörte sich für Lottie alles völlig natürlich und vernünftig an, und es war nicht mehr ein dunkler, mysteriöser, unerklärlicher Prozeß, der von Schrecken und Unsicherheit begleitet war. »Ein gewisses Maß an Schmerz ist nicht zu vermeiden«, sagte Alex, »aber es gibt nichts, vor dem du Angst haben müßtest. Das Baby wird bald da sein.«

»Er«, sagte Lottie. »Nicht es.«

Der lange Morgen verging. Die bedrückende Hitze füllte jede Ekke, jeden Spalt des Hirren Minar. Als ob sie etwas Greifbares gewesen wäre, ein Gewicht, das auf ihren Schultern ruhte.

Lou und Winter wechselten sich ab beim Luftfächeln, während Alex neben Lottie saß und mit ihr sprach. Der Schweiß rann ihnen in die Augen, blendete sie, und Winter und Lou zuckten bei jedem Schrei, bei jedem Stöhnen zusammen. Aber Alex' Stimme blieb ruhig und sicher, und Lotties Augen hingen verzweifelt an ihm, so verzweifelt wie ihre Hände.

Aber ehe der Morgen vergangen war, wußte Alex in tiefster Verzweiflung, daß er eine Schlacht kämpfte, die schon verloren war.

Mit dem Tag verebbten Lotties schwache Kräfte, und Alex gab ihr Brandy und verfluchte die Natur und die Menschheit dafür, daß man es einer Frau mit solch schmalen Hüften erlaubte, ein Kind zu empfangen. Er sah keine Möglichkeit, wie das Kind überhaupt geboren werden sollte – ganz zu schweigen davon, daß es am Leben blieb. Und dennoch war es fast geboren. Aber der Nachmittag war vergangen – und damit Lotties Kräfte. Mehr konnte sie nicht tun. Den Rest mußte Alex erledigen. Er schaute Lou an und sah, daß ihre Hände zitterten, und dann drehte er den Kopf um und sagte über die Schulter zu Winter: »Halt sie fest.«

Lotties Tochter wurde geboren, als die Sonne gerade die Baumwipfel berührte. Und lange bevor das Gold den Himmel verlassen hatte, war Lottie tot. Sie hatte die Geburt überlebt, und sie hätte vielleicht weitergelebt, wenn sie darum gekämpft hätte. Aber sie hatte weder die Kraft noch den Wunsch gehabt, am Leben festzuhalten.

Sie hatte nur einmal gesprochen. Lou hatte das winzige, wimmernde Wesen gewaschen und es an Lotties magere Schulter gelegt, und Lotties eingesunkene Augen hatten sich langsam und schmerzhaft geöffnet, und sie hatte ihr Kind angeschaut. Ein letzter Sonnenstrahl der sinkenden Sonne war durch den Bambusvorhang gedrungen und beleuchtete das kleine Köpfchen, und Lotties blutlose Lippen hatten sich im Schatten eines Lächelns bewegt.

»Rotes Haar«, flüsterte sie. »Wie Edward. Kümmer dich um ihn, Lou.« Und dann war sie gestorben.

Lou hatte geweint, aber Winter hatte nicht um Lottie weinen können. Lottie war bei Edward, und sie hatte Edward so sehr geliebt. Das winzige, rothaarige Stückchen Mensch hätte sie vielleicht getröstet, wenn es überlebte, aber Edward hätte es ihr nie ersetzen können. Winter wusch Lotties zerbrechlichen kleinen Körper, kleidete sie wieder an und ging hinaus an den Fluß, ehe es zu dunkel wurde. Sie ließ Lou mit dem Kind allein.

Alex saß auf einem Felstrümmer im Dschungelgras in der Nähe des Eingangs zum Hirren Minar. Er hatte den Kopf in die Hände gestützt, und in der Dämmerung war er vor dem Hintergrund aus Bambus, der turmhoch hinter ihm stand, fast unsichtbar. Winter betrachtete ihn einen Augenblick, dann ging sie zu ihm hinüber und legte die Arme um ihn. Sie lehnte ihre Wange an sein Haar. Er legte den Kopf an ihre Schulter, stieß einen müden Seufzer aus und umarmte sie ganz sanft. Lange Zeit lehnte er sich an sie, ohne sich zu bewegen oder zu sprechen. Die Dämmerung senkte sich über den beiden, und der Abendstern stand hell am weichen, grünen Himmel.

Endlich rührte sich Alex. Er bewegte den Kopf, so daß seine Lippen die Kurve ihres Halses berührten, und zog sie fest an sich. Und dann schrie ein Pfau hinter dem Bambusdickicht – es war ein rauher, kreischender Schrei, ähnlich den Schreien, die an diesem heißen, qualvollen Nachmittag in ihren Ohren geklungen hatten. Winter fühlte, wie er zusammenzuckte, als ob er plötzlich aus dem Schlaf erwacht wäre. Er schob sie wild und plötzlich von sich, seine Hände packten ihre Arme und rissen sie weg, und dann stand er schnell auf und sagte mit harter, rauher Stimme: »Nein, ich will verdammt sein, wenn ich das tu! Nicht nach so etwas. So etwas soll dir nicht passieren. Ich will nicht, hörst du! Geh weg – geh dort hinein, ehe ich . . .«

Er biß sich auf die Lippen, drehte sich schnell um und verschwand in der Dämmerung.

Er brauchte den größten Teil der Nacht dafür, ein Grab auszuheben, das tief genug war, um Lotties Leiche vor Raubtieren zu schützen. Aber er hatte es endlich geschafft.

Im klaren, perlfarbenen Licht des frühen Morgens begruben sie Lottie. Eine Stunde vor Sonnenaufgang. Und danach war Alex zum Fluß gegangen, um zu baden, und er war erst eine Stunde nach Sonnenaufgang wieder zurückgekehrt.

Der obere Raum des Turms der Hirsche war sauber und ausgekehrt, und Winter hatte Alex Essen gegeben, das sie für ihn warmgehalten hatte. Er hatte gegessen und zugesehen, wie Lou das Baby mit Reiswasser fütterte. Sie hatte ein sauberes Tuch in die Flüssigkeit getaucht und ließ das winzige Wesen daran saugen, und es war ein Ausdruck auf ihrem Gesicht, den Alex bei Lou Cottar nicht für möglich gehalten hatte. Ein Wunder, ein sanftes, erstaunendes Wunder. Er betrachtete sie mit Interesse und einem gewissen, erstaunten Amüsement – ausgerechnet Mrs. Josh Cottar!

Nachdenklich und mit völligem Ernst sagte Lou: »Du wirst mir Milch besorgen müssen. Ich frage mich, ob wir hier wohl eine Ziege halten könnten?«

Alex lachte und sagte: »Du sollst deine Ziege haben, Lou. Und wenn ich sie stehlen muß. Wie soll die Kleine denn heißen?«

»Amanda«, sagte Lou prompt.

»Du lieber Himmel! Aber warum denn so ein altmodischer Name? Hat Lottie . . .?«

»Nein«, sagte Lou. »Lottie war sicher, es würde ein Junge werden. Sie hat nie erfahren, daß es keiner ist. Ich meine nur, Amanda ist ein hübscher Name für sie. Er bedeutet ›die Liebenswürdige‹.«

Alex streichelte das daunenweiche Köpfchen mit dem Zeigefinger, und Lou blickte zu ihm auf und lächelte. »Du hast noch immer drei Frauen am Hals, Alex.«

»Vier«, sagte Alex grinsend. »Du hast die Ziege vergessen. Und ich sehe jetzt schon, daß die Ziege uns mehr Ärger machen wird als ihr alle zusammen.«

Diese Prophezeiung bewahrheitete sich nicht.

Sie waren gut mit der Ziege fertiggeworden, und das Baby gedieh. Es war erstaunlich zäh, und es überlebte die ungeschickte Behandlung, die es jetzt ertragen mußte, genauso wie die Schrecken und Gefahren der Schwangerschaft und Geburt.

Der Dschungel vertrocknete und schrumpfte und wurde braun um sie her, und der Fluß führte weniger Wasser. Aber noch immer kam der Monsun nicht. Sie sprachen nie von Lottie, und das Leben ging weiter wie zuvor. Jetzt war das Baby da, um das man sich kümmern mußte, und Lou hatte ihre Rastlosigkeit verloren.

Lou hatte Kinder nie gemocht. Sie hatte keine eigenen gewollt, und sie war auch nicht im mindesten enttäuscht gewesen, als sie keine bekommen hatte. Sie hatte das als Segen angesehen. Aber tief in ihr, irgendwo, an einer Stelle, wo sie selbst es am wenigsten erwartet hätte, glimmte der unauslöschliche Funke des mütterlichen Instinkts, und jetzt, ganz unerwarteterweise, war er aufgeflammt.

Lottie hatte gesagt: »Sorg für ihn, Lou«, und Lou hatte das Kind genommen und es plötzlich mit ganz anderen Augen gesehen.

Das Gefühl, selbst die Mutter zu sein, war jeden Tag stärker geworden. Es machte Lou jetzt nichts mehr aus, wie lange sie im Hirren Minar bleiben mußten. Sie fürchtete sich sogar davor, auszuziehen. Hier waren sie sicher, und sie durften kein Risiko eingehen. Lou konnte sogar die unerträgliche Hitze besser ertragen, weil sie dem Kind anscheinend nicht schadete, aber sie wartete, sie keuchte und betete um Regen. Wenn nur der Regen endlich kam!

Die Nachrichten von draußen, wenn man ihnen glauben konnte, waren nicht ermutigend. Sir Henry Lawrence war in der katastrophalen Schlacht bei Chinut besiegt worden, und jetzt wurden er und die anderen Briten in der Residenz von Lucknow belagert. Die einzige Nachricht, die Hoffnung enthielt, war die, daß die Briten noch immer den Bergrücken vor Delhi hielten. »Wartet noch eine Weile«, drängte Kashmera, wie er das schon so oft getan hatte. »Im Dschungel seid ihr sicher.«

Aber der Dschungel wollte sie nicht mehr warten lassen.

45

Alex war dabeigewesen, am Rand einer kleinen Lichtung, fünfzig Meter vom Turm der Hirsche entfernt, eine Schlinge auszulegen. Plötzlich roch er Rauch.

Er hatte sich an diesem Tag überhaupt nicht wohl gefühlt. Sein Kopf schmerzte, und jetzt dachte er ärgerlich, Lou oder Winter hätten seinen Befehlen nicht gehorcht und zu früh Feuer gemacht. Dann plötzlich wurde ihm klar, daß der heiße Wind zum Turm der Hirsche hinblies und nicht von ihm weg. Irgend jemand mußte im Dschungel sein. Er ließ die Schlinge liegen und kehrte schnell zurück. Er befahl den beiden Frauen, die gerade ihr Abendbad nehmen wollten, in den oberen Raum hinaufzusteigen.

»Zieht die Leiter hoch und haltet den Revolver bereit«, sagte Alex mahnend. »Ich werde mich mal umsehen. Haltet euch ruhig, bis ich zurück bin.«

Er war verschwunden, und sie hatten lange Zeit gewartet. Nach einiger Zeit hob Winter den Kopf und schnüffelte, wie Alex das getan hatte.

»Rauch! Das ist es also – Lou, stell dir vor, es sind ein paar von den anderen! Könnte doch sein. Wir können nicht die einzigen sein, die entkommen sind.«

»Wahrscheinlich eher Köhler«, sagte Lou flüsternd. »Und wenn es Männer wären, die uns jagen, dann würden sie uns nicht damit warnen, daß sie Feuer anzünden.«

Eine halbe Stunde später kehrte Alex zurück. Er rief zu ihnen hinauf, sie könnten jetzt herunterkommen. Er sah unruhig aus. Der Rauch war stark mit dem Wind herangetrieben, und bald würde es dunkel sein. Dann bestätigten sich vielleicht seine Befürchtungen.

Lou, die das Baby auf dem Arm trug, war direkt zum Fluß hinuntergegangen. Aber Winter war stehengeblieben und hatte Alex mit angstvollen Augen angeschaut. »Wovor hast du Angst? Sind es Männer?«

Alex durchsuchte mit Blicken den Himmel im Südwesten. Den ganzen Tag lang waren Wolken am Himmel gewesen, schmutzige, kupferfarbene Wolken, die vielleicht den Regen bedeuteten. Aber war außer den Wolken nicht noch etwas anderes am Himmel? Alex sagte: »Ich glaube, irgendwo da drüben brennt der Dschungel. Wir werden es bald wissen.«

Der Wind starb ab, und mit ihm verschwand auch der Rauchgeruch. Aber später, als der Himmel dunkler wurde, strahlte stärker und stärker ein rosafarbener, unruhiger Glanz auf. Schließlich erdrückte dieser Glanz das letzte Tageslicht und umspannte den Horizont von Norden nach Süden.

»Möglicherweise wird das Feuer nicht bis zu uns durchdringen«, dachte Alex. »Vielleicht brennt es auch aus, ehe es uns erreicht.« Aber er hatte wenig Hoffnung. So wenig Hoffnung, daß er die paar Dinge, die dringend notwendig waren, zusammenpackte und sie zum Fluß hinuntertrug.

Nach kurzer Zeit erhob der Wind sich wieder, und jetzt brachte er nicht nur Rauchgeruch mit sich, sondern auch treibende Asche. Bald würden Funken folgen, und der Wald war nach den brennendheißen

Junitagen so trocken wie Zunder. Als Alex zurückkehrte, standen die beiden Frauen auf dem offenen Dach und betrachteten den Himmel. Ihre Gesichter waren von dem fernen Glühen hell erleuchtet. Sie drehten sich zusammen um und schauten ihn an, und wieder einmal, wie an dem Tag, an dem sie aus Lunjore geflüchtet waren, wirkten ihre Augen groß und strahlend, aber ihr Blick war ohne Angst. Alex wußte, daß Lou nicht um sich selbst, sondern nur um das Kind Angst hatte, das sie im Arm hielt.

Während Alex die beiden Frauen anschaute, stieg in ihm eine konfuse Mischung von Gefühlen auf. Dankbarkeit, Erleichterung, Zärtlichkeit, eine leidenschaftliche Bewunderung und ein Abscheu vor sich selbst, weil er sie bisher nur als Last betrachtet hatte, als Mühlsteine um seinen Hals. Er stellte fest, daß er seine Stimme schlecht beherrschen konnte, und sagte mit unnötiger Grobheit: »Kann einer von euch schwimmen?«

»Ja«, meinte Winter, die jeden Sommer ein paar Wochen in Scarborough verbracht hatte.

»Ein bißchen«, sagte Lou Cottar. »Aber Amanda . . .«

Alex sagte: »Dann werden wir eine Art Floß bauen müssen. Nur für den Fall. Gib mir alle Seile, die du hast, Lou, und gib dem Kind was zu essen. Zünde die Lampe an, Winter. Und macht unten ein Feuer. Wir müssen sehen, was wir machen.« Er verschwand die Leiter hinunter, und dann hörten sie, wie er die schwere Bambustür zerschlug, die er zum Schutz für die Ziege gebaut hatte.

Sie arbeiteten mit fiebriger Hast. Sie zerrissen die Bambusvorhänge und benutzten sie, um das Floß aus Bambus zu verkleiden. Sie trugen die Kiste hinunter, die Lou bis jetzt als Wiege benutzt hatte. Die Tür war ein tadelloses Floß, und Alex war zum ersten Mal dankbar dafür, daß er die Ziege besorgt hatte. Der Schweiß lief ihnen über den Rücken, während sie arbeiteten, denn die Hitze des Feuers machte die erbarmungslose Hitze der Juninacht noch unerträglicher. Bald schmerzte jeder Atemzug. Die Luft war jetzt voller Rauch, und sie konnten das Knistern der Flammen hören. Das Feuer, das Winter unten angezündet hatte, war nicht länger notwendig, denn die Umgebung des Hirren Minar war jetzt so hell, als ob sie von einem roten Sonnenuntergang beleuchtet würde.

Alex ging mit dem Floß zum Fluß hinunter. Die Frauen stiegen zum letzten Mal die Leiter hinauf und sammelten alle Nahrungsmittel, die sie tragen konnten. Sie warfen einen letzten Blick auf die seltsame steinerne Kammer, in der sie in solcher Unbequemlichkeit gelebt hatten und dennoch so seltsam glücklich und zufrieden gewesen waren. Winter lächelte und hatte plötzlich Tränen in den Augen, als ob sie einem guten Freund Lebewohl sagen müßte. Dann half sie Lou und dem Baby die Leiter hinunter, und sie verließen den Dschungel. Lou eilte vorauf, und Winter kam nach und zerrte die protestierende Ziege hinter sich her.

Das Unterholz war plötzlich lebendig geworden. Pfauen, Dschungelhühner, Stachelschweine, ein Fuchs, drei Schakale und andere kleine Tiere rannten an ihnen vorbei und stürzten zum Fluß, und der Himmel leuchtete in strahlendem Rosarot. Wenn der Wind nachgelassen hätte, dann hätte sie das Feuer erst in mehreren Stunden erreicht, aber der Wind trieb jetzt die Funken vor der Mauer aus Flammen her, und wo sie fielen, da flammten neue Feuer auf. Der rasende Brand sprang mit Riesenschritten vorwärts und fraß die Meilen mit schrecklicher Geschwindigkeit.

Alex wartete auf dem schmalen Ufer an der Sandbank, wo sie so oft gebadet hatten. Das provisorische Floß schwamm hoch und leicht im Wasser, und er nahm Lou das Baby ab und legte es in die Kiste zwischen die verschiedenen Bündel. Er spannte einen Streifen nasses Tuch darüber, um es gegen Funken und Rauch zu schützen. Es war weniger leicht, die Ziege an Bord zu kriegen und fest anzubinden, aber er schaffte es schließlich auch.

»Damit kannst du nicht schwimmen, Winter«, sagte Lou, die sich eilig ihr eigenes Kleid auszog. »Tut mir leid, Alex, aber jetzt ist nicht die richtige Zeit für Prüderie.«

Alex grinste sie an und watete ins Wasser. Winter folgte Lous Beispiel, wickelte sich aus dem Sari und band sich das lange Tuch einfach um Brust und Hüften, so daß sie von den Achselhöhlen bis zum Knie bedeckt war.

Der Fluß sah entsetzlich breit aus – das andere Ufer schien meilenweit entfernt. Lou erinnerte sich an die Krokodile, die in jedem indischen Fluß zu finden sind, und schauderte. Angstvoll sagte sie: »Laß uns nicht eher losfahren, bis es nötig wird. Das Feuer ist noch immer ziemlich weit weg. Vielleicht bleiben wir doch verschont.«

Alex sagte: »Keine Chance, Lou. Schau mal dort hinüber. Die wissen Bescheid.«

Lou drehte den Kopf um und sah hin. Eine Herde Wasserbüffel stürzte sich, keine zwanzig Meter von ihnen entfernt, das steile Ufer hinab. Einen Augenblick später krachte es auch an der anderen Seite, und ein wilder Eber, dessen Hauer im tanzenden Licht glänzten, rutschte das Ufer hinab und schwamm ins tiefe Wasser hinaus. Und dann, ganz plötzlich, waren überall um sie her Tiere. Die steilen Ufer wimmelten von entsetzten Waldtieren, so daß sie einen Augenblick lang vergaßen, in welcher Gefahr sie sich befanden, und den Anblick tiefverwundert genossen.

Eine Affenmutter, die ein mageres, großäugiges Junges umklammerte, sprang auf das Floß, drängte sich an die blökende Ziege und schnatterte und machte verschreckte Grimassen.

»Kommt weiter«, sagte Alex. »Wenn wir noch länger warten, dann fahren wir mit einer Ladung von blinden Passagieren los.« Er stellte plötzlich fest, daß er brüllen mußte, weil jetzt alles voller Geräusche war. Außerdem hatte er das Gefühl, als ob sein Kopf ganz leer wäre. Am liebsten hätte er sich einfach ins Wasser gesetzt und wäre geblieben, wo er war. Mit Mühe riß er sich zusammen und sagte: »Hör mal zu, Lou, ich habe mir hier ein Tau befestigt und schwimme damit voraus. Winter, du schiebst das Floß von hinten. Gib mir soviel Hilfe, wie du kannst, und – um Himmels willen, laß nicht los.«

Alex glitt ins Wasser. Er zog sich das Seil um die Schultern und schwamm mit gleichmäßigen Zügen los. Er warf keinen Blick zurück, sondern strebte mit aller Kraft voraus, damit er nicht zu weit den Fluß hinuntergetrieben wurde. Es wäre gefährlich, irgendwo weiter flußabwärts zu landen, denn die zerschmetterten Überreste der Brücke waren nur eine Meile entfernt.

Die ölglatte Oberfläche des Wassers war überzogen von Asche und verkohlten Blättern und voller verzweifelt schwimmender Tiere. Viele klammerten sich am Floß fest, viele durchweichte, zitternde kleine Körper schoben sich auf die Bambusrohre. Eichhörnchen, Ratten, Mäuse, ein völlig verwirrter Mungo. Schweine, Hirsche, Schwarzböcke waren im Wasser. Schakale, Panther, Tiger, ein schuppiges, zwei Meter langes Eguana und ein einzelner Elefant mit einem zerbrochenen Stoßzahn. Sie schwammen alle genauso verzweifelt wie die vier Menschen, um die Sicherheit des anderen Ufers zu erreichen.

Alex schien es, als ob sie das andere Ufer nie erreichen würden. Als ob der Fluß endlos wäre. Sein Kopf schmerzte, seine Muskeln schienen keine Kraft zu haben, und ein krampfartiger Schmerz war in seinem Magen. Das Seil biß ihm in die Schultern, verfing sich an seinem Hals und würgte ihn, und er spürte, wie der Strom des Wassers an ihm riß. Und dann, ganz plötzlich, lagen die Sandbänke vor ihm. Der Strom zog nicht länger, und er hatte das seichte Wasser erreicht.

Überall um ihn herum schleppten sich kleine, durchweichte, pelzige Gestalten auf den warmen weißen Sand, leckten ihr Fell und schüttelten sich, ehe sie zu den fernen Bäumen hinüberrannten. Alex befreite sich von dem Seil und zog das provisorische Floß auf das Ufer.

Endlich drehte er sich um und sah, daß sie alle da waren. Die zitternde Ziege, das Baby, das friedlich in seiner Kiste lag, die Äffin, die noch immer ihr rundäugiges Junges umklammerte. Lou Cottar lag auf den Knien, starrte blind vor sich hin und atmete in tiefen, keuchenden Atemzügen. Winter lag flach auf dem Bauch im seichten Wasser, und ihr langes Haar umhüllte ihren schlanken Körper lackschwarz. Unsicher ging Alex zu ihr hinüber und reichte ihr eine Hand, um sie hochzuziehen.

»Ich kann nicht«, sagte Winter und lachte zu ihm auf. »Ich hab' nichts an.«

»Ich mag dich, wenn du nichts anhast«, sagte Alex und zog sie hoch. Er nahm sie in die Arme und küßte sie, und er hielt ihren kühlen, nassen Körper ganz fest und schmeckte das Wasser, das ihm aus ihrem nassen Gesicht und ihrem tropfenden Haar in den Mund rann. Eine Minute lang hielt er sie so fest, ganz ohne auf Lou Cottar zu achten, und dann ließ er sie sanft los, schob sie von sich weg und bückte sich, um die Ziege loszubinden.

Der Affe, der plötzlich Angst bekam, sprang vom Floß und flüchtete über den Sand. Und plötzlich lachten sie alle. Hilflos vor Streß und überwältigender Erleichterung und weil sie noch immer zusammen waren und noch immer lebten. Der Turm der Hirsche mußte irgendwo drüben, mitten in diesem Backofen sein, und morgen würde dort nichts anderes mehr sein als meilenweite, schwarze, rauchende Öde.

Ein heißer Funken fiel auf Alex' nackten Arm, und er verzog das Gesicht und drehte sich plötzlich um. Er schaute die Reihe der Bäume an, die hinter ihm stand, und Lou Cottar, die seinem Blick folgte, sagte mit angstvoller Stimme: »Bis hierher kann der Brand doch nicht kommen!«

Die Flammen konnten die Breite des Flusses nicht überspringen, aber der Wind trug Funken herüber, und der Dschungel war überall zundertrocken. Dennoch konnten sie nicht im strahlenden Licht am Rand des Flachwassers bleiben. Sie würden zu den Bäumen hinübergehen müssen.

Das lange Schwimmen im Fluß hatte sie gekühlt, aber jetzt wurde ihnen wieder heiß. Unglaublich heiß. Die Luft verbrannte ihnen die Lungen mit jedem Atemzug, und der Fluß und die breiten Sandbänke und der Dschungel waren erleuchtet von strahlendem, pulsierendem Glanz. Jedes Blatt, jeder Zweig des Dschungels hinter ihnen hob sich deutlich ab, voller Schlaglichter und schwarzer Schatten. Hier und da leuchtete ein fliegender Funke und blitzte und ging aus, oder er entzündete einen brüchigen, pulvertrockenen Grashalm und flammte kurz auf.

Lou hielt den Atem an. Sie raffte das Ende von Winters nassem Sari auf und zog es dem Kind übers Gesicht. Verzweifelt sagte sie: »Der Stoff ist schon fast trocken! Wir müssen zurück zum Wasser. Alex . . .«

Winter sah, wie Alex' Gesicht seltsam steif wurde. Dann, ganz plötzlich und unerwartet, stieß er einen trockenen Schluchzer der Erleichterung aus und hielt die Handflächen nach oben. Er sagte: »Regen!«

Der Monsun war endlich da.

Ungläubig, voll verwundertem Erstaunen wandten sie ihre Gesichter zum brennenden Himmel. Sie fühlten, wie etwas Warmes, Nasses auf ihre ausgetrocknete Haut klatschte.

»Wartet hier!« sagte Alex. »Ich hole das Floß.« Er sprang das Ufer hinunter, und sie sahen, wie er über den Sand rannte, als die ersten schweren, gesegneten Tropfen zu fallen begannen. Er schulterte das Floß und war nach kurzer Zeit wieder zurück. Er keuchte und war völlig atemlos. »Unter die Bäume! Unter die dichtesten Äste, die ihr finden könnt«, sagte er zittrig. Sie drängten sich in das dichtere Gebüsch hinein, und die Regentropfen klatschten auf ihre Schultern. Der Glanz von den brennenden Bäumen auf dem anderen Ufer erleuchtete ihnen den Weg. Sie benutzten das Floß als Dach, schoben es schief in die Äste der Bäume und machten sich ein grobes Schutzdach. Sie verstauten die Bündel und das Baby darunter, und die ersten langsamen Tropfen wurden zum vollen, trockenen, sintflutartigen Regenguß des Monsuns.

Wie eine Flutwelle stürzte das Wasser vom Himmel, und sie stellten sich hin und ließen sich vom Wasser überfluten. Das Donnern des brennenden Dschungels war bald nicht mehr zu hören. Dies war kein Regen, wie Winter ihn kannte. Es war eine solide Mauer aus Wasser, die auf sie fiel und alle Gedanken wegspülte. Und es war kühl – kühl . . .

Es regnete noch immer, als der Tag mit grauem Licht über den durchweichten Meilen von schwarzem, rauchendem Ödland aufstieg. Das Rohr und die hohen Gräser standen tiefgebeugt unter dem Gewicht des Wassers.

Winter hörte, wie Alex sich bewegte, und öffnete die Augen. Sie sah, wie er hinaus in das fließende graue Licht trat. Sie setzte sich, schob das nasse Haar aus dem Gesicht und sah, daß Lou noch immer schlief. Sie hatte nichts anderes auf dem Leib als das Baumwollhemd, in dem sie durch den Fluß geschwommen war, und ihr Arm lag um die Kiste, in der das Baby schlief. Sie hatten am vergangenen Abend den Deckel mit Stöcken hochgestellt, damit das Baby einen besonderen Schutz vor dem Wasser hatte, und die Kleine schien, abgesehen von einer feuchten Windel, ganz trocken zu sein.

Winter erhob sich. Sie flocht ihr nasses Haar und schaute wehmütig ihren feuchten Sari an. Aber nirgendwo im Dschungel war es trokken. Der warme Regen trommelte auf die Blätter, tropfte ab in kleinen Wasserfällen und Kaskaden, und die murmelnde Stimme des Wassers verschluckte alle anderen Geräusche. Nach kurzer Zeit stieß das Baby ein schwaches Wimmern aus, und Lou wachte sofort auf. Sie setzte sich und rieb sich die Augen, und nach einer Weile ging sie nach draußen zu Winter. Sie schaute zu dem grauen, weinenden Himmel auf und sagte energisch: »Wir werden eine Hütte bauen müssen.«

Winter schaute sie an und lächelte. Lou gab das Lächeln zurück. Trotz allem, was geschehen war, konnten sie noch immer lächeln, aber als Alex zurückkehrte und sie sein Gesicht sahen, wurden sie plötzlich wieder ernst.

»Was ist los?« fragte Lou scharf.

»Die verdammte Ziege!« antwortete Alex gepreßt.

Lou stieß einen unterdrückten Schrei aus und rannte zu der Stelle hinüber, wo sie die Ziege angebunden hatte. Aber dort war nichts als ein durchgebissenes Stück Seil. Die Ziege war fort. »Wir müssen sie finden!« sagte Lou. »Wir müssen einfach! Wie soll ich denn Amanda füttern? Sie kann nicht weit gekommen sein.« Aber die Ziege war verschwunden.

»Ich kann nur hoffen, daß ein nasser, hungriger Tiger das Beste aus ihr gemacht hat«, sagte Alex sauer. »Das Mistvieh hat dieses Ende wohl verdient. Sei nicht albern, Lou. Gib ihm Reis oder koch ihm etwas Mehl und Wasser. Heute wird niemand Rauch bemerken.«

»Wirst du wohl aufhören, Amanda immer ›es‹ zu nennen!« schnappte Lou plötzlich wütend.

Alex grinste. »Du wirst verdammt mütterlich, Lou. Eines Tages wirst du dir vielleicht noch vormachen, daß es – entschuldige, sie – dein eigenes Kind ist.«

»Ist sie auch«, sagte Lou. Sie ging zu Winter hinüber, die in einem hohlen Baumstumpf ein Feuer anzündete.

Alex schaute mit einem halben Lächeln hinter ihr her, das bald zu einer Grimasse des Schmerzes wurde. Er suchte die kleine Dose mit den Opiumtabletten und schluckte ein paar davon. »Jetzt darf ich nicht krank werden«, dachte er schwindlig. »Jetzt nicht . . .«

Aber kein Brandy und kein Opium konnten das Fieber mehr im Schach halten. Eine halbe Stunde später fand Winter Alex, der ein paar Meter vom Schutzdach entfernt unter einem Baum lag. Er wand sich vor Schmerzen, und sein rauher Atem war trotz des ständig trommelnden Regens deutlich zu hören. Seine braune, sonnenverbrannte Haut hatte einen seltsam grauen Ton angenommen, und sie schien sich über den Wangenknochen zu stramm zu spannen. Unter seinen geschlossenen Augen waren dunkle Ringe. Winter stellte das Essen ganz vorsichtig hin, überrascht darüber, daß ihre Hände noch ruhig waren, obwohl ihr Herz so schrecklich schnell schlug. Sie legte ihm leicht eine Hand auf die Stirn.

Die Hitze seiner Haut erschreckte sie. Alex öffnete die Augen und schaute sie zwischen schmalen Augenlidern an. Er schien Schwierigkeiten zu haben, seinen Blick auf sie zu konzentrieren. Seine Stirn runzelte sich vor Schmerz, und mit verschwommener, gepreßter Stimme sagte er: »Schon in Ordnung . . ., nur . . . Dysenterie. Sag Lou . . ., soll das Kind nicht herbringen . . ., ist gefährlich . . .«

Es folgte ein Alptraum von mehreren Tagen und Nächten – niemand hätte hinterher sagen können, wie viele es waren. Es kam ihnen vor wie ein Monat und dauerte wahrscheinlich doch nicht länger als drei Tage. Alex' Körper brannte im Fieber, und Winter dachte, er könne es nicht überleben. Sie hatte die Bedeutung des Wortes Dysenterie nicht gekannt, denn man hatte diese Krankheit – den Brechdurchfall – nicht für ein Thema gehalten, das Damen gegenüber erwähnt wurde. Winter blieb Tag und Nacht bei ihm und tat alles für ihn, was sie nur konnte. Unermüdlich wachte sie bei ihm, fütterte ihn mit gekochtem Reis und Reiswasser, hörte seinen Fieberphantasien zu und fühlte jeden krampfartigen Schmerz, als ob es ein Schmerz in ihrem eigenen Körper gewesen wäre.

Sie schlief nur, wenn die Erschöpfung sie überkam, und sie erwachte stets, wenn er sich bewegte. Sie hatte noch nie in ihrem kurzen Leben so eine Krankheit gesehen, und zeitweise kam sie ihr viel schlimmer vor, als die Geburt von Lotties Baby.

Aber Alex hielt am Leben fest, und am Ende war es Lottie, die sie im Stich gelassen hatte.

Lou wußte, was Dysenterie war. Sie erzählte Winter alles, was sie vom Verlauf der Krankheit und ihrer Behandlung wußte, und dann hatte sie Alex angeschaut und gesagt: »Ich glaube nicht, daß es nur Dysenterie ist. Ich glaube, er hat zusätzlich noch irgendein Fieber. Hoffentlich . . ., hoffentlich ist es keine Cholera.«

Sie hatte sich in einiger Entfernung gehalten, aus Angst, das Baby anzustecken. Aber der niederstürzende Regen und die kurzen Unterbrechungen, wo der Dschungel unter der Schmelzhitze der Sonne dampfte, dies alles tat dem Baby nicht gut. Es weinte unablässig und herzzerreißend, und es brach das Reiswasser wieder aus. »Sie wird sterben ohne Milch!« sagte Lou verzweifelt und mit wilden Augen. »Sie muß anständiges Essen haben – es muß einfach sein!« Lou war auf und ab gegangen und hatte das weinende Kind an die Brust gepreßt, und dann hatte sie leidenschaftlich gesagt: »Warum kann ich sie nur nicht selbst füttern? Warum sind wir Frauen nur nicht so gemacht, daß wir das könnten? Sie braucht Milch, und ich kann ihr nichts geben – nichts!«

Winter hatte sie nicht gehört. Sie hatte Alex' hageres, ausgebranntes Gesicht und seine trockenen, aufgesprungenen Lippen betrachtet, und ihr Herz war so verzweifelt wie Lous Herz. Sie bemerkte noch nicht einmal, als Lou wegging, und erst als sie feststellte, daß kein Feuer angezündet und kein Essen vorbereitet war, fiel ihr auf, daß Lou und das Baby fort waren. Der Regen hatte aufgehört, und der Dschungel, der vor ein paar Tagen noch so braun und trocken gewesen war, dampfte jetzt wie ein heißes, feuchtes Gewächshaus, und neues Gras, neue Blätter und Schlingpflanzen und alles, was wächst, war über Nacht in üppigem Überfluß emporgesprossen. Die feuchte Hitze war weniger erträglich als die trockene Hitze es gewesen war, und Alex mußte um jeden Atemzug kämpfen.

Das Geräusch seiner mühsamen Atemzüge zerriß Winter das Herz. Zum ersten Mal, seit sie aus der Residenz von Lunjore geflohen war, wandte sie das Gesicht ab und weinte. Sie weinte hoffnungslos und hilflos und still. Und die heißen Tränen rannen so schnell ins Gras wie die Regentropfen, die am Tag zuvor darauf getropft waren.

Sie wußte nicht, wie lange sie dalag und das Gesicht auf den dampfenden Boden preßte. Sie hörte auch nicht, wie Alex sich bewegte. Aber dann berührte sie seine Hand, und sie hob den Kopf und sah, daß seine Augen offen waren. Er sagte etwas mit spürbarer Anstrengung und mit einer Stimme, die nicht mehr war als ein Flüstern. »Was ist los?«

Winter schob ihr Haar zurück und starrte ihn ungläubig an. Die

Tränen trockneten auf ihren Wangen. Seit die Krankheit bei ihm ausgebrochen war, hatte er nichts mehr gesagt. Er runzelte die Stirn und sagte jetzt: »Warum weinst du?« Winter wischte sich die Tränen mit dem Handrücken ab und sagte unsicher: »Ich weine ja nicht – jetzt nicht mehr.«

Sie erhob sich und stolperte fort, um das Feuer anzuzünden und Wasser zu kochen. Lou war noch immer nicht zurück. Und es war jetzt seit Tagen das erste Mal, daß sie ihn allein liegen ließ. Vorher hätte sie erwartet, ihn tot vorzufinden, wenn sie zurückkam.

Sie machte neues Reiswasser, rührte Brandy hinein und brachte es ihm. Seine Augen waren noch immer klar.

Er trank das Zeug, weil er zu schwach war, es abzulehnen, und schaute sie danach lange unter halbgeschlossenen Lidern an. Schließlich sagte er: »Wie lange?«

»Das – das weiß ich nicht«, sagte Winter mit unsicherer Stimme. »Tagelang. Nicht reden.«

»Jetzt wird es bald wieder besser«, sagte Alex, und dann hatte er die Augen geschlossen und war eingeschlafen.

Auch Winter hatte geschlafen. Sie hatte den Kopf an einen Baumstamm gelehnt, und als sie Stimmen hörte und jemand sie schüttelte, hatte sie gedacht, es sei Lou.

Aber es war nicht Lou. Es war eine Gruppe von Männern, die mit Lathis – langen, eisenbewehrten Stangen – bewaffnet waren. Ein Mann, der ein rostiges Schwert trug, führte sie an.

»Dies sind keine Sahibs!« sagte einer der Männer wütend. »Das sind nur die Dienstboten der Memsahib.« Aber einer von ihnen schaute genauer hin und sagte: »Nein, sie haben wenigstens Angreziblut in sich. Wir werden sie mitnehmen. Steht auf, ihr da!« Der Sprecher stieß Alex mit dem Fuß an, und Winter sagte wütend in der Landessprache: »Laß ihn in Ruhe! Kannst du nicht sehen, daß er krank ist?«

Der Tonfall und das flüssige Hindustani, das sie benutzte, gab den Männern zu denken. Sie schauten Winter zweifelnd an. Plötzlich kam ihnen der Gedanke, daß sie vielleicht doch eine indische Dame aus guter Familie sei. Winters Finger schlossen sich befehlend um Alex' Schulter, und er gehorchte der unausgesprochenen Warnung und hielt den Mund. Er hätte sich nicht erheben können, selbst wenn er es versucht hätte. Der Mann mit der Muskete sagte unsicher: »Aus welcher Stadt bist du?«

»Aus Lucknow«, sagte Winter ohne Zögern. »Aus dem Haus der Amira Begum, der Frau des Walayat Schah. Sie ist meine Cousine und lebt im Gulab Mahal bei der Moschee des Sayid Hussain. Dieser Mann ist aus Persien, er ist mein . . ., mein Mann.«

Die Männer betrachteten sie eulenäugig und besprachen sich flüsternd. Dann hörte Winter, wie der Anführer sagte: »Was spielt das für eine Rolle? Der Befehl lautet: Alle sollen nach Pari geschickt werden. Schickt also diese auch.«

Sie hatten den Unterstand durchsucht, in dem Lou mit dem Baby gelebt hatte, und holten die Revolver, die Schrotflinte und alles andere, was sie finden konnten, heraus. Zehn Minuten später zogen sie durch den Dschungel ab, und sie nahmen Winter und Alex mit.

An der Straße wartete ein Ochsenkarren. Um den Wagen herum stand eine neugierige Menge von Dorfbewohnern, und Lou Cottar war da. Lou, bleich und ausgemergelt, Lou mit dem Baby.

Sie hatte Winter und Alex entsetzt angestarrt und dann rauh gesagt: »Ich wollte nicht . . . Ich konnte nicht wissen, daß so etwas passieren würde. Ich dachte, ich finde vielleicht ein Dorf, wo ich Milch kriege. Und . . ., und sie haben mir geholfen. Sie waren freundlich. Ich wußte nicht, daß sie zurückgehen würden, um nachzusehen, ob noch jemand da wäre. Ich bin über den Sand gegangen, weil das leichter war, und . . . sie sind meinen Fußspuren gefolgt. Ich dachte . . .«

Ihre Stimme versagte, und Winter meinte: »Es ist alles in Ordnung, Lou.« Und dann wurden sie in den Wagen gestoßen und holperten die lange, unebene Straße in Richtung Pari.

46

Es war schon dunkel, als die Gefangenen die kleine Stadt in der Nähe des Sumpfsees erreichten. Der Wagen, in dem Alex, Winter, Lou und Amanda lagen, kam kreischend neben einem Tor in einer Lehmmauer zum Halten, und sie wurden herausgeholt und hastig durch einen dunklen Hof in einen langen, niedrigen Raum geführt, der von einer einzigen blakenden Öllampe erhellt wurde. Die beiden Männer, die Alex getragen hatten, legten ihn auf den Fußboden, und die Tür knallte hinter ihnen zu. Ein Eisenriegel fuhr knirschend ins Schloß, und jemand am anderen Ende des Raums in den Schatten außerhalb des Lichtkreises stand auf und sagte rauh und ungläubig: »Winter!«

Winter hatte auf den Knien neben Alex gelegen, und jetzt schaute sie erschreckt auf. Ein Gesicht bewegte sich in dem Lichtkreis der

Lampe und starrte mit großen Augen auf sie hinab. Ein seltsames, fermdes, hageres Gesicht. Schmutzig und unrasiert. Um den Kopf war eine blutbefleckte Bandage gewickelt. Einen langen Augenblick schaute sie hin, und sie war verwirrt und unsicher. Dann erkannte sie das Gesicht, und zuerst konnte sie es kaum glauben. Denn es war Carlyon, der dort stand. Carlyon, den sie zum letzten Mal auf der Veranda der kleinen Poststation hinter der Furt an der Straße nach Lunjore gesehen hatte. Und Winter hatte geglaubt, Carlyon sei jetzt mehrere tausend Meilen weit fort: in England.

Auch andere Stimmen waren hinter ihm zu hören, und sie sah andere Gesichter. Acht andere Gesichter, müde, abgekämpft, schmutzig und britisch.

Carlyon sagte rauh: »Winter – Sie sind doch Winter, nicht wahr? Was machen Sie hier? Man sagte uns, Sie seien alle umgekommen.« Seine Stimme war so zerfetzt und rauh wie seine Kleidung, und andere Gesichter, die Winter kannte, trennten sich jetzt aus den Schatten. Captain Garrowby – Dr. O'Dwyer – Mrs. Hossack . . .«

Mrs. Hossack umarmte Lou Cottar und weinte. Captain Garrowby sagte: »Wer ist das, den Sie da bei sich haben?« Er hob die Lampe und sagte: »Lieber Himmel, es ist Randall!«

»Nicht ganz«, sagte Alex flüsternd. »Hallo, Garrowby. Wie haben Sie . . . es geschafft?«

Es waren Matten im Raum, und Captain Garrowby und Carlyon legten Alex auf eine davon. Und er hatte da gelegen und der Geschichte ihres Entkommens zugehört.

Winter hatte nicht auf die Elendsgeschichte geachtet, sondern nur Dr. O'Dwyer angeschaut. Sie war zu ihm hinübergegangen und bat ihn, sich Alex anzusehen, und erst als er sagte: »Er wird's schaffen«, war sie beruhigt. Und dann hatte eine einheimische Frau etwas einfaches Essen und eine Schale frische Milch gebracht, und Lou hatte das Baby gefüttert und die Geschichte der letzten Wochen erzählt, und dann waren die Gesichter in dem niedrigen Raum alle miteinander verschmolzen, und Winter war eingeschlafen.

Carlyon lehnte an der Tür und betrachtete Winter, wie sie schlafend dalag. Sie mußte, so dachte er, sehr müde gewesen sein, um so tief zu schlafen. »Ich hätte nach Hause fahren sollen«, dachte Carlyon. »Ich muß verrückt gewesen sein.« Er hatte vorgehabt, nach England zu fahren. Er war nach Delhi zurückgekehrt, und er hatte getobt, weil Winter ihm entgangen war. Später hatte er von ihrer Heirat gehört. Aber er war noch immer nicht nach Hause gefahren, obwohl es vernünftig gewesen wäre. Er wollte sie noch immer mehr als alles andere, was er je gewollt hatte, und er konnte sich nicht dazu bringen, zuzugeben, daß er besiegt war. Solange er mit ihr im gleichen Land war, gab es vielleicht doch noch eine Chance für ihn, aber sobald er erst einmal fort war, gab es keine mehr. Was bedeuteten schon ein paar Monate oder ein Jahr des Wartens? Er konnte es sich leisten, so lange in Indien zu bleiben, wie er wollte, und er war überzeugt gewesen, daß ein paar Monate Ehe mit diesem Trottel von einem Commissioner sie schon von ihrer romantischen Anhänglichkeit heilen würden. Und dann, wenn sie in die Berge zog, würde sie Carlyon dort vorfinden, der bereit war, sie zu trösten.

In seinen nüchternen, vernünftigeren Augenblicken hatte Carlyon gewußt, daß er sich unerwachsen und lächerlich benahm. Und zwar in einer Art, die niemand – am wenigsten Carlyon selbst – bei Lord Carlyon für möglich gehalten hätte. Dennoch war er geblieben. Er war mit Mrs. Gardener-Smith in Verbindung geblieben, nur um Nachricht von Winter zu bekommen, und als er hörte, daß sie vorhatte, im Mai nach Simla zu ziehen, hatte er es so eingerichtet, die heiße Jahreszeit auch dort zu verbringen. Er war sogar nach Lucknow gefahren, um diesen Barton selbst einmal zu sehen. Aber in Lucknow hatte er einen Fieberanfall bekommen, und dann hatte ihn die Flutwelle der Meuterei nach Wochen des Wanderns und der Entbehrungen nach Pari gebracht – und zu Winter.

Es war wieder Tag. Winter mußte wirklich sehr müde sein, denn der Hof lag hell im Sonnenlicht, aber sie hatte sich noch immer nicht gerührt.

Die drei anderen Frauen in ihren verschmutzten, zerrissenen westlichen Kleidern sahen hager und formlos und häßlich aus. Aber dieses völlig entspannte, schlafende Wesen brachte es noch immer fertig, schön zu sein.

Dies war eine Frau, kein Mädchen mehr. Eine Frau mit magerem Gesicht, die den Schlaf der völligen Erschöpfung schlief, aber sie war noch immer so schön anzuschauen, wie es sich ein Mann – selbst ein müder, verzweifelter, angstvoller Mann wie er selbst – nur wünschen konnte. In diesem heißen, schrecklichen Raum, umgeben von ihren Mitgefangenen in ihren fleckigen, zerfetzten Kleidern, sah sie so leuchtend und schön aus wie eine Mohnblüte, die auf einer Müllkippe wächst.

Carlyon hatte nie gewußt, was es heißt, Angst zu haben. Aber jetzt wußte er es. Und Winter anzuschauen, die schlafend dalag, das war wie eine Flucht vor dieser Angst und vor der Häßlichkeit und der

Realität. Es war wunderbar, die schönen Kurven ihres Körpers anzusehen, die unter dem dünnen, weinroten Sari so deutlich zu sehen waren. Die glatte Kurve ihrer nackten, goldenen Arme, die Linie ihres langen, goldenen Halses und der schwarze Halbmond ihrer Wimpern, der auf ihrer mageren Wange lag, dies alles beruhigte, dies alles bedeutete, daß es in der Welt noch immer außer Haß und Schrecken und Brutalität andere Dinge gab.

Carlyon bemerkte, daß er selbst beobachtet wurde. Er blickte auf und sah, daß Captain Randalls graue, forschende Augen ihn von der anderen Seite her anschauten.

Er hatte bis jetzt nicht gewußt, warum er so einen intensiven Widerwillen gegen Randall hatte. Aber jetzt wußte er es plötzlich. Der Grund dafür lag zwischen ihnen ausgestreckt. Es war eine Frau in einem weinfarbenen Sari.

Nach drei Tagen ging die Fahrt weiter. Die Gefangenen wurden in geschlossene Wagen gepackt, so daß man sie nicht sah, und unter Bewachung losgeschickt.

Sie hatten nicht gewußt, wohin sie fuhren, aber sie wurden unerwarteterweise gut behandelt, und das hob ihre Hoffnung. Winter konnte vielleicht sicher sein, dachte Alex. Ihre Kleidung und ihre Beherrschung der Landessprache unterschied sie vom Rest der britischen Gefangenen, und diese Cousine in Lucknow war vielleicht doch in der Lage, sie zu retten. Dieser Gedanke tröstete ihn.

In der heißen, unruhigen Dunkelheit des Ochsenkarrens wußte Alex, daß er nur die Hand ausstrecken mußte, um sie zu berühren. Sie hatten ihn mit den Frauen in einen Wagen geschoben, weil er noch immer sehr schwach war und weil Winter – Alex hatte diesen Verdacht – das verlangt hatte.

Die vier Tage und Nächte, die der Abreise von Pari folgten, waren ein Alptraum. Die Karren kamen nur langsam voran, weil schwere Regenfälle die Straßen in metertiefe Schlammfährten verwandelt hatten. Und als der Regen aufhörte, verwandelte die Sonne die geschlossenen Wagen in Dampfbäder, in denen der Schweiß in Strömen floß und die Temperatur so hoch anstieg, daß es schwierig wurde, zu atmen.

Während dieser Tage hörten sie keine Neuigkeiten, und sie wußten auch nicht, daß die letzten Überlebenden der Garnison von Cawnpore gestorben waren. Und mit ihnen Sophie Abuthnot.

Es hatte den ganzen Tag gedauert, bis alle Gefangenen von Cawnpore umgebracht waren. Denn sie hatten geschrien und waren im Zickzack hin und her gelaufen, sie hatten sich gewehrt und versucht, ihre Kinder zu schützen. Aber endlich war es geschafft, und als die Nacht sank, war der Boden des Frauenhauses, in dem die Gefangenen zusammengepfercht worden waren, von Blut überströmt und mit den Körpern der Toten bedeckt. Als der neue Tag dämmerte, hatten die Metzger die Leichen hinausgezerrt und sie außerhalb des Hauses in einen Brunnen geworfen. Sophie war noch nicht ganz tot gewesen, als man sie hineinwarf, aber sie war unter dem Gewicht der Toten gestorben. Aber halb Indien hatte vor Schrecken geschaudert, als man das Massengrab für die Leichen grub. Denn das Massaker an den Frauen und Kindern änderte den Sinn vieler Männer, die bis zum bitteren Ende gegen die Briten gekämpft hätten. Sie legten ihre Waffen nieder und kehrten nach Hause zurück.

»Auf solch einer Tat kann kein Segen liegen«, sagte Amiras Mann Walayat Schah, der die Briten gehaßt hatte und sich freute über die Nachricht von den Aufständen. Er hatte selbst an vielen Angriffen gegen Sir Henry Lawrences belagerte Garnison in der Residenz von Lucknow teilgenommen. Aber an dem Tag, an dem er die Nachricht von dem Mord an den Frauen und Kindern von Cawnpore hörte, hatte er sein Schwert zerbrochen und seine Muskete weggeworfen, und er war zurück zum Gulab Mahal gekommen. Er hatte es nicht mehr verlassen.

»Wir können nicht siegen«, sagte Walayat Schah. »Der heilige Krieg ist tot. Jene, die die Frauen und Kinder erschlagen haben, haben auch den heiligen Krieg erschlagen. Im Kampf zu töten, das ist wohlgetan. Und Männer zu töten, wenn sie Ungläubige sind – das ist ein Weg zum Paradies. Aber gefangene Frauen abzuschlachten, die das Elend des Krieges und den Kummer ertragen haben und die deshalb keine Kraft und keinen Willen mehr besitzen, diese Tat verdunkelt die Sonne! Ich will nicht mehr kämpfen gegen Feringhis, denn Gott kann nicht länger auf unserer Seite sein.«

Alex war aus dem Wagen geholt worden, in dem die Frauen fuhren, und zwar am Morgen des ersten Tages. Er war nicht zurückgekommen, und nach kurzer Zeit rumpelte der zweite Wagen fort. Ein Mann der Eskorte sagte Winter mürrisch, er solle mit den Männern fahren, aber sie wußte nicht, ob das stimmte. Dann fuhr auch der Wagen der Frauen wieder an, ohne Alex. Mrs. Hossack war hysterisch geworden. »Oh Gott!« schrie sie. »Sie haben ihn umgebracht! Sie haben alle Männer umgebracht! Sie hatten nie vor, die Männer mit uns fahren zu lassen. Wir sind allein – wir sind ganz allein!«

Winter fühlte, wie alles Blut ihr Herz verließ. Hatte Mrs. Hossack recht? Hatten die Männer vorgehabt, die Männer von den Frauen zu trennen, sie umzubringen und nur die Frauen leben zu lassen? Würde sie Alex jemals wiedersehen? Sie hatte versucht, sich mit Gewalt zu befreien, aber man hatte sie nur wieder in den Wagen gestoßen, und dann rollten sie weiter auf ihrer langen, alptraumhaften Fahrt.

Man gab ihnen nur wenig Nahrung und nicht ausreichend Wasser. Lou Cottars Gesicht alterte mit jeder Stunde, die langsam vorüberschlich. Sie hatten das Beste vom Essen und fast alles Wasser an die beiden Kinder verteilt, und Lou hatte aus gekochtem Reis und Wasser einen Brei gemacht und fütterte das Baby mit der Fingerspitze.

Zuwenig Essen, das war erträglich gewesen, aber der Mangel an Wasser in dieser schrecklichen Hitze war eine Qual. Winter hatte sich auf die Eskorte gestürzt, mit einer Flut von Schimpfworten, von denen sie noch nicht einmal wußte, daß sie sie kannte. Erschreckt durch diese Furie mit den flammenden Augen, die so wirksam in ihrer eigenen Sprache fluchen konnte, hatten die Männer am nächsten Haltepunkt nicht nur Wasser, sondern auch Milch besorgt. Es war wenig, aber es reichte.

Winter fütterte Lotties Baby, als Lou endlich in einen kurzen, erschöpften Schlaf gesunken war. Sie sehnte sich nach dem Hirren Minar, wie eine verlorene Seele sich nach dem Paradies sehnt. Aber der Turm der Hirsche war jetzt nur noch ein verbrannter, schwarzer Haufen Steine, der nackt und bloß in einer Wüste aus verkohlten Baumstümpfen und durchweichter Asche stand, und Lottie war tot, und ihr Grab lag irgendwo in dieser Wüste. Wenn die schreckliche Reise noch länger dauerte, dann würde Lotties Baby auch sterben. Vielleicht würden sie alle sterben – vielleicht war Alex schon tot.

Wie viele Tage waren sie jetzt schon im Wagen? Wievielmal war die Sonne schon untergegangen? Winter wußte es nicht. An diesem Tag hatten sie kein Essen bekommen, und selbst Mrs. Hossack stöhnte nicht mehr, denn aus ihrer ausgetrockneten Kehle wollte kein Geräusch kommen. Die Kinder, die den ganzen Tag schwach gewimmert hatten, waren still. Neskeir, eine der Frauen, lag auch still da. War sie tot, oder schlief sie nur wie Lou – oder war Lou auch tot?

Winter bemerkte, daß der Karren jetzt durch dichtbevölkerte Straßen fuhr. Lichter, Stimmen, Geräusche drangen auf sie ein, und irgendwo knallten Gewehre. Es roch nach gekochtem Essen. Ein durchdringender, aromatischer Duft nach Gewürzen und Dungfeuern und Masala. Nach heißem Staub und verwelkenden Blättern, nach Sandelholz und Müll und brennendem Öl – der Geruch eines indischen Basars.

Die Geräusche verstummten, und endlich hielt der Karren quietschend an. Weitere Stimmen waren zu hören. Rauhe Stimmen, zornige Stimmen, schrille Stimmen, flüsternde Stimmen. Und dann wurde das feste Segeltuch, das das Ende der Karre bedeckte, losgebunden. Die vier verwirrten, halbbewußtlosen Frauen wurden herausgezerrt, stolperten und fielen zu Boden. Die Beine knickten unter ihnen ein.

Ein Mann war da, mit gezogenem Schwert in der Hand. Noch ein Mann, ein Mann mit einer Muskete. Wie betäubt dachte Winter: »Sie werden uns umbringen.« Aber irgendwie schien das völlig gleichgültig zu sein. Und dann rannte jemand zu ihr hinüber und hob sie hoch und die Stimmen und die Lichter und die schreienden Männer vermischten sich zu einem Kreis und wurden zur Dunkelheit.

Buch 6
Das Gulab Mahal

47

Winter erwachte; sie lag auf einem niedrigen Bett in einem fremden Zimmer. Es war noch immer dunkel, aber der graue Himmel hinter dem Fenster war schon hell genug, daß sie die Umrisse des Zimmers sehen konnte.

Sie fühlte sich sauber und kühler, als sie sich lange Zeit gefühlt hatte. Es mußte wieder geregnet haben. Mit Schwierigkeiten hob sie ihren schmerzenden Kopf und sah die dunkle Silhouette eines Tonkrugs auf der blassen, farbigen Matte auf dem Fußboden. Bei diesem Anblick erwachte ihr tobender Durst wieder, und sie tastete nach dem Krug. Sie hob ihn, trank, trank noch einmal, als ob sie nie genug trinken könnte, legte sich dann wieder hin und versuchte zu denken. Sie stellte fest, daß sie nicht denken konnte . . .

Sie konnte an nichts denken. Ein grauer Nebel der völligen Hoffnungslosigkeit erfüllte ihr Gehirn, und sie schloß die Augen und lag still und fühlte, daß das Grau sie umhüllte. Alex war fort – alle waren fort. Es gab nichts mehr, für das es sich zu leben lohnte – noch nicht einmal Lottie.

Langsam wurde es heller. Die Stille wich den wohlbekannten Geräuschen, dem Rauschen, dem Zwitschern von Vögeln und dem rauhen Schrei der Krähe. Winter hörte das Schnattern eines Eichhörnchens, und das Quietschen eines Brunnenrades. Vögel pfiffen, Papageien sprachen, eine Ringeltaube stieß ihr sanftes, monotones Gurren aus. In der Ferne murmelten Stimmen.

Das helle Licht klopfte an ihre geschlossenen Augenlider, und der graue Nebel in ihrem Gehirn hob sich und trieb davon wie Nebel, der am frühen Morgen über dem Fluß zerrinnt. Langsam, fast unmerklich, ließ der Schmerz in ihrem Herzen nach, und Frieden nahm seinen Platz ein.

Der Glanz hinter ihren geschlossenen Augenlidern wurde heller, und sie öffnete die Augen und hatte die gleiche Vision wie damals, als sie im Fluß beim Turm der Hirsche gelegen und sich den Tod gewünscht hatte. Der gleiche rosenrote Himmel, die gleichen strengen Muster aus Blättern und Blumen und Vögeln. Diese Vision hatte sie einmal aus der Verzweiflung gerissen, und in so vielen, kalten Jahren hatte der Traum in ihrem Innern geglüht. Der unerreichbare Mond. Aber diesmal war es Wirklichkeit. Dies war das Gulab Mahal –

Sie lag ganz still, sie rührte sich nicht. Sie konnte kaum atmen. Sie dachte konfus, daß sie noch schlief – oder tot war. Als sie sich endlich bewegte, streckte sie die Hand aus und berührte den grünen Papagei an der Wand neben ihr.

Firishta – es war Firishta! Der alte, lange vergessene Name aus ihrer Kindheit fiel ihr wieder ein. Es war also doch kein richtiger Vogel gewesen. Winter hatte gedacht, sie wären alle lebendig – die Blumen, und die Bäume und Vögel, die sich vor dem rosenroten Himmel bewegten. Aber sie lebten nicht, sie waren nie lebendig gewesen. Sie waren geschnitzt und geformt aus bemaltem, poliertem Stuck. Warum hatte sie das nicht behalten? Aber es war trotzdem Firishta. Und es war unglaublicherweise, wunderbarerweise das Gulab Mahal.

Endlich war sie in Sicherheit. Sie war zu Hause.

Sie wußte nicht, wie sie hierhergekommen war, und sie wußte auch nicht, daß der Talukdar von Pari dafür verantwortlich war. Der Talukdar war ein vorsichtiger Mann, und falls die Briten je wieder an die Macht kommen sollten, hatte er sich dagegen sichern wollen, daß man ihm nachsagte, er hätte Gefangene in den sicheren Tod geschickt. Er mußte sich decken, und es fiel ihm ein, daß seine Männer ihm von der Frau erzählt hatten, die keine Angrezi war. Von der Frau, die behauptete, mit der Frau des Walayat Schah von Lucknow verwandt zu sein. Er würde diese Frau samt den anderen der Obhut des Walayat Schah überlassen, und dann wären seine Hände sauber. Walayat Schah würde die Frau vielleicht verschonen, wenn sie in der Tat mit seiner Frau verwandt war, und er, der Talukdar von Pari, wäre dann von allen Sorgen befreit.

Der schwere Vorhang über der Tür rauschte und hob sich, und Winter drehte sich um und sah, daß Amira eingetreten war. Sie umarmten einander und weinten, und lange Zeit sagten sie nichts. Dann schob Amira Winter auf Armeslänge von sich und schaute sie an.

»Es ist also wahr«, sagte sie. »Ich dachte, es sei ein Traum. So bist du also endlich heimgekehrt – aber zu keiner günstigen Stunde.

Weißt du, daß ich die ganze Nacht auf Knien vor meinem Mann verbracht habe, daß ich um dein Leben und um das Leben derer, die bei dir sind, gebeten habe? Er hätte allen die Tür gewiesen, aber Hamida war im Hof, und sie sah dich und rannte zu mir. Zuerst habe ich es nicht geglaubt. Und dann wußte ich, daß es kein Zufall sein konnte. Sicherlich hat dies geschrieben gestanden. Denn wärst du auch nur vor zwei Tagen gekommen, ich hätte dich nicht retten können. Nur durch die Nachricht, die von Cawnpore gebracht wurde, hat er seinen Sinn geändert.« Walayat Schah behielt die Feringhis, die um seine Hilfe baten, in seinem Haus.

Sie wurden in einem abgeschiedenen Flügel des rosa Palastes untergebracht, neben dem Flügel der Frauen. Ihre Zimmer waren heiß und eng, aber das Zimmer im Erdgeschoß, das Lou, Mrs. Hossack und die beiden Kinder bewohnten, grenzte an einen großen, eingefriedeten Garten, der von den übrigen Gärten durch eine hohe Mauer abgetrennt war. Sechs der Männer teilten einen Raum unmittelbar darüber, und wieder darüber, erreichbar über eine schmale, enge Treppe, gab es einen kleinen Dachgarten. Dorthin hatte man Alex gebracht, der seiner Krankheit wegen von den anderen isoliert werden sollte. Walayat Schah wollte nicht, daß seine ungebetenen Gäste alle krank wurden.

Winter hatte man wie durch angestammtes Recht Sabrinas Zimmer gegeben. Und sie hatte darum gebeten, daß auch Lou darin schlafen könnte. Drei der vertrauenswürdigsten Diener des Hauses trugen jetzt die Verantwortung für die Feringhis, und man gab ihnen einheimische Kleidung, die sie anstelle ihrer eigenen zerfetzten Kleidungsstücke tragen konnten. Es war ihnen nicht erlaubt, in den Garten zu gehen, außer zwischen Sonnenuntergang und Sonnenaufgang. Sie wußten, daß es nicht in Walayat Schahs Macht lag, sie zu schützen, wenn sie von einem Rebellenführer oder vom Abschaum der Basare entdeckt wurden. Und sie fühlten sich sicherer hinter geschlossenen Türen, trotz der Hitze und der engen Räume.

Die Garnison in der Residenz bestand aus knapp tausend britischen Soldaten und siebenhundert loyalen Männern der indischen Truppen, als die Krise gekommen war. Über tausend Frauen, Kinder und Zivilisten behinderten die Männer. Und Zwölftausend, viele von ihnen Sepoys, die britische Ausbildung hatten, standen ihnen gegenüber. Die Residenz hätte einem einzigen, gutgeführten Angriff nicht widerstehen können, aber die Meuterer besaßen keinen Führer, der wirkliche Fähigkeiten hatte. Die Angriffe wurden nie in genügender Stärke geführt, und die Belagerung zog sich hin.

Und wieder einmal, nach so vielen Jahren, saß Winter auf dem Dach des Frauenhauses in der Dämmerung und hörte die alten, wohlbekannten Geschichten aus ihrer Kindheit, die Aziza Begum ihr einst erzählt hatte. Und während sie zuhörte, hörte sie auch die häßlichen Geräusche des Gewehrfeuers von der belagerten Residenz und gegensätzliche Emotionen quälten sie. Alex, der bei ihr saß, schaute zur dunklen Stadt und zum dunklen Himmel hinüber, und nach einer Weile sagte Winter: »Was wird wohl am Ende passieren?«

»Das hängt davon ab, was du als das Ende bezeichnest.«

»Wenn all dies zu Ende ist. Werden wir Indien für immer behalten?«

»Nein«, sagte Alex, legte sich auf den Rücken und schaute die Fruchtfledermäuse an, die in einer stillen Reihe über die Gärten und Obsthöfe der Villen flogen, die die übervölkerte Stadt umgaben.

»Ist das eine Prophezeiung?« wollte Winter lächelnd wissen.

»Nein. Das sagt mir der gesunde Menschenverstand. Dieses Land ist zu groß. Bacon hat einmal geschrieben, daß eine Handvoll Menschen, die in den Besitz eines zu großen Territoriums gelangten, dieses Land vielleicht eine Zeitlang halten könnten, es dann aber mit Sicherheit verlieren würden, trotz größten Muts. Er hatte recht.«

Winter stand auf und ging zur Brüstung hinüber. Sie lehnte sich an den Stein und schaute hinab in den Garten. Der Geruch des Staubes und der scharfe Duft des Holzfeuers erhob sich in die heiße, stille Luft, und irgendwo schossen Raketen durch den dunklen Himmel über der Stadt, denn es war das Fest Bakr Id. »Und wenn wir Indien verlassen?« fragte Winter.

»Wenn wir gehen, dann wird der Hinduismus wahrscheinlich wieder zu seinem Recht kommen, und wenn die Menschen hier nicht aufpassen, dann endet alles im Elend. Aber eins wissen wir ganz sicher. Alles, was jetzt passiert, wird später nicht mehr als Meuterei sondern als heroischer Kampf um die Unabhängigkeit betrachtet werden. Und weil Indien ein junges Land ist, wird es die eigenen Verbrechen abstreiten und aus unseren Verbrechen politisches Kapital schlagen. Die Wahrheit, die weder schwarz noch weiß ist, wird man vergessen. Aber ich bin dann bestimmt schon lange tot, und du auch.« Auf der schmalen Treppe, die zum Dach hinaufführte, waren Schritte und leise Stimmen zu hören. Und dann war Carlyon da, der beim Anblick von Winter und Alex ein finsteres Gesicht machte, und Mr. Dobbie, der anglikanische Pfarrer. Sie waren heraufgekommen, um hier oben die kühle Nachtluft zu genießen, jetzt, wo die Sonne untergegangen war.

48

Die Tatsache, daß es einen Kirchenmann gab, der Gottesdienst und kirchliche Handlungen abhalten konnte, dämmerte Carlyon ganz plötzlich. Es war überraschend, daß ihm das nicht früher eingefallen war, denn Mr. Dobbie hatte seit ihrer Ankunft schon mehrmals Gottesdienste abgehalten. Aber keinem war eingefallen, daß er auch andere kirchliche Zeremonien durchführen konnte. Jetzt fiel es Lord Carlyon ein, und er hatte es geschafft, zwei Abende später Winter allein im Garten zu stellen.

Es hatte den ganzen Tag stark geregnet, aber jetzt war der Himmel klar, und der Garten duftete frisch und zart in der Dämmerung. Das Mondlicht füllte den Garten mit bleichen Schatten, ehe das Zwielicht verschwunden war, und Carlyon hatte unter den Orangenbäumen gestanden und Winter wieder einmal gefragt, ob sie ihn heiraten wolle. Nicht irgendwann in der Zukunft, nachdem sie aus Lucknow geflüchtet waren – sondern jetzt, sofort. Heute nacht oder morgen früh. Dobbie könnte sie trauen . . .

»Ich habe Ihnen nichts zu bieten. Ich bin nur ein völlig mittelloser Gefangener. Aber wenn wir entkommen, dann würde alles anders sein. Dann kann ich . . .«

Winter legte ihm eine Hand auf den Arm, und er hielt inne. »Bitte! Bitte sagen Sie das nicht.« Ihre Stimme klang hastig und bekümmert, und ihr Gesicht im weichen Mondlicht wirkte verstört. »Wenn – wenn ich Sie liebte, dann würde es überhaupt keine Rolle spielen, ob Sie mir je etwas anderes bieten könnten als sich selbst. Aber ich liebe Sie nicht, und deshalb kann ich Sie auch nicht heiraten.«

»Warum? Warum nicht? Sie brauchen jemanden, der sich um Sie kümmert, der Sie beschützt. Ich würde mich um Sie kümmern. Ich liebe Sie – ich kann nicht leben ohne Sie! Winter, was macht es denn, ob du mich liebst oder nicht? Eines Tages würdest du mich lieben. Ich könnte dich schon dazu bringen. Barton ist tot. Gib mir das Recht, mich um dich zu kümmern. Winter – Winter . . .«

Er ergriff ihre Hand, und sie zog sich schnell zurück. »Es tut mir leid. Ich kann nicht. Ich danke Ihnen, daß Sie – daß Sie mich wollen, aber . . .« Sie schien ihre Worte für nicht ausreichend zu halten, und sie stand vor ihm und verschränkte nervös die Hände, als ob sie nach Worten suchte, die weniger hohl und höflich klangen. Und weniger negativ. Aber das Mondlicht zeigte ihm, daß plötzlich in den großen, schwarzbewimperten Augen ein abstrakter, abwesender Blick erschienen war, und die zornige, verwundende Überzeugung packte ihn, daß sie überhaupt nicht an ihn dachte, sondern an jemand anderen.

Er streckte die Hand aus und ergriff wieder ihre Hand, packte sie am Handgelenk mit einem harten, schraubstockartigen Griff, von dem sie sich nicht losmachen konnte. Mit rauher Stimme fragte er: »Ist noch ein anderer da? Wollen Sie mich deshalb nicht heiraten? Früher war es Barton – wer ist es jetzt? Etwa Randall? Ich habe bemerkt, wie Sie ihn manchmal anschauen. Sie waren wochenlang mit ihm im Dschungel, nicht wahr?«

Seine Wut sprudelte hoch, und es schien ihm, als ob er daran ersticken müsse. Ein Teil seiner selbst, der kalte, hochmütige, gelangweilte, zynische Arthur Carlyon der Londoner Salons – sagte ihm, er wäre dabei, eine vulgäre, eifersüchtige, melodramatische Szene zu machen. Aber er konnte sich nicht mehr halten. »Es ist Randall, nicht wahr? Was bedeutet er dir? Bist du seine Geliebte? Verbringst du deine Nächte mit ihm auf dem Dach? Hast du deshalb deine schwarzen Verwandten überredet, ihn da oben schlafen zu lassen, anstatt bei uns?«

Winter stand ganz still. Sie wartete, daß er zu Ende redete, und ihr Blick war ernst und fest. Aber in ihrem Blick war Mitleid zu lesen, und das tat am meisten weh. Er ließ ihr Handgelenk los und nahm sie schnell in die Arme wie damals in Delhi. Er küßte sie mit zorniger Wildheit. Er küßte ihren Mund und ihre Augen und ihre Kehle wieder und wieder, als ob er nicht aufhören könne.

Sie hatte sich nicht gewehrt und auch nicht geschrien. Vielleicht hatte sie gewußt, daß beides wenig nützen würde. Sie hatte ganz still dagestanden und seine schmerzhaften Küsse ertragen, als ob sie eine große Tonfigur ohne Leben, ohne Gefühle gewesen wäre. Und es war ihre Unbeweglichkeit, die Carlyon endlich wieder zu Sinnen brachte. Er ließ sie los und trat von ihr zurück, er atmete rauh und schnell. Sie hatte nichts gesagt, und nach einem Augenblick hatte sie sich umgedreht und war ruhig unter den Orangenbäumen fortgegangen. Ihr helles indisches Kleid leuchtete wie ein Nachtfalter unter den Schatten, und ihr indischer Schmuck klingelte leise in der Dunkelheit.

Mrs. Hossack, die mit ihrem kleinen Sohn in den Armen auf und ab ging, sagte: »Mrs. Barton, ich wollte fragen, ob . . .« Aber Winter ging an ihr vorüber, ohne sie zu hören, und stieg die lange, schmale Treppe hinauf. Sie ging eine lange, schmale, geschlossene Veranda entlang und kam endlich zur letzten Treppe, die zum Dach führte, wo Alex lag.

Das Mondlicht und die letzten Spuren des Zwielichts machten das offene Dach sehr hell nach den dunklen Korridoren und Treppen. Der Regen hatte die Luft gekühlt, und es roch angenehm nach gewaschenem Stein.

Alex lag draußen auf seinem Feldbett; er hatte ihr den Rücken zugedreht und trug nur das schmale Lendentuch, mit dem allein man die Hitze des Tages ertragen konnte. Auf der hellfarbigen Matratze sah sein Körper schmerzhaft mager und sehr braun aus. Er hörte das Klingeln von Winters Schmuck, aber er drehte sich nicht um, und sie blieb neben ihm stehen und schaute auf ihn hinab und fragte sich, ob er wohl schliefe. Nach einem Augenblick sagte er grob: »Nun, was willst du denn?«

Der Ärger in seiner Stimme erzeugte plötzlich Hemmungen in Winter. Einen Augenblick lang wollte sie ihren Entschluß fast fallenlassen. Dann krampfte sie die Hände fest zusammen und holte tief Atem, und sie zwang sich, ruhig zu fragen: »Alex, willst du mich heiraten?«

Lange Zeit bewegte Alex sich nicht. Dann drehte er sich langsam um und schaute zu ihr auf. Es war ihm, als ob er ein enges Band aus heißem Metall um die Stirn trüge, und er konnte überhaupt nicht klar denken. »Was hast du gesagt?«

»Ich habe dich gefragt, ob du mich heiraten willst«, sagte Winter fest.

»Warum?«

Sie setzte sich auf die Kante des niedrigen Bettes, und dabei rutschte ihr der Musselinschleier von den Schultern. Im klaren Mondlicht konnte man die roten Male an ihrer Kehle sehen. Als sie die Hand hob, um den Schleier wieder zurechtzurücken, waren auch an ihrem Handgelenk die deutlichen Fingerabdrücke zu sehen, die von Carlyons brutalen Händen stammten.

Alex packte ihre Hand, hielt sie mit mageren, heißen Fingern und schaute die Male an. Winter, die sie zum erstenmal bemerkte, riß ihre Hand schnell weg.

Rauh fragte Alex: »Carlyon?«

»Ja. Nein. Ich meine – es spielt keine Rolle.«

Alex setzte sich auf und stellte fest, daß das Band um seinen Kopf sich um mehrere Löcher enger zog. Es mußte doch unmöglich sein, sich gleichzeitig so krank und so wütend zu fühlen! Er sagte: »Ja, ich werde dich heiraten. Und außerdem jetzt sofort. Geh hinunter und sag Dobbie, ich will sofort mit ihm sprechen. Und – gib mir ein bißchen Opium . . .«

Winter erfuhr nie, was er zu Dobbie gesagt hatte, oder womit er es fertig brachte, Dobbie zu überzeugen, daß die Trauung auf der Stelle vollzogen werden mußte.

Winter wurde bei Nacht getraut, im Mondschein, wie Sabrina. Und wie bei Sabrina, so war auch Winter nicht vorbereitet gewesen, und sie trug ein Brautkleid, das ihr noch nicht einmal gehörte.

Es war ein Kleid aus schwerer weißer Seide, die mit den Jahren vergilbt war, und nach Neem-Blättern und Tabak roch. Es hatte Amiras Mutter gehört, Juanita de Ballesteros. Auch eine Spitzenmantilla war da, sie war einmal weiß gewesen, aber jetzt war sie genauso gelb wie die Seide und so zart wie die Spitze am Kleid. Der Mond hatte auf diese seltsame Trauung hinabgeschaut, und der Duft der Orangenblüten und der Zitronenbäume war auch heute noch so süß in der heißen Luft, wie damals in jener lange vergangenen Nacht. Von den eingefriedeten Gärten des rosa Palastes stieg auch heute der Duft der Orangenblüten zum flachen Dach hinauf, wo Winter in Juanitas weißem Kleid stand und spürte, wie Alex' trockene, fieberheiße Finger einen schweren Ring aus getriebenen Gold und Silber an den Finger steckt, der einst Kishan Prasads glühenden Smaragd getragen hatte. Auch der Ring hatte einmal Juanita gehört, denn kein Europäer, der anwesend war, besaß noch so etwas.

Alex trug moslemische Kleidung, die er zu dieser Gelegenheit von Dasim Ali, dem Onkel Walayat Schahs, geborgt hatte. Nur mit Hilfe des Opiums schaffte er es, auf den Beinen zu bleiben, und während der Zeremonie lehnte er sich gegen eine der Säulen, die sein Zimmer vom Dach trennten. Im Mondlicht sah er so völlig unenglisch aus, daß Mr. Dobbie Bedenken hatte, ihn mit Winter zu trauen.

Bis jetzt war es immer die junge Mrs. Barton gewesen, die Mr. Dobbie wie eine Inderin vorgekommen war. Sie hatte nie etwas anderes getragen als indische Kleidung, und die komplizierten Details ihrer Verwandtschaft mit der Inderin im Gulab Mahal hatte er auch nie ganz begriffen. Aber heute, als sie das lange, steife Seidenkleid trug und ihr Haar in einem schweren Knoten im Nacken zurückgesteckt war, heute abend sah sie wie all die anderen jungen Damen aus, die er in einer der moderneren Londoner Kirchen schon getraut hatte. Es war ganz falsch, dachte Mr. Dobbie unglücklich, daß er diese Frau mit einem Mohammedaner verheiratete.

Für Winter war an dieser Hochzeit nichts seltsam. Für sie war es die Erfüllung des Versprechens, dessen Symbol das Gulab Mahal immer gewesen war – wenn sie dorthin zurückkehrte, dann würde alles gut werden.

Wie Sabrina damals, so hatte auch sie jetzt plötzlich ein Gefühl der Zeitlosigkeit – als ob alle Zeit eins wäre und sie in ihren Kindern immer weiterleben würde . . .

Alex' Erinnerungen an die Nacht waren nebelhaft. Winter verbrachte ihre zweite Hochzeitsnacht wie die erste in Tränen und Angst. Aber diesmal war es Angst um ihren Mann und nicht um sich selbst. Alex' Körper brannte wieder im Fieber, und seine aufgesprungenen Lippen bluteten. Gegen Morgen ging das Fieber etwas zurück, und er war eingeschlafen. Erst, als die Sonne wieder heiß auf dem Dach lag, war er aufgewacht. Lou stand an einer der Säulen und spähte durch die Schlitze im Bambusvorhang nach draußen. Während der vergangenen Nacht hatten die Gewehre geschwiegen, aber jetzt hörte man das Kanonen- und Gewehrfeuer wieder.

Als Lou hörte, daß Alex sich bewegte, drehte sie sich um und sagte aufgeregt: »Hört sich an wie ein großer Angriff. Hör dir das an! Werden die Männer denn nie Nachschub kriegen? Warum ist Havelock denn noch nicht hier?«

Alex richtete sich mühsam auf, stand auf und ging zu Lou hinüber. Er konnte den Rauch von den Kanonen wie einen Nebel über den Dächern hängen sehen, die die Residenz verbargen, und er hörte zu. Nach kurzer Zeit sagte er: »Wie lange sind wir eigentlich schon hier? Drei Wochen? Oder sind es vier? Ich habe das Gefühl, daß es Monate sind, und die da drüben, die glauben sicher, es waren Jahre. Havelock muß bald durchkommen. O Gott, wenn man nur . . .«

Er wandte sich mit einem Stöhnen ab, ließ sich wieder auf die Kante des niedrigen Feldbettes nieder, schloß die Augen und lehnte seinen schmerzenden Kopf gegen die Mauer. Nach einer Minute öffnete er die Augen wieder und schaute Mrs. Cottar finster an. »Was machst du eigentlich so früh schon hier, Lou? Hast du das Baby endlich doch satt?«

»Nein«, sagte Lou. »Ich hab' deiner Frau versprochen, ich würde mich um dich kümmern, wenn sie schlafen geht.«

»Meine . . .?« sagte Alex und hielt inne. »Lieber Himmel! Natürlich. Dann hab' ich das ganze doch nicht geträumt. Tut mir leid, Lou, tut mir wirklich leid.«

»Ich glaube, Winter hat die ganze Nacht damit verbracht, die fiebrige Braue Eurer Gnaden zu kühlen«, sagte Lou. »Sie scheint nicht viel Glück mit ihren Bräutigämern zu haben. Conway war stinkbesoffen.«

»Meine liebe Lou«, unterbrach Alex sie zornig, »im Augenblick habe ich alles satt. Sei ein liebes Kind, geh zurück zu deinem Baby.

Ich habe rasende Kopfschmerzen, und ich kann sechs von dir sehen. Und im Augenblick reicht mir eine vollkommen.«

Lou wußte nicht, daß es nur zwei Dinge gab, die Alex davon abhielten, das Gulab Mahal zu verlassen. Das erste war die Tatsache, daß ein kranker Mann eher ein Hindernis als eine Hilfe ist, und solange er die verdammten Fieberanfälle und die Schwäche noch nicht los war, war es einfach unendlich viel vernünftiger, zu bleiben wo er war. In seinem Zustand war er niemandem von Nutzen. Und der zweite Grund war Carlyon. Carlyon und Winter. Und Winter hatte ihn, Alex Randall, geheiratet, um Carlyon zu entgehen.

Sie mußte sehr viel Angst vor Carlyon haben, um solch einen drastischen Schritt zu tun, dachte Alex und starrte zur Decke des Raumes hinauf. Was hatte Carlyon mit ihr gemacht? Hatte er versucht, sie zu vergewaltigen? Alex spürte, wie der Zorn in ihm wieder aufstieg, und er drehte sich um und vergrub das Gesicht in den Armen.

Lou hatte recht. Sie waren alle in einem Boot. Wenn zwei der Insassen Streit anfingen, dann konnte das zerbrechliche Fahrzeug leicht umkippen. Was Winter anbetraf, so war sie als seine Frau jetzt vor Carlyons Beleidigungen sicher. Aber er selbst würde sich weiter von ihr fernhalten müssen, oder sie waren alle verloren.

Die Tatsache, daß sie jetzt seine Frau war, änderte die Situation in dieser Hinsicht nicht. Es wurde nur schwieriger. Sie würden vielleicht wieder flüchten müssen, waren monatelang unterwegs – vielleicht ein Jahr. Vielleicht länger als ein Jahr. Wenn ganz Indien wirklich Revolution machte, dann würde es länger als ein paar Monate dauern, bis das Land zurückerobert und die Ordnung wiederhergestellt war. Monate, dachte Alex, vielleicht ein Jahr – vielleicht länger . . . Und er mußte wieder an Lottie denken.

Die Natur änderte sich nicht wegen Kriegen. Lotties Baby hatte seine Geburt nicht verschoben, trotz all der Morde und Massaker. Es mußte geboren werden, und dabei hatte es Lottie viel schmerzhafter umgebracht als irgendein Schuß aus einem Karabiner oder ein Streich von einem Schwert.

Frauen starben nun einmal im Kindbett, und es waren nur allzuviele. Bedauerlich, aber nichts – oder nur sehr wenig – konnte dagegen getan werden.

Für keine Frau gab es irgendwo im Land Sicherheit, ehe dieser Krieg nicht vorüber war. Und Alex konnte das Risiko nicht eingehen, Winter sterben zu sehen, wie Lottie gestorben war. Zum ersten Mal war er dankbar für seine Krankheit, denn sie bot ihm eine Entschuldigung, sich von Winter fernzuhalten.

Am achtzehnten August hatte es einen dritten Angriff auf die Residenz gegeben. Drei Tage später hörte man das donnernde Krachen explodierenden Schießpulvers, und Dasim Ali erzählte Alex am Abend, daß die Garnison es geschafft hätte, das Johanneshaus, einen Stützpunkt der Meuterer, in die Luft zu jagen.

Am nächsten Tag hörte man wieder ein anderes Geräusch. Das Knallen von Gewehrfeuer aus Südost.

»Lieber Gott – sie sind da!« schrie Alex und rannte zum Geländer des Dachs. Das bedeutete nur eins: Havelock marschierte auf Lucknow. Und nach kurzer Zeit, als ein heißer Wind zu blasen begann, waren die Schüsse aus den Gewehren deutlich durch die feuchte, saubergewaschene Luft zu hören.

49

Den Flüchtlingen im Gulab Mahal kam es so vor, als ob sie in ihrem heißen, engen Zimmer in dem kleinen rosa Palast in Lucknow schon ein Leben lang gewohnt hätten.

Entsetzlich langsam und monoton folgte ein Tag dem nächsten, und das Schlimmste war, daß sie keine Nachrichten von draußen bekamen.

Auch Winter war alles andere als glücklich in jenen Tagen. Sie hätte genausogut nicht mit Alex verheiratet sein können, und oft fragte sie sich, ob die kurze Zeremonie auf dem monderleuchteten Dach je stattgefunden hatte, oder ob sie alles nur geträumt hätte.

Sie schlief noch immer in ihrem eigenen, buntbemalten Zimmer, und Alex wohnte noch in dem kleinen Pavillon auf dem Dach. Sie sah ihn selten, wie ganz zu Anfang, als sie ins Gulab Mahal gekommen war. Sein Benehmen ihr gegenüber war so, wie es immer gewesen war, und offenbar glaubte er, daß auch die Tatsache, daß Winter jetzt seine Frau war, keinen Wechsel im monotonen Ablauf der Tage notwendig machte.

Winter fragte sich manchmal, ob sie sich wohl geirrt hatte, als sie glaubte, Alex liebte sie. War sie schließlich doch nicht mehr gewesen als die rothaarige Schauspielerin, die er eines Abends von einer Party in der Residenz von Lunjore mit nach Hause genommen hatte? Hätte er sie je geheiratet, wenn sie ihn nicht gezwungen hätte? Seit der Nacht, als er sie am Rand des Flusses geküßt hatte, als sie vor dem Feuer geflüchtet waren, hatte er nie mehr den Versuch gemacht, sie zu berühren oder zu küssen. Und damals war Winter so sicher gewesen, daß er sie liebte. Hatte er sie damals nur aus Erleichterung geküßt – weil sie alle in Sicherheit waren?

Alex hatte viel von seiner früheren Gesundheit zurückgewonnen, und die Fieberanfälle, die ihn zum Wahnsinn getrieben hatten, verließen ihn endlich. Er war noch immer sehr mager, aber seine Haut hatte nicht länger den beängstigenden Grauton, und sein Haar war wieder glänzend und nicht mehr so stumpf und matt. Aber Winter konnte nicht vergessen, daß er in der Nacht, in der sie ihn darum gebeten hatte, sie zu heiraten, Fieber gehabt hatte. Wenn er im vollen Besitz seiner geistigen Fähigkeiten gewesen wäre, hätte er sie dann wohl geheiratet? Sie fragte sich, ob er das jetzt wohl bedauerte.

Daß Winter in Alex' Vorstellung vor Carlyon Angst gehabt hatte, und daß sie deshalb ins Extrem gegangen war und ihn gebeten hatte, sie zu heiraten, dieser Gedanke kam Winter überhaupt nicht. Einen Mann um die Ehe zu bitten, das war schamlos, das war unerhört. Nur der Königin von England stand so etwas zu.

Aber Winter hatte ihre eigenen Gründe dafür gehabt. Aber sie enthüllte diese Gründe nicht. Amira und Hamida wußten Bescheid, und Lou hatte so ihre Ahnungen, aber sie stellte keine Fragen.

Carlyon hatte zeitweise wahnsinnige, lächerliche Ideen, wie er Randall umbringen konnte. Er war ein Narr gewesen, sagte er sich. Er hatte seine Lektion nicht gelernt. Er hatte Winter Angst gemacht, und sie hatte sich in der einzigen Art geschützt, die ihr zur Verfügung stand. Sie hatte Randall geheiratet. Aber wenn Randall aus dem Weg war, dann konnte er, Carlyon, ihr beweisen, daß sie nichts von ihm zu befürchten hatte. Nur, er mußte dafür sorgen, daß sie niemand anderen hatte, an den sie sich wenden konnte.

In seinen ruhigeren Momenten wußte er, daß diese Idee verrückt war. Aber sein Temperament war nie auf Warten eingerichtet gewesen.

Alex' Dach war jetzt angenehm kühl, nachdem die Sonne untergegangen war. Und da es hoch genug lag, um jede leichte Brise noch einzufangen, die nach Sonnenuntergang erwachte, wurde es zu einem beliebteren Versammlungsplatz für seine Mitgefangenen als der Garten. Nach einem seltsam stillen Tag, an dem es eine Sonnenfinsternis gegeben hatte, waren sie alle oben gewesen.

Alex hatte sein Bett nach draußen gezogen, und die drei Frauen saßen darauf und redeten leise miteinander, während die Männer müßig hin und her gingen. Winter hatte einen merkwürdigen Ausdruck in Carlyons Gesicht bemerkt.

Alex hatte auf der Brüstung gesessen und schaute hinaus zur Residenz, wo gelegentlich hinter den Bäumen und den dazwischenliegenden Gebäuden die Blitze von Gewehrschüssen zu sehen waren. Es war niemand in seiner Nähe gewesen, und Winter sah, wie Carlyon ihn anschaute. Nach unten waren es dreißig Fuß oder mehr. Und unten war eisenharte Erde. Carlyon ging leise auf Alex zu, und Winter erhob sich schnell, lief ihm nach und packte ihn am Arm. Carlyon war herumgefahren, und auf seinem verzerrten Gesicht war nur allzu deutlich zu lesen, was er vorgehabt hatte. Aber sie hatte dagestanden und ihn angeschaut, und ihre Finger hatten sich fest um seinen Arm geklammert. Ihre großen, angstvollen Augen hielten seine Blicke im Schach, zwangen ihn durch Willenskraft, von seinem Vorhaben abzulassen. Alex hatte die leichten, laufenden Schritte gehört und sich ebenfalls umgedreht. Er konnte Carlyons Gesicht nicht sehen, aber er sah Winters Gesicht und auch die Finger, die sich um Carlyons Arm klammerten. Er begriff plötzlich, was der Mann vorgehabt hatte. Ganz langsam stand er auf und ging ruhig weg, und der kalte Schweiß brach ihm auf der Stirn aus.

Carlyon zitterte, als ob er aus einer Bewußtlosigkeit aufwachte. Die Spannung verließ seine Muskeln, und sein Blick war nicht mehr starr, und Winter ließ die Hand von seinem Arm sinken.

Sie hatte eine leichte, triviale Bemerkung über die Sonnenfinsternis gemacht, ohne zu wissen, was sie gesagt hatte. Und dann war Lou da und zog Carlyon weg, und Winter setzte sich plötzlich auf die Brüstung, wo Alex noch vor einem Augenblick gesessen hatte.

Ihre Knie zitterten, und sie mußte die Zähne zusammenbeißen, damit sie nicht klapperten. Ein seltsames Brummen war in ihren Ohren, und ihr war sehr kalt. Sie hörte nicht, wie Alex auf sie zukam, aber dann fiel eine Hand auf ihre Schulter, und sie wußte, ohne sich umzudrehen, wessen Hand das war. Er hielt ihre Schulter warm und tröstlich umfaßt, und nach einem Augenblick legte sie ihre Hand auf seine. Sie drehte sich nicht um, denn ihre Augen standen voll Tränen, und sie wollte nicht, daß Alex sie sah. Aber ihr Körper hörte auf zu zittern, und nach kurzer Zeit schüttelte Alex leise und beruhigend ihre Schultern und ließ sie los.

Nach diesem Vorfall war er vorsichtiger. In der folgenden Woche sah er Winter noch seltener, denn sie kam nicht einmal mehr am frühen Morgen in den Garten. Und an drei Abenden hintereinander kam sie auch nicht zu den andern auf das Dach. Er hatte Lou gefragt, warum Winter nicht erschiene, und Lou hatte einfach erwidert, sie fühle sich nicht sehr wohl, aber es wäre nichts Wichtiges. Eine überreife Papaya, die sie gegessen hätte.

Alex akzeptierte die Erklärung. Er hätte es vielleicht noch länger getan, wenn nicht vier Nächte später unerwarteterweise ein Sturm aus heiterem Himmel über sie hereingebrochen wäre.

Er hatte draußen auf dem offenen Dach geschlafen, und er machte Bekanntschaft mit dem Sturm, indem er aufwachte, weil man einen Eimer kaltes Wasser über ihn ausgeschüttet hatte. Das war nicht der warme Regen der heißen Jahreszeit, sondern der kalte Regen des Herbstes, und hinter dem Regen stand ein Wind. Ehe Alex ganz wach war, war er schon völlig durchweicht, und das Dach schien unter Wasser zu stehen.

»An dieser Stelle kriege ich jetzt eine Lungenentzündung«, dachte Alex verärgert. Er fummelte in der pechschwarzen Dunkelheit herum, um die aufgerollten Bambusvorhänge herunterzuziehen. Da bemerkte er, daß noch jemand auf dem Dach war, und er hörte, wie Winter durch das Heulen des Windes und das Klatschen des Regens und das Flattern der Vorhänge seinen Namen rief.

»Alex – Alex – wo bist du?«

»Ich bin hier«, rief Alex. »Was um Himmels willen machst du denn hier oben? Geh nach unten! Wo bist du denn bloß?«

Er tastete in der Dunkelheit nach ihr und fühlte einen nassen Arm, und dann fuhr eine Windböe zum letztenmal über das Dach, und der Sturm ging so schnell, wie er gekommen war. Nur der Regen fiel noch mit leise klatschenden Geräuschen auf das Dach, und es hörte sich an, als ob die Tropfen in einen See fielen.

Alex sagte wütend: »Winter, bist du verrückt? Du wirst ja völlig durchweicht. Geh zurück in dein Zimmer!«

Er hörte, wie sie ein wenig zittrig lachte, und dann sagte sie: »Ich bin schon durchweicht. Und ich gehe nicht nach unten, wenn du nicht mitgehst. Du kannst nicht mehr hier oben bleiben. Dann wirst du nur wieder krank, und wir hatten schon genug Ärger mit dir.«

»Du hörst dich an«, sagte Alex, »wie eine Kinderschwester, die ich früher mit sechs Jahren einmal hatte. Na gut, ich komme mit. Sei vorsichtig auf der Treppe. Wenn wir in der Dunkelheit hinunterfallen, dann brechen wir uns den Hals.«

Das Zimmer, das einmal Sabrina gehört hatte, schien nach der Kühle auf dem windigen nassen Dach heiß zu sein. Eine Öllampe brannte. Die Flamme flackerte im Luftzug, und die gemalten Bäume und Vögel und Blumen aus Stuck schienen sich im flackernden Licht zu bewegen, als ob sie lebendig wären. Die Kurve der rosenfarbenen Decke war voll weicher Schatten, so daß es schwer war, zu sagen, wie hoch sie war.

Alex nahm das Tuch, das Winter ihm reichte, und rieb sich damit trocken. Er wickelte sein nasses Lendentuch ab und ersetzte es durch ein Stück türkisblauen Musselin. Er setzte sich auf das geschnitzte und bemalte Bett und schaute sich im Zimmer um, bezaubert von der fröhlichen, kindlichen Grazie der strengen Muster und der klaren Farben. Diese Farben waren trotz ihres Alters noch immer juwelenhell. Und dann schaute er seine Frau an.

Ihr Haar hatte sie für die Nacht schon aufgelöst, und jetzt wrang sie das Wasser heraus und drehte es zu einem schweren, glänzenden Knoten am Hinterkopf zusammen. Sie hatte die Arme gehoben, und der kurze Baumwollsari, den sie trug, war durchweicht vom Regen und klebte ihr naß am Körper. Er enthüllte jede runde Kurve einer Gestalt, die nicht länger gertenschlank war, wie Alex sie kannte.

Winter schaute auf und sagte: »Da drüben liegt noch eine Matratze. Macht es dir etwas aus, auf dem Fußboden zu schlafen?«

Er antwortete ihr nicht, und sie drehte sich um und schaute ihn an, und sie sah, daß er es wußte. Um seinen Mund war ein weißer Schatten, und seine Augen waren groß und sehr strahlend, und sie stand ganz still und schaute ernst zu ihm hinüber, und ihr Blick war fest und ein bißchen verängstigt. Nach einer langen Minute sprach Alex, als ob das Sprechen ihm schwerfiele. Er sagte: »Ist es meins?«

»Ja.«

Er streckte eine Hand nach ihr aus, und sie kam zu ihm, so langsam wie eine Schlafwandlerin. Und Alex streckte sich ihr entgegen und zog sie in die Arme und sagte mit einer Stimme, von deren Existenz er nichts geahnt hatte: »Warum hast du's mir nicht gesagt? Oh, meine Liebste – meine kleine Liebste!« Er lachte plötzlich, ein Lachen, das zu einem trockenen Schluchzen wurde. Dann schaute er ihr ins Gesicht. »Wenn ich daran denke«, sagte Alex, »daß ich dich wochenlang – monatelang! – nicht angerührt habe, weil ich Angst davor hatte ...«

Seine Hände streiften ihr den durchweichten Sari ab, und seine Finger glitten durch die schweren, nassen Wellen ihres Haares, und dann preßte sich sein Mund auf ihre Lippen und löschte jeden Gedanken.

50

Drei Tage wolkenlosen Glücks waren ihnen erlaubt. Drei Tage und Nächte völliger, ungestörter Glückseligkeit und Zufriedenheit, die um so süßer waren, weil sie sich abhoben von dem häßlichen Tumult aus Blut und Angst und Erregung, der halb Indien ergriffen hatte.

Sie hatten sich ein Königreich erobert, und Sabrinas Zimmer war ein Zaubergarten, tausend Meilen entfernt von der rauhen Wirklichkeit der Welt da draußen. Sie hatten sich soviel zu sagen, soviel zu fragen, soviel zu vergessen. Und sie hatten soviel zu geben, was man mit Worten nicht ausdrücken mußte.

Erst, wenn die anderen gegangen waren, gingen sie auf das Dach hinauf. Und während Winter in Alex' Arm lag und die Sterne zählte, die über ihnen am samtigen Zelt des Himmels blinkten, hörte sie die Schüsse von der Residenz und die Nachtgeräusche der Stadt nicht mehr, sondern nur noch Alex' ruhigen Atem und das beständige Klopfen seines Herzens unter ihrer Wange.

Sie war vollkommen glücklich; es war ein Glück, das viele berühren, aber nur wenige behalten dürfen. So viele Nächte, so viele Jahre hatte sie ihre Wünsche zu den Sternen hinaufgeschickt. Jetzt brauchte sie sich nichts mehr zu wünschen, denn alles, was sie sich je hätte wünschen können, war ihr geschenkt worden – zusammen mit jedem Stern des Himmels. Sie wußte, was immer jetzt noch geschah, wieviel Schrecken und Angst und Schmerz die Zukunft noch für sie bereithielt, sie hatte jeden einzelnen dieser Sterne berührt, sie hielt den Mond in den Händen, und wenn sie morgen starb, dann würde sie zufrieden sterben.

Lou war einmal gekommen, weil sie Winter suchte, und hatte auch Alex angetroffen. Lou hatte erleichtert dreingeschaut und gesagt: »Du hast es ihm also gesagt, was? Ich fragte mich schon, wie lange du noch um den heißen Brei herumreden wolltest. Ist es . . .« Sie brach den Satz abrupt ab und wurde zum ersten Mal in ihrem Leben rot.

»Nein«, sagte Alex knapp und beantwortete die unausgesprochene Frage. »Es ist meins.«

Lou holte tief erleichtert Atem. Sie sagte: »Das hatte ich auch angenommen, weil du damals in der Nacht nicht zurückgekommen bist. Und – aber ich hatte Angst, es könnte Cons sein, und daß du es ihm deshalb nicht sagen wolltest.«

Winter fragte: »Wie lange weißt du es denn schon, Lou?«

Lou lachte. »Wahrscheinlich genausolange wie du. Das war doch keine Schwierigkeit, so was festzustellen, weil wir so eng aufeinanderhockten.«

Alex sagte: »Ich wußte es nicht.«

»Ach, ihr Männer!«

Es hatte in der Nacht geregnet, aber am Morgen war der Himmel klar, und die saubere Luft trug wieder das Geräusch von Gewehrfeuer heran. Havelocks Gewehre. Alex war aufs Dach gegangen, um zu horchen. Er hatte sich ganz sanft von Winter losgemacht, und er hatte gedacht, er hätte sie nicht aufgeweckt. Aber Winter hatte schon die erste Bewegung gespürt und ihn nicht aufgehalten. Als er gegangen war, lag sie lange Zeit da und starrte mit blicklosen Augen die Wand an, und nach einer Weile hatte sie sich auf das Gesicht gedreht und still, ohne Geräusche, ohne Bewegung vor sich hingeweint.

Den ganzen Tag zitterte der Klang von Havelocks Gewehren durch den heißen Sonnenschein, und das Geräusch kam immer näher und näher. Als die Dämmerung sich wieder über sie senkte, kamen die Engländer, die noch im Gulab Mahal waren, aufs Dach, um zuzuschauen und zu horchen.

»Wir werden davonkommen!« sagte Mrs. Hossack, und ihre Stimme zitterte vor hysterischer Dankbarkeit und Erleichterung. »Wir werden endlich sicher sein – endlich! Wann werden sie hier sein? Warum beeilen sie sich nicht!«

»Sie kämpfen eine Schlacht«, sagte Alex. »Hört hin! Sie müssen schon am Alam Bagh sein!«

Winter sagte nichts, auch Lou schwieg. Winter betrachtete nur Alex, sie hörte die Gewehre gar nicht. Sie konzentrierte sich auf ihn, als ob er die einzige anwesende Person sei, als ob sie versuchte, sich jede Linie, jeden Winkel, jede Höhlung seines Gesichtes einzuprägen, jeden Tonfall, jeden Klang seiner Stimme, so daß sie scharf und deutlich in ihrem Gedächtnis waren und sie sie nie wieder vergessen konnte.

Lou war still, jetzt, wo die Befreiung so dicht bevorstand. Sie umklammerte das kleine, ernste, rothaarige Wesen und preßte es fest an sich, und das Baby schaute mit großen Augen zu ihr auf.

Dann hatten Lou und Mrs. Hossack die Kinder mit nach unten genommen und überließen Alex und Winter das monderleuchtete Dach, und für eine kleine Weile hatten Alex und Winter das Donnern der Kanonen vergessen.

In der Nacht drehte sich der Wind, und am Morgen war die Kanonade weniger deutlich zu hören. An diesem Tag kamen Havelocks Männer nicht mehr. Aber am folgenden Tag waren die Kanonen nicht mehr außerhalb der Stadt, sondern es wurde innerhalb der Stadtgrenzen geschossen. Die Highlanders und die Sikhs und die Briten und die indische Kavallerie und Infanterie unter Havelocks Kommando kämpfte sich durch die Straßen. »Sie sind da!« sagte

Alex, und seine Stimme klang rauh und ungeduldig. »Hört euch das an! Sie sind da!«

»Sie sind da!« sagte Lou und weinte.

Eine Woche lang erschütterten Gewehrfeuer und die krachenden Detonationen von Gebäuden, die in die Luft gejagt wurden, Lucknow. Niemand schien genau zu wissen, wie die Schlacht verlief. Die Soldaten in der Residenz hatten Nachschub bekommen, aber war Lucknow selbst von den Briten erobert worden? Niemand in dem rosa Palast wagte es, hinauszugehen, denn die Straßen waren nicht sicher. Havelock starb in diesem Monat, und am Tag nach seinem Tode wurde flüsternd in der Dämmerung am verriegelten Tor des Gulab Mahal die Neuigkeit weitergegeben, daß Sir Colin Campbell, der neue General, sich aus Lucknow zurückziehen und wieder nach Cawnpore gehen wollte. Die Evakuierung würde noch in dieser Nacht stattfinden, und streng geheim. Frauen und Kinder sollten um Mitternacht, während die Stadt schlief, in Wagen und Sänften abreisen; sie sollten sich im Schutz der Dunkelheit nach dem Alam Bagh bewegen, das fest in britischer Hand war.

Amira hatte Winter die Neuigkeiten gebracht. »Mein Mann sagt«, meinte Amira, »daß die beiden Frauen mit den Kindern auch mitreisen können, wenn sie es wünschen. Wir haben hier Sänften, und auch Männer, die sie tragen. Sie werden an einem ausgemachten Ort zu den anderen Memsahibs stoßen und mit ihnen in Sicherheit gebracht werden. Aber wir müssen uns schnell entscheiden, denn schon ist es dunkel.«

Winter hatte sie liebevoll angelächelt. »Ich sage es Lou und Mrs. Hossack. Mag sein, daß sie sich dafür entscheiden, mitzureisen. Aber ich bleibe hier – es sei denn, du und dein Mann wünscht, daß ich gehe. Und wenn das so ist, dann wirst du mich mit Gewalt wegschicken müssen!«

»Das werden wir nie tun«, meinte Amira und umarmte Winter. »Ist dies nicht das Haus, in dem du geboren wurdest? Geh und sag deinen Freunden, sie sollen sich bereitmachen, wenn sie gehen wollen.«

Und sie waren gegangen.

Mrs. Hossack hatte versucht, Winter zum Mitgehen zu überreden, aber Lou verschwendete keine Worte. Sie hatte Winter unerwarteterweise nur geküßt, und Tränen hatten in ihren Augen gestanden, was noch weniger bei ihr zu erwarten war. Sie hatten einander mit Zuneigung und Respekt zugelächelt, sich einen Augenblick lang fest in die Arme geschlossen und nichts weiter mehr gesagt, weil es zuviel zu sagen gab. Und dann war Lou gegangen, Lou, Amanda, Mrs. Hossack und Jimmy.

Das Tor schloß sich quietschend wieder hinter ihnen, und die Riegel und Bolzen knirschten eilig im Schloß, und die Schritte der Sänftenträger verschwanden in der Dunkelheit.

Alex hatte lange mit dem alten Dasim Ali gesprochen, und anschließend war er hinunter zu Winter in das bemalte Zimmer gekommen.

Das Licht der Öllampe spielte auf den rosenfarbenen Wänden und den gemalten Vögeln und Blumen aus Stuck, wie in der ersten Nacht, in der er dieses Zimmer gesehen hatte. Winter kämmte die langen Wellen ihres Haares aus, und er setzte sich auf das niedrige indische Bett, wie in der ersten Nacht, und sah ihr zu. Er sagte nichts.

Nach einem Augenblick legte Winter den Kamm nieder und wandte sich ihm zu. Das Licht der Lampe, die hinter ihr stand, fiel auf sein Gesicht, während Winters Gesicht im Schatten blieb, und die sanfte, flackernde Flamme erzeugte einen Heiligenschein hinter ihr und glitzerte auf den langen Wellen ihres schwarzen Haars und umrahmte ihren kleinen Kopf.

Sie schaute ihn schweigend an, wie sie das in diesem Zimmer schon einmal getan hatte; sie las in seinem Gesicht, was er ihr zu sagen hatte. Und wieder einmal streckte er die Hand nach ihr aus, und sie kam zu ihm und legte die Arme um ihn. Jetzt, wie damals, hielt er sie ganz sanft und lehnte sich an sie, und nach kurzer Zeit sagte er: »Ich muß fort. Aber ich kann dich mitnehmen. Im Alam Bagh, direkt außerhalb der Stadt, sind Truppen. Es wird nicht allzu schwierig oder zu gefährlich sein, dich dort hinzubringen. Du gehst als Inderin durch. Und wenn du erst einmal da bist, dann wärst du sicher. Und danach müßtest du nur noch nach Cawnpore, und dann auf dem Fluß nach Allahabad und Kalkutta. Die Straße muß offen sein.«

Winter sagte: »Würdest du mit mir kommen?« Und sie kannte die Antwort schon, ehe sie fragte.

Sie spürte, wie Alex' Arme sie fester an sich zogen. »Bis zum Alam Bagh, mein Liebling. Und vielleicht bis nach Cawnpore.«

»Und danach?«

»Ich . . . du wärst ja dann in Sicherheit.«

Winter streichelte sein dunkles Haar, sie preßte seinen Kopf an sich, so daß er sie nicht anschauen und sehen konnte, daß sie weinte. Sie sagte leise und mit fester Stimme: »Und du?«

Alex bewegte seinen Kopf, als ob er Schmerzen hätte. Mit rauher, gepreßter Stimme sagte er: »Ich muß zurück nach Lunjore.«

Er spürte, wie sie zusammenzuckte, und fuhr fort: »Ich muß, Liebes. Ich hätte nie fortgehen sollen. Es gab soviel, was ich dort hätte tun können – oder ich hätte es wenigstens versuchen sollen. Ich bin verantwortlich, denn es ist mein eigener Bezirk! Und ich bin fortgelaufen, weil ...«

»Weil du drei Frauen am Hals hattest«, sagte Winter zittrig. »Aber du kannst doch jetzt nicht dorthin zurück. Alex, das kannst du nicht! Die würden dich umbringen. Allein könntest du nichts dort tun – jetzt nicht mehr. Du würdest nur dein Leben wegwerfen, und es gehört dir nicht mehr allein – es gehört auch mir. Auch mir!«

Alex preßte sie fest an sich. Er sagte: »Ich weiß, mein Herz. Aber daß ich nichts dort tun könnte, das stimmt nicht. Es gibt jetzt niemanden mehr dort, der für Ordnung sorgt. Wenn sie erst einmal sehen, daß jemand wieder Autorität hat, dann werden sie sich beruhigen und wieder vernünftig werden. Man muß ihnen nur die Sicherheit bieten, daß die Regierung noch immer stabil ist, und daß es ein Gesetz gibt, das nicht auf dem Willen oder den Launen irgendeines einzelnen beruht, der gerade die Macht hat. Das ist es, was sie brauchen: Frieden und Ruhe und diese Sicherheit. Die Dörfer, die Städte, die haben den Aufruhr nicht angezettelt. Es waren die Sepoys, und die gibt es jetzt nicht mehr. Wenn ich jetzt zurückgehe, dann kann ich ... Liebling, ich muß zurück! Laß mich gehen.«

Winter sagte: »Und wenn ich dich nicht gehen lasse? Würdest du es dann doch tun?«

»Ich – ich muß. Aber ich würde glücklicher gehen, wenn es mit deiner Zustimmung wäre.«

Flüsternd, weil sie ihrer eigenen Stimme nicht trauen konnte, sagte sie: »Dann geh mit meiner Zustimmung, mein Liebster«, und sie spürte, daß die Spannung aus ihm wich.

Er lehnte sich an sie, als ob er sehr müde wäre, und die Tränen, die sie vor ihm verbergen wollte, rannen ihre Wangen hinab. Sie tropften ihm feucht ins Gesicht, und er spürte sie und versuchte den Kopf zu heben, aber sie hielt ihn noch fester. Nach einer kleinen Weile sagte sie: »Wann willst du weg?«

»Heute nacht. In einer Stunde.«

Sie machte kein Geräusch. Er spürte, wie sie sich bemühte, den Schauder zu unterdrücken, der durch ihren Körper ging. Er sagte: »Kannst du dann bereit sein?«

Sie antwortete ihm nicht sofort, aber ihre Hand entspannte sich, und sie begann, ganz sanft wieder sein Haar zu streicheln. Nach kurzer Zeit sagte sie: »Ich gehe nicht mit.«

Da blickte er schnell auf und sah ihr Gesicht tränennaß und süß und ruhig über sich. Sie lächelte auf ihn hinab; es war der weiche, zitternde Schatten eines Lächelns, und dann legte sie die Handfläche an die feste Wange, die naß war von ihren eigenen Tränen. »Liebster, ich könnte nicht mit. Sie würden mich nach Kalkutta schicken. Ich wäre dann am anderen Ende von Indien. Hier bin ich dir näher, und ich bin viel sicherer als du. Amira wird sich um mich kümmern, und ich werde unter Freunden sein. In diesem Raum bin ich geboren, und mein ganzes Leben lang habe ich daran gedacht und dieses Haus geliebt. Vielleicht wird auch dein Kind hier geboren werden. Ich werde hier auf dich warten.«

Alex sagte: »Das verstehst du nicht, mein Herz. Ich kann dich nicht hierlassen. Eines Tages werden wir diese Stadt angreifen und sie nehmen. Du weißt nicht, was das bedeutet, aber ich weiß es. Ich habe gesehen, wie eine Stadt geplündert wurde. Wenn du hier wärst . . .«

Winter ließ ihre Hand von seiner Wange zu seinem Mund gleiten und bedeckte ihn, so daß er nicht mehr weitersprechen konnte. Seine Augen schauten sie lange, lange Zeit an. Dann senkten sich seine Wimpern, und er küßte die warme Handfläche, die seinen Mund verschloß, und er versuchte es nicht mehr, sie zu überzeugen.

Er war vor Mitternacht gegangen, durch die schmale Seitentür, durch die auch Carlyon und die anderen Männer gegangen waren. Nur seine Frau und Dasim Ali hatten ihn gehen sehen.

Winter preßte sich an die kleine, mit eisernen Nägeln besetzte Tür und horchte auf das Geräusch seiner schnellen, leichten Schritte, die der Staub auf der Straße draußen verschluckte. Nach kurzer Zeit war nichts mehr zu hören, und der alte Dasim Ali hatte Winter am Arm berührt, und sie hatte sich abgewandt.

Auf dem Bett in dem gemalten Zimmer hatte sie wieder geweint, nachdem er fort war, und Amira hatte sie getröstet. Aber am Morgen war es der Raum, der sie am meisten getröstet hatte. Sie war aufgewacht in der leuchtenden Dämmerung, und als die Sonne aufging und der wohlbekannte Schatten über den Fußboden kroch und das Bett berührte, auf dem sie lag, kehrten Frieden und Sicherheit zu ihr zurück und füllten ihr Herz. Nichts konnte ihr geschehen, solange sie hier war. Alex würde zurückkommen. Sie mußte nur warten.

51

Sir Colin Campbells Armee zog sich aus Lucknow zurück, und nur die einsamen Toten und die leere Hülle der Residenz blieben zurück, und ein zerrissener Union Jack flatterte noch immer in der Dämmerung auf dem zerschlagenen Dach. Im Gulab Mahal, dem kleinen rosa Palast in Lucknow, war von den dreizehn Flüchtlingen, die hier in einer heißen Nacht im Juli Schutz gefunden hatten, nur noch Winter übrig.

Wieder einmal zog sich die Flutwelle des Krieges aus Lucknow zurück, und nur die Tauben und die Krähen und die Papageien waren noch da, und die Eichhörnchen und die Geräusche der Stadt hinter den hohen Mauern, die den rosa Palast umschlossen.

Schüsse waren noch immer zu hören, aber nicht mehr aus der Residenz. Sie kamen von weither, aus dem Alam Bagh – dem Garten der Welt – einem eingefriedeten, befestigten, königlichen Garten, der zwei Meilen außerhalb von Lucknow lag. Sir Colin Campbell hatte unter General Outram eine Streitmacht zurückgelassen, die diesen letzten Außenposten in Sichtweite der Stadt hielt.

Von Carlyon und den anderen Männern, die mit ihm gegangen waren, kam keine Nachricht mehr. Auch nicht von Alex. Aber die Sänftenträger waren zurückgekehrt und sagten, die Memsahibs und ihre Kinder hätten den Alam Bagh sicher erreicht, und man hätte sie mit den anderen Frauen nach Cawnpore geschickt. Lou und Mrs. Hossack waren also wenigstens in Sicherheit.

Das Jahr neigte sich dem Ende zu. Aber die Meuterei tobte noch immer. Und noch immer kämpften Männer und starben, aber der Mogul, Bahardur Schah, hatte erleben müssen, wie nach dem Fall von Delhi der kurze Seifenblasentraum von einem Weltreich vergangen war. Dundu Pant, der Anführer des Aufstands, war flüchtig, und viele Stützpunkte, die die Meuterer gewonnen hatten, waren wieder in britischen Händen.

Aber innerhalb der verblichenen, rosa getünchten Mauern des Gulab Mahal vergingen die Tage friedlich. Winter paßte sich dem Leben im Palast der Rosen an und wurde ein Teil davon – wie damals, in den längst vergangenen Tagen, als Juanita und Aziza Begum noch lebten. Als Winter selbst als kleines, schwarzhaariges Kind mit den gemalten Stuckvögeln in dem Zimmer gespielt hatte, das Sabrina gehört hatte.

Die Bewohner des Palastes vergaßen häufig, daß Winter eigentlich nicht dazugehörte. Denn sie sprach und dachte und träumte in der Sprache, die sie als Kind gelernt hatte. Sie beschäftigte sich mit den gleichen Haushaltsangelegenheiten, sie wurde in die Mysterien des Trocknens und Einkochens von Früchten und Gewürzen eingeweiht, und sie benutzte Antimon, um sich die Augen zu schwärzen. In den wenigen müßigen Stunden im Gulab Mahal war immer Amira da, oder Amiras kleine Söhne und die anderen Kinder, denen man Geschichten erzählen und mit deren Müttern man klatschen und lachen konnte.

Zweimal am Tag, am Morgen und am Abend, ging Winter allein auf das Dach, wo Alex gelebt hatte, und schaute über die Baumgipfel und die schöne, zerschossene Stadt nach Lunjore hinüber.

»Er ist nicht tot«, sagte sie Amira. »Wenn er tot wäre, dann würde ich es fühlen, hier in meinem Herzen.«

Aber es kamen Zeiten, wo sie nicht so sicher war. Dann überkam sie plötzlich der Schrecken, und sie dachte an ihn, wie er tot oder sterbend in Lunjore lag – gefoltert oder verwundet oder krank. Und dann lief sie in ihr eigenes Zimmer, und das Zimmer war wie immer ihr Talisman. Es hatte einen Zauber, der sie beruhigte und sie glauben machte, daß alles gut wurde. Sie mußte nur ihre Hand auf die fröhlichen, abgenutzten bunten Kurven von Firishta legen und seine Federn aus Stuck streicheln, dann flutete der Frieden wieder zurück in ihre Seele, als ob diese Berührung in der Tat magisch wäre. Alex würde zurückkommen.

Den ganzen Januar hindurch hatten die Meuterer ihre Angriffe auf den Alam Bagh durchgehalten. Aber dann wurde der Mullah verwundet und zurückgetrieben. Die Rebellen verloren den Mut, begannen sich untereinander zu streiten und zerstreuten sich langsam. Viele kehrten in ihre eigenen Städte und Dörfer zurück. Aber andere blieben auch und griffen weiter an, und sie kämpften mit wildem Mut. Gegen Ende Januar wurde ein letzter, verzweifelter Angriff auf die Garnison geführt. Die königliche Begum von Oudh hatte die Rebellenarmee persönlich begleitet, zusammen mit ihrem Premierminister, und vielen großen Adeligen von Oudh. Sie ritten in ihren prächtigsten Gewändern auf herrlich herausgeputzten Elefanten.

Winter hörte die Eröffnung des Bombardements am frühen Morgen. Die Mauern des rosa Palastes zitterten, aber das Brüllen der Kanonen bedeutete ihr nicht mehr als das Krächzen der Krähen, denn schon vor der Dämmerung hatten ihre Wehen begonnen, und der Kanonendonner war nur ein wenig beachteter Hintergrund für die Strapaze der Geburt.

Sie war nicht leicht. Oft hatten Amira und Hamida und die anderen Frauen, die ständig in dem gemalten Zimmer aus- und eingingen, einander in Furcht und Sorge angeschaut. Aber Winter erinnerte sich noch an einen langen, heißen, qualvollen Tag im Turm der Hirsche, und an Alex Stimme, wie er mit Lottie sprach. Und es war ihr, als ob er jetzt auch mit ihr redete, als ob er ihr sagte, sie brauche keine Angst zu haben. Und deshalb hatte sie keine Angst.

Durch die Wellen des Schmerzes konnte sie den rosa Himmel des Sonnenuntergangs sehen, der die Wände ihres Zimmers überflutete. Sie sah die lieben, verzauberten Bäume und Blumen, die in einer geheimnisvollen Brise vor diesem Himmel schwankten, und die Vögel und Tiere, die ihre eigene Geburt bewacht hatten und ihre ersten Spielgefährten gewesen waren.

Die Sonne war untergegangen, und der Mond stand jetzt am Himmel. Amira hatte die Öllampe angezündet, und ihr Schatten und Hamidas Schatten und die Schatten der anderen Frauen bewegten sich, tanzten an den Wänden. Die Decke verlor sich in einem rosigen Nebel, wie in der Nacht, als Alex vom Dach herabgekommen war. Wie in der Nacht, als er Winter verlassen hatte. Und dann, ganz plötzlich, hatte sie gedacht, er sei auch in ihrem Zimmer. Sie hatte seinen Namen gerufen – und der Schrei klang durch die offenen Fenster durch den stillen Garten und weckte das Echo, das in den hohen Umfassungsmauern lebte. »Alex! ... Alex! ... Alex! ...« und im Klang dieses Echos wurde Alex' Sohn geboren.

Es war März, als die langerwartete Attacke auf Lucknow begann. Tag für Tag donnerten jetzt die Kanonen in der Stadt, und die Straßen wurden zu Schlachtfeldern und Friedhöfen. Colin Campbells Armee – Highlanders, Sikhs, Panjabis, Briten und indische Regimenter der Kavallerie und Infanterie, die Marineinfanterie und die Gurkhas aus Nepal – hatten die Befestigungsanlagen erstürmt und kämpften sich Meter für Meter durch die roten, heißen Straßen vorwärts.

Seltsamerweise war es Carlyon gewesen, der dafür verantwortlich war, daß das Gulab Mahal von den Plünderungen und dem Gemetzel und der Zerstörung bewahrt blieb, der fast jedes Haus in der zerschlagenen Stadt zum Opfer fiel. Die Männer und die Frauen mit den beiden Kindern waren alle in Sicherheit. Und später, als die Armee die endgültige Attacke auf Lucknow vorbereitete, hatte Carlyon seinen beträchtlichen Einfluß dazu benutzt, darauf zu dringen, daß das Gulab Mahal unter allen Umständen verschont werden sollte. Man hatte es ihm versprochen, und selbst im Durcheinander der

Kampfhandlungen war dieses Versprechen nicht vergessen worden. Als der schreckliche Tumult der Schlacht verebbte, hatten Gewehrkolben an die verriegelten Tore des Gulab Mahal geklopft, und Männerstimmen hatten rufend Einlaß verlangt.

Winter war nach unten gegangen. Sie hatte britische Stimmen gehört, und sie hatte das Tor geöffnet. Rauchgeschwärzte, blutverschmierte Gesichter füllten die einst ruhige Straße.

Es waren Männer der Highland Brigade und ein halbes Dutzend Kavalleristen von Hodsons Regiment. Ein Offizier war bei ihnen. Ein Mann zu Pferd, der auf Winter hinablachte und absaß, und der ihre Hand küßte. »Erinnern Sie sich noch an mich, Mrs. Alex? Ich habe Sie in Delhi kennengelernt – William Hodson.«

»Ja«, sagte Winter und schaute in das helle, verschmierte, lachende Gesicht des Mannes auf, von dem Alex einmal gesagt hatte, daß er immer zwanzig Schritte voraus war. Sie dachte, daß niemand ihn so schnell vergessen würde, der ihn einmal kennengelernt hatte. »Ich erinnere mich an Sie.«

»Ich kann nicht bleiben«, sagte Hodson. »Ich bin nur gekommen, um Ihnen zu sagen, daß dieses Haus soweit wie möglich verschont bleiben soll. Wenn Sie Alex vor mir sehen, dann sagen Sie ihm, der Astrologe in Amritsar hatte recht! Er weiß schon, was das bedeutet. Aber wenn wir es schaffen, die Meuterer in die Flucht zu schlagen, dann sehe ich Alex vielleicht vor Ihnen.«

Er sprang wieder in den Sattel, salutierte und riß sein Pferd herum. Er galoppierte fort, und seine Männer folgten hinter ihm. Er ritt mit leuchtenden Augen, als ob er zu einem Freund wollte, und als ob es nicht der Tod gewesen wäre, der ihn noch an diesem Tag erwartete.

Die Tür wurde wieder verriegelt, und eine Order von Sir Colin Campbell darangenagelt. Das Essen war knapp geworden in dem rosa Palast, während die Kämpfe in der Stadt tobten und niemand es wagte, sich außerhalb der Mauern zu bewegen. Gegen Ende des Monats, als der letzte Widerstand zerschlagen worden war, schwiegen die schrecklichen Kanonen. In den ausgebrannten Basaren waren nur noch wenig Nahrungsmittel zu haben, und die geschlagene Stadt hungerte.

Winter wurde sehr mager in jenen Tagen – wie auch Amira und Hamida. Aber dem Baby ging es gut, und Winters Angst galt nicht ihrem Sohn. Sie galt, wie das immer gewesen war, nur Alex. Denn der Fall von Lucknow hatte Oudh keinen Frieden gebracht.

Der April brachte wieder eine Vorahnung der Siedehitze des Sommers, und die kleinen, nackten Räume des Gulab Mahal waren wieder luftlos und erstickend heiß. Das Essen war noch immer knapp, aber Nachrichten gab es kaum, und das, was man hörte, war nicht beruhigend.

»Wir haben Indien nicht zurückgewonnen«, sagte Walayat Schah, »aber wir haben es geschafft, die Herrschaft der Ostindischen Gesellschaft zu brechen. Die langen Zeiten von Raub und Konfiszierung sind zu Ende.«

Bald würde es wieder Mai werden, und die atemlose, brennende Jahreszeit begann. Aber aus Lunjore kamen noch immer keine Nachrichten –

»Wenn ihr Mann noch lebte, dann würde er sicher eine Nachricht senden«, sagten die Frauen im Gulab Mahal. »Er muß tot sein.«

Dieser Gedanke war deutlich auf ihren Gesichtern und in ihren freundlichen, sorgenvollen Augen zu lesen. Und eines Tages war der Gedanke allzu deutlich zu lesen gewesen, und Winter hatte die Frage beantwortet, als ob sie laut ausgesprochen worden wäre. »Nein! Es ist nicht wahr, er ist nicht tot. Eines Tages wird er zu mir kommen. Ich muß nur warten . . .«

Und sie hatte ihren Sohn in die Arme genommen und ihn hinauf auf das Dach getragen, obwohl die Sonne noch nicht untergegangen war. Die Hitze schimmerte auf den heißen Steinen, und Winter hatte angestrengt nach Lunjore hinübergeschaut, als ob ihre Sehnsucht, ihre Liebe sich über den Horizont strecken und die Entfernung und die Staubwolken und die Hitzenebel durchdringen könnte, die die Stadt vor ihr verbargen.

Die verwelkten Blätter der Bäume flatterten unter den Fingern eines heißen kleinen Windes, der durch den Garten wehte. Eines Windes, der aus Lunjore kam. »Eines Tages«, dachte Winter. »Eines Tages . . .«

Diese Worte hatte sie ihr ganzes Leben lang gesagt. Sie hatte sie als Kind in Wair gesagt. »Eines Tages werde ich zurück ins Gulab Mahal gehen . . .« – und sie war zurückgekommen. Und sicher würde eines Tages auch Alex zurückkommen.

Die Sonne tauchte unter den Horizont und badete die zerschlagene Stadt in ihrer Schönheit. Winter fiel wieder ein, was Hodson zu ihr gesagt hatte, Hodson, dessen Stern – wie der Astrologe in Amritsar vor so vielen Jahren prophezeit hatte – »aufgehen und hell brennen würde, in viel Blut«. Hodson, der in der Schlacht um die Stadt gestorben war. »Ich sehe Alex vielleicht vor Ihnen.« Hatte er auch prophetisch gesprochen? Hatte er Alex in der Tat getroffen?

Ganz plötzlich konnte sie es nicht länger ertragen. Sie drehte sich um und rannte verzweifelt zum gemalten Zimmer. Sie schluchzte und zitterte.

Der reflektierte Glanz des Sonnenuntergangs füllte das Zimmer mit einem warmen, rosigen Licht und verlieh den Bäumen und Vögeln und Blumen das gleiche, verzauberte Leben, das ihnen auch Lampenlicht gab. Die Blätter und Blüten grüßten sie, und die Vögel und Tiere nickten ihr zu, und Firishta betrachtete sie mit einem strahlenden, freundlichen, beruhigenden Auge.

Sie schob das Bett auf die andere Seite des Zimmers und ließ sich auf die Matten sinken. Sie nahm das Kind in die Arme, lehnte den Kopf an den kühlen Stuck und preßte ihre Wange gegen die tröstliche Kurve von Firishtas rundem grünen Kopf. Ihre Augen schlossen sich, und nach und nach hörte das hilflose Zittern ihres Körpers auf, und die Furcht verschwand.

Das Baby schlief in ihrem Schoß ein. Der Glanz verschwand aus dem Zimmer und nahm die fröhlichen Farben mit. Die Wände waren kühl und plötzlich mattschimmernd, wie ein Opal.

Draußen vor den Fenstern gingen die Vögel zur Ruhe. Und hinter der fernen Mauer des Gartens warf die Kuppel der kleinen, weißgekalkten Moschee mit ihrem eisernen Halbmond ein fliederfarbenes Muster vor dem Abendhimmel.

Die Geräusche der Stadt erhoben sich über dem Gulab Mahal und umspülten es, und Winter konnte all die bekannten, freundlichen Stimmen des Hauses hören. Das ferne Plaudern von Frauen, lachende Kinder, ein weinendes Baby, das Klappern von Kochtöpfen und das Quietschen des Brunnenrades. Sie roch den Gewürzduft der Kochtöpfe und den Rauch der Dungfeuer, sie spürte den Geruch des warmen Staubes und des sonnenerwärmten Steins.

Die Geräusche und die Gerüche schienen den gemalten Raum wie einen Kokon zu umhüllen, und Winter nahm einen langen Atemzug und spürte endlich, wie die zitternde Angst sie verließ.

»Eines Tages«, und flüsterte die Worte gegen Firishtas grünen Kopf. »Eines Tages . . .«

Im Korridor hinter der Tür waren Schritte zu hören und ein Stimmengemurmel. Dann hob jemand den schweren Vorhang, der im Eingang hing, und Winter öffnete die Augen und blickte auf. Und es war Alex.

Ende